Weitere Titel des Autors:

Die Kuppel des Himmels

Titel auch als E-Book erhältlich

Über den Autor:

Sebastian Fleming studierte Germanistik und Geschichte. Er schrieb für das Theater, den Rundfunk, das Fernsehen und Bücher zu historischen Themen. Bei Bastei Lübbe ist von ihm mit großem Erfolg der Epochenroman »Die Kuppel des Himmels« erschienen. Dieser farbenprächtige Renaissanceroman über die Erbauung des Petersdomes wurde in zahlreiche Sprachen, u.a. ins Italienische übersetzt. Für »Die Kuppel des Himmels« wurde er 2014 zum Ehrenbürger der Stadt Fermignano, dem Geburtsort des Baumeisters Bramante, ernannt.

SEBASTIAN FLEMING

BYZANZ

Historischer Roman

BASTEI LÜBBE TASCHENBUCH
Band 17082

1. Auflage: 2014

Dieser Titel ist auch als Hardcover und E-Book erschienen

Vollständige Taschenbuchausgabe
der bei Ehrenwirth erschienenen Hardcoverausgabe

Copyright © 2014 by Bastei Lübbe AG, Köln

Titelillustration: © Illustration Johannes Wiebel, punchdesign, München,
unter Verwendung von Motiven von Shutterstock/mountainpix;
shutterstock/Antony McAulay
Umschlaggestaltung: Johannes Wiebel, punchdesign, München
Satz: Dörlemann Satz GmbH, Lemförde
Gesetzt aus der Adobe Caslon Pro
Druck und Verarbeitung: GGP Media GmbH, Pößneck
Printed in Germany
ISBN 978-3-404-17082-1

Sie finden uns im Internet unter
www.luebbe.de
Bitte beachten Sie auch: www.lesejury.de

Für Cornelia und Antonia Sophia

TEIL I

1

Auf dem Meer Propontis vor Konstantinopel

Das Meer roch kräftig nach Leben. Nach Fisch, Plankton und Salz. Aus den Wassern stieg – anfangs noch zaghaft, dann immer selbstbewusster – die Hagia Sophia und in ihrem Gefolge die Kirchen, Paläste und Wohnhäuser, die sie regierte wie der Kaiser Manuel Palaiologos seine Untertanen. Herausfordernd durch ihre Schönheit, beherrschend durch ihren Stolz, glich Konstantinopel einer wahren Königin, begehrt von vielen, treu allein ihm. Loukas Notaras stand auf der Brücke seiner Galeere und genoss den Anblick. In seinem Nacken, den struppiges Haar überwucherte, spürte er, dass sich die Sonne langsam in den Westen zurückzog. Vom Norden kommend, begruben dunkle Wolken die Metropole unter ihrem Schatten. Ein kleiner Aufschrei lenkte die Aufmerksamkeit des Kapitäns zum Vordeck, auf dem die Gräfin Sophia von Montferrat inmitten ihrer Zofen mit dem Zeigefinger des ausgestreckten Armes auf das Unwetter wies, das sich zusammenbraute.

Die Ruderer griffen so eifrig in die Riemen, als wollten sie sich mit den fünf Delfinen messen, die backbord immer wieder durch die Lüfte glitten, bevor sie erneut für kurze Zeit in die See eintauchten. Möwen kämpften krächzend um die besten Plätze auf dem Mastbaum.

Der Wind, der dem Kapitän als leichte Brise ins Gesicht blies, stürzte ins Meer. Er fühlte eine Anwandlung von Mattigkeit. Die Möwen verstummten, und selbst die Gräfin schwieg. Nur das Ächzen des Schiffes und das Schlagen der Ruder kämpften mit tapferem Gleichmut gegen die unheimliche Stille. Die Delfine waren plötzlich verschwunden. Wie grauschwarzer Marmor lag das Meer vor dem Kapitän. Mit der rechten Hand wischte er sich den Schweiß von der Stirn. Über Konstantinopel flatterten die Vögel orientierungslos umher.

»Segel einholen!«, befahl er.

Flink wie Eichhörnchen enterten die Matrosen den Mastbaum und refften die Segel. Nur zu gut wusste Loukas, dass sich der Sturm sammelte, und nach der Pause zu urteilen, war es ein furchtbarer Feind, der in wenigen Augenblicken über sie herfallen würde. Besorgt blickte er zur Takelage, aber die Mannschaft hatte ihre Aufgabe erfüllt. Jetzt gerieten auch die Möwen in Panik.

»Ich übernehme das Steuer. Bring die Gräfin und die Zofen in die Kajüte«, befahl er einem großschädeligen Glatzkopf.

Loukas Notaras verspürte wenig Neigung, mit Sophia von Montferrat zu sprechen, und bedauerte Johannes Palaiologos, der schon bald mit dieser die Ehe und das Bett teilen würde. Sophia war klein und von gedrungener Gestalt, besaß aschfarbene Haare, ein pickeliges Maulwurfsgesicht mit groben Jochwulsten, die in Plusterwangen übergingen, und ausdruckslose gelbblaue Augen. Er mochte weder ihre Art noch ihr Aussehen. Die Gräfin kam dem Steuermann auf halbem Weg entgegen. Sie hörte ihn aber nicht an, sondern begab sich schimpfend in ihre Kajüte, als träfe den Seemann die Schuld am Wetter. Er folgte ihr mit einer gleichmütigen Miene, die eine große Geduld verriet. Wie einen Weckruf glaubte Loukas das Pfeifen einer einzelnen Böe zu vernehmen. Dann ging es los. Der Wind heulte wie ein Rudel Wölfe auf und trieb haselnussgroße Regentropfen vor sich her. Nach einer Weile kehrte Eudokimos zurück und spuckte aus. Der Kapitän fragte sich, ob die Geste des Steuermannes der Gräfin oder dem Sturm galt.

»Herr, es wird hart kommen«, sagte der Glatzköpfige.

»Wir stehen alle in Gottes Hand«, erwiderte Loukas äußerlich ungerührt, nur seine Fingernägel gruben sich in seine Handballen.

Mit neun Schwänzen, geflochten aus Regen und Wind, peitschte der Sturm das Gesicht des Kapitäns. Er hustete, er spuckte. Ans Steuer geklammert, um nicht weggeblasen zu werden, hielt Loukas

Kurs auf die ewige Nacht. Die Lage der Stadt konnte er nur noch erahnen. Nicht einmal ein schwaches Blinken von den Leuchttürmen drang zu ihm. Verloren in der tobenden See wankte die Galeere, sie ächzte und krängte.

Der Kapitän wusste nicht, wie viel Zeit vergangen war. Eudokimos schlug vor, nach Chalkedon abzudrehen, um dort im Hafen den Orkan abzuwarten, aber Loukas entschied sich dagegen. Er wusste, dass die Ruderer unter Deck den Sturm nur spürten. Ihre stillen und halblauten Gebete hallten in seiner Seele wider. Wenn unter ihnen Panik ausbrechen würde, dann wären sie verloren. Solange das Schiff manövrierfähig war, bestand noch Hoffnung. Der Kapitän setzte auf die Erfahrung der Besatzung und vertraute auf ihre Vernunft.

Den Plan, in den südlichen Kontoskalion- oder in den Eleutherios-Hafen einzulaufen, hatten die hohen Wellen inzwischen gründlich zunichtegemacht. Der Seegang verhinderte auch, beim Bukoleon-Palast vor Anker zu gehen. Also blieben nur noch die alten Häfen im Norden, im Goldenen Horn, übrig.

Nach einer Ewigkeit glaubte er, an Backbord die Seemauern der Stadt gesichtet zu haben. Doch der Bosporus empfing ihn mit einer riesigen Welle, auf der das Schiff bergauf fuhr. Die Welle brach, und die Galeere fiel zwanzig Klafter tief, während ein Teil des Wassers auf das Deck schlug und rechts und links ablief. Plötzlich krachte es so laut, dass Loukas das Bersten von Holz durch das Gebrüll des Windes und das Tosen des Meeres hindurch wahrnahm. Das Schiff taumelte. Er hielt das Ruder fest umklammert. Schreie drangen aus der Tiefe zu ihm. Befanden sie sich schon in der Hölle? Im Vorbeifahren sah er wie durch dicke Schleier den Bug eines sinkenden Schiffes, das sie gerammt hatten. Anders als die kleineren und wendigen Galeeren besaßen diese großen und schwerfälligen Schiffe, *cocca* genannt, im Unwetter nicht die geringste Chance zu manövrieren, weil sie ohne ihre Segel, die sie im Sturm reffen mussten, hilflos waren. Durch den Zusammenprall wurde die »Nike« ein wenig nach backbord gedrückt. Einige Stangen waren gebrochen und hatten ihre Ruderer verletzt.

»Schau nach, ob wir ein Leck haben, dann beruhige die Männer«, brüllte der Kapitän in Richtung des Glatzköpfigen. Er hoffte, dass der mächtige Eisensporn den Bug der »Nike« geschützt hatte. Der Steuermann nickte ihm nur zu, denn er sprach selten, und kämpfte sich zunächst zum Bug vor. Den Matrosen der *cocca* konnten sie in diesem Hexenkessel nicht mehr helfen – die See zog sie unaufhaltsam in ihren Schoß. Loukas schlug ein Kreuz und sandte ein kurzes Gebet für ihre Seelen zum Himmel.

Nun, wo er allein war, sank auch ihm der Mut. Wenn Gott es so wollte, dann würden sie eben mit Anstand ertrinken. Es soll nicht der schlechteste Tod sein, hatte er gehört – sofern ein Tod überhaupt gut sein konnte.

Für gewöhnlich ruhte der Schiffsverkehr wegen der Häufigkeit schwerer Unwetter vom Tag des heiligen Philippus im November bis zum Hochfest der Darstellung des Herrn im Tempel im Februar. Ohne den Befehl des Kaisers, die Braut seines Sohnes unverzüglich nach Konstantinopel zu bringen, hätte Loukas in Genua überwintert. Und nun würden sie alle untergehen, das Schiff, die Mannschaft, die Gräfin, auch er! Dabei hatte er noch nicht einmal begonnen zu leben, keine Frau geheiratet und keine Kinder gezeugt. Ein unvollendetes Leben also. Was hielt ihn noch am Steuerruder? Warum setzte er sich nicht in eine Ecke und sang die Bußpsalmen? Durch die Frische des Orkans roch er seinen Angstschweiß. Eudokimos kehrte mit undurchdringlichem Gesicht zurück. Wieder rollte eine Riesenwelle auf sie zu, wieder ruderten die Männer die Galeere auf ihrem Kamm. Doch diesmal brach die Woge nicht, und die »Nike« sauste auf ihrem steilen Rücken hinunter, dass der Besatzung Hören und Sehen verging. Loukas hatte mitgezählt: Jede siebte Welle übertraf alle vorherigen. Daraus schloss er, dass die nächste siebte Woge das Schiff zerbrechen würde.

Gegen den Höllenlärm des Sturmes brüllte der Steuermann, die Hände wie einen Trichter vor den Mund haltend, dem Kapitän zu, er solle um Gottes und der Seeleute willen darauf verzichten, ins Goldene Horn einzulaufen. Er hielt es für besser, vor der Einfahrt zu kreuzen und abzuwarten, bis Wind und Wasser sich beruhigt hätten. Leicht konnte das Schiff an die Küste geworfen werden und zerschellen. Sie aber würden wieder ins Wasser gezogen und, das sichere Ufer vor Augen, jämmerlich ertrinken. Jeder Seemann wusste doch von den tückischen Unterströmungen.

Das Goldene Horn, eingezwängt zwischen zwei Landzungen, über denen sich Konstantinopel und Galata erhoben, galt eigentlich als freundliches Gewässer, doch an diesem Tag hatte es sich in ein Ungeheuer verwandelt. Ein Blick auf die Kreuzwellen belehrte den jungen Kapitän darüber, dass sie das Schiff wie eine Nussschale hin und her werfen würden. Zudem hellte sich die Finsternis nicht auf, und ihm blieben nur noch drei Wogen Zeit bis zur nächsten Riesenwelle. Er durfte weder auf ein Ende noch auf ein Nachlassen des Unwetters hoffen.

Da nun lediglich Skylla und Charybdis zur Auswahl standen, entschied sich Loukas beherzt für Skylla und hielt auf die Mitte des Goldenen Horns zu. Eudokimos fluchte in einer irren Wut auf das unbarmherzige Schicksal und ballte die Fäuste. Seine Miene verriet, dass er jede Zurückhaltung aufgegeben hatte. Wenig fehlte, und er hätte mit seinen schweren Fäusten den Kapitän vom Steuer weggeprügelt, aber das hätte als Meuterei gegolten und wäre mit dem Tod bestraft worden. Also sagte er sich, er sei so oder so verloren, und fügte sich widerwillig in sein Schicksal. Bisher hatte sich der Jüngling, der die Kapitänsstellung einzig seinem Vater, dem »alten Seeräuber«, zu verdanken hatte, nicht ungeschickt angestellt, doch jetzt beging er nach Meinung des erfahrenen Seemanns einen tödlichen Fehler. Gott liebte sie nicht mehr, dachte Eudokimos, denn sie hatten es mit ihren Sünden zu toll getrieben. Ein bisschen Wind und ein Milchbart als Kapitän genügten offenbar, um sie zu verderben. Der Steuermann, der lange nachdenken musste, wann er das letzte Abendmahl und die letzte Messe besucht hatte, bekreuzigte sich. Er bat den heiligen Christophorus in einer Mischung aus Flehen und Trotz um Fürbitte und Beistand. »Hast du schon Jesus, unseren Herrn, gerettet, so hilf nun auch uns!«

Unbeeindruckt von alledem steuerte Loukas das Schiff in den Fluss, denn ihn trennten nur noch zwei Wellen vom Verhängnis. In der Gefahr bewahrte er kaltes Blut. Er wusste, dass es riskant war, das Schiff bei diesem Unwetter quer zur Hauptströmung zu stellen, und navigierte deshalb so, dass er einen möglichst spitzen Winkel fuhr. Schnell, zu schnell näherte sich das Schiff dem Hafen. Sie liefen tatsächlich Gefahr, an den Uferwänden zu zerschellen, der Steuermann lag mit seiner Einschätzung richtig. Aber nur Gott allein wusste, wie es ihnen auf dem Bosporus ergangen wäre!

»Sag den Männern, sie sollen ihre Riemen festhalten. Ganz gleich, wie viele Ruder dabei brechen, wir müssen sie als Bremsen nutzen«, brüllte Loukas dem Glatzköpfigen gegen das Tosen der Elemente zu.

Eudokimos arbeitete sich erst zum oberen, dann zum unteren Ruderdeck durch und wies die Seeleute an. Die Männer unter Deck brachten ihre ganze Kraft auf, um die Ruder gegen die Wellen zu halten. Das gelang ihnen nicht immer. Hin und wieder schlug eine Wasserfaust mit Wucht gegen das Ruderblatt und benutzte den Holm dabei als Hebel, der die Matrosen mühelos nach vorn in die Nacken und Rücken ihrer Vorderleute schleuderte. Ein kurzes Fluchen, dann hielten die Männer, zu ihrer Bank zurückgekehrt, erneut die Riemen fest. Manchem ging dabei die Handhaut in Fetzen, und Blut und Wasser mischten sich am Holz, das der Mann dennoch unter Schmerzen und Schreien festhielt. Das Leben stemmte sich gegen den Tod.

2

Auf der Straße nach Bursa, Anatolien

Fürst Alexios Angelos fror trotz seines schwarzen Pelzmantels, den er über Wams und Harnisch gezogen hatte. Heißer Ehrgeiz trieb den Berater des Mitkaisers Johannes von Konstantinopel nach Bursa, in die alte Hauptstadt der Osmanen. Er hatte sich mit Haut und Haar auf die große Politik eingelassen, die dem Kaiserreich, seiner Familie und letztendlich auch ihm selbst dienen sollte. Das Schwert mit der Damaszenerklinge steckte in der Scheide, die unauffällig am Rumpf des Rappen unter einer blauen Pferdedecke hing. Es hatte ihn nicht wenig Mühe, Geduld und Argumente gekostet, um Johannes, den Sohn des Kaisers Manuel, von der Notwendigkeit zu überzeugen, sich mit Dschuneid, dem früheren Emir von Smyrna, auf ein Gespräch einzulassen. Die Gefahr, dass Sultan Mehmed I. davon Wind bekommen und es seinen Zorn erregen würde, war so groß, dass man sich schließlich auf ein konspiratives Treffen am verborgenen Ort einigte.

Die Geheimhaltung zu sichern stellte allerdings den schwierigsten Teil des Unternehmens dar. Türkische Spione durchzogen Europa, bestachen und horchten die Christen im Auftrag des Sultans aus. Sie hatten leichtes Spiel, denn bis in die höchsten Kreise hinein fanden sich Menschen bedenkenlos bereit, jede Information zu verhökern, wenn nur der Preis stimmte. Mehmed hatte richtig erkannt, dass unter den Christen kein Gemeinschaftsgefühl existierte, sie einander verrieten und sich gegenseitig bekämpften. Man konnte sich darauf verlassen, dass sie eher Judas statt Christus folgten.

Deshalb wussten auf griechischer Seite lediglich Johannes und Alexios von dem Treffen. Nichts Schriftliches, keine Mittelsmänner, nur Dschuneid und Fürst Alexios Angelos, von dem man notfalls behaupten konnte, dass der junge Heißsporn auf eigene Faust gehandelt hatte. Begleitet wurde der Fürst von seinem treuen Waffenmeister Xavier del Mar, einem Katalanen.

In Nikaia erwartete Alexios bereits der Türke, den Dschuneid gesandt hatte, um ihn zum Ort der Verhandlung zu führen, die in Bursa auf halbem Wege zwischen Konstantinopel und Smyrna stattfinden sollte. Für die alte Hauptstadt der Osmanen sprach zweierlei: Zum einen war sie sehr belebt, und deshalb würden Fremde kein Aufsehen erregen, zum anderen tummelten sich hier die wenigsten Späher. Wer hätte schon die Dreistigkeit besessen, ausgerechnet in der Höhle des Löwen das Komplott gegen den Löwen auszuhecken – wer, außer Dschuneid und Alexios?

Der Fürst und sein Waffenmeister schlugen sich unter Führung des Türken durch das Gebirge um den Olympos Misios, den Bythinischen Olymp, um schließlich in das Nebelmeer der Ebene von Bursa einzutauchen. Wenig später betraten sie die Stadt durch ein trutziges Tor, das einem kauernden Bären mit aufgesperrtem Maul glich. Durch Reden und ein paar Münzen lenkte der Türke die Wächter ab, die es wegen des einsetzenden kalten Nieselregens ohnehin in die beheizte und vor allem trockene Wachstube zurückzog.

Schweigend folgten Alexios Angelos und Xavier del Mar dem Türken durch labyrinthartige, enge Gassen in ein Haus, das mit seinem etwas schief aufgesetzten Stockwerk weder prächtig noch auffällig wirkte. Der Waffenmeister bezog am Fenster im Erdgeschoss Stellung und beobachtete von dort aus die Straße. Durch einen langen Gang und über ein steiles Treppchen gelangte Alexios in das obere Stockwerk. Es roch muffig, ungelüftet, ein Geruch, den er nicht kannte.

In einer niedrigen und mit Tischchen und Teppichen eilig eingerichteten Stube wurde er bereits ungeduldig von einem hageren, bärtigen Mann in einem recht einfachen Gewand erwartet. Seinem spitznasigen Gesicht mit den ausdruckslosen dunkelbraunen Augen, die ein kalter Glanz überzog, war die Leidenschaft für die Intrige anzusehen. Nur wenige hätten in dem türkischen Kaufmann mit seinem abgetragenen Kaftan, den er über angegrauten Pluderhosen trug, und dem flachen gelben Turban den reichen Emir Dschuneid erkannt. Die Verkleidung saß perfekt. Alexios legte den Pelzmantel ab, den Harnisch behielt er lieber an. Das Schwert nahm er aus dem Wehrgehänge, behielt es aber in Griffweite.

Nachdem sie sich begrüßt hatten und ein Diener, der Tee, Gebäck, Süßigkeiten und gebratenes Hühner- und Rinderfleisch serviert hatte, wieder verschwunden war, eröffnete Dschuneid das Gespräch mit einigen Nettigkeiten über Johannes Palaiologos, der sicher einmal ein großer Kaiser werden würde, und seinen exzellenten Berater. Obwohl Alexios die Schmeichelei durchschaute, hörte er sie doch gern, denn ganz gleich, ob der Emir an seine eigenen Worte glaubte, wusste Alexios doch, dass er die lauterste Wahrheit sprach, zumindest soweit es ihn selbst betraf. Den Sohn des Kaisers überschätzte Dschuneid dann doch ein wenig. Aber so war es eben Brauch. Alexios griff hungrig nach einem Stück Fleisch. Es schmeckte köstlich, denn der Koch hatte es in Honig eingelegt, bevor er es briet. Gern hätte er einen Wein dazu getrunken, aber sei es aus Geiz oder aus religiöser Strenge hatte der Emir nur Tee reichen lassen. Auch aß er selbst nichts.

Dschuneid fuhr sich mit seinen langen, femininen Fingern durch den Bart. »Kommen wir zur Sache, denn wir beide wollen ja das Schicksal nicht herausfordern.«

Alexios nickte.

»Sultan Mustafa befindet sich in der Obhut Eures Kaisers in einem Kloster auf der Insel Chios«, fuhr Dschuneid fort. Alexios wusste, dass Sultan Bayazid Yildirim in der Schlacht von Ankara in die Gefangenschaft des Mongolen Timur Lenk geraten und schließlich in der Haft gestorben war. Sein Nachfolger war sein Sohn Mehmed. Bayazids ältester Sohn, Mustafa, galt als in der Schlacht verschollen. Der Mann, den Kaiser Manuel auf Chios interniert hatte, behauptete nun, Mustafa zu sein, der erstgeborene Sohn des Sultans, dem die Herrschaft eigentlich zustand. Mehmed erkannte diesen Mustafa aber nicht als seinen Bruder an und ließ überall verkünden, dass er ein Scharlatan und Lügner wäre.

»Dafür, dass Kaiser Manuel Mustafa nicht dem elenden Thronräuber Mehmed ausgeliefert hat, sind wir euch zu großem Dank verpflichtet. Aber wir bitten um mehr und sind auch bereit, dafür große Beweise unserer Dankbarkeit und Freundschaft zu erbringen. Ich ersuche euch, lasst Mustafa frei, damit er seinen Thron zurückerobern kann. Die Kämpfer stehen bereit, sie warten nur noch auf ihren rechtmäßigen Führer, dann bricht der Sturm los. Wenn Mehmed vernichtet ist, werden wir uns aus Griechenland zurückziehen und euch Gebiete in Rumelien, in Nordanatolien und Gallipoli überlassen.«

»Gott schenke Mustafa Erfolg und ein langes Leben«, erwiderte Alexios.

Dschuneid nickte, die vielen Falten in seinem Gesicht bewegten sich nicht. Er reichte dem Fürsten eine Ledertasche, in der sich eine Röhre mit einer Landkarte befand, die alle jene Gebiete kennzeichnete, die der Kaiser von Mustafa erhalten sollte, wenn er den rechtmäßigen Herrscher unterstützte.

Alexios studierte die Karte und unterdrückte dabei ein zufriedenes Lächeln. Es klang fast wie die Besiegelung eines Paktes, als er mit fester Stimme verkündete: »Ich werde meinem Herrn raten, Sultan Mustafa aus dem Kloster entfliehen zu lassen. Wer kann gegen Bestechung schon etwas ausrichten?« Er lehnte sich vor, griff nach einem Stück gebratenem Hühnchen und schob es, zufrieden mit dem Doppelsinn seiner Rede, in den Mund.

»Wollen wir hoffen, dass man bei Hofe auf Euren weisen Rat hört«, entgegnete der Emir lächelnd.

Auf den sinnlichen Lippen des Fürsten breitete sich ein anerkennendes Schmunzeln aus, während er behaglich weiterkaute. Der Emir war sehr gut informiert. Er besaß offenbar Kenntnis davon, dass Manuel an dem Abkommen und den guten Beziehungen mit Mehmed I. festzuhalten gedachte, während Johannes dazu neigte, Mustafa zu unterstützen, um die Macht der Osmanen zu untergraben.

»Wenn der Kaiser der Mond ist, dann ist Manuel der abnehmende und Johannes der zunehmende Mond. Recht bald schon wird er Johannes allein herrschen lassen. Glaubt mir, der Alte ist des Regierens müde und will seine letzten Tage nur noch im Kloster verbringen und über Gott nachdenken«, sagte Alexios. »Erlaubt die Frage, was werdet Ihr jetzt tun?«

»Weitere Helfer für unsere Sache versammeln«, erklärte Dschuneid. »Und vor allem, mir mein altes Besitztum zurückholen«, fügte er mit tiefem Ingrimm hinzu.

Sein hageres Gesicht wirkte in diesem Moment wie gemeißelt. Sultan Mehmed I. hatte ihm Smyrna und das Emirat Aydin weggenommen, um ihn für die Konspiration mit Mustafa zu bestrafen. Dschuneid liebte nicht unbedingt alle, die ihm etwas gaben, aber wer ihm etwas nahm, den verfolgte er mit abgrundtiefem Hass. Sie verabschiedeten sich rasch voneinander, denn sie wollten nicht riskieren, doch noch entdeckt zu werden, weil sie ins Plaudern geraten waren. Im Aufstehen schnappte sich Alexios den letzten Bissen Fleisch und schlang ihn hinunter. Er fühlte sich zwar nicht gesättigt, hatte aber zumindest den Hunger besänftigt.

Als Alexios, gefolgt von Xavier del Mar und dem türkischen Führer, kurz darauf nach draußen trat, hatte es zwar aufgehört zu regnen, aber der Himmel war immer noch verhangen. Das triste Grauschwarz des Nebels, der sich nur langsam auflöste, legte sich auf sein Gemüt. Wie gern hätte er sich jetzt in einem vom Kerzenschein eingehüllten weichen Bett zwischen den Beinen einer Frau befunden!

Auf der Straße zwischen Bursa und der Küste kam ihnen ein Trupp bewaffneter Türken entgegen. Alexios zählte sieben Reiter. Er warf seinem Waffenmeister einen Blick zu, in dem pure Rauflust stand. Ein Kampf auf Leben und Tod würde zumindest seine melancholische Stimmung vertreiben.

Sie hielten sich hinter ihrem türkischen Führer, die Köpfe gesenkt.

»Wer seid ihr, und wohin wollt ihr?«, fragte der Anführer –

zumindest trug er den größten Turban. Über seinen bauschigen Reithosen hatte er einen blauen Waffenrock mit einem schwarzen Lederriemen zusammengebunden, an dem das Wehrgehänge mit dem Krummsäbel befestigt war. Kein Zweifel, sie hatten eine Schar der berüchtigten *akindschi*, der Renner und Brenner Sultans Mehmed, vor sich. Blutgierige Geister. Mordlüsterne Phantome. Irreguläre Soldaten, die sich am geheimen Ort versammelten und dann in christliche Gebiete einfielen, plünderten, brandschatzten, mordeten und Menschen raubten, um sie anschließend in die Sklaverei zu verkaufen. Weil ihre Spione die Ziele ihrer Raubzüge vorher auskundschafteten, gelang es ihnen, wie aus heiterem Himmel über die bemitleidenswerten Städte und Dörfer herzufallen, um sich anschließend geradezu in Luft aufzulösen. Nur verwüstete Landstriche und Leichenberge kündeten dann noch von ihrer Anwesenheit.

Ein guter Tag, dachte Alexios, auf diese Geister zu stoßen. Sie hatten auch ein paar von seinen Besitztümern im Epirus gebrandschatzt, und ihm stand der Sinn nach Rache.

»Kaufleute sind wir, großer Herr«, erklärte der Führer unterwürfig. Der Anführer der *akindschi* mit dem großen weißen Turban warf den anderen einen zufriedenen Blick zu. Der Raubzug schien gut zu beginnen.

»Dann lasst uns auf gut muslimische Weise an eurem Reichtum teilhaben«, rief er in der Gewissheit, eine Art Wegezoll abstauben zu können, den vermeintlichen Kaufleuten zu. Die bärtigen Männer grinsten erfreut über den rauen Scherz des Anführers.

»Aber gern doch!«, erwiderte Alexios, ließ seinen Pelz von seinen Schultern gleiten, nahm sein Schwert und ritt mit gestreckter Waffe los. Die Karte durfte keinesfalls in falsche Hände fallen. Sein Waffenmeister tat es ihm gleich. Die *akindschi* zogen blitzschnell blank. Mit seinem scharfen Säbel, dem *saif*, hieb der Anführer der Mordgesellen dem türkischen Führer, mit dem er gerade eben noch gesprochen hatte, denn Kopf ab, der rechts neben dem Pferd zu Boden fiel. Aus einer unbegreiflichen Laune des Schicksals heraus hielt sich der Leib des Enthaupteten im Sattel, als warte er nur darauf, dass jemand den Kopf aufheben und ihm wieder aufsetzen würde. Als sei das alles nur ein Missverständnis gewesen.

Lachend wollte der Anführer im nächsten Moment seinen Krummsäbel gegen Alexios richten, doch dieser stieß ihm von schräg oben die Damaszenerklinge zwischen Hals und Schulter so tief in den Brustkorb hinein, dass es krachte. Drei der *akindschi* stürzten sich auf Xavier del Mar, während die anderen drei so schnell auf den Fürsten losgingen, dass diesem keine Zeit blieb, sein Schwert aus dem Brustkasten des Anführers zu ziehen. In höchster Not riss er dem Toten den Krummsäbel aus der Hand. Alexios geriet in schwere Bedrängnis, denn der Feind war in der Überzahl, und überdies fehlte es ihm an Übung im Umgang mit dem Krummsäbel. Er parierte die Schläge, wobei er nur mit Mühe verhindern konnte, dass ihn einer der Männer im Rücken angriff. Der Leib des Geköpften fiel vom Pferd, das wiehernd davongaloppierte. Der Falbe verlor sich im Dunst der Ebene.

Der Waffenmeister wehrte mit dem Dolch die Schläge ab, während er mit dem Schwert zuschlug. Dem ersten Gegner schleuderte er den Krummsäbel aus der Hand und parierte den Angriff des zweiten mit dem Dolch. Den Schlag des dritten schließlich wehrte er wieder mit der kurzen Klinge ab, während er ihm die lange Klinge in den Hals trieb. Der Getroffene gurgelte weiß-rote Blasen, ein Gemisch aus Blut und Luft aus dem Hals, bevor er vom Pferd stürzte.

Der Katalane wendete sein Ross, dann ritt er zurück und stürzte sich auf den nächsten Renner und Brenner. Der Türke, der seinen Säbel im Gefecht verloren hatte, war inzwischen vom Pferd gesprungen, um die Waffe aufzuheben.

Wieder parierte Xavier del Mar den Hieb des anderen mit seinem Dolch und rammte dem Feind die Spitze des Schwertes ins Herz. Der reckte sich, die Augen traten ihm aus den Höhlen, bevor er vom Pferd fiel. Dann wandte sich der Waffenmeister seinem bedrängten Herrn zu.

Einem der *akindschi* war es schließlich gelungen, sich dem Fürsten von hinten zu nähern, während dieser sich gegen die beiden anderen zur Wehr setzte. In dem Augenblick, in dem der von hinten kommende Türke zum Schlag ausholte, spaltete Xavier ihm den Kopf. Die beiden Waffenbrüder des Mannes hielten vor Schreck kurz inne – lange genug, dass der Fürst dem rechten das Schwert zwischen die Augen treiben konnte. Er zog es heraus und widmete sich dem nächsten Gegner.

Doch inzwischen hatte der Türke seinen Krummsäbel gefunden, war wieder aufgesessen und führte die Schneide mit einem eleganten Streich nun tief in den Rücken des Waffenmeisters. Der Fürst sah die brechenden Augen seines Gefährten, der Schwert und Dolch fallen ließ und die Arme gen Himmel drehte. Der Harnisch, dessen Rückenriemen durchschnitten waren, polterte zu Boden. Xavier del Mar fiel vornüber mit dem Gesicht in den Matsch. Auf seinem Rücken breitete sich eine rote Masse aus, die den Mantel zu verschlingen schien.

Alexios schrie auf wie ein Tier. Noch im Verhallen seines Gebrülls begann er wie ein Berserker auf seinen Gegner einzuhacken, der die Schläge nicht mehr zu parieren vermochte und schließlich vor Schmerz und Entsetzen schrie, denn er glaubte, es mit dem Leibhaftigen zu tun zu haben. Die Klinge des Fürsten drang in seine Arme und seine Beine, wo sie tiefe Wunden riss, schließlich auch in den Rücken des Pferdes, das sich aufbäumen wollte, aber zusammenbrach. Alexios saß ab und erledigte den Rest der Arbeit ruhig und emotionslos wie ein Metzger. Auch dem gestürzten Pferd gab er den Tod mit einem gezielten Stoß ins Herz, denn er mochte es nicht leiden sehen. Dann ließ er den Krummsäbel fallen und holte sich sein Schwert zurück. Es lag gut in der Hand.

Der letzte der sieben Renner und Brenner suchte sein Heil in der Flucht, denn auch er argwöhnte, dem Satan begegnet zu sein. Sogleich setzte Alexios ihm nach. Er durfte ihm nicht entkommen, er wollte ihn auch nicht entkommen lassen. Schließlich hatte dieser Mann seinen Waffenmeister getötet. Auf gleicher Höhe mit dem Türken trieb er sein Pferd brutal gegen das Tier des Feindes, das ins Straucheln geriet und stürzte. Der Türke lag mit schmerzverzerrtem Gesicht unter seinem Ross. Der Sturz und das Gewicht des Pferdes hatten ihm Brüche, Stauchungen und Prellungen zugefügt.

»Mit Kriegern zu kämpfen ist ein anderes Geschäft, als wehrlose Männer, Frauen und Kinder niederzumetzeln. Der Tod, der von dir ausging, kommt zu dir zurück!«

Der Mann verstand den Fürsten nicht, begriff aber, dass er ihm keine Komplimente machte. Das Letzte, was der Türke in seinem Leben zu sehen bekam, war nicht Hass, sondern grenzenlose Verachtung. Mit einem schnellen Griff packte Alexios den linken Arm des Mannes und schnitt ihm mit seinem Dolch präzise wie ein Arzt die Pulsader auf. Dann sah er mit unbewegtem Gesicht zu, wie die Augen des Feindes mit steigendem Blutverlust erkalteten. Das Wimmern des Kriegers versickerte wie die rote Flüssigkeit im Schmutz des Bodens. Welche Landstriche der Raubzug der *akindschi* diesmal auch verwüsten würde, diese Renner und Brenner würden nicht mehr dabei sein, stellte er mit Genugtuung fest. Der Fürst ließ den Arm des Toten mit einer Bewegung los, als werfe er ihn fort.

Dann stand er auf und half dem Pferd des Türken auf die Beine. Er pfiff, und das treue Tier trabte an seine Seite. Schweren Herzens hob er den Leichnam seines alten Vertrauten auf, legte ihn quer über den Rücken des Pferdes und band ihn fest, damit er nicht herunterrutschen konnte. Dann schwang er sich auf sein Ross und ritt los, die beiden anderen Tiere am Zügel mit sich führend, ohne sich noch einmal umzusehen.

3

Im Goldenen Horn vor Konstantinopel

Die »Nike« verlor an Fahrt, auch wenn Loukas zwischen dem Lärmen des Windes das Knirschen von Holz wahrnahm. In diesem kurzen Moment der Erleichterung verspürte er Dankbarkeit gegenüber Gott, seinem Schiff, das er gegen kein anderes tauschen würde, und seiner Mannschaft. Kurz vor dem Kai des Kynegion-Hafens befahl Loukas, den Anker zu werfen, und hoffte, dass der Haken Halt im Boden fände. Er durfte nicht riskieren, näher ans Ufer zu treiben. Die Mauern boten eigentlich einen guten natürlichen Anlegeplatz, wenn es nicht gerade stürmte. Dann aber verwandelte sich der sichere Hafen in eine gefährliche Falle. Das Schiff zerrte heftig am Ankertau, stampfte aber nach einem Ruck mehr oder weniger auf der Stelle. Über das nasse Gesicht des Kapitäns, an dem die schwarzen Haare in dicken Strähnen klebten, huschte ein Lächeln, das ihm einen wilden und zugleich knabenhaften Charme verlieh. Eudokimos spuckte diesmal anerkennend aus. Vom Kai stießen kleinere Boote ab. Jetzt galt es, zunächst die Frauen und danach die Mannschaft sicher ans Ufer zu bringen.

Sophia wehrte sich mit Händen und Füßen, die Kajüte zu verlassen, doch Loukas nahm darauf keine Rücksicht. Über ihren Wünschen stand der Befehl des Kaisers, sie sicher nach Konstantinopel zu bringen. Also warf er sich die Dame über die Schulter und schleppte sie die Treppe hinauf an Deck. Sie brachte ihn auf dem schwankenden Schiff in arge Schwierigkeiten, denn sie war nicht nur schwer wie ein Mehlsack, sondern sie wehrte sich zudem mit Händen und Füßen.

An Deck wurde es sogar noch schlimmer. Sophia von Montferrat tobte und schrie. Sie verkündete, lieber den Tod auf dem Schiff zu empfangen, als sich der Flohbadewanne anzuvertrauen, wie sie das Ruderboot nannte, das schwankend neben der »Nike« lag. Von der Natur vernachlässigt, hatte der Sturm alle Versuche der Markgräfin, sich zu verschönern, grausam zunichtegemacht. Ihr Teint spielte zwischen grün und käsig.

»*Mia morte, mia morte*«, kreischte Sophia in den höchsten Tönen. »*Oh Madonna mia!*«

Da auch die undamenhaftesten Flüche nicht zum Ziele führten, verlegte sich Sophia schließlich aufs Schimpfen und Drohen. Sie nannte den Kapitän nur noch *il diavolo greco*, den griechischen Teufel, oder *figlio di puttana*, Sohn einer Hure – und was dergleichen Schmeicheleien mehr waren. Loukas nahm davon keine Notiz und zog sie ungerührt zur Bordwand. Dort zwang er sie, das Fallreep hinunterzusteigen, wobei er sie so lange festhielt, bis der Bootsführer sie umfassen und auf das heftig schaukelnde Boot heben konnte, während die Bootsleute und die Matrosen Boot und Schiff mit Haken mühsam beieinanderhielten. In gleicher Weise verfuhr man mit den Zofen. Dann übergab der Kapitän das Kommando an den Steuermann und stieg ebenfalls um. Vom Boot aus entdeckte er eine kleine Gruppe von Menschen, die das Kynegos-Tor passierten und sich eilig zum Hafen begaben. Sie trafen gleichzeitig ein. Den Ersten Minister des Kaisers erkannte er sofort an seinem prächtigen weißen Hut, der, konkav, wie er war, einem kräftig gestauchten Turm glich. Ein Windstoß stieß den Hut vom Kopf, spielte mit ihm und entführte ihn in die Finsternis des Orkans. Loukas verfolgte, wie das Weiß der Kopfbedeckung in den grauschwarzen Wolken verschwand. Hilflos schaute der Erste Minister dem Zeichen seiner Würde nach. Der Kapitän kletterte derweil vom Boot und hob die Gräfin auf den Kai. Dann begleitete er sie zu der kleinen Abordnung. Sie verkürzte das Empfangszeremoniell des hohen Beamten und wünschte, »*subito*« in den Palast gebracht zu werden.

»So können ich niemand in die Augen treten«, erklärte sie in falschem Griechisch.

Ihre Angst, in diesem Zustand gesehen zu werden, war überflüssig, denn bei einem solchen Wetter verließ niemand freiwillig das Haus, die Kirche oder das Kloster. Selbst die vielen Obdachlosen der Stadt hatten wohl irgendwo Unterschlupf gefunden.

Zugleich bestand Sophia darauf, dass ihr Gepäck umgehend entladen und ihr auf dem Fuß folgen würde. Loukas unterdrückte eine bissige Bemerkung, denn man hätte die Fracht gefahrlos löschen können, wenn der Sturm nachgelassen hatte. Doch wusste er, dass jeder Einwand zwecklos war, und versprach deshalb, sich sofort darum zu kümmern. Angesichts seines Aufzugs erließ man dem Kapitän die Pflicht, seine Passagiere zum Palast zu begleiten.

Weder bedankte sich Sophia bei dem Mann, der sie von Italien sicher über das Meer nach Konstantinopel gebracht hatte, noch verabschiedete sie sich von ihm. Sie ignorierte ihn einfach, als trüge er die Schuld an dem Sturm und an ihrem Aussehen. Mit Worten und Gesten trieb sie den Ersten Minister an, sie endlich ins Trockene zu bringen.

In knapp zwei Wochen sollte die Hochzeit von Sophia von Montferrat und Johannes Palaiologos stattfinden. Mit ihren dreißig Jahren war die Braut nicht mehr ganz taufrisch. Außerdem war sie schon einmal verheiratet gewesen, wenngleich die Ehe angeblich nicht vollzogen worden war. In Anbetracht ihres Aussehens glaubte man das gern. Aber der Kaiser suchte im Westen Bundesgenossen, und da kam ihm die Tochter eines oberitalienischen Grafen, der mit dem halben französischen Hochadel verschwägert und überdies mit den Palaiologen verwandt war, gerade recht. Auch Johannes Palaiologos würde nicht zum ersten Mal die Ehe eingehen, nur hatte bei ihm nicht der Mensch, sondern der Tod, genauer die Schwarzen Pocken die Verbindung gelöst.

Raschen Schrittes wurde Sophia von Montferrat samt ihren Zofen zum nahen Palast in Blachernae geführt, in dem die kaiserliche Familie wohnte. Unter Lebensgefahr brachte die Mannschaft das Gepäck der Frauen an Land, wo es eilig herbeigerufene Diener in Empfang nahmen.

Die Nachricht von dem riskanten und letztlich geglückten Anlegemanöver der »Nike« verbreitete sich in Windeseile in der Stadt, allein schon durch die Seeleute, die in die Tavernen und Bordelle einfielen, um sich zu beweisen, dass sie noch lebten.

Nach einem Dreivierteljahr der Abwesenheit, das er zum großen Teil auf See, in Genua, Venedig und Montferrat zugebracht hatte, freute sich Loukas unbändig darauf, seine Eltern und seinen jüngeren Bruder Demetrios wiederzusehen. In einem Holzkasten, den man, wenn sich der Sturm gelegt hätte, löschen und zusammen mit seinem Gepäck auf einem Eselskarren in den Palast der Familie Notaras in der Nähe der Hagia Sophia kutschieren würde, befanden sich reichlich Geschenke: für seine Mutter Thekla Gläser aus Murano und Stoffe aus Florenz, für den Vater Nikephoros Karten vom Westen und Bücher über die Reiche der westlichen Könige und für den Bruder geschnitzte Pferdchen mit Kutschen und bemalte Tonfiguren.

4

Im Wald nahe Bursa, Anatolien

Blutverschmiert erreichte Alexios ein Waldstück. Behutsam löste er die Stricke, mit denen er den Leichnam von Xavier del Mar festgebunden hatte. Dann hob er seinen Waffenmeister fast zärtlich vom Pferd und bettete ihn auf den laubbedeckten Waldboden. Dem türkischen Traber nahm er Sattel und Zaumzeug ab und schlug dem Tier auf den Hintern, um es zu vertreiben. Wiehernd galoppierte es auf dem Weg in Richtung Bursa davon. Alexios sah ihm kurz nach und warf einen Blick auf die beiden übrigen Pferde, die er an einen Baum gebunden hatte.

Mit dem Schwert des Waffenmeisters und den bloßen Händen grub er in die nasskalte Erde ein Grab, das er mit Pinienzweigen und Grasnarben auspolsterte. Xavier del Mar, der jetzt tot vor ihm lag, hatte ihn seit nunmehr zwanzig Jahren – seit seinem sechsten Geburtstag – in den Waffenkünsten und im Reiten unterrichtet. Alles, was er auf diesem Gebiet konnte, hatte er von diesem Mann gelernt. Der Katalane war es gewesen, der ihn in den Ehrenkodex der Ritter eingewiesen hatte, auch wenn Alexios die tiefe Religiosität, mit dem der Waffenmeister seinem Handwerk nachging, nicht teilte. Xavier del Mar hatte ihm einst erklärt, was ein Ritter sei, und seine Erläuterung mit den Worten beschlossen: »Deshalb gab man diesen Männern dann den Namen Ritter – ein Name, mit dem man die geglückte Verbindung des edelsten Tieres mit dem edelsten Mann meinte.«

Xavier del Mar aus Berga, den es als junger Ritter vom Fuße der Pyrenäen nach Konstantinopel verschlagen hatte, war für Alexios der Inbegriff eines Edelmannes gewesen. Keinem Kampf war der Katalane ausgewichen, solange es sich dabei nicht um einen Meuchelmord handelte. Stets hatte Alexios den Waffenmeister, der ein Kämpfer, aber kein Politiker gewesen war, für seine Gradlinigkeit bewundert.

»*Adios, mi querido caballero, Señor Xavier del Mar*«, murmelte er. Mehr vermochte er mit fester Stimme nicht hervorzubringen, denn er hatte diesen Mann mehr geliebt als seinen Vater. Gern hätte er den Toten mit nach Konstantinopel genommen und ihn dort in der Kirche der heiligen Maria von Blachernae aufgebahrt, getrauert, wie es sich gehörte. Aber wie sollte er, ohne Aufsehen zu erregen, einen Leichnam quer durch von Türken kontrollierte Gebiete nach Hause bringen? Und so würde kein Kreuz je an Xavier del Mar erinnern, nur die kräftige Pinie, die sich über seinem Grab erhob. In fremder Erde würde er zu Staub.

Tief erschüttert sprach Alexios ein kurzes Gebet. Den Schmerz des Verlustes hatte er noch nie zuvor empfunden. Und dieser kam in Wellen, er überfiel ihn wie ein unersättliches Tier, das immer wiederkehrte, um ihm seine Zähne ins Herz zu schlagen. Zugleich spürte er eine Taubheit. Es war, als würde er einen Teil seiner selbst bestatten.

Er füllte das Grab mit Erde und musste sich von dem tristen Ort geradezu losreißen. Es war Zeit, den Rückweg nach Konstantinopel anzutreten. Sicher hatte man die erschlagenen *akindschi* bereits entdeckt und die Suche nach den Mördern aufgenommen. Nachdem er einen Baumstamm auf das Grab gewälzt, sich in einer schlammigen Quelle das Blut abgewaschen hatte, wodurch er im Grunde nur den eingetrockneten Lebenssaft mit Dreck vertauschte, stieg er auf sein Pferd und jagte durch das Olympos-Gebirge zur Küste. Für Konstantinopel ergab sich ein einzigartiges Bündnis, das über kurz oder lang dazu führen konnte, die Herrschaft der Osmanen in Zwietracht und inneren Hader zu stürzen, damit das Reich der Rhomäer in alter Größe wiederauferstehen würde. Alexios zweifelte nicht daran, dass der Kaiser in Konstantinopel der Nachfolger der römischen Herrscher war, deshalb nannten sie sich auch Römer, auf Griechisch: Rhomäer. Einst hatten sie alle Länder, die am Mittelmeer lagen, beherrscht, Anatolien und Syrien, Ägypten und die Gegend um Tunis, Spanien und Italien und den ganzen Balkan, einst regierte der römische Kaiser die Welt, und so sollte es nach dem Willen des Fürsten Alexios Angelos auch wieder kommen. Für dieses Ziel schlug sein Herz. Seine Mission hielt er für geglückt, aber der Preis schmerzte.

Auf der Straße von Kios nach Pylai geriet er im Gebirge in dichten Nebel und verirrte sich. Er musste schon eine gute Weile vom rechten Weg abgekommen sein, als sich die breite Straße verjüngte, sich plötzlich bergaufwärts wand und schließlich an einer kleinen Lichtung vorbeiführte, von der es nur noch zu Fuß weiterging. Obwohl es ratsam gewesen wäre umzukehren, trieb es Alexios, zu erkunden, wohin der Pfad führte. Er band die Pferde an einen Baum und setzte seinen Weg zu Fuß fort.

Der Pfad wurde steiler und verengte sich immer mehr zu einer steinernen Rinne. Das Vogelgezwitscher, das er noch dann und wann gehört hatte, erstarb schließlich. Auf dem Gipfel standen turmhohe Libanonzedern, traurig, kahl, nimmergrün. Der Fürst, kein Feigling, spürte einen unangenehmen Druck auf seinem Herzen und in seiner Lunge. Nichts Lebendes, kein Vogel, nicht einmal Spuren von Tieren entdeckte er. Der Ort ist verflucht, ging es ihm durch den Kopf. Schlimme Dinge schienen an diesem Platz geschehen zu sein, so furchtbar, dass die Bäume darüber ihr Laub verloren hatten. Dann entdeckte er Rauch, zog sein Schwert und ging langsam und sehr konzentriert in die Richtung, aus der die Wölkchen aufstiegen.

An einer Feuerstelle saßen zwei in graue, schmutzige Wolldecken gehüllte Wesen. Über dem Feuer hing ein Kessel in einem Dreifuß aus starken Ästen. In einer Sprache, die er weder verstand noch jemals zuvor vernommen hatte – also weder Griechisch, Italienisch, Lateinisch, Spanisch, Französisch, Türkisch noch Arabisch –, sagte die eine Gestalt etwas zu der anderen, die sich darauf wieselflink erhob und im Wald der toten Zedern verschwand. Die Sprache beeindruckte Alexios, denn sie klang sehr alt, fast wie eine Beschwörung.

»Setz dich zu mir«, sagte das eingemummte Wesen nun auf Griechisch. Der Klang der Stimme ließ auf eine Frau schließen, obschon auch ein männliches Timbre mitschwang. »Denk nicht darüber nach, ob ich ein Mann oder eine Frau bin. Weder bin ich das eine noch das andere, und auch nicht beides zusammen und doch, wie du siehst, eins. ›Nicht hob sie vom Boden Gefieder; dennoch schwebten sie frei mit hell durchscheinenden Flügeln ... Häuser bewohnen sie stets, nicht Wälder, und hassend die Helle, fliegen sie nachts und werden genannt nach dem Flattern am Abend.‹« Das Wesen kicherte boshaft. Alexios überfiel eine lähmende Unentschlossenheit. Die Gestalt winkte mit einer grazilen Frauenhand.

»Setz dich einfach zu mir, und hab keine Angst. Du wärest schon so tot wie die Bäume, wenn ich dein Ende beschlossen hätte. Ich wusste ja, dass du kommst, Alexios Angelos. Und steck das Schwert ein, du könntest damit noch jemanden verletzen.«

Erstaunt folgte der Fürst der Anweisung des Wesens, das er für einen Hermaphroditen hielt, und ließ sich ihm gegenüber nieder. Nie zuvor war er einem begegnet. Er kannte nur die Sage, nach der sich die Nymphe Salmakis einst in einen Jüngling verliebt hatte, der ihre Gefühle jedoch nicht erwiderte. Sie umschlang ihn mit ihrem Körper und flehte die Götter an: »Möge jenen von mir kein Tag, kein Tag mich trennen von jenem.« Und so kam es, dass sie zu einem Wesen verwuchsen. Alexios hatte gehört, dass ein Hermaphrodit gegen den Tod gefeit war und selbst unbeschadet in die Unterwelt hinabsteigen konnte, weil ihm die Totengötter nichts anzuhaben vermochten, denn er war weder Mann noch Frau und so undefiniert, ambivalent, keines von beiden. So hatten weder Tod noch Teufel, auch kein Basilisk über ihn Gewalt, denn er zeugte sich stets neu aus sich selbst heraus, war Ursache, Quell und Ergebnis des Lebens. Es gab Gelehrte, die den Hermaphroditen für vollkommen hielten, weil er Mann und Frau in einem verkörperte und dadurch das Ganze, das Ungeteilte symbolisierte. Andere sahen wiederum in ihm ein Geschöpf des Teufels, noch andere beides, für die vollkommene Legierung, den tiefsten Dämmer, den exakten

Punkt des Überganges, den Atemhauch, der zwischen dem Nichtmehr und dem Nochnicht hin und her weht.

Der Hermaphrodit ließ seine Decke über den Rücken hintergleiten. Ein Gewand aus tiefblauem Damast kam zum Vorschein, das goldene Sterne und Sonnen und Monde verzierten. Eine rote Kappe bedeckte vermutlich eine Glatze. Alexios konnte zumindest keine Haare entdecken, weder Bart noch Bartstoppeln, noch Augenbrauen oder Strähnen, die unter der Kappe hervorlugten. Alles wirkte auf eine seltsam übernatürliche Weise fein an ihm. Das Gesicht des Wesens wirkte elfenhaft mit den mandelförmigen Lidern, der zarten Nase, die schlank auf den wohlgeformten Mund verwiesen. Die Jochbeine kuschten vor den Augen, der hohen Stirn und gingen in die gerundeten, doch nicht vollen Wangen über wie eine Ebene, die sich sanft zum Meer neigte. Eine Schönheit, die auch abstieß und doch wieder das Verlangen antrieb.

»Wer bist du?«, fragte Alexios.

»Was sind schon Namen? Sie lügen doch alle mit der Wahrheit und sprechen wahr in der Lüge. Nimm an, dass ich aus Babylon stamme.«

»Ein Chaldäer, also. Ein Zauberer? Ein Wahrsager?«

Der Hermaphrodit hob abwehrend die Hände. »Glaubst du, ich sei eine Jahrmarktsfigur? Ich habe viele Welten gesehen, und viele Existenzen sind in mir. Alle, die etwas wollen, gehen in mich hinein. Wie könnte ich da eindeutig sein? Aber denke nicht darüber nach, tapferer Alexios, philosophieren war noch nie deine starke Seite. Genug, ich bin kein Magier, keiner, der in die Glaskugel schaut oder aus den Linien der Hand oder dem Flug der Vögel die Zukunft voraussagt. Ich bin nur der, der dir sagt: Der Kaiser, den Konstantinopel braucht, will es nicht untergehen, bist du.«

Die Prophezeiung traf Alexios wie ein Beil. »Kennst du etwa die Zukunft?«

»Nein, ich weiß nur, was notwendig ist. Um das Reich der Rhomäer wieder aufzurichten, bedarf es eines Kaisers, der beide Schwerter gleichermaßen gut zu führen weiß, das Schwert der Diplomatie und das Schwert des Krieges. Er muss jung sein und unverbraucht und kräftig. Die Macht will geritten sein, verstehst du?«

Alexios wunderte sich, dennoch argwöhnte er, in eine Falle gelockt zu werden. Vielleicht hatte Johannes ihm diesen Wundermann entgegengeschickt, um seine Loyalität auf die Probe zu stellen.

»Ich diene dem Kaiser Manuel und dem Herrn Johannes, der, so Gott will, über uns herrschen wird«, sagte er mit fester Stimme.

Der Hermaphrodit kicherte. »Sicher tust du das. Doch Bescheidenheit kann Hochmut bedeuten und Treue Verrat. Auch durch deine Adern fließt kaiserliches Blut. Die Angeloi haben die Krone den Komnenen genommen, die Lateiner den Angeloi, und den Lateinern wurde sie von den Palaiologen in blutigen Schlachten entwunden. Aber die Palaiologen sind schwach, verweichlicht, am Verdorren. Manuel bevorzugt Johannes, den er zum Nachfolger bestimmt hat, doch man braucht kein Hellseher zu sein, um zu wissen, dass nach Manuels Tod Johannes' Brüder – Demetrios, Thomas, Konstantin und Theodor – mit Sicherheit ein Wort über die Thronfolge mitreden wollen. Streiten sie aber, dann kommt es nur noch auf deine Geschicklichkeit an, ordentlich Öl ins Feuer zu gießen, die Krone ihren streitenden Händen zu entwinden und dir selbst aufs Haupt zu setzen.«

Mit diesen Worten erhob sich das Wesen und ging auf Alexios zu. Es kniete sich zu ihm und drückte ihm etwas Kühles, Metallenes in die Hand, dann nahm es seinen Kopf in die Hände wie in einen Schraubstock und küsste ihn, wobei es ihm kalt und unsagbar schön in die Augen schaute. Ekel und Verlangen kämpften in Alexios miteinander. Er vermochte dem Blick des Wesens nicht standzuhalten, also schloss er die Lider. Der Kuss aber ging ihm durch und durch, er nahm ihm den Atem und entfesselte Wut in ihm, unbeherrschbare Wut und zugleich Kraft, er streichelte und er züchtigte ihn. Das Wesen rief mit seiner Zungenspitze Bilder in ihm hervor.

Als er dem Türken die Schlagader aufgeschnitten und ihm beim Sterben zugesehen hatte, war er plötzlich Herr über den Tod gewesen. Nun verhieß ihm der Hermaphrodit die Macht über das Leben. Das war weitaus schwieriger. Doch dann spürte er, wie sich ihre Zungen in einer wilden Lust gegenseitig vorantrieben, sich dabei von den Lippen abstießen wie Tänzer vom Boden. Das hatte er noch bei keiner Frau empfunden, ganz gleich wie und wo sie ihn küsste. Und wie konnte er auch? Es war der Kuss der Macht, den er empfing. Das fremde Wesen drang in ihn ein, Schmerz und Lust mischten sich, dann glaubte er, wie der Weltenherrscher auf die Welt herabzusehen, die für ihn nur aus Schleiern bestand, weißen, gelben, grünen, blauen, braunen, schwarzen und roten ...

Als Alexios die Augen wieder öffnete, saß er allein auf dem Boden des toten Waldes, kein Feuer vor ihm, kein Dreifuß, kein Kessel, auch kein Hermaphrodit, überhaupt niemand. Nicht einmal eine Spur von ihnen. In seiner geschlossenen Hand spürte er einen kühlen Gegenstand und öffnete die Faust. Auf seinem Handteller lag ein Ring, ein großer in Gold gefasster Rubin. Der Edelstein leuchtete blutrot.

Alexios wusste, was das zu bedeuten hatte. Er fuhr sich mit der Hand übers Gesicht. Der Ring bewies, dass er die Begegnung nicht geträumt hatte. Dabei hätte es des Beweises eigentlich nicht bedurft, denn er neigte nicht dazu, an seinem Verstand zu zweifeln. Genügend Geschichten über Visionen hatte er gehört, angefangen von der des Paulus vor Damaskus, sodass er nicht tiefer über das seltsame Erlebnis nachdachte. So viel stand zumindest fest: Ihm war ein Auftrag erteilt worden von jemandem, der über den Menschen stand. Nicht der Inhalt des Auftrages, nur derjenige, der ihn in Wahrheit erteilt hatte, blieb ein Rätsel. Gott oder der Teufel oder etwas Drittes?

Auf dem kalten Waldboden sitzend, fühlte er sich zwar einsam, doch vermisste er nichts und niemanden, im Gegenteil – das Alleinsein wärmte ihn. Aber vielleicht ermöglichte die Einsamkeit erst wahre Größe. Ihn, Alexios Angelos, Spross eines Geschlechtes, dem einst Isaak Angelos die Kaiserwürde erkämpft hatte, schlug die Aufgabe, das Reich der Oströmer zu neuer Größe zu führen, in ihren Bann. Davon hatte er nicht einmal in seinen kühnsten Vorstellungen zu träumen gewagt, er, der Drittgeborene. Wer oder was sollte daneben noch Platz haben?

Wer die Einsamkeit als Geschenk anzunehmen vermochte, dachte Alexios, hatte sich von der Herdenhaftigkeit der Menschen befreit. Wer eine Welt im Inneren besaß, dem machte es nichts aus, auf sich selbst zurückgeworfen zu werden, denn er nahm inmitten einer Welt Platz. Derjenige aber, der wenig oder gar nichts in sich trug, der wurde bei dieser Vorstellung von Panik ergriffen, denn die Einsamkeit verwies ihn auf die Dürftigkeit der eigenen Person. Gnadenlos wurde er mit seinem Nichts, seiner Leere konfrontiert.

Nicht durch die Kaiser zu regieren, wie er immer geglaubt hatte, war ihm beschieden, sondern selbst als Kaiser die Menschen zu führen. Er war zum Herrschen geboren, dazu berufen, das Volk vor seinen Gegnern und vor seinem größten Feind, der es selbst war, zu beschützen.

Alexios steckte sich den Ring an den Finger, und siehe da – er passte, als ob er eigens für ihn angefertigt worden wäre.

Allzu große Euphorie würde er zu vermeiden suchen, beschloss er. Stattdessen musste er kühl, klug und geduldig vorgehen. Der Kuss hatte es ihn spüren lassen: Im Kampf um die Macht war der direkte Zug nur die Summe aller Winkelzüge. Dabei konnte es wahrlich nicht schaden, Eirene Palaiologina, die Tochter des Andronikos und damit die Enkelin des Kaisers, zu heiraten.

Der Hermaphrodit hatte recht, die Palaiologen waren alt, verbraucht, vertrockneter Samen. Es war an der Zeit, dass sie abtraten. Noch erschreckte Alexios die Konsequenz des Gedankens, doch wenn Xaviers Tod eines gezeigt hatte, dann dies: Sie würden alle einmal sterben, auch er selbst, ohne oder mit der Kaiserkrone auf dem Haupt. Alexios schüttelte sich und stand auf. Höchste Zeit, aufzubrechen und an die Arbeit zu gehen.

In Chalkedon wurde er von einer Barkasse, die ihn bereits erwartete, nach Konstantinopel übergesetzt. Er stand am Achterdeck und schaute auf die unruhige See. Der Sturm, der noch vor Tagen gewütet hatte, war erschlafft, aber das Wetter blieb windig und nass, das Meer aufgewühlt. Aus den Wasserschleiern tauchte der festungsartige Kasten des Bukoleon-Palastes auf, mit seiner Loggia und den Arkaden im oberen Teil, während die untere Fläche nur von kleinen schießschartenartigen Fenstern unterbrochen war. Hinter ihm, noch vom Nebel verdeckt, dösten die Ruinen des alten Kaiserpalastes, ein Zeichen vergangener Größe. Diesen Palast, in dem Justinian, der größte aller Kaiser, gewohnt und regiert hatte, würde er wiederherstellen lassen. Und auch das Senatsgebäude sollte wieder seine ursprüngliche Bestimmung erhalten. Der Niedergang hatte in seinen Augen mit dem Umzug der Kaiser in das Blachernenviertel am anderen Ende der Stadt begonnen. Mit dem Verlassen des Palastes, in dem einst Kaiser Justinian gelebt und geherrscht hatte, hatte man sich auch von alter Größe verabschiedet. Die Herrscher mussten wieder an ihren alten Ort neben Hagia Sophia und Hagia Eirene hinter das Hippodrom zurückkehren, an den Ort, von dem aus ihre Macht sich über das ganze Mittelmeer bis nach Persien erstreckt hatte. Bei diesem Gedanken fuhr sich Alexios unwillkürlich mit der Zunge über die Lippen. Den Geschmack des Kusses sollte er nicht mehr vergessen, nach ihm würde er sich fortan sehnen. Im nimmergrünen Wald des Todes hatte er unerwartet und überraschend zugleich die Liebe seines Lebens gefunden.

5

Kaiserpalast, Konstantinopel

Nach der beeindruckenden Audienz beim Kaiser, in der Loukas im Beisein seines Vaters Nikephoros Notaras zum Kapitän der kaiserlichen Marine ernannt worden war, warteten sie lange im Vestibül des Palastes, weil Manuel II. die beiden Männer noch persönlich zu sprechen wünschte. Schließlich holte sie ein Diener ab und führte sie über mehrere Treppen, durch kleinere Räume und verwinkelte Gänge zum Geheimen Beratungssaal.

»Merk dir den Weg, Loukas. Und vor allem eines: Zu jeder Hintertür in diesem Palast gibt es wieder eine Hintertür. Wir wären keine Griechen, wenn es anders wäre«, flüsterte Nikephoros, der dem Kaiser auch als Dolmetscher und Berater diente.

Doch der frischgebackene Kapitän der kaiserlichen Marine hörte ihm nur halb zu, denn er musste all seine Selbstbeherrschung aufbieten, um nicht, von einer Welle des Glücks mitgerissen, plötzlich zu springen, zu laufen und zu jubeln. Nur wenige Menschen im Reich, zwei Hände voll, hatten je von der Existenz des Geheimen Beratungssaals gehört, geschweige denn, ihn gesehen! Sein neuer Rang verlangte von ihm, Würde auszustrahlen, denn die gesamte Hierarchie – vom Kaiser angefangen bis hinunter zum Schreiber – beruhte auf dem Selbstbewusstsein eines alten Reiches und seiner unvergänglichen Institutionen, die Gott durch den Heiligen Geist schuf. Loukas war mit dem Glauben aufgewachsen, dass, so wie die Sonne und die Planeten sich um die Erde drehten, das Leben der Byzantiner auch als Rotation der Untertanen um den Kaiser verstanden werden musste.

Jedem war durch Geburt und Leistung sein Platz und seine Aufgabe zugewiesen in diesem großen Schauspiel, das man Leben nannte, und wie Planeten wurden die Menschen, auf Kristallschalen fixiert, auf vorgegebenen Bahnen getragen. Häufig bekleideten Männer aus dem Adel oder aus reichen Familien neben ihrem alltäglichen Leben ein Amt in der Armee oder in der Marine, um im Kriegsfall oder in einer anderen Angelegenheit dem Kaiser zu dienen. Das verpflichtete sie auch, Kämpfer oder – wie im Falle des Kapitäns – Schiffe und Seeleute zu stellen. Dafür gehörten sie zum Hof des Kaisers und erhielten die Möglichkeit, sich politisch, vor allem aber wirtschaftlich im großen Stil zu entfalten. Im Grunde ließen sich die beiden Bereiche nicht trennen.

Der Geheime Besprechungssaal enttäuschte Loukas in seiner Nüchternheit. Repräsentatives Schmuckwerk suchte man hier vergebens. Er staunte über ein hölzernes Modell der Stadt, das die Mitte des Raums beherrschte. Am Fenster entdeckte er einen Mann mit hängenden Schultern, der zu den Hügeln der Stadt hinüberschaute und in dem er den Kaiser erkannte. Neben ihm stand sein Sohn und Mitkaiser Johannes und sprach auf ihn ein. Die beiden Ankömmlinge wollten sich auf den Boden werfen, doch der Kaiser winkte ab.

»Lasst, wir treffen uns gewissermaßen privat.«

Wieder warf Manuel einen melancholischen Blick aus dem Fenster und blieb an den Kuppeln der Kirche des Chora-Klosters hängen. »Meine Vorfahren herrschten über ein Reich, das sich von Spanien bis Persien, von der Donau bis nach Afrika erstreckte – und ich, ich bin nur Herr über eine Stadt, ein paar Besitztümer in Griechenland, ein paar Inseln!«, murmelte er. Er wandte sich den beiden Notaras zu, und Johannes tat es seinem Vater gleich. Der Sohn überragte den Kaiser um einen halben Kopf.

»Das Reich ist alt und ewig, und Ihr seid der Herr der Welt!«, sagte Loukas ehrfürchtig.

»So heißt es, ja«, erwiderte der Kaiser. Dann schwieg er eine Weile, als denke er über eine schwierige Frage nach. Schließlich heftete er seine dunklen Augen auf Loukas. »Aber sag mir, junger

Notaras, was glaubst du: Lebt unsere Reichsidee noch, oder modert sie bereits, und wir haben es nur nicht gemerkt? Man sagt von Ertrinkenden, dass im Augenblicke des Todes ihr ganzes Leben an ihnen vorüberzieht. Sind wir diese Ertrinkenden, und ist das, was wir Leben nennen, am Ende nur eine Erinnerung an unwiederbringlich Vergangenes? Erlischt unsere Sendung? Klammern wir uns an etwas, das nicht mehr in Gottes Absicht steht? Kommen jetzt neue Mächte? Neue Herren?«

»Wie kannst du das auch nur denken, Vater!«, rief Johannes empört.

»Lass den Kapitän antworten. Er ist in der Welt herumgekommen. Anderswo leben die Menschen anders. Warum glauben wir, dass ausgerechnet wir recht haben?«, hielt der Kaiser mild, aber bestimmt dagegen und strich sich mit der Rechten bedächtig über den langen Bart.

»Herr, unsere Reichsidee ist der Nagel der Welt. Zieht man ihn heraus, stürzt die Welt ein! Das Reich ist nicht die Erfindung eines Philosophen, eines Gesetzgebers oder Herrschers. Wie soll es nicht mehr in Gottes Plan stehen, wenn es einmal in Gottes Plan stand? Schließlich ist der Allerhöchste, die Ursache allen Seins, im Gegensatz zu uns wetterwendischen Menschen unwandelbar. Gott ändert sich nicht. Wenn es einmal bei ihm beschlossen war, so wird es auch sein.«

Johannes' Blick verriet, dass sein Interesse an dem nur wenig jüngeren Mann wuchs.

»Wir sehen das so«, sagte Manuel. »Der Papst und der Sultan haben eine vollkommen andere Sicht auf die Dinge. Vielleicht ist es aber auch der Lauf der Welt, dass Reiche entstehen und wieder untergehen. Hat unser aller Herr nicht gesagt: Mein Reich ist nicht von dieser Welt – und wir haben es nur falsch verstanden? Jesus Christus ermahnte Petrus: Du tust, was menschlich ist, nicht aber, was göttlich ist. Können wir unwissenden Menschen denn wirklich im Plan Gottes lesen? Wo, mein junger Kapitän, sind die Pharaonen geblieben, wo Alexander der Große? Alle, alle sind sie zu Staub zerfallen! Neue Völker kommen, alte gehen. Warum nicht auch wir eines Tages? Vielleicht ist unsere Zeit längst vorüber, und wir haben es nur nicht gemerkt. Und machen nur noch aus Trägheit und Gedankenlosigkeit weiter. Wir haben lediglich vergessen zu sterben, sind aber längst tot. Weil wir nie etwas anderes kennengelernt haben, glauben wir, es müsse ewig halten. Vielleicht haben wir aber auch nur aus unseren Gewohnheiten und Bequemlichkeiten eine Weltanschauung gezimmert.«

»An Kultur und Bildung sind wir ihnen allen überlegen«, warf Loukas ein.

»Kümmert das junge Völker, beeindruckt das Eroberer? Kultur liebt nur, wer sie besitzt, in allen anderen erzeugt sie bestenfalls Gleichgültigkeit, gemeinhin aber Wut, weil man sie zwar zerstören, nicht aber erobern kann.«

Loukas schüttelte mehrmals den Kopf, als wolle er den Gedanken gar nicht erst an sich heranlassen. »Verzeiht, mein Herr. So wie ich an Gott, den Sohn und den Heiligen Geist glaube, bin ich dessen gewiss, dass wir Rhomäer zum Herrschen geboren sind. Oh Herr, nennt mir nur ein Reich, das älter ist als das unsere! Und wenn das Euch nicht überzeugt, dann schaut auf Gott. Ihr seid des Allmächtigen erster Diener, nicht der sogenannte Kaiser der Lateiner, nicht der Papst, nicht der Sultan, Ihr und nur Ihr seid es! Schaut Euch die Ikone des Pantokrators an, Jesus Christus als Himmelskaiser, ein Bildnis, das kein Maler geschaffen, sondern Gott selbst inspiriert hat, und dann verratet mir, wie ihr im Angesicht des Herrn zu zweifeln vermögt! Gott hat uns eine schwere Last auferlegt. Dieses Gewicht drückt uns nieder, lässt uns zweifeln und verzweifeln, aber er prüft uns nur. Es ist unsere Aufgabe. An ihr zu verzweifeln hieße von Gott abzufallen.«

»Und doch schmilzt unsere Macht wie Schnee in der Sonne«, seufzte der Kaiser.

»Vielleicht aber wächst sie auch in diesem Moment! Als das Kreuzfahrerheer der Lateiner vor zweihundert Jahren Konstantinopel erobert und geplündert hatte und Balduin von Flandern den Thron durch Usurpation besudelte, war es Euer Ahn, Michael VIII. Palaiologos, der sie verjagt und Konstantinopel zu neuer

Größe geführt hat. Ewigkeit ist doch nur die Summe aus Aufstieg und Niedergang. Entscheidend ist einzig, dass man den Niedergang übersteht, dann wird man den Aufstieg erleben!« Loukas' Augen leuchteten, weil er stolz war auf seine gelungene Beweisführung.

»Sollen wir mit den Lateinern die Kirchenunion eingehen, um sie als Verbündete und als Helfer zu gewinnen?«, fragte der Kaiser unvermittelt.

»Wenn das Konzil bei uns in Konstantinopel und nicht im Westen stattfindet, kann man zumindest zusammentreffen«, antwortete Nikephoros.

»Ich habe die Frage deinem Sohn gestellt.«

»Es kommt auf die Bedingungen an«, sagte Loukas. »Schließlich sind sie die Häretiker und wir die Rechtgläubigen. Wenn wir uns nicht dem Papst unterordnen und auch nicht ihre ketzerischen und wunderlichen Vorstellungen vom Ausgang des Heiligen Geistes aus Gott und dem Sohn übernehmen müssen, dann könnten wir es wagen, nur …« Loukas verstummte.

»Nur?«, hakte der Kaiser nach, der ihn genau beobachtete.

»Herr, mein Vater hat mir oft von der Reise erzählt, die er mit Euch durch den Westen nach Venedig, Paris und London unternommen hat, und davon, wie wenig dabei herausgekommen ist. Wir sollten auf ihre Hilfe hoffen, nicht aber auf sie rechnen.«

»Sie sind Christen. Sie müssen uns gegen die Ungläubigen beistehen!«, warf Johannes ein.

Der Kaiser überging den Einwand seines Sohnes und griff seinen Gedanken wieder auf. »Sollten wir besser engeren Kontakt zu den Türken suchen, Loukas Notaras?«

Loukas dachte nach. Die Macht der Osmanen wuchs stetig, und nichts deutete darauf hin, dass sich das ändern würde. Sie hatten mit ihren Besitzungen Konstantinopel eingekreist. Ihnen gehörten große Teile Anatoliens und Rumeliens, wie sie den europäischen Teil des Osmanischen Reiches nannten. Sultan Mehmed I. und Kaiser Manuel verstanden sich inzwischen recht gut. War der Spatz in der Hand besser als die Taube auf dem Dach? Schwer zu sagen.

»Sie sind Ungläubige«, antwortete Loukas ausweichend.

»Ja, und ich habe sie im Feldlager damals auch gefragt, was Muhammad Neues gebracht hat. Und ihnen bewiesen, dass er nur Schlechtes und Menschenfeindliches gestiftet hat, denn er predigte, dass der Glaube durch Gewalt, durch Krieg, durch das Schwert zu verbreiten ist. Aber Gott hat kein Gefallen am Blut, und nicht vernunftgemäß zu handeln ist dem Wesen Gottes zuwider. Der Glaube ist Frucht der Seele, nicht des Körpers. Nicht der Körper muss bedrängt oder geschunden, sondern die Seele muss überzeugt werden. Wer also jemanden zum Glauben führen will, braucht die Fähigkeit zur guten Rede und ein rechtes Denken, nicht aber Gewalt und Drohung. Das ist wahr. Wahr ist aber auch, dass sie unsere Nachbarn sind und leider sehr mächtig.«

»Auf Gnade können wir nicht rechnen«, erklärte Loukas. »Weder von den Lateinern, die uns schon einmal überfallen und ausgeplündert haben, noch von den Türken, die unseren Glauben vernichten wollen. Versuchen wir also kühl, mit beiden gute Beziehungen zu unterhalten und zu unserem Nutzen beide Kräfte in Balance zu halten.«

»Wie willst du das anstellen, Kapitän?«

»Durch Handel! Schmieden wir Handelsallianzen. Am Ende interessiert man sich zuallererst für den Gewinn. Das Reich wird zu neuer Macht aufsteigen, wenn wir es auf dem Meer errichten.«

»Sollen wir vielleicht eine Nation von Pfeffersäcken werden? Unter die Wechsler gehen, die Jesus aus dem Tempel vertrieben hatte?«, empörte sich Johannes, dessen brauner Teint vor Erregung leicht ins Rötliche spielte. Violett leuchteten seine Ohren unter den dichten schwarzen Locken hervor. Sein Interesse an dem Flottenkommandeur erlosch.

Der Kaiser stöhnte leise auf. »Das Reich auf dem Meer erneuern, keine schlechte Idee. Aber dafür benötigen wir eine große und starke Flotte. Und eine große und starke Flotte zu bauen kostet viel Geld, das wir nicht haben. Dennoch ist die Idee richtig. In dir steckt mehr als nur ein Seemann, Loukas Notaras. Ich werde es wohl nicht mehr ins Werk setzen, aber Johannes, mein Sohn, Mitkaiser und Nachfolger. Ihr seid jung, es ist euer Leben, und schon bald wird das Schicksal des Reiches in euren kräftigen Händen liegen. Ich wollte, dass ihr euch kennenlernt. Diene meinem Sohn, wie du mir dienst, Kapitän, und sei geduldig«, sagte Manuel und hob die Hand zum Zeichen, dass für ihn das Gespräch beendet war.

6

Im Stadtteil Vlanga, Konstantinopel

Weitab vom Palast streunte als junger Mann verkleidet die Enkelin des Kaisers, Eirene Palaiologina, durch den Stadtteil Vlanga, der vom Blachernae aus gesehen am anderen Ende der Stadt lag. Von ihrem Fechtlehrer kommend, tauchte sie in das Gewirr der Gassen unterhalb des zweiten Hügels ein. Der große Mantel, der mit einem schärpenartigen Gürtel verschlossen war, in dem ein Säbel stak, verwischte nur notdürftig den Eindruck der grazilen Figur. Die spitz nach oben laufende Fellmütze zog sie noch tiefer in ihr Gesicht. Niemand durfte sie erkennen. Bei dem kalten Regen und dem Wind erregte dieses Verhalten keinen Verdacht – nichts weiter als ein junger Mann, der sich vor dem schlechten Wetter zu schützen versuchte. Die Gefahr ihrer Ikognito-Ausflüge bereitete ihr ein diebisches Vergnügen. Natürlich durfte sie nicht allein den Palast verlassen, natürlich gestattete ihr niemand, Männerkleidung zu tragen, und natürlich hätte man ihr streng untersagt, Fechtstunden zu nehmen. Den Fechtmeister hatte sie mithilfe ihrer Amme gefunden.

Einer der arabischen Übersetzer aus der kaiserlichen Kanzlei las ihr seit zwei oder drei Monaten die »Geschichten aus Tausendundeiner Nacht« vor. Aus diesen Erzählungen erfuhr sie von dem Kalifen Harun al-Raschid, der verkleidet durch Bagdad streifte, um die Meinungen und Gedanken seiner Untertanen zu erforschen. In der Maske und der Kleidung eines jungen Adeligen fühlte sie sich ein wenig wie der berühmte Kalif, wenn sie ihre Stadt erkundete. Die enge, starre und vor allem intrigenvergiftete Welt des Hofes nahm ihrem Herzen den Atem. Diese Fluchten benötigte sie, um nicht zu ersticken. Sie träumte davon, hinaus in die Welt zu gehen, und verfluchte ihr Geschlecht, das sie daran hinderte. Ihr Verstand sagte ihr, dass ihr einziger Ausweg darin bestand, den richtigen Mann zu finden, keinen, der jener verfluchten Hofclique angehörte.

Doch in diesem Moment genoss sie es, nicht mehr Eirene, sondern Eirenaios zu sein, ein junger Tunichtgut aus betuchtem Hause. Die Stadt lag Eirenaios zu Füßen mit ihren vielen Vierteln, die wie eigene Ortschaften wirkten, zwischen denen früher Parks gelegen hatten. Dort, wo einst Blumen und Bäume aus dem Grün des Rasens wuchsen, erstreckten sich Beete und kleine Felder, auf denen Gemüse angebaut wurde.

Ihre ersten Ausflüge hatten sie erschreckt. Niemals hätte sie geglaubt, dass ihr geschichtsstolzes Konstantinopel, das Neue Rom, eine im Grunde zerfallende und sterbende Stadt war. Woher sollte sie im Glanz des Hofes auch nur ahnen können, wie es außerhalb der Mauern von Blachernae aussah? Das Palastviertel verließ sie offiziell nur, wenn an den hohen Feiertagen die Prozessionen zur Hagia Sophia stattfanden, und diese Festzüge bewegten sich entlang der Hauptstraße. Umso mehr sie sah, umso mehr wuchs auch Hoffnung in ihr, denn so wie einige Viertel in Melancholie versanken, existierten auch vitale, aufstrebende Quartiere, besonders um die Häfen im Norden oder wie hier in Vlanga im Süden. Der arabische Reisende Ibn Battuta, der vor über einem halben Jahrhundert in der Stadt weilte, hatte erwähnt, dass Konstantinopel aus dreizehn verschiedenen Orten bestand, wie der Übersetzer ihr vorgelesen hatte. Zweifelsohne hatte der Fremde mehr gesehen und kannte die Stadt besser als sie, die Einheimische. Dem wollte sie dringend Abhilfe schaffen.

Lagerhallen und Speicher wechselten sich mit Kneipen und zweifelhaften Etablissements ab. Vor einem der Hafenbordelle saß lustlos eine dicke Hure und popelte in ihrer Nase. Es war entschieden zu früh für Kundschaft, aber man konnte nie wissen, ob im Hafen ein Schiff einlief. Aber auch diese Chance hielt sich genau betrachtet sehr in Grenzen, denn im Winter, sah man von ein paar

Fährschiffen nach Chalkedon und Nikomedien ab, kam die Schifffahrt zum Erliegen.

»Was ist mit dir, Kleiner?«, rief die Frau ihr zu, ohne den Finger aus der Nase zu nehmen. »Mama zeigt dir auch, wie es geht, du mein süßes Freudenbübchen«, fügte sie noch ohne Ehrgeiz, fast schon gelangweilt hinzu.

Eirene wandte das Gesicht ab, das tiefrot anlief, und zwang sich, nicht schneller zu gehen, denn sie wollte sich nicht noch mehr Spott abholen. Bald darauf passierte sie das Kontoskalion-Tor und befand sich außerhalb der Seemauern im Hafen. Frische Meeresluft wehte von der Propontis und weitete ihre Bronchien. Auch wenn der Geruch von fauligem Plankton, verdorbenem Fisch und Exkrementen ihre Nasenschleimhäute reizte, liebte sie die Atmosphäre des Ortes. Dieser Duft würde ihr selbst bei geschlossenen Augen immer erzählen, wo sie sich befand: im Tor der Freiheit. Die Ausdünstungen der Stadt noch wahrnehmend, erreichte sie schon das Aroma des offenen Meeres. Häfen waren doch immer auch Orte der Gestrandeten. Stand sie hier, hatte sie das Gefühl, dass es nur noch eines Schrittes bedurfte und alles, ihre Herkunft, die Fesseln der Hofetikette und des Zeremoniells, würde abfallen. Es brauchte nur eine Gelegenheit und eine Unbedachtheit. Käme beides im passenden Moment zusammen, dann konnte es geschehen, dass sie das Einzige vergaß, was sie noch hielt, die Liebe zu ihrem Vater Andronikos, diesem schwächlichen Mann, der nicht recht in die Welt zu passen schien und der mit dem Verlust seiner Frau, ihrer Mutter, seinen Halt und seine Orientierung verloren hatte. Aber bisher zeigte sich weder die Gelegenheit noch neigte sie trotz aller Abenteuerlust zur Unbedachtheit. Sie stand, atmete und schaute.

An der Mauer, die alle zweihundert Ellen von einem Turm unterbrochen wurde, zog sich ein Kai entlang, von dem aus Landebrücken aus Holz ins Meer ragten. Das Hafenbecken wurde von zwei mächtigen Mauern von der See abgetrennt. Zwei Türme ließen eine Durchfahrt in die Propontis, das große Binnenmeer vor Konstantinopel, zu. Auf dem linken Turm brannte ständig ein Leuchtfeuer, von dem eine grauschwarze Rauchfahne sich wie eine

Riesenboa in den Himmel schlängelte. Der Hafen war voller Schiffe, die hier überwinterten.

Ihren Blick fesselte plötzlich eine Galeere, die gemächlich in den Hafen glitt. Sie wurde nur gerudert, beide Segel waren eingeholt. Eirene lächelte, als sie den Namen des Schiffes entzifferte: »Nike«, die Siegesgöttin. Das Schiff lag elegant im Wasser. Nicht weit von ihr entfernt fand das Fahrzeug noch einen Anlegeplatz. Es machte ihr Spaß, die Männer zu beobachten, wie sie das Schiff vertäuten, die Ruder einholten und schließlich mit Scherzen und gutmütigen Rempeleien die Waren löschten. Auf dem Kai warteten bereits Fuhrleute mit Ochsenkarren darauf, die Fracht in die Lagerhäuser zu bringen. Es erregte ihre Aufmerksamkeit, dass ein Handelsschiff zu dieser Jahreszeit unterwegs war. Ein grauhaariger, vierschrötiger Mann mit einer enormen Glatze, kleinen, aber sehr wachen Augen wurde von allen mit großem Respekt behandelt. Das musste der Kapitän sein. Als er auf ihrer Höhe war, sprach sie ihn mit verstellter Stimme an. »Kapitän.«

Der Dicke grinste. »Ich bin nicht der Kapitän, ich bin der Steuermann. Womit kann ich dienen, junger Herr?«

»Woher kommt ihr?«

»Vom Kynegion-Hafen.«

»Was hattet ihr in Kynegion zu tun?«

»Wir haben die Braut des Herrn Johannes Palaiologos, die hochwohlgeborene Sophie von Montferrat, abgeliefert.« Abgeliefert, wiederholte Eirene im Gedanken und unterdrückte ein Lächeln.

»Und jetzt löscht ihr die Fracht und macht winterfest?«

»Ja, und wir schlagen drei Kreuze, dass wir den Sturm überlebt haben. Die Alten wussten schon, warum sie zwischen Philippi und dem Hochfest des Erscheinens sich nicht auf das Meer wagten. Jeder vernünftige Mensch lässt davon die Finger.«

»Ist der Kapitän auf dem Schiff?«

»Wer wünscht das zu wissen?«

»Eireneios Gudelen«, log Eirene, ohne mit der Wimper zu zucken.

»Nein, der gnädige Herr Loukas Notaras ist längst von Bord. Das hier ist meine Pflicht.«

»Der Sohn des kaiserlichen Dolmetschers führt das Schiff?« Eudokimos sah den »jungen Mann«, dem eben verdächtig die Stimme nach oben gerutscht war, prüfend an, was Eirene aber nicht auffiel, so gut verbargen die buschigen Augenbrauen des Seemannes seinen Blick. Der Fahrensmann begann sich so seine Gedanken über den doch sehr feminin wirkenden, schmächtigen Jüngling zu machen. »Ebender und ein vortrefflicher Seemann. Noch jung an Jahren, aber sein kaltes Blut hat uns gerettet. Wir hatten unsere Seele schon Gott empfohlen, als der Sturm über uns hereinbrach. Ich sage Euch, gnädiges, ähm gnädiger Herr, einen solchen Sturm habe ich noch nicht erlebt.« Unmerklich zuckte sie zusammen. Zeit sich zurückzuziehen, der alte Seebär hatte sie durchschaut. Er griente über beide Wangen. So ein unverschämt breites Grinsen hatte sie nie zuvor gesehen.

»Aber wenn Ihr mehr wissen wollt, dann kommt mit ins Wirtshaus ›Zur Ankerschlange‹, und Ihr gebt einen aus für mich, während ich Euch von der Reise erzähle.«

Kurz schwankte sie, ob sie sich darauf einlassen sollte, denn sie verging schier vor Neugier. Das Angebot war zwar verlockend, aber zu gefährlich, weil der Dicke sie durchschaut hatte. Eirene räusperte sich, nuschelte noch etwas wie »Danke, guter Mann« und strebte dem Kontoskalion-Tor zu. Loukas Notaras, den Namen würde man sich merken müssen, dachte sie, und ein verschmitztes Lächeln flitzte über ihre vollen Lippen.

7

Kaiserpalast, Konstantinopel

Am Abend saß Alexios Angelos im Geheimen Besprechungssaal und berichtete Kaiser Manuel und Johannes von seiner Reise. Er konnte seinen Stolz über das Erreichte kaum verbergen. Auf dem Tisch lag ausgebreitet die Karte, die Dschuneid ihm mitgegeben hatte.

»Du schlägst also vor, dass wir uns mit Mustafa und Dschuneid gegen Mehmed verbünden?«, fragte der Kaiser, nachdem er dem jungen Fürsten aufmerksam zugehört hatte.

»Wir lassen ihn doch nur entkommen. Dafür können wir nichts.«

Der Kaiser winkte ab: »Das kommt aufs Gleiche heraus. Mehmed würde in der gelungenen Flucht seines Thronrivalen genau das sehen, was sie auch tatsächlich ist: unsere Unterstützung für seine Gegner. Was, wenn Mustafa unterliegt?«

Alexios fluchte innerlich über den Kleinmut des Alten, gab sich äußerlich aber gelassen und sicher. »Herr, ich glaube das nicht. Schaut Euch die lange Liste der Emire an, die Mustafa unterstützen. Mehmed ist ein Mann von gestern.«

Manuels Blick erlosch, und er versank in Schweigen. Nach einer peinlich langen Pause berührte ihn Johannes an der Schulter, als wolle er den Vater wecken. Manuel sah in die verständnislosen Augen des Sohnes. Er schob die Nachdenklichkeit mit einem leisen Seufzer beiseite und wirkte auf einmal konzentriert. »Was also sollen wir deiner Meinung nach tun?«

Statt Alexios antwortete Johannes. »Halte du weiter die gewohnt guten Beziehungen zu Mehmed, und ich gehe heimlich auf das Angebot von Dschuneid ein. Wir inszenieren Mustafas Flucht mit etwas Blut, ein paar erschlagenen Wächtern, die uns erlauben, Zeter und Mordio zu schreien, und treiben derweil mithilfe unserer exzellenten Diplomatie einen Keil in das Reich der Osmanen. Sollen sie sich im Kampf um die Macht gegenseitig an die Gurgel gehen und sich dabei schwächen. Dann bleiben wir als lachende Dritte übrig. Wen kümmert's, ob Mustafa wirklich der ältere Bruder Mehmeds ist und damit Anspruch auf den Thron hat oder nur ein Lügner ist. Mehmed nennt ihn *düzme*, den Falschen. Falsch sind sie letztendlich doch alle, weil sei dem falschen Glauben anhängen«, fügte Johannes in abfälligem Ton hinzu.

»Es ist ein gefährliches Spiel, das du da vorhast, mein Sohn«, warnte der Kaiser.

»Gefährlich ist nur, nichts zu tun, weil sie sich weiter ausbreiten werden. Eines nicht mehr allzu fernen Tages werden sie mächtig genug sein, um uns zu vernichten.«

»Ich vertraue Mehmed«, entgegnete Manuel trotzig.

»Nehmen wir an – und die Annahme birgt eine gewaltige Gefahr –, Mehmed sei ehrlich. Weißt du, wie lange er herrschen wird und wer nach ihm kommt? Kannst du jemandem vertrauen, den du nicht kennst?«, fragte Johannes.

Alexios verstand die Welt nicht mehr, als er staunend dem Gespräch zwischen Vater und Sohn folgte. Der Kaiser leistete sich eine Sentimentalität, die das Reich teuer zu stehen kommen würde. Gute Männer wie Xavier del Mar hatten für diesen Zauderer ihr Leben gelassen! Da hatte sich Alexios unter Lebensgefahr nach Bursa begeben, mit Dschuneid konspiriert, mit einem Trupp der Renner und Brenner des Sultans auf Leben und Tod gefochten, dem Reich eine exzellente Chance eröffnet, und statt Dank zu hören, suchte der Kaiser nach Gründen, sich nicht entscheiden zu müssen.

»Ich danke euch beiden von Herzen. Alles, was ihr sagt, stimmt, und doch – lasst uns nichts übers Knie brechen!«, sagte Manuel abschließend und ließ seinen Sohn und den Fürsten einfach stehen.

Zornig über den Ausgang seiner Mission beschloss Alexios, sich in seinen kleinen und geheimen Stadtpalast nach Vlanga zurückzuziehen, in dem er unbehelligt seinen Lüsten frönte. Die Angeloi herrschten in Epiros, doch als Drittgeborener war Alexios die Aufgabe zugefallen, Sachwalter seiner Familie am Hofe des Kaisers zu sein. Zwar stand ihm deshalb eine Unterkunft in einem der Paläste in Blachernae zur Verfügung, doch unterhielt er zu seinem Pläsier daneben die kleine, aber komfortable Stadtvilla. Gebratenes Wildschwein und ordentlich Chisi-Wein würden ihm die Kälte aus dem Leib treiben und zwei üppige Damen mit ihren geschickten Zungen und Händen für seine Entspannung sorgen. Und für das Vergessen, das auch. Ja, üppig mussten sie sein und jung, dabei nicht ohne Erfahrung, denn er liebte das handfeste Leben und griff gern in die warmen Wogen des Fleisches. Erklären mochte er nichts, auch keine Wünsche äußern, dafür schätzte er es umso mehr, überrascht zu werden. Einmal beobachtete er mit einer Kurtisane zwei Rüden, und anschließend hatten sie das Treiben der beiden Hunde nachgeahmt. Es war die Idee der Frau gewesen. In Erinnerung an sie stöhnte er auf, denn sie war mit einer grenzenlosen Phantasie begabt gewesen. Frauen mit Phantasie waren selten in diesem Gewerbe und allemal ihr Geld wert. Keine derben Handwerkerinnen, sondern Künstlerinnen der Lust. Leider hatte ihre Gewitztheit sie nicht vor der Pest gerettet. Welch eine Verschwendung!

8

Hagia Sophia, Konstantinopel

Am 19. Januar 1421 fand sich die gesamte Familie Notaras – Nikephoros, Thekla, Loukas und Demetrios – in der Hagia Sophia ein. Die farbenfrohe Kleidung der Menschen und die bunten Tücher, mit denen viele winkten, gingen tapfer gegen das graue Regenwetter an diesem Morgen an. Vom Blachernae-Viertel näherte sich mit Manuel an der Spitze der kaiserliche Hofstaat in einer prachtvollen Prozession der Hauptkirche des Reiches. Vor dem Kaiser trugen Mönche die Ikone der Muttergottes, die durch einen weißen Baldachin vor dem Regen geschützt wurde.

Die Hochzeit des Mitkaisers Johannes VIII. Palaiologos mit der Gräfin Sophia von Montferrat brachte die Bewohner der Stadt auf die Straße und die Hofleute, die Adligen und reichen Kaufleute in die Kirche. Sophia trug ein weißes Brautkleid mit einer sechzehn Ellen langen Schleppe. Diese war ein Geschenk der venezianischen Kaufleute, während die Seide für das Kleid von den Genuesen stammte. Beide Stadtstaaten hofften, dass eine Italienerin als Kaiserin ihnen noch einmal von Nutzen sein konnte. Das Gesicht der Gräfin verbarg indes ein Schleier, sodass die Zuschauer sich weiter einbilden durften, dass die Braut vor lauter Glück lächeln würde. Die Vermählung nahm Joseph II. vor, der Patriarch von Konstantinopel.

Loukas hatte das Gefühl, dass sein Auftrag mit dieser Trauung abgeschlossen war. Sophia war nun nicht nur im Hafen von Konstantinopel, sondern auch in den Hafen der Ehe eingelaufen.

Nach der Hochzeitsmesse folgten Ritterspiele im Hof des kaiserlichen Palastes, bei denen sich, wie Loukas zur Kenntnis nahm, Fürst Alexios Angelos eifrig hervortat. Anschließend wurde im großen Audienzsaal unter den Augen des Kaisers und der Krieger, die auf Goldmosaiken an der Wand die Schlacht von Berat schlugen, höfisch getanzt. Die Säle im kaiserlichen Palast gingen ineinander über. Loukas betrachtete die kostbaren Mosaiken, die Episoden aus der Schöpfungsgeschichte oder von der Eroberung des wahren Kreuzes durch Kaiser Herakleios darstellten, das die Perser aus Jerusalem entführt hatten.

Zimbeln und Flöten, Lyren und Geigen, Trommeln und Pauken erklangen. Bei einem der Schreittänze wollte es der Zufall, dass Loukas einer Schönheit gegenüberstand, die ihm die Hand reichte und ihn dabei aus ihren schwarzen, mandelförmigen Augen unverhohlen musterte. Sie trug ein kostbares Kleid aus Seide, dessen Blau in einer Nuance an den Purpur des Kaisers erinnerte. Goldfäden durchzogen das Gewand und verliehen ihm Leichtigkeit, denn sie verbanden sich zu Singvögeln, die aufflogen. Die Stickerei war so kunstvoll, dass man meinen konnte, die Vögel lebten tatsächlich.

»Bist du nicht der Kapitän, dem wir dieses Fest verdanken?«

»Zu viel der Ehre! Ich habe nur das Schiff geführt, das die Braut in die Arme des Bräutigams brachte.«

»Wofür Johannes dir nicht gerade danken wird. Ich glaube sogar, er verübelt es dir nach Kräften.« Das Vergnügen an der kleinen, wohlgesetzten Boshaftigkeit schoss aus den Augen der Schönen.

»Ich bin nur ein Offizier der kaiserlichen Marine und erfülle die Befehle meines Herrn.«

»Gewiss, aber willst du mir nicht von der Seefahrt berichten, den fremden Ländern und fremden Mädchen, Kapitän?«

Mit Erstaunen stellte er fest, dass sie seinen Rang kannte. Offenbar wusste sie weit mehr über ihn als er über sie. Der Tanz geriet in Unordnung, denn über ihr Gespräch hatten sie den Wechsel vergessen.

»Du musst dich jetzt von Ihrer Hoheit trennen!«, flüsterte ein junger Mann, dem der Gelehrtenmantel um den hageren Körper schlackerte, in Loukas' Ohr.

»Der gute Sphrantzes hat recht. Aber das hat er eigentlich immer. Denn unser Georgios ist ein großer Gelehrter, der sich in der Ordnung der Welt auskennt«, spottete die Schönheit. Sie neigte sich zu Loukas hinüber und sagte leise: »Nach dem Tanz in der Loggia.«

Dann legte sie ihre Hand in die des Fürsten Alexios Angelos, der ungnädig auf Loukas herabschaute. In diesem Moment fühlte der Kapitän eine kleine kalte Hand in der seinen, und der Tanz nahm seinen Fortgang. Er nahm seine neue Partnerin nicht einmal wahr.

Nach dem Tanz begab sich die große Gesellschaft zum Festmahl einen Saal weiter. Dort hatte man die Tafel errichtet. Je nach Rang saßen die Gäste in der Nähe der kaiserlichen Familie oder von ihr entfernt. Loukas reizten weder die Ingwersuppe mit Huhn noch die Lammspieße, nicht das gekochte, blanchierte oder gebratene Gemüse, das Obst nicht, auch nicht der berühmte Chisi-Wein von der Insel Chios. Ihm ging seine schöne Tanzpartnerin nicht aus dem Kopf, und deshalb verfügte er sich nicht zu seinem Platz in der Mitte der Tafel, an der auch seine Familie saß, sondern begab sich in die Loggia.

Würde sie kommen? Oder hatte sie ihn nur genarrt? Loukas' Herz klopfte vor Aufregung und Abenteuerlust. Er stand kurz davor, die Hoffnung aufzugeben, da vernahm er ein leises Rauschen wie das Schlagen vieler kleiner Flügel. Sie schritt die Treppe herab, dann kam sie auf ihn zu. Eine verwegene Neugier stand ihr ins Gesicht geschrieben.

»Erzählst du mir von Italien?«, fragte sie.

»Wie viel Zeit hast du?«

»Nicht viel. Jetzt nicht. Aber besuche mich doch.«

»Wer bist du?«

»Eirene Palaiologina.«

»Die Enkelin des Kaisers?« Loukas trat einen Schritt zurück und verneigte sich mit über der Brust gekreuzten Armen. Nun erinnerte er sich daran, dass Georgios Sphrantzes, der Rechnungsführer des Kaisers, sie Hoheit genannt hatte.

»Lass das. Wir sind keine alten Leute, wir brauchen kein Zeremoniell.«

»Es ist meine Pflicht. Und meine Freude, denn wenn ich Euch erniedrigen würde, würde ich auch mich erniedrigen und keinen Deut größer sein, denn so oder so stehe ich unter Euch.« In seinen Augen entdeckte sie eine Spur Schalk.

»So bleib nicht stehen. Und wenn du dazu den Befehl benötigst, Kapitän, so befehle ich dir, mich zu besuchen und mich zu unterhalten mit Geschichten von fernen Ländern, denn du bist verpflichtet, mir zu dienen. Erfülle also, was die Enkelin deines Kaisers von dir verlangt. Komme am Dienstagnachmittag zu uns in den Palast. Da trifft sich meine *teatra*, ein Kreis gebildeter Männer und auch Frauen.«

»Ich bin ein einfacher Seemann und beherrsche nur das Griechisch des Volkes, nicht aber die vier Sprachen der Hellenen, in denen sich die Gebildeten auszudrücken pflegen, nicht das Attische, nicht das Ionische und auch nicht das Äolische, schon gar nicht das Dorische«, sagte Loukas lächelnd.

»Aber das Wirkliche, das Erfahrene, das die schönste Sprache von allen ist! Wenn der Inhalt schön ist, ist es auch die Sprache. Komm, Kapitän, komm am Dienstag, mein Seemann, und erzähl von deinen Erlebnissen in den fremden Städten. Von der Welt!« Eirenes Augen strahlten voller Vorfreude.

»Dienstagnachmittag? Gut, ich ...«

»Man vermisst dich, Eirene!«, unterbrach ihn eine verärgerte Stimme.

Loukas wandte sich um und sah in die harten Augen von Alexios.

»Und du, Kapitän, hältst dich von meiner Braut fern! Es schickt sich nicht und beleidigt mich obendrein!«, fügte der Fürst barsch hinzu.

Nicht Enttäuschung, sondern Wut stieg in Loukas auf. Dieser Kerl war einen Kopf größer als er und stämmig. Er hatte die Statur eines Raufboldes, und sein Blick war voller Dünkel. Dennoch hätte er ihn zum Zweikampf gefordert, aber ein Angelos würde sich wohl kaum auf ein Duell mit einem Notaras einlassen. Allein für die Forderung wäre Loukas der Kerker, zumindest der Pranger sicher gewesen.

Die Notaras lebten noch nicht allzu lange in Konstantinopel. Loukas' Vater diente dem Kaiser zwar als Dolmetscher und Berater, aber die Familie gehörte nicht zu den großen alten Geschlechtern, die vielfach mit dem Kaiserhaus verwandt waren und in der Stadt den Ton angaben. Dass diese Herren, die keinerlei Verdienst aufzuweisen hatten, die Welt nur mit dem selbstverständlichen, leicht verachtenden Blick des Besitzers anschauten, trieb den Zorn in dem Kapitän an. Er suchte nach einer treffenden Entgegnung, aber Eirene kam ihm zuvor.

»Verfüg nicht über mich, Alexios!«, rief sie mit blitzenden Augen. »Ob ich dich heiraten werde, steht noch in den Sternen! Und die Sterne sind hinter dichten Wolken verborgen. Und selbst wenn sie es nicht wären, sondern klar und deutlich scheinen würden, glaube ich nicht, dass du sie zu lesen verstündest, denn ihre Sprache ist die des Herzens, nicht des Dünkels! Du Bräutigam von wem?«, fügte sie, keinen Widerspruch duldend, mit harter Stimme hinzu.

Dann stieg sie die Treppe zum Tafelsaal hinauf, den Mann, der sich ihr Bräutigam genannt hatte, keines Blickes würdigend. Alexios lief vor Wut feuerrot an. Er raunte Loukas noch ein hasserfülltes »Nimm dich in Acht!« zu, bevor er sich beeilte, Eirene einzuholen.

Loukas folgte den beiden langsam und nahm dann an der Tafel neben seinem Vater Platz. Er beteiligte sich nicht an dem Tischgespräch. Stumm sah er die ganze Zeit zu Eirene hinüber, deren Schönheit ihn schmerzte. Zwischen Alexios und Eirene hatte der umfangreiche Clan der Komnenen Platz genommen, dann erst kamen die Angeloi an die Reihe, wie Loukas befriedigt feststellte. Er konnte die Augen nicht von ihr lassen, nicht von dem schmalen Antlitz, der fein geschnittenen Nase, dem vielleicht etwas zu breiten Mund. Wenn sie lachte, bekamen ihre Ohren Besuch. Ab und zu schaute sie mitten im Gespräch, im spöttischen Wiegen ihres Kopfes, dem Krausen der Nase kurz zu ihm hinüber, und dann ging für ihn die Sonne auf.

»Hörst du mir überhaupt zu, mein Sohn?«, fragte Nikephoros.

»Bitte, wovon sprachst du?«

»Ich wollte mit dir übers Heiraten reden.«

»Ach, übers Heiraten. Ja gern, aber nicht heute. Es ist noch Zeit.«

»Oh, das wohl nicht!«, sagte Nikephoros. »Du bist einundzwanzig Jahre alt, vertrittst mich in geschäftlichen Dingen und bist Kapitän der kaiserlichen Marine, dem unter Umständen ein Flottenkommando anvertraut wird. Nein, mein Sohn, ich will mein Haus gut bestellen. Verlass dich darauf, in diesem Jahr wird geheiratet!«

9

Kaiserpalast, Konstantinopel

Wie verabredet fand sich Loukas Notaras am Dienstag, dem ersten schönen Sonnentag nach Wochen scheußlichen Wetters, im Palast ein. Er steckte voller Neugier, voller Abenteuerlust und voller Sehnsucht. Seinen schwarzen Vollbart hatte er vom Bader stutzen lassen. Er trug eine blaue Tunika, die fast bis zum Boden reichte, darüber eine pelzgefütterte Toga in gleicher Länge und einen Mantel aus dem Pelz des schwarzen Bären. Unternehmungslustig passierte er das Tor, teilte den Wachen freundlich, fast scherzend sein Ziel mit und durchquerte den Garten, der zu dieser Jahreszeit wie gerupft wirkte. Die Blumen standen entweder in grünen, schlafenden Büschen oder kümmerten verwelkt vor sich hin, während das ausgeblichene Grün des Rasens, von großen gelben Flächen unterbrochen, einen tristen Anblick bot. Allein die Sonne mit ihrer schon erstaunlichen Kraft ließ das Herannahen des Frühlings ahnen.

Ein kleiner, rundlicher Diener, Typ griechisches Bäuerlein mit flinken, listigen Augen, führte den Kapitän über eine geschwungene Freitreppe zu einem kleineren Saal, in dem auf Stühlen eine Schar jüngerer Leute lagerte. Gegenüber der Fensterfront stand eine Tafel, auf der sich Gläser, Karaffen mit Wasser, Säften und weißem sowie rotem Wein und Teller mit gebratenen Garnelen, Fischen, Sepia und Hühnerflügeln und gebackenen Rippchen mit Ahornsirup neben allerlei Gemüse und Obst drängelten. Die fliederfarbenen Damaststoffe, mit denen die Wände behangen waren, leuchteten im Licht der Sonne hell und angenehm. In einer Ecke des Saales spielten zwei Lyraspieler und ein Flötist beschwingte Melodien, die hin und wieder mit einem Spritzer Melancholie gewürzt waren.

Noch ehe er Eirene entdeckte, drang ihr helles Lachen an sein Ohr. Sie saß voller Anmut inmitten der jungen Männer und Frauen. Die Enkelin des Kaisers trug heute ein blaues Damastkleid und eine rote Tunika. Blau schien ihre Lieblingsfarbe zu sein. Ihre dichten schwarzen Haare waren mit einer Perlenkette zu einem Zopf geflochten. Sie schien ihm noch schöner zu sein, als Loukas sie in Erinnerung hatte. Die Prinzessin sprang von ihrem hölzernen, mit Schnitzereien aus der Odyssee verzierten Lehnstuhl auf und begrüßte Loukas, den sie übermütig als den tapferen Kapitän vorstellte, der es mit Sophia von Montferrat lange Wochen auf See ausgehalten hatte.

»Sogar im schwersten Seegang hast du dich bemüht, Sophia so schnell wie möglich bei Johannes abzuliefern. Dabei hätte er dich für jeden Monat, jede Woche, ja jeden Tag und jede Stunde später königlich entlohnt – und das trotz seines Geizes und seiner knappen Kassen. Aber ich verstehe das gut«, sagte sie und lachte.

Auch an Loukas' Ohr waren die Gerüchte gedrungen, dass sich Mann und Frau nie wieder so nahe gekommen waren wie bei der Hochzeit in der Hagia Sophia und dass sie inzwischen in verschiedenen Teilen des Palastes wohnten. Es hieß, Gemahl und Gemahlin hassten einander und gingen sich aus dem Weg.

»Es steht mir weder zu, etwas über die Passagiere, die Gott mir anvertraut hat, zu sagen noch über die Gattin des hervorragenden Herrn Johannes«, gab Loukas steif zurück.

»Recht gesprochen«, sagte Sphrantzes, doch trotz des Lobes lag keine Freundlichkeit in seinem Blick. Kalt, beinahe feindselig musterte der kaiserliche Beamte den Ankömmling.

Basilius, ein junger Mann in schwarzem Gelehrtenmantel mit einem starken Bart und wild gelockten schwarzen Haaren, dicht und struppig wie bei einem Widder, begann sogleich, Loukas ohne Umschweife nach Italien auszufragen, in welchen Städten er gewesen sei, welche Bauten er gesehen habe, wie die Kirchen der Lateiner aussähen. Mit seinen lebhaften dunklen Augen unter schweren

Lidern und hohen Brauen strahlte Basilius eine ganz eigene, doch natürliche Würde aus.

Und Loukas berichtete, erzählte von Genua, von der Kathedrale von San Lorenzo, an der die Genuesen nun schon so lange bauten, und von der Kirche San Siro. Vom bunten Licht, das durch ihre Fenster brach, und vor allem von den Bildern der Bleiverglasung, denen die Sonnenstrahlen Leben einhauchten. Eirenes Aufmerksamkeit genügte, um ihn zu immer neuen, noch genaueren Schilderungen anzuspornen. Und plötzlich wünschte er, dass sie dabei gewesen wäre, deshalb wurde er immer präziser, beschrieb immer plastischer und immer intimer die Wirkung, als wollte er mit Worten malen, was sie nicht mit eigenen Augen zu sehen bekommen hatte. Er badete in ihrer Aufmerksamkeit. Das Gefühl erinnerte ihn an seine Empfindung in San Siro. In der Kirche hatte er zu schweben gemeint und war mit etwas in Berührung gekommen, feiner als ein Hauch und alles durchdringend, zart und kraftvoll zugleich. »Vielleicht war es Gott, ich will es zumindest gern glauben«, schloss Loukas nachdenklich.

»Gott ist Licht«, sagte Basilius.

Loukas hörte es nicht, er hatte sich längst in Eirenes Augen verfangen, die Tagträume verschleierten.

»Nimm mich mit. Zeige mir all diese Städte, mein Kapitän«, warf sie gedankenverloren hin. Sie hasste das Leben am Hof, die Falschheit, die Intrigen, wo sich alles um Macht, Geld und Einfluss drehte und man ständig darauf zu achten hatte, nicht benutzt zu werden. Es klang wie die Bitte, einen Wunsch zu erfüllen, von dem sie eigentlich wusste, dass er nicht erfüllt werden durfte.

»Die ›Nike‹ gehört Euch, hohe Dame!«

»Die Nike?«, fragte Sphrantzes.

»Mein Schiff.«

»Was würde dein Vater dazu sagen? Und wie würde der Kaiser es finden, wenn seine Enkelin, die Gott zur Ehe bestimmt hat und nicht zu einem Vagabundenleben, in fremde Länder reiste?«, entrüstete sich der Gelehrte.

Georgios Sphrantzes liebte Eirene, hatte sich aber damit abgefunden, dass sie ihn niemals erhören durfte. Er war nur ein Gelehrter und Beamter des Kaisers, aber kein großer Herr und nicht von Adel. So verbarg er seine Liebe im Innern seines Herzens. Und jetzt kam dieser windige Kapitän und Sohn eines Kaufmannes und machte »seiner« Eirene den Hof, ein Mann, der als Ehemann für Eirene Palaiologina genauso wenig infrage kam wie er selbst. In Georgios Sphrantzes erwachte die Eifersucht wie ein wildes, lange niedergehaltenes Tier, zumal er Zeuge wurde, wie Eirene sich Loukas Notaras innerlich zuneigte. Er sah es deutlich wie durch eine Glasscherbe, die ihm noch dazu ins Herz schnitt und in die Augen. Hellsichtig, wie es nur die unerwiderte Liebe ist, erkannte Sphrantzes – noch bevor die beiden es selbst wussten –, dass sie einander anzogen. Eirene schaute den Kapitän herausfordernd an. Wie würde er antworten? Loukas spürte, dass die gesamte Gesellschaft auf seine Entgegnung wartete, um ihn entweder für seinen Scharfsinn zu loben oder für den Schwachsinn auszulachen, den er äußern würde. Der Gleichaltrige im Gelehrtenrock hatte ihm kalt eine Falle gestellt.

»Dass Gott alle Frauen zur Ehe bestimmt habe, ist doch nur eine bequeme Erfindung von euch Männern!«, wies Eirene Sphrantzes ärgerlich zurecht. »Hat Gott Martina Laskarina dazu etwa bestimmt?«

Martina Laskarina, die berühmte Ärztin, entstammte wie Eirene dem hohen Adel und hatte es doch durchgesetzt, nicht verheiratet und Medizinerin zu werden.

»Sie ist eine Ausnahme und lebt fromm wie eine Nonne. Ihr aber wollt in die Welt hinaus, Abenteuer erleben wie ein Mann und seid doch kein Mann. Dich aber, Kapitän, warne ich von ganzem Herzen! Was für unsere hochverehrte Eirene ein mutwilliges Spiel ist, kann für dich zum blutigen Ernst werden!«, erwiderte Sphrantzes. Loukas erkannte die Drohung, und sie machte ihn sehr wütend. Seine Augenbrauen zogen sich zusammen. Basilius wollte sich ins Mittel legen, doch er kam ihm zuvor.

»Zu deiner Frage, Sphrantzes. Wenn du Ehre hast, verstehst du es: Was dürfen mich in diesem Fall der Kaiser oder mein Vater angehen? Obwohl beide auf meine Treue vertrauen können und ich mich für beide in Stücke hauen ließe. Aber in Genua habe ich gelernt, dass ein Ritter nur danach fragt, was seine Dame sagt. Sie entscheidet!« Das war kühn und für die jungen Leute spannend. Er hatte die Nichte des Herrn der Welt als seine Dame bezeichnet.

»Ihr seid aber kein Ritter, und Eirene ist nicht Eure Dame. Oder ist uns da etwas entgangen? Hast du die Welt auf den Kopf gestellt – und wir alle haben es nicht bemerkt?«, hielt Sphrantzes süffisant dagegen.

Loukas warf einen kurzen Blick zu Eirene hinüber und sah, dass die Kaiserenkelin das Wortgefecht, das unvermutet aufgelodert war, höchst interessiert verfolgte. Er musste sich also alle Mühe geben.

»Ritter zu sein ist kein Stand, sondern eine Haltung, und die Verpflichtung, seiner Dame zu dienen, fordert keine Belohnung, sondern nur Ehrenhaftigkeit.«

»So ehrenhaft, wie ein Kapitän im Hafenviertel zu verfahren pflegt, wo all die ehrenhaften Damen verkehren?«

»Pfui, Sphrantzes, du wirst vulgär«, warf Eirene ärgerlich ein. Der junge Gelehrte errötete.

»Lasst, Hoheit, ich bitte Euch. Anfangs habe ich gedacht, es wird ein kleines Gefecht mit Säbeln, nicht eine Schlacht mit Schwertern. Aber mir scheint, Georgios kennt die Damen des Hafenviertels besser als ich, denn ich vermag nicht einmal Auskunft darüber zu geben, ob sie ehrenhaft sind oder nicht. Doch will ich es für Georgios hoffen.«

Die kleine Gesellschaft brach in Gelächter aus, und Georgios Sphrantzes verließ glühend vor Zorn die *teatra*. Eirene wunderte sich, dass ihr gelehrter Freund so weit unter den Möglichkeiten seines brillanten Geistes geblieben war. Wie sollte sie auch ahnen, dass Eifersucht seinen Scharfsinn lähmte. Sie hatte in ihm immer einen Gelehrten, in dem Gelehrten aber niemals einen Mann gesehen. Noch weniger allerdings konnte sie ahnen, dass Georgios Sphrantzes, wie sie später erfahren sollte, umgehend den Mann aufsuchte, der sich ihr Bräutigam nannte.

Georgios hielt den eitlen Angelos wahrlich nicht für den richtigen Mann für eine so kluge Frau wie Eirene. Noch weniger vermochte er aber zu ertragen, Zeuge einer Mesalliance zu werden, mitanzusehen, wie seine Eirene sich an einen Mann verschwendete, der seines Standes war, schlimmer noch, der auch er selbst hätte sein können. Wozu hätte sich Sphrantzes zurückgehalten? Wie sinnlos wäre dann sein Opfer gewesen? Die Gewissheit, Eirene nie in seinen Armen halten zu können, sie nie küssen zu dürfen, niemals mit ihr Kinder zu haben und sie Liebste zu nennen, wurde nur dadurch erträglich, dass es nicht an ihm selbst, seinem Geist, seinem Charme, seiner Statur lag, sondern an seinem Stand, für den ihn Gott bestimmt hatte, dass es vollkommen ausgeschlossen war, dass eine Enkelin des Kaisers, eine Palaiologina einen Gelehrten heiratete. Aber all das galt nicht mehr, wenn sie sich von einem Kaufmann und Seemann betören ließ, dann lag es nicht mehr an Gottes Ordnung, sondern nur an seinem Versagen und seiner Feigheit.

Georgios Sphrantzes störte Alexios beim Fechtunterricht mit seinem neuen Waffenmeister aus Frankreich. Jacques le Lame war ein übler Kerl mit einer braunen Lederklappe über dem rechten Auge, der mit dem Säbel, dem Schwert und dem Messer umzugehen verstand wie der Teufel. Es hieß von ihm, dass er mehr Menschen mit seinem Schwert unter die Erde gebracht hatte, als im letzten Jahr in der Hagia Sophia Messen gelesen worden waren.

»Bei deiner Gesundheit, Federfuchser, hoffe ich, dass es wirklich so wichtig ist, was du mir zu sagen hast«, fuhr ihn Alexios an.

»Es geht um Eure Braut, hoher Herr.«

»Sprich, aber erlaube dir keine Freiheiten.«

»Dieser Kapitän Notaras macht ihr den Hof, plump und anzüglich und ohne Achtung vor ihrem, ja und auch vor Eurem Stand.«

»Werde deutlicher!«

»Er wird ihr Herz verführen, wenn Ihr dem nicht Einhalt gebietet. So viel Zärtlichkeit liegt in ihrem Blick, wenn sie ihn ansieht, wie sie Euch niemals geschenkt hat.« Und damit meinte Georgios auch sich, sodass der Klang seiner Worte an Bitterkeit nicht zu übertreffen war und den Stolz des Fürsten empfindlich traf. Nicht nur den Stolz, denn in seinen Aufstiegsplänen spielte die Ehe mit der Enkelin des Kaisers eine wichtige Rolle. Als Mann von Eirene Palaiologina wäre er nicht nur mit der Enkelin des Kaisers, sondern auch mit der Nichte des Mitkaisers Johannes VIII. verheiratet.

»Bist du sicher?«

»Ja, Euer Gnaden.«

Eigentlich benötigte Alexios keine Bestätigung – er wusste, dass es stimmte. Er hatte die Gefahr bereits gespürt, als er die beiden in der Loggia des Palastes überrascht und Eirene ihn im Beisein des Kapitäns verspottet hatte. Die Beleidigung brannte immer noch auf seinem Stolz. Sie verlangte nach Genugtuung, und der Gefährdung seiner Heiratspläne musste rasch ein Ende gesetzt werden.

»Und die *teatra* endet bald?«

»Ja.«

»Alle Herren wohnen in Blachernae?«

»Nur Basilius nicht, er lebt im Kloster bei der Apostelkirche.«

»Durch die engen Gassen der Altstadt muss Notaras also allein?«

»Oh ja!«

Alexios lachte laut und böse auf. »Es treibt sich aber auch zu viel Gesindel dort herum! Pack, das keinerlei Achtung empfindet, nicht einmal vor einem kaiserlichen Kapitän.«

»Ihr wisst doch, wie diese Seeleute sind. Sie gehen zu diesen liederlichen Frauen und werden im Streit mit einem Lochkonkurrenten erschlagen!«, sagte Georgios.

Der Fürst sah den Gelehrten erst verdutzt, dann belustigt an. »Was für Ausdrücke du kennst, Schreiberling! Stehen die etwa in deinen Büchern? Aber bei meiner Treu, es wird so sein. Der weiße Ritter Eirenes wird im Streit um eine Hafennutte erschlagen. Dann ist sein Ruf so tot wie er. Man tötet den Mann nicht, wenn man seinen Ruf am Leben lässt. Und die stolze Dame wird endlich lernen, dass nur der Adel wahren Wert besitzt. Armer Kapitän, du meinst, es ist ihr Lachen, das so hell klingt, dabei ist es nur dein Totenglöcklein, das dir geschlagen hat!« Er sah kalt zu seinem Fechtmeister hinüber. »Jacques, es gibt Arbeit. Beweise, dass deine Klinge etwas taugt.«

10

Kaiserpalast, Konstantinopel

Der Kapitän besuchte Woche für Woche die Dienstagsgesellschaft der Enkelin des Kaisers und konnte sich sein Verhalten nicht erklären. Es zog ihn mit unbezähmbarer Macht zu ihr. Er genoss die klugen Gespräche über Literatur, Kunst, den Glauben, die Geschehnisse in der Geschichte und Gegenwart und steuerte dort, wo es erwünscht und passend war, eigene Erlebnisse bei. Aber sosehr er diese Begegnungen liebte, so verdrossen sie ihn auch. Viel lieber hätte er sich mit Eirene unter vier Augen unterhalten! Sie waren einander nah und doch fern. Ihre Blicke suchten sich heimlich, ihre Worte spielten miteinander. Sie lauerten darauf, ihnen eine verborgene Bedeutung mitgeben zu können. Niemand in dem Kreis ahnte etwas von dem Spiel, das sie miteinander trieben, niemand außer dem wachsamen Sphrantzes, der Alexios treulich Bericht erstattete. Und dieser wartete nur darauf, dass sich Jacques le Lame endlich die Gelegenheit bot, dem Spiel ein blutiges Ende zu setzen.

Als das Gespräch auf Christus und Maria aus Magdala kam, erwähnte Eirene wie nebenbei, dass sie am nächsten Tag in der Hagia Sophia über die Kreuzigung Christi meditieren wolle. Ein kurzer Blick flog zwischen beiden hin und her, und ihre Verabredung war besiegelt. Loukas verstand, dass Eirene zur sechsten Stunde, in der Christi Kreuzigung gedacht werden sollte, weil sie zu dieser Zeit geschah, in der Hagia Sophia sein würde. In der riesigen Sophienkirche fände sich mit Sicherheit ein Ort, an dem sie unbeobachtet miteinander unter vier Augen sprechen könnten, wo sie zwar in der Öffentlichkeit, dennoch aber allein sein würden. Endlich!, dachte er.

Die Dämmerung tauchte in die Dunkelheit, als Loukas und Basilius den kaiserlichen Palast verließen. Wie in den Wochen zuvor folgte ihm auch diesmal unauffällig ein Schatten. Das Herz des Kapitäns floss über vor Glück. Am nächsten Tag würde er Eirene ohne die anderen sehen und mit ihr frei und ohne Verstellung über das reden, was beide bewegte. Ein Blick konnte die Welt verändern und ein Lächeln die Erde verzaubern. Die Stunden bis dahin kamen ihm nun wie Tage, wie Monate vor. Dennoch blieb morgen morgen, und keine Minute verging ihm zuliebe schneller, sondern hielt sich an das Gleichmaß, das dem einen eilend, dem anderen trödelnd erschien.

Basilius plauderte auf dem Weg munter wie ein Wasserfall über Platon, in dessen Philosophie er immer tiefer eindrang. Er sprach mit der Begeisterung eines Liebenden von den Vorstellungen des alten Denkers, für den die Welt nur ein Schatten der Ideen darstellte. Die Seele verdankte ihre Unsterblichkeit der Fähigkeit, sich an die Ideen zu erinnern, die sie schaute, bevor sie selbst an einen Leib gebunden wurde. Die Art der Erinnerung nannte der alte Philosoph Begriff. Mittels der Begriffe erinnerte sich die Seele an die Ideen. Doch Loukas nickte nur in den Pausen und murmelte hin und wieder ein »Aha« und »Ach ja«, hörte aber gar nicht zu, denn die Spekulationen des Aufstiegs der Seele zum Absoluten kamen ihm viel zu abstrakt vor. In der Nähe der Apostelkirche auf dem vierten Hügel, die wie ein sterbender alter Mann wirkte, der mit unbewegter Miene seinem eigenen Zerfall zusah, verabschiedeten sie sich. Basilius lebte in dem angeschlossenen Kloster, seit ihn der Metropolit von Trapezunt vor sechs Jahren in die Obhut des Universalgelehrten Chortasmenos nach Konstantinopel geschickt hatte.

Als der Kapitän nach den Ruinen des einst mächtigen Tetrapylons und dem Forum des Konstantin in das Gewirr der Gassen unterhalb des zweiten Hügels eintauchte, erinnerte er sich an das, was Eirene in der *teatra* gesagt hatte, an ihr Lachen, ihre spöttischen Bemerkungen. Rechts von ihm erstreckte sich das alte Kaiserviertel mit dem Hippodrom, in dem längst keine Wagenrennen mehr stattfanden, sondern das von den jungen Herren für das Polospiel genutzt wurde, und den Palästen, die sich dem steten Ansturm der Natur ergaben.

Eirene hatte sich über das ruhmredige Geschwätz der Griechen vor Troja mokiert und die Augen verdrehend gefragt, wann endlich ein Dichter aus Homers »Ilias« eine Komödie machen würde. Die größten Helden, Achill und Agamemnon, würden sich wie Kesselflicker um eine Sklavin streiten, in die sie nicht einmal verliebt waren, der reinen Eitelkeit wegen. Wenn das nicht komisch wäre, dann wisse sie nicht, worüber man lachen sollte.

Wie gern würde Loukas es für sie versuchen, aber er war nun mal kein Dichter. Vielleicht fände er jemanden, der das für ihn übernehmen könnte. Die »Ilias« als Komödie – der Gedanke ließ ihn nicht los. An einem lauen Frühlingsabend würde er sie für Eirene im Garten seines elterlichen Palastes aufführen lassen. »Singe, o Muse, den Zorn des Pelliden Achilleus, der opfert den Göttern, was andern gehört, den vom Weibe es treibt zum Epheben ...«, sagte er vor sich hin.

Die zweistöckigen Häuser der Altstadt mit ihren balkonartigen Vorbauten drängten sich dicht an dicht, als würden sie dem anderen den Platz nicht gönnen. Es roch in den Gassen nach Gebratenem und Kräutern, auch ein Geruch von gedämpftem Kohl gesellte sich hin und wieder dazu. Im Eingang eines Hauses, dessen Beleuchtung aufdringlich wirkte, standen zwei üppige, spärlich bekleidete Frauen.

»Erweist Ihr uns die Gnade, Euer Gnaden, mit einer Gnadengabe? Ihr werdet es nicht bereuen«, flötete eine der beiden.

Der Schatten stand nun fast hinter ihm. Wie aus einem tiefen Schlaf gerüttelt, schaute Loukas überrascht auf und blickte in ein breites Gesicht, dessen vulgärer Ausdruck ihn beleidigte. Er wollte schon weitergehen, da überholte ihn der Schatten und stellte sich ihm in den Weg. Wütend funkelte das eine Auge des Unbekannten, das andere verdeckte eine braune Lederkappe.

»Habt Ihr eben meine Braut eine Hure genannt?«, fragte Jacques le Lame.

Im nächsten Moment hatte er bereits einen Dolch in der Hand

und stach zu. Loukas spürte einen heftigen Schmerz in der Herzgegend, dann wurde ihm schwarz vor Augen, und er brach zusammen. Die Huren im Hauseingang schrien etwas von Mord, dann flüchteten sie ins Innere, während von allen Seiten Neugierige herbeiströmten. Um ganz sicherzugehen, wollte Jacques le Lame gerade noch einmal zustechen, als plötzlich ein halb nackter Seemann mit einem Säbel in der Hand vor ihm stand.

»Was treibst du da, Schurke?«, brüllte die mächtige Gestalt mit den buschigen Augenbrauen und der Glatze ihn auf Italienisch an, weil er ihn wegen seiner Kleidung und seines Aussehens für einen Italiener hielt.

Jacques le Lame verspürte keine Neigung auf eine Auseinandersetzung, die ihn vor den Richter und aufs Schafott bringen konnte, und flüchtete lieber im Vertrauen auf seine Treffgenauigkeit. Eudokimos beugte sich zu dem Verletzten hinunter, erkannte seinen Kapitän und brüllte mit seiner mächtigen Stimme die Huren an, die inzwischen aus dem Bordell auf die Straße gelaufen waren, um das Geschehen zu beobachten. Er benötige dringend Wasser und Verbandszeug und jemand sollte einen Arzt holen. Dann hob er die Hände zum Himmel und schwor dem Meuchelmörder mit der ledernen Augenklappe Rache. Das italienische Blut in ihm kochte, und das griechische siedete. Obwohl er es sich nicht eingestand, mochte er den jungen Mann, der sein Kapitän war. Eigentlich verachtete Eudokimos, der sich in zwanzig Jahren auf See vom Schiffsjungen zum Steuermann hochgearbeitet hatte, die feinen Herren, die nicht ihre Fähigkeit, sondern ihre Herkunft zum Kapitän gemacht hatte. So blieb für gewöhnlich ihre Arbeit an Bord an ihm hängen, weil sie sich dazu nicht in der Lage sahen. Aber der Junge war anders. Der Junge war sein Kapitän.

Notdürftig legte er Loukas einen Leinenverband an und trug ihn dann in das zweifelhafte Haus. Zwar hätte der Kapitän niemals seinen Fuß in ein Bordell gesetzt, aber man konnte ihn auch nicht im Straßenschmutz liegen lassen. Rasch wurde in dem tavernenartigen Untergeschoss ein Tisch leergeräumt, abgewischt und dann ein Laken ausgebreitet, bevor man den Verwundeten darauflegte.

Loukas kam kurz zur Besinnung. »Warum? Warum?«, flüsterte er fassungslos. Mit aufgerissenen Augen starrte er seinen Steuermann an. »Was tust du hier, Eudokimos?«

Die Frage brachte den erfahrenen Seemann sichtlich in Verlegenheit. »Was man hier eben so tut, Herr.«

In diesem Augenblick traf die Ärztin Martina Laskarina ein. Unbeeindruckt betrat sie den Ort, der ihr eigentlich verwehrt war. Ihr ärgerlicher Blick traf den Kapitän.

»Das kommt davon, wenn man an einem Ort wie diesem verkehrt. Ihr Herren lasst es euch gut gehen, und ich kann sehen, wie ich euch wieder zusammengeflickt bekomme! Hauptsache, Ihr habt Euch bei dieser Gelegenheit nicht noch den Blumenkohl an die Stange geholt, Loukas Notaras!«, schimpfte die Ärztin.

Loukas, der sich schämte, bemühte sich, alles zu erklären, doch seine Kraft ließ nach.

»Besserung geloben könnt Ihr noch, wenn Ihr wieder bei Kräften seid«, sagte Martina eine Spur freundlicher. Eudokimos setzte der Ärztin umständlich den wahren Sachverhalt auseinander. Sie nahm die Erläuterung des Seemanns mit unbewegter Miene zur Kenntnis und konzentrierte sich auf die Behandlung des Patienten.

»Bringen wir ihn nach Hause«, entschied sie schließlich.

Einen der Seeleute schickte sie zum Spital, um wundsäubernde Mittel, Verbandsmaterial und ihren Kräuterkoffer zu holen, ihren Wunderkasten, wie sie ihn nannte.

Nachdem Martina im Palast der Notaras die Wunde gereinigt und mit einem Verband aus Kräutersud versorgt hatte und Loukas eingeschlafen war, besprachen sich Nikephoros, Martina und Eudokimos. Thekla war bei ihrem Sohn geblieben, um Wache zu halten.

»Vielleicht haben wir Glück im Unglück«, sagte Martina. »Die Klinge hat das Herz knapp verfehlt, aber natürlich zu schweren inneren Verletzungen geführt. Wir werden sehen, ob sein Körper stark genug ist. Er wird fiebern. Kühlt das Fieber mit Wadenwickeln. Gebt ihm stark gepfefferte Rinderbrühe und kräftig mit Ingwer gewürztes Huhn zu essen, viel Honig dazu.«

Die Ärztin verabschiedete sich, sie wolle am nächsten Morgen wieder nach dem Patienten sehen. Doch Nikephoros flehte sie an, die Nacht im Palast zu verbringen. Schließlich willigte sie ein.

Nachdem das vereinbart war, verfügte Nikephoros, dass der Steuermann sofort die kräftigsten Männer der »Nike« zusammentrommeln sollte. »Wähle nur Männer aus, Eudokimos, auf die du dich verlässt wie auf dich selbst. Ein Fehler, eine Vertrauensseligkeit kann uns alle töten«, fügte er warnend hinzu.

Die Seeleute wurden zur Bewachung des Palastes eingeteilt, der sich in kurzer Zeit in eine Festung verwandelte. Außerdem wies der alte Notaras an, dass man die Galeere zum Auslaufen bereit machte. Er wollte auf alles vorbereitet sein, auch auf den unwahrscheinlichen Fall, dass es besser sein würde, seinen Sohn außer Landes zu bringen, nach Galata oder gar nach Genua. Wer sich mit Nikephoros Notaras anlegte, musste sich das auch leisten können, wenn er kein Selbstmörder sein wollte. Deshalb durfte er den Täter auch nicht zu tief in der Hierarchie des Reiches vermuten. Der Alte witterte mit seinem untrüglichen Instinkt, dass man seinen Sohn weder berauben wollte, noch eine Zufallstat vorlag. Irgendjemand hatte sich vorgenommen, Loukas zu töten. Wenn derjenige, schlussfolgerte Nikephoros weiter, erführe, dass Loukas noch lebte, würde er den Anschlag wiederholen. Deshalb musste der Palast gesichert werden, bis sie den Schurken hatten, der dafür die Verantwortung trug. Nikephoros schloss auch die Möglichkeit nicht aus, dass man auf den Sohn gezielt hatte, um den Vater zu treffen. Der Kaiserhof glich einer Schlangengrube, in der eine Natter über die andere herfiel, eine Intrige die nächste jagte. Höchste Vorsicht war geboten. Nur er allein würde darüber entscheiden, wer den Notaras-Palast betreten und wer ihn verlassen durfte.

Und dann sandte Nikephoros Notaras seine Spitzel aus. Dank Eudokimos hatte man eine Beschreibung des Meuchelmörders. Jetzt galt es, keine Zeit zu verschwenden und den Hintergrund des Anschlages so schnell wie möglich aufzuhellen, um in die Offensive gehen zu können. Wer hatte Loukas ins Visier genommen, und aus welchem Grund?

11

Kaiserpalast, Konstantinopel

Eirene fühlte sich unangenehm überrascht, als Alexios Angelos am Vormittag in ihr Lesezimmer stürmte und die Lektürestunde unterbrach. Dabei befand sie sich in Gedanken schon in der Hagia Sophia unter der großen Kuppel, von der gütig der Weltenherrscher heruntersichate. Wie Sulamith und Salomon würden Loukas und sie vor der Ikonostase stehen. Sie hatte die Meditation über die Passage aus dem Hohelied genossen: »Mein Freund ist mir ein Büschel Myrrhen, das zwischen meinen Brüsten hängt. Mein Freund ist mir eine Traube von Zyperblumen in den Weingärten von En-Gedi.« Damit war es nun vorbei. Verärgert über die Störung schlug sie die fein illustrierte Handschrift zu.

Um seinem Ruf alle Ehre zu machen, hatte er sich ausstaffiert wie ein Pfau, trug ein Brokatwams, darüber eine samtrote Tunika, eine schwarze Samthose und einen spitz zusammenlaufenden Hut mit einer Fasanenfeder an der Seite. Von der Spitze des Hutes funkelte eine Perle. Seine Füße staken in gelben Stiefeln aus Rindsleder. Er stand im Bewusstsein seiner unverzichtbaren Größe und mit dem Gewicht all seiner Vorfahren in dem viel zu engen Zimmer, verneigte sich kurz, herrisch und seiner Vorstellung entsprechend elegant, bevor er gleich zur Sache kam.

»Ich komme, um meinen Abschied zu nehmen. Dringende Geschäfte führen mich nach Rumelien. Wenn ich zurück sein werde, möchte ich, dass wir heiraten. Da unsere Verbindung als ausgemacht gilt, wird mein Vater in meiner Abwesenheit mit deinem Vater alles Notwendige für die Hochzeit besprechen. Also freue dich!«

»Werde ich nicht einmal gefragt?«, hielt Eirene empört dagegen.

»Wozu? Wenn sich die Familien einig sind, wirst du mir eine gute Gemahlin werden. Es ist Brauch, dass die Komnenen und Palaiologen, die Angeloi und die Doukai untereinander heiraten. Darin besteht die Grundlage unseres Reiches, in der Herrschaft und der Verwandtschaft der edlen Geschlechter.«

Die prahlerische Selbstverständlichkeit des adeligen Raufboldes ärgerte sie.

»Abkunft ist nicht alles!«, hielt sie ihm entgegen.

Alexios Angelos lachte aus voller Kehle. »Doch, sie ist es. Du kannst es schon bei Pferden sehen. Eine Schindmähre wird keinen Renner werfen. Ein Kaltblut gebiert kein Warmblut, vorausgesetzt, es ist kein Bastard. Wir haben eine Bestimmung und tragen für den Erhalt des Reiches der Rhomäer eine Verantwortung. Nur wir sind Rhomäer, zum Herrschen geboren. Die anderen sind Griechen, diese Notaras, diese Gudelen und all diese Aufsteiger, die sich mit uns auf eine Stufe zu stellen versuchen, nur weil sie uns dienen dürfen.«

»Und Platon? Platon ist ein Grieche und doch der König der Philosophen, tausendmal mehr wert als du!« Sie ertrug die zur Schau gestellte Selbstgefälligkeit nicht. Unbewusst hatte sie Platon genannt, aber Loukas gemeint. Deshalb und nur deshalb sagte sie jetzt kalt, ohne weiter darüber nachzudenken, einzig und allein um das unerfreuliche Gespräch zu beenden und ihn in seinem Hochmut zu treffen: »Nicht dich werde ich heiraten, nicht so einen aufgeputzten Pfau, sondern einen Mann und wirklichen Herrn, einen wie den Kapitän Loukas Notaras.«

Alexios wankte. Darauf war er nicht vorbereitet gewesen. Der Schlag hatte gesessen. Wie konnte sie nur so niedrig von ihm denken? Was wusste sie denn von ihm? Von der Mission, die er erfolgreich durchgeführt hatte? Von seinem Einfluss bei Hofe? Von seinen Plänen, in denen sie eine nicht unwichtige Rolle spielte? Von seiner Macht? Von ihm, der eines Tages auf dem Thron sitzen würde? Und von ihrer Rolle, dem künftigen Kaiser Söhne und dem Reich eine neue Generation kraftvoller Herrscher zu gebären? Seine Stirnader schwoll an.

Aber darüber durfte er und würde er auch einer Frau gegenüber nicht reden. Dafür, dass sie den Sprössling von Fischern, Seeräubern und Händlern ihm vorzog, hasste er sie jetzt aus tiefster Seele. Jeden Tag ihrer Ehe würde sie diesen Augenblick bereuen, nahm er sich vor. Zerstören würde er alles, was sie liebte. Dann beglückwünschte er sich im Stillen, rechtzeitig gehandelt zu haben, und sagte ihr höhnisch lachend ins Gesicht, jedes Wort dabei auskostend, als wäre es ein Peitschenhieb, mit dem er sie züchtigte: »So, Loukas Notaras heiraten? Vielleicht im Himmel? Oder in der Hölle, wohin dich dein Hochmut noch führen wird? Nicht jedoch auf Erden, denn da suchst du ihn inzwischen vergebens.« Sie starrte ihn an und benötigte eine Zeit, um den Sinn der Worte zu verstehen. Dann ließ sie ihn grußlos stehen, rannte aus dem Zimmer, zog einen Reitrock an, ein Wams darüber und ritt so schnell die vier Beine ihres Pferdes sie trugen zum Palast der Notaras, wo sie eine halbe Stunde später eintraf.

Eirene hatte keinen Blick dafür, dass Pistazien, Zistrosen und Schlehdorn, die sich am Straßenrand und zwischen den Häusern abwechselten, Knospen ansetzten und den Frühling ankündigten. Sollte sie denn Witwe sein, bevor sie geheiratet hatte?

12

Notaras-Palast, Konstantinopel

Sein Leben sank in die Fieberwellen der Nacht. Klopfenden Herzens wartete Loukas unter den Augen des Pantokrators, der von der Kuppel herabschaute, auf Eirene. Tage? Wochen? Monate? Er hatte längst vergessen, wie lange er ihrer hier schon harrte. Wieder öffnete sich die linke der drei mächtigen Türen. Ungewöhnlich laut drang das kratzende Schaben von Metall auf Metall der Türangeln an seine Ohren. Tausende hatte er inzwischen eintreten und die Kirche wieder verlassen sehen. Alte, Junge, Männer, Frauen, Reiche, Glückliche und Unglückliche. Aber Eirene war nicht unter jenen gewesen, die – sei es aus Gewohnheit oder tiefem Glauben, aus Dankbarkeit oder in Bedrängnis, mit Hoffnung oder getrieben von Angst – Gottes Haus betraten, um unter seinen Fittichen Trost und Gewissheit zu finden.

Endlich erschien sie im Türrahmen. Sie hatte mit den langen, grazilen Fingern ihrer zierlichen Hand das schwere Türblatt aufgedrückt. Leichtfüßig, als schwebe sie über eine dünne Eisdecke, lief sie in die Mitte der Vierung. Aber was war dies? Sie kam zwar auf ihn zu, aber ihr Gesicht verriet keine Regung. Sie stand jetzt neben ihm und spürte ihn nicht! Sie griff durch ihn hindurch, als wäre er Luft. Er blickte ihr fest in die Augen, sie erwiderte seinen Blick nicht. Warum nahm sie ihn nicht wahr? Er war doch da!? Er lebte doch und war kein Geist. Oder irrte er sich?

Immer enttäuschter schweiften ihre Blicke umher. Schließlich ließ sie die Schultern fallen und wandte sich dem Ausgang zu. Er bemühte sich, ihr zu folgen, konnte sich aber nicht von der Stelle bewegen. Es war, als wänden sich die Schlangen der Pallas Athene um seine Schenkel und hielten ihn fest.

Eirenes ganze Körperhaltung drückte Kummer aus, aber auch verletzten Stolz. Verzweifelt schrie Loukas gegen die Lähmung an, gegen die Watte, die jeden Laut von ihm erstickte. Als die linke Tür wieder hinter ihr zuschlug, drang er endlich durch: »Eirene!«, rief er verzweifelt.

Zu spät. Keiner in der Hagia Sophia, der nicht zu ihm blickte, von diesem mächtigen Ton überrascht. Nur sie nicht, sie war fort!

»Es ist gut, ist ja gut, mein Sohn«, hörte er die beruhigende Stimme seiner Mutter, die ihm die Wadenwickel und das Stirntuch wechselte. In diesem Moment wusste Thekla Notaras, dass ihr Sohn verliebt war in eine Frau, die Eirene hieß. Niemals aber wäre sie auf die Idee gekommen, dass es Eirene Palaiologina, die Enkelin des Kaisers war, für die das Herz ihres Sohnes schlug.

Sie erhob sich und streckte sich ausgiebig. Das Seidentuch, das sie sich umgeschlungen hatte, glitt dabei zu Boden und gab den Teil der Schultern frei, den das dunkelrote Damastkleid nicht bedeckte. Theklas schlanke Gestalt verlieh ihr ein junges Aussehen. Sie rieb sich die übernächtigten Augen und reckte die von der unbequemen Haltung schmerzenden Glieder. Aber all das war nichts gegen die Sorge, die sie quälte: Unverändert kämpfte ihr Sohn unruhig im Schlaf mit dem Knochenmann auf Leben und Tod.

Thekla fühlte weder Hunger noch Durst, nur das Verlangen, bei ihm zu sein, wenn er die Augen aufschlug. Die Tür öffnete sich einen Spalt und zum Vorschein kam der völlig verunsicherte Demetrios, ihr jüngster Sohn. Sie winkte den vierzehnjährigen Knaben zu sich.

»Wie geht es Loukas?«

»Bete für deinen Bruder, Demetrios, dann wird alles gut.«

Der Knabe nickte eifrig.

»Willst du das tun?«

Demetrios versprach es. Dann verdunkelte Zorn seine weichen Gesichtszüge. »Ich will Rache!«

Thekla lächelte gerührt, weil ihr sanftmütiger Sohn, der keiner

Fliege etwas zuleide tun konnte, nach Vergeltung rief. Sie durfte nicht lachen, das hätte ihn verletzt, denn er war ein guter, aber auch ein sensibler Junge. »Die Rache ist mein, spricht der Herr. Du aber bete! Geh zu Vater Dionysios und gib eine Ikone in Auftrag, eine Hodegetria, wie es noch keine gegeben hat, mach, beeil dich. Die Gottesmutter wird uns helfen!«

»Die Gottesgebärerin wird uns helfen«, sagte Demetrios halblaut. Thekla sah ihn erstaunt an. War das eine Frage oder eine Feststellung gewesen? Demetrios fuhr ernst mit seiner Hand über die seines Bruders, dann stürmte er aus dem Zimmer, um zur Hagia Sophia zu eilen. Er war erleichtert, weil er endlich etwas für ihn tun konnte. Die Tür schlug laut hinter ihm zu. Loukas hob kraftlos die Lider. Thekla stieß einen tiefen Seufzer der Erleichterung aus und befahl den Dienstboten, Speis und Trank zu bringen.

Die Rinderbrühe quälte er sich unter dem guten Zureden seiner Mutter hinein. Ihm wurde ein Tee aus Eisenkraut und Kamille gereicht. Die Ärztin, die in einem der Gästezimmer genächtigt und die man verständigt hatte, kam und wechselte seinen Verband. Dann begab sie sich zum Spital, um nach dem Rechten zu sehen.

Kaum hatte Martina Laskarina den Notaras-Palast verlassen, da meldete die Torwache dem überraschten Nikephoros, dass Eirene Palaiologina ihn zu sprechen wünsche. Der erfahrene Politiker wunderte sich über den hohen Besuch, empfing die Enkelin des Kaisers aber lieber privat in seinem Arbeitszimmer, um dem Treffen keine offizielle Note zu verleihen.

Der wilde Ritt hatte Eirenes Frisur durcheinandergebracht, und ihre Augen verrieten höchste Erregung. Ihre unordentliche Erscheinung gab Nikephoros eine Ahnung, worum es ging, und einen vagen Hinweis auf den Grund des Mordanschlags. Doch er neigte nicht zu vorschnellen Urteilen.

»Wie geht es dem Kapitän?«, fragte Eirene, ohne sich mit einem Gruß aufzuhalten.

»Eure Anteilnahme tröstet uns, aber wie kommen wir zu der hohen Ehre Eures Besuches?«, erkundigte sich der Hausherr.

»Gleich, gleich, aber sagt mir erst, lebt er, ich sehe keine Trauer in Euren Augen, also lebt er? Ja?« Sie forschte nach jedem Anzeichen, das ihr Hoffnung geben könnte.

Nikephoros fragte sich, ob er der jungen Frau vertrauen durfte, aber für jemanden, der geschickt worden war, um die Familie auszuspionieren, hatte sie einfach einen zu hohen Rang inne. Außerdem wirkte ihre Erschütterung echt.

»Man hat versucht, ihn zu ermorden«, sagte Nikephoros vorsichtig, sie dabei nicht aus den Augen lassend.

Eirene raufte sich das Haar. »Das weiß ich, guter Mann, ich weiß auch, wer dahintersteckt, aber sagt endlich, wie es ihm geht!«

»Er lebt, oder besser, er kämpft um sein Leben. Jetzt verratet mir aber, wer meinen Sohn überfallen hat.«

»Wer ihn überfallen hat, weiß ich nicht, aber wer den Befehl dazu gegeben hat, kann ich Euch sagen. Alexios Angelos. Der Mann, der glaubt, dass ich jetzt seine Frau würde.« Sie kniete nieder, um ihrer Bitte Nachdruck zu verleihen. »Lasst mich zu ihm!«

Nikephoros räusperte sich. Das alles war doch etwas sehr weit vom Hofzeremoniell entfernt. Zu weit für seinen Geschmack. Und es verunsicherte ihn, was er sich aber wie immer nicht anmerken ließ.

»Bitte!«, sagte Eirene und senkte demütig den Kopf.

»Nun gut, aber steht endlich auf. Erhebt Euch, es ziemt sich nicht! Doch zuvor sagt mir alles, was Ihr wisst.«

Es sprudelte nur so aus ihr heraus. Die Begegnungen mit Loukas, ihre Gespräche und der Auftritt von Alexios Angelos während ihrer Lektüre. Der Alte benötigte Zeit, über diese ungewöhnliche, zugleich riskante Situation nachzudenken, deshalb brachte er die Enkelin des Kaisers erst einmal zu seinem Sohn. Außerdem wusste er ja jetzt, wo der Mann mit der Lederklappe vor dem linken Auge, von dem Eudokimos gesprochen hatte, zu suchen war – und dort würde er ihn auch finden. Es drängte ihn doch jetzt sehr nach einem Gespräch mit dem Waffenmeister des Fürsten.

Dass sich Loukas ausgerechnet den mächtigen Günstling des Mitkaisers Johannes zum Feind erkoren hatte, gefiel Nikephoros gar nicht. Jetzt hieß es, klug seine Züge zu wählen. Ein Fehler genügte, und die ganze Familie Notaras würde ins Bodenlose stürzen, verfolgt, enteignet, inhaftiert, ins Exil getrieben, womöglich getötet, ausgelöscht und dem Vergessen preisgegeben. Nikephoros trug nicht nur die Verantwortung für seine Frau und seine beiden Söhne, sondern auch für die Gefolgschaft, für das Unternehmen Notaras, für das allein in Konstantinopel zweihundertfünfzig Menschen arbeiteten – die Mitarbeiter in den Handelsniederlassungen in Kaffa, Gallipoli, Rhodos, Negroponte, Monemvasia und Genua nicht mitgerechnet. Feinde hatte er genügend, wie sich auch genügend Interessenten für seine Stellung und sein Vermögen finden würden.

Außer Atem betrat Demetrios die Werkstatt des berühmten Malermönches Dionysios, die sich in einem Nebengelass der Sophienkirche befand. Er war den ganzen Weg gerannt. Neben der Tür ließen sich die beiden Seeleute nieder, die Demetrios sicherheitshalber begleiteten und die dem Jungen ein wenig das Tempo verübelten, das er angeschlagen hatte. Ein rauchiger, gleichzeitig unangenehmer Geruch umfing ihn. Die Werkstatt war nicht sehr groß, aber es gab einen Kamin und einen beherrschenden Steintisch, auf dem ein Becken mit brennender Kohle stand. Demetrios schaute sich erstaunt um. Auf dem Steintisch lagen verschiedene Marmorplatten, auf dem sich wie Schlangen und Käfer feuchte Klumpen unterschiedlicher Farbe rekelten. Der Meister, ein gebeugter Mann unschätzbaren Alters, trug andächtig Gips auf eine Holztafel auf.

»Es gibt Maler, die lassen sich die Tafeln von ihren Schülern vorbereiten. Aber das sind keine Meister, sondern erbärmliche Sünder. Unser Handwerk ist heilig! Ein Maler muss die Ikone von Anfang an, von der Auswahl des Holzes für die Tafel bis hin zum Auftragen des Firnisses, allein herstellen, denn das Malen einer Ikone ist ein Gebet. Wenn das misslingt, ist das Bildnis verpfuscht. Die Bilder sind Abbilder Gottes in unserer Seele, und wir müssen ihr die Heimat bereiten.«

Der Blick des Jungen fiel auf einen schwarzroten Stein, der in der Glut brannte.

»Ocker für die Haare und den Bart Christi. Wer bist du?«, fragte der Maler, ohne von seiner Arbeit aufzuschauen.

»Demetrios Notaras, und mein Vater schickt mich.«

»Was kann ich für deinen Vater tun?«

»Er bittet Euch, eine Maria Hodegetria anzufertigen.«

Das Gesicht des Mönches zeigte kurz den Ausdruck von Unwilligkeit. »Anfertigen kann ich sie nicht.«

»Ihr seid doch der Meister!« Demetrios verstand ihn nicht.

Dionysios sah den Jungen ernst an, wobei er heftig seine Stirn massierte. »Ich kann nur die Muttergottes bitten, dass sie durch mich ihr Abbild schickt.«

»So bittet sie! Und bittet sie sofort! Fangt gleich an!«

»Droht euch Gefahr?«

»Ich weiß es nicht! Ich weiß nur, dass mein Bruder überfallen wurde und um sein Leben ringt. Helft, Meister, helft. Ich bitte Euch!«

Gegen seinen Willen wurden die Augen des Jungen feucht. Mit einem Blick erfasste der Mönch die Situation. »Ich werde die Muttergottes um Beistand bitten. Willst du mir dabei helfen, so bete mit mir, denn dein Flehen kann die Himmelstür öffnen, mein Sohn.«

Mit ausgestreckten Armen warf sich Dionysios vor einer kleinen Christusikone nieder, die an der Ostwand der Werkstatt hing und vor der die Flamme eines Öllämpchens züngelte. Demetrios tat es ihm gleich.

»O Mutter Gottes, die du so glänzend bist wie die Sonne, liebliche und mit Liebreiz umkleidete Mutter Gottes Maria!«, betete Dionysios.

Voller Inbrunst sprach Demetrios die Worte des Mönches nach. Er wollte alles tun, um seinem Bruder zu helfen.

Nachdem der Mönch das Große Muttergottesgebet gesprochen hatte, mit dem seine Malerei stets begann, erhob er sich.

»Ich weiß nicht, wie lange ich brauchen werde. Es liegt allein in der Hand der Jungfrau Maria. Aber sei unbesorgt, schon der Beginn ist eine Anleihe auf das Ergebnis.«

Demetrios, den das Gebet beruhigt hatte, schaute sich aufmerksam um. Ihn faszinierten die Werkstatt, die vielen Säckchen und Gläser und Dosen, in denen Steine und Pulver aufbewahrt wurden. In einer Glasröhre lagen Blätter, von denen sich Schnecken ernährten.

»Ich brauche ihren Speichel für die Vergoldungen. Pass auf, ich erkläre dir, wie es geht. Zunächst musst du den Speichel der Schnecke gewinnen. Setze eine Schnecke in eine Muschel oder ein Gefäß. Lege angezündetes Wachs an die Öffnung, durch die die Schnecke atmet, und sie wird gleich Speichel von sich geben. Du sammelst ihn und legst ihn auf Marmor mit etwas Alraun und Gold. Reibe es gut und füge auch etwas Gummi hinzu. Notiere so, was du willst, und du wirst staunen. Christus wird eine Rolle in der Hand haben, doch ich werde sie öffnen und werde mit goldenen Buchstaben schreiben: ›Dich, die wahrhaftige Gottesmutter, lobpreisen wir.‹«

»Das ist aus der Liturgie des Johannes Chrysostomos: ›Wahrhaftig würdig ist, Dich seligzupreisen, die Gottesgebärerin, die ehrwürdiger als die Cherubim und unvergleichlich glorwürdiger ist als die Seraphim, die unversehrt den Gott-Logos geboren hat, Dich.‹« Ein seliges Strahlen breitete sich auf Demetrios' Gesicht aus: »Dich, die wahrhaftige Gottesmutter, lobpreisen wir.«

»So sei es, amen!«, sagte Dionysios.

»Womit, Meister, beginnt man, wenn man die Kunst erlernen will?«, fragte Demetrios.

»Die Dialog mit Gott ist?«

Der Junge nickte.

»Wer die Wissenschaft der Malerei erlernen will, muss zuerst dazu angeleitet werden, dass er nur einfach zeichnet und sich darin übt und übt und übt. Alles beginnt mit der Nachahmung. In der Nachahmung erlernt man das Handwerk, und die Beherrschung des Handwerks macht dich frei. Wie man sich im Herzensgebet übt. Anfangs spricht man oft die Worte des Gebets, bis man sie auch leise, bis man sie auch ohne Ton sprechen kann, eben innerlich. Dann denkt man weder daran, dass man betet, noch wie man betet, sondern man betet, wie man atmet. Hat man diese Stufe erreicht, ruft man Christi Namen mit jedem Herzschlag, mit jedem

Atemzug. Und so ist es auch mit dem Malen. Wenn du nicht mehr daran denkst, wie du den Pinsel führst, sondern deine Hand dem Atem folgt, dann beginnst du, wirklich und wahrhaftig zu malen. Aber in das Mysterium der Kunst wird nur eingeführt, wer es auch will und muss. Frage deinen Vater, ob ich dich unterweisen darf, dann werde ich es tun. Aber, junger Notaras, bedenke eins, es ist nur ein Handwerk, und gleichzeitig ist es die Begegnung mit dem Absoluten. Erforsche dein Herz, ob du das wirklich willst, denn wer es nur halbherzig anfängt, wird unglücklich werden. Viele gehen den Weg, die meisten aus Eitelkeit. Viele sind unberufen, die wenigsten nur kommen ans Ziel, und das Ziel selbst bietet ein herbes Glück. Überleg es dir genau, Demetrios Notaras.«

Doch der Knabe hörte schon dem Malermönch nicht mehr zu. In seinem Kopf explodierten die Farben, die er in der Werkstatt des Meisters gierig mit seinen Augen getrunken hatte.

13

Notaras-Palast, Konstantinopel

Als Eirene ins Zimmer trat, glaubte Loukas, längst gestorben zu sein und sich bereits im Himmel zu befinden. So schön konnte es auf Erden doch gar nicht zugehen! Nicht einmal in der Hagia Sophia, in der die göttliche Weisheit als Licht anwesend war. Thekla Notaras musterte Eirene kritisch. Nikephoros stellte die beiden Frauen einander kurz vor, bevor er aus dem Raum stürmte. Nachdem, was er gerade erfahren hatte, drängte es ihn, Vorkehrungen zu treffen.

Loukas bat seine Mutter, sie allein zu lassen. Thekla verließ das Schlafgemach ihres Sohnes, nicht ohne Eirene zu bitten, ihm von Zeit zu Zeit die Stirn zu kühlen.

»Nun sehen wir uns doch noch«, sagte Eirene unbeholfen, als sie endlich allein waren. Ihr Mund war ganz trocken.

Ein Fünkchen Schalk leuchtete in Loukas' Augen auf. »Ist es dafür nicht ein bisschen früh?«

»Wofür?«, fragte sie erstaunt.

»Mein Schlafzimmer zu betreten?« Schweiß perlte auf seiner Stirn, das Reden strengte ihn an.

»Pssst«, sagte sie mit lang gezogenem Konsonanten und legte ihren ungewöhnlich langen Zeigefinger auf seine Lippen. »Pssst«, machte sie mit einem verlegenen Lächeln, setzte sich auf die Bettkante und sprach beruhigend auf ihn ein. »Ruh dich aus. Schlaf dich gesund, mein Kapitän.«

Als ihm die Augenlider wieder zufielen und er selig im Schlaf lächelte, liefen ihr heiße und auch kalte Tränen über die Wange,

Tränen der Freude und der Angst. Sie wusste nicht, woher sie plötzlich kamen, denn sie gehörte ganz und gar nicht zu jenen Frauen, die nahe am Wasser gebaut waren. Sie empfand das Glück, bei ihm zu sitzen, und die Furcht vor dem Ende. Niemals, schwor sie, würde sie sich mit dem Fürsten Alexios Angelos vermählen. Und wenn, was der Himmel verhüten möge, Loukas den Verletzungen erliegen würde, wären die Tage seines Mörders gezählt. Jetzt, wo sie bei ihm saß, war ihr, als ob sie ihn schon eine Ewigkeit kannte, als gehörte er zu ihrem Leben, mehr noch, als ob er ein Teil ihres Körpers wäre. Sie verstand sich selbst nicht, sie musste sich auch nicht verstehen, das war gar nicht notwendig. Sanft strich sie eine vom Fieberschweiß verklebte Strähne aus seiner schönen, hohen Stirn. Am liebsten hätte sie ihn umarmt und an sich gedrückt. »Mein Freund ist mir ein Büschel Myrrhen, das zwischen meinen Brüsten hängt. Mein Freund ist mir eine Traube von Zyperblumen in den Weingärten von En-Gedi«, flüsterte sie ihm zu.

In ihrem Rücken räusperte sich jemand. Sie wandte sich um und entdeckte die türfüllende Gestalt des alten Seeräubers, wie man Nikephoros Notaras in einer Anspielung auf die wenig rühmlichen Ursprünge des Reichtums der Notaras-Familie nannte. Sie wusste nicht, wie lange er schon in der Tür stand. Es hätte ihr peinlich sein müssen, dass er sie möglicherweise beobachtet und belauscht hatte, es war ihr aber nicht peinlich.

»Darf ich Euch sprechen, Hoheit?«, fragte Nikephoros.

Eirene folgte ihm auf den Gang.

»Wozu würdet Ihr mir raten?«, fragte er mit echtem Interesse.

»Straft den, der die Verantwortung dafür trägt.«

»Also Euch, denn nicht Alexios Angelos, sondern Ihr tragt die Verantwortung dafür, dass mein Sohn um sein Leben kämpfen muss. Der Fürst hat nur seine Rechte verteidigt, wenn auch auf eine etwas hinterhältige Art.«

»Dieser Mann verfügt über keine Rechte an mir! Ihr habt einen mutigen Sohn und seid selbst ein Feigling«, rief Eirene zornig.

Nikephoros gefiel das Feuer in den Augen der jungen Frau. »Worin besteht denn meine Feigheit, hohe Dame?«

»In der Angst, den Rang einzunehmen, der Euch zukommt. Der Kaiser hält große Stücke auf Euch, Eure Unternehmungen hat Fortuna selbst unter ihre Fittiche genommen, und dann weicht Ihr vor einem Angelos zurück? Einem Raufbold aus der Provinz?«

»Ihr mögt es Feigheit nennen, ich nenne es Klugheit, und der Erfolg gibt mir recht«, gab Nikephoros zurück.

In diesem Moment trat ein Diener zu ihm und flüsterte ihm etwas ins Ohr.

»Würdet Ihr mich kurz entschuldigen, ich möchte gern das Gespräch mit Euch fortsetzen, muss mich aber kurz um eine Angelegenheit kümmern, die keinen Aufschub duldet.«

Eirene war das recht. Lieber wachte sie bei dem Sohn, als sich mit dessen Vater zu streiten. Sie küsste Loukas sanft auf die Lippen und stellte fest, wie weich und verführerisch sie waren. Ihr schien, dass er den Kuss gespürt hatte, weil ein Engelslächeln, so wie es nur drei Monate alten Kindern gelingt, über seine Lippen lief und Fältchen in den Augenwinkeln warf.

Früher als erhofft kehrte der alte Seeräuber zurück. Erneut folgte Eirene ihm auf den Gang hinaus. Thekla, die sich unterdessen erfrischt und die Kleider gewechselt hatte, lächelte sie freundlich an und ging dann ins Zimmer, um die Wache bei ihrem Sohn fortzusetzen.

Nikephoros wirkte gelassen wie zuvor, doch Eirenes feiner Intuition entging nicht, dass in ihm etwas arbeitete.

»Ihr sagt, Ihr liebt meinen Sohn?«, fragte er streng.

»Von ganzem Herzen.«

»Und er, liebt er Euch auch?«

Eirene schlug die Augen zu Boden. »Ich weiß es nicht, aber ich hoffe es.«

Nikephoros Notaras musste unwillkürlich schmunzeln. Dann rang er sich zu einem ungewöhnlichen Entschluss durch, denn er vertraute seiner Menschenkenntnis und er brauchte dringend Verbündete, die jederzeit Zugang zum Kaiser hatten. »Jetzt glaube ich Euch, dass Eure Liebe echt ist. Wollt Ihr uns beistehen?«

»Ja.«

»Für uns Partei ergreifen, wenn es nottut? Aber wartet, antwortet nicht vorschnell, hohes Fräulein, es könnte höchst ungemütlich bei uns zugehen.«

»Ich will es. Ich will es!«

»Kommt mit, aber schweigt über alles, was Ihr sehen und hören werdet.«

Nikephoros führte Eirene ins Souterrain, in einen der hinteren Lagerräume. Sie hatte das Gefühl, zum tiefsten Punkt des Hauses vorzudringen, den Ort, an dem die Familiengeheimnisse aufbewahrt wurden.

»Habt Ihr starke Nerven?«, fragte er.

»Ja. Verlasst Euch auf mich.«

»Gut, die werdet Ihr auch brauchen. Denkt stets daran, wir sind keine grausamen Menschen, aber wir kämpfen ums Überleben.«

»Grausam ist, was man Eurem Sohn angetan hat«, antwortete sie entschlossen.

»Gewiss«, sagte Nikephoros, nicht wissend, ob ihre Äußerung ironisch gemeint oder naiv war, denn der rücksichtslose Kampf eines jeden gegen jeden war doch nur Teil des Geschäftes. »Der Mensch ist dem Menschen ein Wolf«, *lupus est homo homini*, sagte der göttliche Plautus, dessen Komödien Nikephoros sehr liebte in den »Asinaria«. Von Zeit zu Zeit ließ er sie im Sommer in seinem Garten aufführen.

Öllampen beleuchteten den fensterlosen Raum. Säcke und Kisten stapelten sich hier bis unter das Tonnengewölbe und ließen nur in der Mitte einen freien Platz. Dort stand, an einen Pfeiler gefesselt, Jacques le Lame mit grimmiger Miene. Auf seiner Stirn blühte eine Beule. Die Spitzel hatten den richtigen Moment ausgespäht und ein paar besonders kräftige Besatzungsmitglieder der »Nike« rasch und entschlossen gehandelt.

Eirene spürte, dass jemand sie anstarrte. Sie blickte nach rechts und schaute in die kleinen, sehr wachen Augen des alten Steuermannes. Unter Eudokimos' buschigen Brauen blitzte es. Er hatte sie erkannt und erinnerte sich an ihre kleine Unterhaltung. Mit Blicken bat sie ihn, sie nicht zu verraten, und mit einem kleinen Zwinkern versprach er es ihr.

»Kannst du schreiben?«, fragte Nikephoros den Waffenmeister streng. Jacques le Lame protestierte langatmig und blumig und drohte Nikephoros schließlich, dass er die Rache seines Herrn zu spüren bekäme. Er hatte kaum ausgesprochen, da traf ihn auch schon die Faust des Steuermanns in der Magengrube. Er stöhnte vor Schmerz auf.

»Lass gut sein, Eudokimos. Die Kreatur dort wird schon noch ein umfassendes Geständnis ablegen. Wer ist denn dein mächtiger Auftraggeber, vor dem wir alle erzittern sollen?«

Als er in die kalten Augen des Hausherrn sah, begriff Jacques le Lame, dass er sich in der Falle befand. Der Fürst würde keinen Finger für ihn krümmen und alles abstreiten. Er sackte unmerklich in sich zusammen, so weit zumindest, wie es die stramm ins Fleisch schneidenden Fesseln erlaubten. Er war schon zu lange in diesem Geschäft tätig, um sich Illusionen hinzugeben. Niemand außer er selbst trug die Schuld an seiner verzweifelten Lage, denn ihm war ein Fehler unterlaufen, den er wohlweißlich immer vermieden hatte: Er hatte sich wie ein Anfänger benutzen lassen – also würde er wohl auch jetzt wie ein Anfänger sterben.

Nikephoros Notaras trat dicht an den Gefesselten heran, so nah, dass seine Lippen beinahe die Ohren des Mannes berührten, und sprach zu ihm, wie man zu einem Menschen spricht, den man von ganzem Herzen bemitleidet, weil man weiß, welch ein Martyrium vor ihm liegt.

»Du kennst die Regeln. Du wirst verstehen, dass ich dich nicht am Leben lassen kann. Wenn ich es tun würde, dürfte sich jeder, selbst Pack, das an Rang und Manieren weit unter dir steht, an meinem Haus vergreifen. Dein Auftraggeber, das weißt du, wird dich fallen lassen. So weit besteht also Klarheit. Eine Entscheidung aber liegt ganz bei dir. Du hast die Wahl zwischen einem schnellen oder einem qualvollen Tod. Obwohl du meinen Sohn feige ermorden wolltest – wäre es ein Duell gewesen, hätte ich kein Wort darüber verloren –, habe ich dennoch kein Interesse daran, dass man dich foltert. Aber ich stehe in der Pflicht, Schaden von meinem Haus abzuwenden. Das verstehst du doch? Es ist nichts Persönliches, es geht nur ums Geschäft. Ich kenne einen Fachmann, dessen Spezialität der Tod der tausend Tode ist. Ein talentierter und dazu noch ehrgeiziger Handwerker. Entscheide dich. Ich erfahre am Ende sowieso alles, was ich wissen will, ob du auf dem Weg dorthin nun einen Tod oder tausend Tode stirbst. Also, wer ist dein Auftraggeber?«

»Ich bin schon zu lange in diesem Geschäft, um nicht zu wissen, dass Ihr mit allem recht habt, was Ihr sagt. Verflucht der Tag, an dem mir der Einfall kam, Frankreich zu verlassen und nach Konstantinopel zu gehen.«

Bekümmert zuckte Nikephoros mit den Schultern, nicht aus Mitleid mit dem Fechtmeister, sondern über den ewigen, blutigen und dummen Lauf der Welt. »Es ist Schicksal. Nun tu dir einen Gefallen und verrate mir, was ich wissen will.«

»Mein Herr ist Alexios Angelos. Er hat mit den Auftrag erteilt.«
»Gibt es dafür Zeugen?«
»Ja, so einen schmächtigen Gelehrten.«
»Wie sah er aus?«

Mitten in der Beschreibung stieß Eirene den Namen Sphrantzes aus.

»Ja, so hat ihn Herr Alexios genannt. Das Fräulein hat recht. Er hat es inzwischen zum Geheimsekretär meines Herrn gebracht«, bestätigte der Franzose.

Niemals hätte Eirene den Gelehrten des Verrats für fähig gehalten. Sie konnte es auch jetzt noch nicht recht glauben, weil sie kein Motiv für die Heimtücke fand. Ihr wurde übel vor dem Abgrund, in den sie blickte. Sie erkundigte sich nach den Toiletten. Ein Diener zeigte ihr den Weg durch das Labyrinth der Kisten und Säcke, die sich türmten, zu einer blauen Tür. Eirene stürmte hinein, schloss die Tür noch hinter sich und erbrach sich in das Loch, das in den Holzkasten geschnitten worden war. Aus dem Loch stank es dermaßen, dass es ihr den Atem nahm. Die Miasmen aller Länder der Welt schienen sich in dieser einen Abfallgrube versammelt zu haben.

Sie liebte Loukas, und ihre Liebe trug die Schuld daran, dass der Mann, den sie mehr liebte als alles auf der Welt, vielleicht sogar mehr als ihren Vater, möglicherweise sterben würde. Wie hatte sie nur den eitlen Alexios Angelos so sträflich unterschätzen und Georgios Sphrantzes so blind vertrauen können?

Nikephoros kratzte sich am Bart. Dann befahl er Eudokimos: »Sperr ihn in eine Kiste und bring ihn auf die ›Nike‹. Ihr lauft aus und kreuzt auf dem Bosporus, bis ich euch zurückrufe. Er ist ein wertvoller Zeuge, und ich möchte nicht, dass ihm etwas zustößt.«

»Ich bin kein Kapitän«, wandte Eudokimos ein.

»Wärst du von Stande, wärst du längst einer. Vielleicht mache ich dich eines Tages dazu«, sagte Nikephoros.

Ein Leuchten trat in die Augen des alten Seemannes.

»Wer auch immer eine Nachricht oder einen Befehl überbringt, ist nur von mir geschickt, wenn er die Botschaft mit der Parole beginnt: ›Vergebung geschieht allein im Himmel.‹ Sagt er es nicht, töte den Überbringer und segle nach Rhodos. Dort wartest du auf Nachricht.«

Eudokimos schaute Nikephoros überrascht an. Er verstand den Alten nicht.

»Ich habe mich zu einem gefährlichen Spiel entschlossen, mein Freund. Frage nicht. Bürge mir für die Sicherheit des Gefangenen. Das ist deine Aufgabe! Gott segne dich.«

14

Kaiserpalast, Konstantinopel

Die Kaiserin Helena, Tochter des in der Schlacht gefallenen Despoten von Welbaschd, Konstantin Dragaš, war eine energische Frau, die es schließlich gelernt hatte, ihr wildes serbisches Blut zu zügeln. Ihrem Mann stand sie als energische Ratgeberin zur Seite und glich dessen Hang zur Philosophie und zur Theologie aus. Stets hatte sie ihren eigenen Sinn und ihren Stolz bewahrt und mit den Jahren gelernt, Manuel II. nicht öffentlich zu widersprechen, sondern mit großem Geschick im Hintergrund die Fäden zu ziehen. Sich an sie zu wenden war allerdings nicht ohne Gefahr. Denn sie vergaß und vergab nichts. Was sie aber vor allem anderen erzürnte, war, wenn sie spürte, dass man sie benutzen wollte. Sie ließ sich von niemandem, mochte er es auch noch so schlau anstellen, für seine Sache einspannen. Wer Helena um etwas bat, begab sich mit ungewissem Ausgang in ihre Hand.

Das Nachmittagslicht lag auf dem kaiserlichen Garten, der sich zwischen den Palästen ausbreitete. Zwischen Oleander und Zistrosen quollen die Beete von Blumen über. Rosen, Hyazinthen, Nelken, Lilien, Narzissen, Veilchen, Levkojen, Krokusse und Tulpen trieben Blüten oder hatten bereits wie die Krokusse ihre Kelche entfaltet. Aus dem gelben Rasen sprossen mehr und mehr kräftige grüne Halme. Die Pfauen, die eigentlichen Herrscher des Gartens, schritten würdevoll umher, schrien und schlugen dann und wann ein Rad.

Helena hielt sich zu dieser Jahreszeit gern im Garten auf. Wenn das Leben wieder zu neuer Kraft erwachte, wollte sie es sehen und spüren. Das Schultertuch eng um sich gezogen, legte sie den Kopf zurück und atmete tief ein, während sie an den Beeten entlangging, die sich in Terrassen bis unmittelbar zu den Loggien der Palastgebäude hinaufzogen. In der noch kühlen Luft lag bereits ein Hauch von Frühling.

Helena dachte gerade darüber nach, ob sie in der Mitte des Gartens einen großen Brunnen errichten lassen sollte, als Johannes ihr vom Palast entgegenkam. Sie freute sich an der würdigen Erscheinung ihres Sohnes weit mehr als an seiner geistigen Statur. Gottlob war er nicht dumm, aber er neigte zur Melancholie und ihm fehlte das Quäntchen Durchtriebenheit, das ein Herrscher benötigt. Selbst Manuel besaß es – bei allen religiösen Leidenschaften. Die größte Schwäche ihres Sohnes, die ihr in der Tat Sorgen bereitete, bestand in seiner mangelnden Menschenkenntnis. Johannes verbeugte sich vor seiner Mutter aus Ehrerbietung, aber auch, um ihr die Möglichkeit zu geben, seine Stirn zu küssen, denn sie reichte ihm nur bis zur Schulter.

»Er muss Mustafas Flucht endlich zustimmen!«

»Du spielst um dein Reich, mein Sohn.«

»Gibt es denn eine andere Lösung? Wir müssen aus der osmanischen Umklammerung heraus, sonst werden die Türken uns eines Tages erdrücken!«

»Siehst du dort die Zistrose? Sie blüht, und wir müssen sie auch immer wieder ausjäten, weil sie sonst den ganzen Garten beherrschen würde. Und weißt du, warum das so ist? Weil sie weit mehr Samen als nötig produziert und ihn über große Flächen verstreut. In alle Richtungen. So soll Diplomatie sein, Johannes«, fuhr sie fort. »Gehe in alle Richtungen, schließe keine aus. Schicke Alexios zunächst zum König von Ungarn, zum Wojewoden der Walachei, zum Despoten von Serbien, zum König der Bosnier und zu den Albanern. Er soll herausfinden, zu wem diese Herrn stehen und ob sie mit uns gegen die Osmanen ziehen würden. Vor allem soll er mit Iancu Hunyadi ins Gespräch kommen, der, wie ich höre, ein sehr fähiger Mann und großer Türkenhasser sein soll.« Sie überlegte einen Moment und fügte dann hinzu: »Und noch etwas: Diesen

Sphrantzes schicke zum Kaiser von Trapezunt. Auf dem Rückweg soll er Mehmed aufsuchen mit einer geheimen Botschaft von dir. Du versicherst dem Sultan, dass du wie dein Vater treu zu ihm stehen wirst. Und noch einen dritten Mann schicke aus. Er soll eine Zeit bei den Söhnen des Sultans, bei Murad und bei Mustafa, verbringen, um sie kennenzulernen.«

Johannes nickte. »Wirst du mit Vater reden?«

»Du bist der Mitkaiser. Es ist nicht notwendig, deinen Vater damit zu belasten. Setze deine Schritte allein, aber wähle sie nicht zu groß. Versprich nur so viel wie unbedingt nötig. Benutze Formulierungen, aus denen zwar jeder heraushören kann, was er möchte, die dich aber im Gegenzug zu nichts verpflichten. Auch denen gegenüber, die du für deine Freunde hältst. Ein Kaiser hat keine Freunde, er hat nur Untertanen. Achte darauf, niemals zweideutig zu wirken, doch sei es immer.«

»Wärst du ein Mann, du wärest ein mächtiger Kaiser geworden.«

»Werde du es für mich!«

»Glücklich ein Sohn, der eine solche Mutter hat«, sagte er.

Helena lächelte. Und bat Gott im Stillen um ein langes Leben, denn Johannes würde sie wohl noch sehr lange brauchen. Mochte Manuel auch müde sein, mochte er zuweilen abwesend erscheinen, so besaß er doch wachere Instinkte als sein Sohn. Der Fuchs war zwar in letzter Zeit erschreckend gealtert, aber immer noch ein Fuchs. Nie hatte Helena aufgehört, ihren Mann zu bewundern. Am Morgen hatte sie sich mit ihm über die ganze Angelegenheit verständigt. Manuel bereitete seinen Rückzug vor. Deshalb sollte Johannes von nun an selbstständig handeln, mit seiner Mutter als Beraterin und seinem Vater als unsichtbare Hilfe. Doch das brauchte der Sohn nicht zu wissen.

»Stell dir vor, Alexios Angelos will Eirene heiraten, aber sie hat ihn wegen eines Kapitäns der kaiserlichen Flotte abgewiesen«, sagte Johannes.

»Und wer ist dieser kühne Kapitän?«, fragte Helena, obwohl sie davon schon gehört hatte.

»Loukas Notaras. Vater muss als Familienoberhaupt der Palaiologen ein Machtwort sprechen! Es ist von großem Interesse, dass die Ehe zwischen Eirene und Alexios zustande kommt.«

»In deinem Interesse oder im Interesse von Alexios Angelos?«, fragte Helena scharf. Johannes stutzte. Er ruderte mit den Armen.

»Im Interesse von allen. Schließlich ist der junge Fürst eine Stütze des Herrscherhauses. Deshalb wäre es nur gut, wenn er auch tatsächlich zur Familie gehörte. Ich will nicht nur seine Loyalität, sondern seinen aufopferungsvollen Dienst.«

Helena runzelte die Stirn, versprach aber, darüber nachzudenken. Dann lenkte sie das Gespräch auf das Thema, um das Johannes am liebsten einen großen Bogen geschlagen hätte und das sie sehr bedrückte – seine Ehe oder besser die Fiktion seiner Ehe.

»Wie lange hast du deine Frau schon nicht mehr gesehen, mein Sohn?«

Der Mitkaiser zuckte nur unwillig mit den Achseln.

»Habt ihr euch überhaupt nach dem Tag eurer Hochzeit noch einmal getroffen?«

Die Frage war überflüssig, denn Helena hatte eine Zofe ihrer Schwiegertochter bestochen, die sie auf dem Laufenden hielt. Deshalb wusste die Kaiserin, dass Sophia sich zu Tode langweilte und immer verdrossener wurde. Die Missachtung ihres Mannes schmerzte sie, und sie fühlte sich in der Fremde doppelt einsam.

»Wenn ihr in zwei verschiedenen Flügeln des Palastes wohnt, wird sie nicht schwanger. Und, Herrgott noch mal, das muss sie! Das, Johannes, ist viel wichtiger als die Frage, ob deine Nichte einen Angelos oder einen Notaras heiratet. Streng dich gefälligst an! Ich schicke Martina Laskarina zu deiner Frau, damit du ihr beiwohnst, wenn die Aussichten günstig sind und du die leider unverzichtbare Prozedur nicht allzu oft wiederholen musst. Das ist alles, was ich in dieser Angelegenheit für dich tun kann. Du bist ein Mann, schwängere sie!«

Kalter Schweiß trat auf seine Stirn.

15

Notaras-Palast, Konstantinopel

Während Eudokimos die Mannschaft zusammenstellte und das Schiff zum Auslaufen vorbereitete, beriet Nikephoros sich in seinem Palast mit Thekla und Eirene. Wenn man es geschickt anstellen würde, ließe sich die Heirat seines Sohnes mit der Enkelin des Kaisers vielleicht sogar verwirklichen. Zwar führten sich die großen Geschlechter des Reiches gern auf römische Vorfahren zurück, deshalb nannten sie sich auch Rhomäer, aber bei näherem Hinsehen stellte sich heraus, dass alle mächtigen Familien in Konstantinopel erst vor vierhundert Jahren aufgestiegen waren und mit Konstantin dem Großen, dem Gründer der Stadt, oder mit Justinian, dem Erbauer der Hagia Sophia, nicht das Geringste gemein hatten, nicht einen Tropfen Blut.

Der Aufstieg der Notaras war also prinzipiell möglich, konstatierte Nikephoros kühl, aber er würde auf Widerstand stoßen, denn die Palaiologen, die Komnenen, die Angeloi und Doukai wollten niemanden in ihren erlauchten Zirkel der Macht hineinlassen. In den letzten zweihundert Jahren hatten unzählige Hochzeiten untereinander ein starkes Netz der Verwandtschaft als Form ihrer Macht geflochten. Es war nicht nur das Liebesglück seines Sohnes, das Nikephoros zum Handeln trieb, sondern auch der Aufstieg seiner Familie, die plötzlich zu den Verwandten des Kaisers und damit zum innersten Kreis der Macht gehören könnte. Diese Chance bot sich nur einmal. Die Stellung der Notaras hatte eine kritische Größe erreicht. Weitergehen oder sich einschränken – diese Frage stellte sich mit jedem Erfolg dringlicher. Das Risiko entsprach dem

Gewinn. Den letzten Gedanken behielt Nikephoros allerdings für sich, er wollte nicht, dass Eirene ihn für berechnend hielt. Es war jetzt nur wichtig, keinen Fehler zu begehen. Nikephoros beschloss, einen Boten zum Kaiser zu schicken und Manuel um eine Privataudienz unter vier Augen zu bitten.

Eirene nahm schweren Herzens Abschied von Loukas. Nikephoros gab ihr zwei Diener als Begleitschutz mit. Sie meinte zwar, das sei nicht notwendig, doch der alte Seeräuber bestand darauf.

Kaum hatte sie durch die Säulenhalle der Loggia ihren Palast im Blachernenviertel betreten, als ihr im Vestibül die Zofe auf der Treppe entgegenkam. Aus ihren weit aufgerissenen graublauen Augen sprach Empörung.

»Wo wart Ihr nur? Euer Vater hat schon mehrmals nach Euch gefragt!«, rief sie vorwurfsvoll. »Ihr sollt sofort zu ihm kommen!« Die Zofe schüttelte missbilligend den Kopf. »So eine Aufregung auch«, stöhnte sie und griff sich ans Herz, das sich irgendwo unter dem großen, heftig wogenden Busen befinden musste.

»Ach, Polina, beruhige dich und vertrau mir!« Eigentlich hieß die Zofe Apostolia, aber alle nannten sie nur Polina. »Wo finde ich ihn denn?«

»Im Empfangssaal. Aber er ist nicht allein. Seine Hoheit Fürst Alexios ist bei ihm«, fügte Polina warnend hinzu.

Ein Schatten fiel auf Eirenes Miene. Unwillkürlich schlug sie einmal kurz und hart mit der Reitgerte ins Leere, sodass die Luft pfiff.

»Lasst sie lieber hier«, riet Polina besorgt.

»Meinetwegen, auch wenn ich sie gut zu gebrauchen wüsste.« Im Vorbeigehen reichte sie der Zofe die Reitgerte und begab sich in den Empfangssaal.

Was sie dort sah, missfiel ihr. Die beiden Männer wirkten im besten Einvernehmen, wie sie in den großen Ledersesseln vor dem Kamin saßen und ins Feuer starrten. Hatte sie im ersten Moment lieber kehrtmachen wollen, so überkam sie jetzt eine böse Lust. Mit funkelnden Augen ging sie auf die beiden Männer zu. Andronikos sah sie an. Er hasste es, zu seinem einzigen Kind streng zu sein.

»Wo warst du?«

»Ich habe mich um die Opfer gekümmert!«

Die Antwort erstaunte ihren Vater, während Alexios siegesgewiss lächelte.

»Welche Opfer?«

»Die die Eitelkeit dieses Mannes reißt!«

»*Dieser* Mann, Eirene, wird *dein* Mann. Also erweise ihm die Ehre.«

»Wie geht das, guter Vater? Einem Menschen die Ehre erweisen, der keine Ehre im Leib hat? Soll ich ihm meine Ehre schenken und erhalte dafür als Gegenleistung seine Schande, sodass er in Saus und Braus von meiner Ehre leben darf, während ich von seiner Schande zehren muss? Wahrlich ein schlechtes Geschäft!«

Die Beleidigung traf die Eitelkeit des Fürsten wie ein Peitschenhieb. Er sprang auf. Andronikos tat es ihm gleich und hob beschwichtigend die Hände.

»Verzeiht meiner Tochter. Es ist nur die Angst vor der Ehe, die ihr solche Worte eingibt.«

»Ihr nehmt diese Beleidigung sofort zurück, sonst verklage ich Euch beim Kaiser!«, rief Alexios.

»Um mich in den Turm werfen zu lassen?«, fragte Eirene mit provozierender Belustigung.

»Nein, um die Mitgift zu erhöhen«, beschied er sie kalt. Und zu Andronikos gewandt sagte er drohend: »Die Frechheit Eurer Tochter wird Euch ein hübsches Sümmchen kosten.«

»Wenn es dem großen Ehrenmann nur ums Geld geht, lieber Vater, ich bitte Euch, dann gebt ihm das Doppelte, und nie wieder soll vom Heiraten die Rede sein. Er kann sich von der einen Hälfte eine Braut kaufen und von der anderen einen neuen Waffenmeister zulegen. Sein Verbrauch an derlei Kreaturen ist immens, wie man hört.«

»Was ist mit meinem Waffenmeister?«, fragte der Fürst, hellhörig geworden.

»Den einen verliert Ihr auf einer Reise, den Nächsten bei einem Auftrag. Mehr muss ich Euch nicht sagen! Ihr wisst es doch selbst am besten.«

Alexios beschlich ein ungutes Gefühl, doch sein Instinkt verriet ihm, dass er von Eirene, die offensichtlich gut unterrichtet war, nicht mehr erfahren würde. Gleich nach seiner Rückkehr in seinen Palast würde er nach Jacques le Lame schicken. Etwas schien schiefgelaufen zu sein.

Dann wandte er sich nur noch dem Despoten von Thessaloniki zu, als wäre Eirene nicht anwesend. »Lieber Vater, ich darf Euch doch so nennen?«

Andronikos nickte leicht.

»Ich schwöre Euch, Eure Tochter zu einer guten Ehefrau zu machen«, sagte Alexios, verneigte sich vor Andronikos und rauschte ab mit all seiner Bedeutung und seinen Vorfahren im Schlepptau.

Als Vater und Tochter allein waren, gingen sie hinüber zur Ottomane. Eirene kuschelte sich an ihren Vater und erzählte ihm von Loukas Notaras, was sie für ihn empfand und was Alexios Angelos getan hatte. Sie schloss ihren Bericht mit einem eindringlichen Appell, wobei sie seine Hand nahm. »Wenn du willst, dass deine Tochter glücklich wird, dann zwinge mich nicht, diesen Mann zu heiraten! Er hat keine Ehre! Und keine Achtung vor mir, wie ich auch nicht vor ihm!«

»Woher willst du das wissen?«

»Du weißt es doch auch, Vater.«

»Schön, er ist vielleicht etwas laut und grob, aber ...«

»Er ist laut, er ist grob, er ist hochmütig, wo Christus doch will, dass wir Demut empfinden, und er hat keine Ehre. Ich bleibe dabei!«

»Du bist jung und hast Angst vor der Ehe ...«

»Glaubst du das wirklich von deiner Tochter, guter Vater?«, fiel sie ihm ins Wort. »Dann gib mir Loukas Notaras zum Bräutigam, und du wirst sehen, wie die Furcht vor der Ehe wie Eis in der Sonne schmilzt.«

Andronikos stöhnte auf. Das, was er gesehen und gehört hatte, stimmte ihn ohnehin nachdenklich, denn mehr als alles andere lag ihm das Glück seiner Tochter am Herzen – nicht nur, weil er seiner Frau am Sterbebett geschworen hatte, dafür zu sorgen.

»Ich werde Alexios Angelos nicht heiraten«, wiederholte Eirene. »Mir stehen genügend Mittel zu Gebote, um das zu verhindern, und dabei ist die Möglichkeit, ins Kloster zu gehen, die harmloseste. Lieber steige ich in den Sarg als in Alexios' Brautbett. An der Seite dieses Mannes leben zu müssen wäre der wahre Tod. Willst du das, Vater?«

Sie hatte ruhig, fast zärtlich gesprochen. Andronikos küsste die Hand seiner Tochter. »Auch wenn es eine Sünde ist, so will ich nicht gegen deinen Willen handeln.« Er konnte ihr nichts abschlagen und wollte sie nicht verlieren.

»Ich werde Loukas Notaras heiraten. Ich weiß es, seit ich ihn das erste Mal gesehen habe.«

»Ein tüchtiger Mann ohne Zweifel«, brummte Andronikos, der den Ärger ahnte, der auf ihn zukam. »Geh zu deiner Großmutter! Sprich mit der Kaiserin. Es wird nicht leicht, aber tu es!«, riet er seiner Tochter. Und er wusste sehr gut, worüber er redete, denn er hatte Angst vor seiner Mutter – noch immer.

16

Kaiserpalast, Konstantinopel

Im Geheimen Besprechungssaal empfing Manuel II. Nikephoros Notaras. Melancholisch kam er dem Dolmetscher entgegen und tätschelte dessen Schulter, als könne er dadurch alles Ungemach vertreiben. »Wir werden langsam alt, mein Lieber, und die Jungen werden unseren Platz einnehmen. Aber das ist auch gut so. Ich wünsche mir nichts sehnlicher, als die schwere Bürde des Regierens abzulegen. Man muss entweder dumm oder geisteskrank sein, wenn man zu herrschen wünscht, denn der Herrscher ist Sklave und Verbrecher in einem!«

Mit einer freundlichen Geste bot der Kaiser seinem Gast einen Platz in einem der Lehnstühle an, dann setzte er sich ihm gegenüber. Welch ein Unterschied zum steifen Zeremoniell der öffentlichen Audienzen, dachte Nikephoros.

Ein Weilchen plauderten sie über ihre Söhne. Wäre Konstantin nicht erst siebzehn Jahre alt gewesen, hätte ihn der Kaiser zum Nachfolger bestimmt, weil er der Beste von allen war, doch aus Gründen der Staatsräson musste er den Zweitbesten, den älteren Johannes, einsetzen. Dieser allerdings brauchte Hilfe und vor allem gute Ratgeber. Deshalb bat Manuel Nikephoros, seinem Sohn treu zur Seite zu stehen, wenn er selbst einmal nicht mehr auf dem Thron sitzen würde. Der alte Seeräuber versprach es.

»Weißt du, ich kann das Ende meines Lebens schon sehen«, sagte der Kaiser nachdenklich. Sein Blick glitt dabei zur Fensterfront hinüber, hinter der sich die Stadt Konstantinopel ausbreitete. Und dann war sie wieder da, die Frage, die ihn seit einem Jahr bereits quälte. War das Reich noch zu retten? Zwar erfüllte ihn das Gespräch mit Sultan Mehmed mit vorsichtiger Hoffnung, aber Manuel gelang es nicht, sich von den Sorgen zu befreien.

Für Nikephoros Notaras gestaltete sich der Beginn der Audienz günstig, dennoch würde er behutsam vorgehen müssen. Stimmungen kippten nicht nur, sie dienten häufig auch als Köder oder als Test. Der Kaiser war schließlich nicht seinesgleichen, selbst wenn er sich leutselig gab. Sein Ratschluss war unerforschlich wie der Gottes, dem er näherstand als den Menschen.

»Was führt dich zu mir?«, fragte Manuel schließlich.

»Mein Sohn wurde überfallen und niedergestochen«, sagte Nikephoros leise.

Der Kaiser vermied den direkten Blickkontakt und beobachtete ihn aus dem Augenwinkel. »Wie geht es ihm?«

»Er lebt. Er hat eine starke Natur, er wird durchkommen.«

»Weißt du, wer die schändliche Tat begangen hat?«

»Der Waffenmeister des Fürsten Alexios Angelos.«

»Warum hat er das getan?«

Nikephoros spürte, wie dünn das Eis unter seinen Füßen wurde. »Angeblich im Auftrag seines Herrn.«

»Der Mann lügt.«

»Er muss lügen, denn ein Angeloi würde doch keinen Meuchelmord an einem Kapitän und an meinem Sohn in Auftrag geben«, sagte Nikephoros vorsichtig.

»Da hast du recht, das ist vollkommen undenkbar. Aber warum meint dieser Mann, dass der Fürst ihn beauftragt habe?«

Jetzt kam für Nikephoros der heikelste Moment. Er fiel vor dem Kaiser auf die Knie. »Bitte, hoher Herr, zwingt mich nicht, davon zu sprechen. Es lastet auf meiner Seele wie ein Höllenfels.«

»Erhebe dich, und erzähle mir, mein alter Freund.« Nikephoros stand bedächtig auf, hielt jedoch den Kopf gesenkt, den er leicht schüttelte. Manuel erinnerte ihn an ihre gemeinsame Reise, an die vielen Jahre, die er nun schon in seinem Dienst stand, und bat ihn, wieder Platz zu nehmen. »Hast du so wenig Vertrauen zu deinem Herrn?«, fragte der Kaiser.

»Junge Leute, Herr, sie verlieben sich, wo sie nicht sollen, und anstatt die Vernunft zu haben, einander zu meiden, tun sie das Gegenteil und treffen sich heimlich. Mein Sohn hat sich verliebt in Eure Enkelin ...«

»In Eirene?«

Eirene war nicht die einzige Enkelin des Kaisers, aber die einzige, die für solche Eigenwilligkeiten infrage kam. Nikephoros nickte.

»Und Eirene?«, fragte der Kaiser.

»Erwidert dieses törichte Gefühl.« Manuel musste innerlich schmunzeln. Nikephoros stellte es geschickt an, aber nicht geschickt genug, dass er es nicht durchschauen würde. Der Kaiser ahnte nicht, dass der alte Seeräuber ihm genau dieses Gefühl vermitteln wollte. Dadurch ließ Nikephoros ihm die Freiheit, so viel zu hören, wie er hören wollte, und außerdem schmeichelte er damit seiner Intelligenz, der einzigen Schmeichelei übrigens, für die Manuel empfänglich war.

»Sie ist in meinen Palast gekommen, um nach meinem Sohn zu sehen, und hat mich nicht im Unklaren darüber gelassen, was sie für Loukas empfindet.«

»Versprochen ist sie dem jungen Angelos ...«, sagte der Kaiser nachdenklich.

»Deshalb wird niemand an die Unschuld des Fürsten glauben.«

»Dann verschweigen wir den ganzen Vorfall.«

»Nichts, was ich lieber täte, aber es gibt leider sehr viele Zeugen. Die Angelegenheit hat sich in der Stadt bereits herumgesprochen. Und wenn ich keinen Schuldigen bestrafe, hat niemand mehr Respekt vor meiner Familie und vor meinem Eigentum.«

Der Kaiser runzelte die Stirn. Die Situation war vertrackt. Er blickte ratlos seinen Dolmetscher an. »Gib mir einen Rat, wie du es früher immer getan hast, wenn wir auf Reisen waren.«

Genau auf diesen Satz hatte Nikephoros gewartet. »Das fällt schwer, aber ich versuche es, wenn Ihr mir die Gunst erweist, den Ratgeber, nicht den Betroffenen in mir zu sehen.«

Manuel drehte die Hände nach außen und hielt sie auffordernd kurz in der Luft, bevor er sie auf seine Oberschenkel legte. »Angenommen, der Wunsch der beiden Liebenden würde sich erfüllen und sie würden den Bund der Ehe eingehen, dann wäre jeder Verdacht gegen den Fürsten ausgeräumt, und wir könnten uns für den Waffenmeister ein apartes Motiv ausdenken. Was wissen wir schon von den widernatürlichen Leidenschaften der Franken?«

»Dennoch bliebe die Schande beim Fürsten«, wandte Manuel ein.

»Nicht, wenn der Fürst zuvor eine andere Frau heiratet. Dann wäre es sogar Eure Pflicht, Eirene einen anderen Mann zu suchen, um ihre Ehre zu schützen.«

Manuel fragte sich, ob er empört oder erfreut sein sollte, aber selbst wenn Empörung siegte, würde sie die Freude über den intelligenten Schachzug kaum dämpfen.

»Bliebe nur der Standesunterschied zwischen den Palaiologen und der Notaras-Familie.«

»Gewiss, das ist der heikle Punkt. Aber würde eine verstoßene Braut nicht zwangsläufig den Notaras näherstehen als den Palaiologen? Und vergesst nicht, wir reden nur über eine Frau, über eine Eurer vielen Enkelinnen. Wir würden natürlich Verzicht leisten. Niemand, der aus dieser Verbindung hervorgeht, darf Anspruch auf den Namen Palaiologos oder auf den Kaiserthron erheben.«

»So könnte es gehen ...«, sagte der Kaiser bedächtig und legte die Hand an die Wange.

»Ihr habt mich gebeten, auch Eurem Sohn treu zu dienen. Darf ich nun so zu Euch sprechen, als wäre ich der Berater des Mitkaisers?«

Manuel fiel ein, dass Alexios ja der Günstling seines Sohnes war, wodurch auch Johannes mit dieser Angelegenheit zu tun hatte. Nikephoros hatte in der Tat nichts übersehen. »Nur zu«, ermunterte ihn der Kaiser.

»Es ist nur der Rat eines einfachen Mannes. Aus Sicht des Mitkaisers wäre eine Ehe zwischen Eurer Enkelin und Loukas Notaras sogar besser als eine Vermählung mit Alexios Angelos.«

»Aus welchem Grund?« Manuel zog gespannt die Augenbrauen

hoch, denn nun spielte sein Dolmetscher va banque. Würde Nikephoros es wagen, Manuel II. und seinen Sohn und Mitkaiser für seine eigenen Interessen zu benutzen? Diese Missachtung würde ihm nie vergeben werden. Aber Nikephoros wusste, dass ein Aphorismus mehr bewirkte als tausend Ratschläge. »Mächtige noch mächtiger zu machen bedeutet für den Herrscher Gefahr, wo es doch so viel sinnvoller ist, die Macht der anderen zu teilen und zu streuen. *Divide et impera*, wie die alten Cäsaren sagten.«

»Teile und herrsche«, wiederholte der Kaiser auf Griechisch. »Du weißt, mein alter Freund, dass ich dir und deinem Hause gewogen bin. Wenn Alexios Angelos freiwillig auf die Hochzeit mit meiner Enkelin verzichtet – damit es kein böses Blut gibt, versteht sich –, werde ich der Verbindung mit deinem Sohn nicht im Wege stehen.«

Mehr hatte Nikephoros nicht erwarten dürfen. Dennoch stöhnte er innerlich auf, während er sich überschwänglich bei dem Kaiser für seine Großmut und sein Wohlwollen bedankte. Im Stillen haderte er damit, weshalb es im Leben nicht auch einmal leicht sein konnte. Nichts lief von allein, selbst das Geringste musste hart erkämpft werden. Er würde mit dem Fürsten reden müssen.

17

Palast des Alexios Angelos, Konstantinopel

Und Alexios Angelos? Fluchte darüber, dass sein Waffenmeister, jetzt, wo er ihn benötigen würde, wie vom Erdboden verschwunden blieb. Eirene hatte dunkle Andeutungen gemacht, aber was zum Teufel hatte sie gemeint? Ihm fehlte die Zeit, sich mit dieser Angelegenheit zu befassen. Morgen schon würde er nach Rumelien reisen, um ein diplomatisches Netz für Johannes, vor allem aber für sich zu knüpfen, ein Netz, in dem er die Spinne war. Die Bitte, nach Ungarn, in die Walachei, nach Serbien und Albanien zu reisen, kam wie gerufen. Allerdings hatte ihm Johannes nicht verraten, dass auch andere geheime Missionen starteten.

Nach seiner Rückkehr würde endlich geheiratet werden. Johannes hatte versprochen, sich in seiner Abwesenheit um die leidige Angelegenheit zu kümmern. Arme Eirene, was sollte, was konnte sie dagegen schon unternehmen? Doch heute mochte er nicht mehr an diese anstrengende Frau denken, sondern sich vergnügen. Deshalb begab er sich in seinen kleinen Stadtpalast.

In seinem Schlafzimmer ließ sich Alexios gebratenes Huhn und Wein auftischen und schickte nach zwei erfahrenen Hetären, die Phantasie und Geschicklichkeit besaßen und keine Grenzen kannten. Er würde ihnen zuschauen, bis ihn die Lust ankam, mitzumachen. Auf die dürftige Tafel seiner künftigen Frau war er nicht angewiesen.

Im gleichen Augenblick, in dem er in die eine der beiden Hetären eindrang, während die andere von hinten sein Gemächt massierte, riss ihn Gebrüll und der Lärm, den Schwerter verursachen, aus dem seligen Gefühl kosmischen Verströmens. Er kam zu früh, stieß unwillig die Frau weg, die ihn gestreichelt hatte, zog eine weiße Tunika über, die er mit einer roten Kordel verschloss. Dann griff er nach seinem Schwert und lief fluchend die Treppe hinunter.

Im Vestibül stand Nikephoros Notaras. Seine Leute hatten die Diener des Fürsten unter vorgehaltenen Schwertern zu Boden gezwungen. Alexios zog blank.

»Ich bin gekommen, um zu reden, nicht um zu kämpfen«, brummte Nikephoros.

»Ihr seid hier eingedrungen. Dafür werdet Ihr geviertteilt!«

»Bin ich in die Wohnung der Angeloi im Blachernenviertel eingebrochen? Nein! Konnte ich wissen, dass dieses Meuchelmördernest Euch gehört? Nein! Mir hat Jacques le Lame nur gesagt, dass ich hier den Auftraggeber für den Anschlag auf das Leben meines Sohnes finde. Also was wollt Ihr?«

»Ihr werdet geviertteilt, schon weil Ihr mich bei einer dringenden Angelegenheit gestört habt!«

»Übers Viertteilen können wir später immer noch reden. Jetzt aber legt erst einmal das Schwert weg. Dann unterhalten wir uns wie verantwortungsvolle Männer und drohen einander nicht wie dumme Kinder. Oder ich gehe und weiß nichts von der grauenvollen Bluttat, die hier geschieht. Ihr wäret so oder so verloren.«

»Und Ihr auch!«, schäumte Alexios vor Wut.

»Wir sind alle in Gottes Hand.«

Selbst wenn er die Oberhand behielte, dachte Alexios, gäbe es einen Skandal, bei dem vieles zur Sprache kommen würde, das er in der Öffentlichkeit lieber unerwähnt ließe. Also schritt er unwillig die Treppe hinunter.

Einer von den Leuten des alten Seeräubers nahm ihm grinsend das Schwert aus der Hand. Alexios führte seinen ungebetenen Gast in einen kleinen Raum, eine Art Kontor, der vom Vestibül abging. Er zündete einen Leuchter an, der auf einem kleinen runden Tisch stand. Die beiden Männer setzten sich gegenüber.

»Wo ist mein Waffenmeister?«, blaffte Alexios.

Nikephoros ließ sich nicht beirren und entnahm einer Ledertasche ein Schriftstück, das er auf den Tisch legte.

»Was ist das?«

»Ein Brief an Eirene Palaiologina, in dem Ihr Euer Bedauern äußert, dass Ihr Euch anderweitig verliebt habt und sie deshalb weder heiraten könnt noch wollt.«

Fassungslos las der Fürst den Brief, den er abschreiben sollte. Wütend zerriss er das Blatt. »Wie könnt Ihr es wagen, gemeine Krämerseele!«

»Euer Waffenmeister befindet sich in meiner Obhut, wo, spielt keine Rolle«, sagte Nikephoros ruhig.

»Er kann behaupten, was er will. Sein Wort hat gegen meines keinen Bestand.« Alexios lachte lauthals auf. »Und jetzt könnt Ihr gehen, armer alter Narr.«

Doch Nikephoros machte keine Anstalten, sich zu erheben. Seelenruhig legte er ein neues Exemplar des Briefes auf den Tisch. »Es fällt doch auf, dass Euer erster Waffenmeister ein Katalane war und Euer zweiter ein Franke, beides also keine Griechen.«

»Weil die Griechen nicht kämpfen können.«

»Weil die Griechen nicht gegen ihren Kaiser kämpfen werden?«

Empört sprang Alexios auf. »Was wollt Ihr damit sagen?«

»Jacques le Lame belastet Euch schwer. Er behauptet, Xavier del Mar habe die Verbindung zu den Katalanen, besonders zu den katalanischen Seeräubern in der Ägäis hergestellt und er selbst in Eurem Auftrag die zu den Franken auf der Peloponnes und den Inseln. Der Franke schwört, dass Ihr mit den Lateinern ein Bündnis schmieden wollt, um den Kaiser zu stürzen und Euch selbst die Krone aufs Haupt zu setzen.«

Wenn auch das Bündnis erfunden war, so fuhr Nikephoros doch schweres Geschütz auf. Allerdings ahnte er nicht im Geringsten, dass seine phantastische Konstruktion ins Schwarze traf. Alexios unterdrückte einen Fluch und fragte sich, woher der Kaufmann von dem erfahren hatte, was nur er allein wusste. War Magie im Spiel, konnte er hellsehen? Alexios nahm sich vor, vor diesem Mann auf der Hut zu sein.

»Euer Waffenmeister wusste auch zu berichten, dass der Papst Euer geheimes Lustschloss finanziert, damit Ihr unsere heilige Kirche unter das römische Joch zwingt«, fuhr Nikephoros ungerührt fort. Auch das war gelogen, doch der Fürst würde diesen Punkt nicht entkräften können, denn das Geld für seinen Stadtpalast stammte zwar nicht vom Papst, dafür aber von den Venezianern, denen er einen eigenen Hafen in Konstantinopel versprochen hatte.

Der Alte war nicht nur gut informiert, er las zudem in seinem Herzen wie in einem offenen Buch! Dass es dem alten Notaras gelingen würde, diese Aussage aus seinem Waffenmeister herauszuprügeln, daran zweifelte Alexios nicht. Auch nicht daran, dass es ihm im Gegenzug glücken würde, diese Anschuldigung zu entkräften. Die Gefahr lag ganz woanders: Das Gerücht würde Misstrauen bei Manuel, aber auch bei Johannes wecken, und seine Bewegungsfreiheit wäre eingeschränkt. Denn wo Rauch war, da war auch Feuer – jedes Gerücht hatte einen wahren Kern. Mochte das Komplott auch erlogen sein, so stimmte es ja tatsächlich, dass er nach der Krone strebte! Alexios konnte kein Misstrauen, nicht einmal ein Zögern seines Gönners gebrauchen, in dessen Hinterkopf sich dieser Gedanke festsetzen würde. Fast fühlte er schon den prüfenden Blick des Mitkaisers auf sich ruhen, in dem die Frage lauerte, ob es möglich war, dass Alexios Angelos ihn eines Tages verraten würde. Angesichts dieser Situation fasste der Fürst einen Entschluss: Diese Ehe sollte eigentlich Wege öffnen und sie nicht verschließen. Er würde Eirene freigeben, sich aber eines Tages für diese Demütigung rächen.

Alexios stand auf, nahm aus einem Stehpult Papier, Tinte, eine Gänsefeder und begann, den Text des Briefes abzuschreiben. »Ihr wisst, dass die Anschuldigungen von Jacques le Lame nicht der Wahrheit entsprechen. Ich wollte Euch nur darauf aufmerksam machen, weil ich nicht möchte, dass ein so ehrbarer Mann wie Ihr sich auf seine alten Tage der üblen Nachrede und der Verleumdung schuldig macht«, sagte er.

»Denken wir lieber gemeinsam darüber nach, warum Euer Waffenmeister meinen Sohn töten wollte und was mit Jacques le Lame geschehen soll.«

»Da ich ihn schon vor Tagen entlassen habe, weil sich sein Geist verwirrt hatte, verfahrt mit ihm, wie es Euch beliebt. Die Franken trinken einfach zu viel, dazu die ungewohnte Sonne …«, entgegnete Alexios. Er beendete den Brief, ließ ihn auf den Tisch fallen und verließ grußlos das Kontor. Während er die Treppenstufen nahm, ging er in Gedanken die Töchter der Palaiologen durch – vielleicht ließe sich ja doch noch eine kaiserliche Braut finden, die jünger, unerfahrener, biegsamer als die störrische Eirene war. Als er die Tür zu seinem Schlafgemach aufstieß, spürte er, wie sich seine ganze Wut in seinem Unterleib versammelt hatte …

18

Kaiserpalast, Konstantinopel

Zu jener Abendstunde lief Eirene pochenden Herzens zu den Gemächern ihrer Großmutter. Helena empfing ihre Enkelin im Handarbeitsraum. Wenn sie sich nicht um den Garten und den Park kümmerte, liebte es die Kaiserin, Seidenstickereien anzufertigen. Sie fand ihre Mitte in körperlicher Arbeit, sei es im Pflanzen oder Sticken. Anders als bei der Beschäftigung mit Politik. Sie hatte dann im Gegensatz zur Politik das Gefühl, dass sie etwas Nützliches und hier und da auch etwas Bleibendes schuf.

Eirene kniete vor ihr nieder. Helena legte den Stickrahmen aus der Hand und bot ihrer Enkelin den Platz neben sich an. Ihr volles schwarzes Haar durchzogen erst wenige Silberfäden.

»Du kommst wegen Alexios?« Eirene nickte. »Ich habe deinen Großvater zum ersten Mal kurz vor unserer Hochzeit getroffen. Und unter uns gesagt, der Traum meiner Träume war er nicht gerade. Aber mit den Jahren und mit viel Geduld haben wir zueinandergefunden.«

Eirene erinnerten ihre Worte daran, dass Manuel II. nicht nur eheliche Kinder hatte. »Alexios ist ein stattlicher Mann«, sagte die Kaiserin und sah ihre Enkelin forschend an. »Welche Frau wäre nicht höchst erfreut, ihn zum Manne zu bekommen?«

»Soll ich diplomatisch antworten, oder wollen wir Zeit sparen?«, fragte Eirene.

»Sicher hat er Seiten, die abstoßend sind. Aber – glaub einer alten Frau, die so manches im Leben gesehen oder gehört hat – welcher Mann hat die nicht? Männer sind eigentlich keine Menschen.

Bestenfalls sind sie Tiere, schlimmstenfalls Bestien, fast immer aber Schweine. Wir müssen sie erziehen! Erst zu Menschen machen. Schau, der Mann mag ja das Haupt der Familie sein, aber dann ist die Frau der Hals – und letztlich kann der Kopf nur dahin, wohin ihn der Hals lässt.«

»Ihr sprecht vom Erziehen, ich vom Krieg!«

Helena lachte auf, als hätte sie einen guten Scherz gehört. »Ach, Kind, du übertreibst! Der Mann ist die Aufgabe der Frau, daran führt kein Weg vorbei. Und es ist eine große Aufgabe, denn die Männer sind laut, sie sind vulgär, eitel wie Pfauen und töricht wie Kinder, die stets bockig auf ihrem Spielzeug bestehen. Als der liebe Gott den Mann sah, den er erschaffen hatte, bekam er einen so großen Scheck, dass er ihm rasch die Frau zur Gefährtin schuf, damit der Mann nicht aus der Schöpfung fiel. Wir Frauen sind es, die alles hervorbringen, alles ertragen und wenig Dank dafür ernten. Aber das, mein liebes Kind, werden wir nicht ändern. Wenn ein Mann so schlecht ist wie der andere, dann ist auch ein Mann so gut wie der andere.« Damit, fand Helena, war alles gesagt.

Eirene kniete wiederum vor ihr nieder, schaute ihr aber von unten geradewegs in die Augen. »Verzeiht, Herrin, aber wenn ein Mann so gut ist wie der andere, dann ist auch eine Frau so gut wie die andere. Dann kann der Fürst auch eine andere Frau heiraten. Warum dann mich?« Sie hielt dem undurchdringlichen Blick der Kaiserin stand und fuhr fort: »Und wenn alle Frauen sich um ihn reißen, dann wäre es geradezu eine Sünde, ihn ausgerechnet an die eine Frau zu verschwenden, die ihn nicht will, mehr noch, die ihn aus tiefster Seele hasst. Ihr könnt mich zwingen, mit ihm vor dem Traualtar zu erscheinen, Ihr könnt mich nicht zwingen, mit ihm zu leben. Bedenkt, gegen diese Ehe würde die Verbindung zwischen Johannes und Sophia geradezu wirken wie die Liebe zwischen Sulamith und König Salomon.«

Eine Falte grub sich in die Stirn der Kaiserin. »Zieh dich in deine Gemächer zurück und warte dort darauf, was der Kaiser entscheiden wird«, sagte sie kühl, nahm ihren Stickrahmen auf und begann wieder zu sticken, als sei Eirene nicht mehr im Raum.

Das junge Mädchen stand auf, verneigte sich und strebte dem Ausgang zu. Kurz vor der Tür holte sie eine Frage der Großmutter ein.

»Ist es der junge Notaras wirklich wert, dass du das Kaiserhaus verlässt und zu einer Kaufmannsfamilie ziehst?«

Eirene wandte sich mit leuchtenden Augen um. Schon wollten ihr die Worte aus der Tiefe ihres Herzens sprudeln. Doch die Kaiserin kam ihr zuvor und hob abwehrend die Hand.

»Ich habe genug gehört und gesehen. Geh und harre der Entscheidungen. Du hast Alexios Angelos nicht verdient. Es kann sein, dass der Kaiser dennoch Geduld und Großmut mit dir zeigt.«

19

Kaiserpalast, Konstantinopel

Alexios Angelos stank noch animalisch nach Paarung und Wein, als er in den frühen Morgenstunden des nächsten Tages den Mitkaiser aufsuchte, um sich für seine geheime Mission nach Rumelien zu verabschieden. Johannes, der an Schlaflosigkeit litt, hatte gerade ein Lavendelbad genommen, dessen Duft auch seine Damasttunika verströmte. Ein paar Kerzen brannten noch, ansonsten dösten die Zimmer in der Morgendämmerung. Er beneidete den Fürsten um seine kraftstrotzende Männlichkeit. Kurz ging ihm der Gedanke durch den Kopf, Alexios zu bitten, die ungeliebte Gattin für ihn zu schwängern. Aber dann würde der nächste Kaiser Alexios' Lenden entsprungen sein – und dieser Gedanke könnte ihn zu einem Komplott mit Sophia von Montferrat verführen, um den Angeloi die Krone zu erobern. Ihn, Johannes, würde jemand töten – Alexios, Sophia, gleich wer. Er traute dem Fürsten den Verrat zwar nicht zu, doch Gelegenheit schaffte Täter. Besser, ihn nicht in Versuchung zu führen, beschloss der Mitkaiser im Stillen.

»Der gute Gott wird mit dir sein«, sagte er laut und schlug das Kreuz über den Fürsten.

Beim Abschied bat Alexios, dass Johannes eine andere Braut für ihn aus der Familie der Palaiologen finden sollte, denn Eirenes Interesse an dem Sohn des Kaufmanns Notaras beleidige ihn. Johannes verstand die jähe Wendung nicht und gab zu bedenken, dass sein Meinungsumschwung etwas spät, vielleicht sogar zu spät käme, denn nun habe sich die Kaiserin der Sache angenommen. Er werde jedoch sehen, was sich machen ließe.

Wenig später preschten dreizehn Reiter durch das Charisius-Tor und folgten der Straße nach Adrianopel, das von den Türken Edirne genannt wurde und zur neuen Hauptstadt der Osmanen aufgestiegen war. Damit dokumentierten sie ihren Willen, nach dem Morgenland nun auch das Abendland zu unterwerfen. Konstantinopel schien in ihren Überlegungen bereits ein Ort der Vergangenheit zu sein, eine unbedeutende Stadt, die sie auf dem Weg nach Europa einfach zu erobern vergessen hatten.

Die Reiter hinterließen eine feine Staubwolke, mit der die Strahlen der Morgensonne spielten, bis der Staub allmählich zu Boden sank. Der Atem der Pferde stieg in die kühle Morgenluft. An der Spitze der Bewaffneten ritt Alexios, der einen dicken schwarzen Mantel über dem Harnisch trug. In den weiten Mantel gehüllt, den Kopf in einen Helm mit einem breiten Nasenschutz gepackt, hätte man ihn nicht ohne Weiteres erkannt. Ihm behagte die Mission, fühlte er sich doch wie der junge Alexander, der aufgebrochen war, die Welt zu erobern. Noch, ihr Herren Türken, habt ihr nicht gesiegt!, dachte er mit wildem Ingrimm. Er würde sich sein Reich schon erkämpfen!

Sein erstes Ziel galt dem Despoten von Serbien, Stephan Lazarewitsch, danach ging es weiter zum Herrscher von Bosnien, Tvrtko II., von dem er sich allerdings nicht viel erhoffte, denn Tvrtko konnte sich nur durch die Unterstützung der Osmanen auf dem bosnischen Thron halten. Sodann wollte sich Alexios gen Buda wenden, um mit dem mächtigen ungarischen König Sigismund zu verhandeln, der auch die deutschen Lande regierte. Schließlich plante er, Radu II. Prasnaglava in der Walachei aufzusuchen. Wo er allerdings Johann Hunyadi, den trotz seiner Jugend bereits legendären Heerführer und umtriebigen Verwalter des Ungarnkönigs, finden sollte, wusste er noch nicht. Gefährliche Monate auf Europas Straßen lagen vor ihm.

Einen Tag später verließ in entgegengesetzter Richtung Georgios Sphrantzes, nachdem er bei einem unverhofften Zusammentreffen mit Eirene bei Hofe die Verachtung der Prinzessin zu spüren bekommen hatte, Konstantinopel in Richtung Trapezunt.

»Du bist ein Schuft, Sphrantzes, die niederste aller Kreaturen!«, hatte sie ihm ins Gesicht geschleudert, und Georgios Sphrantzes beglückwünschte sich, einige Zeit nicht in der Stadt zu sein, bis sich die Gemüter beruhigt hätten. Die Liebe aber hatte er für immer verloren. Zu spät begriff er, dass er für seine Feigheit, niemals um sie gekämpft zu haben, bestraft wurde.

20

Notaras-Palast, Konstantinopel

Natürlich durfte Eirene Loukas nicht besuchen, und natürlich vermochte es niemand, die Besuche am Krankenbett zu unterbinden. Also fuhr täglich eine geschlossene Kutsche mit der vermummten Prinzessin in den Hof des Notaras-Palastes ein. Die unausgesprochene Verabredung schien zu lauten, dass Eirene die Besuche diskret vornahm, während ihr Vater nicht so genau hinsah. Unter ihren Augen genas Loukas – und unter ihren Händen, denn sie ließ es sich nicht nehmen, seine Wunde zu säubern. Schon bei ihrem zweiten Besuch hatte sie sich die erforderlichen Handgriffe von Martina Laskarina zeigen lassen und von da an diese Aufgabe an niemand anderen mehr abgetreten. Thekla kapitulierte vor der Liebe der jungen Frau zu ihrem Sohn. Und Loukas? Er fühlte sich nicht nur wie im siebten Himmel, sondern bedauerte es, dass seine Blessur so schnell verheilte.

Eines Tages fuhr Eirene zärtlich über die Wunde, die zu vernarben begann. Dann, von einem plötzlichen Verlangen verführt, tasteten ihre Finger weiter über die Brust des Kapitäns, verharrten bei seiner linken Brustwarze, mit der sie gedankenverloren spielte. Ein Schleier trat vor ihre Augen, doch ehe sie entscheiden konnte, ob sie sich zurückziehen oder ihn liebkosen sollte, hin und her gerissen zwischen Verlangen und Furcht, griff Loukas mit seiner rechten Hand in ihren Nacken, zog sie zu sich herunter und küsste sie, lange. Und wenn er aufhörte, begann sie, und wenn sie zu erlahmen schien, trieb er mit seiner Zunge erneut das Verlangen an. Sie duftete nach Flieder und Zitronenmelisse und auch ein wenig nach

Apfel. Seine Hände fanden sich auf ihrem Rücken, das Kleid zu öffnen, doch sie umfasste mit ihren Fingern seine Arme und drückte sie aufs Bett.

»Du bekommst, was du willst, aber jetzt noch nicht«, flüsterte Eirene.

»Keine Angst, ich bin bereits wieder bei Kräften ...«

»Daran zweifele ich nicht ...«, antwortete sie mit leichtem Erröten. Die kleinen rosafarbenen Flecken um die Nase standen ihr gut, fand er.

»Komm, hilf mir auf.«

Eirene beugte sich zu ihm, er legte seinen Unterarm auf ihre Schulter und zog sich hoch. Dann, auf sie gestützt, ging er langsam zum Fenster. In der Ferne, hinter dem Viertel der Genuesen, lag träg und faul der Bosporus.

»So gewiss, wie der Doge in Venedig jedes Jahr das Meer heiratet, so werde ich dich in diesem Jahr heiraten«, sagte er leise.

Eirene ging über das Versprechen hinweg, das sie doch eigentlich am liebsten zu hören wünschte, weil der fremde Brauch sofort ihre Neugier weckte. »Der Doge heiratet das Meer?«

Loukas lächelte bübisch. »Jedes Jahr zu Christi Himmelfahrt oder Ascensione, wie die Italiener sagen, findet die Hochzeit des Dogen mit dem Meer statt. Der Doge geht mit den Angehörigen der noblen Familien an Bord des Bucintoro, eines doppelstöckigen Ruderschiffes, das vergoldet wurde. Dieses Schiff führt die Prozession an, die am Dogenpalast beginnt und an der sich wohl alle Boote der Republik von San Marco beteiligen. Sobald sie die Durchfahrt in die Adria bei San Nicoló erreichen, erhebt sich die Fürbitte für die Seeleute, dass sie auch immer trotz aller Gefahren der Naturgewalten ihr Ziel erreichen sollen. Hat die ansehnliche Flotte schließlich die tiefblauen Wasser der Adria erreicht, wirft der Doge einen goldenen Ring in das Meer und sagt: *Desponsamus te, mare, in signum veri perpetuique dominii.*«

»Was sagt er?«, fragte sie ihn.

»Entschuldige. Er sagt: ›Wir heiraten dich, Meer, zum Zeichen unserer wahren und beständigen Herrschaft.‹«

Eirene lachte hell auf. »Vielleicht«, brachte sie unter Prusten und Glückstränen hervor, »vielleicht heirate ich dich. Und wenn ich das tue, werde ich dich auch lieben, das schwöre ich dir, aber deine Herrschaft, und das verspreche ich dir mit gleichem Ernst, werde ich nicht dulden, weil niemand Herrschaft über mich erlangen wird!«

»Der Ritter herrscht nicht in der Liebe, das tun nur Schwächlinge. Der Ritter dient in der Liebe. Allein den Feind zwingt er nieder und herrscht über ihn. Nicht aber, weil er herrschen will, sondern weil er es für die gerechte Sache muss.«

»Warum muss er das für die gerechte Sache?«

»Weil der Mensch nicht ist, wie er sein sollte.«

»Wie sollte er denn sein?«

»Gottesfürchtig und gerecht.«

»Und wie ist er?«

»Gottlos, habgierig, neidisch, grausam und gemein. Er ist schlimmer als ein Tier, weil er Denkvermögen besitzt, aber keine Moral«, erklärte Loukas.

Eirene schmiegte sich an ihn. »Ach, dann wäre es doch das Beste, nicht zu heiraten, keine Kinder zu zeugen. Und in ein Kloster zu gehen. In welch grausame Welt schicken wir die Kinder unserer Liebe? Und wenn sie uns am meisten brauchen, dann werden wir so alt sein, dass wir nicht mehr die Kraft haben, die wir brauchen, um ihnen den nötigen Schutz zu gewähren.«

Unwillkürlich dachte sie an ihren Vater, an ihren lieben, schwachen Vater, der zwar der älteste Sohn des Kaisers war, aber dennoch nicht die Kraft besaß, der Nachfolger seines Vaters zu werden. Manuel hatte ihm das Despotat von Thessaloniki übertragen, aber selbst diese Aufgabe war zu groß für ihn. Er war einfach nur ein herzensguter Mensch, ohne Kraft.

»Stell es dir nur einmal vor, wenn unser jüngster Sohn vierzehn Jahre alt sein würde und es zu dieser Zeit den Türken gefiele, gegen die Stadtmauern von Konstantinopel zu rennen, wärest du inzwischen sechzig Jahre alt, und deine Kraft würde kaum mehr reichen, das Schwert für deinen Sohn zu führen. Was dann? Sehen wir seinem Tod zu?« Die grauenvolle Vorstellung verwüstete ihre schönen, gleichmäßigen Züge. Das rührte ihn so sehr, dass er sie eng in die Arme schloss.

»Hab keine Angst, meine Liebste, ich werde immer stark genug sein!«

»Schwöre, dass du immer genügend Stärke haben wirst, um die Familie zu schützen!«, bat Eirene ihn aus einer plötzlichen Unruhe heraus, die sie überfallen hatte. Sie wusste nicht, woher die Furcht rührte, noch kannte sie ihren Grund. War sie am Ende nur die Angst vor so viel Glück?

»Ich werde immer stark genug sein!«, schwor Loukas ruhig und bestimmt.

Sie glaubte ihm. »Verzeih, es ist meine eigene Schwäche, die ich fürchte. Aber was machen wir, wenn der Kaiser unsere Verbindung verbietet?«

Loukas hob den Arm und zeigte auf den Bosporus. »Du kannst es von hier nicht sehen, aber irgendwo da draußen auf dem Meer kreuzt die ›Nike‹. Sie würde uns in dem Fall in alle Länder dieser Welt tragen, denn wichtig ist nicht, wo wir sind, sondern einzig und allein, dass wir zusammen sind. Wo auch immer, in Konstantinopel, in Genua, in Venedig, in Rom oder Paris, in Brandenburg oder in Atlantis, in Arkadien oder im Paradies – keinen Tag will ich von dir getrennt sein. Die Sehnsucht nach dir ist wie eine Wunde, die nie verheilt.«

»Ich bitte dich, lass die Sehnsucht keine Wunde, sondern einzig die Erwartung meiner Liebe sein. Nie würde ich es ertragen, dich zu verletzen oder zur Ursache deines Schmerzes zu werden! Was aber, wenn mich meine Familie verstößt, wenn ich ohne Geld, ohne Macht und Einfluss vor dir stehe, arm wie die Tochter eines Bauern, was wäre dann?«

»Dann würde ich dich lieben, wie ich dich jetzt liebe. Es ist nicht dein Name, nicht deine Familie, nicht dein Vermögen noch dein politischer Einfluss, auch nicht dein Rang, den ich liebe. Das alles ist armselig im Vergleich mit dir. Sei die Tochter eines Schäfers, eines Kesselflickers, eines Kaufmanns oder eines Kaisers gleichviel, dich, was auch immer dich umgibt, liebe ich. Die ›Nike‹ steht bereit ... sie würde ...« Seine Worte erstickten in einem Hustenanfall.

Eirene fuhr mit der Hand beruhigend über seine Stirn und seinen bellenden Mund. Behutsam führte sie ihn wieder zu seinem Bett und deckte ihn zu. Dann küsste sie ihn auf die Stirn.

»Ich bin ja da. Ich werde ja immer da sein. Nun werde erst einmal wieder gesund.«

21

Werkstatt des Dionysios, Konstantinopel

Für Demetrios brach die schönste Zeit seines Lebens an. Sein Vater hatte ihm nach beharrlichem Bitten schließlich erlaubt, die Entstehung der Ikone zu verfolgen. Warum es ihn dazu trieb, wusste der Junge nicht, auch dachte er nicht darüber nach. Das Einzige, was er fühlte, war das unerklärliche Verlangen, dabei zu sein, wenn dieses Bild entstand. So verabschiedete er sich nun jeden Morgen von seinem Bruder, der von Tag zu Tag immer mehr zu Kräften kam, so, wie die Ikone auch von Tag zu Tag mehr Gestalt annahm.

Die Arbeit begann mit einem langen, aber beglückenden Herzensgebet, bei dem Meister Dionysios in seiner Seele nach der göttlichen Inspiration suchte.

»Denk immer daran. Johannes Damascenus sagt: ›Es ist aber Gott in seinem herzlichen Erbarmen unseres Heiles wegen wahrhaftig Mensch geworden, nicht wie er dem Abraham in Menschengestalt erschienen ist, auch nicht wie den Propheten, nein, wesenhaft, wirklich ist er Mensch geworden, hat auf Erden gelebt und mit den Menschen verkehrt, hat Wunder gewirkt, gelitten, ist gekreuzigt worden, auferstanden, in den Himmel aufgenommen worden, und all das ist wirklich geschehen und von den Menschen gesehen worden, und es ist zu unserer Erinnerung und zur Belehrung derer, die damals nicht zugegen waren, aufgeschrieben worden, damit wir, die es nicht gesehen, aber gehört und geglaubt haben, der Seligpreisung des Herrn teilhaftig würden. Da aber nicht alle die Buchstaben kennen und sich mit dem Lesen beschäftigen, schien es den Vätern geraten, diese Begebenheiten wie Heldentaten in Bildern darstellen zu lassen, um sich daran kurz zu erinnern. Gewiss erinnern wir uns oft, wo wir nicht an das Leiden des Herrn denken, beim Anblick des Bildes der Kreuzigung Christi, des Heil bringenden Leidens, und fallen nieder und beten an, nicht den Stoff, sondern den Abgebildeten.«

Nachdem er Demetrios auf den großen Philosophen Johannes Damascenus aufmerksam gemacht und dem Jungen empfohlen hatte, den Kirchenvater aus dem achten Jahrhundert zu studieren, damit er den Glauben künftig besser verstünde, was vonnöten war, um heilige Ikonen zu malen, stellte er die Tafel für das Bild aus bestem und gut abgelagertem Buchenholz her. Myrtenholz wurde zersägt und mit dem Beil Späne abgespalten, so fein wie Federn. Das Holz legte Dionysios in einen Topf, den er mit Erde verschmierte, während auf seine Weisung Demetrios ein Feuer im Ofen entzündete. Der Malermönch stellte den Topf ins lodernde Feuer. Nach einer Weile schlugen auch die Späne im Topf Flammen. Nachdem sie erloschen waren, nahm Dionysios flink den Topf aus dem Ofen und warf trockene Erde darauf.

»Wir nehmen die Späne heraus, wenn sie vollkommen erkaltet sind, dann haben wir die beste Kohle zum Zeichnen«, erläuterte der Mönch. Er gab Demetrios etwas Geld und beauftragte ihn, Dachsschwänze zu kaufen.

Während der Abwesenheit des Jungen bereitete Dionysios den Leim und den Gips für die Grundierung vor. Schicht um Schicht trug er dann den Gips sehr dünn auf und legte die Tafel zum Trocknen hin.

Demetrios kehrte zurück und packte die Dachsschwänze auf den Tisch. Dionysios sortierte die Haare von der Seite aus, die von den Enden warf er in einen Kübel. Mit einer kleinen Schere schnitt er die gleichartigen Haare zurecht und richtete sie auf einem Brett einzeln nebeneinander aus. Dann feuchtete er sie mit Wasser aus einer kleinen Tonschale an und striegelte die Borstenenden mit den Nägeln seiner linken Hand, während die rechte Hand die Haare anzog. Für diese Arbeit ließ sich der Mönch viel Zeit.

»Mühe dich in der Herstellung des Pinsels. Du darfst nicht

pfuschen, nicht ungeduldig werden, nicht zu schnell fertig werden wollen, denn ein schlechter Pinsel verdirbt die ganze Arbeit«, erklärte er.

Schließlich nahm er die Borsten auseinander und legte sie mit viel Sorgfalt vollkommen gleichmäßig zurecht und band sie dann geschickt mit einem gewichsten Faden zusammen.

»Es muss Seide sein!«, belehrte der Mönch seinen jungen Schüler. »Hörst du, nur Seide eignet sich als Faden. Und binde den Pinsel niemals zu lange, die Haare könnten brechen.« Aus einem Tonkrug nahm er einen Federkiel, den er dort eingeweicht hatte, und steckte nun den Pinsel hinein.

»Und was wird aus den Schwanzenden?«, fragte Demetrios.

»Daraus machen wir große Pinsel, mit denen wir den Goldgrund auftragen können.«

Die Tafel musste gründlich trocknen. Die Zeit des Wartens nutzte Demetrios, um unter Anleitung des Mönchs seinen ersten eigenen Pinsel zu fertigen. Dabei stellte er sich geschickt an und entwickelte in der Akribie Leidenschaft.

Am nächsten Tag schliffen sie die Tafel, malten und vergoldeten den Grund. Einen Tag später begann Dionysios, mit den Kohlestiften das Bild zu skizzieren: Die Gottesmutter hielt Jesus in der linken Hand, der aufrecht stehend mit der rechten Hand segnete, während die linke Hand eine Schriftrolle umfasste. Mit ihrer rechten Hand zeigte Maria auf das Kind. Damit wies sie dem Betrachter den Weg, den er im Leben einschlagen sollte, nämlich, in der Nachfolge Christi zu leben. Deshalb nannte man sie auch *hodegetria*, die Wegweiserin.

»Was mag auf der Schriftrolle stehen?«, rätselte Demetrios.

»Unser Trost und unsere Hoffnung«, antwortete der Mönch etwas undurchsichtig. »Es steht dort«, fuhr der Meister nach einer Pause fort, die er eingelegt hatte, um die Neugier seines Schülers zu reizen: »»Und das Wort ist Fleisch geworden und hat unter uns gewohnt, und wir haben seine Herrlichkeit gesehen, die Herrlichkeit des einzelnen Sohnes vom Vater, voll Gnade und Weisheit.«« Demetrios lauschte. »Der Prolog des Evangeliums von Sankt Johannes«, sagte er. Der Mönch kniff ein Auge zu. »Und weißt du, was das heißt?«

»Ja, dass Gott seinen Sohn zur Erde geschickt hat.«

»Das stimmt. Gott hat seinen Sohn auf die Welt geschickt, um uns Menschen den Weg der Erlösung, den Weg in Gottes Reich zu weisen, denn, so haben es die heiligen Väter in der Lehre des Glaubens festgehalten, für uns Menschen und zu unserem Heil ist er vom Himmel gekommen, hat Fleisch angenommen durch den Heiligen Geist von der Jungfrau Maria und ist Mensch geworden. Er wurde für uns gekreuzigt unter Pontius Pilatus, hat gelitten und ist begraben worden, ist am dritten Tage auferstanden nach der Schrift und aufgefahren in den Himmel. So wie auch wir auferstehen und in den Himmel auffahren können. Christus ist nicht nur der Kyrios, sondern auch unser Führer, unser *hodegos* in den Himmel. Deshalb heißt die Ikone auch die Hodegetria, die Wegweisende.« Dann verriet der Mönch dem Jungen, dass das Urbild dieser Ikone ein Acheiropoieton sei, ein nicht von Menschen geschaffenes Kultbild.

»Aber wer, Meister, hat es dann gemalt?«, fragte Demetrios mit großen Augen.

Dionysios erzählte ihm von dem König Abgar von Edessa. Dieser hatte einst Boten zu Jesus Christus geschickt, die darum baten, dass er mit ihnen nach Edessa ginge, weil der König krank an Leib und Seele sei und sich von Jesus Heilung erhoffe. Der Herr jedoch nahm ein Tuch und drückte sein Gesicht hinein. Mit dem Abbild Jesu in dem Tuch kehrten die Boten nach Edessa zurück. Abgar sah den Abdruck, das Bild des Herrn, und genas zusehends. Dieses Bildnis aber war die erste Ikone, ein Acheiropoieton. Einst bewahrten die Mönche das Bild in der Hagia Sophia auf, doch es wurde geraubt, als die Lateiner Konstantinopel plünderten. Niemand wusste, wo sich das Tuch nun befand. In Rom, in Spanien oder doch noch in Konstantinopel? Es blieb ein Geheimnis, das die Zeit versiegelt hatte.

Doch immer wieder hatten Mönche das Bildnis kopiert. Einst malte der Arzt Lukas, der Evangelist, die Muttergottes oder besser, dieses Bildnis wurde dem Lukas von der heiligen Frau eingegeben.

Das Bildnis selbst gelangte in eine Klosterkirche nach Konstantinopel. Ein Führer von blinden Pilgern, ein *hodegos*, zeigte ihnen die Klosterkirche, wo sie das Bildnis der Gottesmutter fanden. Leider ging auch diese Ikone verloren, als die Lateiner Konstantinopel plünderten.

»Vielleicht hat Gott das Bildnis wegen unserer Sünden nur zurückgenommen«, schloss der Maler seine Erzählung.

So begann Demetrios Notaras, das Handwerk der Ikonenmalerei von dem kunstfertigen und weisen Mönch Dionysios zu erlernen. Er übte sich in der Zubereitung der Farben und dem Abzeichnen, in der Herstellung des Firnisses und verinnerlichte die Lehre des Malermönches, dass während der Arbeit an der Ikone unablässig das Herzensgebet zu sprechen sei, denn ohne die spirituelle Hinwendung zu Gott würde die Ikone misslingen, nur ein Bild ohne Wunderkraft sein.

Es gab aber noch einen tieferen Grund für die Notwendigkeit des Gebets beim Malen. Die Versenkung in das stille Gebet ermöglichte die Schau Gottes, die Dionysios Theosis nannte – und wer ein Abbild Gottes schaffen wollte, musste das Göttliche sehen.

Demetrios drang durch die Malerei in die Tiefe des Glaubens ein. Manchmal fühlte er sich bereits wie ein Mönch und empfand die Sehnsucht im Herzen, Gott zu schauen, was ihm freilich nicht gelang, denn der Weg zur Schau war lang. Und nur wenigen war er vergönnt, so wie es auch nur wenige wahre Ikonenmaler gab – Handwerker die Menge, die Bilder verfertigten, die den Menschen dienten und die man zuließ, aber gottbeseelte Künstler, denen wahre Ikonen gelangen, fand man selten. Männer wie Dionysios fand man nur ein oder zwei in einem Menschenalter.

Dann kam der Tag, an dem die Ikone fertig wurde. Von nun an durfte Demetrios nur noch seine Freizeit bei dem Mönch verbringen, denn er sollte Kaufmann, nicht Mönch oder Maler werden. Es war auch der Tag, an dem Loukas in Begleitung von Nikephoros Eirenes Vater aufsuchte.

22

Kaiserpalast, Konstantinopel

Andronikos empfing Nikephoros und Loukas im Beisein seines Bruders Johannes im kaiserlichen Palast. Die beiden Notaras verbeugten sich. Eirenes Vater hieß sie mit einer knappen Geste, auf den ihm gegenüberstehenden Stühlen Platz zu nehmen. Dann hob er kurz und etwas kraftlos die Hände und begann zu sprechen.

»Es ist nun einmal gekommen, wie es gekommen ist. Ich will dem Wunsch meiner Tochter nicht im Wege stehen. Dein Sohn, Nikephoros, bekommt Eirene zur Frau, wenn du mit den Bedingungen einverstanden bist.«

Er reichte ihm das Pergament mit dem Vertragstext. Die Nachkommen aus der Verbindung seines Sohnes mit Eirene durften den Namen Palaiologos nicht tragen und waren von der Erbfolge, was Vermögen und Thron betraf, ausgeschlossen. Die Mitgift ging als Entschädigung an den Fürsten Alexios Angelos, der ein ärmeres Mitglied der Palaiologen-Familie ehelichen würde, nämlich Ioanna, die fünfzehnjährige Tochter des Großbefehlshabers Andronikos Palaiologos Kantakuzenos. Loukas bekäme Eirene ohne den Namen der Palaiologen und ohne Besitz.

Nachdem er es gelesen hatte, reichte Nikephoros das Pergament an seinen Sohn weiter. Der Inhalt überraschte ihn nicht, noch beschäftigte er ihn, denn seine Erfahrung hatte ihn gelehrt, dass jeder Vertrag geändert werden konnte, selbst wenn in der Präambel Begriffe wie »unveränderlich, unwiderrufbar, vor Gott und den Menschen und für jetzt und alle Zeit« vorkamen. Loukas überflog das Dokument.

»Wir sind einverstanden«, brummte Nikephoros.

»Ist dir deine Braut nicht zu arm, Kapitän?«, erkundigte sich Johannes mit maliziösem Lächeln, der dem Emporkömmling den Triumph nicht gönnte.

»Ehrwürdiger Herr, wie könnt Ihr von Armut sprechen bei einer Frau, die Gott so reich mit Schönheit, Klugheit und Anmut beschenkt hat?«

Johannes verstand die Anspielung auf seine Ehe. »Ich sehe, dass du die rechte Liebe für deine künftige Gemahlin empfindest, Kapitän. Bevor ihr aber heiratet, bitte ich dich, dem Reich einen Dienst zu erweisen.« Johannes schaute ihn kalt an.

»Was immer Ihr verlangt!«, antwortete Loukas.

»Du bist gesundheitlich wiederhergestellt?« Der Kapitän nickte. »Ich wünsche, dass du nach Bursa gehst, zu den Söhnen von Sultan Mehmed, Murad und Mustafa. Erfinde einen Vorwand. Ich möchte wissen, was für Menschen sie sind. Denn eines Tages könnte ich mit ihnen zu tun bekommen.«

Loukas meinte, in den Augen des Mitkaisers einen kleinen boshaften Triumph aufleuchten zu sehen.

Allerdings verschwieg Johannes, dass er sich fragte, wen er in den Thronstreitigkeiten unterstützen sollte, die eines Tages mit Mehmeds Tod unweigerlich ausbrechen würden. Außerdem könnte er ja auch auf Mehmeds Bruder setzen, den er auf Chios gefangen hielt. Von seinen Überlegungen brauchte Loukas Notaras nichts zu wissen. Er durfte ihm dienen, das sollte genügen, denn der junge Kapitän zählte weder zu seinen Beratern noch zu seinen Vertrauten, sodass es Johannes für überflüssig hielt, ihn allzu tief in seine Überlegungen einzubeziehen.

»Ich werde Euch nicht enttäuschen.«

»Denke immer daran, dass du nicht in offizieller Mission unterwegs bist und unser Gespräch niemals stattgefunden hat.«

»Ich reise selbstverständlich als Kaufmann.«

»Wir haben uns verstanden.«

Johannes erhob sich, wünschte dem Kapitän viel Glück und verließ den Raum.

Während die Väter die Details der Hochzeit besprachen, besuchte Loukas Eirene, um ihr zu sagen, dass sie heiraten würden, sobald er aus Bursa zurückgekehrt sei. Bevor sie vor den Altar treten durften, mussten sie erst einmal Abschied voneinander nehmen.

»Da habe ich dich nun gesund gepflegt, nur damit du dich, noch nicht völlig genesen, wieder in Gefahr begibst!«

»Was soll einem Kaufmann schon widerfahren?«, sagte Loukas. Sein Lachen klang etwas zu laut.

»Bei allem, was du tust, denk daran, du führst mein Leben mit dir!« Er nahm ihre Hände, doch sie machte sich frei und wandte sich ab. Er sah, dass sie etwas unter ihrem Kleid hervorzog, eine kleine goldene Kette. Dann drehte sie sich zu ihm und zeigte ihm ein filigran gearbeitetes Kreuz. Sie band ihm das Kruzifix um den Hals. »Der Herrgott soll dich auf all deinen Wegen beschützen, Loukas Notaras!«

»Was ist das für ein Kreuz?«

»Es ist von meiner Mutter. Sie wird jetzt auch über dich im Himmel wachen.« Dann lächelten ihre feuchten Augen. »Mach es ihr nicht allzu schwer.« Sie stellte sich auf die Zehenspitzen, küsste seine Stirn, sog den Duft seines Haaransatzes ein und verließ dann eilig das Zimmer.

Loukas drängte es zum raschen Aufbruch, denn er wollte so bald wie möglich zurück sein. Die »Nike« hatte inzwischen den Hafen wieder angelaufen, allerdings ohne Jacques le Lame, an dessen Leichnam inzwischen die Seeaale und Meeräschen nagten. Loukas hatte sich bei den Juden, mit denen er Geschäfte machte, umgehört. Diese hatten ihm Jakub Alhambra, der Beziehungen zum Hof des Sultans unterhielt, als Gewährsmann empfohlen. Eudokimos suchte sechs Seeleute aus, die auch mit dem Schwert umzugehen verstanden. Sie sollten ihn und den Kapitän nach Bursa begleiten. Man wusste nie, welche Überraschungen der Weg bereithielt.

23

Kaiserpalast, Konstantinopel

Abendgeruch, würzig, beißend und süß wie von Frühlingsfeuern und Blüten, wehte ins Lesezimmer. Johannes hatte die Fenster offen gelassen, obwohl es abends noch empfindlich kühl wurde, und sich eine Lammwolljacke angezogen. Auf den Geruch des sich erneuernden Lebens wollte er nicht verzichten, da kam er ganz nach seiner Mutter.

Er hatte die Kerzen anzünden lassen und las im Kohelet, dem Buch des Weisheitslehrers, im vielleicht ketzerischsten aller biblischen Bücher. Leise sprach er die Worte, deren verführerischen Klang er so sehr liebte:

»Nichtigkeiten der Nichtigkeiten, sprach der Weisheitslehrer,
Nichtigkeit der Nichtigkeiten, alles ist Nichtigkeit.
Welchen Gewinn hat der Mensch
Mit all seinem Ermühten, mit dem er sich abmüht unter der Sonne?
Eine Generation geht und eine Generation kommt,
aber die Erde besteht für immer.
Und die Sonne geht auf und die Sonne geht unter
Und zieht zu ihrem Ort ...«

Er ließ das Buch sinken und schloss die Augen. Wie so oft dachte er an seine erste Frau, an Anna. Sie war die Tochter des Großfürsten Wassili von Wladimir und Moskau. Wenige Tage vor ihrer Hochzeit hatte er sie zum ersten Mal gesehen, ein fünfzehnjähriges Mädchen mit schmalem Gesicht und großen Augen, deren Kindlichkeit aus dem strengen Gefängnis der Etikette ausbrach, wenn sie sich unbeobachtet fühlte. Dann lachten ihre Augen und ihre Gesichtszüge hellten sich auf, ja sogar ungestümer Schalk konnte aus ihren Pupillen blitzen.

Als Anna in Konstantinopel eintraf, konnte sie kein Wort Griechisch und war in allem eigentlich noch ein kleines Mädchen. Und Johannes? Er wollte ihr Zeit geben, nicht diese Unverdorbenheit, diese Leichtigkeit und Verspieltheit zerstören. Das Mädchen schenkte ihm die Möglichkeit, selbst kindlich und naiv sein zu dürfen, den Panzer des Prinzen abzulegen, weder auf der Hut zu sein noch sich unnahbar zu geben. Hinzu kam, dass er im Grunde seines Herzens vor dem eigentlichen, dem tierischen Akt, vor dem Austausch von Körperflüssigkeiten einen unüberwindbaren Ekel empfand.

So lebten sie eher wie Bruder und Schwester – und er genoss es. Aber mit der Zeit wurden die Fragen seines Vaters, seiner Mutter immer drängender, wann denn endlich ein Enkel zu erwarten sei. Und seine Mutter erkundigte sich immer wieder, zumal sie nicht verstand, warum Annas Teint immer noch so jungfräulich war. Hatte er etwa die Ehe noch nicht vollzogen? Er versuchte, sich den Fragen zu entziehen, doch umso mehr er sich zurückzog, umso fordernder wurden sie. Adlige Männer, die im Ruf standen, die schlimmsten Hurentreiber zu sein, wurden einbestellt, um Johannes mit in die Edelbordelle zu nehmen. Er fand es abstoßend, *mondo cane*, wie die Lateiner sagten. Dann nahm ihn ein Edelmann mit in ein Etablissement, in dem es keine Frauen gab, nur Jünglinge. Das fand er noch abstoßender. Er übergab sich.

Es war zum Verzweifeln! Warum musste man sich denn für Frauen oder für Männer, für Mädchen oder Jünglinge interessieren? Weshalb gab es niemanden, der es akzeptierte, wenn man kein Vergnügen an diesen Zipfelspielen fand? Für Johannes stand fest, dass die Geschlechtlichkeit bei Weitem überschätzt wurde.

Wie sehr hatte er hingegen die Stunden mit seiner Frau genossen, in denen sie Schach spielten, sich Geschichten erzählten, etwas lasen oder den Schauspielern zusahen. Oder sie spielten im Park fangen, veranstalteten Maskenbälle und tanzten. Das ausgelassene

Spiel im Park aber liebte er besonders – es war, als ob er seine ausgefallene Kindheit nachholen durfte.

Die Verpflichtung, die Ehe endlich zu vollziehen, einen Erben zu zeugen, um die Dynastie, die Herrscherfamilie abzusichern, lastete von Tag zu Tag immer stärker auf ihm, wie ein Zentnergewicht, unter dem er sich krümmte und nach Atem rang. Seine Mutter drohte, die Ehe zu annullieren, was bei einer nicht vollzogenen Ehe jederzeit möglich war, und sein Vater, ihn nicht zum Nachfolger einzusetzen.

Dabei wollte er doch Kaiser werden! Deswegen studierte er die Gesetze und die Juristen, die Theologen und Philosophen, alles, was mit der Leitung des Staates in Zusammenhang stand – und das, seit er sechs Jahre alt war. In seinem Leben hatte es bisher nichts anderes gegeben. Es war das Einzige, was für ihn im Leben zählte, nicht Reichtum, nicht Luxus oder Genuss, nicht Wollust noch Vergnügen, nur das Herrschen als Kaiser der Rhomäer. Kein Tag verging, an dem seine Eltern ihn nicht bedrängten oder ihm drohten. Er begann schon, sich zu verstecken, durch die Paläste zu schleichen in der Hoffnung, nicht gesehen zu werden. In seiner Einsamkeit, in seinen Schuldgefühlen hatte er sich schließlich gesagt, dass es nur eines einzigen Beischlafs bedurfte, um diese quälende Situation zu beenden.

Er hatte sich durchgerungen, mit Anna darüber zu sprechen und bei ihr Rat zu suchen. Noch heute schämte er sich, wenn er an das Gespräch zurückdachte. Er hatte gestottert und die Augen gesenkt gehalten, während er spürte, wie sie die Panik unterdrückte, die in ihr aufstieg. Instinktiv wussten beide, dass damit das Wichtigste in ihrer Beziehung enden würde, die Unbeschwertheit. Anna vertraute ihm. Mit unsicherem Blick willigte sie ein und versuchte sogar noch, ihn zu trösten.

Und dann kam die Nacht, in der sein Leben zerbrach. Wie gern hätte er diese Minuten ungeschehen gemacht. Er hatte sich vollkommen betrunken und war, um es ein für alle Mal hinter sich zu bringen, in ihr Schlafgemach gestürmt. Anna ließ alles über sich ergehen, biss sich vor Schmerzen die Lippen wund, um nicht zu schreien und ihn, ihren Peiniger, nicht zu verunsichern. Nie, niemals würde er die verschluckten Laute vergessen, dieses gepresste *mama, mama, bosche moj, bosche moj, mama, pomogitje mnje, pomogitje!* Mama, mein Gott, hilf mir!

Er hatte sie nicht ansehen können, und so war sein Blick auf den Kamin gefallen. Die Flammen loderten, und so wie die Feuerzungen wollte auch er sein. Wie ein wirklicher Kaiser. Er hatte gespürt, wie seine Kraft nachließ, und war dennoch immer wieder gegen ihre Jungfräulichkeit angerannt. Trotz des ganzen Blutes hatte er niemals erfahren, ob er das Hymen durchstoßen hatte oder nicht. Als er aus seiner Raserei erwachte, war er von ihr heruntergekrochen. Vor lauter Scham hatte er sie nicht angesehen, war wortlos aus dem Zimmer gewankt und brüllend und heulend durch den Park gelaufen, bis er schließlich zusammenbrach. Ein Diener hatte ihn schließlich ins Bett gebracht.

Am anderen Morgen erinnerte er sich nicht an viel, nur daran, dass er seine Gefährtin, ja seine »Schwester« vergewaltigt hatte. Sein Kopf dröhnte, und sein Herz schlug vor Scham. Am liebsten hätte er sich in ein Mauseloch verkrochen. Er benötigte eine Woche, um seine Scham zu überwinden. Nachdem er wie ein geprügelter Hund durch den Palast geschlichen war, rang er sich dazu durch, mit Anna zu reden. Er fürchtete sich davor, ihr unter die Augen zu treten, aber so konnte es nicht weitergehen.

Doch die Ärzte verwehrten ihm den Zutritt, weil Anna an den schwarzen Pocken erkrankt war. Ein paar Tage später war sie tot. Man hatte ihm natürlich den Zutritt verwehrt, um seine Gesundheit vor Ansteckung zu schonen, doch er glaubte nicht daran, sondern daran, dass er Anna in dieser Nacht ermordet hatte und die Ärzte die Pocken nur erfunden hatten, um ihn vor sich und vor der Welt zu schützen.

Die Erinnerung an diese Nacht war wie ein Spiegel in tausend Splitter zerbrochen und blieb trotz angestrengten Nachdenkens nur ein Aufblitzen von verwischten Bildern aus der Finsternis. Es waren aus dem Verband gelöste bunte Mosaiksteinchen, doch so vereinzelt und in geringer Anzahl, dass sie kein Bild ergaben. Er hatte Anna nicht geliebt, aber er hatte sie sehr gemocht, vielleicht sogar mehr, als man lieben konnte. Sie fehlte ihm. Und er fühlte sich schuldig. Er war ihr Mörder. So oder so. Wie immer, wenn er an sie dachte, stiegen ihm die Tränen hoch. Er wischte sich mit dem Jackenärmel über die Augen und las weiter in dem Buch: »Es gibt keine Erinnerung an die Ersten. Auch an die zuletzt Gewesenen, es wird keine Erinnerung an sie geben bei denen, die am Ende sein werden.«

Während Johannes über die Vergänglichkeit nachdachte, klopfte es an seiner Tür.

»Ja«, sagte er wie nebenbei. In der Tür stand »das Walross«. Diesen Spitznamen trug sein alter Kammerdiener wegen seiner Bartsträhnen, die rechts und links an den Mundwinkeln vorbei herunterhingen. »Eure Majestät, Martina Laskarina lässt Euch ausrichten, dass Ihr zu Eurer Frau gehen sollt, heute ist der perfekte Zeitpunkt, einen neuen Kaiser zu zeugen. Eure Frau erwartet Euch!«

Ihm wurde übel. Schon wollte er sich Wein bringen lassen oder dieses teuflische Getränk, das die Franken erfunden hatten, Cognac. Aber dann dachte er an Anna, die tot war, weil er sich damals aus Feigheit betrunken hatte. Er stand auf, straffte sich und schritt gefasst wie zu einer Hinrichtung zum Schlafgemach seiner Gattin. Auf dem langen Weg quer durch den ganzen Palast von einem Flügel zum anderen beschlich ihn das Gefühl zu schrumpfen. Dabei flüsterte er so leise, dass niemand ihn verstehen konnte – weder sein Kammerdiener, der hinter ihm ging, noch die Palastwachen, an denen er vorbeischlurfte: »Anna, *pomogitje mnje, pomogitje,* Anna, hilf mir, hilf!« Auf dem Gang zu ihrem Schlafgemach fühlte er sich plötzlich wie ein Märtyrer. Ein Märtyrer des ihm von Christus auferlegten Kaisertums. Mit diesem Gefühl betrat er Sophias Zimmer.

Da lag sie vor ihm. Mitten auf ihrem Himmelbett mit den an den Pfosten zusammengebundenen rosafarbenen Vorhängen. Ihr Körper, eine einzige Masse schieren, ungestalten Fetts, die kleinen, lappenartigen Brüste, der von Wülsten umreifte Bauch, die wuchernde, alles verschlingende Vulva. Alles in Johannes zog sich zurück. Er taumelte aus dem Schlafgemach seiner Frau, wankte den Flur entlang, die Treppen hinunter, rannte quer durch den Park zur

Kirche der Gottesgebärerin. Vor der Ikonostase warf er sich auf den Mosaikboden und bat die Muttergottes um Hilfe. Wie diese Hilfe allerdings aussehen sollte, davon besaß er nicht einmal den Schatten einer Vorstellung.

Sophia von Montferrat beklagte sich bitterlich bei ihrer Schwiegermutter, der Kaiserin. Schließlich kam nur eine Möglichkeit infrage. Sie war nicht schön, aber notwendig.

In der Nacht darauf besuchte eine der erfahrensten Hetären der Stadt Johannes und brachte das kleine Wunder zustande, dass sich sein Gemächt aufrichtete. Dann verband sie ihm die Augen. Sophia schlich ins Zimmer und begann den Mitkaiser zu reiten, kurz nur, dafür mit umso größerer Hoffnung, dass der hastige Akt für die Sicherung der Dynastie genügt hatte und keiner Wiederholung bedurfte.

24

Belgrad, Serbien

Fürst Alexios Angelos hob den Arm und zügelte sein Pferd. Die kleine Truppe hielt an. Vor ihm lag Belgrad, endlich. Sie hatten sich so unauffällig wie möglich durch türkisch beherrschtes Gebiet geschlagen. Zu seiner Bestürzung hatte der Fürst unterwegs festgestellt, dass er nicht unbedingt auf die Unterstützung der unter türkischer Herrschaft lebenden Christen, seien es Griechen, Makedonier oder Bulgaren, rechnen konnte. Viele von ihnen hatten sich mit den neuen Herren, die sie in ihrer Religionsausübung nicht behinderten, arrangiert. Einige meinten sogar, dass es ihnen unter den Türken besser erginge als unter den Rhomäern. Obwohl Alexios keine allzu hohe Meinung vom Volk hatte, das er für wankelmütig und kurzsichtig hielt, keiner Entscheidung fähig und eines strengen Herrn bedürftig, weil es letztendlich allen Einflüsterungen erlag, hatte er doch immer geglaubt, dass Christen die muslimische Herrschaft ablehnen würden – und musste sich selbst in seinen geringen Erwartungen noch gründlich getäuscht sehen. Doch daran mochte er jetzt nicht denken. Lieber genoss er den erhabenen Anblick. Am Zusammenfluss von Donau und Save erhob sich die Festung des Despoten von Serbien über die weiße Stadt und versprach Sicherheit. Erst nach einer Weile, nachdem er das Bild förmlich in sich aufgesogen hatte, gab der Fürst das Signal zum Weiterreiten.

Durch das doppeltürmige Zidan-Tor zog er mit seiner Eskorte in die wehrhafte Stadt ein. Dann folgten sie der Straße hinauf zur Festung. Über die Holzbrücke, die einen Wassergraben überspannte, betrat Alexios die Burg und ließ sich bei dem Despoten melden. Er musste nicht lange warten. Schon bald kam ihm der Marschall des Herrschers entgegen, begrüßte den Gast, ließ die Pferde in die Stallungen und die Reiter der Eskorte in ihre Unterkünfte bringen. Alexios aber führte er in den Palast. Ihm wurden drei Kemenaten im ersten Stock, unweit des Rittersaales zugewiesen.

Kaum hatte er die Räumlichkeiten betreten, schoben ein paar Mägde lachend und scherzend einen großen Holzzuber in das erste Zimmer. Alexios bedauerte, dass er ihre Sprache nicht verstand. Andere schleppten warmes Wasser herein. Dann halfen ihm zwei Frauen mit blonden Zöpfen beim Entkleiden. Als er einer von beiden an die Brust griff, verfinsterte sich ihr Blick, und die Serbin überhäufte ihn mit einem Redeschwall, in dem er auch ohne Kenntnis der Sprache Flüche erkannte. Er hatte sich verschätzt – so weit ging die Dienstbereitschaft offenbar nicht.

Das warme Wasser mit den Kräuterzusätzen tat ihm gut, entspannte ihn und wusch ihm den Straßenstaub vom Körper. Wenn sein Blick aus dem Fenster glitt, konnte er die Donau-Insel sehen. Damit er nicht in der Straßenkleidung vor dem Despoten erscheinen musste, legten ihm die Mägde eine baumwollene Hose und ein teures Gewand aus Damast mit einem Muster aus goldenen, roten und schwarzen Fäden bereit. Eine ältere und kräftige Dienerin half ihm beim Abtrocknen und Anlegen des Gewandes. Dann rief sie laut und kehlig »Mitko!«

Ein Junge in weißen Hosen und weißem Hemd betrat das Zimmer. In akzentfreiem Griechisch bat er Alexios, ihm zu folgen. Sie durchquerten den Rittersaal und erreichten eine kleine Halle, in deren Mitte eine gedeckte Tafel stand, an der einige Männer und Frauen saßen. Ein mittelgroßer Mann mit grauen Haaren und einem durchgeistigten Gesicht erhob sich und kam Alexios entgegen. Das musste Stephan sein.

Alexios machte sich bewusst, dass er sich nicht von dessen kultiviertem und intellektuellem Auftreten täuschen lassen durfte. Seit der Despot mit seinen schweren Panzerreitern gemeinsam mit dem Sultan Bayazid in der Schlacht von Nikopolis vor über zwanzig Jahren den Sieg gegen den Ungarnkönig Sigismund erzwungen hatte, freilich gegen christliche Gegner, und es ihm nach tapferer Gegenwehr in der Schlacht von Ankara gelungen war, mit seinen Männern dem Tod zu entrinnen, galt er als einer der kühnsten Feldherren. Dass er bei Nikopolis Partei für die Osmanen ergriffen hatte, lag allerdings nur daran, dass er die Ungarn aus tiefster Seele hasste. Vor Stephan Lazarewitsch hieß es, auf der Hut zu sein.

»Fürst Alexios, seid willkommen, herzlich willkommen mit all Euren Männern!«

Alexios verneigte sich. »Herr!«

»Ihr werdet hungrig sein, setzt Euch zu uns und esst mit uns!«

Formvollendet und dennoch zügig stellte Stephan Lazarewitsch dem Fürsten die Menschen an seiner Tafel vor. Alexios konnte sich in der Eile nicht alle Namen merken, achtete aber darauf, die wichtigsten im Kopf zu behalten. Stephans Frau, Helena, war zwar die Tochter des Herrn von Lesbos, des Genuesen Francesco Gattilusi, doch stammte sie mütterlicherseits von den Palaiologen ab, denn Francesco war mit der Prinzessin Maria Palaiologina verheiratet. Warum, fragte sich Alexios, ist es nur so schwer, ein Bündnis zu schmieden, wo wir doch alle mehr oder weniger miteinander verwandt sind?

Im Gespräch bei Tisch entdeckten Stephan und Alexios sehr bald ihre gemeinsame Leidenschaft für die Jagd, und so lud der Hausherr seinen Gast für den nächsten Tag zur Beizjagd ein.

Alexios war überrascht, als der Despot zwei Steinadler bringen ließ. Mit Falken ja, aber mit einem Adler hatte Alexios noch nie gejagt. Doch er nahm das Tier gern auf seinen lederbewehrten Arm. Es wog ordentlich. Stephan musterte ihn listig lächelnd.

»Zu schwer?«

»Nein.«

»Wir gehen auf Fasane und Rebhühner«, erklärte Stephan, dann ließen sie ihre Adler sich in die Lüfte erheben und folgten ihnen.

»Jetzt sind wir unter uns. Niemand hört uns zu. Was führt Euch zu mir, Fürst?«

»Wir Christen haben den gleichen Feind.«

»Der Ban von Bosnien würde Serbien genauso gern unterwerfen wie der König von Ungarn, der Kaiser oder der Sultan.«

»Der Kaiser gibt Euch Garantien. Der Ban ist zu schwach, um Euch zu überfallen, mein Herr Despot. Ihr habt Tvrtko doch schon vor Jahren eine Lektion erteilt, von der er sich bis heute nicht erholt hat. Aber wessen Renner und Brenner fallen auf Beutezug regelmäßig in Eure Länder ein und berauben Euch? Wer will Tribut von Euch, mehr und immer mehr?«

»Und der Ungar? Was ist mit Sigismund?«

»Ich habe noch nicht mit ihm gesprochen, aber auch ihm wird klar sein, wie sehr ihn die Osmanen bedrohen.«

»Hätten wir denn ein Heer?«

»Würdet Ihr Euch einem Heer anschließen?«

»Ich habe zu Mehmed immer gute Beziehungen unterhalten. Er ist ein Ehrenmann.«

»So denkt auch der Kaiser.«

»Aber Ihr nicht?«

»Ich denke, dass er kein Christ ist.«

»In meinem Volk gibt es ein Sprichwort. Der tapfere und edle Ritter Miloš Obilić hatte auf dem Amselfeld den Sultan Murad erschlagen und wurde dafür selbst zusammengehauen. Der bauernschlaue und durchtriebene König Marko hat sich immer mit den Türken arrangiert und wusste sich in jeder Lebenslage zu helfen. Das Volk sagt nun: Mit Miloš überlebt man, mit Marko aber lebt man. Ich werde Mehmed nicht verraten. Wir kommen gut miteinander aus.«

»Das verlangt auch niemand, aber lasst die Zeit nicht ungenutzt verstreichen. Wir werden schwächer und sie immer stärker.«

»Wenn alle dabei wären – der Papst, die Genuesen, die Venezianer, die Johanniter, Herr Sigismund von Ungarn, Tvrtko, der Woiwode der Walachei und der Burgunder, der Kaiser und natürlich der junge Hunyadi –, dann gäbe es viele Gründe, die mich zwängen, darüber nachzudenken. Aber ich fürchte, Ihr werdet nicht einmal die Hälfte der guten Christen zum Bündnis gegen den Muslim zusammenbekommen.«

»Angenommen das Heer wäre groß genug, alle wären dabei, und nur der Ban würde fehlen?«, fragte Alexios und warf dem Despoten einen verschwörerischen Blick zu.

»Dann würde ich Euch beistehen, aber nur um Bosnien vom Ban zu retten.«

Die beiden Männer traten auf eine Lichtung und beobachteten, wie einer der Adler seine eisernen Krallen in den Rücken eines Fasans grub, um kurz darauf seinen Schnabel in dessen Kopf zu treiben. Stephan hob den Arm und pfiff. Der Adler flog mit blutigem Schnabel auf und setzte sich wieder auf den Arm des Serben. Zwei Diener, die ihnen im Abstand gefolgt waren, warfen den toten Fasan in einen Sack.

»Ich weiß, was ich bekomme. Wisst Ihr das auch?«

Ein Diener stürzte auf die beiden Fürsten zu. »Kommt, rasch!«

Er führte Stephan und Alexios auf eine Wiese, auf der eine Schafherde gegrast hatte, die sich aber in Auflösung befand. Der Adler des Fürsten hatte ein Lamm gerissen.

»Da werden wir den guten Schäfer wohl entschädigen müssen. Das Jagen mit Adlern will gelernt sein, mein Herr«, sagte Stephan.

Alexios blieb eine ganze Woche am serbischen Königshof. Er nahm sogar an einem Turnier teil, in dem er gegen den Despoten antrat. Der erfahrene Ritter warf den jungen Fürsten beim siebenten Gang aus dem Sattel, ohne ihn zu verletzen.

Doch trotz ihres freundlichen Umgangs bei Jagd und Turnier gelang es Alexios nicht, dem serbischen König eine Zusage zu entlocken. Stephan lehnte weder ab noch erklärte er sich zu irgendetwas bereit. Am Ende schieden sie freundschaftlich, doch ohne Vereinbarung, und Alexios machte sich unzufrieden auf den Weg nach Bosnien.

Tvrtko II. war ein mürrischer Mensch, der in seinem Banat saß und seine Zeit damit zubrachte, Stephan Lazarewitsch zu hassen und unablässig Intrigen zu spinnen. Der Ban würde sich gegen seinen türkischen Herrn nicht erheben, aber der Kaiser sollte ihm lieber gegen den serbischen Landräuber beistehen, der ihm die Silbergruben von Srebrenica gestohlen hatte. Dass Tvrtko damals Stephan angegriffen und dieser nur zurückgeschlagen hatte, erwähnte der Bosnier allerdings nicht. Wahrscheinlich hatte er es selbst schon vergessen, denn er verfügte über ein ausgesprochen selektives Gedächtnis.

Alexios konnte den Verrat förmlich riechen und wollte sich deshalb bereits nach zwei Tagen fruchtloser Gespräche aus der im Gebirge gelegenen Feste und Stadt Jaice, in der Tvrtko residierte, verabschieden. Doch der Ban, wie die Herrscher hier genannt wurden, hielt ihn davon ab und gab vor, noch einmal über alles reden zu wollen. Der junge Fürst solle ihm beim Nachdenken helfen. So brach Alexios schließlich erst nach sechs ergebnislosen und damit vertanen Tagen mit seinen Begleitern auf.

Kaum hatten sie Jaice hinter sich gelassen und auf ihrem Weg nach Osten einen Hohlweg erreicht, als vor ihnen ein türkischer Reitertrupp auftauchte. Alexios schätzte ihn auf fünfzig Kämpfer. Er wandte sich um – den Rückweg versperrten ebenso viele Reiter, während auf den Hängen rechts und links Bogenschützen in Anschlag gingen. Sie saßen in der Falle. Der Türke mit dem größten Turban, den Alexios für einen Sandschakbey, den Chef eines Militärbezirks, hielt, ließ sich sehen und schickte ihm einen Unterhändler entgegen. Dieser zügelte das galoppierende Pferd erst kurz vor dem Fürsten, ließ es aber tänzeln und zeigte auch sonst dem Rhomäer gegenüber keinerlei Achtung.

»Mein Herr, der Sandschakbey, lässt Euch ausrichten, dass er Euch und Eure Leute zum Sultan nach Edirne bringen wird. Steigt also von euren Pferden, legt die Waffen ab und lasst euch fesseln. Dann wird euch nichts geschehen, andernfalls seid ihr des Todes.«

Dieser Drohung hätte es nicht bedurft, Alexios erkannte auch so, dass er nicht die geringste Chance hatte, und schwor Tvrtko für den dreisten Verrat Rache. Ihn beunruhigte, dass ein so hoher Würdenträger der Osmanen sich für seine Mission interessierte. Er sprang aus dem Sattel und befahl seinen Leuten, die Waffen abzulegen. Durch den Hohlweg fuhren zwei Leiterwagen auf sie zu. Türkische Reiter begleiteten die Gefährte, sammelten die Waffen auf und warfen sie auf eines der beiden Fuhrwerke. Dann durchsuchten sie Alexios und dessen Leute, fesselten die Männer und verfrachteten sie auf das zweite Gefährt. Die Pferde banden sie an ihre Sättel.

Sie waren vielleicht eine Stunde gefahren, als der Sandschakbey erschien.

»Ihr seid ein so großer Fürst, weshalb genießt Ihr nicht Euer Leben, anstatt durch unsere Lande zu reiten und die Fürsten aufzuwiegeln, die meinem Herrn Tribut schulden?«

»Ihr habt uns überfallen, gefesselt wie Strauchdiebe, ohne uns die Ehre zu erweisen, die uns gebührt, und jetzt zwingt Ihr uns sogar noch, mit Euch zu kommen. Das werdet Ihr noch bereuen, glaubt mir, so wahr ich Fürst Alexios Angelos bin!«

Der Türke schaute den Fürsten erst ungläubig an, dann lachte er höhnisch. Und dazu hatte er auch allen Grund, musste Alexios im Stillen einräumen. Nur zu gut wusste er, wie kraftlos seine Drohung in Wirklichkeit war, denn er befand sich in der Gewalt seiner ärgsten Feinde. Er würde nichts zugeben und alles abstreiten. Allerdings musste ihm auf dem Weg ein guter Grund für seine Reise einfallen. Zumal man ihn mit Tvrtkos Aussage konfrontieren würde. Dann aber lächelte er so breit über seine Wangen, dass seine Ohren Besuch bekamen und die Bewacher schon befürchteten, ihr hoher Gefangener könnte dem Wahnsinn erliegen. War er nicht jung und gut aussehend? Lag es da nicht nahe zu behaupten, auf Brautschau zu sein? Es spielte keine Rolle für ihn, ob sie ihm das abnehmen würden, mit Sicherheit nicht, er aber hatte nun eine Erklärung, an die er sich halten konnte.

25

Bursa, Anatolien

Loukas Notaras hingegen hatte nach drei Tagen bereits Bursa erreicht, unterwegs kaum geschlafen und vier Pferde fast zuschanden geritten. Mit großer Härte gegen sich selbst biss er die Zähne zusammen, wenn die frisch verheilte Wunde verursacht durch die körperliche Anstrengung schmerzte. Für die Schönheiten des Olympos-Gebirges und für die Pracht der in der Ebene liegenden Stadt besaß er kein Auge. Er wollte nur so schnell wie möglich zu Eirene zurückkehren. Die Vorstellung, mit ihr eine große Familie zu gründen, beherrschte seine Gedanken und Träume.

Kurz vor Bursa kamen ihm berittene Soldaten entgegen. Der Kommandeur der Abteilung befahl Loukas und seinen Begleitern, die Straße freizumachen, um die Nachfolgenden vorbeizulassen. Auf die Frage, wer ihnen denn entgegenkäme, erhielten sie keine Antwort. Kurz darauf folgte eine größere Reiterschar, schwer bewaffnet und eilig. Loukas fragte sich, ob etwas Wichtiges geschehen sei, von dem er Kenntnis haben sollte, weil es Auswirkungen auf seine Mission hatte. Nachdenklich sah er dem Staub, den die Kolonne aufwirbelte, eine Weile hinterher, bevor er Anweisung gab, den Weg fortzusetzen.

Am Tor gab er sich als Kaufmann aus und erkundigte sich nach einer Herberge.

»Und die Leute da, Kaufmann? Sind das deine Geldsackträger?«, fragte der Chef der Wache, ein pausbäckiger Türke, über dessen rundem Bauch sich erstaunlich feines Tuch spannte.

»Geldsackträger!«, echote ein langer Stadtsoldat, der so laut zu wiehern begann, als habe er den besten Witz seines Lebens gehört. »Geldsackträger, das ist zu komisch, *effendi*.«

Loukas blickte auf den Soldaten wie auf ein Insekt, dann wandte er sich, ohne eine Miene zu verziehen, dem Kommandeur zu.

»Nein, die wackeren Männer beschützen mich auf meinen weiten Reisen. Ihr wisst doch, wie viel Diebsgesindel sich im Gebirge herumtreibt«, sagte er in vertraulichem Ton und drückte dem Dicken dabei drei Goldmünzen in die fleischige Hand. Der schloss zufrieden seine Pranke und schnurrte wie ein fetter Kater: »Mmh, daran tut Ihr recht. Es ist noch kein halbes Jahr her, da wurden acht Männer auf dem Weg von Bursa zum Olympos abgeschlachtet. Man hat die Mörder niemals erwischt. Passt also auf Euch auf!«

»Hätte man nur Euch geschickt, *effendi*, Ihr hättet das Gesindel im Nu dingfest gemacht«, flötete die uniformierte Bohnenstange.

Wider Erwarten jagte die Lobhudelei dem Chef der Wache einen eisigen Schauer über den Rücken. Der hatte nämlich dieses einträgliche Amt keineswegs in der Absicht erworben, um sich in Gefahr zu begeben und kampferprobte Männer zu jagen. Die mächtigen Brauen des Dicken zogen sich wie zu einem Donnerwetter zusammen. Schließlich konnte so ein leichtfertiges Gerede bestimmte Vorgesetzte auf unangenehme Ideen bringen. Der Schmeichler errötete und beeilte sich zu versichern: »Aber die Sicherheit der Stadt erfordert zwingend, dass Ihr hierbleibt.« Das heraufziehende Gewitter löste sich in Wohlgefallen auf und machte einem breiten Grinsen Platz.

»Ja«, seufzte der Dicke bewegt, »ich kann eben nicht überall sein. Auch wenn sich das viele wünschen.« Loukas verkniff sich ein spöttisches Lächeln, nickte zustimmend und erkundigte sich danach, wem er gerade auf der Straße Platz gemacht habe.

»Dem Sultan!«, brüllte der Offizier, und dabei traten ihm aus Unverständnis über die Unwissenheit des Kaufmanns die Augen aus den Höhlen.

»Mehmed?«

»Ja, wer denn sonst, du Gimpel? Unser gnädiger Herrscher ist auf dem Weg nach Edirne.«

Loukas bedankte sich für die freundliche Auskunft, erkundigte sich nach dem Weg zum jüdischen Viertel und ritt mit seinen Begleitern los.

Zweistöckige Häuser, in deren hochgelegenen Fenstern die Sonne im farbigen Glas badete und verschwenderisch mit Strahlen spritzte, begrenzten die enge Gasse. Die oberen Etagen ragten balkonartig in die kleine Straße hinein, so als wollten sie die gegenüberliegenden Häuser umarmen, und sorgten dadurch für Schatten. Die Gasse wand sich in Kurven, die den Blick auf die gelben oder blauen Mauern der Häuser treffen ließ, bis sie schließlich auf einen Platz mündete. Dort erhob sich die Etz Ahayim Synagoge, wo Loukas nach Jakub Alhambra fragen sollte. Das Gebäude aus grauen und roten Ziegeln, das von einer goldenen Kuppel bekrönt wurde, schien in seiner massiven Kraft den Platz zu sprengen wie Herkules, wenn man ihn in Kinderkleider gepresst hätte. Drei Türen führten von der Vorderfront ins Innere. Er bat seine Begleiter zu warten und betrat das Gebetshaus. Vor ihm lag ein Widerspiel der Rosette aus Licht. Die Verbindung von Licht und Staub wirkte wie der Tanz der Mücken in den Strahlen der Sonne. Ein Geruch von Mandeln und merkwürdigerweise von Safran drang in seine Nase. Aus dem Schatten löste sich ein alter Mann. Loukas erkundigte sich nach Jakub Alhambra. Über das Gesicht des Alten kroch ein breites, aber undurchdringliches Lächeln. »Gesetzt den Fall, wir haben ein Gemeindemitglied mit diesem Namen, was wollt Ihr von ihm?«

Loukas erwiderte ungerührt das breite Feixen. »Was ich von ihm will, geht Euch nichts an, aber sagt ihm, ich bringe Grüße von Joseph Abulafia und Zwi Jabne aus Konstantinopel. Übergebt ihm diesem Brief als Beglaubigung. Ich werde so lange draußen warten.«

Er trat wieder auf den Vorplatz hinaus und schritt ungeduldig vor der Synagoge auf und ab. Ein hagerer Jude verließ das Bethaus und kehrte wenig später mit einem Mann mittleren Alters zurück. Im Gegensatz zu dem ärmlich wirkenden Boten war der Herbeigerufene in einen reich bestickten Kaftan gewandet; er trug einem hohen, zylindrischen Hut auf dem Kopf, aus dem zu beiden Seiten eine Locke quoll, die an der Schläfe herabhing und wie sein Bart in tiefschwarzer Farbe glänzte, als hätte man sie eingeölt. Der Kaftan leuchtete in einem kräftigen Türkischrot, das an überreife Apfelsinen erinnerte.

»Schalom, Ihr wolltet mich sprechen?« Der Jude sprach ein vortreffliches Griechisch mit einer überraschend weichen, fast fließenden Aussprache.

»Wenn Ihr Jakub Alhambra seid, dann ja.«

»Ihr bringt Grüße von Joseph Abulafia und Zwi Jabne aus Konstantinopel?«

»Sie sind Geschäftspartner meines Vaters und haben mir geraten, mich an Euch zu wenden.«

»Wie heißt Ihr?«

»Loukas Notaras.«

Der jüdische Kaufmann musterte die Männer der Eskorte, die am Anfang der Straße standen. »Ihr kommt doch nicht in Geschäften, Herr?«

»Hinter allem steckt doch letztendlich ein Geschäft, oder? Auf alle Fälle komme ich in guter Absicht«, entgegnete Loukas.

Jakub Alhambra nickte, dann führte er Loukas in sein Haus. Seine Begleiter wurden unterwegs in einer Herberge untergebracht. Um einem Trupp unbekannter Männer, die den Eindruck erweckten, mit ihren Waffen auch umgehen zu können, sein Haus zu öffnen, dafür war Jakub zu vorsichtig. Er hasste Gerede und Überraschungen gleichermaßen und liebte die Kunst der Logik.

Jakub Alhambra lebte in einem großen Gebäudekomplex weiß gestrichener Häuser, der den Eindruck einer selbstständigen Ortschaft innerhalb der Stadt vermittelte. In den Werkstätten im vorderen Teil arbeiteten seine Weber und Färber. Daran schloss sich der hintere Gebäudegürtel mit dem Kontor und den Privatgemächern an, der in seinem Zentrum einen Garten mit Springbrunnen, Granatapfelbäumen und Zitronen barg. Ein Baum mit gelben Früchten, die entfernt Zitronen ähnelten, obwohl sich die Bäume deutlich voneinander unterschieden, zog die Neugier des Gastes auf sich.

»Die Araber nennen diese Frucht *narandsch* und die Spanier

naranja, die Perser *narendsch* oder *nareng*, was so viel heißt wie ›von Elefanten bevorzugt‹«, erklärte ihm Jakob. »Die Italiener sagen wohl *arancia*. Aber diese Früchte benötigen noch etwas Zeit bis zur Reife, sonst hätte ich Euch gern eine davon angeboten. Genießbar sind sie erst, wenn sie tieforange sind.«

»Ich glaube, ich habe in Genua schon einmal eine dieser Früchte probiert, dort nannte man sie Bitterorangen.«

»Meine Orangen sind nicht bitter, sondern süß.« Jakubs Augen lächelten im Genuss, als strömte in diesem Augenblick der Saft reifer Orangen auf seine Zunge, als empfände er gerade die Süße, die erst durch die Säure Form und Eleganz bekam.

Der Wettstreit der Vögel, die in den Zweigen der Granatapfelbäume, der Pfirsiche und in den Sträuchern saßen und zwitscherten, erheiterte das Herz des Griechen. Zeisige spielten in den flachen Brunnen, die für Kühlung sorgten. Der Garten des Juden Jakub erinnerte ihn an die Vorstellungen von Eden. Zumindest verstand der Hausherr etwas von paradiesischer Gelassenheit. Jakubs unterschwelliger Stolz, der Versuch, ihn zu unterdrücken, verriet Loukas, dass der Garten nach Plänen des Hausherrn angelegt worden war. Wahrscheinlich war der Jude auch der Bauherr des gesamten Gebäudekomplexes, denn die Anlage entsprach ihm vollkommen, seiner Vorstellung von Stil, Nützlichkeit und Leichtigkeit. In einem Gartenpavillon, der aus filigranen Schnitzereien von Vögeln, Weintrauben und Fischen bestand, ließen sich die beiden Männer auf dicken, weichen Teppichen nieder, deren Muster in allen Schattierungen von Blau, Rot, Gelb, Grün und Schwarz gehalten waren. Das monotone Geräusch der Zikaden gab der lastenden Hitze eine Stimme. Eine Dienerin brachte Tee und Obst. Jakub schnitt mit der gebogenen Klinge eines silbernen Messerchens einen Granatapfel auf und zeigte mit der Spitze auf die unzähligen Kammern.

»So muss eine Handelsfirma sein, ein Ganzes, das aus vielen Niederlassungen besteht, die allesamt gleichermaßen im Saft stehen.«

»Durch die Berührung mit dem Granatapfel wurde die Flussgöttin Nana, die Mutter des Attis, schwanger. In der Bibel wird der Granatapfel als Zeichen der Fruchtbarkeit gerühmt.«

Jakub nickte erfreut über die Bildung seines Gastes. »So fruchtbar, wie das Schaffen des Kaufmanns sein soll.«

Während Loukas vom Handel der Notaras-Familie erzählte, von den Partnern in Genua, den Niederlassungen in Kaffa, auf Rhodos und in Gallipoli, Jakub von seinen Stoffen und den Farben sprach, schälte sich immer präziser der Plan einer lukrativen Zusammenarbeit heraus. Die Notaras würden Jakub Leder aus der nordpontischen Region, besonders aus Kaffa liefern. Im Gegenzug könnte Jakub Alhambra kostbare Stoffe gefärbt in Türkischrot schicken. Da man im Abendland diesen Farbton nicht zu erzeugen vermochte – und es zu Jakubs Geheimnissen zählte, wie er den Farbstoff aus der Wurzel des Färberkrapps in einer aufwendigen Prozedur gewann –, versprach diese Verbindung, große Profite abzuwerfen. An diesen Punkt gelangt, unterbrachen sie ihr Gespräch. Die Zeit war wie verflogen, und der Abend kündigte sich mit langen Schatten und leichter, wohltuender Kühle an.

»Ihr wollt Euch sicher etwas ausruhen und frisch machen vor dem Abendessen.« Jakub bot seinem neuen Geschäftspartner Unterkunft in seinem Haus an und schickte einen Diener zur Herberge, damit er sich um die Verpflegung der Eskorte kümmerte.

Das Zimmer, in das ihn ein Diener führte, war nicht allzu groß, aber hell. Loukas wusch sich Gesicht und Oberkörper mit parfümiertem Wasser, das er in seinem Zimmer in einer weißen Schüssel vorfand. Dann zog er die Kleidung an, die ihm der Gastgeber bringen ließ: weiße Baumwollhosen, einen blauen Kaftan und weiche Rindslederpantoffeln in sanftem Ocker.

Eudokimos, der mit dem Diener gekommen war, empfing von ihm Instruktionen, wie sich die Seeleute verhalten sollten. Aufsehen zu erregen war auf alle Fälle zu vermeiden. Zudem galt ein strenges Alkoholverbot, auch sollten sie sich auf keine Gespräche einlassen.

Zum Abendessen holte ihn Jakubs Sohn Moische ab und führte ihn in den ebenerdigen Saal, wo ihn die Familie des jüdischen Kaufmanns bereits zum Abendessen erwartete. Zwischen den Schüsseln und Karaffen schlängelten sich im unentwegten Tanz die Flammen der Öllämpchen, die ein imaginärer Beschwörer anzutreiben schien. Die Tafel bog sich geradezu unter den erlesenen Speisen, Rind gekocht in Piniensirup, Hühnchen in Safran, Schafskäse in Honig und mit Melonen, dazu grüner Tee, Wasser und ein leichter Weißwein, der etwas geharzt war. Silberleuchter unterbrachen die Folge der Schüsseln und Teller. Es fiel Loukas auf, dass weder Jakub noch jemand aus seiner Familie vom Wein nahm.

Mit freundlicher Zurückhaltung stellte der Jude dem Gast seine Familie vor, seine verwitwete Mutter, eine würdige ältere jüdische Dame, seine Frau Deborah, die aussah, wie Loukas sich immer die Sulamith aus dem Hohelied Salomos vorgestellt hatte, wenngleich einige wenige silberne Strähnen ihr schwarzes Haar durchzogen, die fünf Kinder, drei Söhne, zwei Töchter im Alter von zwei bis fünfzehn Jahren. Obwohl Deborah sich im Gespräch zurückhielt, erkannte Loukas an dem, was sie sagte, und an der Art, wie man ihr zuhörte, welch wichtige Stellung sie in der Familie einnahm und wie viel ihre Meinung galt. Deshalb bemühte er sich in der Unterhaltung, immer auch sie anzusprechen, sie zu überzeugen, einzubeziehen und zu belustigen. Die Kinder waren einfach großartig, nicht ohne Respekt gegen ihre Eltern, dennoch aber selbstbewusst, dabei von wachem Verstand. Loukas gewann diese Menschen auf Anhieb lieb und bat im Stillen seinen Schöpfer, ihm eine ähnlich kluge, eine ähnlich große Familie zu schenken.

Jakub Alhambra war reich, das stand außer Frage, aber sein wahrer Reichtum, seine Familie, war um seine Tafel versammelt, und er wusste das. Die Kinder fragten Loukas Löcher in den Bauch über Konstantinopel, über den Kaiser, über das Meer, über Kaffa, Venedig und Genua. Sie erkundigten sich auch nach dem Papst und brachten Loukas schließlich in Verlegenheit, weil sie zu erfahren wünschten, warum die Christen die Juden so sehr hassten. Die Bedrängnis seines Gastes amüsierte Jakub, zumal ihn die geistigen und sprachlichen Fähigkeiten seiner Sprösslinge mit Stolz erfüllten, offenkundig beherrschten sie Hebräisch, Griechisch und Türkisch.

Loukas hatte noch nie über den Judenhass, der unter den Christen verbreitet war, nachgedacht. Sie sahen in ihnen die Mörder Jesu.

»Und dabei war Jesus doch auch ein Jude«, sagte Moische, Jakubs ältester Sohn.

Auch wenn Loukas keinen Zweifel an der Wahrheit des Christentums hegte, stieß ihm zum ersten Mal die Rechthaberei seiner Religion auf. Hatten sich nicht sogar die Christen untereinander aus lauter Besserwisserei zerstritten, gar nicht davon zu reden, wie sie über Juden und Muslime dachten? Er konnte die Frage nicht beantworten, ohne seine Religion als die einzig rechtmäßige darzustellen. Und darin lag das Problem – nicht nur deshalb, weil ihn die Höflichkeit gegenüber dem Gastgeber zwang, dessen Konfession nicht herabzusetzen, sondern weil in der Rechtmäßigkeit des eigenen Glaubens die Unrechtmäßigkeit des anderen lag.

»Vielleicht hassen einige Christen die Juden, weil sie Jesus lieben und es in ihrer Liebe den Juden verübeln, dass sie Jesu kreuzigen ließen«, versuchte er sich aus der Affäre zu ziehen.

Jakubs Sohn Moische lächelte ironisch. In seine Augen trat ein sanfter Spott. »Was wäre für die Christen ein ungekreuzigter Jesus? Ein Jesus, der bis ins hohe Alter predigend durch Judäa und Galiläa gezogen wäre? Gehörte nicht die Kreuzigung zum Heilsplan eures Gottes? Sagte Jesus nicht: ›Und das geschieht, damit erfüllt wird, was geschrieben steht‹? Wie könnt ihr den Juden vorwerfen, dass sie lediglich taten, was von ihnen erwartet wurde? Hätten die Hohepriester die Kreuzigung verhindert, würde nicht dann erst euer Vorwurf, wenn auch nicht euer Hass zu Recht bestehen?«

Loukas blies die Backen auf. Darüber hatte er noch nie nachgedacht. Jakub, der interessiert der Diskussion gefolgt war, klatschte anmutig in die Hände. Aber das Wort Klatschen war viel zu grob für die anmutige Bewegung, denn er legte seine Hände fließend ineinander, um sie gleich darauf wieder zu trennen, so wie Reiher landen und sich wieder in die Lüfte erheben. Dabei lachten seine Augen. Und Loukas war ihm dankbar, dass er ihn aus der Verlegenheit befreite.

»Genug, Kinder, genug. Gönnt unserem Gast auch etwas Ruhe

und Entspannung. Lasst uns noch ein Lied für Herrn Loukas singen, dann geht ihr aber ins Bett.«

Alle klopften auf den Tisch und bewegten rhythmisch ihre Oberkörper, bevor der Gesang aus ihren Mündern erscholl. Es war wie ein Fließen, ein Eintauchen in die Ewigkeit, und Loukas, der Christ, wurde von dem alten Psalm mitgenommen auf eine Reise in die wirkliche Heimat des Menschen, in die Stadt aller Menschen und aller Völker – ins himmlische Jerusalem. Sie sangen im Wechselgesang, wobei der fünfzehnjährige Moische mit glasklarem Tenor, der noch zwischen jungenhaftem Charme und männlicher Festigkeit schwankte, im Wechselgesang mit Deborah und den anderen Kindern wetteiferte. Nur Jakub schwieg und lauschte und sah seiner Familie zu mit einer Seligkeit im Blick, um die ihn Loukas beneidete. Sie sangen auf Hebräisch, das er nicht verstand, aber dennoch begriff er, worum es ging, ja, und er erkannte den Psalm sogar, den er auf Griechisch zu rezitieren gewusst hätte. Jakubs Kinder standen auf und begannen zu tanzen, während sie das Lied sangen.

»Ich freute mich über die, die mir sagten:
Zum Hause des Herrn wollen wir gehen!
Unsere Füße standen
in deinen Vorhöfen, Jeruschalajim.
Jeruschalajim ist erbaut wie eine Stadt,
an der alle miteinander Anteil haben.
Denn dort zogen Stämme hinauf,
die Stämme des Herrn als Zeugnis für Israel,
um den Namen des Herrn zu preisen,
weil dort Throne zum Gericht standen,
Throne auf dem Haus Davids.
Bitte doch für das, was Jeruschalajim Frieden bringt,
und Wohlgehen werde denen zuteil, die dich lieben!«

Und Loukas dachte daran, dass sie alle, Lateiner, Griechen und Rhomäer, alle Christen sich in einer Sehnsucht einig waren, im Traum vom himmlischen Jerusalem, in dem alle Drangsale dereinst enden würden.

»Friede werde doch durch deine Macht
und Wohlergehen in deinen Turmfestungen.
Um meiner Geschwister willen und meiner Nächsten
Sprach ich nun vom Frieden bei dir.
Um des Hauses des Herrn, unseres Gottes, willen
Suchte ich eifrig Gutes für dich.«

Nachdem der letzte Ton verklungen war, klopfte Deborah auf den Tisch, und die Kinder verabschiedeten sich ohne Widerspruch. Nur Moische fragte auf Hebräisch: »Kann ich nicht beim Vater bleiben und bei unserem Gast?«

Doch Deborah schüttelte sanft und zugleich entschieden den Kopf. »Nein, mein Sohn, du kannst gern noch ein wenig lesen, nur hierbleiben kannst du nicht, denn jetzt reden die Männer miteinander.«

»Eine wunderbare Familie habt Ihr«, sagte Loukas, nachdem sie allein waren.

Jakub lächelte. Das Schmunzeln des Hausherrn bewies den alten Satz, dass nur die Juden wirklich den Wert der Familie kennen.

»Ihr seid jung genug, um mir erfolgreich nachzueifern.«
»Und bei Gott, das werde ich tun.«
»Aber deshalb seid Ihr nicht gekommen, und auch nicht, um Handelsbeziehungen anzuknüpfen, über die ich mich natürlich sehr freue. Also sprecht frei heraus.«

»Ich möchte sehr gern die Söhne des Sultans kennenlernen und benötige Hilfe dabei.«

»Und Ihr meint, ich könnte Euch helfen?«

»Nun, wenn schon nicht helfen, so doch raten – und allein das wäre schon eine große Hilfe.«

»Der Sultan behält schon aus Sicherheitsgründen nie seine Söhne an einem Ort. Deshalb lebt nur Mustafa, der Liebling Mehmeds, in Bursa. Murad aber ist Verwalter von Amasia.«

Loukas unterdrückte einen Fluch, denn diese Tatsche würde seine Mission beträchtlich verlängern, wo er doch nichts stärker wünschte, als so rasch wie möglich nach Konstantinopel heimzukehren. Zumindest wusste er jetzt, weshalb Johannes so maliziös gelächelt hatte, als er ihm diesen Auftrag erteilte. Er war Ehre und Strafe zugleich.

Aber Jakub gönnte ihm keine Ruhe für Überlegungen. »Was wollt Ihr von den Söhnen? Murad ist siebzehn Jahre alt, Mustafa dreizehn. Und der Herr ist Anfang vierzig, wird also noch eine lange Zeit regieren, so Gott will.«

»Dennoch wird einer von beiden Mehmed eines Tages in der Herrschaft folgen. Ich möchte wissen, mit wem ich es zu tun bekomme.«

»Ihr?« Jakub lächelte skeptisch. Er hatte Loukas durchschaut.

»Ja, ich. Denn ich muss wissen, ob es klug ist, unser Handelshaus nach Osten auszurichten.«

Jakub hob lächelnd die Hände, als wolle er sagen, letztlich liege doch alles in Gottes Hand. Dann ließ er sie sinken und sein Gesicht wurde ernst.

»Da der Sohn des Sultans kein seltener Vogel ist, den man in einem Käfig besichtigen kann, bedarf es eines Vorwandes. Denn glaubt mir, Ihr mögt zwar schlecht informiert sein, der Sultan ist es nicht. Er hat an allen Höfen des Abendlandes, in Konstantinopel, in Venedig, Genua und Florenz, seine Informanten.«

»Habt Ihr eine Idee?«

»Schwört, dass Ihr keine üblen Absichten hegt, die meine Familie und mich in Schwierigkeiten bringen könnten.«

»Ich schwöre bei Gott und der Jungfrau Maria.«

26

Auf dem Weg nach Edirne, Rumelien

Sie folgten dem Tal, das der Fluss in die Berge gegraben hatte, lange bevor Menschen lebten. Die Sonne berührte bereits die Kammlinie. Bald schon würden sie einen Platz für die Nacht suchen. Alexios Angelos schwieg düster. Keiner seiner Leute wagte, ihn anzusprechen. Es verdross ihn, dass er seinen Instinkten nicht vertraut hatte. Wider besseres Wissen hatte er sich leichtfertig und dumm verhalten. Der Kuss der Macht brannte auf seinen Lippen wie ein glühender Vorwurf.

Bei Einbruch der Dunkelheit erreichten sie schließlich ein armseliges Bergdorf. Die Türken kannten sich hier offensichtlich gut aus. Sie quartierten sich bei den Bauern ein, die sie auch zu verköstigen hatten, nur die niederen Chargen, für die kein Bauernbett oder kein Platz in einer Kate mehr zur Verfügung stand, nächtigten in einer der Scheunen. Die Mannschaft war müde, es kam zu keinen langen Gesprächen, Gesängen oder Tänzen am Lagerfeuer. Sie sattelten lediglich ihre Pferde ab, kümmerten sich um die Tiere, aßen und legten sich dann zum Schlafen nieder.

Alexios wurde mit seinen Männern separat in einer Scheune am Ortsausgang untergebracht. Nur zum Essen hatte man ihnen die Fesseln abgenommen. Als demütigend empfand der Fürst, unter Aufsicht seine Notdurft verrichten zu müssen.

Zur Nacht fesselte man sie jeweils zu zweit an die Pfähle der Scheune. Zwei Bewacher, die sich abwechselten, hatten ein Auge auf die Gefangenen. Als der Fürst, der ein unwiderstehliches Bedürfnis nach Bewegung verspürte, seine Finger in den Boden der

Scheune grub, fand er im Staub eine abgebrochene, verrostete Messerklinge. Er dankte Gott für den Zufallsfund in großer Not. Die Vorsehung stand also auf seiner Seite. Heimlich und leise, um sich nicht zu verraten, begann er, seine Fessel durchzuschneiden. Durch das Fenster gegenüber der Tür schien der Vollmond als kalte, satte Scheibe, fern und unnahbar. Aus der Ferne wehte das Geheul der Wölfe zu ihm.

Zwei Wachablösungen vergingen, bis er endlich die Schnüre zersägt hatte. Dann half er dem Mann, mit dem er gefesselt war, sich zu befreien. Auf sein Zeichen fielen sie ihre beiden Bewacher an. Während Alexios dem einen mit der stumpfen Klinge die Kehle aufriss, schlug sein Gefolgsmann den Kopf des anderen gegen die Scheunenwand, zog dabei dessen Säbel aus der Schärpe und erschlug ihn. In diesem Moment wurde das Tor geöffnet und die Wachablösung trat ahnungslos ein. Alexios packte den Säbel eines der toten Wächter, doch sein Gefolgsmann rief ihm zu: »Flieht, Herr, flieht!« Alexios machte kehrt und sprang durch das Fensterloch gegenüber dem Tor, während sein Gefolgsmann tüchtig austeilte und die Türken, die mit lautem Geschrei um Verstärkung riefen, in Schach hielt.

Dem Flüchtenden fiel ein hoher Baum auf. Sein Instinkt trieb ihn dazu, in den dichten Wipfel der mächtigen Kastanie zu klettern. Von hier aus ließen sich sowohl die Scheune als auch das Dorf beobachten. Mit Fackeln in der Hand, zu Fuß und auch zu Pferde schwärmten die Türken aus. Es stellte sich als kluge Entscheidung heraus, sich im Baum zu verstecken. Er hätte kaum eine Chance gehabt, den Häschern im Wald zu entkommen. Die Nacht war sternenklar und mondhell, und ihn verfolgten zahlreiche Türken. Viele Hunde sind des Hasen Tod, dachte Alexios.

Jetzt half nur noch beten, dass sie ihn auf dem Baum nicht entdeckten. Mit etwas Glück würden sie mit dieser Dreistigkeit, dass er nicht das Weite, sondern ein Versteck in der Nähe bezogen hatte, nicht rechnen.

Der Sandschakbey fluchte und gab unablässig Befehle, die der Fürst aber nicht verstand. Stunden später, Alexios schloss aus dem

Stand der Sonne, dass es Mittag war, kehrten die letzten Türken ins Dorf zurück. Der Flüchtende blieb unauffindbar, wie vom Erdboden verschluckt. Der türkische Kommandeur ließ rot vor Zorn im Gesicht die Gefangenen aus der Scheune zerren und auf dem Dorfplatz enthaupten, denn ohne den Fürsten besaßen sie für ihn keinen Wert, mehr noch, stellten sie sogar einen unerwünschten Beweis für seinen Misserfolg dar. Außerdem gab er die Hoffnung nicht auf, dennoch des Fürsten habhaft zu werden, und da wollte er sich nicht mit der Bewachung dieser Männer belasten. Er schickte Patrouillen los und setzte ein Kopfgeld aus. Die Bauern ließ er durch seine Boten wissen, dass sie bei Strafe des Verkaufs in die Sklaverei und des Niederbrennens des Dorfes dem Flüchtenden weder Unterkunft noch Verpflegung gewähren durften. Sie hatten ihn entweder festzusetzen oder zumindest dem Sandschakbey Mitteilung zu machen.

Die Türken räumten das Dorf. Zurück blieben auf dem Anger nur die Leichen der zwölf Gefolgsleute und die Wut im Bauch des Fürsten. Sein Zorn befeuerte ein Schuldgefühl, das tief in seinem Herzen glomm. Er hatte sie im Stich gelassen. Hätte er sie nicht befreien und mit ihnen gemeinsam kämpfen müssen? Aber dann wären sie alle im Kampf gefallen – auch er. Und was würde dann aus seiner Mission werden? Er mochte Gründe suchen und finden, nicht einer entlastete ihn. Natürlich hatte er seine Leute verraten, aber der Verrat gehörte zur Macht wie das Gift zur Viper.

Die Dorfbewohner hoben auf dem Friedhof ein großes Grab aus. Was sollten sie auch weiter tun? Sie warfen die Köpfe und Leiber seiner Leute hinein. Bevor sie das Grab zuschütteten, beteten sie für die Ermordeten ein gutes christliches Gebet. Und im Wipfel des Baumes richtete Alexios stumm für jeden einzelnen seiner Leute eine Fürbitte an den Herrn.

»Kyrios, sei ihnen gnädig, es waren gute Männer, nimm Andreas zu dir, und auch Ignatios, Demetrios, den kleinen und den großen Nikolaos, Sokrates, Philippos, Markos, Michalis, Georgios und Sebastiano, den kleinen Venezianer, der uns so oft mit seinen Geschichten und seinen Späßen unterhalten hat, wenn wir unterwegs waren. Sie alle hatten Besseres verdient, als von einem Türkenschwert enthauptet zu werden. Sie hatten verdient, ein hohes Alter zu erreichen oder im Kampf zu sterben – und nicht gefesselt und wehrlos niedergemetzelt zu werden! Oh Herr, ich bitte dich, gib ihnen Frieden, nimm sie zu dir, es waren gute Männer, ich verbürge mich für sie, und verzeih mir, deinem demütigen Diener, den Verrat. Amen!«

Alexios misstraute den Dorfbewohnern und blieb bis zum Einbruch der Dunkelheit auf dem Baum sitzen. Als er herunterklettern wollte, spürte er, dass ihm die Beine eingeschlafen waren. Wie ein Affe hangelte er sich an den Ästen hinab. Auf dem Erdboden angekommen, knetete er seine Füße und Beine, versuchte zu gehen, fiel um, versuchte es wieder, bis aus dem tauben Gefühl ein Stechen, aus dem Stechen ein Kribbeln wie von tausend Ameisen wurde, das schließlich verging.

Nur seine Seele blieb benommen. Er schlich aufmerksam die Umgebung beobachtend zum Grab seiner Leute. Niemand war zu sehen. Die Dörfler schliefen wohl schon in ihren Katen.

Auf dem menschenleeren Friedhof, der im blau-bleichen Licht des Mondes lag, nahm er Abschied von seinen Männern, fiel auf die Knie und bat sie alle der Reihe nach um Verzeihung. Dabei spürte er, wie die Kälte in sein Herz drang. Dann machte er sich auf den Weg. Unterwegs trank er aus einer Quelle und schlang Pilze und Beeren in sich hinein.

In einer kleinen Höhle schlief er von Albträumen gepeinigt ein paar unruhige Stunden, bis ein Knistern ihn weckte. Er öffnete die Augen und blickte in zwei kleine böse Augen. Ein Bär, der sich darüber zu wundern schien, wer es sich in seiner Höhle bequem gemacht hatte. Alexios nahm den Säbel, bewegte sich aber sehr ruhig und betont langsam, das Tier nicht aus den Augen lassend. Der Räuber machte einen Schritt zurück, so als wolle er ihn aus der Höhle lassen. Dann griff er ihn an. Alexios hieb den Säbel in den Leib des Bären, der brüllte und sich zur vollen Größe aufrichtete. Mindestens um einen Kopf überragte er den Fürsten. Der stieß das Schwert immer wieder in den Körper des rasenden Tieres. Der Bär schlug mit seiner Pranke Alexios das Schwert aus der Hand, doch dann taumelte er, strauchelte, brummte mit todwunder Stimme ein verfliegendes Stakkato und begrub Alexios unter seinem mächtigen Leib.

Der Schmerz wollte sich in einem Schrei entladen, doch er unterdrückte ihn mit einer Willensanstrengung, die seine Kraft fast überstieg. Er fürchtete, eine Patrouille aufmerksam zu machen. Tränen traten ihm dabei vor Anspannung in die Augen. Das Gewicht des riesigen Tieres drohte ihn zu zerquetschen. Mit ganzer Kraft drückte er gegen den Leib, um sich mit einer schlängelnden Gegenbewegung hervorzuziehen. Dabei floss das Blut des Bären aus seinen Wunden auf Kopf, Hals und Oberkörper des Fürsten. Er verschluckte sich sogar daran. Es schmeckte metallisch, süß und trocken zugleich. In dem Kampf fühlte er, wie die Kraft und die Seele des Tieres auf ihn übergingen. Schließlich glückte ihm die Befreiung. Als Letztes zog er seinen rechten Fuß unter dem Fleischberg hervor. In der Klinge des Säbels, die beim Kopf des Tieres lag, spiegelten sich die herausquellenden Augen des Kadavers. Alexios steckte seinen Säbel ein und starrte eine unbestimmte Zeit in die erloschenen Pupillen des Räubers, als hielte er Zwiesprache mit dem Tier. Bruder Bär, dachte er mit einer Zärtlichkeit, die ihn überraschte. Dann schnitt er mit einer Selbstverständlichkeit, als habe ihn die Seele des toten Bären dazu aufgefordert, die Seite des Tieres auf und entnahm ihm die Leber, die er roh und mit geradezu tierischem Heißhunger verschlang. Sie war noch warm. Dabei fiel ihm ein Stück von dem Organ seines Opfers aus dem Mundwinkel auf den Waldboden. Sofort fielen Ameisen darüber her. Er schnappte sich das Stück, wischte die Ameisen von dem Fleisch und steckte es gierig in den Mund. Blut rann über seine Lippen, lief über sein Kinn und tropfte auf seine Kleidung, aber die war ohnehin nass vom Lebenssaft des Bären. Er fühlte sich jetzt dem toten Raubtier sehr nahe. Nichts würde ihm je zustoßen können. Von diesem Augenblick an hielt er sich für unverwundbar. Er hatte den Kuss der Macht mit dem Blut der Kreatur getauft.

27

Bursa, Anatolien

Den jungen Mustafa bekam Loukas zum ersten Mal zu Gesicht, als der Prinz zum Freitagsgebet in die Grüne Moschee ging. Obwohl an ihr noch gebaut wurde, galt sie jetzt schon als das schönste Gotteshaus in Bursa, vielleicht sogar im ganzen Reich der Osmanen. Jakub hatte ihm erklärt, dass die Osmanen mit dieser Moschee sich das erschaffen wollten, was die Christen mit der Hagia Sophia besaßen, Gottes Paradies auf Erden, ein Raum, der zwar auf der Erde stand, aber aus dem Himmel errichtet worden war.

Loukas stand mit Jakubs Diener auf der gegenüberliegenden Seite der Straße im Schatten einer Platane und beobachtete die Muslime, die zum Gottesdienst strömten.

Zwei Tage später erreichte ihn eine Einladung des Verwalters Ilyah Pascha, des Hofmeisters des Prinzen. Sie tranken zu dritt in einem Pavillon Tee, der Prinz, der Hofmeister und der Kapitän. Der Prinz, ein hübscher Junge mit großen schwarzen Augen und einem wilden Lockenkopf, fragte ihn nach dem Abendland aus, nach Genua, nach Venedig, nach Konstantinopel. Mustafa erwies sich als höflich, gebildet und neigte zu Träumereien. Er liebte die Geschichten über Sindbad den Seefahrer und kannte die Abenteuer des Hajj ibn Jaqzan, der nach einem Schiffbruch viele Jahre auf einer unbewohnten Insel zubrachte, wohl auswendig. Das Gespräch plätscherte angenehm in den warmen Nachmittagsstunden dahin.

Ilyah Pascha begleitete den Kapitän nach der Audienz durch den Garten zum Ausgang. Beim Abschied sagte der Hofmeister: »Ich könnte die schützende Hand über Eure Geschäfte bei uns halten.

Wenn Ihr das wünscht, gebt Herrn Jakub Bescheid, er wird alles regeln. Ach, Herr Kapitän, eines noch, im Vertrauen gesprochen.« Ilyah Pascha senkte die Stimme, obwohl sie auf dem Weg unter sich waren und die Wachen am Tor sich in ausreichender Entfernung befanden. »Vergesst Mustafa Pascha nicht, er könnte eines Tages ein wertvoller Verbündeter des Kaisers sein. Murad ist zwar als Nachfolger gesetzt, doch kennen wir Gottes Plan? Mehmed hängt stärker an seinem Zweitgeborenen. Vielleicht braucht Euch Mustafa, vielleicht braucht aber auch Ihr Mustafa? Gott will Frieden. Türken und Rhomäer müssen einander nicht bekriegen. *Salam aleikum*, Herr Kaufmann.«

»*Aleikum salam*, ehrenwerter Ilyah«, antwortete Loukas und verbeugte sich mit einem freundlichen Lächeln in den Augen. Es schien ihm trotz der Tarnung als Handelsmann geradezu an die Stirn geschrieben zu stehen, dass er in politischer Mission reiste. Ilyah Pascha schien zumindest ein Mann mit großen Ambitionen und einem wachen Geschäftssinn zu sein.

Beim Abschiedsessen am Abend vereinbarte er mit Jakub Alhambra, dass der Jude ihn in einem halben Jahr in Konstantinopel besuchen und dabei eine Ladung gefärbter Stoffe, gefärbten Garns und Seide mitführen würde. Seinen ältesten Sohn Moische wünschte er mitzubringen, damit er im Kontor der Notaras in die Lehre gehen konnte. Jakub hielt eine Ausbildung seines Sohnes in der fremden Metropole für eine gute Investition.

Von seinem Vater hatte Loukas gelernt, dass man, auch wenn man im Auftrag des Kaisers unterwegs war, niemals die Geschäfte der Familie Notaras vernachlässigen durfte, schließlich bezahlte der Kaiser selten und allenfalls symbolisch die Ausführung seiner Aufträge. Man musste sich die Gunst des Kaisers eben auch leisten können.

Bevor er sich zur Nachtruhe zurückzog, stellte er seinem Gastgeber eine Frage, die ihn, seit er in Bursa eintraf, immer stärker beschäftigte: »Würdet Ihr lieber in Konstantinopel leben?«

»Ihr meint unter der Herrschaft der Christen?« Loukas nickte.

»Nein. Meine Familie hat keine guten Erfahrungen mit den Christen gemacht. Vor knapp einhundert Jahren haben wir die schöne Stadt Straßburg verlassen müssen und hier nach langer Wanderung schließlich eine neue Heimat gefunden. Von einem Tag auf den anderen wurden unsere lieben, christlichen Nachbarn zu unseren ärgsten Feinden. Sie fielen über uns her, erschlugen, erhängten, ersäuften, verbrannten und beraubten uns.«

»Warum?«

»Sie bildeten sich ein, dass wir mit dem Teufel im Bunde stünden und die Brunnen vergifteten. Ihr müsst wissen, damals wütete der Schwarze Tod in deutschen Landen, und uns gab man die Schuld an dem großen Elend. Aber Juden starben wie Christen, Christen wie Juden. Die Pest unterschied nicht zwischen den Glaubensrichtungen. Meine Vorfahren hatten Glück, sie konnten zumindest ihr nacktes Leben retten.«

»Ist es denn unter den Muslimen so viel besser?«

»Niemand will mich hier bekehren, ich muss mir keine Predigten anhören, Pogrome brauche ich nicht zu fürchten, niemand sieht mich scheel an, weil wir Juden Christus getötet hätten, das Einzige ist, dass ich eine Steuer zahle, und kann dafür frei leben und handeln. Aber freilich, am besten wäre es natürlich in Jerusalem.« Jakub nickte seinem Gast zu, verwies darauf, dass es schon spät wäre, und zog sich zurück.

Loukas aber dachte die halbe Nacht über die Worte des Juden nach. Lateiner waren über die Juden hergefallen, Lateiner, allen voran die Venezianer und ihr blinder Doge Enrico Dandolo, hatten, eigentlich von den Rhomäern im Kampf gegen die Muslime zu Hilfe gerufen, Konstantinopel überfallen und für gut fünfzig Jahre ein lateinisches Kaiserreich errichtet. Sie sahen sich zwar wie die Rhomäer als Christen, doch hatte Loukas gelernt, dass sie in manchem häretische Ansichten besaßen und ketzerischen Bräuchen folgten. Wer stellte also die größere Gefahr für das alte Reich der Rhomäer dar, die Lateiner oder die Türken, der Papst oder der Sultan? Im Einschlafen kam ihm plötzlich in den Sinn, dass er Eirene geschworen hatte, immer stark genug zu sein, um die Familie zu beschützen. Im Traum kämpfte er gegen schwarze Ritter mit Eidechsenköpfen ohne Zahl, die auf riesigen Asseln ritten. Und er war allein!

Am nächsten Tag begab sich der Kapitän unwirsch und ungewohnt wortkarg, was seine Männer von ihm noch nie erlebt hatten, an die Spitze seiner Eskorte. Der Albtraum hing ihm in den Gliedern und er vermochte nicht, ihn abzuschütteln. Von einem blauen Himmel brannte schon am Morgen die Sonne. Wie heiß würde es erst gen Mittag sein? Um den schnellsten Weg nach Amasia, zu Murad, dem älteren Sohn Mehmeds, zu finden, stellte ihm Jakub einen wegekundigen Juden zur Seite.

Ritt Loukas nach Osten, zog es sein Herz jedoch nach Westen. Was mochte Eirene jetzt tun? Was gäbe er dafür, in ihre Augen zu sehen, ihren Duft nach Zimt und Mandelöl zu riechen. Unvorstellbar, dass es eine Zeit ohne sie gegeben haben sollte. Wovon hatte er damals nur gelebt, wenn nicht von den Berührungen ihrer Worte und Hände? Er verfluchte den Vizekaiser, dass er ihn in das Reich der Osmanen schickte. Der Sultan befand sich im besten Mannesalter. Welchen Nutzen sollte also seine Mission bringen?

In der größten Mittagshitze legten sie in einer kleinen Stadt, die sich an einen Wald schmiegte, eine Rast ein, um die Pferde zu tränken und sich selbst zu stärken. Loukas beobachtete einen Bauern, der sich vor dem Betreten der kleinen Moschee Nase, Mund, Achselhöhlen, Ellbogen und Füße wusch. Christen betraten, wie sie waren, schmutzig oder sauber, ihr Gotteshaus. Ein zweiter Mann, dann ein dritter, ein vierter taten es dem ersten gleich. Das beeindruckte den jungen Kapitän. Wer stark sein will, muss zuallererst Wissen erwerben. In ihm erwachte der Verdacht, dass die Mission vielleicht in Gottes Plan stand und es dabei gar nicht um Johannes ging, sondern vor allem um ihn, Loukas Notaras, darum, dass er diese neue Großmacht, die Konstantinopels Schicksal zu werden drohte, gründlich kennenlernte. Wollte Gott womöglich, dass er Kenntnisse erwarb und ein Netz von Beziehungen und Verbindungen knüpfte? Das würde diesem so scheinbar unnützen Unternehmen einen tieferen Sinn verleihen. Innerlich leistete er Johannes Abbitte, schließlich war es ja Loukas Notaras gewesen, der Kaiser Manuel empfohlen hatte, gleichen Abstand, aber eben auch gleiche Nähe zu den Türken wie zu den Lateinern zu halten. Sein Erkundungsauftrag stellte so gesehen nur die Konsequenz des Rates dar, den er selbst erteilt hatte. Der Kapitän verspürte auf einmal das unwiderstehliche Bedürfnis zu beten. Er ging in den Wald, der sich hinter der Moschee ausstreckte. Vor einer alten Pinie blieb er stehen. Die Äste rauschten im leichten Wind. Ihr Säuseln erinnerte ihn an die Beschwörungen weiser Frauen, die eine Gürtelrose besprachen. Unter dem Wispern wich allmählich der Druck des Traumes aus Hirn und Knochen. Er fühlte sich frei und beschwingt. Und dankte Gott. Er löste die Schnüre seines Hemdes, zog das kleine Kreuz an der goldenen Kette heraus und küsste es lang und innig.

Jetzt freute er sich sogar auf die Begegnung mit Murad. Als er zu seinen Männern zurückkehrte, wunderten sie sich nicht wenig, denn er wirkte wie ausgewechselt.

28

Auf dem Weg nach Buda, Ungarn

Plötzlich verstand Alexios Angelos den Wald. So als hätte er hier sein ganzes Leben zugebracht. Auf einer Lichtung, die voller Wollgras, Silberdisteln, Goldwurz und vereinzelt Eisenhut war, stand ihm plötzlich ein Wolfsrudel gegenüber. Er erwog nicht einmal die Flucht, auch griff er nicht nach seinem Säbel, sondern senkte leicht den Kopf und schaute dem Leitwolf in die Augen. Er konnte das Tier spüren, seine Regungen, seinen Atem. Mit großer Ruhe starrte er in kalte gelbe Augen. Der Blickwechsel dauerte eine unbestimmte Zeit, dann zogen sich die Wölfe in den Wald zurück. Er fühlte keine Erleichterung, weil er auch keine Anspannung empfunden hatte.

Es trieb ihn einfach weiter. Dass es langsam dunkler wurde, registrierte er, ohne dass er es wahrnahm. Die aufkommende Kühle empfand er nicht. Ein paar rohe Vogeleier dienten ihm als Abendessen. Ein starker Ast, an dem er sich festband, bot ihm ein Nachtlager. Tief, fest und traumlos hatte er geschlafen. Im Morgengrauen erwachte er. Ein paar Himbeeren linderten Hunger und Durst. Er würde kein Essen suchen, wenn er es am Wegrand entdeckte oder es ihm über den Weg laufen würde, würde er es einfach nehmen oder erlegen. So verging die Zeit, ohne dass ihm das bewusst war. Zu Mittag erlegte er einen Hasen, abends fand er einen Bach, in dem er zwei Forellen fing. Ihr rohes Fleisch schmeckte so klar und so rein und so kalt wie der Bach, in dem sie gelebt hatten. Instinktiv folgte Alexios dem Gewässer.

Einen Tag später stieß er auf einen Abhang, an dessen Grund sich ein Teich gebildet hatte, der von dem Bach gespeist wurde und den Sträucher und Bäume umgaben. Da überkam ihn die Sehnsucht nach einem Bad, der erste Wunsch seit Tagen. Plötzlich empfand der Fürst die Notwendigkeit, zu den Menschen zurückzukehren. Mit einer kleinen Wehmut im Herzen nahm er Abschied vom Wald.

Er wollte schon hinabsteigen, um sich das eingetrocknete und verkrustete Blut abzuwaschen, da entdeckte er fünf Türken, die dort rasteten. Bei näherem Hinsehen erkannte er einen von ihnen. Es war der Parlamentär mit dem süßsauren Lächeln und dem Hohn im Blick. Sie suchten ihn also immer noch. Seine Vorsicht war nur allzu berechtigt. Und sie unterschätzten ihn, denn sie schienen ihre Trupps sehr klein zu halten.

Ein böser Gedanke nahm in seinem Kopf Gestalt an. Die Rache ist mein, sagt zwar der Herr, doch der Fürst entschloss sich mit schiefem Grinsen, dem Allerhöchsten und Gerechten das Monopol streitig zu machen, denn in seiner grundlosen Barmherzigkeit war es denkbar, dass Gott, der Herr, am Ende die Vergeltung vergaß, weil er sich plötzlich wie Kaiser Manuel verständig fühlte. Alexios spuckte aus. Er verabscheute es, wenn sich die Menschen eitel in ihrer Altersweisheit bespiegelten, als trügen sie kostbare Gewänder, dabei umhüllten sie doch nur ihren Mangel an Kraft mit dem wohlfeilen Mantel, der aus Binsen genäht worden war. Törichte Sätze im Mund eines Jünglings sollten sich plötzlich im zahnlosen Schlund eines Greises zur reichen geistigen Ausbeute eines Lebens verwandelt haben. Aber Dummheit blieb nun einmal Dummheit, daran änderte auch nicht das arrogante Beharren auf das Alter, das mit mehr Einsicht in den Lauf der Welt einherzugehen schien. Er aber war nicht alt und nicht weise und nicht barmherzig, er spürte nur das Verlangen nach Vergeltung.

Lautlos pirschte er den Abhang hinunter. Einer der Männer kam ihm entgegen. Er glitt, bevor er entdeckt werden konnte, hinter den Stamm einer Eiche. Kurz vor ihm hockte sich der Türke hin. Seit seiner kurzen Gefangenschaft kannte Alexios die Art, wie die Osmanen ihre Notdurft verrichteten. Sie trugen ohnehin eine Art Rock, der ihnen gestattete, sich einfach hinzuhocken, das Exkrement fallen zu lassen, anschließend aufzustehen, weiterzugehen und das Ausgedrückte einfach liegen zu lassen. Während der Türke also vollkommen in sich versunken den sanften Druck, den er auf die Därme ausübte, genoss und die Entspannung, die in seinen Innereien sich breitmachte, nur langsam, fast widerstrebend zuließ, schlich sich Alexios an, legte in einer Bewegung zugleich die eine Hand auf den Mund des Feindes, während die andere die Kehle durchschnitt. Er hielt den Türken fest, bis genügend Blut aus der Wunde seines Halses gesprudelt war. Das schmatzende Geräusch, das dabei entstand, berührte ihn unangenehm. Er war froh, als es aufhörte. Dieser Türke, dachte er böse, würde sich nicht mehr von seinen Exkrementen fortbewegen. »Fahr zur Hölle«, zischte er. Und dachte dabei kalt: vier, nur noch vier.

Er versteckte sich hinter einem Haselnussstrauch und wartete. Seine Rechnung ging schließlich auf. Nach einer Weile kam der Waffengefährte des Toten, um nach seinem Kameraden zu suchen. Alexios verstand kein Türkisch, schlussfolgerte aber aus der häufigen Wiederholung des Wortes *Ibrahim*, dass der Türke, den er getötet hatte, den Namen Ibrahim trug. Als der Soldat den auf dem Boden liegenden Leib seines Kameraden entdeckte, wunderte er sich und schaute sich unruhig und wachsam einmal im Kreis herum um. In dem Moment, in dem der Blick des Gegners an dem Gebüsch, in dem sich Alexios versteckte, vorübergeglitten war, sprang der Fürst blitzschnell aus dem Haselnussstrauch und hieb sein Schwert in die Stirn seines Gegners. Die Klinge war scharf und gut, sie spaltete spielend leicht den Helm, bevor sie durch den Kopfknochen wie durch Butter schnitt.

»Heilige Muttergottes«, sagte der Fürst und bekreuzigte sich, bevor er zum Teich hinunterkletterte, um dort abzuwarten. Wie gern würde er sich jetzt in das warme Fleisch einer Frau wühlen. Er spürte eine Erektion. Das verübelte er den Türken. Wenn sie nicht aufgekreuzt wären, hätte er längst in Buda die Verhandlungen geführt und sich von den Verhandlungen in einem der Häuser der Stadt entspannt und erholt. Mehr noch, die absurde Nutzlosigkeit des Ständers in der Wildnis verbitterte ihn geradezu.

Die drei Türken wurden immer unruhiger. Schließlich brach der

Führer mit einem seiner Leute auf, während er den Dritten zur Bewachung der Pferde zurückließ.

Als er die beiden weit genug entfernt vermutete, trat er aus seinem Versteck hervor. »Suchst du mich? Ich bin hier«, rief er laut.

Blankziehen und seine Leute herbeirufen war für den Anführer eins, doch der Fürst ließ sich auf keinen langen Kampf ein, sondern wählte eine Finte und stieß dann gezielt zu. In diesem Augenblick kehrten die beiden anderen zurück. Er entdeckte in den Augen des Anführers die Angst. Schmutzbedeckt und voller getrocknetem Bärenblut an Gesicht, Hals, Händen und der Kleidung, wie er war, musste er ihnen wie der Waldteufel persönlich erscheinen. Seine unbeteiligten, leidenschaftslosen, ja fast toten Augen jagten ihnen offensichtlich eiskalte Schauer über den Rücken. Sie hielten ihn wohl für einen Werwolf oder – falls kein Gespenst, kein Ungeheuer vor ihnen stand, dann zumindest ein Wilder Mann. Da Alexios die Pferde im Rücken hatte, schied die Möglichkeit der Flucht für die beiden Türken aus.

»Heute ist Zahltag, Türke«, sagte Alexios. »Du hattest die Chance, uns freizulassen.«

»Herr, erbarmt Euch. Ich führe doch nur Befehle aus.«

»Das taten meine Männer auch, und trotzdem habt ihr sie enthauptet. Warum hast du sie nicht einfach laufen lassen?«

»Es ist nicht üblich.«

»Es ist nicht üblich? Ist es denn üblich, Wehrlose zu töten? Gefesselte Männer?«

»Ach, Herr, Ihr kennt doch das Geschäft. Habt Erbarmen!«

Wo ist jetzt dein Hohn?, dachte Alexios bitter, dann kam ihm ein Einfall.

»Gut, ich werde euch nicht töten. Werft eure Waffen weg und kniet nieder, mit dem Rücken zu mir. Keine Angst, ich töte euch nicht, außer, ihr leistet Widerstand oder greift mich an.«

Zitternd folgten die beiden Männer seinen Anweisungen. Alexios steckte den Säbel ein und fesselte den beiden mit Lederriemen die Hände auf dem Rücken zusammen. Dann band er sie mit Stricken an einen Baum.

Zeit für ein Bad, entschied er, um sich das Bärenblut abzuwaschen. Das Wasser war eiskalt, aber es tat ihm gut. Denn er ekelte sich bereits vor seinem eigenen Geruch. Er stank wie ein Bär. Und dabei war er ein Fürst, der künftige Kaiser der Rhomäer. Er musste aus dem Labyrinth der Zeitlosigkeit, in das ihn die Schuldgefühle getrieben hatten, wieder herausfinden.

Als er aus dem Teich gestiegen und sich wieder angekleidet hatte, verjagte er die Pferde bis auf einen Schimmel. Zu den Türken aber sagte er: »Ich verlasse euch jetzt, meine Herren. Entweder eure Leute finden euch, oder ihr schafft es, die Fesseln zu lösen, oder die Tiere des Waldes freuen sich über die Ergänzung ihrer Tafel.«

»Herr, bitte, bitte«, flehten die beiden Männer. »Lasst uns nicht so zurück.«

Mit dem rechten Fuß schob Alexios einen kantigen Stein in die Greifnähe des Anführers. Vielleicht genügte die Schärfe der Kante, um in geduldiger Arbeit die Fesseln zu durchtrennen. Zu mehr war er nicht bereit. Ihre Rettung lag an ihrer Geschicklichkeit – und an einem Quäntchen Glück natürlich.

»Ich habe versprochen, euch nicht zu töten. An dieses Versprechen halte ich mich. Also dann, Gott befohlen!« Sprachs, stieg in den Sattel und preschte los.

Er mied die Straßen und schlug den Weg nach Norden ein. Er stahl ein Schaf, das er sich briet, später eine Ziege, so kam er Stück für Stück vorwärts. Anfangs befremdete es ihn, kein rohes, sondern wieder gebratenes Fleisch zu essen, wie es ihn auch bald schon verwunderte, mit welchem Genuss er rohes Fleisch verzehrt hatte. Was er in der Zeit, von der er später nicht einmal sagen konnte, wie lange sie gedauert hatte, gedacht, gefühlt, getan hatte, daran vermochte er sich nicht mehr zu erinnern. Er versuchte es auch gar nicht. In einem Wald hatte er sich verirrt, aus dem Wald hatte er schließlich wieder herausgefunden. Alles, was im Forst geschehen war, blieb besser auch zwischen den Bäumen versteckt.

Schließlich wurde die Landschaft flacher und steppenhafter. Der Fürst war wohl seit mehr als einem halben Monat unterwegs, als er es endlich wagte, eine kleine Stadt zu betreten. Die Leute betrachteten ihn wie einen Aussätzigen. Er verübelte ihnen weder die Zurückhaltung noch die Feindseligkeit; denn er wusste, dass die Bewohner der unruhigen Grenzregion aus bitteren Erfahrungen gelernt hatten, vor Fremden auf der Hut zu sein, denn wie leicht konnte sich hinter jedem Unbekannten ein Späher der Renner und Brenner verbergen.

Den Namen der Stadt empfand er als Zungenbrecher: Nagybecskerek. Das unaussprechliche Wort verriet ihm zumindest, dass er sich in Ungarn befand. Er begab sich zu dem Verwalter König Sigismunds, setzte ihn knapp in Kenntnis darüber, wer er war, und bat den Mann um ein Pferd und einen Führer, damit er so schnell wie möglich nach Ofen, das die Ungarn Buda nannten, gelangen würde.

Zwei Tage später verneigte sich Alexios vor der ungarischen Königin Barbara, die dem berühmten Grafengeschlecht der Cillier entstammte. Aus stahlblauen Augen musterte sie ihn kühl und schamlos, allerdings auch mit jenem amüsierten Desinteresse, mit dem man einen Käfer betrachtet. Das blonde Haar der Königin sprengte fast das Haarnetz, das es eigentlich bändigen sollte. Ihre Sinnlichkeit und ihr Herrscherwille provozierten ihn so sehr, dass in ihm die Lust aufstieg, sie zu demütigen.

»Euer Aufzug, Fürst, passt nicht zu Eurem Rang«, tadelte sie ihn auf Latein.

»Oh, Majestät, verzeiht, dass ich nach Gefangennahme durch die Türken und Flucht, nach einer Rangelei mit einem Bären und dem Kampf mit meinen muslimischen Verfolgern meine Kleidung nicht in einem besseren Zustand zu halten vermochte«, hielt Alexios lateinisch dagegen.

»Dann seid Ihr also ein Held?«

War es Bewunderung oder Spott? Alexios blieb unsicher. »Wisst, dass mir am Heldentum nichts liegt, denn ich reise im Auftrag des Mitkaisers Johannes. Heldentum ist nichts Besonderes, kein Fürst darf feige sein.«

»Aha, gut, dann wissen wir das jetzt auch. Ich fürchte, ich kann noch viel von Euch lernen, mein Herr Bären- und Türkenbändiger.

Aber vorher ruht Euch eine Weile aus, erfrischt und befreit Euch von den Lumpen, die Ihr tragt. Ich lasse Euch neue Gewänder bringen. Mein Kammerdiener wird sich um Euch kümmern und Eure Wünsche erfüllen. Wenn es recht ist, sehen wir uns zum Nachtmahl.«

»Herrin, ich muss mit dem König reden.«

»Ach, das tut mir aber leid! Der König ist, der König ist, ja, wo ist er noch gleich?«

Sie schaute ihn mit großen, fragenden Augen an, in deren Winkeln die Spur eines Lächelns aufschien, bevor sie in große Bestürzung fielen. So verharrte sie eine Weile. Schließlich tippte sie sich mit ihrem kräftigen Mittelfinger dreimal an die Stirn, als ob ihr gerade eine Idee gekommen wäre, und ein Lächeln entspannte ihre Lippen. »Ja, richtig, jetzt erinnere ich mich, er ist im Krieg gegen diese Häretiker in Böhmen. Unerfreuliche Geschichte. Vor sechs Jahren musste mein Mann ja unbedingt diesen armen Ketzer in unserer schönen Stadt Konstanz verbrennen lassen. Hätte es nicht auch ein böhmisches Kuhdorf getan? Ausgerechnet in unserer schönen Stadt Konstanz! Einen Böhmen aus Prag, Jan Hus mit Namen. Und nun schreien seine Anhänger Zeter und Mordio und wollen seine Ketzerei zum Glauben in unserem Land Böhmen erheben.« Sie lachte laut auf. »Denkt Euch, wegen der Frage, ob nur der Priester oder auch jeder andere Christ den Kelch zum Abendmahl in der Messe reichen darf, hauen die guten Leute sich die Köpfe ein! Ein guter Rat, Fürst: Wenn Ihr etwas in Eurer Angelegenheit erreichen wollt, redet mit mir. Der König ist im Krieg, auf einem Konzil, auf einem Reichstag oder im Bett mit einer vulgären Dirne, nur in Ungarn ist er nicht. Hier herrsche ich!«, sagte sie mit harter Stimme. Dann fügte sie mit sanftem Lächeln, aber kaltem Blick hinzu: »In seinem Auftrag natürlich.«

Damit verließ sie den Audienzsaal und zog sich in die Tiefe der Burg zurück. Ihre Worte hallten in Alexios' Ohren wider und hielten doch nur einen Oberton: Bemüht Euch um mich, wenn Ihr hier etwas erreichen wollt!

Das Nachtmahl im Kreis der königlichen Höflinge erwies sich

als wenig ergiebig. Es wurde gescherzt und getratscht. Da Alexios die meisten Menschen nicht kannte, um die es in den oft üblen Nachreden ging, ließen ihn diese Gespräche kalt, zumal er auch nicht alles verstand. Denn wie um ihn zu ärgern, wechselte die Königin zuweilen ins Ungarische. Zumindest nahm Alexios an, dass es ungarisch war, vielleicht sprach sie aber auch böhmisch oder deutsch. Jedenfalls war es ein Gebrabbel und Gebelle, das er eigentlich nicht als Sprache bezeichnen wollte. Sprachen, das waren Latein und die fünf Formen des Griechischen.

Barbara richtete weder das Wort noch eine Frage an Alexios. Wie einen Almosenempfänger ließ man ihn an der Tafel der Königin mitspeisen, nahm aber keine Notiz von ihm. Zum Abschied fiel ihr der Ring an seinem Finger auf.

»Blutrot wie die Liebe«, sagte sie eine Spur nachdenklich.

»Oder wie der Kampf«, erwiderte er.

»Oder wie die Macht«, verblüffte sie ihn.

»Wie kommt Ihr darauf?«

Barbara setzte das geheimnisvolle Lächeln einer Sphinx auf. »Der Rubin gilt als Stein des Lebens. Er steht als Symbol für alle anderen Steine. Deshalb verleiht er seinem Träger Macht. Die Hohepriester haben ihn getragen. Ihr wisst doch, dass die Hohepriester zwölf Steine auf ihrem Priestersturz trugen, jeder Stein symbolisierte einen der zwölf Stämme. Der Rubin verwies auf Juda, den Stamm, aus dem die großen Könige David und Salomon kamen. Seid Ihr eher ein David oder eher ein Salomon, kräftig, skrupellos und triebgesteuert oder keusch und weise?« Alexios wollte antworten, doch sie hob ihre Hand zum Zeichen, dass sie keiner Antwort bedurfte. »Da der Rubin im Dunkeln leuchtet, steht er auch für das Wort Gottes, deshalb vergleicht unser Gelehrter Alkuin ihn auch mit Christus.« Sie nahm seine Hand und schaute mit immer größerem Begehren auf den Ring. »Rubin ist nicht gleich Rubin, und dieser ist ein ganz eigener, ein wirklicher Rubin, weil er im Farbton frischen Blutes, gerade vergossenen Blutes glüht.«

Zur Überraschung des Fürsten beugte die Königin sich über seine Hand und fuhr geschwind mit ihrer Zunge wie eine Katze über den Ring. Dann ließ sie seine Hand los und betrachtete ihn wieder mit ihrem entwaffnenden Blick, in dem kühler Spott lag.

»Gute Nacht, David, achtet auf Euren Ring. Wer ihn kennt, begehrt ihn.«

Ein verlorener Abend, dachte Alexios ärgerlich, als er gut gesättigt und nach ordentlichem Weingenuss von einem Diener in seine Kemenate geführt wurde. Außer Geschwätz, ein wenig Geheimnistuerei und ein paar Anzüglichkeiten hatte er bisher nichts erlebt. Durfte er mehr erwarten? War die Königin wichtig oder tat sie nur so, um sich darüber hinwegzutrösten, dass sie offensichtlich von ihrem Gatten so wenig beachtet wurde? Sollte er lieber zum König weiterreiten oder besser mit der Königin im Gespräch bleiben? Vergab er sich womöglich etwas, wenn er nicht mit Sigismund, sondern mit ihr verhandelte?

Plötzlich fiel ihm auf, dass sie Treppen benutzten und in die untere Etage des Palastes wechselten, obwohl seine Unterkunft auf der Ebene des Bankettsaals lag. »Wo führst du mich hin?«

»Keine Angst, Herr, der Abend hat gerade erst begonnen.« Kein Fragen half weiter, mehr bekam er aus seinem Führer nicht heraus.

Dafür nahm sein Staunen kein Ende. Fünf Stufen führten in eine Halle, deren hohe Fenster vermauert worden waren. Unzählige Kerzen, die in drei großen eisernen Rädern steckten und vom Tonnengewölbe hingen, spendeten ein warmes Licht. Der flackernde Schein fiel auf Tische, auf denen Tiegel, Destilliergefäße, Phiolen unterschiedlicher Größe und bauchige Gläser mit schmaler Öffnung standen. Dazwischen befanden sich kleine Becken mit glühenden Kohlen. Es roch rußig und scharf. Ein runder, gemauerter Ofen, der an einen Brunnen erinnerte, erhob sich in der Mitte des Saals. Darauf stand ein Dreibein aus Eisen, auf dem sich wiederum ein kürbisförmiger Kolben mit langem Hals befand. Aus dem Brodeln der grünblauen Flüssigkeit schloss Alexios, dass der Ofen beheizt war. Daneben lag ein Blasebalg. An der Wand wechselten sich drei Kamine ab, über deren Feuer sich Gestänge befanden, an denen verschieden große Kessel hingen. In einem kleinen Käfig liefen

Mäuse hin und her. Sie fühlten sich hier offenbar unwohl. Sein Blick fiel auf ein großes Wasserbad mit Destillierhelmen und eine Haubendestillation. Hinten links beherrschte ein großer Turmofen mit Destillatorium die Ecke. Das Pistill war zur Erleichterung an einer elastischen Wippe aufgehängt. Überall sah Alexios Zangen in mannigfaltiger Form und Größe. Schweiß trat auf seine Stirn, denn eine Hitze wie in der Hölle stand im Raum. Er fuhr sich mit dem rechten Unterarm über die Stirn. Dann öffnete er die Bänder seines Wamses.

Auf einem der Tische reihten sich verschlossene Glaszylinder und Glaswürfel. In der durchsichtigen Flüssigkeit, mit denen die Behältnisse bis zum Rand gefüllt waren, schwammen seltsame Präparate, von denen einige den Betrachter erschreckten, andere wiederum erstaunten oder verwunderten. Ein Strauß Goldwurz in einer Holzvase erinnerte ihn an die Lichtung mit dem Wolfsrudel. Aus einem Gefäß schaute ihn ein großes braunes Auge an. In einem anderen schwamm ein großer Penis mit Hoden, und eine ganze Serie von Glaswürfeln zeigten menschliche Embryonen in verschiedenen Entwicklungsstadien. Wie eine Skulptur erhob sich das Doppelskelett zweier Menschen, die miteinander verwachsen waren, vor ihm. Auf einem Regal stapelten sich ausgestopfte Tiere. War es nur so heiß wie in der Hölle, oder befand er sich tatsächlich in der Werkstatt des Teufels?, fragte er sich mit spöttischer Neugier. Hatte man ihn bei Tisch gemästet, um ihn jetzt zu schlachten?

»Ich lasse Euch jetzt allein«, sagte der Diener und ging. Ein junger Mann, den er erst jetzt entdeckte, legte penibel ein großes Leinentuch zusammen. Der Alchemist ignorierte ihn völlig. Neben ihm wartete noch ein dickes Wolllaken darauf, ebenfalls gefaltet zu werden. Obwohl noch jung an Jahren, gingen ihm bereits die strähnigen rötlichen Haare aus. Er wirkte wie jemand, der eigentlich nicht da war. Seine vollkommene Unauffälligkeit erregte den Unwillen des Fürsten. Auf der gegenüberliegenden Seite öffnete sich eine kleine karmesinrote Tür. Wie eine Göttin der Finsternis trat Barbara in einem schwarzen Lederkleid, unter dem sie ein schwarzes Leinenhemd trug, ein. Ihre Haare hatte sie in einen strengen

Zopf gebunden. Die Frisur schmeichelte ihrer hohen Stirn und der schönen Kopfform. Alexios verneigte sich leicht mit dem Anflug eines Lächelns und suchte dabei den Kontakt ihrer Augen.

»Das ist Meister Urban aus Böhmen. Obwohl noch jung, hat er bereits bei dem berühmten Magister Hortolanus gelernt. Er kennt sich im Gießen von Eisen und in der Alchemie aus, die wir gemeinsam betreiben.«

»Alchemie? Soso.« Alexios wusste nicht, was er davon halten sollte. Auch in Konstantinopel suchten sehr unterschiedliche Menschen – Weise wie Scharlatane, die sich doch so schwer voneinander unterscheiden ließen – nach dem Stein der Weisen, mit dem Eisen in Gold verwandelt werden, der Mensch sich verjüngen, ja sogar die Unsterblichkeit erlangen konnte. Trotz aller Verheißungen der Alchemisten, die sich ihm, wie auch anderen Fürsten, oft angedient hatten, hatte er niemals eine Neigung verspürt, sich mit diesen Dingen zu befassen und dem unsauberen Volk Geld in den Rachen zu werfen, um vielleicht noch mehr Geld zu bekommen. Seine Skepsis gründete sich allerdings auf seine Erfahrung. Er kannte nur Menschen, die durch die Alchemisten ärmer, aber keinen, der durch sie reicher geworden wäre.

Der junge Mann legte sich die beiden Tücher über die Schulter und verließ das Labor.

»Urban wird auf der Wiese an der Donau die Laken spannen, um Tau zu sammeln. Morgen früh werden wir, bevor uns die Sonne die Flüssigkeit raubt, die Laken abnehmen und dann auspressen. So gewinnen wir den kostbaren Mondtau.« Barbara blieb vor dem Fürsten stehen. »Was haltet Ihr vom Goldmachen?«

»Nichts.«

»Euer Kaiser musste seine Krone in Venedig verpfänden, um seine Überfahrt in die Heimat bezahlen zu können, und hat sie bis heute nicht wieder ausgelöst.«

Ein flüchtiges Rot flitzte über seine Wangen. Er nickte.

»Wäret Ihr in der Lage, Gold zu machen, Fürst Alexios, dann würdet Ihr die Krone auslösen und Söldner ohne Zahl kaufen können, um die Türken zu vertreiben. Dann stünde Eurem Ziel, das alte Reich wieder zu errichten, nichts mehr im Wege. Und nebenbei würdet Ihr die ewige Jugend erringen. Ich weiß, noch denkt Ihr nicht ans Alter. Doch es wird kommen.«

Er konnte ihren Atem auf seinem Gesicht spüren. Und musste sich sehr beherrschen, denn schon lange hatte er nicht mehr seine Lust gestillt. Aber Barbara, so verführerisch sie wirkte, war eine Königin und die Frau des mächtigen Königs Sigismund, den er als Verbündeten gewinnen wollte. Man griff nicht nach einer Königin wie nach einem Bauernmädchen.

Sie bückte sich nach einer voluminösen Handschrift, die links von ihnen im Regal lag, und gewährte ihm dadurch – gewollt oder ungewollt – einen tiefen Einblick in ihr Dekolleté. Die eher kleinen, dafür aber apfelrunden und festen Brüste steigerten sein Verlangen. Die Vorstellung, wie er sie umfassen würde, überflutete sanft, aber unaufhaltsam sein Denken.

Barbara legte das Buch auf einen Tisch und schlug es auf. Die Textspalten wurden durch anmutige und sehr real wirkende Miniaturmalereien unterbrochen. Im Querformat war ein gehenkter Mann dargestellt, der nur mit einem Lendenschurz bekleidet war wie Jesus Christus am Kreuz, an den er – sah man vom Gerüst des Galgens und dem Stock, an dem er hing, ab – doch sehr erinnerte. Es folgte das Bild eines Jünglings, den ein anderer in gestreifter Hose mit einem großen Schwert enthauptete, schließlich erblickte Alexios einen Mann, der im Büßerhemd aufs Rad geflochten war. Am stärksten beeindruckte ihn die Zeichnung des Mannes, der geköpft wurde. Er trug eine rote Tunika, die etwas verrutscht war und den Blick auf das weiße Hemd freigab. Seine weißen Hosenbeine staken in braunen Stiefeln. Alexios empfand die Darstellung als zutreffend.

»Was du hier siehst«, züngelte ihm die Königin ins Ohr, »ist das Werk des berühmten Ulmannus. Spricht er vom Leben oder von der Veredlung der Metalle, die ihren Tod zur Bedingung hat, so wie auch Christus erst auferstehen konnte, nachdem man ihn gekreuzigt hatte? Die Metalle werden gemartert, denn sie sind unrein, und sie wurden unrein durch den Sündenfall, denn Adam war erst Silber und Eva Gold. Durch den Sündenfall wurden sie unrein, zu Eisen und zu Blei.«

Barbara lachte gurrend und, wie Alexios schien, voller Wollust.

»Nach einem langen Läuterungsprozess, in dem die Metalle gebrannt werden, verwandeln sie sich wieder in Gold, wenn der König der Königin beiwohnt«, fuhr sie in beschwörendem Ton fort. »Man nennt es Transmutation, die Unzucht der Metalle. Bist du ein König, Alexios? Willst du einer werden? Dann folge mir!«

Aber sie tat nichts, sie blieb einfach stehen, so als ob sie nichts gesagt hätte. Das verwirrte ihn. Hatte er sich ihre Worte etwa nur eingebildet? Mit der Unschuld eines unberührten Mädchens blätterte sie derweil weiter im Buch. »Auf dem Dach eines unterirdischen Hauses sah ich neun Adler. Die Adler behüten jeweils ein Geheimnis der Sublimation, der Reinigung der Metalle.« Sie drehte ihm den Kopf zu und flüsterte, dabei die Augen wie eine Katze schließend: »Das Feuer, das du hoffentlich hast, gibt die Gestaltung und macht alles vollkommen. Mache die Körper geistlich und den Geist fleischlich.« Ihr Blick vereiste. Sie schlug das Buch zu und vertauschte es mit einem anderen. Auf einer Seite des neuen Buches, die sie aufblätterte, erblickte er die Gestalt eines Mannes mit Lanze und Schild, der auf einem Löwen ritt. Sein Kopf aber war die Sonne mit tausend goldenen Strahlen, und er trug einen Schild mit Mondsicheln. Auf einem Greif mit einer schwarzen Mähne, die an einen Widder erinnerte, saß eine nackte Frau wie in einem Damensattel, sodass ihre Vulva sichtbar wurde. Er spürte Hitze in seinen Adern aufsteigen. Auch die Frau auf dem Bild trug Lanze und Schild, allerdings mit dem Emblem der Sonne. Ihr Kopf war hingegen der silberne Vollmond. *Sol* und *luna* – im Lateinischen war die Sonne männlich und der Mond weiblich.

Mit trockenem Mund las Alexios laut: »Die Frau löse den Mann auf und dieser mache sie fest. Das heißt: Der Geist löst den Körper auf und macht ihn weich und der Körper fixiert den Geist. Senior spricht: Ich bin ein heißer und trockener Sol, und du, Luna, bist kalt und feucht. So wird kopuliert und zusammengegeben werden …«

Sie stöhnte versonnen, wie nebenbei. »Ja, aber bilde dir keine Schwachheiten ein.«

Damit ließ sie ihn stehen. Verblüfft schaute er ihr nach, unschlüssig, ob er es wagen sollte, ihr zu folgen. Hatte sie ihn eingeladen? Wollte sie ihn auf die Probe stellen?

In diesem Zwiespalt traf ihn der Diener an, der ihn wieder in sein Zimmer bringen sollte. Hatte er zu lange gezögert oder sich richtig verhalten? Bald schon würde er es erfahren, so hoffte er. Er hatte keine Zeit für Spielchen, obwohl es ihn immer mehr reizte und er es immer weniger missen wollte. Die Signale der Königin waren eindeutig uneindeutig oder uneindeutig eindeutig. Kein Zweifel, sie spielte mit ihm Katz und Maus. Höchste Zeit, dass er anfing, mit ihr zu spielen! Aber wie spielte man mit einer Königin, deren Mann ein mächtiger König ist, mächtiger als Kaiser Manuel? Und vor allem, wer war hier die Katze und wer die Maus?

Als er seine Unterkunft betrat, nahm er den Leuchter wahr, um den sich eine Karaffe mit Wein und zwei Becher gruppierten. Das Bett, das in der Tiefe des Raumes stand, knarkste. Er schaute hin und entdeckte ein junges Mädchen, das nur mit einem Hemd bekleidet war. Eine Aufmerksamkeit der Königin, dachte er. Zugleich ärgerte er sich darüber, dass er so leicht zu durchschauen war.

»Wer hat dich geschickt?«, rief er dem Mädchen zu.

»Ich bekomme meine Befehle von der Ersten Zofe der Königin.«

»Wie heißt die Erste Zofe?«

»Clara von Eger.«

»Steh auf und geh!« Das Mädchen erhob sich unsicher.

»Warte. Wusstest du, dass ich komme?« Der einfältige Gesichtsausdruck des Mädchens zeigte Alexios, dass er es überforderte. Er gab es auf. Wenn er nur wüsste, was Barbara im Schilde führte.

»Mach endlich, dass du rauskommst«, sagte er in freundlicherem Ton. Das Mädchen stand auf und verließ leichtfüßig die Kemenate. Er blickte ihr nach und wunderte sich darüber, dass er sie fortschickte, denn sie war hübsch. War es sein Stolz? Wohl kaum. Er ließ sich auf den Schemel fallen, goss den Becher voll und trank.

Die Aromen des kräftigen Rotweins explodierten in seinem Mund und weckten das Verlangen nach mehr. Der Wein beruhigte ihn.

Er hatte schlecht geschlafen. Ihm brummte der Schädel. Die Mundhöhle war trocken. Ein Blick in den Krug belehrte ihn darüber, dass er den Wein ausgetrunken hatte. Alexios nahm einen kräftigen Schluck von dem Wasser, das in der Holzschüssel auf einem Tisch an der Wand stand, und wusch sich dann prustend Gesicht und Oberkörper. Nachdem er sich angekleidet hatte, begab er sich zu den Gemächern der Königin, erfuhr aber nur von ihrem Vikar, dass sie noch in der Nacht zu ihrem Jagdschloss in die Karpaten aufgebrochen war. Er fühlte sich wie vor den Kopf geschlagen.

»Wollte sie heute Morgen nicht mit Meister Urban Tau sammeln?«

Der Vikar zuckte die Achseln. »Niemand kann vorhersagen, was die Königin im nächsten Moment entscheidet.«

Alexios überlegte kurz, ob er zu König Sigismund reisen sollte, doch so schnell ihm der Gedanke gekommen war, so rasch verwarf er ihn auch wieder. Selbst wenn Barbara ihm nicht weiterhelfen würde, blieb ihm die Möglichkeit, nach Süden in die Walachei zu reiten und dort mit Johann Hunyadi zu sprechen. Mochte es auch noch so mühselig sein – er würde die Allianz gegen die Türken schmieden! Sein Bauchgefühl, das über allen Zweifeln stand, trieb ihn, der Königin zu folgen. Sein Instinkt oder seine Leidenschaft? Er ließ es auf sich beruhen. Für die banale Erkenntnis, dass sie ihm nicht mehr aus dem Kopf ging, bedurfte es wahrlich keiner Seelenforschung.

Energisch forderte er einen Führer, und eine Stunde später folgte er ihr bereits. Auf einmal genoss der Fürst die angenehme Empfindung, sich in ein Abenteuer zu stürzen. Er spürte deutlich die Gefahr, die von dieser Frau ausging, und genau das reizte ihn. Am liebsten hätte er seinem Begleiter die Sporen in die Seite gestoßen, um ihn zur Eile anzutreiben, denn der schien alle Zeit der Welt zu haben. Der Fürst nicht.

29

Kaiserpalast, Konstantinopel

Mit langen Fingern hielt die Unruhe Eirene gefangen und trieb mit ihr ein grausames Spiel zwischen Angst und Hoffnung. In Tagträumen und Nachtmahren jagte die Prinzessin als Eirenaios verkleidet auf einem schnellen Araber ihrem Bräutigam hinterher. Immer schlimmere Visionen suchten sie heim. Oft entdeckte sie ihn in Gefangenschaft. Auf einem Sklavenmarkt, der seltsamerweise dem in Konstantinopel glich, bot man ihn stets aufs Neue halb nackt, so wie es üblich war, zum Verkauf an. Bestürzend real fühlte sie in diesen Momenten, wie ihr Herz im Traum zersprang und jeder Splitter ihr inwendig in Leib und Seele schnitt. Ein türkischer Grundbesitzer erwarb nach langem Feilschen den jungen, kräftigen Mann. Das Entwürdigende des sich hinziehenden Handels peinigte sie. Aber darauf folgte der Teil des Traumes, auf den sie sich so sehr freute, dass sie die vorangegangenen Qualen geduldig ertrug. Wie eine Amazone fiel sie mit gezogenem Schwert über den Grundbesitzer her und befreite Loukas. Entweder erwachte sie, bevor sie sich umarmten, oder ihr misslang die Vorstellung, ihn zu berühren. So kam es doch zu keiner Erlösung. Als ob Träume erlösten – bestenfalls hielten sie die Spannung erträglich. Auf das Gefühl, ihn zu berühren, musste sie verzichten. Alle Versuche, die Sehnsucht zu mildern, vergrößerten sie nur.

Lag es an der Sehnsucht, an den Träumen, an der Hilflosigkeit, an einer zum ersten Mal in ihrem Leben gefühlten Einsamkeit, sie veränderte sich. Plötzlich verwandte sie viel Zeit darauf, sich zu pflegen, nahm Beruhigungsbäder, um in einen möglichst langen

Schlaf zu finden, und bewegte sich so viel wie möglich im Freien. Eirene tat alles dafür, um schön zu sein, schön für den Tag seiner Rückkehr, für ihn. Nicht Eitelkeit trieb sie, sondern die eigenwillige Vorstellung, während ihrer Trennung daran zu arbeiten, dass eine schöne Frau ihren heimkehrenden Mann begrüßte. Sie fühlte sich Penelope verwandt, die auf Odysseus wartete, nur dass ihre Freier, die sie bedrängten, die Sorgen waren, die sie sich um Loukas machte, Sorgen, die, wenn man sie zuließ, zum übermäßigen Essen verführten, Falten ins Gesicht schnitten und die Haare grau färbten. Gegen diese Plagen wollte sich Eirene mit der gleichen Ausdauer zur Wehr setzen wie Penelope gegen die dreisten Freier. Die geheimen Ausflüge in die Stadt unterließ sie fortan, denn sie durfte sich nicht leichtsinnig in Gefahr begeben. Alles, was sie jetzt für ihn tun konnte, erschöpfte sich darin, auf sich zu achten.

Basilius, den sie um Rat bat, riet ihr, sich Rituale zu schaffen, den Tag nach einem starren Plan einzurichten, den sie unter allen Umständen einhalten sollte. Die Starre des Ablaufes gebe dem Geist Halt. Die Dienstagsgesellschaften sagte sie ab. Es schien ihr unpassend, sich in der *teatra* zu amüsieren, während ihr Geliebter womöglich in Gefahr schwebte. Aber natürlich hatte ihr auch der Verräter Sphrantzes die Lust an dem Gesprächskreis verdorben.

So suchte sie von nun an morgens die Apostelkirche auf, um zu beten und anschließend mit Basilius zu reden. Ihre Unterhaltungen drehten sich um Loukas, aber auch um Basilius, der daran zweifelte, ob er Mönch werden oder zunächst an den Universitäten der Lateiner studieren sollte. Doch vorerst war er noch vollauf damit beschäftigt, die Bibliothek des Studionklosters im Stadtteil Psamathia nach alten Handschriften zu durchstöbern. Hier ging es ihm vor allem um Texte des Philosophen Platon. Eirene liebte es, wenn Basilius lang und umständlich in Geschichten schwelgte, die davon handelten, wie er wieder eine unbekannte oder verschollen geglaubte Handschrift entdeckte.

Anschließend begab sie sich in den Palast der Familie Notaras. Die Gespräche mit Nikephoros taten ihr gut, weil sie ihr das Gefühl gaben, Loukas nahe zu sein, denn lebte etwas vom Vater im Sohn, so auch vom Sohn im Vater, selbst wenn es sich auf eine bestimmte Geste oder das Lächeln lässiger Versonnenheit in den Augen beschränkte. Sie empfand zwar ein schlechtes Gewissen, den viel beschäftigten Mann mit Nichtigkeiten, die sie eifrig ersann, aufzuhalten, nur um in seine Augen zu schauen, weil sie denen ihres Liebsten glichen, doch konnte sie sich nicht dagegen wehren. Der Vater stellte für sie eine Brücke zum Sohn dar.

Mit ihrer künftigen Schwiegermutter begann sie bereits, die Zimmerflucht zu gestalten, die sie nach der Hochzeit im Palast der Notaras beziehen würde. Über die Frage, wie viele Kinderzimmer einzuplanen waren, gerieten die beiden Frauen in ein scherzhaftes Geplänkel.

»Fünf«, meinte Eirene.

»Du traust meinem Sohn viel zu«, hielt Thekla dagegen.

»Ich traue uns viel zu. Und du? Wie viele Enkel wünschst du dir?«

»Einen nach dem anderen«, antwortete Thekla salomonisch, die nicht gern an ihre beiden Schwangerschaften zurückdachte.

In diesen Momenten hatte Eirene das Gefühl, längst verheiratet zu sein.

Am Nachmittag besuchte sie die Hagia Sophia und betete vor der Ikone der heiligen Gottesmutter für Loukas. Die Abende verbrachte sie mit ihrem Vater. Oder sie las in ihrem Lieblingsbuch von Longos, dem Roman »Daphnis und Chloe«, in dem zwei ausgesetzte Kinder ihre Kindheit miteinander verbringen, sich ineinander verlieben und schließlich nach vielen Irrungen und Wirrungen auch zueinanderkommen. Schließlich begann sie ein Buch zu lesen, das Basilius ihr geliehen hatte und das sie abschrieb, den »Trost der Philosophie« des Gelehrten Boethius. Der Philosoph hatte dieses Buch verfasst, während er in der Gefangenschaft der Goten auf seine Hinrichtung wartete. Darin stellte er das irdische Glück als vergänglich dar und gelangte zu der Überzeugung, dass nur die Philosophie Trost zu spenden vermochte, weil das einzig Beständige an der Glücksgöttin Fortuna ihre Unbeständigkeit war. Trost benötigte auch sie.

An manchen Tagen ging Eirene – nun nicht mehr verkleidet und nicht mehr allein, sondern in Begleitung ihrer Amme und im Schutz von fünf kaiserlichen Soldaten – zum Bukoleon-Palast und schaute aufs Meer. Das konnte sie stundenlang tun. Das Wasser hatte die Farbe ihrer Sehnsucht angenommen. Zuweilen lief sie zum Sophia- oder zum Kontoskalion-Hafen, wenn ein Schiff, von Chalkedon kommend, einlief, um zu sehen, ob Loukas an Bord war. Sie stand selbst dann noch am Kai, wenn der letzte Matrose das Boot verlassen hatte. Dann schlich sie enttäuscht in die Hagia Sophia, um die Jungfrau Maria zu bitten, ihren Liebsten bald und auch gesund zurückzubringen.

Eines Tages entdeckte sie dort unter den wenigen Besuchern zur Mittagszeit einen jungen Mann. Demetrios, ihr zukünftiger Schwager, stand da, eingehüllt vom Licht der Kuppel und der Kerzen, in die Betrachtung der Ikonen versunken, die an einem Stoffvorhang angebracht waren, der vom Architrav herabhing und den Altarvom Gemeinderaum trennte. Der schlaksige Junge erinnerte in seiner weißen Tunika und der Weltverlorenheit seiner Gesichtszüge an einen Jünger Jesu. Offensichtlich hatte es ihm eine Deesis angetan, ein Bild, das Christus zwischen Johannes dem Täufer und der Jungfrau Maria zeigte.

»Demetrios«, rief Eirene leise. Ihre Miene drückte nur Freude aus, dennoch erschrak der Junge, als hätte sie ihn bei einer verbotenen Handlung ertappt. Sie konnte es seinem Gesichtsausdruck ansehen, dass er überlegte, ob er dem Impuls zu fliehen nachgeben oder sich dem Unvermeidlichen stellen sollte. Aber schon stand sie vor ihm, und an Weglaufen war jetzt nicht mehr zu denken. Er schlug die Augen nieder, eine heftige Röte färbte seine Wangen.

»Bitte sagt meinem Vater nicht, dass Ihr mich hier gesehen habt!«, flehte er.

Eirene roch die Angst des Jungen, sie duftete wie Kerbel und gebrannte Mandeln und eine Schale Blut.

»Was ist Schlechtes daran, wenn du in die Kirche gehst? Und sag du zu mir, du wirst bald schon mein Schwager sein!«

»Er ... er weiß dann, dass ich wieder bei ... dass ich wieder bei Dionysios war.«

»Welcher Dionysios?«

»Der heilige Malermönch.« Als er den Namen erwähnte, leuchteten für einen Augenblick seine Augen, bevor sie sich wieder verschatteten. »Wisst ...«

»Weißt du!«, fiel sie ihm ins Wort.

Demetrios wischte sich fahrig den Schweiß von der Stirn. »Weißt du, der ... der Vater will nicht, dass ich mei... meine Zeit damit verbringe ...« Er schluckte und sagte dann überraschend klar und bestimmt, mit dem Timbre des Pathos: »... die Kunst des Ikonenmalens zu erlernen.« Es trat eine kleine Pause ein, bevor er gestand: »Der Vater denkt, ich sei jetzt in der Schule im Studionkloster und ließe mich in Sprachen und im Rechnen unterweisen.«

»Du sollst Kaufmann und kein Maler werden. Richtig?« Der Jüngling nickte. In seiner Angst wirkte der Fünfzehnjährige noch knabenhafter, als er tatsächlich war.

»Ich werde schweigen! Verlass dich auf mich«, versprach sie und nahm sich vor, mit Dionysios zu reden.

»Wirklich?« Der Junge konnte es kaum glauben.

»Wirklich!«

Zum ersten Mal huschte ein Lächeln über seine schmalen Lippen.

Einige Tage darauf lud Eirene den Mönch Dionysios zu sich in den Palast ein. Die Prinzessin hatte viel von dem Maler gehört, aber ihn noch nie persönlich getroffen.

»Kannst du die Wände meiner Zimmerflucht im Palast der Notaras mit Fresken versehen?«, fragte sie ihn.

»Nein!«

Die Kürze der Antwort, die einem Affront gleichkam, verdeutlichte, dass er nicht vorhatte, sich zu erklären.

»Warum nicht?«

»Ich bin kein Maler. Ich bin Mönch.«

Dionysios geizte mit Worten und mit Mimik. Wie ein Stück Holz, dachte sie, mit Falten wie die Rinde eines Baumes.

»Und die Ikonen?«

»Sind Teil meines Gottesdienstes! Keine Malerei!« Das Letzte sagte er zwar mit so großem Abscheu, als habe man ihn einer Sünde verdächtigt, aber mit ruhiger Stimme. Obwohl er leise sprach, flüsterte er nicht, sondern setzte nur wenig Luft für die Laute ein, als sei nur ein bestimmtes Quantum Atem für sein Leben vorgesehen, das er nicht verschwenden durfte.

Sie beschloss, direkt auf ihr Ziel loszugehen. »Ist Demetrios Notaras begabt?« Nicht einmal das kleinste Haar seines schwarzen Bartes zitterte bei seiner Antwort. »Gott gab ihm die Fähigkeit, das Urbild zu schauen und das Geschaute in ein Abbild zu bringen.«

Eirene unterdrückte den aufkommenden Sarkasmus, denn dieser wortkarge Mönch verbrauchte ihre Geduld. Aber dem aufsteigenden Zorn freien Lauf zu lassen würde nichts nützen, so zwang sie sich weiter zur Freundlichkeit. »Ich würde Demetrios gern helfen.«

»Gott hilft ihm.«

Ihr fiel auf, dass Dionysios nicht einmal fragte, was sie dazu trieb, sich für den Jungen einzusetzen. Entweder ahnte er es, oder es interessierte ihn nicht. Sie vermutete Letzteres.

»Was, wenn er nicht mehr malen darf?«

»Dann ist es Gottes Prüfung.«

»Wie kann man nur so hartherzig sein!«

»Woher wisst Ihr, dass sein Talent nicht diesen Widerstand braucht, um zu reifen?«

Die Antwort verblüffte sie.

»Zum Gipfel führt kein gerader Weg. Gott sei mit Euch!«, erklärte der Mönch herablassend, schlug ein Kreuz und schlurfte langsam auf die Tür zu. Es schien ihr, als fand das Leben des Mönchs, alle seine Regungen in demselben bedächtigen Rhythmus statt. Vor dem kleinen Gemälde eines venezianischen Malers, das Maria mit dem Jesusknaben, dem heiligen Hieronymus und dem heiligen Antonius zeigte und das die Lateiner *sacra conversazione* nannten, blieb Dionysios unerwartet stehen und betrachtete es kopfschüttelnd.

»Große Technik, kleiner Glaube«, murmelte er und ließ Eirene allein.

Sie nahm sich vor, mit Thekla über Demetrios zu reden.

Wenige Tage später ergab sich die Gelegenheit dafür. Zu ihrer Enttäuschung lehnte auch Thekla den Wunsch ihres Sohnes ab, Maler zu werden, und teilte die Auffassung ihres Mannes.

»Eines gar nicht mehr so fernen Tages wird Loukas das Handelshaus übernehmen. Dann braucht er jemanden, auf den er in jeder Lage zählen kann.« Mit einem geduldigen Lächeln schaute Thekla ihrer künftigen Schwiegertochter in die Augen. »Sag selbst, wem kann man vorbehaltloser vertrauen als seinem Bruder? Die Welt ist schließlich voller Feindschaft, Neid und Verrat.«

Demetrios tat Eirene leid, doch sie musste einsehen, dass sie im Moment nichts für ihn tun konnte.

So flossen die Tage träge dahin. Der Sommer hatte den Frühling abgelöst. Und noch immer war weder Loukas noch eine Nachricht von ihm eingetroffen. Er war längst überfällig. Was war nur geschehen?

30

Residenz des Prinzen Murad, Amasia

Vom Kamm aus blickte Loukas Notaras auf Amasia herab. Die Provinzhauptstadt lag malerisch schön in einem wildromantischen Kessel, den vor Urzeiten die beiden rauen Gebirgsflüsse geschaffen hatten, die sich hier, aus unterschiedlichen Richtungen kommend, tosend vereinigten. Der Himmel spannte sich über ihm wie ein hohes blaues Zelt. Die Sonne brannte ihm in den Nacken, und wilder Thymian und fallendes Wasser kitzelten seine Nasenschleimhäute.

Die selbstbewussten Kuppeln der Moscheen von Amasia, vor denen schlanke Minarette salutierten, die Dächer der Paläste und Wohnhäuser drängten gegen die Felswände des Kessels. Kaum hatte Loukas mit seinen Begleitern die Stadt betreten, da wurde hinter ihnen das Tor geschlossen, und sie sahen sich umringt von einer Übermacht der Janitscharen, den Elitesoldaten des Sultans. Bogenschützen zielten auf sie.

»Legt eure Waffen ab«, rief ihnen ein junger Mann zu, der nur um ein Weniges älter als Loukas zu sein schien und einen leuchtend roten Turban trug. Seine Hände umfassten gelassen die Borten seines reich bestickten Mantels, unter dem er eine blaue Tunika trug. Der Mann strahlte Reichtum und Selbstbewusstsein aus. Loukas fühlte Eudokimos' fragenden Blick auf sich ruhen. Die Falle war zugeschnappt, und sie saßen darin fest. Nur warum?

Die Bogenschützen ließen nicht den geringsten Zweifel aufkommen, dass ihre Pfeile sie auf der Stelle durchbohren würden, wenn sie auch nur nach ihrem Schwert zu greifen wagten. Loukas nickte und schnallte langsam und bedächtig das Wehrgehänge ab. Seine Leute taten es ihm gleich. Dabei dachte er an Jakubs Warnung, dass des Sultans Späher und Spione überall schnüffelten. Für einen Moment fürchtete er, dass eine Intrige des Fürsten Alexios Angelos dahintersteckte, um doch noch seine Hochzeit mit Eirene zu verhindern. Jetzt fiel ihm auf, dass sich außer den türkischen Bewaffneten kein Passant, kein Schaulustiger auf dem Torplatz befand. Das konnte Loukas nur als schlechtes Omen werten.

»Prinz Murad erwartet Euch, Herr Kapitän«, sagte der Türke mit ausgesuchter Freundlichkeit in passablem Griechisch. Ohne Janitscharen und Bogenschützen hätte man nach dem Klang seiner Stimme die Aufforderung für eine freundliche Einladung zum Tee halten können.

Der Kapitän beschloss, auf den Ton einzugehen. »Wer seid Ihr, Herr?«

Der Türke lächelte. »Halil Pascha, der Berater des Prinzen.«

»Das trifft sich. Ich wollte mich ohnehin um eine Audienz bei Prinz Murad bemühen. Aber das wisst Ihr vermutlich.« Loukas konnte sich ein ironisches Lächeln nicht verkneifen.

Statt zu antworten, breitete der Pascha nur seine Hände aus. »Allah sei gepriesen.«

Nachdem die Griechen sich ihrer Waffen entledigt hatten, wurden sie von den türkischen Soldaten durchsucht. Anschließend nahmen die Janitscharen die Byzantiner in ihre Mitte und folgten dem Pascha. Mit ihren hohen weißen Hüten, die auf halber Höhe zum Nacken hin abknickten, den bunten Gewändern, dem fröhlichen Gesichtsausdruck, dem die funkelnden Augen und die rechts und links vom Mund herabhängenden Bartenden des schmalen Schnauzers noch eine wilde Verwegenheit verliehen, sahen sie prächtig aus. Ihr kraftstrotzender Gang, das Posieren mit ihren Körpern verstärkte den Eindruck nobler Tiere.

Loukas achtete genau auf den Weg, den sie nahmen, um sich Verlauf und Besonderheiten wie Brücken oder Sackgassen einzuprägen. Die Häuser mit ihrem Vorbau im ersten Stock wirkten gemütlich, einladend, reinlich. Die geweißten Wände unterbrachen schwarze Fachwerkbalken. Die Stadt drängte sich rechts und links des Flusses – Iris, wie ihn die Griechen, oder Yesilirmak, wie ihn aufgrund seiner grünen Farbe die Türken nannten – an die schroffen Berge des Pontischen Gebirges. In den Felswänden machte Loukas zu seiner Verwunderung Türen und Fenster aus, die Baumeister in den Stein gehauen hatten. Allerdings führte kein Weg zu diesen geheimnisvollen Wohnungen im Berg, die neben-, aber auch übereinanderlagen, sodass man sie nur kletternd zu erreichen vermochte. Er beschloss, sich danach zu erkundigen, vorausgesetzt, dass er dazu noch Gelegenheit hätte.

Es erleichterte ihn, endlich Einwohner zu sehen. Die Plätze und Straßen der Stadt bevölkerten Türken, Armenier, Juden und Perser, wie man an ihrer Kleidung, an den Togen, Tuniken, Kaftanen, Schärpen, Wämsen, Kappen oder Turbanen erkennen konnte. Die eskortierten Byzantiner erweckten sofort die Neugier der Passanten. Loukas hatte das Gefühl, von allen schamlos begafft zu werden. Einige erkundigten sich bei den Soldaten über die Fremden. Er verstand kein Türkisch und wusste deshalb nicht, was die Wachen antworteten. Da sie aber recht einsilbig blieben, dürfte es nicht allzu viel gewesen sein.

Bald schon erreichten sie einen kastellartigen Gebäudekomplex. Halil Pascha bat Loukas, ihn in das Haus zu begleiten, seine Männer würden mit den Janitscharen hier draußen warten. Der Kapitän empfand die Ungewissheit als bedrohlich, aber er besaß keine Wahl. Ihn in dieser Situation um etwas zu bitten, wo er nicht in der Lage war, die Bitte auszuschlagen, konnte nur höflich oder zynisch gemeint sein. Noch wusste er nicht, was er davon halten sollte. Anderseits hätten sie ihm auch, falls sie vorhatten, ihn zu töten, auf dem Gebirgsweg ein paar Meilen vor der Stadt auflauern können. Seine Gedanken drehten sich im Kreise!

Während sie durch eine hohe Tür in einen angenehm schattigen und hohen Flur traten, der mit türkisfarbenen Fliesen verziert war, erklärte ihm der Berater des Prinzen: »Mein Herr liebt diese Medrese.«

»Medrese?«

»Eine Koranschule. Murad kommt oft hierher, um sich mit den Rechtsgelehrten und Theologen zu besprechen.«

»Wo sind die Schüler?«

»Wo schon? Im Unterricht«, sagte der Pascha und führte Loukas über einen Gang in einen kleinen Innenhof.

In einer hohen Loggia saß ein junger Mann, der eine weiße Tunika über weiten weißen Hosen trug, im Schneidersitz auf einem Kissen. Neben ihm stand ein achteckiges Tischchen mit drei Teeschalen, einer Teekanne und einer Schüssel mit Obst, Melonen, Weintrauben, Granatäpfeln und Orangen. Murad erhob sich und kam ihnen mit einem offenen Lächeln auf halbem Weg entgegen. Der Jüngling duftete nach Lavendel und Hyazinthen. Von schlanker Statur, erreichte er die Größe des Griechen. Unter einer gebogenen Nase kauerte ein kleiner Mund, den ein beginnender Bart umflaumte. Die Wangen neigten zu Pausbäckigkeit.

»Allah sei mit Euch«, sagte Murad in akzentfreiem Griechisch. »Kommt, setzt Euch zu mir.« Dabei machte er eine einladende Geste. Seine Augen glänzten so schwarz wie sein kurz geschorenes Haar. Loukas ließ sich auf einem großen roten Kissen nieder, Halil Pascha auf einem blauen.

»Ihr habt in Bursa meinen Bruder besucht?«, fragte der Prinz.

Loukas beschloss, auf die Frage ehrlich zu antworten, zumal er nicht wusste, wovon Murad Kenntnis hatte. Es war ratsam, ihn nicht durch eine Lüge zu verärgern.

»Ich hatte gehofft, euch beide in der alten Hauptstadt anzutreffen. Das Glück war mir nicht beschieden. Da seht Ihr, wie wenig wir über euch wissen.«

»Was wollt Ihr?«

»Handel treiben.«

Das Gesicht des Prinzen verdüsterte sich. »Belügt mich nicht!«

»Aber es stimmt. Die Familie Notaras ist eine in Konstantinopel sehr bekannte Kaufmannsfamilie. Erkundigt Euch, jeder wird es bestätigen. Handelsgeschäfte sind allerdings nicht der einzige Zweck meiner Reise.«

Die Gesichtszüge des Prinzen entspannten sich. Mit einer Handbewegung forderte er Loukas auf, fortzufahren.

»Wir könnten so viel zum gegenseitigen Vorteil tun, politisch und wirtschaftlich.«

»Und da wolltet Ihr einfach mal sehen, wer von den Brüdern der bessere Sultan für euch wäre?«, fragte der Pascha entwaffnend direkt und feixte.

»Ich möchte die Söhne des Sultans kennenlernen, nicht mehr und nicht weniger.«

»Prinz Murad ist der Nachfolger Mehmeds. Wozu musstet Ihr Euch mit Mustafa unterhalten? Wollt Ihr die Söhne des Sultans gegeneinander ausspielen?«, hakte Halil mit einer Freundlichkeit nach, als habe er nur einen Witz gemacht, und lachte.

Loukas spürte, dass Murad ihn aufmerksam beobachtete.

»Wie kommt Ihr darauf?«

»Wir kennen die Künste eurer Diplomatie. Wäre eure Armee so stark, wie eure Diplomaten es sind, wir müssten vor euch zittern!« Der Pascha griff nach einem Schälchen mit Tee und trank mit großem Genuss.

Obwohl er Loukas dabei nicht ansah, spürte der Kapitän, dass Halil ihn aus den Augenwinkeln beobachtete. Die Eleganz, diese Mischung aus Leichtigkeit und Konzentration, beeindruckte Loukas. Auch er nahm einen Schluck Tee, der blumig schmeckte, nach Rosenblättern und Melisse. »Mag sein, mag nicht sein. Mir ist das alles fern. Niemand außer Gott weiß, wer wann Mehmed nachfolgt. Mich leitet allein der Wunsch, euch kennenzulernen. Wir sind Nachbarn, wir wissen zu wenig voneinander«, antwortete der Kapitän mit einer Gelassenheit in der Stimme, über die er sich selbst wunderte.

»Ilyah Pascha hat Euch sicher gebeten, Mustafa nicht zu vergessen, wenn es um die Thronfolge geht?«, sagte Halil ein wenig abschätzig, wie man den Tick eines Menschen erwähnt, den dieser nicht abzustellen vermag.

Loukas nickte, und der Türke lächelte nachsichtig, wenn auch etwas unwillig. Es freute ihn nicht, recht zu haben.

Murad erhob sich. »Gottes Welt ist schön. Sollten wir sie nicht lieber genießen, als unsere Anstrengungen darauf zu richten, sie in eine Hölle zu verwandeln?«

»Das sollten wir!«, antwortete Loukas. »Es ist für alle genug da. In Bursa habe ich einen neuen Handelspartner gefunden. Wir werden voneinander profitieren. Warum sollte das hier nicht glücken?«

Der Prinz winkte ab. Es war ihm anzumerken, dass ihn dieses Thema langweilte. »Über den Handel redet mit meinem treuen Halil. Er liebt diese Tätigkeit. Mit ihm redet über Geld, mit mir über Gott. Was denkt Ihr, haben wir den gleichen Gott?« Loukas biss sich auf die Zunge, er wollte strikt verneinen. Murad sah ihn kurz an, dann fuhr er fort: »Ich glaube, ja. Moses sprach von ihm, Jesus auch und zum Schluss Muhammad. Warum glaubt ihr Muhammad nicht? Aus welchem Grund traut ihr nur zweien von drei Propheten? Weshalb werdet ihr Gott untreu und betreibt Vielgötterei, indem ihr Jesus, der wahrlich ein Prophet war, zum Gott erhebt, was er nicht war? Mathematiker lachen über den Witz: Drei ist gleich eins.«

»Warum, Herr, sollte Gott fremd und fern sein und kalt uns gegenüber? Entspricht es nicht seiner Barmherzigkeit, seinen Sohn zu schicken, um die Sünden der Welt auf sich zu nehmen, sodass wir Menschen uns im Menschensohn mit Gott versöhnen können?«

»Wir brauchen keinen Sohn, im Gebet finden wir direkt zu Gott.«

Loukas strahlte über das ganze Gesicht. »Auch wir schauen Gott im Herzensgebet.«

»Was ist das für ein Ding, das ihr Herzensgebet nennt?«

»Es ist das Gebet, das man nur mit dem Herzen ohne Worte betet.«

»Wir nennen es *dikhr*, das Gottesgedenken. Wenn ich ihn schaue, weiß ich, dass ich nicht mehr bin, weil er alles ist und ich in ihm aufgehe wie der Tropfen im Meer. Das ist *tauhid*, die Erkenntnis, dass Gott einer ist. Diese Erkenntnis ist die Voraussetzung, bei Gott zu sein. Um zu dieser Erkenntnis zu kommen, muss ich die Erfahrung des Schwarzen Lichts machen, wir nennen es *fana*. Von dieser Erfahrung der Auslöschung werde ich Gott im Schwarzen Licht sehen können und das Grüne Wasser des Lebens finden. Wenn es mir glückt ...« Murad sah sehr traurig aus, wie jemand, den eine tiefe, unerfüllte Sehnsucht quälte. »Aber so weit habe ich es noch nicht geschafft. Meint Ihr, dass es viele Wege zu ihm gibt, euren Weg, den Weg der Juden, den Weg der Schiiten, unseren Weg – und dass sie alle gleichberechtigt sind? Ibn Arabi sagt:

›Mein Herz hat angenommen jegliche Gestalt:
für die Gazellen Weideplatz, für Mönche Kloster,
den Götzen Tempelbau, dem Pilgerkreis die Kaaba,
Schrifttafeln für die Thora, Seiten dem Koran:
Mein Glaube ist die Liebe: wo die Karawane
Auch hinziehn mag, ist Liebe meine Religion.‹«

Der Prinz hatte das Gedicht auf Arabisch gesprochen und übersetzte es dann für Loukas in griechische Prosa.

»Ich weiß es nicht, mein Prinz«, sagte Loukas. »Ich bin kein Priester.«

»Braucht Ihr dafür etwa Priester? Spricht Gott nicht zu Euch, zu Eurem Verstand, zu Eurem Herzen? Ich habe gehört, dass bei euch ein geheimes Buch existiert, in dem vierundzwanzig Philosophen sagen, was Gott ist. Und einer meint, Gott sei die Finsternis in der Seele, die zurückbleibe nach all dem Licht. Das erinnert mich an *fana*.« Loukas hörte dem Prinzen zu, aber er verstand ihn nicht. Er benutzte zwar griechische Wörter, redete aber in einer anderen Sprache. Jedes einzelne Wort erkannte Loukas in des Prinzen perfekter Aussprache, nicht aber den Satz, nicht die Beziehung zum nächsten Wort.

»Wie kann denn Licht schwarz sein?«, fragte er deshalb.

»Schau direkt in die Sonne, lange, und das Licht wird in deinem Kopf explodieren und schwarz sein. Denk dir nun, dieses Licht sei Gott. Es gibt bei euch auch Leute, die von der überhellen Nacht sprechen.«

»Dann werdet doch Christ!«, rief Loukas mehr aus Ratlosigkeit, als dass er ernsthaft den Muslim zu bekehren versuchte.

Der Prinz seufzte, blieb aber höflich genug, nichts darauf zu erwidern, denn er empfand Enttäuschung über die platte Antwort des Kapitäns.

»Ich werde Euren Männern und Euch eine Unterkunft in einem kleinen Palast zuweisen. Geht Euren Handelsinteressen nach. Ich wünsche keine Unruhe. Haltet Euch daran. Seid heute Abend mein Gast. Halil holt Euch ab.« Der Prinz zog sich in das Innere der Medrese zurück.

»Täuscht Euch nicht: Mit der Entschlossenheit, mit der Murad Gott sucht, wird er auch eines Tages herrschen«, warnte Halil Pascha, als er die Verwunderung auf des Kapitäns Gesicht wahrnahm.

Loukas erwartete, einen bleiernen Abend mit Gesprächen über Gott vor sich zu haben, sah sich jedoch zu seiner Erleichterung darin gründlich getäuscht. Er saß mit dem Prinzen und Halil in einem Pavillon aus Kastanienschnitzereien, den Lampions erhellten, mitten in einem Garten voller aufregender Wasserspiele, Rosen in allen erdenklichen Farben und Oleander. Sie aßen und tranken und sogen den Duft wilder Minze ein. Während Halil wie Loukas dem Wein zusprach, beließ es Murad beim Tee. Musiker spielten auf und glutäugige Frauen tanzten dazu die verführerischsten Bauchtänze. Die Klänge der Zimbeln, Geigen und Flöten entriegelten leicht wie Diebe die Sinne. Loukas verliebte sich in den Anblick der fließenden Bewegungen, des Spiels der Muskeln der makellosen Körper, die von den leichten Schleiern nur unzureichend verborgen wurden, und sehnte sich nach Eirene. Nach leichtem Rotwein schmeckte die Nacht. Die heitere Frivolität der Stimmung setzte ihm stärker zu, als ihm lieb war. In einem Rosenbusch klagte eine Nachtigall ihre unstillbare Sehnsucht.

»›Erblüht ist die Rose und die Nachtigall ist trunken …‹, sagt Hafis, der Dichter«, bemerkte Murad, und seine schmalen Lippen kräuselten sich. Dann fügte er hinzu:

»Der Rang der Liebe
ist ohne Leid nicht zu erwerben:
Erfüllung wurde mit Prüfung
von Anfang an verbunden,

Herz, hadere nicht um Vorteil und Verlust,
denn schließlich ist es doch das Nichts,
das uns am Ende jeden Wegs erwartet!«

Dann begann er, von seinen Vorfahren zu erzählen, die zweihundert Jahre zuvor aus dem Inneren Asiens aufgebrochen waren, um die Welt zu beherrschen. Und Gott meinte es offensichtlich gut mit ihnen, ja, begünstigte sie sogar. Sprach nicht die Tatsache des Erfolges für den Islam?

»Osman, unser Ahn, führte einen kleinen Stamm, aber als er starb, hinterließ er seinem Sohn bereits ein Fürstentum. Wisst Ihr, seit wann wir zu Macht und Ansehen gekommen sind? Seitdem wir auf den Freund Gottes, den Propheten Muhammad, hörten. Ohne den Islam gäbe es uns heute wohl schon nicht mehr. Wie kann also dieser Weg der falsche sein?«

»Unsere Priester sagen, ihr seid Gottes Strafe für unsere Sünden, er benutzt euch, um uns zu züchtigen.«

»Edirne, die Stadt, die ihr Adrianopel nennt, das ganze schöne Rumelien kannten wir nicht – und doch gehört es uns heute. Wer zeigte uns denn die Stadt und das Land? Wer regte denn unseren Appetit an? Ihr selbst wart es, kein anderer. Euer Kaiser und Gegenkaiser bettelten um unsere Hilfe. Wir gewährten sie, standen den Kaisern gegeneinander, aber auch gegen eure Christenbrüder, gegen Serben und Bulgaren bei. Wer eine schöne Frau hat und sie einem Fremden zeigt, ist selbst schuld, wenn er betrogen wird. Wer so mit Blindheit geschlagen ist, wie soll der die richtige Lehre erkennen? Wie soll derjenige, der so viele Fehler begeht, ausgerechnet in der Wahl seines Glaubens fehlerfrei sein?«, fragte der Prinz mit einem liebenswürdigen Lächeln. Loukas fiel auf, dass Murads Stimme ohne Eifer war und er leicht und spielerisch in seiner Beweisführung vorging, sodass er die logische Schlussfolgerung häufig im Tonfall nicht von Versen zu unterscheiden vermochte.

»Ihr sprecht von der Vernunft, doch der Glaube geht über alle Vernunft, denn er liegt in Gott begründet und Gottes Wesen ist unerforschlich. Oder irre ich mich da?«

Murad lächelte. Die Antwort gefiel ihm, auch wenn sie eher geschickt als tiefsinnig war. Mit einer Handbewegung wechselte er das Thema.

»Mit Gott kommen wir jetzt nicht weiter. Erzählt von Eurer Familie.«

Der Kapitän stutzte, dann begann er, von seinen Eltern und seinem Bruder zu sprechen. Nur Eirene, eingedenk der Worte Murads, erwähnte er nicht. Seine Liebe ging Fremde nichts an. Anfangs verwunderte es Loukas, mit wie viel Anteilnahme der Osmane zuhörte, wie genau er nachfragte. Beharrlich und detailversessen erkundigte er sich nach ihrem Alltag, wie sie zum Beispiel die Geburtstage feierten, die religiösen Feiertage, wie sie Ostern und Weihnachten begingen und tausenderlei mehr.

Später erfuhr Loukas von Halil, dass Murad nur die Zeit bis zu seinem siebenten Lebensjahr im Harem bei seiner Mutter in Edirne verbracht hattte. Anschließend war er mit ihm als Erzieher zum Verwalter von Amasia bestellt worden, um das Handwerk des Regierens zu erlernen.

Loukas, der nach den Häusern, die man in die Felsen gehauen hatte, fragte, erfuhr, dass die alten Könige, die hier vor tausend Jahren geherrscht hatten, nach ihrem Tod von der Polis im Tal in die Nekropolis im Berg umgezogen waren.

»Mag Herrschaft auch noch so stark erscheinen, sie vergeht doch eines Tages, wenn sie nicht Gott dient, sondern nur ein Spiel der Menschengier ist«, resümierte der Prinz.

Der Mond hing müde als Sichel am schwarzen Himmel. Die Sterne funkelten wie Diamanten kalt und hell und bläulich, als der Prinz sich von Loukas verabschiedete. Das höflich vorgetragene Angebot, eines der Mädchen zum Zeitvertreib mitzunehmen, lehnte Loukas freundlich ab. Er wollte seine Ehe nicht mit einer Lüge beginnen.

Über fünf Tage erstreckten sich die Gespräche mit dem Prinzen und mit Halil Pascha. Der einflussreiche Hofmeister erbot sich, im Osmanischen Reich, besonders in der pontischen Region bis hin nach Persien und Indien, die Wege für die Geschäfte von Jakub und Loukas zu ebnen, an denen er dafür kräftig mitzuverdienen gedachte. Es blieb Loukas erspart, noch einmal mit dem Prinzen über Gott zu reden. Dennoch ahnte er, dass es wichtig sein könnte, dieses Gespräch mit dem Mann weiterzuführen, der aller Voraussicht nach der nächste Herrscher der Türken sein würde. Der Widerspruch im Denken Murads – auf der einen Seite mit den Byzantinern in Frieden leben zu wollen und es andererseits als geradezu von Gott gestellte Aufgabe des Hauses Osman anzusehen, die Herrschaft des Islam als einzig wahre Religion auszudehnen – besaß für Konstantinopel eine existentielle Bedeutung. Hinzu kam, dass Murad den Islam nur unter der Herrschaft der Osmanen denken konnte. Die Araber teilten zwar mit den Türken den Glauben, aber aus Sicht des Prinzen hatten sie ihre Aufgabe erfüllt. Sie waren inzwischen dekadent, und ihre Reiche zerfielen ja auch. So blieb es für Loukas undeutlich, in welche Richtung Murad das Reich der Osmanen auszudehnen plante: auf Kosten der Araber nach Süden und Osten oder auf Kosten der Rhomäer und Lateiner nach Westen und Norden. Nur eines begriff er: dass der Handel eine Brücke der Interessen zimmern konnte, die verlässlich und tragfähig war.

Mit einem zwiespältigen Gefühl gab Loukas am Morgen seinem Pferd die Sporen, um endlich heimzukehren. Würde man sich mit einem Sultan Murad einigen können? Er fand keine Antwort auf diese Frage. Er wusste nicht, welchen Weg dieser junge, gebildete, kluge und auch gottsuchende Prinz als Sultan eines Tages einschlagen würde. Wäre sein jüngerer Bruder Mustafa für das Byzantinische Reich nicht der bessere Sultan? Loukas hatte sich von beiden Thronanwärtern ein Bild gemacht, aber deshalb konnte er sie längst noch nicht einschätzen. Langsam begann er zu ahnen, wie schwierig und wie verworren sich die Situation für Konstantinopel, für das alte Reich der Rhomäer darstellte. Junge Mächte wie die Osmanen drangen aus dem tiefsten Asien, um zu einer Weltmacht aufzusteigen, die Lateiner, ewig untereinander zerstritten, kämpften angriffslustig, vital und skrupellos um Macht und Reichtum. Ein Gespräch, das er mit Murad während der letzten Tage geführt hatte, ging ihm nicht mehr aus dem Kopf. Es war eigentlich nicht das Gespräch selbst, in dem es um Murads Interesse an abendländischen Wissenschaften gegangen war, sondern nur ein paar scheinbar nebenbei gesagte Sätze. »Glaubt Ihr, dass der König der Franken tatsächlich dem Kaiser der Römer helfen würde, wenn er sich mit uns im Krieg befindet und die Franken ihre Herrschaft auf Kosten des geschwächten Deutschen über Deutschland und Österreich ausdehnen könnten?«, hatte Murad gefragt. »Glaubt ihr wirklich, dass die Genuesen euch helfen, wenn die Alternative darin bestünde, einen großen Handelsvorsprung vor Venedig zu erringen? Die wahre Religion der Christen ist der Egoismus. Darin besteht die Stärke und die Schwäche eurer lateinischen Bundesgenossen, im hemmungslosen Egoismus, der vor keinem Verrat haltmacht. Wären wir sonst so gut informiert?«

Um Konstantinopel stand es nicht besser, dachte Loukas grimmig. Alexios Angelos wollte sich auf Gedeih und Verderb mit den Lateinern verbünden. Welchen Vorteil erhoffte er für sich persönlich aus dem Bündnis zu ziehen? Loukas konnte nicht glauben, dass der Fürst vollkommen uneigennützig handelte. An die vielen Kostgänger bei Hof, die logen und betrogen und dabei noch schöntaten, mochte er erst gar nicht denken, die für ihren Vorteil alles, woran sie zu glauben vorgaben, und alle Menschen, für die sie einzutreten vorgaben, verrieten und diesen Verrat Politik nannten. Hyänen in Samt und Seide.

Auf dem Rückweg kamen sie durch ein Hirtendorf, in dem in einfachen Holzhütten zu seinem Erstaunen Christen lebten. Nestorianer – Ketzer also. Dennoch interessierte es Loukas, wie es sich als Christ unter den Osmanen lebte. Die Dorfbewohner waren scheu und verschanzten sich hinter einer Mauer aus Misstrauen. Wussten sie, wer der Kapitän Loukas Notaras in Wirklichkeit war und was er im Schilde führte? Sie hatten nur erfahren, dass sie für ihre Vorstellung, an Christus zu glauben, von den Griechen und den Lateinern mit dem Bann und dem Feuer zu rechnen hatten. Und das nur, weil sie es für eine Sünde hielten, die Jungfrau Maria Gottesgebärerin – *theotokos* – zu nennen und nicht *christokos* – Christusgebärerin.

So viel zumindest bekam Loukas heraus, dass die Hirten so lange unbehelligt und in Freiheit lebten, solange sie pünktlich die Kopfsteuer für die *giaur*, wie man die Ungläubigen im Reich der Osmanen nannte, entrichteten. Die Türken ließen sie in Ruhe – vor Loukas, vor den Lateinern und vor den Griechen fürchteten sie sich. Er beschloss, gleich nach seiner Rückkehr Basilius nach den Nestorianern zu fragen und auch danach, warum Christen vor Christen mehr Angst hatten als vor den Muslimen.

31

Jagdschloss der ungarischen Königin, Karpaten

Das Weib ritt der Teufel. Obwohl Alexios ein Gutteil seines Lebens im Sattel zugebracht hatte und wohl kaum etwas besser konnte als zu reiten, gelang es ihm und seinem Führer nicht, die Königin einzuholen. Nach einer endlosen Ebene tauchten sie endlich in das Gebirge ein, das ihnen anfangs Lieblichkeit vorgaukelte, dann aber sehr rasch immer schroffer wurde. Zum Krächzen der Raben gesellten sich bedrohlich die Geräusche unreiner Geister aus den Wipfeln der Bäume und den Tiefen der Büsche. Was sich hinter den Vorhängen aus Grün versteckte, ließ sich nur ahnen. Die Mücken, die in den vielen morastigen Senken ihre Paradiese fanden, fraßen sie fast auf. In der anbrechenden Dunkelheit entdeckten sie am Ende des Hohlweges Licht. Wölfe stimmten ein Geheul an zum Zeichen, dass ihre Stunde anbrach.

Immer genauer schnitt sich aus dem Filz der Nacht die hohe Burg mit ihren vielen kleinen Türmen heraus, aus denen verschwenderisch der Schein der Fackeln und Kerzen drang. Eine riesige Fichte griff mit einem Ast über den Weg, unter dem ein Beutel hing. Bevor Alexios danach greifen konnte, öffnete sich der Beutel, und spitze Zähne fletschten den Fürsten an. Dann flog der Beutel, der sich als Fledermaus herausstellte, in die Finsternis der Nacht, um zu jagen. Mond und Sterne verbargen sich hinter dichten Wolken. Obwohl die Sommersonne noch in der Steppe gedrückt hatte, pfiff im Gebirge ein kühler Wind.

Endlich standen sie vor der Burg.

»Wir sind da«, sagte der Wegführer, der sich kaum noch im Sattel zu halten vermochte. Alexios sah ihm an, dass er ohne Murren den raschen Ritt mitgemacht hatte, weil die Furcht ihm im Nacken saß, im Wald übernachten zu müssen. Nur ein Dummkopf vergaß, dass hier Höhlen existierten, die eine Verbindung zur Hölle besaßen, und dass nachts die Unterwelt ihre Tore öffnete und das Böse das Gebirge beherrschte.

Die Zugbrücke war bereits hochgezogen. Alexios brüllte sich fast die Seele aus dem Leib, bevor ein Wachmann von der Zinne herunterschaute und etwas sagte, das er nicht verstand. Sein Begleiter antwortete in der gleichen Sprache. Der Wachsoldat schimpfte, das nahm sogar Alexios wahr – und es schien ein derber Fluch zu sein, der aus seiner obstbrandgewohnten Kehle kam. Sein Begleiter kommentierte nur: »Fahr zur Hölle!« Ächzend und rasselnd senkte sich die Zugbrücke herab. Die Kante setzte kaum auf dem gegenüberliegenden Felsen auf, da gab Alexios bereits seinem Pferd sanft die Sporen. Ihn beherrschte nur ein einziger Gedanke: Gleich würde er Barbara gegenüberstehen! Sicher würde sie ihn wieder an der Nase herumführen wollen. Aber inzwischen kannte er sie gut genug, um ihre Absichten zu durchkreuzen.

Mitten im Burghof vor dem Hauptgebäude zügelte er sein Pferd und sprang aus dem Sattel. Er reckte und streckte sich. Es tat gut, ein paar Schritte zu gehen. Mit einer Selbstverständlichkeit, als hätte sie ihn erwartet, kam ihm Clara von Eger, die Erste Zofe der Königin, entgegen. Die kleine Missbilligung, die sich im Zucken ihrer hängenden Mundwinkel verriet, drückte Überraschung darüber aus, dass er so spät erst eintraf.

»Ihre Majestät ist jetzt leider beschäftigt, aber Ihr seid willkommen. Ich soll Euch Euer Quartier zeigen, für Euer Abendessen und Euer Wohlbefinden Sorge tragen. Ihre Majestät erwartet Euch morgen zum Frühstück.«

Alexios' Augen blitzten, aber er unterdrückte den Zorn, der in ihm aufstieg. »Ist das die Art, einen Gast zu empfangen?«

»Ruht Euch aus, mein Herr, Ihr werdet Eure Kräfte noch brauchen«, antwortete Clara – mit einem spöttischen Unterton, wie es ihm schien.

Seine Kemenate befand sich unweit des Rittersaales. Diener deckten ein kleines Abendessen, etwas Fleisch, Geflügel, Brot, Waldbeeren und Wein auf. Er war hungrig wie ein Bär. Nachdem er alles verputzt und keinen Krümel und keine Faser Fleisch übrig gelassen hatte, zog er sich aus, wusch sich und legte sich nackt ins Bett. Auf einem Schemel lag zwar saubere Kleidung, aber er konnte sich nicht recht entschließen, den Haufen durchzusehen. Es tat ihm gut zu liegen. Er spürt seinen Körper, und die Nacktheit gefiel ihm. Jetzt wünschte er sich nur noch ein weiteres Stück Fleisch hinzu, das ihn zudecken würde. Alexios Angelos empfand eine viel zu große Spannung. Der Schlaf stellte sich nicht ein. Obwohl er müde war und die Strapaze der Reise in seinen Knochen hing, hielt ihn das Verlangen, seine Lust zu stillen, wach. Er überlegte, ob er sich an die Zofe wenden sollte. Schließlich hatte sie schon in Buda für die Befriedigung seiner Bedürfnisse sorgen wollen. Aber er verwarf den Gedanken.

Wie aus einem Rausch erwachend fragte er sich, was er hier eigentlich tat. Fern der Heimat lag er in einem Bergschloss in einem fremden Bett, eine Marionette der Launen einer kapriziösen Königin, und kam doch keinen Schritt dabei voran, eine Allianz der Christen gegen die Osmanen zu organisieren. Je länger er darüber nachdachte, desto stärker wuchs sein Zorn. Und dann begriff er die ganze Wahrheit: Barbara war es, die ihn aus dem einfachen Grund zur Weißglut trieb, weil sie es wagte, was noch keine Frau sich ihm gegenüber erlaubt hatte: Sie spielte mit ihm! Und er? Tapste geduldig in ihre Finten. Wie ein Bär, der sich am Nasenring vorführen ließ. Tief in seinem Innern wusste er plötzlich, dass er sein Gleichgewicht erst dann zurückgewinnen würde, wenn es ihm gelänge, sie zu demütigen. Der Gedanke, dass sie nur ein paar Säle und Kemenaten weiter ihren sündigen Leib in ihr Bett wühlen würde, erregte ihn über alle Maßen.

Aus der schlichten Tatsache der Nacht und der Nähe zog er den abenteuerlichen Entschluss, ihr einen Besuch abzustatten. Er erhob sich vom Lager, streifte eine Tunika über seinen nackten Körper, die ihm bis zu den Kniekehlen reichte, und öffnete leise die Tür. Ein wildes Lächeln beherrschte seine Gesichtszüge, und in seinen Augen funkelte es gefährlich. Fackeln erhellten den Flur, der auf einen breiten Gang mündete. Er stand im dunklen Rittersaal. Ein Leuchter mit drei Kerzen, die man offenbar zu löschen vergessen hatte, wehrte sich tapfer, aber mit mäßigem Erfolg gegen die Finsternis, die von außen durch alle Fenster und Ritzen kroch. Der Saal schien nicht allzu groß zu sein. Er roch nach gescheuerter Dielung und altem Holz. Eine gegenüberliegende Tür, die sich rechts vom Kamin befand, führte in einen finstern Gang. Alexios brach eine Kerze vom Leuchter und folgte dem breiten Korridor, der sich verjüngte und schließlich gabelte. Der Fürst entschied sich instinktiv, die Wendeltreppe nach oben zu benutzen. In der oberen Etage angekommen, hielt er sich links. Gegen die Fenster zur Rechten drückte die Undurchdringlichkeit der Nacht. Ihm kam es vor, als höre er Geräusche, die ihm allerdings nicht menschlichen Ursprungs dünkten. Oder doch? Sie klangen verhaucht und verwischt. Einen Augenblick lang erwog er, die Kerze zu löschen, doch die Dunkelheit war zu umfassend, als dass er auf das Licht hätte verzichten können, zumal er sich in der Burg nicht auskannte. Diese verwinkelten, düsteren Gemäuer unterschieden sich in ihrer Bauart doch sehr von den Kastellen der Griechen! Dunkle Augen blitzten ihn, vom Schein der Kerze erfasst, aus der Finsternis an. Beim Näherkommen erkannte er, dass sie einem großen weißen Hund gehörten, einem Kuvasz, der gefährlich knurrte. Alexios schätzte, dass der Hund, wenn er sich erheben würde, ihm bis zum Bauch reichen würde. Sollte er sich freilich aufrichten, dann überragte er ihn sogar. Alexios spürte die Kraft des Tieres, seinen Eigensinn und seinen Willen. Langsam stellte sich der Hund auf seine Beine, bereit zum Angriff, wenn Alexios noch einen Schritt setzen würde. Dabei schien das Tier nur aus Fell und Muskeln zu bestehen. Es war ratsam, sich zurückzuziehen, doch seine Neugier war nun einmal geweckt. »Nur ruhig! Was bewachst du, mein Guter?«, flüsterte er dem Hund zu, der sich unbeeindruckt zeigte. Er schlug an. Aus den Tiefen des Palastes erscholl ein Pfiff. Der Kuvasz spitzte sofort die Ohren, dann folgte ein zweiter Pfiff. Der Hund machte kehrt und rannte in die Richtung, aus der die Töne gekommen waren. Alexios erwog die Möglichkeit, dass ihn jemand warnen oder ihn auf die Probe stellen wollte. Letzteres hielt er für wahrscheinlicher. Sie rechnete also mit ihm. Was mochte dieses königliche Luder sich diesmal für ihn ausgedacht haben? Beherzt setzte er seine Erkundung fort und dachte grimmig, dass er sich auf dem richtigen Weg befand. Er schalt sich, nicht einmal einen Dolch mitgenommen zu haben.

Er durchquerte einen dunklen Saal, dessen Größe ihm nicht zu schätzen gelang. Vor ihm zeichnete sich eine Tür ab. Sie führte in eine Art Vorraum. Er spürte etwas Hitziges, Intimes, in das er eintauchte. Etwas warnte ihn, weiter vorzudringen. Obwohl er wusste, dass es kein Zurück mehr gäbe, wenn er diese rote Linie überschreiten würde, vermochte ihn kein noch so vernünftiger Gedanke zurückzuhalten. Er wollte weiter, ganz gleich, wohin ihn dieser Weg führen würde, weiter bis zum Schluss. Schweiß trat ihm auf die Stirn.

Dann vernahm er gutturale Laute, gedämpft, zurückgehalten, rhythmisch wie eine Einladung, wie eine Rede an ihn, gehalten in der reinen Sprache des Verlangens. Ein Lautteppich luzider Lüste. Er stand kurz davor, etwas zu entbergen. Der Rausch, zum Zeugen, mehr noch, zu einem notwendigen Teil des Unfasslichen zu werden, das hier vorging, stieß ihn in einen Taumel der Gefühle, der jede Vernunft betäubte. Nichts war ihm jetzt gewisser als dies: Barbara, die Königin des Heiligen Römischen Reiches, wünschte es geradezu, ihn ins große Geheimnis einzuweihen.

Alexios wusste nur nicht, weshalb sie das wollte. Doch zur Freude am Verbergen gehört der Drang zum dezenten Verrat des Geheimnisses. Gerade im Öffentlichen des Geheimen liegt der Reiz des Verborgenen. Wer aber das Verbergen verbirgt, löscht sich aus, der kippt Wasser ins Wasser. Kein Zweifel, nicht aus Zufall befand er sich an diesem Ort. Er war längst Teil des großen Spiels, dessen Regeln er noch nicht kannte. Doch ob es der Wille Gottes, eines Teufels, eines Dämons oder *nur* einer Frau war, vermochte er nicht zu entscheiden. Er ahnte nicht einmal, dass er so lange im

Dunkeln tappen würde, solange er dachte *nur* eine Frau. Weil sie kein Mann war, unterschätzte er Barbara immer noch, so wie es ihn seine Erfahrung gelehrt hatte. Eirene, klug und anders als andere Frauen, zählte da nicht. Nicht sie, sondern der alte Notaras hatte sich ihm gegenüber durchgesetzt. Eirene blieb in seinen Augen nur eine verwöhnte und arrogante Palaiologina, so überheblich und lebensuntüchtig wie ihre ganze Sippe, deren Zeit gnadenlos und unweigerlich ablief. Fortuna war treulos, und die Geschichte kannte kein Mitleid. Rachsüchtig war allein die Macht. Niemals verzieh sie demjenigen, der sie einmal geritten hatte! Und in der Stunde, in der er die Zügel locker ließ und nicht mehr sicher im Sattel saß, würde sie ihn abwerfen, um auf ihm herumzutrampeln. Aber das würde ihm nie widerfahren, nicht ihm! Denn mit ihm, mit Alexios Angelos, würden eine neue Pracht und eine neue Herrlichkeit des alten Reiches anbrechen, eine neue Epoche ihren blutleuchtenden Anfang nehmen.

Jetzt verstand er es! Darum, allein aus diesem Grund, war es Alexios bestimmt, sich der Königin zu nähern – weil sie den hohen Rang teilten. Doch teilten sie ihn wirklich? Stand ein römischer König nicht unter einem byzantinischen Kaiser, einem Nachfahren Konstantins und Justinians? Würde er einst als Kaiser weit über Barbara, einer lateinischen Königin, stehen? Die von diesem Tag an nur noch den Saum seines Gewandes küssen dürfte?

Er hatte den Vorraum fast durchschritten, da berührte ihn ein kühler Luftzug, der von einem geöffneten Fenster zu kommen schien, und blies die Kerze aus. Grauen Rauch schluckte sanft die Finsternis. Wie der Rauch den glimmenden Kerzendocht würde einst auch die Seele sich vom Körper trennen, dachte er mit einem schiefen Lächeln. Er ahnte nur, dass, nicht aber was geschehen würde. Wie ein einsames Glühwürmchen tanzte im Dunkeln ein Lichtschein. Kleine spitze Schreie sprangen immer wieder von einem durchgängigen Stöhnen ab. Er tastete sich mit seinen Füßen behutsam dem Flackern entgegen und tauchte dabei selbst immer mehr in das Stöhnen ein, konzentriert, sorgsam, um selbst kein Geräusch zu verursachen. Dabei spürte er, wie sich das Blut in seinem

Glied sammelte, langsam, nicht auf einmal, Tropfen für Tropfen. Er zwang sich, kühl zu bleiben, versuchte an Banalitäten zu denken, doch es misslang. Der Ort barst vor Lust. Ein Rückzug kam nicht infrage.

Aus den Spalten zwischen einem schweren Damastvorhang und der Wand drang warmes Kerzenlicht. Vorsichtig schob er den Stoff beiseite. Zuerst fiel ihm ihr fließendes blondes Haar ins Auge, das sie offen trug und das mühelos ihren runden, etwas großen Po erreichte. Sie trug ein rotes Kleid und saß rittlings auf einem nackten Mann, der unter ihr auf einem Teppich aus zusammengenähten Schaffellen lag. Von dessen Gesicht sah der Fürst nur die rechte Hälfte, den Rest verdeckte Barbaras Körper. Schwarze glatte Haare mit einem vor der hohen Stirn zurückweichenden Ansatz, überraschend schmale Augenbrauen über fast runden, großen blauen Augen. Unter der Nase zwirbelte sich ein Schnauzer, der die Oberlippe verdeckte und dadurch die Unterlippe und das energische Kinn stärker hervortreten ließ. Der Körper des Mannes wirkte drahtig und muskulös, aber auf eigene Art auch zart. Ein silberner Film von Schweiß bedeckte seine Haut. Er genoss den Höllenritt. Barbara drehte ihren Kopf zu Alexios, dem wie aus dem Nichts aufgetauchten Zuschauer, den die Königin jedoch erwartet zu haben schien. Sie sahen sich in die Augen, tiefer und tiefer. Es gelang ihm nicht, sich aus der Umklammerung ihres Blickes zu befreien. Er wollte es auch nicht, immer weniger.

Und mit einem Mal wurde er zum Komplizen ihrer Lust. Doch er wollte nicht nur teilhaben, nicht nur mitgezogen werden in die seltsamen Labyrinthe des Schweißes, der wechselnden Temperaturen, des stockenden Atems, der kleinen Tode und unerwarteten Auferstehungen, sondern auch selbst voranstürmen und sie vor sich hertreiben. Schmerzhaft spürte er seinen Ständer, der die Tunika zu zerreißen drohte. In diesem Moment spürte Alexios eine Hand, die den Stoff umsichtig nach oben schob. Er fühlte einen heißen Atem an seinem Hals und ließ es geschehen, denn sein Blick fand aus den geweiteten Pupillen der Königin nicht mehr den Weg zurück. Nun hatte sich alles Blut in seinem Ständer versammelt, nun zog sich die

Fremde an seinem Hals hoch und wippte auf ihm. Der Fürst stieß kräftig zu. Während er in die unerkannte Frau drang, wieder und immer wieder, schaute er zu der Königin, und Barbara neigte ihren Kopf zu ihm hinüber. Ihre Augen schwammen, sie verschwammen aber nicht in der Exstase. Irritiert nahm er einen Rest von Kontrolle in ihrem Blick wahr, und es trieb ihn mit ganzer Kraft, diese Kontrolle zu überwinden.

Doch je leidenschaftlicher er wurde, desto unbeteiligter wirkten ihre blauen Augen. Provozierend unbeteiligt. Eine seltsame Art der Verzweiflung ergriff ihn und trieb ihn vorwärts, denn er sehnte sich danach, ihre Fassungslosigkeit zu sehen, ihr Aufgeben, den Punkt zu erreichen, an dem sie sich ganz in die Lust verlor, er sehnte sich danach, wie man sich nach der Erlösung sehnt. Dieses Verlangen hatte nur einen einzigen Grund: In dem Moment, in dem sie alle Beherrschung verlöre, würde seine Herrschaft beginnen. Fast schien ihm, dass sie ihre Rhythmen anglichen, aber dennoch bestimmte sie. Er war nur das Tier, das ihren Wünschen nachkam. Sie hatte es so gewollt. Genau so sah ihr Plan aus, schoss es ihm durch den Kopf.

In diesem Augenblick wurde Alexios bewusst, dass er diese Frau liebte. Und wie er sie liebte! Das unbekannte Gefühl schlug ihn mit Eisenfäusten nieder. Aber er genoss den Schmerz. Und wunderte sich darüber, denn er hatte viele Frauen gehabt, doch über eine gewisse Sympathie gingen seine Empfindungen niemals hinaus. Aber all das galt nicht mehr.

Er war ihr jetzt näher, als wenn er sie berühren würde, tiefer in ihr, als wenn er unter ihr läge, er liebte sie körperlich und geistig und hörte nicht, wie die Fremde vor Lust aufschrie, weil er nur bei Barbara war. Auch sie schien keine Notiz vom Stöhnen ihres Liebhabers zu nehmen – so kam es Alexios zumindest vor. Sie beide vereinte die Verschwiegenheit ihres Gefühls, kein Laut, kein Wort, kein Stöhnen, ein ruhiges Gleichmaß, kräftig und zart zugleich, ein Fließen, ein Strömen, das endlos schien. Und doch sein Ende nahm.

Barbara wandte sich von ihm ab, und er wurde von der Unbekannten, die von ihm abstieg, fortgezogen. Sie brachte ihn zurück in seine Kemenate. So wie Alexios zumute war, ließ er es willenlos geschehen. Wie einen Kranken zog sie ihn ins Zimmer, legte ihn ins Bett, und jetzt erkannte er sie, es war Clara von Eger. Verschwitzt hingen Strähnen ihrer kastanienbraunen Haare in ihr rundes Gesicht. Das Rot der Wangen unterbrachen völlig regellos weiße Punkte. Sie wirkte auf merkwürdige Art verwirrt und zugleich klar. Jetzt entdeckte er die gleichen weißen Punkte auch an ihrem Hals. Er empfand weder Zuneigung noch Scham, noch nicht einmal ein Bewusstsein dafür, dass er in ihr gewesen war, denn er hatte ja nicht sie, sondern die Königin geliebt. Kein Wort sagte sie zu ihm, als sie ihn verließ, und schien auch erleichtert darüber, dass er sich nicht bemüßigt fühlte, mit ihr zu reden. Seine Gedanken weilten bei Barbara. Am liebsten wäre er noch einmal aufgestanden und in das Schlafzimmer der Königin eingedrungen, um ihr seinen Willen aufzuzwingen. Er war zwar leer, vollkommen erschöpft, aber von einem Verlangen beherrscht, das ihm unerfüllbar zu sein schien. So fiel er in einen tiefen und traumlosen Schlaf wie in eine Ohnmacht.

32

Jagdschloss der ungarischen Königin, Karpaten

Als er gegen Mittag wie neugeboren erwachte, erinnerte er sich an die Nacht und wusste sofort, dass er nicht dem Gaukelspiel des Traums erlegen, sondern mit der Wirklichkeit konfrontiert worden war, mit der Wirklichkeit seiner Bestimmung. Vergnügt sprang er auf. Wie einem Jungbrunnen entstiegen. Sein Blick fiel auf das frische Wasser in der Schüssel, das ihm ein zufriedenes Lächeln spiegelte.

»Ach, Frauen!«, entfuhr es ihm voller Freude.

Der Fürst verstand weder die Sodomiten noch die Asketen. Allesamt Idioten! Aber gut, dachte er, es soll ja auch Gegenden geben, wo die Leute auf dem Kopf laufen wie wir auf den Füßen, oder sich auf ein Nagelbrett setzen wie wir auf Daunen, und es wunderbar finden. Mit Schwung goss er die Schüssel mit dem Wasser über seinem Kopf aus und prustete. Kaltes Wasser aus einer Gebirgsquelle, jubelte er innerlich. Zu seinen Füßen bildete sich ein See. Der Fürst riss die Tür auf. Nackt, wie er war, trat er auf den Gang und brüllte: »Heh, heh!«

Eine Magd im besten Alter und pumpelrund ließ sich blicken.

»Bring mir Wasser, mehr Wasser!«, befahl Alexios.

Die Magd verstand ihn nicht. Seine Nacktheit beeindruckte sie indes nicht im Geringsten. Sie war schon zu lange Magd, um sich von den Anwandlungen der hohen Damen und Herren verwirren zu lassen. Sie besaßen Geld, sie besaßen Macht, aber kein Benehmen, auch keine Gottesfrucht, deshalb würden sie in der Hölle enden.

Um sich verständlich zu machen, drückte er ihr die leere Schüssel in die Hand. Dabei kam er ihrem Gesicht so nahe, dass beinahe ihre Nasenspitzen zusammenstießen.

»*Wasser!*«, brüllte er mit weit aufgerissenen Augen, in der irrigen Vorstellung, dass sie ihn dadurch besser verstehen würde.

»Ah, *apa*!«, sagte die Magd und grinste. Die Verbindung seines nackten Körpers mit der leeren Schüssel verriet ihr, was der Fürst von ihr wollte.

Während er auf sie wartete, fuhr er sich belustigt über Kinn und Wange. Seit die Türken dem Fürsten auch die scharfe Klinge abgenommen hatten, die er zur Rasur benutzte, wuchs ihm ein kräftiger Vollbart. Er würde sich nach einem Bader erkundigen, der ihn von dem Gestrüpp in seinem Gesicht befreite. Zwar trugen fast alle Adligen in Byzanz einen Vollbart, so lang wie gepflegt, doch er hasste diese Mode. Hatten denn Konstantin der Große oder Justinian einen Vollbart getragen? Nein, na also! Warum dann ihr Nachfahre? Diese schmutzige Sitte würde er in tausend kalten Wintern nicht übernehmen, wie es Manuel und Johannes taten.

Ein paar frische Striemen auf seinem Rücken, deren Schorf zu trocknen begann, zwickten. Offenbar hatte Clara ihn in der Nacht gekratzt, ohne dass er es bemerkt hatte. Er liebte es, eine Frau so weit zu treiben, dass sie in ihrer Lust ihre Fingernägel tief in seinen Rücken grub. In seiner Vorstellung aber schrieb er Barbaras Fingernägeln die Schrammen an seinen Schulterblättern zu.

Mit ihren kräftigen Armen, die fast den Umfang seiner Oberschenkel erreichten, trug die Magd eine größere Schüssel mit Wasser herein. Bevor sie wieder verschwand, warf sie einen missbilligenden Blick auf den See zu seinen Füßen. Die hohen Damen und Herren verursachten nur Arbeit!

Diesmal wusch er sich, bevor er erneut die Schüssel über seinen Kopf leerte. Danach trocknete er sich ab. Über die blauen Beinkleider zog er ein weißes Hemd und ein blaues Wams. Die Tür zur Kemenate ließ er offen, um den Dienern zu signalisieren, dass sie sein Zimmer zu reinigen und das Wasser aufzuwischen hatten. Jetzt fühlte er sich frisch und verspürte erst mal einen Bärenhunger.

Im Rittersaal erwarteten ihn bereits die Königin und ihr Liebhaber. Er erkannte ihn sofort, obwohl er nur eine Gesichtshälfte gesehen hatte. Als er die beiden im vertraulichen Gespräch über Eck an der langen Tafel entdeckte, erhielt seine gute Laune einen beachtlichen Dämpfer, und Eifersucht stieg in ihm hoch. Den anderen hatte er längst verdrängt gehabt, doch nun erinnerte ihn der Anblick daran, dass er in Wahrheit nicht mit Barbara, sondern mit ihrer Zofe geschlafen hatte.

Der Fremde wies mit einem spöttischen Lächeln Barbara auf das Eintreffen des Fürsten hin. Machte er sich etwa darüber lustig, dass er die Königin und Alexios nur die Zofe gehabt hatte, er also im Rang unter ihm stand? Zur Eifersucht gesellte sich das Gefühl verletzten Stolzes.

Sie wandte sich ihm zu. Einen Geflügelknochen, den sie abnagte, in der Hand, rief sie ihm mit vollem Mund zu: »Von den Toten erwacht?«

»Von den Träumenden, Eure Majestät«, antwortete er bitter.

Sie krauste kurz die Stirn. »Ach, Unfug, setzt Euch zu uns. Seid mir lieber dankbar, ich erspare Euch nämlich viel Zeit.«

Alexios hatte keine Ahnung, was sie meinte.

»Darf ich vorstellen: Herr Johann Hunyadi. Ihr wolltet doch mit ihm sprechen. Jetzt müsst Ihr ihn zumindest nicht in der ganzen Walachei suchen.«

Alexios brach unwillkürlich in ein lautes Gelächter aus. Diese Frau war unmöglich, um genauer zu sein, sie war ihm über – noch war sie ihm über. Das Spiel gewann immer mehr an Reiz.

»Der berühmte Johann Hunyadi!«, sagte der Fürst spöttisch.

»Schön, dass Euch meine Anwesenheit erheitert«, sagte Hunyadi mit einem strengen Unterton in der ansonsten gelassen klingenden Stimme.

»Wir haben offensichtlich etwas gemeinsam«, brachte Alexios unter Lachen hervor.

»Hofft Ihr«, rüffelte ihn die Königin freundlich.

»Ich meine natürlich den Hass auf die Türken!«, parierte Alexios ihren Seitenhieb.

»Hasst Ihr die Türken, Iancu?« fragte sie den Verwalter und Heerführer vertraulich, wobei sie ihre linke Hand über den Tisch hinweg auf seinen Unterarm legte, während sie die rechte mit der Keule wieder zum Mund führte.

»Ich bekämpfe sie, ja, aber nein, ich hasse sie nicht.«

»Aber es heißt doch, dass Ihr keinen Kampf mit ihnen auslasst?«

Hunyadi forderte den Fürsten auf, an seiner Seite Platz zu nehmen. Nachdem Alexios endlich saß, schob der Heerführer ihm eine halbe Entenbrust zu.

»Esst, Ihr braucht Kraft.«

Für sich schlug er ein rohes Ei auf und trank es. Dann bot er dem Fürsten eines an, das dieser aber dankend ablehnte. Hunyadi zuckte gleichgültig mit den Achseln.

»Schaut, die Türken sind so, wie sie sind, und weil ich so bin, wie ich bin, bin ich ihr Feind, aber deshalb hasse ich sie doch nicht. Es gibt ehrenhafte Leute unter ihnen und Lumpen, wie bei uns auch. Aber wir können eben nicht miteinander leben. Sie wollen herrschen, und wir wollen frei bleiben. Das ist wie Feuer und Wasser, ein Gegensatz, der nicht aufzuheben ist. Entweder löscht das Wasser das Feuer, oder das Feuer bringt das Wasser zum Verdampfen. Aber hasst deshalb das Feuer das Wasser oder das Wasser das Feuer? Hass, mein Freund, ist ein Gefühl für Schwächlinge.«

»Hass ist eine Energie, eine gute Hilfe im Kampf!«

»Und wenn der Hass erlahmt, lässt die Energie nach, und Ihr seid ohne Hilfe in der Schlacht. Wer im Hass tötet, tötet ungenau. Hass verbraucht nur unnötige Kraft und benebelt wie billiger Fusel den Verstand.«

»Das Gegenteil von Hass ist Liebe. Ist Liebe auch ein unnötiges Gefühl?«, fragte Alexios.

Der Siebenbürger zwirbelte das Ende seines Schnauzbartes und schob genießerisch die Unterlippe kurz vor, um sie anschließend zurückzuziehen und sie mit der Oberlippe zu befeuchten. »Liebe bringt Kinder hervor, der Hass nicht. Der Hass vernichtet, die Liebe erzeugt. Ich kämpfe, weil ich meine Freiheit liebe, nicht aber, weil ich die Türken hasse. Ohne Liebe braucht Ihr nicht in den

Kampf zu ziehen. Wer liebt, kämpft für die Seinen, wer hasst, tötet nur sich selbst im anderen.«

»Ihr hättet Philosoph werden sollen!«, entgegnete Alexios.

»Vielleicht bin ich das, aber meine Feder ist das Schwert, nicht der Gänsekiel. Ihr solltet mal sehen, wie hübsch und elegant ich im Feld Schlussfolgerungen aus den Bewegungen meiner Feinde ziehe.«

»Das ist unser Thema, Herr Hunyadi. Wärt ihr bereit …«, wollte Alexios endlich auf den Grund seiner Reise zu sprechen kommen. Doch Barbara hieb ihre Faust auf den Tisch und rief ein energisches »Schluss!« in die Runde. »Bah, habt ihr denn gar keine Manieren?« Ihre Augen funkelten vor Zorn. »Fangt ein Gespräch an, spreizt euch wie eitle Gecken in der vermeintlichen Eleganz eurer Sätze, ohne euch um mich zu kümmern! Seid ihr Edelleute oder Bauern? Ritter oder Jahrmarktsschreier? Was, Herr Hunyadi, ist Eure Liebe schon wert, wenn Ihr Euch nicht um Eure Dame kümmert. Und Ihr, Fürst Alexios, wie wollt Ihr eine Dame erringen, wenn Euch nicht einmal die geringsten Tugenden des Ritters vertraut sind?«

»Verzeihung, Herrin, wie können wir unseren Fehler wiedergutmachen?« Iancu Hunyadi hatte sich erhoben und kniete vor der Königin nieder. Sein Gesicht färbte sich rot, während seine Ohren violett glühten.

»Muss ich euch jetzt auch noch sagen, wie ihr meinen Zorn besänftigen könnt? Habt ihr nichts im Kopf außer eurer Schwafelei? Erheb dich, Iancu, du kniest wie ein Stallbursche!«

Der Siebenbürger setzte sich wieder hin. Die beiden Männer schauten sich etwas ratlos an in der Hoffnung, der andere hätte den rettenden Einfall. Barbara sandte einen schicksalsergebenen Blick zum Himmel.

»Männer! Hätte euch der liebe Gott nicht etwas zwischen die Beine gepflanzt, würdet ihr wohl zu gar nichts taugen! Aber gut. Ich will Gnade vor Recht ergehen lassen und euch verraten, wie ihr eure Grobheit aus der Welt schaffen könnt.« Sie machte eine kleine Pause, um die Spannung zu steigern, dann verkündete sie ihren Wunsch. »Durch ein Turnier!«

Augenblicklich wich die Ratlosigkeit aus dem Blick der beiden Fürsten, und sie musterten sich, wie sich Gegner vor dem Kampf beäugen, um Aufschluss über die Stärken und Schwächen des Kontrahenten zu erhalten.

»Kämpft gegeneinander um meine Huld. Heute Nachmittag.« Damit stand sie auf und verließ den Saal.

»Wir werden uns nicht schonen«, sagte Alexios trocken.

»Aber uns nach Möglichkeit auch nicht töten«, sagte Hunyadi nüchtern.

»Aber nur, weil wir einander noch im Kampf gegen die Türken benötigen«, stellte Alexios fest.

»Dabei würde ich Euch liebend gern im Kampf erschlagen«, sagte Hunyadi. Ein Blick in die kalten blauen Augen des Siebenbürgers verriet Alexios, dass er es ernst meinte.

»Warum?«, fragte der Fürst erstaunt. Mit dieser Wendung hatte er nicht gerechnet.

Statt zu antworten, lächelte Hunyadi nur in sich hinein und brach auf, rief Alexios aber noch vor Verlassen des Saales zu: »Wir werden sehen, wer die Gunst der Königin erringt!«

Er war sich also Barbaras nicht sicher, frohlockte es im Herzen des Fürsten. Eine wilde Lust auf den Zweikampf durchfuhr Alexios. Er wollte gewinnen, er wollte sie endlich gewinnen.

Am frühen Nachmittag suchte der Waffenmeister des Heerführers Johann Hunyadi Alexios Angelos auf, um den Fürsten ins kleine Arsenal der Burg zu führen, damit er sich die Waffen und die Rüstung für das Turnier zusammenstellte.

»Es werden drei Lanzen gebrochen, anschließend geht der Kampf ohne Pferd zu Fuß weiter. Das Gefecht endet, wenn einer der beiden Herrn tot oder verletzt ist, er aufgibt oder die Königin das Turnier beendet. Es wird vereinbart – und Ihr werdet wie Herr Iancu bei Eurer Ehre schwören –, dass derjenige, der aufgibt, geachtet bleibt, weder Geringschätzung noch Spott noch üble Nachrede vom anderen zu befürchten hat. Ihr schwört vor dem Kampf, niemals über das Turnier zu reden«, erläuterte der Waffenmeister die von der Königin eigens für diesen Waffengang festgelegten Regeln.

»Ich bin mit den Bedingungen einverstanden«, sagte Alexios. Dann wählte er eine passende Rüstung samt Kettenhemd, dazu einen Helm, Eisenhandschuhe, zwei verschieden lange Dolche und ein Schwert aus. Er wollte noch zu einer Streitaxt greifen, doch da schüttelte der Waffenmeister den Kopf. »Ohne Äxte und Morgensterne!«

»Keine Axt und kein Morgenstern – gut!«, akzeptierte er zufrieden, denn offensichtlich wollte die Königin einen Zweikampf, aber kein Gemetzel sehen.

Fürst Alexios Angelos zog mit der Hilfe des Waffenmeisters das Kettenhemd über, ließ es hinten binden, legte die Rüstung an. Dann setzte er einen Helm auf, nahm den Ring der Macht vom Finger und fädelte ihn durch eine Kette, die er um den Hals trug. Schließlich fuhr er in die Handschuhe und nahm den Schild.

Das Pferd des Fürsten hatte man ebenfalls durch Harnische geschützt. Auf dem Kopf des Tieres wehte ein blauer Federbusch. Ein paar Schönwetterwolken bauschten sich am Himmel. Der leichte Luftzug würde die Kämpfenden erfrischen. Ideales Wetter für einen kleinen Waffengang am Nachmittag, dachte Alexios, obwohl sie im Hundsmonat waren, der aber im Gebirge erträglich ausfiel.

Gemeinsam mit dem Waffenmeister verließ er die Burg, da der Hof zu klein war für ein Turnier. Im Schritt ritten sie ein Stück den Weg entlang und bogen dann rechts in einen Waldpfad ein. In der Luft hing wie ein Schleier der berauschende Duft der Waldkräuter. Der Waffenmeister gab seinem Pferd die Sporen. Sie fielen in einen leichten Trab, achteten dabei aber auf tief hängende Äste.

»Ist es Euch recht?«, rief er Alexios zu.

»Es ist ausgezeichnet so. Schlafen will ich im Bett, aber nicht im Sattel!«

Der Waffenmeister erhöhte das Tempo. Ein fetter Hase, der auf dem Weg döste, suchte beleidigt das Weite. Schließlich preschten sie auf eine Lichtung. Die Farben der Wiese drohten im Kopf des Fürsten zu explodieren. Das Gelb von Butterblumen und der Purpur der Disteln, die verschiedenen Blautöne des Natternkopfes, des Habichtskrauts und der Luzerne wetteiferten mit dem Gelb und Weiß der Kamille und hoben sich zwischen den wie geklöppelt wirkenden Blüten des Bärenklaus und dem in der Sonne verblassenden Grün des Grases und des Schachtelhalms ab. In die Augen stach das Rot des Adonis, der Stockrose und des Klatschmohns. Besonders der Klatschmohn zog seine Aufmerksamkeit auf sich, erschien er ihm doch als ein Symbol der Liebe, ein Zeichen für Freude und Leid, aber auch für das Rot der Lippen und das Schwarz am Grund des Kelches, als die Unergründlichkeit der Heimkehr, als Ort des Verlangens in all dem Rot. Das Zirpen der Grillen erinnerte ihn an den Lärm eines orientalischen Marktes, ein einziger Teppich aus Tönen.

Auf der rechten Längsseite der in etwa rechteckigen Lichtung stand ein hoher gepolsterter Stuhl für die Königin, dahinter eine Bank, auf der ihre Zofen, ihr Beichtvater, der Hofmeister, der Marschall und der Wundscher Platz nehmen würden. Darüber wölbte sich im Wind ein Segel aus weißem Linnen, das man an vier Pfosten als Sonnenschutz über den Platz der Zuschauer gespannt hatte.

Die improvisierte Turnierbahn bestand nur aus den langen Schranken aus rohen Baumstämmen. Ein Pflock rechts und links am Anfang und Ende der Schranken markierten den Start für die Ritter. Vor Alexios lag unbestreitbar der armseligste Turnierplatz, auf dem er je angetreten war. Andererseits beeindruckte ihn die naive, voraussetzungslose Schönheit der Wiese.

Nicht der Kaiser, nicht der Sultan, nicht der Papst vermochten ihm zu befehlen, nur das Leben in seiner unaufwendigen Wirklichkeit, das niemand letztlich zu beherrschen vermochte, nur ihm würde er sich beugen müssen. Plötzlich empfand es Alexios als eine Ehre, an diesem Ort zu kämpfen. So rot wie Klatschmohn, dachte er mit einem wilden Lächeln, ist auch mein Blut. Die Sonne spiegelte spöttisch ihre Strahlen in seiner eisernen Rüstung. Seinem geübten Blick entging nicht, dass man bei der Anlage der Bahn darauf geachtet hatte, dass keiner der Kämpfer von der Sonne geblendet wurde.

Neben den Markierungen lagen die drei stumpfen Lanzen bereit. In diesem Moment traf auch Hunyadi ein. Sein Pferd trug einen roten Federbusch. An seiner Seite lief der weiße Kuvasz. Der Hund gehörte Hunyadi und nicht der Königin. Die Erkenntnis verletzte Alexios, er wusste nicht einmal genau, warum, doch der Stachel saß tief in seiner Eitelkeit. Beide spielten also mit ihm. Nun freute er sich noch mehr auf das Gefecht, denn es gab ihm die Möglichkeit, sich zu revanchieren. Wie würde er sich über die Wunden, die er Hunyadi schlagen würde, amüsieren! Mindestens so sehr, wie es Barbara und den Siebenbürger erheitert hatte, dass er, Alexios, es mit der Zofe trieb. Instinktiv bekreuzigte er sich.

Hunyadi sah prächtig aus in seiner schwarzen Rüstung. Gut gelaunt ob des kleinen Waffengangs lächelte er leutselig in die Runde. Die Fläche seines Schildes war in vier gleiche Felder unterteilt, in denen sich als Motiv ein Rabe und ein Löwe abwechselten, insgesamt also zwei Raben und zwei Löwen. Erst bei näherem Hinsehen erkannte Alexios, dass der Rabe einen Ring mit einem Edelstein im Schnabel hielt.

»Ich steche Euch den Ring aus dem Schnabel des Krächzers, Herr Ritter!«, rief Alexios angriffslustig.

Hunyadi lachte dröhnend. »Wenn ich Euch vom Pferd stoße, werdet Ihr Sterne, aber keine Ringe sehen. Träumt weiter, mein Freund! Der Rabe hat Krallen und einen Schnabel, spitz und scharf wie Schwerter. Den Ring wird er sich nicht nehmen lassen!«

»Wetten wir, Herr Iancu?«

»Gern. Ich habe heute Morgen an Eurer Hand einen Goldring mit einem außergewöhnlich großen blutroten Rubin gesehen.«

»Meint Ihr den?« Alexios zog den Ring unter seinem Harnisch hervor.

»Den will ich, wenn Ihr verliert! Den und nichts anderes.«

Der Fürst überlegte, dann kam ihm ein kleiner, böser Gedanke. »Einverstanden – wenn Ihr dafür den Hund setzt.«

Der Heerführer stutzte. Alexios hatte ins Schwarze getroffen. Auch wenn Johann Hunyadi nicht daran zweifelte, dass es dem Fürsten misslingen würde, den gemalten Ring aus dem Schild zu brechen oder die Zeichnung durch heftige Attacken auf das Bild zu zerstören, widerstrebte es ihm, den Hund, den er sehr zu lieben schien, als Pfand einzusetzen. Er mochte das Gefühl haben, das treue Tier, das ihn selbst in die Schlacht begleitete, zu verraten. Es kam ihm wie ein Frevel, ja eine Versündigung vor. Denn den Kuvasz liebte er wirklich.

»Nun, was ist, Herr Iancu? Habt Ihr vorhin nur geprahlt?«

Hunyadis Gesichtszüge verfinsterten sich. »Meinetwegen, ich setze Înger zum Preis dagegen.«

»Was bedeutet der Name?«

»Das ist rumänisch und heißt Engel.«

Alexios stürzte in einen wahren Lachrausch, aus dem er sich lange nicht zu befreien vermochte. Als er sich endlich halbwegs beruhigt hatte, sagte er mit Tränen in den Augen: »Dann habt Ihr den Hund schon verloren, denn er heißt wie ich! Angelos auf Griechisch ist rumänisch Înger, und beides bedeutet Engel.«

Hunyadi ließ sich nichts anmerken, aber die Freude war aus seinem Mienenspiel gewichen, er wirkte eine Spur düsterer. Das nahende Stakkato vieler Pferdehufe, die auf den Waldweg trommelten, riss die beiden Männer aus ihrem Wortgeplänkel. Der Lärm überfiel sie in seiner plumpen Geschäftigkeit wie ein Schwarm Händler. Das Klima änderte sich schlagartig. Die Wiese mit ihren tausend verschiedenen Pflanzen existierte nicht mehr, sie wich plötzlich ihrer Bestimmung als Turnierplatz. Wie hatte Alexios jemals etwas anderes denken können?

An der Spitze der kleinen Gesellschaft, die aus ihren Zofen, dem Hofmeister, ihrem Beichtvater, dem Marschall und dem Wundscher bestand, brach nun die Königin auf einem feurigen Araber aus dem Wald. In geringem, aber deutlichem Abstand folgte ihre Leibwache, die aus sechzig Männern bestand. Der Vogt war mit seinen Leuten in der Burg geblieben.

33

Jagdschloss der ungarischen Königin, Karpaten

Barbara trug das schwarze Kleid aus Leder, das Alexios bereits kannte. Nachdem sie den beiden Kontrahenten kühl zugenickt und in ihrem Sessel Platz genommen hatte, ließ sich auch ihr kleiner Hofstaat auf der Bank nieder. Die Leibwache nahm hinter der Königin Aufstellung. Klein, aber fein, dachte Alexios. Die beiden Ritter schritten zur Königin, wobei zahllose Grashüpfer vor ihnen die Flucht ergriffen und mit artistischer Leichtigkeit durch die Luft sprangen. Die Ritter knieten vor der Königin nieder.

»Tragt Ihr Euren Ring heute nicht am Finger?«, fragte die Königin, die den Ring, der an der Kette baumelte, entdeckte.

Alexios steckte ihn unter den Harnisch. »Im Turnier und in der Schlacht, wenn ich die Eisenhandschuhe anhabe, trage ich ihn immer an einem Eisenband um den Hals. Ich will nicht provozieren, dass mir jemand aus Habgier den Finger abschlägt oder gar die ganze Hand, weil er den Ring besitzen will.«

»Sieh an, David kann auch weise sein!«, rief Barbara lachend. »Nein, grämt Euch nicht, Herr Ritter, Ihr habt recht.« Sie reichte dem Fürsten ein blaues Tuch, das sie zuvor küsste, und Hunyadi ein rotes, das sie ebenfalls zuvor mit ihren vollen Lippen berührt hatte. »Meine Herren, die Dinge liegen nun einmal so, dass ich euer beider Dame bin. Kämpft also ehrenvoll und bereitet mir und euch keine Schande. Darum bitte ich euch.«

Die Ritter banden zum Zeichen, dass sie sich ehrenvoll für ihre Dame schlagen wollten, die Tücher um den Hals.

»Ist Euch etwas auf den Magen geschlagen, Iancu?«, fragte sie.

»Nein, Herrin.«

»Ihr wirkt so verdrossen. Oder hat Furcht Euer kühnes Herz überfallen?«

»Ich kann es kaum erwarten! Was die Furcht vermag, werdet Ihr gleich sehen.«

Die Königin nickte ihm zufrieden und ein wenig vertraulich zu, dann nahm ihr Gesicht wieder einen offiziellen Ausdruck an. Um vor aller Ohren der Form Genüge zu tun, fragte sie laut und deutlich: »Seid ihr einverstanden, dass wir den Waffenmeister des Herrn Iancu zum Wappenkönig, der über den Kampf richtet, ernennen?«

»Was sagt Ihr, Alexios?«, fragte Hunyadi.

»Da ich keine Veranlassung habe, an der Ehre des Herrn Iancu zu zweifeln, habe ich auch keinen Grund, der Rechtschaffenheit seines Waffenmeisters zu misstrauen«, verkündete der Fürst mit fester Stimme.

»Wohl gesprochen«, lobte die Königin. Obwohl sie ausdruckslos wie ein Orakel wirkte, spürte Alexios doch ihre Freude auf die unerwartete Abwechslung, die jetzt ihren Lauf nahm.

Die Ritter erhoben sich und gingen zu ihren Pferden. Nachdem sie aufgesessen waren, reichten Diener, die als Knappen fungierten, ihnen die Lanzen zu. Die beiden Kämpfer legten die Lanzen in die rechte Armbeuge ein und klappten mit der linken Hand das Visier ihrer Helme herunter.

Noch heute wirst du in meinen Armen liegen, schwor sich Alexios mit Blick auf die Königin.

Der Wappenkönig rief: »Ihr Herren, macht euch bereit«, und hob sein Schwert, einen mannshohen Zweihänder mit gezackter Klinge.

Die Gegner gaben ihren Pferden die Sporen und rasten mit besorgniserregender Geschwindigkeit aufeinander zu, die Spitze auf den anderen gerichtet. Alexios trieb sein Pferd an, dann krachten die Lanzen gegeneinander und splitterten. Nicht schlecht, dieser ungarische Feldherr, dachte Alexios. Aber etwas anderes hatte er auch nicht erwartet.

Beide Männer ritten zu ihrem Ausgangspunkt zurück. Wieder übergaben ihnen die Diener die Lanzen. Wieder forderte der Wappenkönig sie auf, sich bereit zu machen, wieder hob er das Schwert, wieder gaben Hunyadi und Alexios ihren Pferden die Sporen, und wieder krachten die Lanzen gegeneinander und splitterten.

Schließlich reichten ihnen die Diener die letzten Lanzen zu. Alexios schaute kurz zur Königin hinüber. Sie winkte Hunyadi zu. Sein Blut brodelte. Jetzt würde er es seinem Gegner, vor allem aber der Königin zeigen! In Wahrheit sollte sie der Stoß treffen – und zwar mitten ins Herz. Er schob kurz das Visier nach oben, um auszuspucken.

»Ist Euch nicht gut, Herr Ritter? Wollt Ihr aufgeben?«, rief sie ihm höhnisch zu. Zorn hielt ihn nun ganz gefangen. Er riss sich dennoch mühsam zusammen. »Es geht mir bestens, hohe Frau!« Sprachs und klappte das Visier nach unten. Der Wappenkönig hob erneut das Schwert. Alexios zog die Lanze sehr fest ein und zielte nun auf dem Kopf des Gegners, dabei trieb er sein Pferd ungleich heftiger an als in den ersten beiden Waffengängen. Er fasste sein Ziel genau ins Auge – der Stoß musste sitzen. Gleich würden sie aufeinandertreffen!

Dann erscholl ein großes Getöse, das ihm fast das Trommelfell platzen ließ. Er schlug auf dem Boden auf, rollte rückwärts und lag, unfähig, sich zu bewegen, auf dem Rücken.

Das Ganze war so rasch geschehen, dass die Zuschauer es kaum verfolgen konnten. Hunyadi hatte seine Lanze kurz vor dem Aufeinandertreffen blitzschnell nach unten genommen und sich geduckt, sodass der Stoß des Fürsten ins Leere ging, während Hunyadis Lanze mit voller Wucht gegen den Brustpanzer des Rhomäers stieß.

Durch die Wucht des Aufpralls fühlte sich Alexios nicht nur benommen, er bekam auch keine Luft mehr. Ihm wurde schwarz vor Augen. Instinktiv begriff er, dass die Lanze das Eisenblech so eingebeult hatte, dass es auf seinen Brustkorb drückte und ihm so den Atem nahm. Ihm blieb nur eine Rettung, so schnell wie möglich die Rüstung abzulegen. Mit letzter Energie wälzte er sich auf den Bauch, stieß das Schwert in den weichen Wiesenboden und zog sich hoch, sodass er auf die Knie kam. Er winkte nach seinem Diener und machte ihm durch Zeichen verständlich, dass er ihm aus dem Harnisch helfen sollte. Während sich Alexios erbrach, löste der Diener die Lederriemen am Rücken und entfernte den Harnisch. Es sah nicht gut aus, denn nicht nur die Rüstung war eingedellt und in der Mitte durchschlagen, auch das Kettenhemd war an einer Stelle zerfetzt und griff mit eisernen Krallen in sein Fleisch.

»Das Hemd auch«, brüllte der Fürst. Ein zweiter Diener kam gelaufen und half dem ersten. Als sie ihm das Hemd über den Kopf zogen, rissen ihm die scharfen Kettenglieder, die teils aus ihrer Verbindung gebrochen waren, wie Widerhaken das Fleisch und die Haut auf der Brust und auf der Wange, der Nase und sogar der Stirn auf. Er blutete scheinbar aus tausend Wunden wie ein gegeißelter Christus, nur nicht am Rücken, sondern am Brustkorb und im Gesicht. Er fuhr sich mit der Hand übers Gesicht, sodass sein Antlitz rot vor Blut und dunkel vor Schmutz in der Sonne leuchtete. So rot wie sein Rubin, der aus Blut gepresst zu sein schien.

»Beenden wir das Turnier, Herr Fürst, mir ist Genüge getan«, rief die Königin. Der Fürst ergriff den Ring, führte ihn zu seinen Lippen und küsste ihn. »Aber mir nicht«, sagte Alexios und zog sein Schwert aus dem Boden.

»Ihr seid ein Fall für den Wundarzt, nicht für einen Ritter«, rief ihm Iancu Hunyadi freundlich zu. »Ihr seid ein tapferer Mann ohne Fehl und Tadel, lasst also Eure Wunden versorgen. Ich bestehe auch nicht auf der Wette«, schlug der Heerführer großzügig vor.

»Aber ich«, entgegnete Alexios. Dabei lächelte er, und dieses kühle Lächeln in seinem blutverschmierten Gesicht verwirrte sowohl Hunyadi als auch die Königin.

»Habt Ihr etwa Angst, Iancu? Ich für meinen Teil habe mich gerade erst erwärmt. Wenn Ihr Angst habt, dann gebt Ihr doch auf.« Hunyadi fluchte. Er nahm seinen Schild hoch und hob das Schwert. Die Kraft des Fürsten reichte nur noch für das Schwert, deshalb beschloss er, sich ganz auf das Führen der Klinge zu konzentrieren. Er hatte eine Waffe ausgewählt, deren Griff lang genug war, sodass man sie auch als Beidhänder benutzen konnte. Sein Kalkül bestand darin, dass er eine größere Schlagkraft erreichte, wenn er sie mit beiden Händen führte, er musste nur schnell genug mit dem Körper den Schlägen des Gegners, die er sonst mit dem Schild abgewehrt hätte, ausweichen. Kurz erwog er, den anderen dadurch nervös zu machen, dass er das Schwert über seinem Kopf kreisen ließ, aber das hätte zu viel Kraft gekostet. Und Hunyadi war auch nicht der Mann, der sich ins Bockshorn jagen ließ. Also beschloss er, sich angeschlagener zu stellen, als er es tatsächlich war. Eine kleine List wirkte manchmal Wunder. Der Fürst ging halb gebeugt, sein Schwert in der rechten Hand hinter sich herschleifend, auf Hunyadi zu, so als ob er am Ende seiner Kräfte war. Er hoffte, dass die Finte funktionieren würde – es war seine einzige Chance.

Das Blut drang ihm aus allen Wunden. Alexios spürte, dass er nicht genügend Kraft für einen zweiten Angriff aufbringen könnte. Wenn seine Attacke misslingen und Hunyadi ihn durch einen Gegenangriff zwingen würde, sich zu verteidigen, dann wäre es um ihn geschehen.

»Gebt auf!«, rief Hunyadi.

Alexios schüttelte nur den Kopf und trottete stur weiter.

»Dickschädel!«, fluchte der Feldherr und hob sein Schwert, um zuzuschlagen.

Darauf hatte Alexios nur gewartet. In dem Moment, in dem Hunyadis Schwert auf ihn niedersauste, griff er mit beiden Händen nach seiner Waffe und kreuzte Hunyadis Klinge mit solch großer Wucht, dass dem Heerführer das Schwert im hohen Bogen aus der Hand flog. Und dann begann Alexios mit verblüffender Schnelligkeit mit dem Schwert wie ein Berserker auf seinen Gegner einzuschlagen, als ob er mit einer Axt Holz hackte. Hunyadi verteidigte sich geschickt und rückwärtsgehend mit seinem Schild. Der gezeichnete Ring splitterte aus dem ersten Bild, dann aus dem zweiten. Alexios grinste schief und stach zu, aber die Spitze des Schwertes verfing sich zwischen dem Helm und der Kettenkapuze des Gegners. Blitzschnell umschloss Johann Hunyadi mit seinen Händen, die von eisernen Handschuhen geschützt wurden, die Klinge des Schwertes und drehte sich mit ganzer Kraft nach rechts und nach links, sodass durch den Ruck, den der Hebel des Schwertes noch verstärkte, die Waffe aus den Händen des Fürsten brach. Der

Feldherr zog das Schwert aus der Klemme, packte es am Griff und ging auf seinen Gegner zu.

Der Herr gibt, und der Herr nimmt, dachte Alexios nur noch. Gleich würde Hunyadi ihn fragen, ob er aufgeben wolle, und er würde es verneinen – ganz gleich, was darauf folgte. Schmach wollte er genauso wenig ertragen müssen wie den Spott der Königin.

Doch Johann Hunyadi ließ das Schwert fallen, streifte seinen rechten Eisenhandschuh ab und reichte Alexios die Hand. »Ihr seid ein großer und ehrenhafter Mann, Fürst Angelos. Wenn Ihr es anzunehmen geneigt seid, wäre ich stolz, künftig Euer Waffengefährte sein zu dürfen.«

Alexios ergriff die ausgestreckte Hand, und Hunyadi zog ihn hoch. Er legte den Arm des Fürsten auf seine Schulter und stützte ihn ein wenig, als sie zur Königin schritten und sich Arm in Arm gemeinsam vor ihr verneigten.

»Ich bin es zufrieden, meine Herren, mir ist nun wirklich Genugtuung widerfahren«, verkündete Barbara feierlich.

»Der Hund?«, keuchte Alexios noch außer Atem.

Hunyadi sah auf seinen Schild. Er holte scharf Luft, hielt kurz den Atem an und ließ ihn langsam entweichen. »Die Ringe wurden den Raben entwunden. Der Hund gehört Euch.«

»Ihr habt Înger verwettet?«, rief die Königin.

»Ich würde …«, lenkte Alexios ein.

»Nein«, unterbrach ihn Hunyadi. »Ich habe die Wette verloren. Înger gehört Euch. Lasst ihn mir noch für einen Tag des Abschieds.«

»Passt auf, dass Ihr nicht alles, was Ihr liebt, Herr Iancu, an den jungen Fürsten verliert«, warnte die Königin und sah dabei den Fürsten sehr wohlwollend an. »Bringt ihn in seine Kemenate, Iancu. Mein Wundscher wird nach ihm sehen.«

»Majestät, könnte Euer Wundscher mir auch den Bart rasieren? Die Türken haben mir mein Rasiermesser abgenommen.«

Barbara lächelte vergnügt. »Und ich dachte schon, Ihr wäret als Waldschrat auf die Welt gekommen.«

»Weiß Gott nicht«, antwortete der Fürst in einer Mischung aus Grimm und Heiterkeit.

34

Notaras-Palast, Konstantinopel

Tausend Meilen entfernt von Alexios schlug am gleichen Morgen Loukas die Augen auf und verlor sich sofort in Eirenes Mandelaugen wie in der Tiefe eines Gefühls.

»Beobachtest du mich schon lange?«, fragte er nach einer Weile.

»Lange? Ich habe lange auf dich warten müssen. Aber jetzt bist du endlich da. Jetzt gehörst du mir!« Sie küsste ihn. »Es ist der erste Tag unserer Ehe«, sagte sie mit einem Zweifel in der Stimme, als müsse sie sich immer wieder bestätigen, dass ihr Glück kein Traum, sondern Wirklichkeit, dass Loukas tatsächlich zurückgekehrt war und sie geheiratet hatte. Noch traute sie dem Glück nicht über den Weg.

»Der erste Tag von hoffentlich sehr vielen«, antwortete er. »Ich habe eine Überraschung für dich.«

»Eine Überraschung, noch eine Überraschung?« Ihr ganzes Gesicht strahlte.

»Eudokimos erwartet uns auf der ›Nike‹. Du bist mit einem Kapitän verheiratet. Also musst du mich aufs Meer begleiten.«

Eirene war überglücklich. Er hatte daran gedacht! Er hatte nicht vergessen, wie sehr sie sich wünschte, mehr kennenzulernen als Konstantinopel und nicht nur Reiseberichte zu lesen oder anzuhören, sondern die Welt mit eigenen Augen zu sehen.

»Heute kreuzen wir nur ein wenig hin und her, um festzustellen, wie seetüchtig du bist. Dann sehen wir weiter.« Er küsste sie, dann stand er auf. »Die Eltern wollen mit uns frühstücken, und meinem Vater knurrt, wie ich ihn kenne, bereits der Magen. Zumindest haben mich seine knurrenden Eingeweide geweckt. Komm, steh auf, du Langschläferin.«

»Ich und eine Langschläferin?«, rief Eirene und schleuderte mit beiden Händen ihr großes Kissen nach ihm. »Wer hat denn hier wen im Schlaf beobachtet?«

Loukas fing das Kissen im Flug auf, legte es auf den Stuhl neben sich und sagte: »Na warte!«, dann war er bereits wieder bei ihr im Bett.

Glücklich und strahlend erschienen sie am Frühstückstisch, der reich gedeckt war. Selbst Nikephoros, der sich angewöhnt hatte, sehr früh zu essen und anschließend sofort mit der Arbeit zu beginnen, geduldete sich den Frischvermählten zuliebe.

Auch der alte Seeräuber war nur kurz zum Schlafen gekommen – schließlich hatten sie bis in die Morgendämmerung hinein gefeiert. Die Hochzeit seines ältesten Sohnes stellte ein gesellschaftliches Ereignis von besonderer Bedeutung dar. Alles, was Rang und Namen hatte, war zu der pompösen Zeremonie in der Hagia Sophia erschienen – etwas zu viel des Guten, fand das Brautpaar. Doch Nikephoros hatte sie auf ihre Verantwortung für das Handelshaus hingewiesen und darauf, dass die Hochzeit eben nicht nur eine persönliche Angelegenheit war, sondern auch eine gesellschaftliche. Es bot der Familie die Möglichkeit, die eigene Stärke und Bedeutung zu demonstrieren, denn so weit hatten es die Notaras bereits im gesellschaftlichen Leben der Stadt gebracht, dass die Einladung eine Ehre für den Eingeladenen darstellte. Wer keine Einladung erhielt, zählte nicht zu den wichtigen Leuten in der Stadt. Nikephoros freute sich an der Liebe der beiden – dieses private Gefühl sollten sie leben und genießen. Doch zugleich galten sie etwas in der Öffentlichkeit und trugen daher auch eine öffentliche Verantwortung, die sie im Interesse ihrer künftigen Kinder wahrzunehmen hatten. Nur einen Fehler, wie er so vielen unterlief, durften sie nicht begehen: das Öffentliche mit dem Privaten, den Schein mit der Wirklichkeit, die Wirkung mit der Quelle zu verwechseln. Die öffentliche Wirkung war der Hebel, den man im gesellschaftlichen Verkehr ansetzte, aber nicht man selbst.

Und so hatten sie das Kunststück fertiggebracht, ihre Hochzeit als offizielles Ereignis zu feiern und dennoch privat und unbeeindruckt vom äußeren Gepräge die Vermählung als Fest ihrer Liebe zu erleben. Auf diese Weise war die Heirat zwischen Eirene Palaiologina und Loukas Notaras zu einem Ereignis geworden, zu dem ganz Konstantinopel erschien, und zugleich zum Fest zweier liebender Herzen. Obwohl die beiden Frischvermählten sich aus begreiflichen Gründen alsbald von der Feier zurückgezogen hatten, um nach der langen Trennung endlich für sich zu sein und die Nähe des anderen zu genießen, dauerte die Feier bis in die frühen Morgenstunden an. Aus diesem Grund saß der Hausherr, der noch den letzten Gast mit Handschlag verabschiedet hatte, übernächtigt mit tiefen Tränensäcken und schweren Lidern am Frühstückstisch.

Um seine Müdigkeit zu überspielen, scherzte er über den frischen Teint, den Eirene bekommen hätte. Wenn er jedoch gehofft hatte, sie damit in Verlegenheit zu bringen, sah er sich gründlich getäuscht. Dass Loukas gut für sie war, hatte Eirene schon gewusst, als sie ihm das erste Mal begegnet war, obwohl sie ahnte, dass es sie noch einige Anstrengung kosten würde, bevor er so war, wie sie sich ihn wünschte. Insofern gab sie ihrer Großmutter recht, dass die Aufgabe der Frau darin bestand, den Mann zu kultivieren.

»Eine spannende und dazu noch selbst ausgewählte Aufgabe erfrischt nun mal eine Frau«, sagte Eirene selbstbewusst.

»Mein Sohn hat also nicht geheiratet, sondern er wurde geheiratet«, stellte Nikephoros resigniert fest.

»Und dich, guter Vater, habe ich mir gleich mit ausgesucht. Also benehmt euch, Vater und Sohn, damit ich meine Wahl nicht bereuen muss.«

»Siehst du, mein Sohn, da sind wir nun beide in die Falle gelaufen und ...«

»... werden da wohl auch nie wieder herauskommen«, ergänzte Loukas.

»Eine Falle? Wohl eher euer Glück!«, warf Thekla ein. »Was sind Männer doch für sonderbare Wesen – so klug und so einfältig zugleich.«

»Aber dafür lieben wir sie auch«, sagte Eirene.

»Oho, wie einig sich die Weiber in diesem Punkte sind!«, rief Nikephoros quer über den Tisch.

»Sonst wären sie nicht die Frauen, mit denen das Leben zu einem Fest wird«, sagte Loukas galant und erntete zur Belohnung einen Kuss von Eirene.

»Für einen Schmatzer von dieser Frau erzählst du jeden Unsinn, Sohn«, brummte Nikephoros.

Alle starrten ihn an. Meinte er seine Äußerung ernst oder im Spaß, wollte er damit eine Distanz zu seiner Schwiegertochter zum Ausdruck bringen? Doch Nikephoros lächelte breit und setzte, die Unsicherheit der anderen genießend, zielsicher die Pointe. »Ich weiß, wovon ich rede. Mir geht es nämlich genauso«, sagte er, küsste seiner Frau liebevoll die Hand und raunte ihr ins Ohr: »In Ewigkeit dein Sklave.«

»Das will ich erleben«, flüsterte Thekla zurück.

Loukas und Eirene standen gerade im Begriff, zum Hafen zu gehen, als ein reitender Bote des Kaisers eintraf: Der Kapitän möge sich sofort im Palast einfinden.

»Können sie uns nicht ein paar Tage Ruhe gönnen? Johannes ist wirklich ein rachsüchtiges Scheusal«, rief Eirene ärgerlich. Doch dann besann sie sich. »Außer, dass mein Onkel ein Scheusal ist, ist er auch der Mitkaiser. Du musst gehen, Loukas.«

Loukas schaute, obwohl er nichts dafürkonnte, dennoch schuldbewusst zu Boden. Aber Eirene lächelte bereits wieder, und jedes Zorneswölkchen, das ihr Gesicht verdüstert hatte, war der Fröhlichkeit gewichen. »Wir haben ja jetzt ein ganzes Leben lang Zeit füreinander. Drehen wir den Plan einfach um: Fahren wir morgen, und heute kümmere ich mich um die Einrichtung und die Einweisung der Dienerschaft. Natürlich nur, wenn es Euch recht ist, gute Mutter«, fügte sie, an Thekla gewandt, hinzu.

»Selbstverständlich, meine Liebe«, sagte Thekla, die von Eirenes praktischem Verstand begeistert war.

Wenig später stand Loukas im Geheimen Besprechungssaal vor Kaiser Manuel und dem Mitkaiser Johannes.

Johannes eröffnete das Gespräch ohne Umschweife. »Ich weiß, Ihr habt gerade geheiratet, aber Ihr müsst reisen.«

»Wo geht es hin?«, erkundigte sich der Kapitän neutral.

»Nach Edirne. Mehmed ist tot«, erwiderte Johannes.

Loukas sah zu dem schweigenden Kaiser hinüber, dem die Nachricht offensichtlich ans Herz ging.

»Dabei war er so viel jünger als ich!«, seufzte Manuel. »Wir wollten uns im Herbst treffen, um über einen dauerhaften, über einen großen Frieden zu sprechen. Da hat man endlich einmal einen Muslim, mit dem man ein vernünftiges Gespräch führen kann, vielleicht sogar diesen wuchernden Hass und die üppig treibende Gewalt zurückschneiden kann – und dann stirbt dieser kluge Mann früh. Ach Gott! Warum nur? Soll es denn ewig so weitergehen, dass wir uns gegenseitig die Köpfe einschlagen, im Glauben, dafür in den Himmel zu kommen und den anderen in die Hölle zu schicken? Sind die verschiedenen Konfessionen nicht lediglich unterschiedliche Sprachen, mit denen wir zu dem einen Gott reden, ob wir ihn nun Vater, Allah oder Jahwe nennen? Ist der Islam am Ende nicht nur ein Christentum auf Arabisch und das Christentum nicht nur ein Judentum in der Sprache der Griechen und der Lateiner?«

Johannes und Loukas sahen den Kaiser verständnislos an und dachten unabhängig voneinander, dass Manuel Palaiologos auf seine alten Tage wunderlich wurde.

»Wenn es so ist, dann enden wir alle in der Hölle, dann sind wir alle die Söhne Kains. Und niemand von uns wird den Himmel sehen.«

Johannes schämte sich für seinen Vater und nahm sich vor, ihn behutsam, aber konsequent aufs Altenteil zu setzen. Abrupt wandte er sich von Manuel ab und Loukas zu.

»Murad hat die Macht übernommen. Du kennst Murad. Reite als Gesandter zu ihm nach Edirne, überbringe unser Beileid und unsere Glückwünsche, du weißt schon, und alles, was dazugehört, und versuche, in Erfahrung zu bringen, welche Absichten er hegt. Dir wird er sich vielleicht eher öffnen als unseren Diplomaten.«

»Ich breche in der Morgendämmerung auf«, sagte Loukas.

»Gut, als Botschafter stehen dir eine Eskorte und ein paar Diplomaten aus meiner Kanzlei zu. Außerdem lass dir vom Schatzmeister die entsprechenden Geschenke aushändigen.«

»Gutes Gelingen, mein Sohn. Auf dir lastet die große Aufgabe, den Weg zur Verständigung mit dem neuen Herrscher zu ebnen, eine Aufgabe, an der letztlich das Leben vieler Menschen hängt«, gab ihm Manuel mit auf den Weg.

Damit war Loukas entlassen. Und begab sich so schnell als möglich nach Hause, um sich mit seiner Frau und seinem Vater zu besprechen.

35

Jagdschloss der ungarischen Königin, Karpaten

Die beiden Männer, die sich im Turnier fast getötet hatten, wollten gerade den Pallas betreten, als sie das Poltern von Hufeisen auf der Zugbrücke hörten. Alexios fühlte es mit allen Fasern seines Herzens, dass sein Schicksal zu Pferde mit unaufhaltbarer Kraft in den weltabgeschiedenen Ort drang. Nur einen Augenaufschlag später zügelten sieben Reiter ihre Rosse im Hof der Burg. Vom Maul der Tiere troff Schleim. In der Sonne glänzte der Schweiß auf den Leibern wie flüssiges Silber. Alexios hing der Blutgeruch der Pferde sofort in der Nase. Die Reiter trugen Mützen mit einem Totenkopfemblem, Harnische und Schwerter. Dass sie keine Franziskaner auf Wallfahrt waren, daran ließen ihr Äußeres und ihr Gehabe keinen Zweifel. Sie ritten im Auftrag eines hohen Herrn und würden sich, so viel war sicher, durch nichts außer durch ihren Tod aufhalten lassen. Hunyadis Lächeln erstarb auf seinem Gesicht und machte einem ernsten Ausdruck Platz.

»Geht schon vor, ich komme gleich nach«, sagte der Heerführer und wandte sich gefolgt von Înger den Bewaffneten zu. Alexios erkundigte sich noch, ob Hunyadi Hilfe benötigte, doch der winkte nur ab. »Die größte Hilfe, die Ihr mir leisten könnt, ist, dass Ihr Eure Wunden versorgen lasst.« Dann rief er den Reitern etwas auf Ungarisch zu.

Im Zimmer des Fürsten wusch der Wundscher Alexios Angelos die zahlreichen Wunden, dann rieb er sie mit einer Arnika-Essenz ein und scherte ihm schließlich den Bart. Während die Wunden des Fürsten versorgt wurden, fiel ihm auf, dass eine Unruhe sich auf der

Burg ausbreitete und auch die Diener erfasste. Johann Hunyadi wurde offenbar aufgehalten, jedenfalls ließ er sich nicht blicken. Auf seine Frage bekam Alexios vom Wundscher nur die vage Antwort, die Männer seien Kuriere des Königs.

Zum Abendessen erschien Alexios Angelos frisch rasiert und auch bandagiert. Er hatte ein paar Fleischwunden im Oberkörper, tiefe Risse in der Haut an Hals, Wangen und Stirn, aber nichts Lebensgefährliches, Blessuren, die alsbald verheilt sein würden. Dafür sah er verwegen aus. Die Königin und Johann Hunyadi erwarteten ihn bereits. Sie speisten in kleiner Runde. Man hatte kaltes Wildbret und einen Roten serviert, dazu Quellwasser und Brot. Alexios erkundigte sich nach den Kurieren, wurde aber mit der Antwort abgefunden, dass er später Auskunft erhielte, sich aber einstweilen noch gedulden möge. Die Unterhaltung beim Abendessen verlief unerwartet schleppend. Barbara und Hunyadi wirkten unkonzentriert.

Die Königin zog sich frühzeitig zurück. Alexios wunderte sich, dass sie weder gespottet noch provoziert hatte, wie es ihrer Art entsprach. Sie wirkte nachdenklich und betroffen. Auch Hunyadi hatte die Veränderung im Verhalten der Königin bemerkt, konnte oder wollte sich indes keinen Reim darauf machen.

»Glaubt mir, mein lieber Freund, die Königin ist ein Rätsel, das immer undurchdringlicher wird, wenn Ihr es zu lösen versucht«, sagte er.

Sie zogen sich mit einem Krug Tokaier in die Armstühle zurück und entließen die Diener für diesen Abend. Endlich kamen sie auf das Thema, das Alexios zu dieser weiten und beschwerlichen Reise getrieben hatte: eine christliche Allianz gegen die Osmanen zu schmieden. Hunyadi bat den Fürsten ohne Umstände, frei und offen zu sprechen. Und Alexios berichtete über seine Gespräche mit Stephan Lazarowitsch und dem Ban von Bosnien.

»Stephan ist ein alter Fuchs! Er steht dort, wo er sich den größten Vorteil verspricht, kein Mann, dem man vertrauen kann«, warf Hunyadi kurz ein, hörte dann aber weiter konzentriert zu. Schließlich erkundigte er sich, welche Truppenstärke der byzantinische

Kaiser aufzubringen in der Lage sei. Alexios räumte ein, dass er das nur schwer einschätzen könne. Die Frage lautete, ob die Despoten von Thessaloniki und der Morea mitmachen würden, die dem Kaiser zwar unterstanden, sogar seine Söhne waren, doch zuallererst ihre eigenen Interessen im Auge hatten. Hinzu kam die Ungewissheit, ob die Lateiner, die Besitzungen wie Athen auf der Peloponnes hatten und denen auch einige Inseln in der Ägäis gehörten, im Falle eines Krieges versuchen würden, ihre Besitzungen auf der Peloponnes auf Kosten des Kaisers zu vergrößern. Aus der Antwort auf diese Fragen ergab sich, wie viele Truppen die Despoten mit Rücksicht auf ihre eigene Sicherheit entbehren könnten. »Im besten Fall bringen wir vielleicht fünfzigtausend Mann zusammen«, schloss Alexios.

»Das ist wenig«, sagte Hunyadi enttäuscht. Offensichtlich hatte er mit einer größeren Streitmacht der Rhomäer gerechnet. Alexios erklärte ihm, dass die Rhomäer bei allem, was sie beisteuern konnten, die beste Unterstützung leisten würden, wenn sie den Bosporus sperrten. Dann würden die beiden türkischen Reichshälften, Anatolien und Rumelien, voneinander getrennt sein, und der Sultan wäre von seinem Nachschub abgeschnitten.

Alexios Angelos hatte weniger zu bieten, als Johann Hunyadi erwartet hatte. Er schwieg und trank nachdenklich seinen Wein. Von fern hörte man ein Käuzchen rufen. Er bat Alexios, ihn kurz zu entschuldigen, dann verschwand er, und der Fürst blieb allein mit sich und seinen Gedanken zurück.

Nach einer langen Weile beschloss Alexios, des Wartens auf Hunyadi überdrüssig, zu Bett zu gehen. Kaum jedoch war er eingeschlafen, weckte ihn Clara von Eger. Zum ersten Mal nahm er sie bewusst wahr. Ihre schwarzen Augen, mehr aber noch der große rote Mund, der ihrem Gesicht ein lustiges Aussehen verlieh, gefielen ihm. Doch die Zofe ließ ihm keine Zeit für Gedanken, sondern drängte: »Kommt, kommt, die Königin erwartet Euch!«

Wenige Minuten später stand Alexios im Rittersaal der Königin, Johann Hunyadi, dem Beichtvater und dem Anführer der Kuriere gegenüber.

»Schwört Ihr bei Eurem Leben und bei Eurer Ehre, über alles, was Ihr jetzt erfahrt und was mit Euch geschehen wird, Stillschweigen zu bewahren, niemanden darüber in Kenntnis zu setzen, ja, Euch auch selbst vager Andeutungen zu enthalten?«, fragte Barbara.

»Ich schwöre bei der Jungfrau Maria und bei Christos, unserem Herrn!«

»Gegen die Osmanen hilft nur ein Mittel, der Kreuzzug«, sagte Hunyadi. »Nur, wenn alle christlichen Herrscher sich dran beteiligen, muss keiner Verrat befürchten. Wer nicht beim Kreuzzug mitmacht, wird exkommuniziert. Aber ein Kreuzzug benötigt Geld und Zeit für seine Vorbereitung. Herr Sigismund führt derzeit den Kreuzzug gegen die Ketzer in Böhmen, dort sind seine Kräfte gebunden. Er muss erst die Hussiten besiegen und diesen Krieg erfolgreich abgeschlossen haben, bevor er einen neuen Kreuzzug beginnen kann.«

»Sollen wir so lange warten?«, entfuhr es Alexios.

»Es gibt genug zu tun. Ihr kennt die Voraussetzung für einen gemeinsamen Waffengang.« Der Fürst wusste, dass Papst Martin V. nur unter der Bedingung bereit war, Konstantinopel zu helfen, wenn zuvor die Kirchenunion vollzogen worden war. Und er würde von seiner Forderung, dass sich die orthodoxe Kirche dem Papst zu unterwerfen hatte, nicht ein Jota abrücken. Hinzu traten ein paar theologische und liturgische Fragen, die Alexios nicht interessierten. Auch die kirchliche Unterordnung unter den Primat des Papstes schreckte Alexios nicht, denn sie hatte auf die Herrscher nur bedingt Auswirkungen, wie man an der Machtvollkommenheit des französischen oder des römischen Königs studieren konnte. Doch niemand durfte die Macht der orthodoxen Geistlichen und vor allem der Mönche unterschätzen, die sogar einem Kaiser gefährlich werden konnte.

»Was erwartet Ihr von mir, Herr Iancu?«, fragte Alexios.

»Bereitet den Kreuzzug mit vor. Schafft die Voraussetzung. Sammelt die Kräfte der Griechen. Schafft die Bedingung für die Kirchenunion. Eines hübsch nach dem anderen. Und jetzt kniet nieder, Herr Alexios, Euch wird eine große Ehre zuteil.«

Der Fürst staunte und schaute fragend die Königin an. Barbara schenkte ihm ein Lächeln. Er fiel auf die Knie.

»Unser Herr Sigismund hat beschlossen, Euch in den Orden der Drachenritter aufzunehmen. Ihre Aufgabe besteht im Schutz des christlichen Glaubens im Kampf gegen Heiden wie die Türken oder Ketzer wie die Hussiten. Seid Ihr, Herr Alexios aus dem ehrwürdigen Geschlecht der Angeloi, dazu bereit?«, fragte die Königin.

»Ich bin es!«, sagte Alexios so laut, als solle seine Einwilligung über den Saal hinaus in der ganzen Welt widerhallen.

»Unsere Schutzpatrone sind der heilige Georg, der Drachentöter, und die heilige Margit von Antiochien«, erklärte ihm Hunyadi. »Der Teufel hatte sich in einen Drachen verwandelt und die heilige Margit verschlungen. Doch die Gnade des Herrn hat sie unversehrt aus dem Magen des Untiers befreit. Ihr wisst, was das bedeutet?«

»Das liegt auf der Hand! Der Teufel hat sich einen großen Teil unseres Reiches, Rumelien und Anatolien, in dem auch Antiochia liegt, einverleibt. Und wie die heilige Margit aus dem Bauch des Ungeheuers befreit wurde, werden wir mit Gottes Hilfe Rumelien und Anatolien befreien!«

»So sei es. Unser Wahlspruch lautet: *O quam misericors est Deus justus et pius*.«

»Oh, wie barmherzig ist der Herr, wie gerecht und fromm«, zitierte Alexios den griechischen Wortlaut des Mottos.

»Unser Wappen ist ein Drache, der sich in den eigenen Schwanz beißt«, fuhr Hunyadi fort.

»Auf Griechisch der *ouroboros*.«

»Es symbolisiert die Einheit der Welt und in der Alchemie einen vollständigen Wandlungsprozess der Metalle«, warf die Königin ein.

»Aber Ihr dürft das Symbol im Gegensatz zu uns nicht offen tragen. Niemand soll wissen, dass Ihr ein Drachenritter seid«, sagte Hunyadi.

»Niemand wird das erfahren.«

»Dann kommt!«, forderte Hunyadi alle auf.

Die kleine Gesellschaft verfügte sich in die Burgkapelle und feierte schlicht, aber dafür um so eindrucksvoller die heilige Messe. Leib und Blut Jesu verbanden Alexios nun für immer mit dem Orden der Drachenritter. Nach der Messe umgürtete ihn Hunyadi mit einem Schwert und ermahnte ihn, die Regeln der Ritter, die er einzeln aufzählte, immer treu zu befolgen. Es war übrigens ein schönes und wertvolles Schwert mit einer Damaszener-Klinge.

»Jetzt seid Ihr ein Ritter des Drachenordens, Bruder!« Hunyadi umarmte Alexios so ungestüm, dass es ihm vor Schmerz schwarz vor Augen wurde.

»Denkt daran, der Mann trägt Eure Blessuren«, ermahnte ihn die Königin. Der Heerführer lockerte sofort seinen Griff und bat um Verzeihung, die ihm indes Alexios gern gewährte.

Als sie aus der Kapelle unter das Sternenzelt traten, verabschiedete sich die Königin. Alexios sah ihr sehnsuchtsvoll nach.

Hunyadi räusperte sich. »Da ist noch etwas, was Ihr unbedingt wissen müsst.«

»Sprecht, Iancu!«

»Mehmed ist tot.«

Alexios glaubte, seinen Ohren nicht zu trauen. Der Sultan lebte nicht mehr, und er, der die Wirren des Herscherwechsels nutzen wollte, um die Türken nachhaltig zu schwächen, weilte weitab vom Geschehen! Jetzt drängte es ihn nur noch, so schnell wie möglich nach Konstantinopel zu kommen. Die Stunde, dem Rad der Fortuna Schwung zu verleihen, war angebrochen. Doch er wollte sich nicht von seinen Hoffnungen narren lassen, deshalb fragte er nach, um ganz sicherzugehen.

»Der Sultan ist wirklich tot? Es besteht kein Zweifel?«

Hunyadi nickte.

»Aber er ist doch im besten Mannesalter«, wandte Alexios mit einem Rest von Skepsis ein.

»Es heißt, er sei vom Pferd gestürzt. Der Veitstanz hätte ihn dann in die Hölle geführt.« Das änderte schlagartig die Situation. Nun durfte er nicht länger zögern, denn nur er allein wusste, was jetzt getan werden musste. Deshalb kam es auf ihn an, auf ihn allein. Er spürte die Last der Verantwortung, die er aber gleichzeitig als Lust empfand. Die Stunde, auf die er so sehnsüchtig gewartet hatte, wetterleuchtete am Horizont. Günstiger jedenfalls konnten die Sterne nicht stehen. Alexios dachte an Dschuneid und an ihre Vereinbarung.

»Ich muss so schnell wie möglich zurück«, sagte er. »Habt Ihr ein paar Männer für mich?«

»Ja, fünf meiner Leute unter Führung meines Waffenmeisters kann ich entbehren«, entgegnete Hunyadi. »Aber zu dieser Stunde aufzubrechen ist nicht ratsam. Außerdem verlierst du mehr Zeit, als du gewinnst, wenn du dich jetzt mühsam durch die Nacht kämpfst und am Tage schläfst. Verbringe die Nacht mit mir, mein Freund, lass uns Wein trinken, und erzähl mir, was du vorhast. Aber vor allem, bei des Teufels haariger Großmutter, sage *du* zu mir, denn wir sind Drachenritter, Brüder in Christo. Ich werde morgen früh aufbrechen und ein Heer versammeln, um meinem Herrn zu Hilfe zu eilen. Er hat einen schweren Stand in Böhmen. Und dann sehen wir uns hoffentlich in Rumelien, um die Glaubensfeinde zu verjagen. Heißa, wird das eine gottgefällige Jagd!« Die Vorfreude auf den Kreuzzug gegen die Osmanen blitzte Hunyadi aus den feurigen Augen und trieb ihm ein wildes Lächeln ins Gesicht.

In dieser Nacht erkannte Alexios in dem Ungarn und der Ungar im Byzantiner den Gleichgesinnten, den Bruder im Geist und in der Tat. Als der Morgen dämmerte, rief Hunyadi seinen Hund herbei. Vor den Augen des Tieres umarmte er Alexios und ging vor dem Fürsten auf die Knie. Dann sprach er zu dem Kuvasz wie zu einem Menschen.

»Înger, du bleibst bei Alexios Angelos. Du wirst ihm ein guter Freund und Gefährte sein, wie du mir es warst, ihn beschützen und bewachen. Leb wohl, mein Freund.«

Dann eilte er zum Ausgang. Der Hund wollte ihm folgen, doch Hunyadi befahl mit scharfer Stimme: »Du bleibst bei Alexios, vergiss niemals, was ich dir sagte.« Der Hund jaulte herzzerreißend, dann kniete er sich auf seine Vorderläufe.

»Komm, Înger, komm«, rief Alexios dem Tier zu. Der Kuvasz zögerte, dann näherte er sich seinem neuen Herrn. Alexios streichelte den Kopf des Tieres. Mit einer blitzschnellen Bewegung warf er den Hund auf den Rücken. Alexios erhob sich. Der Kuvasz drehte sich, sprang auf die Pfoten und legte sich anschließend vor dem Fürsten flach auf den Bauch.

»Gut gemacht, Înger! Jetzt musst du nur noch Griechisch lernen«, rief Alexios lachend auf Latein.

Vor dem Saal erwartete ihn bereits die Zofe. »Kommt bitte mit.« Er folgte ihr, wundert sich jedoch nicht, als er vor dem Damastvorhang stand. Er schob den Stoff beiseite und trat in die Kemenate. Er stand im Schlafzimmer der Königin. Sie trug bereits Reisekleidung. »Schade, mein Ritter, wir hätten mehr daraus machen können.«

»Ich komme so schnell es geht zurück, hohe Frau.«

»Ja? Tut Ihr das? Aber dann bin ich nicht mehr hier.« Er sah sie fragend an. »Es gibt doch immer Ohrenbläser, die meinem Mann einreden, dass ich ihn ständig betrüge. Ausgerechnet er, der alle Frauen zwischen fünfzehn und dreißig, die bei drei nicht auf dem Baum sind, mit seiner erlauchten Rute beglückt, wirft mir das vor. Ausgerechnet er! Ihr habt die Kuriere gesehen?«

»Ja.«

»Sie werden mich in ein armseliges, halb zerfallenes Schloss in die Nähe von Buda bringen. Dort darf ich dann in Kargheit aus Strafe für meine Untreue leben und hoffen, dass der König sich irgendwann einmal blicken lässt. Anderen Besuch darf ich nicht empfangen.«

»Dann lasst uns fliehen«, platzte es aus ihm heraus. Alexios senkte die Lider, denn er wusste selbst zu gut, wie töricht die Idee war. Sie reichte ihm die geöffnete Hand. Er küsste die Wölbung. Sie schloss die Augen.

»Werden wir uns je wiedersehen, Herr Ritter?«

»Ja, aber ja! Wie erfahre ich, wo Ihr seid?«

»Clara, Ihr kennt sie gut, wird Euch Nachricht zu geben wissen.«

Der Anführer der Kuriere trat ins Zimmer. »Majestät, es ist Zeit aufzubrechen.«

»Gewiss«, sagte die Königin leise, lächelte und wischte sich verstohlen eine Träne aus den Augen. Dann folgte sie dem Kurier.

In Alexios aber brüllte jede Faser seines Herzens: Verdammte Macht! Wegen der Macht konnten sie nicht zusammen sein, wegen der Macht ritt er nun nach Süden, fort von ihr! Er schüttelte den Kopf über die absurde Situation. Weit von Konstantinopel entfernt stand er in einem Jagdschloss in den Karpaten und sah hilflos mit an, wie die Frau, die er liebte, von Bewaffneten weggeführt wurde, allein mit einem Hund, den er vor wenigen Stunden noch gar nicht kannte und der jetzt sein Eigen war. Er pfiff. Der Kuvasz stürmte ins Zimmer.

»Komm, mein Freund, wir haben Arbeit zu erledigen. Es geht nach Hause«, sagte er auf Griechisch zu dem Hund. Das Tier bellte, als wolle es seinem neuen Herrn zustimmen.

Im Hof erwartete ihn bereits Hunyadis Waffenmeister mit fünf Männern zu Pferde. Alexios Angelos bestieg sein Ross und rief den Männern grimmig zu: »Also dann, meine Herren, erteilen wir den Türken eine Lektion!« Und gab seinem Reittier die Sporen. Neben ihm lief Înger, als ob er nie etwas anderes getan hätte, als neben dem Rhomäer-Fürsten Alexios Angelos herzulaufen.

36

Residenz des Sultans, Edirne

Loukas Notaras überholte mit seiner Eskorte immer wieder bewaffnete Trupps. Das Reich der Osmanen befand sich in Aufruhr, wie es in den Zeiten des Herrscherwechsels üblich war. Auch in Edirne gärte es. Die wenigen Händler, die sich auf den Basar trauten, wirkten verschüchtert. Frauen sah man so gut wie gar nicht in den Straßen, dafür schien sich fast die gesamte männliche Einwohnerschaft der Stadt auf dem Platanenplatz vor dem Palast des Sultans versammelt zu haben. Die Christen, erfuhr er später, suchten Schutz in den Kirchen der Stadt. Verunsicherung rüttelte die Stadt. Loukas stieg vom Pferd und kämpfte sich mühsam bis zum Eingang des Palastes durch, der von einem Eskadron Janitscharen bewacht wurde. Einen Glatzkopf, dem aus der Mitte seines kahlen Schädels eine schwarze Strähne wuchs und der mit seinem Bart und seinen Glupschaugen einem Walross ähnelte, bat der Kapitän, den Sultan oder Halil Pascha zu verständigen, dass der Gesandte des Kaisers, Loukas Notaras, die hohen Herren zu sprechen wünsche. Der Janitscharenkommandeur schickte einen seiner Leute in den Palast.

Eine halbe Stunde später stand Loukas, nachdem er zwei freundliche Innenhöfe passiert hatte, in einem großen und hellen Saal, auf dessen blauen Fliesen sich kostbare Teppiche rekelten. Auf einem großen, runden und in allen Farben der Welt leuchtenden Kissen saß Murad. Neben ihm stand Halil Pascha. Während Loukas zum Ableben Mehmeds kondolierte und zum Regierungsantritt gratulierte, verunsicherte ihn die ungewohnte Kühle der beiden Männer, mit denen er vor Kurzem noch in Amasia vertrauten, ja fast herzlichen Umgang gepflegt hatte. Dass sie in ihrer neuen Position ein wenig auf Abstand hielten, erklärte hingegen nicht vollkommen die abweisende Haltung, die sie Loukas gegenüber an den Tag legten. Irgendetwas, durchfuhr es den Kapitän, war geschehen.

»Ich danke für die Kondolenz und für die Gratulation. Doch gefreut hätte ich mich über etwas sehr Einfaches«, sagte der junge Sultan und schaute den Griechen prüfend an.

»Worüber, Herr?«

»Nun, über Aufrichtigkeit.« Loukas Notaras überraschte die Antwort. Er verstand nicht, worum es ging.

»Und gerade von dir hätte ich sie erwartet. Dass du mich hintergehst, enttäuscht mich tief. Führt ihn ab. Ich werde später entscheiden, was mit ihm geschehen soll«, rief er seiner Wache zu. Loukas warf sich auf den Boden. »Herr, wenn ich Euch verletzt haben sollte, so sagt es mir. Ich bin mir keiner Schuld bewusst.«

»Keiner Schuld bewusst?«, brüllte Murad. »Keiner Schuld bewusst. Seit Jahren habt ihr den falschen Mustafa in einem Kloster auf der Insel Lemnos interniert. Und nun, pünktlich zum Tod meines Vaters, lasst ihr ihn frei, damit er sich mit Dschuneid, dem Emir von Smyrna, gegen mich verbündet. Ist das Euer großzügiges Geschenk zu meinem Regierungsantritt? Schafft ihn aus meinen Augen, diesen Heuchler und Lügner, diese griechische Schlange!« Loukas Notaras verschlug es die Sprache, er war kreideweiß geworden und ließ sich ohne Protest willenlos abführen. Man hatte ihn bewusst in allergrößte Gefahr gebracht, ohne ihn vorzuwarnen, vorausgesetzt, der Kaiser wusste selbst davon. Der Kapitän fragte sich, wer diesen verrückten Plan, den falschen Mustafa zu befreien, ersonnen und durchgeführt hatte.

Vollkommen war er in die Falle getappt. Doch darüber nachzudenken war müßig, jetzt galt es, einen Weg zu finden, um dieser bedrohlichen Situation zu entkommen. Er machte sich keine Illusionen über seine Lage. Es wäre nur legitim, dass Murad als Reaktion auf diesen Verrat ihn enthaupten lassen und seinen abgeschlagenen Kopf in Honig eingelegt als Botschaft nach Konstantinopel senden würde. Der Kapitän musste sich eingestehen, dass diese Reaktion des Sultans logisch, wohl auch klug und verständlich wäre, denn es ging um seine Herrschaft wie um sein Leben – und Schuld daran war Konstantinopel. Es gab nur eine Rettung, dachte der Kapitän schließlich, wenn es ihm gelänge, den Sultan von seiner persönlichen Unschuld zu überzeugen. Es ging nun im wahrsten Sinne des Wortes um seinen Kopf.

37

Kaiserpalast, Konstantinopel

In Konstantinopel lauschten Manuel und Johannes dem Bericht des Fürsten Alexios Angelos. Obwohl der Fürst Hunyadis Angebot in leuchtenden Farben ausmalte, zeigte es nüchtern betrachtet, dass die Kräfte König Sigismunds auf unabsehbare Zeit im Hussitenkrieg im fernen Böhmen gebunden waren. Hilfe konnte man von dort nicht erwarten. Dass der Erfolg seiner Reise kleingeredet wurde, kränkte Alexios. Er mochte sich nicht länger mit dem Kleinmut, mit der ewigen Schwarzmalerei eines verbrauchten und ängstlichen Clans auseinandersetzen, der endlich den Weg freizumachen hatte für ein neues, starkes Geschlecht von Herrschern. Dennoch protestierte er um der Sache willen, für die sein Herz schlug, und pries Hunyadis Tatkraft. Der Kaiser hörte schon nicht mehr zu und schnitt ihm schließlich das Wort ab.

»Wir können uns auf die Kirchenunion nicht einlassen«, entschied Manuel.

»Warum?«, fragte Johannes statt des Fürsten.

»Weil wir die Kirchenunion mit den Lateinern nicht gegen die Geistlichen, gegen die Mönche und gegen das Volk durchsetzen können«, erwiderte der Kaiser.

»Pah, das Volk! Ich werde es schon zähmen!«, rief Alexios, und seine Augen funkelten.

Manuel lächelte mitleidig: »Mein Sohn, die Menschen glauben jetzt schon, dass wir von Gott für unsere Sünden bestraft werden. Was glaubst du, wie sie es empfinden werden, wenn wir noch eins draufsetzen würden? Nicht nur Sünder, sondern wegen der Kirchenunion auch noch Ketzer und Apostaten, also Abfallende vom wahren Glauben wären? Gewalt kann in einzelnen Fällen ein Mittel sein, aber sie kann nicht die Rechtmäßigkeit ersetzen – zumindest nicht auf Dauer. Gewalt zu entfesseln ist leicht, viel schwerer hingegen, sie wieder an die Kette zu legen. Bedenkt das, Fürst Heißsporn!«

»Aber …«, wollte Alexios widersprechen, doch der Kaiser fuhr ihn an: »Du kannst nicht gegen das Volk und die Mönche regieren! Schluss mit diesen Abenteuern, wir werden uns mit den Türken arrangieren!«

Alexios lächelte fein, und dieses wissende und zugleich mitleidige Lächeln verunsicherte Vater und Sohn. »Mit wem wollt Ihr Euch arrangieren? Mit Murad oder seinem Onkel Mustafa, den sie auch den Falschen nennen?«

Johannes klappte der Unterkiefer vor Staunen herunter, und Manuel erhob sich aus seinem Armstuhl.

»Sprich nicht in Rätseln!«, fuhr ihn Manuel an.

»Verzeiht, Herr. Ich habe mit ein paar von Hunyadis Leuten, wackeren Männern, die sich jetzt wieder auf dem Heimweg Richtung Norden befinden, Mustafa befreit. Er sammelt in Rumelien Truppen gegen Murad, und der Emir von Smyrna rekrutiert in Anatolien. Der Großkaraman, der Khan der Horde der Schwarzen Hammel und andere mächtige Fürsten in Anatolien werden sich unter seiner Flagge vereinen.«

»Du hast …« Manuel schwindelte. Wie vom Schlag getroffen ließ er sich in seinen Sessel fallen und atmete schwer.

»Dann ist Loukas Notaras tot«, entfuhr es Johannes. »Dann haben wir ihn in den Tod geschickt.«

Für eine kleine Weile fror die Zeit ein, und ein Engel des Todes durchquerte den Raum. Man konnte seinen kalten Hauch spüren. Als sich der Mitkaiser mühsam wieder gefasst hatte, erklärte er dem Fürsten, dass sie den Kapitän zu Murad nach Edirne gesandt hatten.

»Umso besser, so haben wir auch Murad gratuliert«, entgegnete Alexios zynisch und gut gelaunt. Dass bei dieser Mission sein Widersacher, der ihm die Braut ausgespannt und ihn gedemütigt hatte, den Tod finden würde, sah er als willkommenen Nebeneffekt an, mit dem er zwar nicht rechnen konnte, der ihn aber dennoch erfreute. »Arme Eirene, vom Brautkleid ins Trauerkleid. So schnell kann es gehen!«

»Raus, ich will dich nicht mehr sehen«, sagte Manuel leise.

»Vater«, wandte Johannes ein, »lass uns in Ruhe nachdenken. So eigenmächtig Alexios auch gehandelt hat, so hat er doch das Richtige getan. Mustafa hat uns umfangreiche Versprechungen gemacht – und nicht nur uns. Wenn er Sultan ist, wird er ein sehr geschwächter Sultan sein. Murad ist siebzehn Jahre alt, er hat zwar seine Herrschaft verkündet, sitzt aber nicht sicher im Sattel. Es ist richtig, jetzt zuzuschlagen. Wir werden den alten Notaras irgendwie entschädigen müssen.«

Der alte Kaiser erschrak über die politische Blindheit seines Sohnes. »Wir werden für die Eigenmächtigkeit dieses jungen Toren einen hohen Preis bezahlen«, sagte er und zeigte auf Alexios.

»Werden wir nicht, Vater! Es ist das Alter, das dich ängstlich macht. Du solltest dich ausruhen. Überlass es mir!« Stille spannte sich im Saal aus. Alexios Angelos hörte seinen eigenen Pulsschlag.

Manuel Palaiologos erhob sich. Sein Sohn hatte ihn vor einem Dritten gedemütigt.

»Es ist meine Welt wohl nicht mehr«, stellte er resigniert fest und verließ den geheimen Besprechungssaal. Es schien ihm an der Zeit zu sein, die Kaisertoga mit der Mönchskutte zu tauschen. Das Modell des Palastes kippte er auf dem Plan der Stadt um. Der Kaiser hatte kaum den Raum verlassen, da ging Johannes auf den Fürsten zu und tätschelte ihm wohlwollend die Schulter.

»Das hast du gut gemacht! Jetzt ist der richtige Zeitpunkt. Den dürfen wir nicht verpassen. Wenn, dann bändigen wir die Osmanen jetzt und für alle Zeit. Was schlägst du also vor?«

»Schickt mich mit ein paar Leuten meiner Wahl und etwas Geld zum Emir von Smyrna. Wir wollen sehen, wie wir helfen können.«

»Aber hübsch vorsichtig. Offiziell sind wir neutral!«

»Versteht sich«, grinste Alexios. Er verschwieg Johannes, dass er mit Mustafa ausgemacht hatte, für seinen Beistand im Krieg gegen Murad das Fürstentum Nikomedien zu erhalten, das nicht Konstantinopel unterstand und damit eine ideale Ausgangsbasis im Kampf um die Kaiserkrone der Rhomäer darstellte. Mustafas Sieg würde den Anfang vom Ende der Herrschaft der Palaiologen markieren! Der alte Kaiser schien das instinktiv zu spüren, aber Johannes vertraute nicht mehr seinem Vater, sondern ihm, Alexios. Bald schon würde die Stunde der Angeloi schlagen, und er, Alexios, ließ sich dafür auf ein großes und gefährliches Spiel ein. Doch das war es in seinen Augen wert, und überdies reizte es ihn. Das Leuchten in den Augen des Fürsten, das Johannes für Tatendrang hielt, war in Wahrheit Übermut.

Am Nachmittag hatte der Kaiser Nikephoros Notaras zu sich in den Palast gebeten, genauer in seinen privaten Arbeitsraum, der einer Mönchszelle glich. Das stellte eine ungeheuere Ausnahme dar. Niemanden, nicht einmal seine Söhne oder seine Frau, auch nicht Johannes empfing Manuel hier. Sein weiß getünchtes Refugium maß höchstens fünf mal zehn Fuß, ausgestattet mit einem Bett, einem Schemel, einem kleinen Holztisch, einer Truhe mit Manuskripten und Büchern.

Als Nikephoros eintrat, saß der Kaiser in einem einfachen Mönchsgewand über einen Text gebeugt. Ohne aufzusehen und bar jeder Betonung las er seinem Gast vor: »Da sah ich ein fahles Pferd; und der, der auf ihm saß, heißt ›der Tod‹; und die Unterwelt zog hinter ihm her. Und ihnen wurde die Macht gegeben über ein Viertel der Erde, Macht, zu töten durch Schwert, Hunger und Tod und durch die Tiere der Erde.«

»Wird es so schlimm kommen, Herr?«, fragte Nikephoros.

»Ich weiß es nicht, ich weiß auch nicht, wie es sich so entwickeln konnte. Mir fehlt es nicht an Kraft, auch nicht an Willen oder an Mut, dem, was unausweichlich auf uns zukommt, zu wehren. Ach, wofür muss ich in meinem Alter, welches das Ende bereits sehen kann, noch Mut aufbringen? Mir fehlt es an Ungehorsam.«

Ein ungutes Gefühl beschlich Nikephoros. Wenn der Kaiser über Theologie zu sprechen wünschte, dann hätte er sich einen Gelehrten, von denen es treffliche in Konstantinopel gab, kommen lassen sollen. Was wollte er bloß von ihm?

»Wieso an Ungehorsam? Ungehorsam könntet Ihr nur zu Gott sein, weil er der Einzige ist, der über Euch steht«, sagte er vorsichtig.

»Du sagst es. Ich frage mich inzwischen, ob es Gottes Wille ist, dass wir untergehen werden. Und wenn es so wäre, wie könnte ich mich dann gegen Gottes Willen stellen – außer in einem unbegreiflichen Akt des Ungehorsams?«

Nikephoros sah die Verzweiflung in den Augen des Kaisers, eine tiefe und gründliche Verlorenheit. Sie wog umso schwerer, weil Manuel Palaiologos die Welt kannte, die lateinische Welt bereist hatte und als Vasall von den Türken gezwungen worden war, mit den Osmanen gegen die Stadt Philadelphia, die von Griechen beherrscht wurde, zu kämpfen. Die Hoffnungslosigkeit des Kaisers resultierte nicht aus mangelndem Mut oder einem zur Depression und zu Melancholie neigendem Geist, sondern aus der einfachen, aber absoluten Tatsache, dass sein kluger Verstand im Kampf gegen die Vergeblichkeit ausblutete.

»Es werden Kinder geboren und somit Hoffnung. Junge Männer treten an die Seite ihrer Väter, um deren Werk fortzusetzen«, antwortete Nikephoros behutsam.

Manuel lachte kurz und trocken auf. »Setz dich, mein alter Freund.«

Als er Nikephoros' suchenden Blick gewahrte, wies er mit seiner Hand auf die Pritsche. Und dann tat der Kaiser etwas, was noch nie vorgekommen und gleichzeitig so unerhört war, dass Nikephoros es für sich behalten wollte. Er löschte selbst den letzten Abstand, der zwischen einem Herrscher und seinem Untertanen bestand, indem er sich neben den alten Kaufmann setzte und ihn vertraulich und tröstend zugleich die rechte Hand auf die Schulter legte, so wie es einem Mönch, nicht aber dem Kaiser gebührte.

»Du musst jetzt sehr tapfer sein, mein alter Freund«, begann Manuel. Dann berichtete er Nikephoros von der Gefahr, in der sein Sohn schwebte. Er beschönigte und verheimlichte nichts, bat aber seinen Gesprächspartner um Verschwiegenheit.

»Du weißt, was das heißt«, schloss Manuel. »Murad kann den Gesandten nicht einfach laufen lassen oder zurückschicken, er muss dessen Körper als Botschaft benutzen. Das Leben deines Sohnes ist jetzt allein in Gottes Hand, und wir alle können dich jetzt nur um Verzeihung bitten, Bruder.«

Als Nikephoros Notaras den Palast verließ, wirkte er um Jahre gealtert. Auf dem Rückweg begab er sich zum Studionkloster, um Demetrios, der dort die Schule besuchte, abzuholen. Ihn trieb das Bedürfnis, seine Familie in dieser schweren Stunde in seinem Palast zu versammeln. Im Kloster erwartete ihn allerdings eine böse Überraschung. Der Leiter der Schule eröffnete ihm, dass sein jüngster Sohn nur sehr selten die Schulbank drückte. Der Schlag saß. Demetrios hatte ihn belogen und an der Nase herumgeführt! Zornig verließ Nikephoros das Kloster. Ihm stand nicht der Sinn danach, dem Lehrer Vorhaltungen zu machen, dass er ihn nicht informiert hatte. Auch fehlte ihm die Kraft dazu. Eine Ahnung verriet ihm allerdings, wo er seinen Sohn finden würde.

Eine halbe Stunde später stand er in der Werkstatt des Mönches Dionysios und starrte mit wachsender Wut auf den schmächtigen Jüngling, der Gold zum Malen für den Heiligenschein verflüssigte und der ihm zunehmend fremder vorkam. Die liebevolle Sorgfalt, mit der Demetrios behutsam die Handgriffe ausführte, wirkte auf den alten Seeräuber wie die brennende Lunte an einem Pulverfass. Der Sohn des Handelsherrn und kaiserlichen Dolmetschers Nikephoros Notaras als Gehilfe eines Malers! Wofür hatte er gearbeitet, die Firma zum Erfolg geführt, wenn sein eigen Fleisch und Blut Entzücken an niederen Arbeiten fand, ja sich freiwillig zum Diener eines lausigen Mönches hergab?

Demetrios, der Blicke auf sich gerichtet fühlte, schaute auf und erschrak vor dem Zorn in den Augen seines Vaters. Er sprang auf und wollte sich, wie es kleine Kinder zu tun pflegen, wenn sie Schläge befürchten, unter eine Bank zwängen, als wäre sie eine Höhle, die dem übermächtigen Feind den Zutritt verweigerte. Nikephoros warf eine Tonschüssel, die er vom Tisch riss, nach ihm.

Das Gefäß zerbrach in tausend Splitter, und Demetrios drückte sich noch enger an die Wand, als könne sie sich schützend um ihn schließen. Doch die Kraft seines Vaters reichte noch dazu aus, ihn unter der Bank hervorzuzerren, ihn am Arm zu packen und mit sich nach Hause zu ziehen. Die begütigenden Worte des Mönches hatte Nikephoros gar nicht wahrgenommen. Unterwegs sprach er kein Wort mit seinem Sohn, innerlich aber tobte der Orkan.

Kaum hatte er die Tür des Palastes hinter sich zugeschleudert, da bearbeitete er Demetrios mit seinen großen Fäusten und, als er auf den Boden stürzte, mit Tritten. Dann stellte er ihn wieder auf die Beine, um erneut auf ihn einzuschlagen.

»Dein Bruder riskiert sein Leben für die Familie, und du, du Nichtsnutz, versäumst die Schule, um mit Farben zu panschen!«, schrie Nikephoros.

Die ganze Angst, die den Alten um seinen Lieblingssohn quälte, entlud sich als Rausch der Gewalt auf den armen, stillen Demetrios, der mit den Händen versuchte, sein Gesicht zu schützen, und heulte und vor Schmerzen und in Todesangst schrie. Die Wut seines Vaters, die unbarmherzig auf ihn einprügelte, empfand er als Hass auf sich. Und mit jedem Schlag traf ihn die Erkenntnis härter: Sein Vater liebte ihn nicht, sondern verachtete ihn, verabscheute ihn, den missratenen Sohn, den weder die Seefahrt noch der Handel noch die Politik, noch das Abenteuer reizte, der sich lieber in eine Mönchszelle zurückzog, um zu malen. Unter Schluchzen und Tränen betete Demetrios zum lieben Gott, dass er ihn von der Erde vertilgen möge, um dafür seinem Bruder das Leben zu erhalten. Er bot Gott alles an, was er anzubieten vermochte, weil es das Einzige war, das ihm wirklich gehörte: sein Leben. Nicht den Bruder, sondern ihn, Demetrios, den Nichtsnutz solle er hinfortnehmen. Ein fairer Tausch war das, befand er, sein unnützes Dasein gegen das nützliche Leben seines Bruders. Und das Schlimmste war, dass Nikephoros in diesem Moment das Gleiche dachte und Demetrios die Gedanken des Vaters förmlich lesen konnte.

Das Brüllen des Vaters und das Schreien des Sohnes hatten Thekla und Eirene in die Halle gerufen. Sie trauten ihren Augen nicht, als sie den sinnlosen Ausbruch der Gewalt entdeckten. So hatte Thekla ihren Mann noch nie erlebt, so außer sich, so brutal, er, der eine wahre Meisterschaft entwickelt hatte, seine Reaktionen unter Kontrolle zu halten. Sie versuchte, Nikephoros von Demetrios wegzuzerren, doch sie hatte keine Chance gegen den wütenden Stier. Eirene zwängte sich zwischen Sohn und Vater.

Nikephoros wollte gerade wieder zuschlagen, bremste jedoch seine Faust, bevor sie Eirene traf. Sie sahen einander in die Augen. Es war nicht mehr Hass, nicht Brutalität, was sie in seiner Iris wahrnahm, sondern nur eine abgrundtiefe Angst, die Angst eines Kindes. Diese Furcht im Blick des gestandenen Mannes wahrzunehmen erschütterte sie und erfüllte sie mit der Vorahnung eines großen Unglücks. Ihr wurde plötzlich kalt ums Herz. Wie aus einer Trance erwacht, blickte Nikephoros unsicher um sich.

»Was tust du!«, brüllte ihn Thekla fassungslos an.

»Er schwänzt die Schule, er belügt uns, um zu diesem Mönch in die Zelle zu gehen. Statt Sprachen und Rechnen und Denken lernt er Malen!« Aber das brachte Nikephoros schon kraftlos, beinah versöhnlich hervor. Er wischte sich den Schweiß ab.

Thekla schüttelte den Kopf, denn das, was sie gesehen hatte, erschien ihr wie ein Albtraum. »Dann hat er Strafe verdient, aber nicht so, nicht diese. Das ist doch kein Grund, sein eigen Fleisch und Blut totzuschlagen!«

Doch dann gewann die Verzweiflung wieder die Oberhand in Nikephoros. Leer starrte er vor sich hin, wie jemand, der die Welt nicht mehr verstand. »Der da panscht mit Farben, während sein Bruder wohl gerade geköpft wird.« Er wankte. Mit einem Mal verließen ihn alle Kräfte, er stürzte wie ein alter Baum und weinte hemmungslos wie ein kleines Kind. Der Verlust des Sohnes schien den Vater in ihm zurückzunehmen.

Eirene hatte das Gefühl, dass ihr Herz erstickte, als sie mühsam aus ihrem Schwiegervater herausbekam, in welcher Lage sich Loukas befand.

Mithilfe der Diener brachten die beiden Frauen Demetrios zu Bett und schickten nach der Ärztin Martina Laskarina, denn sie fürchteten, dass kein Knochen im Körper des Jünglings heil geblieben war. Sein linkes Auge schwoll zu.

Aber das war nicht das Schlimmste für Demetrios, das Schlimmste für Demetrios bestand darin, dass er seinen Vater verloren hatte.

38

Residenz des Sultans, Edirne

Während in Konstantinopel Eirene vergebens versuchte, Eudokimos zu überreden, sie nach Edirne zu begleiten, zerbrach sich Loukas in seinem immerhin luxuriösen Gefängnis im Palast den Kopf darüber, wie er den Sultan und Halil Pascha von seiner Unschuld überzeugen könnte. Seit zwei Tagen hielt man ihn bereits fest, ohne dass er Besuch bekommen hätte. Schließlich wurde er mitten in der Nacht geweckt. Bewaffnete führten ihn zunächst durch die Flure des Palastes, die nur von ein paar Öllämpchen notdürftig beleuchtet wurden, dann in den Garten, der sich mit den vielfältigen Wasserspielen unter einem großen Sternenhimmel ausbreitete. Es roch nach Wachholder.

Sah so das Ende aus? Man führte ihn in einen kleinen Pavillon. Im Halbdunkel nahm er eine Gestalt wahr, die auf ihn zu warten schien.

Der Mann winkte ihn heran. Beim Näherkommen erkannte Loukas, dass auf dem Diwan Halil Pascha saß. Der Türke lud ihn ein, neben ihm Platz zu nehmen.

»Wie konntet Ihr nur so etwas Dummes tun?«

»Ich wusste wirklich nichts davon!«

»Selbst wenn ich Euch das glaube, verbessert das Eure Situation nicht, weil der Sultan dem Kaiser eine eindeutige Botschaft schicken muss – schon um sein Gesicht zu wahren. Und Ihr seid nun mal der Botschafter des Kaisers – unabhängig davon, ob Ihr davon wusstet oder nicht.«

Loukas konnte förmlich hören, wie seine Hoffnung, dem Tod zu entgehen, platzte. »Heißt das, es spielt keine Rolle, ob ich davon wusste oder nicht, ob ich mitschuldig bin oder nicht?«

»So ist es, mein Freund. Es würde mich nur persönlich interessieren, um meine Menschenkenntnis zu überprüfen, hattet Ihr Kenntnis von der Befreiung des falschen Mustafa?«

»Nein, wirklich nicht. Wäre ich dann zu Euch gekommen?«

Plötzlich keimte in Loukas ein Verdacht auf, weshalb man ausgerechnet ihn geschickt hatte. Er war in die politischen Intrigen nicht eingeweiht, zudem kein Mitglied der vornehmen Familien, nur der Sohn eines reichen Aufsteigers, selbst ein Emporkömmling, der nach dem Höchsten griff. Loukas wurde bewusst, dass er das ideale Bauernopfer abgab. Sollte es ihm wider alle Wahrscheinlichkeit gelingen, dem Tod zu entrinnen, dann würde er diese Erfahrung für die Zukunft beherzigen und sich niemals mehr benutzen lassen.

»Ihr ladet eine Sünde auf Euch!«, sagte er.

»Weil wir einen Unschuldigen töten? Wo lebt Ihr? Es werden weit mehr Unschuldige als Schuldige getötet. Mein Herr kann nicht nicht antworten. Es muss eine starke, jedem verständliche Botschaft sein, und welche Botschaft ist stärker, als den Kopf des Botschafters zurückzuschicken?«

»Ihr habt recht, leider!« So weit kannte er die Spielregeln, um zu wissen, dass die Argumentation des Paschas schlüssig war und dass es hierbei nicht um seine Person, sondern um seine Funktion ging.

»Schade um Euch«, seufzte Halil.

Eine letzte Idee kam Loukas noch. »Aber was wird aus den Geschäften, die wir miteinander machen wollen?«

»Ihr seid nicht der einzige Geschäftsmann, mit dem man zusammenarbeiten kann. Gerade hat sich mir ein junger Mann aus Galata vorgestellt. Vielleicht kennt Ihr ihn. Draperio, Francesco Draperio.«

»Nie gehört.«

»Wäre auch für Euch ein interessanter Mann gewesen. Nun, es ist, wie es ist. Lebt wohl, Loukas Notaras. Politik ist ein schmutziges Geschäft, zu schmutzig für Euch, aber das spielt jetzt auch keine Rolle mehr«, sagte der Pascha und wandte sich ab.

Loukas wurde wieder in sein komfortables Gefängnis geführt. Die Türken, das musste er anerkennen, behandelten ihn mehr als korrekt.

Am nächsten Morgen erhielt er Besuch von einem jungen Mann, der sich als ebenjener Francesco Draperio aus Galata vorstellte, den Halil Pascha erwähnt hatte.

Aus der Handelsniederlassung der Genuesen hatte sich eine kleine Stadt entwickelt, die gegenüber von Konstantinopel lag, getrennt nur durch das Goldene Horn. Und weil sie gegen*über* lag, nannten die Byzantiner die Stadt auf griechisch Pera, während die Genuesen ihrer Kolonie den Namen Galata gegeben hatten. Von dieser Stadt aus starteten die Genuesen ihre Handelszüge ins Schwarze Meer, nach Trapezunt und nach Kaffa. Allerdings waren sie auch in Konstantinopel mit eigener Gerichtsbarkeit, eigener Kirche, Geschäften, Wohnhäusern und Lagerhallen in der Nähe der Nordhäfen vertreten. Schließlich kam es in der Konkurrenz zu den Venezianern, Pisanern und Anconitanern darauf an, in der Stadt selbst Flagge zu zeigen.

Der alte Notaras verfügte über beste Kontakte zu den Genuesen und arbeitete eng mit ihnen zusammen. Aber den Namen Draperio hatte Loukas den Vater nie erwähnen hören. Deshalb reagierte er zurückhaltend auf den Fremden. Der Genuese nahm keine Notiz von der Reserve, sondern erzählte Loukas, dass er bisher gutes Geld mit Schiffsversicherungen verdient habe und nun in den Handel investieren wolle. Hierfür suche er starke Partner, und das Handelshaus Notaras könne ein starker Partner sein.

Diese Dreistigkeit verblüffte Loukas. »Guter Mann, ich bin gefangen und dem Tod näher als dem Leben. Und da sprecht Ihr von Geschäften?« Er fragte sich, was dieser Genuese wirklich von ihm wollte und weshalb ihn Halil Pascha in einer nur scheinbar zufälligen Nebenbemerkung erwähnt hatte.

»Ich habe mich leider mit wenig Erfolg beim jungen Sultan für Euch verwandt. Zumindest hat er mir gestattet, Euch zu sehen, weil er Euch persönlich schätzt. Verzeiht, Ihr solltet nur wissen, wer ich bin, weil ich Eurer Familie eine Botschaft von Euch überbringen könnte, wenn Ihr das wünscht.«

Loukas musterte den Fremden. Ihm schoss der Gedanke durch den Kopf, dass der Türke ihm einen Freundschaftsdienst erweisen wollte, indem er ihm ermöglichte, sich brieflich von seiner Familie zu verabschieden. Durfte er dem Mann aus Galata vertrauen? Andererseits hatte er nichts mehr zu verlieren. »Wenn Ihr treulich Briefe meiner Familie übergeben würdet, ruht Gottes Segen auf Euch.«

»Ich schwöre, dass alles, was Ihr mir mitgebt, Eure Familie erreichen wird!«

Sie verabschiedeten sich, und der Genuese versprach, am Nachmittag wiederzukommen. Loukas ließ sich Tinte, Feder und Papier bringen und machte sich schweren Herzens daran, die Abschiedsbriefe zu schreiben. Vor seinen Augen aber entfaltete sich das Leben, das er gehabt und das er eigentlich noch zu führen beabsichtigt hatte.

Am Nachmittag erschien wie versprochen Francesco Draperio erneut. Loukas übergab ihm die Briefe. Dann nahm er das Silberkreuz ab, das ihm Eirene geschenkt hatte, und reichte es dem Genuesen.

Loukas Notaras rang sichtbar um Fassung. »Gebt es meiner Frau. Tut dies bitte für mich.« Dann wandte er sich ab.

»Gott mit Euch, Loukas Notaras«, sagte Francesco Draperio leise in seinem Rücken und verließ fast lautlos den Raum.

Mehrere Tage blieb Loukas allein. Niemand besuchte ihn. Warum verlängerten sie seine Pein? Wenn sie ihn schon hinrichten wollten, weshalb dann nicht gleich? Worauf warteten sie noch? Nach qualvollen Tagen des Wartens auf die Hinrichtung erschien eines Abends ein Hofbeamter mit Kleidung und forderte ihn auf, die Hose, die Tunika und den Kaftan anzuziehen. Er wunderte sich, kam aber der Aufforderung nach. Der Hofbeamte griff nach seiner abgelegten Kleidung und verließ ihn wieder.

Mitten in der Nacht, als er endlich in den Schlaf gefunden hatte, wurde er von Halil Pascha geweckt, der mit vier Wachsoldaten plötzlich in seinem Gefängnis stand. Mit ernstem Gesicht forderte er ihn auf, ihm zu folgen.

Francesco Draperio erfüllte sein Versprechen und überbrachte die Abschiedsbriefe. Nikephoros blieb keine Zeit, die Seiten, die ihm sein Sohn geschrieben hatte, zu lesen. Er wurde dringend in den Palast gerufen.

Eirene wollte allein sein, sie hatte sich in ihr Zimmer zurückgezogen, um Loukas' Brief zu lesen. Sie war blass im Gesicht und wirkte durchscheinend, aber nicht nur, weil sie um das Leben ihres Mannes fürchtete, sondern weil sich das Kind in ihrem Bauch bemerkbar machte. Schließlich brachte sie nicht Eudokimos davon ab, nach Edirne zu reiten, sondern die Nachricht, dass sie schwanger war.

»*Geliebte*«, schrieb Loukas, »*ich stehe tief in Deiner Schuld. Ich habe Dir ein gemeinsames Leben und Kinder, in denen wir fortleben wollten, versprochen, und nun sieht es so aus, als ob ich als Lügner und Schuldner von Dir gehe. Man will mich hinrichten, und ich habe wenig Hoffnung, dass sich doch noch alles zum Guten wenden wird. Der Kaiser hat mich als Gesandten zum Sultan geschickt, gleichzeitig ließ er den falschen Mustafa, der den Thron der Osmanen beansprucht, frei. Das stellt einen Anschlag auf das Leben des jungen Sultans dar. Bleibt Murad denn die Wahl? Kann er anders handeln, als dem falschen Kaiser den Kopf seines Botschafters vor die Füße zu legen? Alles andere würde ihm als Schwäche ausgelegt werden. Ich kann nicht glauben, dass Manuel davon wusste, und ich nehme es Johannes von Herzen übel, dass er mich in den Tod geschickt hat! Aber ich mag an all das nicht mehr denken, nicht an die Palaiologen, nicht an ihre ränkereiche Politik, nicht an Konstantinopel. Meine Gedanken sind jetzt bei Gott und bei Dir. Leider habe ich keine Bibel, sodass ich die Bußpsalmen, so gut es geht, aus dem Gedächtnis hersagen muss.*

Geliebte, auch wenn uns nur so wenig Zeit vergönnt war, so wiegt doch jede Minute mit Dir schwerer als die beiden Jahrzehnte ohne Dich. Bitte sei für meine Familie da, für meine Mutter, meinen Bruder und meinen Vater. Er soll nicht streng, sondern nachsichtig mit Demetrios sein, denn Demetrios ist ein vielleicht etwas weicher, aber dennoch ein guter Junge. Ich habe euch alle von Herzen lieb, und nichts wird mich im Himmel davon abhalten, an eurem Leben Anteil zu nehmen und auch, so gut es von da oben geht, euch zu helfen und zu schützen. Denkt daran, dass ich immer bei euch sein und euch von dort beobachten werde.

Und Du, meine Geliebte, versprich mir, dass Du Dein Leben nicht in Trübsal zubringen, sondern nach angemessener Trauerzeit Dir einen guten Mann nehmen wirst. Ich habe meinen Vater und meine Mutter gebeten, es nicht nur zu akzeptieren, sondern Dir dabei zu helfen, denn durch unsere Heirat bist Du nun auch ihr Kind. Ich habe Dich geliebt, ich liebe Dich, ich werde Dich immer lieben!

Loukas.«

Der Brief glitt Eirene aus der Hand. Ihre Trauer wandelte sich in Wut, Wut auf den falschen Johannes, auf ihren Onkel, der ihr Glück zerstört hatte. Behutsam verwahrte sie den Brief in einem Zedernholzkästchen, legte danach ihren Schmuck ab und nur das kleine Kreuz an. Dann stürmte sie in den Hof, ließ ein Pferd satteln und ritt im scharfen Galopp los. So kam es, dass sie kurz nach Nikephoros im kaiserlichen Palast eintraf. Ein Offizier der Wache trat ihr in den Weg.

»Weißt du Dummkopf nicht, wer ich bin? Ich lass dich ersäufen, wenn du mich nicht sofort zu meinem Großvater und meinem Onkel lässt!«

Der Offizier schrak vor dem Feuer in Eirenes Augen zurück. Sie rannte die Treppen hoch. Seit ihren Kindertagen kannte sie die Wege im Palast und stürmte wenig später in den Geheimen Besprechungssaal. Die Atmosphäre war gespenstisch. Der Kaiser, der Mitkaiser, zwei Offiziere, der Erste Minister und Nikephoros standen wie angewurzelt um einen Tisch herum, als wäre das Leben aus ihnen gewichen und sie nur noch Statuen, während zwei Soldaten der Palastwache sich ungeschickt bemühten, einen abgeschlagenen Kopf aus einem großen Tonkrug zu fischen. Das Unterfangen stellte sich als schwierig heraus, da der Kopf in Honig eingelegt war. Er glitt den Soldaten aus den Händen und polterte auf den Boden, wobei Honig herumspritzte und der Schädel nach links rollte. Eirene spürte, wie sie das Bewusstsein verlor. Das Geräusch, das ihr Körper beim Aufschlag verursachte, löste die Erstarrung der Männer.

39

Palast des Emirs, Smyrna, Anatolien

Man konnte Dschuneid anmerken, wie sehr er es genoss, im Park seines Palastes in Smyrna zu spazieren, nachdem er endlich sein Emirat zurückerobert hatte. Mit viel Klugheit, die Neider allerdings als List und Tücke verunglimpften, hatte er sich diese Herrschaft erkämpft und sie schließlich, nachdem ihn der verstorbene Sultan enteignet hatte, zurückgewonnen. Neben ihm ging Alexios, gefolgt von seinem treuen Kuvasz. Der Emir zählte dem Fürsten auf, wer alles auf der Seite Mustafas gegen den jungen Sultan Murad, gegen das Kind, wie Dschuneid spottete, in die Schlacht ziehen würde. Mustafa selbst sammelte Truppen in Rumelien und würde demnächst nach Anatolien übersetzen, um Bursa, die alte Hauptstadt, einzunehmen. Die Siegesgewissheit, die dem alten Fuchs aus jeder Pore drang, steckte auch Alexios an. Erst fällt Murad, dann Johannes, dachte der Fürst, während er der beeindruckenden Auflistung lauschte. Vor seinem geistigen Auge entstand eine neue Welt. Und er war einer ihrer Protagonisten.

»Mehmed ist zu früh gestorben, um die Macht seinen Söhnen zu übergeben«, schloss der Emir seinen Bericht. Die Leichtigkeit – oder sollte man besser sagen die Leichtfertigkeit –, mit der Dschuneid über den Verrat an seinem Herrscher sprach, verblüffte Alexios umso stärker, weil auch er sich mit dem Problem der Loyalität herumschlug. Denn um Kaiser zu werden, würde er eines Tages die kaiserliche Familie verdrängen müssen. Bisher hatte er sich als Rechtfertigung zurechtgelegt, dass auch die Angeloi einmal die Kaiserkrone getragen hatten, die von den Komnenen und diesen wiederum von den Palaiologen entwendet worden war – was nichts anderes hieß, als dass der Verrat verraten würde. Im Grunde holte sich Alexios nur wieder, was seiner Familie einst geraubt worden war.

»Was sagt eigentlich der Koran dazu, dass Ihr Euren Herrn verratet, betrügt und belügt?«, fragte der Fürst. Doch Alexios täuschte sich in der Vermutung, dass er damit den Emir in Verlegenheit bringen würde. Dschuneid streichelte seinen dünnen Bart mit Daumen und Zeigefinger und lächelte verschmitzt, wobei seine Augen tatsächlich feixten, was sie sonst nie taten, wenn er lachte. »Gegenüber den Ungläubigen ist jedes Mittel erlaubt.«

»Aber Murad ist Muslim«, wandte der Fürst erstaunt ein, merkte sich jedoch diesen Satz, denn er musste ja auf ihn als Christ weit stärker zutreffen als auf den Sultan.

»Er ist Sunnit. Seine Glaubensbrüder haben den Schwiegersohn des Propheten Ali ermordet«, entgegnete der Emir knapp und mit einer gewissen Verachtung in der Stimme. Alexios blickte so überfordert drein, dass sich Dschuneid zu einer Erklärung herabließ. »Es ist zwischen uns Schiiten und den Sunniten ein wenig so wie zwischen euch Christen und den Juden. So, wie die Sunniten Ali getötet haben, ließen die Juden Jesus ans Kreuz schlagen.«

Alexios bereute es, dass er die Frage gestellt hatte, denn er spürte eine wachsende Abneigung dagegen, Genaueres über die Glaubensunterschiede der Muslime zu erfahren. Über Religionen nachzudenken, lehnte er ohnehin ab. Er glaubte an den allmächtigen Vater, an den Herrn Jesus Christus, an den Heiligen Geist und feierte die Messe so, wie es die Liturgie des Johannes Chrysostomus oder Basilius des Großen vorsah. Das genügte für ihn, denn mehr wissen zu wollen war von Übel, weil es nur verwirrte und von den wichtigen Aufgaben ablenkte. Er räusperte sich und bot dem Emir an, fünfzig Ritter in die Schlacht zu führen. Auch wenn Dschuneid genügend eigene Kämpfer besaß, nahm er das Angebot an, denn die Größe der Übermacht verkürzte die Schlacht, weil sie demoralisierend auf den Feind wirkte.

»Was kostet Eure Hilfe?«, erkundigte sich Dschuneid.

»Das Fürstentum Nikomedien, nicht für meinen Herrn, sondern für mich persönlich.«

»Jetzt kann ich Euch wirklich vertrauen, da Ihr nicht nur für Euren Herrn, sondern auch für Euren persönlichen Vorteil kämpft«, antwortete der Emir mit sibyllinischem Lächeln. Zwar empfand er den Preis für die Unterstützung als viel zu hoch, aber das Versprechen kostete bekanntlich erst mal nichts. Außerdem wusste niemand, ob der Fürst die Schlacht überhaupt überleben würde.

»So soll es sein!«, stöhnte Dschuneid, nachdem er so getan hatte, als müsse er darüber nachdenken. Er wusste, dass Mustafa, um Verbündete zu gewinnen, so manche Stadt und manche Herrschaft gleich mehrfach versprochen hatte. Nach dem Sieg würde man sich darum kümmern, wer tatsächlich etwas erhielt und wer leer ausgehen würde. Einige Probleme würden sich von selbst erledigen. Und nicht alle, die darauf hofften, würden die Verteilung der Beute erleben, dafür würde er schon Sorge tragen.

Am gleichen Tag, als der Emir von Smyrna Boten ins Land schickte, um die türkischen, die karamanischen und tartarischen Fürsten vor Bursa zu versammeln, und Alexios nach Westen ritt, um die Ritter anzuheuern, führte in Edirne Halil Pascha Loukas zum Sultan. Murad trug bereits Kampfkleidung, die weiße Hose, die weiße Tunika, darüber den silberleuchtenden Harnisch und die Bein- und Armschienen. Das schützende Eisen war kunstvoll ziseliert. Den Kopf sicherte ein runder Helm, aus dessen Mitte ein Pferdehaarbüschel nach hinten fiel. Im Wehrgehänge schaukelte leicht ein reichverzierter Krummsäbel, dessen Griff aus Elfenbein gearbeitet war. Durchdrungen von seiner Aufgabe, das Reich der Osmanen zu beherrschen, milderten seine Intelligenz und Spiritualität nicht die Entschlossenheit in den Gesichtszügen des Sultans. Trotz seiner Jugend wirkte Murad gefährlich.

»Ich hoffe, Loukas Notaras, dass du ein ehrlicher Mann bist, denn ich habe beschlossen, dir das Leben zu schenken. Ich habe lange darüber nachgedacht, aber ich will mich nicht mit deinem Blut beflecken. Schon gar nicht, bevor ich in die Schlacht ziehe, in der es für mich um Leben oder Tod, um Regieren oder Sterben geht, denn du könntest für dein und für mein Volk ein wichtiger Mann werden«, sagte der Sultan gemessen, wobei er Loukas prüfend in die Augen schaute.

Spielte Murad mit ihm oder sollte er wirklich gerettet werden?

»Wir haben durch Los einen Mann aus deiner Gesandtschaft ermittelt, der deine Kleidung angezogen hat und der an deiner Stelle hingerichtet wurde. Für meine Untertanen sieht es so aus, wie es aussehen soll. Ich kann mir nicht leisten, dass mich jemand für schwach hält.«

»Der Kopf des Botschafters wurde als Botschaft dem falschen Kaiser zurückgeschickt«, erklärte Halil Pascha.

»Hübsch, Halil, der Kopf des falschen Botschafters für den falschen Kaiser. Dann hat doch im höheren Sinne alles seine Ordnung«, stellte der Sultan zufrieden fest.

Im Herzen des Kapitäns tobten widerstreitende Gefühle. Er würde leben, er würde nach Hause zurückkehren, aber nur, weil ein anderer an seiner statt hingerichtet worden war. Er verdankte sein Leben dem Tod eines fremden Mannes, auf den wahrscheinlich auch eine Frau und Kinder warteten. Das machte ihn traurig und demütig zugleich. Er würde nach Hause reiten, aber mit einer schweren Last auf den Schultern.

»Die Männer deiner Gesandtschaft erwarten dich am Ausgang des Palastes«, sagte Halil.

»Eines Tages, vielleicht aber auch nie, werde ich deine Hilfe benötigen – dann leiste sie, ohne Wenn und Aber. Willst du das als Ehrenmann schwören?«, fragte der Sultan.

»Ich schwöre es, denn ich stehe in deiner Schuld«, erwiderte Loukas.

Murad nickte, dann verließ er mit Halil Pascha den Palast, setzte sich an die Spitze seiner Truppen und schlug den Weg nach Bursa ein, entschlossen, um seine Macht zu kämpfen. So jung er auch war, niemand sollte sich der gefährlichen Illusion hingeben, sich auf seine Kosten bereichern zu dürfen. Aber seine Streitmacht war klein, vielleicht zu klein. Das würden die Ereignisse zeigen. Seine Klugheit und sein Mut jedoch genügten für diese Aufgabe.

Loukas stand jetzt allein im Thronsaal. Der Palast wirkte wie entvölkert, geradezu gespenstisch. Er aber war jetzt frei.

40

Kaiserpalast, Konstantinopel

Auch im Palast des Kaisers hatte man inzwischen erkannt, dass es nicht das Haupt von Loukas Notaras war, das honigverklebt vor ihnen lag. In den Strahlen der Sonne konnte man den abgeschlagenen Kopf für eine Bronzebüste halten.

Eirene lebte in den nächsten Tagen zwischen Hoffnung und Niedergeschlagenheit. Der Erste Minister hatte den Toten zwar als Mitarbeiter seines Amtes identifiziert. Doch was hieß das? Schickte Murad die Köpfe der Gesandtschaft einen nach dem anderen zurück nach Konstantinopel und erst zum Schluss das Haupt des Kapitäns? Lebte Loukas noch, befand er sich in Haft? Die Situation verwirrte Eirene.

Zum ersten Mal in ihrem Leben vermochte sie nicht zu entscheiden, was sie glauben und woran sie zweifeln sollte, was sie hoffen durfte und was sie zu fürchten hatte. Sie fühlte sich wie in einem Sturm auf hoher See, in dem es kein Oben und kein Unten mehr gab. Der Vergleich zauberte ihr wider Erwarten ein Schmunzeln auf die Lippen, denn sie hatte noch nie einen Sturm auf dem Meer erlebt, sondern griff auf die Erfahrungen ihres Mannes zurück, die er in seinen Geschichten so anschaulich gestaltet hatte. Aber nach dem Schmunzeln stellte sich der Schmerz ein, den die Sehnsucht nach seiner Stimme, seiner beschwingten Redeweise, seinen wohlgesetzten Pausen, seinem spitzbübischen Lächeln, wenn er spürte, dass er seine Zuhörer am Haken hatte, verursachte. Begleitet von einem Ziehen des Herzmuskels fragte sie sich, ob sie je wieder Worte aus seinem Mund vernehmen oder süßer, dicker

Honig stattdessen seine Lippen auf ewig versiegeln würde. Unwillkürlich berührten in einer schnellen, mädchenhaften Bewegung ihre Finger den Mund, als fürchtete sie, den Gedanken ausgeplaudert zu haben, den sie doch zu verdrängen suchte. Solange sie ihre Ängste nicht aussprach, bildete sie sich ein, besäßen sie keine Möglichkeit, sich zu verwirklichen, und würden allmählich im Innern ihres Körpers verkümmern, freilich nicht ohne sie dabei zu peinigen. Schweig und denke nicht dran, sorge dafür, dass dieses schlimme Wort nicht ausbricht und über uns alle herfällt! Doch dann verspottete sie ihr eigener Realitätssinn. Wenn der Mond am Himmel stand, half es nicht, die Augen zu verschließen, er würde dennoch leuchten und sich keine Handbreit von seinem Platz fortbewegen. Es überraschte sie, zu welcher Wunderlichkeit sie auf einmal fähig war.

Um nicht den Verstand zu verlieren, kümmerte sich Eirene gemeinsam mit Thekla um Demetrios, dessen körperliche Wunden langsam heilten. Einmal wurde sie Zeuge, wie Nikephoros schuldbewusst ins Zimmer trat. Endlich hatte er seine Scham überwunden und sich dazu durchgerungen, das Gespräch mit seinem Sohn zu suchen. Sie wollte schon aufstehen und die beiden allein lassen, doch der Junge griff mit einer Kraft, die sie ihm nicht zugetraut hatte, nach ihrem Unterarm. Kühl und nass schlossen sich seine Finger wie ein Eisenring um ihr Handgelenk, sodass ein blauer Fleck blieb. Der Körper des Jungen bebte. Als Nikephoros erkannte, wie sehr sein Sohn sich vor ihm fürchtete, floh er mit gesenktem Haupt aus dem Zimmer. Eirene spürte, dass sie etwas sagen musste, und wusste nur zu gut, dass jedes Wort nur hohl klingen konnte angesichts des Vorgefallenen.

»Dein Vater würde den Tag am liebsten ungeschehen machen.«
»Ich auch«, sagte Demetrios.
»Kannst du ihm verzeihen?«
»Ich habe ihm schon verziehen.«
»Was ist es dann?«
»Ich habe einfach Angst in seiner Gegenwart.«
»Es wird nie wieder geschehen.«

»Ich weiß, aber trotzdem habe ich Angst. Und er hat ja auch recht.« Eirene warf ihm einen erstaunten Blick zu.

»Loukas ist doch viel tüchtiger und viel wertvoller als ich. Und ...«

»Was und?«

»Mein Vater liebt ihn und hasst mich.«

Eirene hätte ihm so gerne widersprochen und ihn davon überzeugt, dass Nikephoros die gleiche Liebe, die er für seinen älteren Sohn aufbrachte, auch für seinen jüngeren hegte. Aber sie brachte es nicht übers Herz, Demetrios zu belügen.

»Dein Bruder kommt zurück, glaub mir«, sagte sie stattdessen.

Immer wieder erzählte sie ihrem jungen Schwager, dass Loukas zurückkehren würde, denn sie spürte, dass die Hoffnung ihm, aber auch ihr guttat. Sie sprach mit einer so großen Überzeugung, dass sie, zumindest solange sie an seinem Bett saß, selbst ihren Verheißungen Glauben schenkte. Aber dann kam die Nacht, und die Einsamkeit in dem großen Ehebett, vor der sie sich fürchtete, erwartete sie bereits wie ein unentrinnbares Verhängnis. Sie hätte nicht entscheiden können, ob sie die Erinnerungen oder die Angst stärker peinigte. In diesen schlaflosen Stunden der Nacht, die sie quälten, weil sie aus Ewigkeit gemacht schienen, fasste sie schließlich den Entschluss, nach Edirne zu reiten, um Loukas zu suchen. Doch sie verwarf die Idee sogleich wieder, weil sie fürchtete, dass sie sich verpassen könnten. Womöglich wäre sie weit weg von Konstantinopel, wenn er durch die Türen des Palastes schritt. Dann träumte sie wieder davon, wie es wäre, wenn sie die Treppen hinunterlaufen und aus dem Palast treten würde – und dann stünde er plötzlich da mit seinem jungenhaften Lächeln, so, als sei nichts geschehen. Aber es gab noch einen Grund, der schwerwiegendste von allen, weshalb sie nicht reiten durfte. Unter keinen Umständen durfte sie sein Kind, das sie trug, ihr Kind, gefährden. So gewann sie die heranwachsende Frucht in ihrem Leib noch lieber. Selbst wenn Loukas die Welt verlassen hatte, blieb ein Teil von ihm zurück, um eines Tages den Platz seines Vaters einzunehmen.

Doch es kam ganz anders, anders, als sie es sich vorgestellt hatte.

Als sie an einem Morgen wie üblich den Palast verließ, um in der Hagia Sophia zu beten, sah sie aus den Augenwinkeln einen Türken in Kaftan und mit gelbem Turban auf sich zukommen. Zuerst wunderte sie sich, dann regte sich die Hoffnung in ihr, dass der Mann eine Nachricht von Loukas brachte – und fürchtete es zugleich, denn es konnte ja auch eine Todesbotschaft sein. Sie riss sich zusammen, sie wollte die Nachricht empfangen, ganz gleich, worin sie bestand.

»Erkennst du mich nicht mehr?«, rief der Fremde ihr zu.

Diese Stimme klang wie ein Halleluja in ihren Ohren. Jetzt erst wandte sie sich ganz dem vermeintlichen Osmanen zu und erkannte in der fremdartigen Verkleidung ihren Mann. Als fielen alle Fesseln von ihr ab und auch die Schwerkraft der Erde, stürmte sie auf ihn zu, als flöge sie, und fiel ihm um den Hals.

Die stürmische Umarmung der Griechin und des Türken erregte die Aufmerksamkeit der Passanten. Einige mokierten sich darüber, dass eine vornehme Christin einen armen Muslim in aller Öffentlichkeit liebkoste, und verurteilten die schamlose Sünderin – so weit war es in ihren Augen in der einst tugendhaften Stadt gekommen, moralischer Verfall, wohin man auch sah! Eirene und Lukas jedoch kümmerte das Bild, das sie abgaben, herzlich wenig, denn die Welt stand für sie still, und nichts außer ihnen existierte in diesem Augenblick. Sie küssten einander. Dann rief sie immer wieder: »Du lebst, du lebst, du lebst«, und bekam doch nicht genug von dem einfachen Satz.

»Ja, ich lebe, auch wenn ein anderer dafür sterben musste«, sagte er schließlich mit Bitterkeit in der Stimme und erzählte ihr, wie es ihm ergangen war. Sie hörte es und hörte es doch nicht. Loukas war wieder zurück, nur das zählte, nur darauf kam es an. Gott hatte ihre Gebete erhört. Ihr wurde ganz schlecht vor Glück. Der Kapitän spürte, dass seiner Frau die Knie weich wurden.

»Komm«, sagte er, »ich will Vater und Mutter und Demetrios begrüßen.«

Über ihr Gesicht zog ein Schatten. Sie hielt ihn zurück. Fragend schaute er sie an. »Ist jemand krank oder …«, fragte er.

Eirene schüttelte den Kopf, dann berichtete sie ihm mit knappen Worten, zu welcher Katastrophe es zwischen Vater und Sohn gekommen war. Loukas erblasste. »Wie konnte das nur passieren?«

»Verzeih, aber du musst es wissen, bevor du den Palast betrittst.«

»Ja, ja«, sagte er wie von fern. Auch zu Hause gab es also viel zu tun. Er kehrte nicht ins Paradies zurück.

Noch bevor er Vater und Mutter begrüßte, begab er sich in das Zimmer seines Bruders. Es brach Loukas fast das Herz, den Jüngling mit den Prellungen im Gesicht und am Hals im Bett wie einen verängstigten Vogel mit gebrochenen Schwingen wiederzusehen. Aber zumindest das linke Auge strahlte, als der Jüngere ihn erkannte. Dann gluckste er trotz Schmerzen: »Wie siehst du denn aus?«

Loukas sah an sich herab. »Wie ein waschechter Muslim.«

»Eher wie mein verkleideter Bruder. Wie ein Schauspieler.«

Ja, wie ein Schauspieler, der um sein Leben gespielt und dabei seinen Bruder verwundet hatte, dachte Loukas bitter, bevor er Demetrios vorsichtig umarmte.

»Ich bringe das wieder in Ordnung.«

»Aber dich trifft doch keine Schuld. Die Hauptsache ist doch, dass du wieder zurück bist.«

»Was mische ich mich auch in die große Politik.«

»Das hast du ja nicht für dich, sondern für die Familie, für uns alle getan. Du bist ein Held, Loukas.«

»Nein, bin ich nicht, Bruderherz, du bist ein Held!«

»Ich?« Demetrios meinte, sich verhört zu haben.

»Ja, du! Denn du hast dich nicht von deiner Bestimmung abbringen lassen.«

»So mutig war das nicht. Ich habe ja nicht mit dem Vater darüber gestritten, sondern ihn belogen.«

»Du hast getan, was du glaubtest, tun zu müssen, ohne auf die Folgen Rücksicht zu nehmen. Das ist das Schwerste. Ich bin wirklich stolz auf dich.«

Es war Demetrios anzusehen, wie gut ihm die Anerkennung des Bruders tat.

41

Notaras-Palast, Konstantinopel

Nachdem Loukas seinen Eltern ausgiebig Rede und Antwort gestanden hatte, zog sich Nikephoros mit seinem ältesten Sohn in sein Arbeitszimmer zurück. Dort überfiel beide, kaum, dass der Alte die Tür geschlossen hatte, eine gewisse Peinlichkeit. Dabei war es in der Kindheit des Kapitäns immer einem Fest gleichgekommen, wenn er den Vater in seinem Arbeitszimmer besuchen durfte oder der alte Seeräuber ihn ins Allerheiligste mitnahm. Allein hatte er dieses Zimmer nicht betreten dürfen. Als Symbol ihrer Vertrautheit übte dieser Raum bis auf den heutigen Tag eine magische Wirkung auf Loukas aus.

Nun setzten sie sich in die Lehnstühle aus schwarzem Ebenholz, die der Tischler mit aufwendigen Schnitzereien verziert hatte, und belauerten sich wie Katzen. Es war Abend geworden. Dämmer tröpfelte langsam, doch unaufhaltsam in den Raum, aber sie zündeten weder Kerzen noch Öllichter an. Loukas spürte, dass es einzig und allein an ihm lag, den richtigen Ton zu treffen. Dabei fühlte er sich doppelt befangen, denn er liebte Bruder und Vater gleichermaßen. Es gelang ihm noch immer nicht, sich vorzustellen, dass der Mann mit dem aus der Mode gekommenen Vollbart, der besonders an den Wangen wucherte, und dessen ganzes Wesen eine kluge Freundlichkeit, ja eine gewisse Leutseligkeit ausstrahlte, seinen zweiten Sohn so brutal misshandelt haben sollte, und doch war dies die nackte Wahrheit. Wie gut konnte man eigentlich Menschen kennen, wenn sich bereits im engsten Familienkreis unerwartet diese Abgründe auftaten? Wem durfte er denn noch trauen, wenn nicht einmal dem geachteten, verehrten und geliebten Vater, den er zeit seines Lebens zum Vorbild hatte, bestrebt, ihm nachzueifern? Wenn sich ihm nur der geringste Anhaltspunkt böte, würde er liebend gern diesen absurden Ausbruch ins Reich der Lügen verbannen. Aber niemand stritt das Geschehene ab.

Der Kapitän fuhr mit geblähten Segeln in eine emotionale Großwetterlage aus Scham, Ekel und Traurigkeit. All diese Gefühle, die seine Seele geentert hatten, würde er überwinden müssen, denn es nutzte doch nichts, wie sein Verstand ihm sagte, sich von dem, was vorgefallen war, fesseln zu lassen. Musste man sich nicht gerade dann gegen seine Gefühle wenden, wenn sie ihre größte Kraft entfalteten?

Eines stand fest, weder Verschweigen noch sich über den Vorfall auszusprechen half weiter. Um den Weg aus diesem Labyrinth der Schuld, der Schuldlosigkeit und der Scham zu finden, benötigte er Fingerspitzengefühl und vor allem Zeit. Wunden verlangten danach, versorgt zu werden, aber sie benötigten auch Ruhe, um von allein zu heilen. Seine wichtigste Aufgabe sah Loukas Notaras darin, die Familie zu retten. Sie alle brauchten doch einander. In der Welt ging es übel zu, und Besseres als die Notaras hatte er nirgendwo gesehen.

Er schlug sich leicht mit beiden Händen auf die Oberschenkel und eröffnete die Unterhaltung mit unverfänglichen Geschäftsthemen, mit Zahlen und seiner Planung für die Vergrößerung der kleinen Flotte des Handelshauses. Schließlich eröffnete er seinem Vater, dass er sich vollständig aus der Politik zurückzuziehen gedachte, doch der alte Seeräuber gab zu bedenken, dass die Geschäfte des Hauses längst eine Dimension erreicht hätten, wo sie ohne politische Einflussnahme nicht mehr zu tätigen und abzusichern wären. Außerdem würde durch eine Partnerschaft mit Francesco Draperio, der sich dem alten Notaras vorgestellt hatte, frisches Geld in die Firma fließen, wodurch man den Aktionsrahmen vergrößern könnte.

Die dunklen, warmherzigen Augen des Kapitäns wurden auf einmal kalt, frostig wie der Zweifel, der sein Herz berührte.

»Rätst du mir das wirklich, obwohl du weißt, dass ich es nur

Gott allein verdanke, in buchstäblich letzter Sekunde aus der Gefahr gerettet worden zu sein, in die mich Johannes getrieben hatte? Sie haben mich benutzt!«

»Dann lerne, sie zu benutzen!«, sagte der Alte hart. »Die Welt mag allerhöchstens Höflichkeit aufbringen, aber nicht Warmherzigkeit und schon gar nicht Verantwortung. Unser Erfolg gebiert beständig auch Neider, die uns zu schaden trachten. Vielleicht hätten wir nie so groß werden dürfen, wir sind es aber, deshalb gibt es für uns nur eine Alternative: wachsen oder untergehen.«

Misstrauisch blickte der Sohn zum Vater. Versuchte ihn der Alte gerade zu manipulieren? Hatte er es vielleicht immer schon getan, und er selbst hatte in seiner arglosen Kindesliebe die Ränke des alten Seeräubers nicht bemerkt? Loukas grub nach den Fundamenten seines Lebens, und die Stützpfeiler gaben nach. Wie bei der Hagia Sophia, dachte er, die nur aus Pfusch bestand und deshalb längst eingestürzt wäre, wenn der Glaube sie nicht wie ein Versprechen halten würde.

»Es ist dein Erbe. Ich kann dich nur beraten, aber die Entscheidung musst du selbst treffen«, sagte der Alte zurückhaltend.

»Und was ist mit Demetrios? Hat der auch eine freie Entscheidung?«

Nikephoros sackte plötzlich in sich zusammen, als habe ihm jemand das Rückgrat aus dem Körper gezogen wie das Skelett eines Tintenfisches. »Ich habe Gott um Verzeihung gebeten«, murmelte er.

»Hast du auch deinen Sohn um Verzeihung gebeten?«

Nikephoros benutzte seine nach vorn gedrehten Handflächen wie Schutzschilde. »Er hatte Strafe verdient. Du hast nicht das Recht, mich zur Rede zu stellen!«

Loukas schlug sich erneut mit den Händen auf die Beine, diesmal aber kräftiger. So wollte er das Gespräch, das im Streit zu enden drohte, nicht fortsetzen. Sein Vater, so viel begriff er zumindest, war noch nicht bereit, über seine Schuld zu reden.

»Gute Nacht, Vater«, sagte er kühl und erhob sich.

»Für Demetrios ist gesorgt!«, sagte Nikephoros. Der Kapitän warf seinem Vater einen fragenden Blick zu.

»Jakub Alhambra wird seinen Sohn zu uns in die Lehre geben.«

Loukas nickte ungeduldig. Das war nichts Neues, schließlich hatte er das ja ausgehandelt.

»Im Gegenzug wird Demetrios in Bursa bei Jakub Alhambra lernen.«

»Du schickst ihn fort?« Loukas wusste nicht, ob er entsetzt oder empört sein sollte.

»Er braucht Luftveränderung.«

Loukas schüttelte den Kopf. »Du willst nur verhindern, dass Demetrios wieder zu Dionysios geht.«

Der alte Seeräuber lachte bitter auf. »Drei Finger seiner rechten Hand bleiben gelähmt. Mit dem Malen ist es ohnehin vorbei.«

Jetzt begriff der Kapitän, dass die Situation auswegloser war, als er vermutet hatte. Ihn überfiel das lähmende Gefühl einer großen Vergeblichkeit, nun, da er die ganze Wahrheit sah. Nikephoros Notaras ertrug den Anblick seines jüngeren Sohnes nicht mehr, vielleicht niemals mehr, weil er ihn stets an seine Schande erinnerte, an seine Unbeherrschtheit, an den Ausbruch der Gewalt. Er wollte einfach vergessen, dass er ihn totgeschlagen hätte, wenn Eirene nicht beherzt dazwischengetreten wäre.

»Empfindest du gar kein Mitleid für deinen Sohn, sondern nur für dich?«

»Wir haben einander erlebt, wie niemals ein Sohn seinen Vater und ein Vater sich selbst erleben sollte.«

»Ich brauche Zeit. Wir alle benötigen Zeit«, sagte Loukas leise und verließ das Arbeitszimmer.

Er folgte tief in Gedanken versunken dem Gang. Vor der großen braunen Facettentür seines Bruders blieb er unschlüssig stehen, dann klopfte er an und trat ein. Demetrios schien geschlafen zu haben. Er öffnete das linke Auge, das nicht zugeschwollen war, und lächelte, als er seinen Bruder erkannte. Zum ersten Mal entdeckte Loukas die Stärke, die in der Sanftheit des Jüngeren lag und der er zu Unrecht mit einer freundlichen Herablassung begegnet war. Plötzlich verstand er das Wort, das er immer für widersinnig hielt: Sanftmut. Denn er hatte sich immer gefragt, wie so etwas Gegensätzliches wie Mut und Sanftheit zusammengingen. Nun wusste er es. Sanfter Mut ist die stille Kraft der Heiligen.

»Setz dich zu mir«, bat Demetrios, der nicht ahnte, welche Gedanken seinen Bruder beherrschten. Zu beider, auch zu seinem eigenen Erstaunen nahm er plötzlich die Hand des langsam Genesenden und küsste sie, dann legte er sie sacht auf die Bettdecke zurück. Die unbeholfene Geste des Bruders rührte Demetrios.

»Was wünschst du dir?«, fragte der Ältere.

»Ich hab doch alles.«

»Was willst du werden?«

Traurig hob Demetrios die Hand. »Mit der Malerei ist es ja nun vorbei. Erzähl mir von Bursa, bitte.«

Und Loukas beschrieb die Stadt, die Moscheen, die Kirchen, die Synagoge, die Häuser und die freundlichen Menschen, und dann begann er, von Jakubs Familie zu schwärmen.

Die Augen des Jüngeren leuchteten. »So eine Familie wünsche ich mir auch.«

»Jakub wird dich in seine Familie aufnehmen.«

»Meinst du?«

»Ja. Da bin ich sicher. Aber eines musst du mir versprechen!«

»Alles, was in meiner Macht steht. Das ist freilich nicht viel.«

»Mach seinen schönen Töchtern nicht den Hof, das nähme er dir übel.«

Demetrios gluckste, dann verzog er das Gesicht, weil das Lachen ihm Schmerzen verursachte. »Schau mich an – meinst du, jemand, der so aussieht wie ich, kann eine Frau beeindrucken?«

»Das heilt doch alles wieder, Bruderherz. Aber ich glaube, ich muss mit dir ein Gespräch über die Frauen führen. So naiv, wie du bist, verhedderst du dich in jedem Netz, das sie aufstellen, um dich zu fangen.«

»Das willst du tun?«

»Ja, aber jetzt schlaf, schlaf dich gesund.«

Loukas ließ seinen Bruder allein, der mit einem seligen Lächeln einschlummerte, und begab sich endlich zu Eirene.

Lange lagen sie wach und sprachen miteinander und fühlten

doch dabei, dass sich zu viele Themen wie Strandgut angesammelt hatten. So viel ging Loukas durch den Kopf, Fragen, auf die er keine Antwort fand, Entscheidungen, für die ihm die Überzeugungen fehlten. Wie sollte er den mächtigen Männern gegenübertreten, die ihn eiskalt und berechnend in den Tod geschickt hatten? Nur eines wusste er: dass er am nächsten Morgen die Witwe des Mannes aufsuchen würde, der an seiner statt enthauptet worden war. Es würde ihm schwerfallen, es graute ihm auch davor, aber dieser Pflicht musste er nachkommen.

Und dann war da noch etwas, das ihm Eirene sagte und das ihn in seiner ganzen Unfassbarkeit überwältigte.

»Ich konnte mir nicht vorstellen, dass es der liebe Gott zulässt, unser Kind ohne Vater aufwachsen zu lassen.«

Loukas glaubte seinen Ohren nicht zu trauen. »Heißt das etwa ...«

»... sprich es ruhig aus ...«, lächelte sie sanft.

»... dass du schwanger bist?«

Am nächsten Morgen begab sich Loukas zunächst zum Xenon des Kral, dem Hospital, in dem Martina Laskarina tätig war. Es lag auf dem Weg zum Blachernenviertel, wo er der Witwe des Kanzlisten, den man an seiner statt enthauptet hatte, einen Besuch abstatten wollte, bevor er sich beim Kaiser von seiner Mission zurückmeldete.

Im ganzen Kral roch es nach menschlichem Leid, nach eiternden Wunden und Tränen aus Blut. Eine junge Nonne führte ihn in ein kleines Zimmer, in dem nur zwei Schemel, ein Tisch mit geschundener Platte und ein großes Regal mit Manuskripten standen, und bat ihn zu warten. Loukas ließ sich auf einem der Schemel nieder und sah sich um. Durch ein hohes Fenster zwängten sich Sonnenstrahlen. In seiner konsequenten Schmucklosigkeit besaß das Zimmer der Ärztin eine eigene spröde Schönheit. Es dauerte fast eine halbe Stunde, bevor Martina Laskarina vom Krankenrundgang zurückkam. Sie wirkte zunächst bedrückt, als schlichen ihr die aussichtslosen Fälle nach, schob aber alle Sorgen fort und begrüßte den Kapitän mit geschäftlicher Freundlichkeit. Ohne viel Umschweife kam Loukas direkt zur Sache. Doch so sehr er sie auch bestürmte, so viele Aspekte er auch vorbrachte – die Ärztin schloss kategorisch jede Möglichkeit aus, dass Demetrios' Finger wieder beweglich würden. Selbst wenn die Gelenke gut verwüchsen, blieben die Finger steif.

»Es ist nicht schön, aber man muss sich damit abfinden. Wir können der Natur helfen, nicht aber sie verändern«, sagte sie.

Mit dieser Antwort konnte und wollte sich Loukas nicht abfinden. Er war sich sicher, dass er die Malerlehre für Demetrios beim Vater durchsetzen könnte, wenn, ja wenn nur die Finger wieder beweglich würden.

»Verzeiht bitte, und seht es nicht als Misstrauen, aber es gibt jüdische und arabische Ärzte, die wahre Wunder vollbringen sollen.«

Martina stöhnte. Man sah ihr an, dass sie die Diskussion zunehmend als Anschlag auf ihre knapp bemessene Zeit empfand. »Ein Arzt wie Jesus Christus könnte es. Aber Ihr sagtet es bereits: Es käme einem Wunder gleich. Selbst wenn Ihr jemanden finden würdet, und derjenige wäre kein Scharlatan, der alles nur noch schlimmer machen ...«

»Was kann denn schlimmer sein?«

»Dass wir wegen eines Wundbrandes die ganze Hand oder den Arm amputieren müssten.«

Loukas verschlug es die Sprache.

»Außerdem läuft Euch die Zeit davon. Ihr müsstet die Brüche, die gerade verwachsen, erneut brechen. Wollt Ihr das?«

Den Kapitän hatte die Hoffnung auf Heilung zu der berühmten Ärztin getrieben, aber dem Bruder Schmerzen zuzufügen mit dem Ergebnis, dass es noch schlimmer kommen konnte, als es ohnehin schon war, das kam für ihn nicht in Betracht. So bedankte er sich bei Martina Laskarina, setzte bedrückt um eine große Hoffnung ärmer seinen Weg ins Blachernenviertel fort und dachte darüber nach, was er für seinen Bruder tun könnte. Ein Bettler belästigte ihn. Er vertrieb ihn mit groben Worten, denn er ärgerte sich darüber, aus dem Gang seiner Gedanken gerissen worden zu sein. Es sollte nicht der einzige bleiben. Die Bettelei in Konstantinopel entwickelte sich zu einer Landplage, denn es wurden immer mehr zerlumpte Gestalten, die um eine milde Gabe baten und die Hand aufhielten. Wenn der beunruhigende Anstieg der Bedürftigen anhielt, würden eines Tages Soldaten sie vor den vielen Armen der Stadt schützen müssen. Bereits jetzt bevölkerten sie schon die Kirchentüren, die Klostertüren, die Märkte und Hauptstraßen. Damit in Zusammenhang stand ein besorgniserregender Anstieg von Diebstählen, Betrügereien und Raubmorden.

Als er endlich vor dem kleinen Haus des Kanzleiangestellten stand, wurde er Zeuge, wie fünf Männer eine schmale Frau mit einem kleinen Kind auf dem Arm und einem schreienden Dreijährigen am Rockzipfel auf die Straße zerrten. Der Kapitän gebot den Männern, die Frau loszulassen. Ihre Augen wirkten tot, so bar waren sie jeder Hoffnung. Es stellte sich heraus, dass die Witwe des Kanzlisten die Wohnung räumen musste, damit ein neuer Angestellter der Kanzlei dort einziehen konnte. In die Trauer mischte sich die Verzweiflung. Wo sollte sie jetzt hin? Wer würde sie und ihre Kinder ernähren? Treu hatte ihr Mann dem Kaiser bis in den Tod hinein gedient. Und nun kümmerte sich niemand um seine Frau und seine Kinder.

»Gute Frau«, sagte er, »mein Name ist Loukas Notaras. Dein Mann ist ein Held.«

Kalt schaute sie ihn an. »Das bewahrt seine Kinder nicht vor dem Hungertod oder seine Frau vor der Schande.«

»Ich stehe tief in der Schuld deines Mannes, in deiner Schuld und in der Schuld deiner Kinder. Nichts bringt deinen Mann zurück, nichts macht das, was vorgefallen ist, ungeschehen. Ich möchte dich sehr, sehr bitten, Wohnung in unserem Palast zu nehmen. Um die Ausbildung deiner Kinder kümmere ich mich. Ich werde mich beim Kaiser dafür verwenden, dass du eine Leibrente erhältst.«

Die Frau erbleichte. »Reicht es nicht, dass mein Mann tot ist? Müsst Ihr uns auch noch verspotten?«

»Ich schwöre, so wahr ich Kapitän der kaiserlichen Marine bin, dass mein Angebot vollkommen ernst gemeint ist. Ich kann dir deinen Mann nicht zurückbringen, das ist wahr, aber ich kann euch helfen.« Die Witwe verstand allmählich, dass der Kapitän sie nicht verhöhnen wollte. Unschlüssig blickte sie zu ihren Kindern, zu ihrer Wohnung im ersten Stock hinauf, die sie verloren hatte, dann zu Loukas. »Ich nehme Euer Angebot um der Kinder willen an, aber ich kann Euch nicht danken, Herr.« Dann schloss sie die Augen, und eine Träne lief ihr aus dem Winkel die Wange hinunter.

»Das musst du auch nicht.« Er befahl den Männern, der Frau Zeit zu lassen, ordentlich ihre Sachen zu packen und am Nachmittag die Halbseligkeiten der Witwe in den Palast der Notaras zu bringen.

42

Kaiserpalast, Konstantinopel

Im Palast hatte Loukas allerdings kein Glück. Kaiser Manuel II., hieß es, habe sich als Mönch Matthaios in das Pantokratorkloster zurückgezogen, und Johannes VIII. würde ihn, wenn er seiner bedürfe, rufen lassen. Feiglinge, dachte Loukas. Allerdings wurde ihm eine Audienz beim neuen Geheimsekretär des Kaisers angeboten.

»Und wer ist das?«, fragt Loukas den Offizier der Palastwache.

»Herr Georgios Sphrantzes.«

Loukas schluckte, dann ging er. Er hatte bessere Tage gesehen, freilich auch schon schlechtere. Fortuna geizte mit ihrer Gunst. Im Hof traf er auf Demetrios Palaiologos Kantakuzenos, den Oberbefehlshaber der Truppen. Der hagere Mittfünfziger wirkte sehr geschäftig, begrüßte ihn aber dennoch freundlich. Er strahlte Freude und Tatkraft aus, so als ob er sich auf ein großes Unternehmen vorbereite.

»Seid Ihr dabei, Kapitän?«

»Wobei?«, fragte Loukas trocken.

»Wir erobern Gallipoli zurück.«

Dem Kapitän klappte die Kinnlade herunter. Er gab ein Bild mitleiderregender Ahnungslosigkeit ab. Der Oberbefehlshaber schlug sich mit der flachen, langen Hand an die Stirn.

»Stimmt, Ihr seid ja erst Gefangenschaft und Tod entronnen und braucht etwas Zeit, um Euch zu erholen. Doch haltet Euch nicht zu lange abseits, es gibt Ruhm und Beute zu gewinnen. Obwohl wir von der Landseite angreifen und die Marine nicht benötigen werden, seid Ihr bei dem Waffengang herzlich willkommen!«

Für einen Augenblick vergaß Loukas Notaras sogar zu atmen. Kantakuzenos genoss die Würde seines Amtes und gab sich dem Hochgefühl hin. »Wer hätte dem Mitkaiser eine solche Rede zugetraut, wie er sie heute Morgen vor den Truppen gehalten hat? Ja, das Reich wird zur alten Größe zurückfinden. Ihr hättet den Jubel des Hofes und des Heeres erleben sollen. Es wird, mein Freund, es wird!«

Gönnerhaft klopfte der General ihm auf die Schulter und verschwand in Windeseile im Palast. Das Gefühl der eigenen Bedeutung zog ihn am Nasenring durch die Manege der Weltgeschichte, allerdings als tumber Bär, über den die Nachwelt lachen würde, wenn sie ihn nicht verfluchen würde wegen des Unheils, das er über die Stadt brachte.

Loukas Notaras hingegen stand wie angewurzelt da, von der Nachricht erschüttert, unfähig einen klaren Gedanken zu fassen. Tappte er nur durch einen schrecklichen Traum, oder hatten sie bei Hofe in seiner Abwesenheit völlig den Verstand verloren? Hatte der alte Feind, der Versucher, es tatsächlich vermocht, ihre Sinne zu verwirren? Wie im billigen Flitterkleid einer Hure tanzte die Welt in Torheit gewandet. War er denn wirklich der Einzige, der begriff, dass sie wie verblendet in die Katastrophe rannten? Loukas fragte sich vergeblich, ob ihre Eitelkeit aus ihrer Dummheit oder ihre Dummheit aus ihrer Eitelkeit herrührte. Auf der großen Freitreppe des Palastes ahnte Loukas allmählich, dass die Eitelkeit nichts weiter als der brutale Versuch war, die eigene Nichtigkeit zu kaschieren, während die Dummheit bitter als Schutz vor der Erkenntnis der Wahrheit benötigt wurde. War der Mensch nicht heillos damit überfordert, Gottes Geschöpf zu sein, wie der minderwertige Sohn, der am genialen Vater zugrunde ging?

Dass er beim Mitkaiser in Ungnade gefallen war und die Berufung seines Feindes Georgios Sphrantzes für seine Position als Geschäftsmann gefährlich werden konnte, beunruhigte ihn. Nirgends auf der Welt hingen politischer Einfluss und wirtschaftlicher Erfolg enger zusammen als in Konstantinopel. Die Abhängigkeit vom Wohlwollen des Kaisers betraf besonders den Handel. Ein Archont, ein Großgrundbesitzer, zog sich im Ernstfall auf seine Besitzungen zurück und konnte mit Gelassenheit auf die mangelnde Gunst des Kaisers schauen. Das galt jedoch nicht für einen Handelsherrn, der sich – angefangen beim Privileg, Handel treiben zu dürfen, über die Höhe der Einfuhr- und Ausfuhrzölle, die Lizenz zum Besitz von Schiffen bis hin zur Genehmigung der Liegeplätze im Hafen und dem Bau von Lagerhallen in der Stadt – ununterbrochen in existenzieller Abhängigkeit vom Hof befand. Für alles und jedes benötigte der Handelsherr die Zustimmung des Kaisers, der an allen Unternehmungen mitverdiente.

Die Verantwortung für das Handelshaus und für seine Familie lastete fühlbar auf den Schultern des Kapitäns. Er hatte die Rachsucht des Fürsten Alexios Angelos und seinen Einfluss auf den Mitkaiser unterschätzt. Ihm blieb nur die unangenehme Schlussfolgerung, dass sie beschlossen hatten, ihn zu vernichten. Über diese Entwicklung musste er sich so schnell wie möglich mit seinem Vater beraten. Womit er nicht einmal in seinen schlimmsten Albträumen gerechnet hatte, lag klar und offen vor seinem geistigen Auge. Die Existenz des Handelshauses stand auf dem Spiel. Was für die Ewigkeit errichtet schien, wurde zur Laune der Egoismen und der Gier.

Nicht weniger schwer wog der Fehler, Gallipoli anzugreifen. Früher gehörte zwar die Stadt den Byzantinern, aber früher besaßen sie freilich auch Smyrna und Bursa, das zu jener Zeit Prussa hieß, und Adrianopel, das die Türken Edirne nannten. Die Palaiologen berauschten sich noch immer an einer Größe, die längst vergangen war, und verdrängten die Einsicht, dass die Geschichte unbeeindruckt von ihrer früheren Bedeutung über sie hinwegschritt. Eine Liste byzantinischer Städte, die von den Osmanen erobert worden waren, fiele deprimierend lang aus.

Wenn man mit dem Schiff die Propontis Richtung Ägäis verlassen wollte, passierte man zwangsläufig die Meerenge der Dardanellen, die von den alten Griechen Hellespont genannt wurde. Kaiser Justinian hatte die strategisch so wichtige Stadt zu einer Festung ausgebaut. Vor sechzig Jahren hatten die Türken die Stadt erobert. Die Schwäche des Sultans jetzt auszunutzen und die Stadt anzugreifen bedeutete, die Neutralität aufzugeben und sich Murad zum Feind zu machen.

Loukas kannte Murad und er wusste, wenn der Sultan siegen sollte, würde er dieses Verhalten den Byzantinern nicht verzeihen. Man hätte auch abwarten können – die übereilte Aktion trug deutlich die Handschrift des Fürsten Angelos und des ihm ergebenen Sphrantzes, den Alexios nahe am Herrscher zu platzieren verstanden hatte.

Gleich nach seiner Rückkehr suchte Loukas seinen Vater auf. Er fand ihn im Kontor und bat ihn um eine Unterredung unter vier Augen. Nikephoros spürte die Aufregung, die Loukas nur schwer zu beherrschen verstand, und schlug einen Spaziergang vor.

»Frische Luft wird uns guttun«, entschied der Alte.

Sie liefen am alten Kaiserpalast, der teils zerfallen war, teils als Lager, teils als Unterkunft für Obdachlose diente, vorbei zur Küste der heiligen Barbara, um schließlich auf den Bosporus hinauszublicken. Zu dieser Jahreszeit glich die See mit den Schiffen und ihren verschiedenfarbigen Segeln einer blühenden Sommerwiese, deren Boden allerdings blau und nicht grün war. Auf dem Weg hatte Loukas dem Vater die Lage geschildert. Der Alte schwieg und dachte nach, während er auf das Meer blickte.

»Nicht in der Kirche, sondern am Meer habe ich bis heute Rat gefunden. Gegen die Gewalt dessen, was da vor uns liegt, ist alles andere von geringer Bedeutung. Was sind die Stürme der Gesellschaft gegen das Toben der Elemente? Es hilft, die Dinge einzuordnen.«

»Sollten wir das Gespräch mit Manuel suchen?«, fragte Loukas.

»Manuel hat sich ins Kloster zurückgezogen, weil er sich von der Bürde der Herrschaft befreien wollte.« Nikephoros schmunzelte. »Allerdings will er das schon seit zwanzig Jahren. Wenn du jetzt ins Kloster gehst, wirst du nicht Manuel, sondern den Mönch Matthaios antreffen.«

»Können wir denn gar nichts tun?«

»Wir müssen warten, warten, bis man uns ruft. Aber sag mir, mein Sohn, wird Murad gewinnen?«

»Ich weiß es nicht, obschon er intelligent und entschlossen ist, trotz seiner Jugend jeder Zoll ein Sultan, aber ganz gleich, wie das Ganze ausgeht, es wird zu Unordnung und Chaos führen.«

Der alte Seeräuber nickte. »Eine Zeit der Wirren zieht herauf. Die Palaiologen werden uns brauchen. Lass uns abwarten, aber unsere Spitzel am Hof weiter bezahlen. Manuel wird eines Tages eingreifen – und wenn es über die Kaiserin Helena erfolgt.«

»Inzwischen sollten wir einen Teil unserer Geschäfte nach Galata verlagern«, schlug Loukas vor.

Nikephoros nickte zustimmend. »Und einen Teil unseres Geldes bei den Banken in Genua deponieren. Wir müssen auf alles vorbereitet sein. Schau dir den jungen Draperio an. Ich habe inzwischen verlässliche Erkundigungen über ihn eingeholt. Er stammt aus kleinen Verhältnissen, ist ehrgeizig, skrupellos und geschickt. Er könnte zu einer Maske unserer Geschäfte werden.«

Loukas sah seinen Vater erstaunt an. Er bewunderte ihn dafür, dass er sich von gefährlichen Wendungen nicht beeindrucken ließ, sondern alles gründlich bedachte und nichts unerledigt ließ. Doch zum ersten Mal ging ihm auch der Gedanke durch den Kopf, dass für das Handelshaus Notaras auch die Möglichkeit bestand, sich unter türkischer Ägide niederzulassen. Seine erste Loyalität gehörte schließlich der Familie, nicht einem wetterwendischen Kaiser. Christ konnte er auch unter der Herrschaft des Turbans sein, das hatte er auf seinen Reisen erfahren.

Würden sie eines Tages Konstantinopel verlassen müssen? Noch kam ihm die Frage hypothetisch vor, doch sie konnte sich rascher stellen, als ihm lieb war, und dann würde es sich als fahrlässig erweisen, diese Möglichkeit außer Acht gelassen zu haben. Schließlich hatten es seine Feinde zu den Ohrenbläsern des neuen Kaisers gebracht.

Zuallererst trug er die Verantwortung, die er täglich stärker empfand, für das Kind, das in Eirenes Bauch heranwuchs. Das war Grund genug, klug und skrupellos vorzugehen. Er fühlte, wie diese Tatsache, die er an ihren voller werdenden Brüsten und den weicher werdenden Zügen ablesen konnte, die Welt für ihn von Grund auf veränderte.

Am Nachmittag trank er mit seiner Mutter Tee im Garten des Palastes. Im Wachholderbusch stritten ein paar Vögel miteinander. Und auf dem Kiesweg, der den Garten teilte, sonnte sich ein grüner Gecko mit roten Streifen. Ein würziger Kräutergeruch hing in der Luft. Die Grillen zirpten um die Wette. Thekla Notaras, die in einer Art Korbsessel saß, gab eine durch und durch elegante Erscheinung ab. Eigentlich liebte sie es, in der Bibel oder in den Heiligenviten zu lesen. Auch hatte sie eine Leidenschaft entwickelt, sich von den Bediensteten die kalte Schauer über den Nacken treibenden Untaten der Gespenster und andere schreckliche Kuriositäten erzählen zu lassen. Angesichts der vielen Ruinen in der Stadt, des allgemeinen Verfalls der Bauten gab Konstantinopel allerdings die ideale Kulisse für Spukgeschichten ab und in Anbetracht des sich mehrenden Elends den idealen Nährboden für bizarre Gewaltausbrüche. Entgegen ihren musischen Neigungen wirkte sie in letzter Zeit sehr diszipliniert. Sie verbarg ihre Verletzung und ihre Ratlosigkeit hinter einer Maske der Sachlichkeit und des Pragmatismus, die man eigentlich von ihr nicht kannte. Der Versuch, eine Normalität vorzugaukeln, war ihre, wenngleich ein wenig hilflose Art, die Familie zu retten. Loukas wusste, wie viel Kraft sie das kostete, und empfand deshalb eine hohe Achtung für sie.

»Hast du mit Vater darüber gesprochen?«, fragte Loukas die Mutter, nachdem er sich nach ihrem Befinden erkundigt hatte.

»Er leidet darunter, wie auch Demetrios darunter leidet. Die Zeit muss die Wunden heilen. Wenn wir uns alle nur ein bisschen Mühe geben …«

»… und versuchen, eine Normalität zu leben, denkst du?«

Thekla nickte und nahm einen langen Schluck aus der Teeschale. Sie ließ den Tee eine Weile auf der Zunge und schloss dabei die Augen. Das alles ist ein einziger Albtraum, dachte sie. Wenn sie doch nur jemand wecken würde, am besten ein strahlender Demetrios, und sie über den Unfug, den sie geträumt hatte, schütteln könnte.

»Wenn ich damals das Angebot deiner Frau angenommen hätte, darüber zu reden und nach einem Weg zu suchen, dann wäre alles anders gekommen«, sagte sie schließlich mit einem kleinen Zögern.

Loukas nahm ihre Hände in die seinen und schaute sie an. Er hatte die Augen von ihr geerbt, tiefbraun und fast rund. »Du kannst nichts dafür.« Sie schüttelte den Kopf.

»Oder nur so viel wie wir alle. Wenn ihr nicht in so große Sorge um mein Leben geraten wäret, hätte es nie diese Anspannung und diese Entladung gegeben. Wir alle tragen unseren Teil Schuld. Aber du hast recht, mit Reden kommen wir nicht weiter, lass uns versuchen, den Alltag als Familie zu erleben.«

Thekla stimmte ihrem Sohn zu.

»Aber dich beschäftigt doch noch etwas?«, fragte Loukas nach.

»Ich habe Angst, dass Demetrios darunter zerbricht.«

»Ich werde mich um Demetrios kümmern.«

Und Loukas hielt Wort. Der Gedanke, dass er bald Vater sein würde, überwältigte ihn jeden Tag aufs Neue und ließ ihm ungeahnte Kräfte zuwachsen. Demetrios, der, seit Loukas zurück war, wieder Mut fasste, genas zusehends von seinen körperlichen Verletzungen. Immer mehr Zeit verbrachte er bei dem jungen Ehepaar, leistete Eirene Gesellschaft oder half ihr, wenn Loukas seinen Geschäften nachging. Es war, als wäre er der Sohn der beiden. Diesem Eindruck widersprach nur der allzu geringe Altersunterschied.

Während Loukas noch darüber nachdachte, wie er Kontakt zu dem jungen Mann aus Galata aufnehmen würde, stand dieser eines Tages vor der Tür und wünschte Loukas Notaras zu sprechen.

»Nun, Loukas Notaras, lasst uns endlich über Geschäfte reden.«

»Seid willkommen, Francesco Draperio.«

43

Bei Bursa, Anatolien

Es regnete in Strömen. Die Hufe ihrer Pferde versanken im Schlamm. Dicke schwarze Wolken hingen, notdürftig am Himmel befestigt, über dem Schlachtfeld, in Gefahr, jederzeit herabzufallen und alles unter sich zu begraben. Dazu pfiff ein für die Jahreszeit ungewöhnlich kühler Wind über die Kampfaufstellungen der beiden Heere.

Seine Stimmung stand im größten Gegensatz zum Wetter. Würde seine Freude Wolken vertreiben können, müsste sich ein blauer Himmel mit einer lachenden Sonne über die Kämpfer aufspannen. Alexios Angelos hielt mit seinen fünfzig Rittern – überwiegend Katalanen, aber auch Franzosen, Burgunder, Venezianer, Genuesen, ein paar Sizilianern, die sich auf den Inseln der Ägäis angesiedelt hatten und vornehmlich ihren Lebensunterhalt mit Piraterie verdienten, und ein paar Johannitern von der Insel Rhodos – den linken Flügel. Heute würde sich Murads Schicksal entscheiden. Über die Leiche des jungen Sultans wollte der Fürst den nächsten großen Schritt auf die Kaiserkrone zu machen. Im Stillen beglückwünschte er sich zu seinem geschickten Schachzug. Der Fürst hatte das Geld, das ihm Johannes gegeben hatte, dafür verwendet, Ritter anzuheuern, so wie es vereinbart war, um als Belohnung ein anatolisches Fürstentum zu erhalten, was er nicht mit dem Kaiser abgesprochen hatte. Diese List würde keinesfalls zu seinem Nachteil gereichen, denn erstens würde Mustafas Sieg genügend Vorteile und Landgewinn für Konstantinopel bringen und zweitens wäre es nicht seine Schuld, wenn der neue Sultan ihm aus purer Dankbarkeit ein Fürstentum schenkte.

Auch freute er sich auf das Hauen und Stechen. Bisher hatte er Duelle, Turniere und kleinere Gefechte bestritten, nie aber eine richtige Schlacht gefochten. Nun war es endlich so weit, nun konnte er sich endlich als Feldherr beweisen! Einen schöneren Ort als an der Spitze der Truppen vermochte er sich nicht vorzustellen. Manuel II. kannte dieses Gefühl, das wusste Alexios, und dafür achtete er den Alten, Johannes hingegen nicht.

Leitete sich sein Vorname Alexios nicht gar von Alexander dem Großen her, dem großen Feldherrn, dem Urbild des Kaisers, der zugleich Eroberer und Herrscher war? So überschaubar sein Fähnlein war, so bestand es doch aus Rittern, den besten Kämpfern, die man sich vorstellen konnte. Neben ihm saß sein Bannerträger auf dem Pferd, der sich immer dicht bei Alexios halten würde, denn ihm fiel die schwere Aufgabe zu, das Banner unter allen Umständen zu verteidigen. Das war eine Frage der Ehre und der Orientierung, denn die Ritter würden sich im Schlachtgetümmel immer an der Flagge ausrichten.

Alexios hatte sich vorgenommen, am rechten Flügel des Feindes vorbeizuziehen, um dann jäh mit der geballten Kraft der Eisenreiter in die Flanke von Murads Heer vorzustoßen, um so die feindlichen Reihen zu verwirren und ihm die Kraft des Angriffs abzuschneiden, wie man Sehnen kappt.

Da die Aufstellungslinie sich einwärts wölbte, entdeckte er am rechten Flügel Dschuneid mit seinen Leuten. Trotz seines fortgeschrittenen Alters hatte sich der Emir selbst an die Spitze seiner Truppen in die Schlachtordnung gestellt. Murads Heer besaß nur eine bescheidene Größe, aber auch Mustafas Aufgebot fiel kleiner aus, als Dschuneid verkündet hatte. Weder der Khan der Horde der Schwarzen Hammel war erschienen noch der Sultan von Karaman, ebenso wenig viele andere, von denen es bislang geheißen hatte, sie würden an Mustafas Seite kämpfen. Ein ungutes Gefühl beschlich den Fürsten, denn es gelang ihm nicht, Mustafa auszumachen. Er entdeckte zwar seine Generäle, doch der Feldherr selbst schien wie vom Erdboden verschluckt. Und so wie ihm erging es auch anderen. Hatte der Mann, für dessen Ansprüche sie ihr Leben riskierten, die Nerven verloren?

Der Kuvasz des Fürsten lief aufgeregt um das Pferd herum und bellte unentwegt, so als wollte er den Reiter von dem Ort wegdrängen. Dabei hatte Înger im Gegensatz zu Alexios schon einige offene Feldschlachten erlebt – Angst oder Nervosität konnte es nicht sein. Der Fürst traute den Instinkten seines Hundes. Die Unruhe des Kuvasz deutete eher auf eine Unordnung hin. Als Alexios wieder zum rechten Flügel hinüberblickte, bemerkte er ein Chaos, dessen Ursache er sich zunächst nicht einzugestehen wagte. Aber es führte kein Weg an der verheerenden Wahrheit vorbei: Dschuneid, der Mann, der unermüdlich für Mustafa intrigiert und organisiert hatte, räumte mit seinen Truppen urplötzlich das Schlachtfeld. War er nur dafür persönlich erschienen, um rechtzeitig den Rückzug einzuleiten? Das Heer geriet in ein Durcheinander. Als habe er nur auf diesen Moment gewartet, griff Murad an der Spitze seiner Reiterei an. In Mustafas Reihen brach Panik aus.

Kurz entschlossen wandte sich Alexios zu den Rittern um und brüllte: »Meine Herren, wir können hier nur noch sterben. Siegen werden wir nicht! Lasst die Türken sich zuschanden hauen. Wir ziehen uns zurück!«

Die Männer nickten beifällig. Ihren Lohn hatten sie bereits erhalten, und Beute war hier kaum zu machen, sie befanden sich schließlich auf freiem Feld und belagerten keine Stadt, die man anschließend plündern konnte. Selbst Înger bellte zustimmend.

Alexios Angelos gab seinem Pferd die Sporen und galoppierte im Bogen vom Schlachtfeld fort, und alle Ritter folgten ihm. Die Heereslinie, die zu vibrieren begonnen hatte und nur noch von den Christen gehalten wurde, zerbrach. Über das sich auflösende Heer fielen die Truppen Murads her und massakrierten diejenigen, die nicht rechtzeitig zu fliehen vermochten. Die erste richtige Feldschlacht, an der beinahe der junge Fürst teilgenommen hätte, geriet zu einem Fiasko. Er fühlte Zorn und Trauer darüber. Mustafa und Dschuneid versagten so eklatant, dass der Fürst sie in Stücke hauen würde, wenn sie ihm über den Weg liefen. Bitterkeit stieg in ihm hoch, wenn er daran dachte, dass er zumindest mit dem Befehl zum rechtzeitigen Rückzug als Feldherr gehandelt hatte, denn ein guter Befehlshaber durfte nicht grundlos das Leben der ihm anvertrauten Männer gefährden. Seine Aufgabe bestand darin, seine Männer in die Schlacht, nicht aber auf die Schlachtbank zu führen. Murads Leute waren zu sehr mit dem Zusammenhauen ihrer Landsleute beschäftigt, als dass sie die flüchtenden Ritter hätten verfolgen können.

An der anatolischen Küste nahmen Schiffe die christlichen Haudegen auf und brachten sie auf ihre Inseln zurück.

Alexios sah sich um die Früchte seiner Anstrengungen betrogen. Er verstand nicht, wie es zu dieser Schmach kommen konnte. Alles war doch bis ins Kleinste vorbereitet gewesen. Und nun dies! Es blieb ihm ein Rätsel, weshalb so viele Fürsten ihr Wort gebrochen hatten und Mustafa im entscheidenden Moment die Nerven verlor. Für die meisten von ihnen gehörten Gefechte und Schlachten zum Leben dazu wie das Zähneziehen für den Barbier. Am unverständlichsten dünkte ihm Dschuneids Flucht. Woher sollte Alexios auch wissen, dass Halil Pascha mit einigen Fürsten heimliche Verhandlungen geführt und ihre Neutralität zu einem hohen Preis erkauft hatte, andere wiederum Wind davon bekamen, dass Mustafa sehr leichtfertig Städte und Ländereien doppelt bis dreimal vergeben hatte, und sich deshalb verärgert über den Betrug von ihm abwandten? Dem durchtriebenen Wesir gelang es sogar, Dschuneid ein Angebot zu unterbreiten, das den alten Ränkeschmied zumindest nachdenklich stimmte. Als der Emir dann das enttäuschend kleine Heer sah und Mustafa vergeblich suchte, beschloss der alte Fuchs, das Angebot des jungen Sultans anzunehmen.

Alexios jedenfalls strandete auf der Insel Negroponte und fühlte sich wie ein Schiffbrüchiger. Weder dem Kaiser, schon gar nicht dem Mitkaiser in Konstantinopel wagte er, unter die Augen zu treten. Manuel II. dürfte seinen Sohn anständig gerüffelt haben, weil er mit seiner ablehnenden Haltung am Ende leider recht behalten hatte. Und Johannes würde Alexios den Tadel verübeln, der ihn traf, weil er auf ihn gehört hatte. Es half nichts, über die trostlose Wahrheit hinwegzuschauen, dass Alexios von seinem Ziel, Kaiser zu werden, weiter entfernt war denn je. Der Sturz aus dem Himmel der Hoffnungen war für ihn längst nicht zu Ende, denn er fiel immer noch, in eine Tiefe, die er nicht abzuschätzen vermochte und an der ihn nur beeindruckte, dass es weiter hinabging.

Natürlich hinderte ihn niemand daran, dorthin zu gehen, wohin es ihn gelüstete, aber es zog ihn nirgends hin, weil er sich auch nirgends willkommen fühlen durfte. Wo man ihn nicht gleich abweisen würde, wäre er nur widerwillig geduldet – gescholten, verhöhnt vielleicht oder verspottet. Der einzige Ort, den er hätte wählen können, wäre der Stammsitz seiner Familie auf dem Epiros, aber dort würden die Geschwister und ihre Familien ihn als politischen Wirrkopf und Versager betrachten und ihn fühlen lassen, dass er vom Familienvermögen lebte. Mehr noch, sie würden ihm vorhalten, dass er nahm, ohne zu geben, ein Schmarotzer, der sich für das Leben eines Großgrundbesitzers als zu fein empfand und als Höfling blutig gescheitert war. Seine Brüder und Schwestern, aber auch die Schwäger und Schwägerinnen würden ihn mit großer Genugtuung ihre Verachtung fühlen lassen, weil sie unter seinem Hochmut gelitten hatten. Welch einen Triumph würde seine Heimkehr in Reue bei ihnen auslösen!

So saß Alexios auf Negroponte fest wie ein Schiff auf einer Sandbank. Für die Schönheiten der Insel, für den gewaltigen Gebirgszug, der sich zur Küste absenkte und sich vor dem türkisblauen Wasser der Ägäis verneigte, für die sanften Buchten und die feinen Sandstrände, für die Platanenwälder und Wacholderhaine besaß er keinen Blick. Er mochte ohnehin weder etwas sehen noch etwas hören. Während er sich fragte, ob er hätte kämpfen und sterben sollen, trank er billigen Wein und ließ sich, wenn er betrunken genug war, von Huren trösten. Dabei legte er nicht wie früher Wert auf die Raffinesse, mit der die käuflichen Damen ihr Handwerk verrichteten. Er wählte noch nicht einmal unter den mietbaren Schönheiten aus, sondern überließ alles dem Zufall. Es spielte für ihn keine Rolle, eine war so gut wie die andere, er wollte ja nur in sie eintauchen und vergessen, deshalb sah der Fürst sie auch nicht an, weder vorher noch dabei noch danach, wenn er sie bezahlte. An manchen Abenden, wenn die Trübseligkeit sich auf ihn senkte wie ein großes schmutziges Filztuch, das vor Feuchtigkeit stockig roch, fühlte Alexios nur noch den Drang, sich ins Meer zu stürzen. Er unterschied nicht mehr zwischen Tag und Nacht und hatte den Wechsel von Trunkenheit und Nüchternheit zugunsten des Rausches aufgehoben. Es tat so gut, wenn sich alles auflöste und das Denken seine Konturen verlor. Dabei tat er sich nicht einmal leid, sondern verachtete sich als Versager. Ohne den geringsten Anflug von Selbstmitleid beschimpfte und verspottete er sich.

»Der kleine Alexios wollte große Politik spielen«, sagte er dann vor sich hin, oder: »So einer will Kaiser werden, da schüttelt's ja die Huftiere in ihren Ställen!«

Die Tage verschwammen im harzigen Geschmack des Weines. Und da er kaum aß, magerte er ab. Manchmal übergab er sich. Danach schmeckte das Gesöff wie Essig und brannte in den wunden Eingeweiden. Auf diese Weise wehrte sich sein Körper, allerdings erfolglos, gegen das Gift. Die Zeiten, in denen er nicht mehr zu unterscheiden vermochte, ob er schlief und träumte oder ob das, was er tat und wahrnahm, tatsächlich geschah, liebte er mit einer selbstzerstörerischen Leidenschaft. Er genoss die Verzerrung der Wahrnehmung, das Purzelbaum schlagende Bewusstsein. In seiner Kindheit hatte er, wenn auch nur kurz, das bereits einmal erlebt. Er hatte die Lider geschlossen, den Kopf immer schneller gedreht, bis er abrupt anhielt und die Augen öffnete. Dann hatte er das Gefühl, als ob die Welt sich im Schleudern befand, nicht er, sondern der Planet, und wollte nur noch seine liebe, gute Erde mit beiden Händen festhalten.

Als er eines späten Nachmittags auf dem weißen Sand liegen geblieben war und sich in einen Traum verheddert hatte, in dem er mit Gott, Allah, Jahwe, der Jungfrau Maria, Jesus und Maria Magdalena zu Tische saß, um einen Drachen zu verspeisen, aus dessen Maul die heilige Margit gekleidet wie eine Bauchtänzerin trat, entdeckten zwei Halunken den schnarchenden Fürsten. Sie beschlossen, den Mann zu töten und auszurauben. Mit dem Messer in der Hand näherten sie sich dem Schlafenden. Die Gauner machten sich Hoffnungen, dass sich das Massakrieren lohnen würde. Auch wenn der Schläfer am Strand etwas heruntergekommen aussah, sah man ihm die vornehme Abkunft noch an. Sollte er wider Erwarten nichts Wertvolles mit sich führen, würden sie sein Fleisch als Schweinehack verkaufen. Sie ahnten nicht, dass der Fürst nur noch aus Haut und Knochen bestand und das Filettieren nutzlos gewesen wäre.

Wie aus dem Nichts wurde der eine der beiden Männer von dem Kuvasz niedergeworfen. Den zweiten ging das Tier von vorn an, sodass der Schurke auf den Rücken fiel. Über seiner Kehle fletschte der Hund die Zähne. Die Hilferufe der Raubmörder weckten Alexios. Er brauchte ein paar Minuten, bis er die Situation einzuordnen vermochte. Dann rief er Înger zu sich. Die beiden Männer flohen, so schnell ihre Beine sie trugen.

Der Hund hatte ihm das Leben gerettet. Das berührte Alexios. Und er bellte ihn wütend an, als wolle er ihm die Leviten lesen. Jetzt verstand der Fürst, weshalb es Johann Hunyadi so ans Herz gegangen war, den Kuvasz als Wettpfand zu setzen oder ihn sogar wegzugeben. Indem er dieses begriff, fasste er eine tiefe Zuneigung zu dem Tier, kniete sich zu ihm und kraulte ihm die Ohren.

»Du hast ja recht, mein Guter.«

Es gab jetzt niemanden auf der Welt als ihn und den Hund.

Der Fürst streichelte den Kuvasz eine ganze Weile. Danach legte er seine Kleidung ab, lief ins Meer, während der Hund aufgeregt und wachsam am Strand hin und her lief, und wusch den ganzen Schmutz, den Alkohol, die Niederlage und den Selbsthass ab. Die Sonne glitzerte in den Wassertropfen des Meeres, dessen Türkis auf dem Weg vom Tag in die Nacht nun im Tiefblau des Abends angekommen war. Lauter Brillanten auf Saphiren. Verspielt wie ein Seehund tauchte er mehrmals unter und ließ sich von den Wellen überrollen. Er konnte vom reinigenden Wasser nicht genug bekommen. Die See schrubbte ihm Körper und Seele blank. Bei jedem Auftauchen fühlte er sich besser, bis er meinte, neu geboren worden zu sein. Ausgenüchtert und sauber beschloss er, von vorn zu beginnen.

Es ging anfangs zu einfach und zu leicht. Das hätte sein Misstrauen wecken sollen. Warum sollte es ausgerechnet ihm vergönnt sein, das große Ziel mühelos beim ersten Anlauf zu nehmen? Allerdings trug die Macht in seinen Augen eine Mitschuld an dem Desaster. Sie hatte ihm nämlich ihre unauffällige, aber hilfreiche Schwester verheimlicht, ohne die nichts wird: die Geduld. Niemand erlangt Macht, der nicht zuvor die Geduld erlernt hat, aber der Ungeduldige verliert sie. Die Lektion bestand für ihn darin, sich immer von Neuem ihren Exerzitien zu unterziehen. Auch zog er aus allem die Lehre, sich künftig seine Partner genauer anzuschauen, mit Vertrauen zu geizen, vor allem aber mit Türken kein Bündnis einzugehen. Für die nächsten Schritte, die er unternehmen wollte, benötigte er dringend Rat. Ihm fiel nur ein Mensch ein, dem er sich öffnen und der ihm helfen konnte. Am nächsten Morgen brach der Fürst zu einer Reise in den Norden auf.

Gegen Mittag des gleichen Tages erwischten Murads Häscher den falschen Mustafa in einem trostlosen Kaff in Anatolien, in dem er sich versteckt hielt, und hängten ihn wie einen gewöhnlichen Strauchdieb an den starken Ast eines freundlichen Baumes. Er soll um Gnade gebettelt und die Schuld auf seinen falschen Berater Dschuneid und die ränkereichen Byzantiner geschoben haben, es hatte ihm indes nichts genutzt. Wo auch immer er hergekommen war, hier endete er.

*

Der Herbst kam nach Konstantinopel und mit ihm Jakub Alhambra. Der Mann aus Bursa führte Berge gefärbten Tuchs mit sich, die Arbeiter auf Ochsenkarren in die Lagerhalle der Notaras in der Nähe des Neorion-Hafens an der Grenze zum Viertel der Genuesen brachten. Von hier aus würden sie ihren Weg nach Italien nehmen, freilich erst im Frühjahr, denn im Herbst stellte man den Schiffsverkehr über den Winter ein.

Loukas lud Jakub zu den Gesprächen mit dem Juden Francesco Draperio ein. Einen ganzen Tag verhandelten sie detailliert und durften am Abend die Gründung eines gemeinsamen Handelskonsortiums feiern. Dadurch gelang es Loukas, einen Teil der Geschäfte unabhängig vom Wohlwollen und von der Aufsicht des Kaisers zu gestalten. Damit hatte er die Konkurrenz in Konstantinopel, die immer noch in den Kategorien der Stadt dachte und in Abhängigkeit vom Kaiserhof lebte, hinter sich gelassen. Das Handelshaus Notaras vermochte zwar noch nicht unabhängig vom Hof zu existieren, aber Loukas war auf dem Weg dorthin.

Das Fest fand im engsten Familienkreis statt, denn sie hatten aus Vorsicht beschlossen, diese Verbindung nicht zu veröffentlichen. Weder die Konkurrenz noch der Hof mussten von der Qualität der Zusammenarbeit Kenntnis erhalten.

Am Vorabend der Heimreise Jakubs sprach Loukas mit dem Juden bei einer Tasse Tee im Hof des Palastes über Demetrios. Er verheimlichte dem Geschäftspartner die Familienkatastrophe nicht und bat ihn deshalb, sich um seinen Bruder besonders zu kümmern.

»Ich bin kein Arzt, schon gar nicht für die Seele, doch was ich tun kann, soll geschehen«, versprach Jakub.

Für seinen ältesten Sohn, der tagsüber unter Loukas' Anleitung im Kontor arbeiten sollte, hatte der Jude bereits seine Vorkehrungen getroffen. Moische bekam Quartier bei Zwi Jabne, der ihn auch in die jüdische Gemeinde der Stadt einführte.

Sich von Demetrios zu verabschieden versetzte Loukas einen Stich ins Herz, denn in den letzten Wochen waren sich die Brüder sehr viel nähergekommen. Zuvor hatte der Jüngere den Älteren bewundert, doch nun beschäftigte sich auch der Ältere mit dem Jüngeren. Es wirkte ein wenig so, als hätten Loukas und Eirene Demetrios adoptiert, denn er verbrachte seine Zeit fast vollständig in der jungen Familie, wenn er nicht in die Kirche ging, um zu beten. Allerdings besuchte Demetrios die Kirche des Pantokratorklosters. Diese lag zwar im Gegensatz zur Hagia Sophia recht weit vom Palast der Notaras entfernt, aber er wollte unter allen Umständen vermeiden, Dionysios zu begegnen. Zum einen schämte er sich, und zum anderen hätte ihn das Zusammentreffen an die schönen Stunden erinnert, in denen er die Malerei erlernt hatte. Seine

Augen aber nahmen die Welt weiterhin als Bilder wahr, zuweilen bewegte sich dann auch unwillkürlich seine Hand. In diesen Momenten hatte er das Gefühl, als stranguliere jemand sein Herz, und er rang nach Atem wie ein Asthmatiker.

Lange und kräftig umarmten einander die Brüder zum Abschied, als wollten sie einen Abdruck des anderen immer mit sich führen, während sich hingegen Vater und Sohn ein karges Lebewohl zuriefen, ohne einander körperlich zu berühren oder dabei in die Augen zu schauen.

Für Loukas Notaras brach die schönste Zeit seines Lebens an. Die Zusammenarbeit mit Draperio gestaltete sich eng, und sie tätigten gemeinsame Investitionen, dort ein Schiff, da eine kleine Niederlassung jenseits des Schwarzen Meeres. Schließlich suchte Loukas den Weg zu den Venezianern. Und Draperio hielt sich als Genuese diskret im Hintergrund, denn Genua und Venedig konkurrierten mit allen Mitteln um die Herrschaft im Seehandel. So sehr, wie diese beiden Städte einander verabscheuten, hassten sich nicht einmal Muslime und Christen.

Francesco Draperio allerdings fühlte sich seiner Vaterstadt nicht so tief verbunden, als dass sein Patriotismus den Genuss des Vorteils, mit Genuesen und Venezianern zugleich Handel zu treiben, überwogen hätte. Den Venezianern war das Handelshaus Notaras eigentlich ein Dorn im Auge, galt es doch als genuesisch, aber Loukas fand einen Weg, der ihn in das finanzielle Herz der Lagunenmetropole führte. Einer der wichtigsten Bankiers der Republik von San Marco, Giovanni Badoer, war Jude und unterhielt gute Kontakte zu Jakub Alhambra, der wiederum die beiden Kaufleute miteinander ins Gespräch brachte. Mochte der Glauben die Welt entzweien, die Geschäfte einten sie wieder.

Mit einem Wort, nach all der Angst und den Sorgen lief es für Loukas prächtig. Sein Vater, von der Tüchtigkeit des Sohnes überzeugt, zog sich immer stärker aus dem operativen Geschäft zurück, sodass Loukas bald schon von der Öffentlichkeit als der neue Chef des Hauses wahrgenommen wurde. Nikephoros unterstützte diesen

Prozess, indem er alle, die sich in geschäftlichen Angelegenheiten an ihn wandten, zu seinem Sohn schickte, übrigens auch diejenigen, die sich bei ihm über Loukas beschweren wollten.

Aber nicht nur das Handelshaus wuchs, vor allem nahm Eirenes Bauch täglich an Umfang zu. Zuweilen saßen sie vor dem Schlafengehen im Konversationszimmer und überlegten, wie das Kind heißen sollte. Namen wurden gefunden, besprochen, alle Assoziationen, die der Name auslösen konnte, überprüft, verworfen oder notiert. Die Abende gehörten grundsätzlich dem jungen Paar. Loukas schaffte es fast immer, seine Arbeit tagsüber zu erledigen, weil er sich auch aus der Politik zurückgezogen hatte. Und er vermisste sie auch nicht. Natürlich täuschte er sich nicht darüber hinweg, dass er eines Tages wieder am Hof des Kaisers tätig sein musste, aber er konnte geduldig darauf warten, bis er gerufen würde. Aufdrängen wollte er sich und durfte er sich vor allem nicht. Da er keinen Anteil an der katastrophalen Wendung hatte, die Konstantinopels Diplomatie in der türkischen Angelegenheit genommen hatte, traf ihn auch keine Schuld. Nicht daran, dass Mustafa von Murad besiegt worden war, nicht daran, dass Murad Gallipoli zurückerobert hatte, und schon gar nicht daran, dass es keinerlei diplomatische Beziehungen zum Großtürken mehr gab. Seine Spitzel hatten ihm berichtet, dass Sphrantzes als Gesandter zum Sultan geschickt worden war, aber weder der Sultan noch der Großwesir Halil Pascha ihn empfangen hatten. Nicht einmal die Geschenke, die Sphrantzes für den Großtürken mitgeführt hatte, wurden entgegengenommen. Es hieß, dass Johannes VIII. sich in großer Ratlosigkeit und in einer ausgemachten Depression befand. Der Fürst Alexios Angelos allerdings schien vom Erdboden verschwunden zu sein. Über seinen Verbleib vermochte niemand Auskunft zu geben.

44

Notaras-Palast, Konstantinopel

Der Frühling kam im Jahr 1422 zeitig nach Konstantinopel. Die Blumen, Sträucher und Bäume zündeten sich in einer Eile mit Knospen an, als müssten sie sich in diesem Jahr besonders beeilen, weil es bald schon dafür zu spät sein konnte. Bis auf die letzten vierzehn Tage hatte Loukas eigentlich die Zeit der Schwangerschaft seiner Frau genossen, die Erwartung des ersten Kindes, das sie zu einer Familie machen würde. Aber seit zwei Wochen litt Eirene unter der Schwangerschaft, klagte sie über Übelkeit und erbrach sich häufig. Die Ängste, die ihn beschlichen, wenn sie unpässlich war, verheimlichte er vor ihr, weil er sie nicht beunruhigen wollte. Zumeist strahlte sie Optimismus aus, doch zuweilen fiel sie auch in eine tiefe Nachdenklichkeit. Dann dachte sie an ihre Mutter, die bei ihrer Geburt gestorben war. Furcht und die Sorge um ihr Kind, das sie vielleicht nicht aufwachsen sehen würde, trieben sie in eine Traurigkeit, aus der sie sich allein nicht mehr zu befreien vermochte. In diesen dunklen Stunden nahm sie Loukas immer wieder den Schwur ab, sich so um ihr Kind zu kümmern, als lebe sie noch, ihm Mutter und Vater zugleich zu sein. Eirene hatte davon gehört, dass es Ehemänner gab, die dem Kind den Tod der Mutter niemals verziehen, als wäre dieses Unglück ihre Schuld. Bereitwillig leistete Loukas den Eid, suchte sie zu beruhigen und benutzte das einzige Mittel, das in diesen Stimmungslagen half, das Erzählen von Geschichten. Es schmälerte die Wirkung nicht, wenn sie die Berichte von fernen Ländern schon einmal gehört hatte. Tapfer erzählte er sie wieder und immer wieder. Kein größeres Glück existierte für ihn, als dass sich im Lauf seiner Erzählung ihre Miene aufhellte, die Gewitterwolken von ihrer Stirn wichen und ihr Lächeln auf die vollen Lippen zurückkehrte.

»Langweilt es dich nicht, immer wieder die gleichen Anekdoten zu hören?«, fragte er sie manchmal.

»Wie könnte es mich langweilen, dir zuzuhören«, entgegnete sie dann und schmiegte sich an ihn. In dieser Haltung hätte er stundenlang verharren können. Er hatte den Zofen und Dienern strenge Anweisung erteilt, ihn sofort zu informieren, wenn sich die Stimmung seiner Frau eintrübte.

Der Kapitän hatte einen völlig neuen Tagesablauf gefunden, der sich an ihren Bedürfnissen orientierte. Im Morgengrauen stahl er sich aus dem Bett, um sie nicht zu wecken. Hatte er bereits fünf Stunden gearbeitet, kam er gegen neun Uhr zum Frühstück. Eine gute Stunde blieb er bei seiner Frau und sprach mit ihr. Dann verfügte er sich wieder ins Kontor, ging zum Hafen, um mit den Kapitänen der eingelaufenen Schiffe zu reden, oder kontrollierte die Bestände in den Lagerhallen. Am frühen Abend beendete er die Arbeit. Dann traf sich die ganze Familie, und sie aßen und plauderten mit Nikephoros und Thekla. Anschließend unternahmen Eirene und er entweder noch einen kleinen Spaziergang, oder sie zogen sich ins Schlafzimmer zurück, setzten sich in die beiden Lehnstühle, bevor sie zu Bett gingen, erzählten oder lasen einander etwas vor. Am Sonntag und am Mittwoch besuchten sie gemeinsam die Hagia Sophia zum Gottesdienst. Einmal begegneten sie Dionysios.

Der Mönch grüßte sie höflich. »Es ist Gottes Wille.«

»Vielleicht war es auch Gottes Wille, dass wir eingreifen«, erwiderte Eirene.

»Das werden wir nie erfahren. Aber wisst, ich habe die Malutensilien von Demetrios aufbewahrt«, sagte Dionysios, segnete Eirene und verlor sich im Gewühl der Menschen in der großen Kirche.

Ende März führte ein Dauerregen zu Temperaturschwankungen. Trotz des Nebels besuchte Francesco Draperio zum ersten Mal gemeinsam mit seiner Frau die Familie Notaras. Nachdem die Männer über Geschäfte gesprochen und die Frauen sich von Aureliana Draperio über die Florentiner und die Venezianer Mode hatten informieren lassen, versammelten sie sich am Nachmittag zu einem Festmahl. Der alte Seeräuber saß am Kopf der langen, mit roten Damasttüchern bedeckten Eichenholztafel und schaute vergnügt in die Gesichter seiner Gäste und Angehörigen, die sich in dem großen Esszimmer versammelt hatten. Offiziell war er immer noch der Chef der Familie, auch wenn Loukas längst alle Fäden zog.

»Lieber Francesco, Gott ist unseren beiden Häusern gewogen. Ihr habt mit Euren Schifffahrtsversicherungen gutes Geld verdient. Wir haben die Zeit damit verbracht, ein erfolgreiches Handelsunternehmen aufzubauen …«

»Du, Vater!«, warf Loukas lachend ein.

Der Alte schmunzelte amüsiert. Dann übte er sich in einer herrlich schlitzohrigen Bescheidenheit, für die man ihn einfach lieben musste.

»Mein Vater, mein Onkel, mein Bruder, Gott hab sie alle selig, haben dieses Geschäft zum Blühen gebracht. Ja, ja, ja, ich weiß: Gott liebt nicht die, die mit ihrer Bescheidenheit prahlen. Deshalb gebe ich zu, auch einen gewissen Anteil am Erfolg des Handelshauses Notaras beisteuern zu dürfen. Aber ganz gleich, wem die Ehre gebührt, wir, lieber Francesco, Ihr, mein Sohn und ich, werden mit unseren Kontakten, mit unseren Erfahrungen und Eurem Geld das gemeinsame Unternehmen zum Erfolg führen. Ihr habt uns darum gebeten, auch in den Handel mit Stahl und Waffen einzusteigen.«

Draperio nickte selbstbewusst. »Darin liegt die Zukunft. Waffen werden mehr denn je gebraucht. Sie sind verkäuflich wie Weizen, nur zu besseren Konditionen – und sie verderben nicht. Ich habe eine Nase für gute Geschäfte!«

»Und ich die Verbindungen dafür«, triumphierte der Alte. Er machte ein nachdenkliches Gesicht, doch wer Nikephoros gut kannte, wusste, dass er den Grübelnden lediglich spielte. »Ergibt sich nur noch eine Frage: Welchen Schiffsversicherer empfehlt Ihr eigentlich? Gibt es überhaupt einen ehrlichen Versicherer?« Während er darauf wartete, dass Draperio ihm ins Netz ging, lachten seine Augen vor Vergnügen, denn er hielt alle Versicherer für Gauner.

»Doch, einen«, verkündete Draperio stolz, dann stöhnte er theatralisch. »Aber der ist pleite.«

Nikephoros, was der Siegreiche bedeutete, stimmte mit seinem dröhnenden Bass ein bukolisches Gelächter an, Loukas lachte kurz, aber herzlich auf, seine Frau Eirene verbarg ihr Unwohlsein hinter einem Lächeln. Draperios Gemahlin Aureliana wirkte etwas gelangweilt, so als hätte sie diesen Witz schon tausendmal gehört.

»Auf das Geschäft«, sagte Loukas und hob den Goldpokal, der mit einem Roten aus Galata gefüllt war. Nachdem sie angestoßen und wieder Platz genommen hatten, wollte Loukas seinem Vater einen anerkennenden Blick zuwerfen, doch dieser wirkte wie ausgewechselt. Die Mundwinkel fielen missmutig nach unten. Mit seinen hervorstehenden Augen und den plötzlich erschlafften Wangen ähnelte er in diesem Moment einer Robbe.

»Eine Brühe, dass man nicht einmal die Hand vor Augen sieht«, brummte Nikephoros. Der Alte hatte zum Fenster geschaut, und statt die erhabene Architektur der Hagia Sophia genießen zu können, ertrank sein Blick nur in Nebelschwaden. Eine fremde, bis dahin unbekannte Melancholie verdunkelte seine Augen, als habe er Gäste und Familie vollkommen vergessen. Blicklos starrte er vor sich hin. Dabei galt der alte Seeräuber eigentlich als nüchterner Mann, der weder zur Traurigkeit noch zur Nachdenklichkeit neigte. Niemals zuvor hatte er einen Stimmungsumschwung Fremden gegenüber verraten. Ins Herz ließ er sich von niemandem schauen. Zeige anderen gegenüber nie deine wahren Gefühle, hatte er seinen Söhnen von klein auf eingebläut. Wurde der Vater alt?, fragte sich Loukas mit wachsender Unruhe. Oder nagten die Schuldgefühle für das, was er seinem jüngeren Sohn angetan hatte, so stark an ihm?

»Unheimlich das«, stimmte Thekla ihrem Mann zu. »Wirklich unheimlich das«, wiederholte sie, ihre Worte dehnend, als würde sie dadurch den wohligen Schauer verlängern, den die Erwartung, gleich einem Wiedergänger zu begegnen, auslöste. Dann seufzte sie tief und legte eine wirkungsvolle Pause ein, bevor sie ein wenig nervös mit dem kleinen Finger der linken Hand über die Augenbraue strich. »Es heißt, der Nebel bestünde aus den Seelen der Frevler, die keine Ruhe finden.«

»Wir werden den Weg zur Kirche schon finden«, sagte Loukas unwillig. »Und, Mutter, sooft ich im Nebel bereits unterwegs war, ich bin noch mit keiner Seele dabei zusammengestoßen«, fügte er mit einem Seitenblick auf Francesco Draperio hinzu.

Die listigen Augen des Genuesen aus Galata flitzten geschäftig von einem zum anderen. Schließlich warf er jovial ein, dass der Nebel ein Kind des Feuchten und des Gasförmigen sei und deshalb immer eine gewisse Zweideutigkeit besäße. Was er damit sagen wollte, wusste er selbst nicht so genau, aber darauf kam es auch nicht an.

Loukas kannte den gleichaltrigen Genuesen inzwischen gut genug, um sich nicht verführen zu lassen, über die gewichtig klingende, aber inhaltsleere Bemerkung nachzudenken. Francesco liebte es, wenn man ihn für geistreich und dabei umgänglich hielt. Loukas Notaras war sehr schnell dahintergekommen, dass sein Geschäftsfreund sehr gern seinen Gesprächspartnern das Gefühl vermittelte, komplizierte Sachverhalte ihnen zuliebe einfach auszudrücken. Allerdings erschöpften sich die Gedanken des Genuesen im Einfachen, Kompliziertes stand selten dahinter. So glaubten die Leute, dass Francesco Draperio ein kluger, philosophisch gebildeter Mann sei, der allerdings keinen Dünkel besaß und sich aus lauter Liebenswürdigkeit der Anstrengung unterzog, in der Sprache gewöhnlicher Menschen zu reden, sodass alle ihn verstanden. Der Kapitän hatte nicht lange gebraucht, um den Grund für diese Marotte zu durchschauen. Da der Genuese aus kleinen Verhältnissen stammte, versuchte er die Bildung, die ihm vorenthalten worden war, vorzugaukeln. Und um dabei nicht ertappt zu werden, versuchte er jedermann das Gefühl zu vermitteln, er verfüge über eine so große Bildung, dass er darauf verzichten konnte, sie ins Feld zu führen. Wirklich ein netter Kerl, dieser Francesco Draperio.

Während die Dienstboten gebackenes Geflügel, Käse, Honig, Mandelgebäck und gesäuertes Brot zum Dessert servierten, schaute

Nikephoros zu Eirene hinüber. Sie sah leidend aus. Das runde Gesicht, das immer vor Gesundheit gestrotzt hatte, wirkte auf einmal durchscheinend, blass wie der Nebel, die Wangen leicht eingefallen, die Nase etwas spitz. Nur die großen schwarzen Augen der Palaiologen büßten trotz der Augenringe das Feuer nicht ein, das in ihnen glomm, auch wenn sie tiefer als gewöhnlich lagen. Ihre dicken schwarzen Haare hatte sie zu einem sich verjüngenden Turm gewunden, den ein Seidentuch umhüllte, dessen Vogelmotive mit Goldfaden gewirkt waren. Das Auffälligste an ihrer Erscheinung bestand in dem großen runden Bauch, den sie wie einen Schatz vorsichtig und doch stolz vor sich hertrug.

Eirene schaute mit wachsender Fassungslosigkeit auf die Speisen. In ihren geweiteten Augen stand der stumme Vorwurf: Warum tut man mir das an?

»Warum gibt es keinen Honigfisch?«, fragte sie in tiefer Verärgerung, als habe man ihn nur nicht serviert, um sie zu quälen. Dann stand sie abrupt auf, hauchte ein »Entschuldigt« hin und verschwand, gefolgt von ihrer Dienerin.

Loukas hatte sich ebenfalls erhoben, wusste aber, dass es seine Frau nicht schätzte, wenn er Zeuge ihrer Unpässlichkeit würde. Deshalb blieb er einen Augenblick ratlos stehen, sah ihr mit Sorge im Blick nach, schweifte kurz über die von Gold- und Silberfäden gewirkten Fischmotive auf dem bläulichen Brokat, der die Wände des Saals zierte, und setzte sich dann mit einem unterdrückten Seufzer wieder hin.

»Die Launen der Schwangeren sind beinah so unverständlich wie die Gedanken Gottes«, sagte Draperio mit liebenswürdigem Augenaufschlag und hob seinen Goldpokal. »Auf Gottes Schöpfung und eine glückliche Niederkunft!«

»Auf Gottes Schöpfung und eine glückliche Niederkunft!«, echoten alle, erhoben ihren Pokal, prosteten sich zu und tranken.

»Es wird ein Junge. Jungs drangsalieren ihre Mütter immer in der Schwangerschaft«, sagte Thekla, um ihren Sohn zu trösten. Sie sprach aus berufenem Mund, denn ihre beiden Söhne hatten auch sie in der Schwangerschaft gehörig »drangsaliert«.

»Ob Sohn oder Tochter, Hauptsache das Kind ist gesund!«, rief Nikephoros.

Draperios Ehefrau applaudierte ihm etwas geziert und sagte mühsam mit schwerem italienischen Akzent auf Griechisch: »Bravo, Einstellung die gute.« Eigentlich hatte sie »richtige Einstellung« sagen wollen, doch war ihr das griechische Wort für »richtig« entfallen.

»Es wird ein Junge, die Zeichen sind deutlich«, schloss Thekla resolut die Diskussion.

In diesem Moment schlich sich Eirenes Zofe in den Saal und flüsterte Loukas unsicher zu, dass er die gnädige Frau entschuldigen möge, weil sie Ruhe benötige.

»Fühlt sie sich nicht gut?« Die Zofe druckste.

»Sprich, dummes Ding!«

»Blass wie der Tod ist sie und windet sich in Krämpfen. Aber das sollte ich Euch nicht sagen, verzeiht, Herr!«, brachte das junge Mädchen stotternd und unter heftigem Erröten hervor.

»Die Wehen«, triumphierte Thekla, »dann ist es bald so weit!«

»Rasch, Andreas, lauf zum Xenon des Kral und hole Martina Laskarina, lass dich nicht abweisen, Martina soll selbst kommen, und zwar sofort! Sie soll sachkundige Nonnen mitbringen. Es ist so weit! Eile, laufe, warum bist du ...« In diesem Moment drangen die lang gezogenen Schreie seiner Frau in den Speisesaal und ließen ihn mitten im Satz verstummen. Die Töne, die aus der Tiefe der Existenz kamen, befremdeten ihn und entfesselten Panik. Sein Gesicht entfärbte sich mit jedem Intervall mehr. Loukas sprang auf, warf noch ein »Verzeiht« in die Runde, bevor er Hals über Kopf die Tafel verließ.

»Der gute Gott wird ihr beistehen«, bemerkte Aureliana jetzt lieber auf Italienisch.

»So sei es, amen«, sekundierte ihr Mann im besten Griechisch.

Im gleichen Augenblick betrat ein Türke, der sich als Mönch verkleidet hatte, durch das hohe Charisius-Tor, das nach einem längst vergessenen Führer der Blauen Zirkuspartei benannt worden war, die Stadt und fragte sich nach dem Palast des Nikephoros

Notaras durch. Am Körper trug er einen geheimen Brief. Sein Auftraggeber hatte ihm befohlen, lieber zu sterben, als die Botschaft einem Unbefugten zu übergeben.

*

Eirenes feine Gesichtszüge hatten sich verkrampft und wirkten wie geschnitzt. Obwohl Loukas, der auf der Kante des breiten Himmelbettes saß, ihr gut zuredete, gelang es ihr nicht mehr, sich zu entspannen. Ihren ganzen Körper trieb ein Schmerz, der aus der Tiefe ihrer Wirbelsäule kam, auseinander, als forderte das werdende Leben ihren Tod. Wellen immer neuer Schmerzen türmten sich auf.

»Kümmere dich um unser Kind!«, hauchte sie hastig und flach atmend.

»Wir werden uns gemeinsam um unser Kind kümmern.«

»Lüg nicht«, presste sie wütend durch die Zähne. »Ich habe von meiner Mutter geträumt. Und sie hat mir gewunken …« Sie besaß keine Kraft mehr zum Reden. Niemals zuvor in seinem Leben hatte sich Loukas Notaras so hilflos gefühlt.

»Wasser«, kommandierte er knapp wie auf dem Schiff.

Die Zofe beeilte sich, um eine Schüssel aus Goldblech, die zur Hälfte gefüllt war, und ein Samttuch zu holen. Beinahe wäre sie in ihrem Eifer die Treppe hinuntergestürzt, so sehr hatte sie der ungewohnt barsche Ton des Herrn erschreckt.

Loukas tauchte das Tuch ein, wrang es aus und tupfte dann zärtlich seiner Frau den Schweiß von der Stirn. Ihm war die Vergeblichkeit seines Tuns durchaus bewusst. Aber irgendetwas musste er in seiner Hilflosigkeit unternehmen. Derweil floss Dämmer ins Zimmer, schuf ein Gefühl lähmender Dauer und breitete sich feinstofflich wie schwebender Staub aus, legte sich auf den roten Fliesenboden und lehnte sich an die Mosaike der Wände, die Schäferszenen aus dem Roman »Daphnis und Chloe« darstellten – einen Ziegenhirten und eine Schäferin, die mit einem unbekannten Gefühl rangen, das Liebe genannt wurde.

»Ich habe Schmerzen und doch keine Wunde«, hatte sie am Anfang ihrer Bekanntschaft immer daraus zitiert. Sie liebte den Roman, und Loukas liebte Eirene, so kam es, dass er ihr gemeinsames Schlafzimmer mit Schäferszenen aus dieser Geschichte hatte ausgestalten lassen.

»Du hast ja das Buch in das Bild zurückübersetzt«, hatte sie zu ihm gesagt, als er ihr voller Stolz die neun Mosaike mit Schafen, Ziegen und zwei halb nackten oder nackten Jugendlichen zeigte. Er musste wohl ein allzu dummes Gesicht gemacht haben. Sie jedenfalls hatte schallend gelacht mit ihrer glockenhellen Stimme und dann aus dem Anfang des Romans zitiert, in dem der Autor erzählt, dass er anlässlich einer Jagd auf der Insel Lesbos in einem Nymphenhain auf ein Kunstwerk gestoßen sei, auf die malerische Darstellung einer Liebesgeschichte. Die hatte ihn so sehr beeindruckt, dass er beschloss, wetteifernd zum Bild eine Erzählung zu verfassen.

Keinen Tag ihrer Ehe wollte Loukas missen, außer, ja außer den Tagen, an dem er unterwegs und getrennt von ihr war.

Er hatte nicht aufgehört, ihr die Stirn zu tupfen. Gern hätte er ihr etwas erzählt, er wusste nur nicht was. Alles, was ihm einfiel, erschien ihm gleichzeitig so banal und deplatziert zu sein. Er fürchtete, ihre Intelligenz zu beleidigen. Doch dann fing er einen Blick von ihr auf, in dem nur Entsetzen lag. Nicht der Schmerz, nur das Wissen um den Tod. Sie nahm ihre gesamte Kraft zusammen, denn das wollte sie ihm noch unbedingt sagen. Sie rang um jedes Wort.

»Wenn du an mich denkst, erinnere dich nicht so an mich, sondern daran, wie ich aussah, als du mich kennengelernt hast.«

»Du bist immer noch so schön«, sagte er hilflos.

»Ach ...«

Lärm drang von der Treppe. Gleich darauf trat Martina Laskarina, die in eine lange schwarze Robe aus derbem Leinen gehüllt war, gefolgt von zwei Nonnen ins Zimmer. Der Dämmer zerstob in Milliarden Partikel, und die Ewigkeit hatte ein Ende. Die Zeit setzte wieder ein, diesmal als hektische Geschäftigkeit. Eine Nonne trug einen Korb mit Flaschen, Phiolen und Dosen, während die zweite eine Tasche mit allerlei Instrumenten im Arm hielt. Wie

Folterwerkzeuge, dachte Loukas schaudernd mit einem Blick auf den Inhalt, auf die Zangen, Sägen und das silberne Etui, das Messer und Skalpelle enthielt. Die Ärztin nickte Loukas kurz zu, dann war sie schon bei Eirene. »Lass mich sehen!« Mit diesen Worten tastete sie den Bauch ab.

»Atme tief ein, atme den Schmerz weg«, befahl die Ärztin.

Loukas versuchte in ihrer Miene zu lesen, erfolglos. Ihr faltiges Gesicht drückte nur Konzentration aus. »Schicke nach einem Priester und nach dem Arzt Morpheo, wir werden seine Künste benötigen.«

»Mach schon«, fuhr Loukas den Diener an, der unschlüssig an der Tür stehen geblieben war und nun wie von der Tarantel gestochen losrannte, denn den Unmut seines Herrn wollte er nicht auf sein Haupt ziehen. Morpheo, schoss es Loukas durch den Kopf, war ein Magier, einer, der Menschen in den Schlaf versetzen, ihnen aber auch Geheimnisse entlocken konnte, die sie niemals preisgegeben hätten. Die einen sahen ein Genie, die anderen einen Teufel in dieser dubiosen Figur. Es hieß, dass die Lateiner ihn in Rom verbrennen wollten, doch er hatte sich im letzten Moment nach Konstantinopel abgesetzt. Loukas mochte den glatzköpfigen Mann mit den stechenden Augen nicht – er hielt ihn für einen Scharlatan. Aber er vertraute Martina. Also schwieg er widerstrebend und sorgenvoll.

»Das Kind liegt verkehrt herum«, sagte die Ärztin.

Loukas starrte sie entgeistert an.

»Es kann so nicht raus. Wir müssen es drehen«, erklärte sie ruhig.

Er ging auf die Ärztin zu, nahm ihre Hand und schaute ihr tief in die Augen. Wenn er jemals um etwas gebeten hatte, dann jetzt, auch wenn er wusste, dass sein Wunsch sündhaft war. »Auf meine Frau kommt es an! Sie muss überleben. Das Wichtigste ist meine Frau.«

Weder mit Worten noch in der Mimik antwortete sie auf seine Bitte: »Geh! Ich rufe dich! Jetzt lass uns allein und bete!«

Unschlüssig schaute er zu seiner Frau. Was er in diesem Moment sah, erschütterte ihn. Trotz der Schmerzen, trotz der Lebensgefahr lächelte sie ihn an, einen kurzen Augenblick lang wie ein junges Mädchen mit einer verschwitzten Strähne, die in die hohe, schöne Stirn fiel, als habe sie nur bis ans Ende ihrer Kräfte getanzt, wild und ausdauernd, bevor die Schmerzen wieder nach ihr griffen.

Kaum aber hatte er das Zimmer verlassen und eine der beiden Nonnen die Tür hinter ihm geschlossen, presste sie mit matter Stimme hervor: »Das Kind muss leben!«

Diese Worte hatte Loukas nicht mehr gehört. Und das war gut so. Sie hätten die Panik in ihm, die er mühsam unter Kontrolle hielt, von der Kette der Selbstbeherrschung gelassen. Vor ihm stand sein Vater.

»Das Kind liegt falsch«, erklärte Loukas.

Der Alte nickte. »Die Gäste haben sich verabschiedet. Sie kommen gern zur Taufe, sagen sie und lassen dich herzlich grüßen. Sie werden für euch beten zum Allmächtigen und Maria um Fürsprache bei ihrem Sohn bitten.« Dann spiegelte sich in seinen braunen Augen, die auf erstaunliche Weise von Jahr zu Jahr heller wurden, eine stille Freude. »Wir werden den Enkel und die gemeinsame Firma zusammen aus der Taufe heben. Gibt es ein besseres Omen? Ein neues Leben beginnt, geschäftlich und in der Familie. Er wird die Firma erben, die immer so alt sein wird wie mein Enkel.«

»Und mein Sohn«, ergänzte Loukas, um das vereinnahmende Wesen seines Vaters zu bremsen.

»Gehen wir in die Bibliothek«, schlug der alte Seeräuber seinem Sohn vor. Mit Bibliothek meinte er den kleinen mit Büchern und Lesepulten gefüllten Erkerraum im zweiten Stock des Palastes. In der ersten Etage befanden sich die Empfangssäle, der Konzertsaal und das Kontor, im zweiten lagen die Privatgemächer der Notaras, die Zimmerfluchten der beiden Familien, das große und das kleine Esszimmer, die Bibliothek, die Arbeitszimmer von Nikephoros und Loukas sowie die Handarbeitszimmer der Damen des Hauses und der kleine Gesellschaftssaal, der allerdings nur selten genutzt wurde. Die Dienstboten wohnten im Untergeschoss, gleich neben den Lagerräumen. Dort war auch die Witwe des Kanzlisten mit ihren Kindern untergekommen, die in der Küche der Notaras half, während Loukas ihre Söhne zur Schule schickte.

»Verzeih, Vater, aber ich möchte hierbleiben«, sagte Loukas.

In diesem Augenblick kam die Zofe aus dem Zimmer gestürmt. Auf seinen fragenden Blick rief sie ihm im Vorbeigehen zu: »Wir brauchen heißes Wasser und zwei Dienerinnen.«

Loukas schaute ihr nach. Er fühlte die Hand seines Vaters auf seiner Schulter liegen. »Ich gehe jetzt zur Hagia Sophia und werde für euch beten. Vor der Ikone der heiligen Gottesmutter. Der Herr wird uns beistehen«, sagte er mit einer Zuversicht in der Stimme, für die Loukas ihm dankbar war. Er sah seinem Vater nach, der dem Gang folgte, um zur Treppe zu gelangen, die von der Galerie zum Kreuzgang hinabführte.

Wenig später kam die Zofe aus der Küche, eingehüllt in den Dampf des Wassers, das aus den Kesseln stieg, die zwei Diener trugen. Sie selbst schleppte vier Kupferschalen unterschiedlicher Größe. Kaum waren die drei Domestiken im Schlafzimmer verschwunden, als zwei Dienerinnen mit großen Bündeln Leinen an ihm vorbeieilten. Obwohl ihn die Schnelligkeit der Hausangestellten hätte beruhigen müssen, versetzte ihn die emsige Geschäftigkeit der vielen Menschen in Unruhe, denn alles deutete auf einen Kampf hin, für den man sich rüstete und bei dem es um Eirenes Leben ging.

»Wenn du an mich denkst, erinnere dich nicht so an mich, sondern daran, wie ich aussah, als du mich kennengelernt hast«, hatte sie zu ihm gesagt.

45

Auf der Mese in Konstantinopel

Inzwischen hatte der verkleidete Mönch das Valens-Aquädukt erreicht. Links von ihm auf dem vierten Hügel der Stadt thronte die viereckig wirkende Apostelkirche über einem griechischen Kreuz. Hinter der Kuppel des Kreuzarmes erhob sich wie eine ältere Schwester die Hauptkuppel mit ihren hohen Fenstern und Jochen. Im achteckigen Vorbau, der sich an den östlichen Kreuzarm anschloss, befand sich angeblich die Grablege des Gründers des Neuen Roms, Kaiser Konstantin. Die halb rechts hinter dem Gemäuer stehende Sonne verlieh dem Blei der Kuppeln ein sanftes Glühen. Dem verkleideten Türken war gesagt worden, er solle der Straße immer weiter folgen bis zur Hagia Sophia, um dann nach rechts in nördliche Richtung abzubiegen. Gegenüber der Hagia Eirene würde er den Palast der Notaras finden, einen lang gestreckten Quader mit drei Etagen, dem Loggien vorgesetzt waren, deren Mauerwerk durch die Verwendung von roten und weißen Steinen, die aber bereits nachdunkelten, der Architektur eine strenge Ordnung verliehen.

Er wich Gesprächen mit Kuttenträgern, die in einer Anzahl die Mese bevölkerten, dass er Konstantinopel für eine Stadt der Mönche zu halten begann, tunlichst aus. Zwar sprach er hinreichend Griechisch, doch besaß er nur eine geringe Kenntnis der Riten der Ungläubigen. Auch wollte er nicht zu Gotteslästerungen wie beispielsweise dem Schlagen des Kreuzes, das er notgedrungen erlernt hatte, gezwungen werden, denn nichts verriet einen falschen Geistlichen schneller als eine fehlerhafte Bekreuzigung. Daumen, Zeige-

und Mittelfinger mussten bei den Byzantinern einander berühren und ausgestreckt werden, während die folgenden beiden Finger die Handfläche berührten. Allein schon diese Geste würde ihm den Zorn Allahs einbringen, denn die drei ausgestreckten Finger symbolisierten die heilige Trinität, also die schlimmste Sünde: *shirk*, den Frevel der Beigesellung, der Vielgötterei. Stand denn nicht unmissverständlich im Koran: »Gott hat keinen Sohn angenommen, und neben ihm ist kein anderer Gott«, und »gelobt sei Gott, der keinen Sohn annahm und der mit keinem seine Macht geteilt hat und der nicht wegen einer Schwäche eines Freundes bedarf«? Bekundeten denn nicht alle wahrhaft Gläubigen im Glaubensbekenntnis: »Ich bezeuge, es gibt keinen Gott außer Gott, und Muhammad ist der Gesandte Gottes«?

Der geheime Bote beruhigte sich damit, dass Gott barmherzig war und in seiner Weisheit den Muslimen die *tariqa* geschenkt hatte, das fromme Verheimlichen, die Erlaubnis, sich zu verstellen und zu lügen, wenn es notwendig war, um das eigene Leben zu erhalten und den Glauben zu schützen.

Auch war es in Konstantinopel wichtig, das Seitenkreuz von der rechten zur linken Schulter zu ziehen, denn im umgekehrten Falle würde man ihn für einen Lateiner halten, einen westlichen Ketzer, was auch nicht viel besser war. Mochte es selbst unter den Christen verständige Menschen geben, in ihrem Glauben schienen sie ihm wahre Narren zu sein. Zu seiner Beruhigung begann er, im Geist die neunundneunzig schönsten Namen Gottes zu memorieren. Dass er dabei den Rosenkranz zu Hilfe nehmen durfte, verdankte er dem Umstand, dass auch die Christen dieses wunderbare Hilfsmittel benutzten.

Auch wenn es ihn trieb, den gefährlichen Brief so schnell wie möglich dem Empfänger zu übergeben, so hatte er dennoch gemessen zu schreiten. Ein Mönch, der es eilig hatte, fiel nämlich auf. Das wusste sogar der Muslim. Er hatte gerade »der Beschützer und Bewacher, der Erhabene« in der Aufzählung der Gottesnamen erreicht, als eine tiefe Stimme in seinen Rücken stach: »Gelobt sei Gott!«

Er wandte sich um und biss sich auf die Zunge, denn beinahe hätte er, der Gewohnheit folgend, geantwortet: »Es gibt keinen Gott außer Allah, und Muhammad ist der Gesandte Gottes.« Er senkte die Stimme, räusperte sich und entgegnete: »Gelobt sei Jesus Christus.«

»In Ewigkeit, amen«, antwortete ein junger Mann, dessen hohe, fleischige Jochbeine ihm ein sanftes Aussehen verliehen. Aus kastanienbraunen Augen unter schweren Lidern musterte er den Türken.

»Wohin des Weges, Bruder?«, fragte er freundlich.

»Zur Hagia Sophia«, log der Türke. Er wurde nicht schlau aus dem Mann, der ihn angesprochen hatte, auch wusste er nicht, ob er einen Mönch oder einen Gelehrten vor sich hatte, denn er trug in der Tat die Kutte der Mönche, aber nicht deren Kopfbedeckung dazu und auch keinen Gürtel, an dem ein Kreuz hätte hängen müssen, wie bei ihm. Auf dem schön geformten Mund, dessen Lippen weder zu schmal noch zu breit waren, weder eine Neigung zu übertriebener Askese noch zu ausufernder Sinnlichkeit verrieten, kräuselte sich ein Lächeln.

»Dann haben wir ein Stück Wegs gemeinsam. Ich will zu Loukas Notaras, dessen Frau niederkommt. Hoffen wir das Beste. Meine Name ist Basilius.«

Dieser verfluchte Basilius! Konnte er sich keinen anderen suchen, der ihm die Zeit vertreiben sollte?, ärgerte sich der Türke. Denn jetzt musste er sich eine Ausrede einfallen lassen, weshalb er ihn hinsichtlich seines Ziels angelogen hatte, wo sie doch beide zum gleichen Palast wollten.

Derweil stieg der Arzt Morpheo gewichtigen Schrittes die Treppen zum Notaras-Palast hoch. In seinem Schlepptau hatte er zwei Jünglinge, Zwillinge, die gemeinsam rechts und links an den Henkeln einen großen hölzernen Kasten trugen, der mit einem Deckel verschlossen war, sodass niemand einen Blick auf den Inhalt werfen konnte. Vor ihm lief ein Diener und zeigte ihnen den Weg. Er wies auf die Schlafzimmertür. Morpheo, untersetzt, grauhaarig, mit

Knollennase, die so rot glühte, dass sie ihrem Besitzer auch im Dunkeln den Weg auszuleuchten vermochte, wandte sich Loukas zu. »Eure Frau, die niederkommt?«

Loukas nickte.

Morpheo griff in die tiefe Tasche seiner langen schwarzen Tunika und zauberte ein Fläschchen hervor. »Nehmt. Es beruhigt die Nerven.« Loukas wehrte ab, er zog es vor, Herr seiner Sinne zu bleiben. Mit einem Achselzucken steckte der Arzt die Phiole wieder ein. Der Diener hatte unterdessen an der Tür geklopft, und Martina Laskarina kam heraus.

»Edler Morpheo, wir werden deiner Künste bedürfen. Du hast alles dabei?«

»Ja, Meisterin«, antwortete Morpheo mit hörbarer Verehrung.

»Geh schon vor. Ich muss zuvor noch mit diesem Mann reden.«

Loukas schrak zusammen. Die Ankündigung dessen, was die Ärztin zu sagen hatte, klang nicht gut. Morpheo verschwand mit seinen Gehilfen im Zimmer, während Martina nun vor Loukas stand. Es war ihm noch nie aufgefallen, wie klein und zart die Ärztin eigentlich war. Er überragte sie tatsächlich um Haupteslänge.

»Wir haben alles versucht, das Kind dreht sich nicht.«

»Und nun?« Noch nie in seinem Leben hatte sich Loukas so hilflos gefühlt, nicht einmal, als er in Edirne im Arrest auf seine vermeintliche Hinrichtung wartete.

»Ich habe nur eine Möglichkeit, die Mutter, aber wenigstens das Kind zu retten.« Loukas ahnte, worauf sie hinauswollte. Er starrte sie an.

»Die *sectio caesarea*.«

»Der Kaiserschnitt«, wiederholte Loukas weiß wie eine Wand, als wäre damit das Todesurteil über seine Frau gesprochen. »Wenn Ihr nur das Leben meiner Frau rettet?«

Martina schüttelte fast unmerklich den Kopf. »Das Kind liegt quer. Wir bekommen es nicht heraus. Es würde im Mutterleib sterben und dadurch die Mutter mit Leichengift töten.«

Loukas riss die Hände vors Gesicht, ließ sie aber sinken und zwang sich zur Ruhe. »Ist das Euer erster Kaiserschnitt?«

»Ich habe sie nicht gezählt.«

»Wie oft konntet Ihr das Leben von Mutter und Kind retten?«

»Ihr seid ein Mann, Loukas Notaras. Tragt, was Euch aufgegeben ist. Selbst wenn es mir immer gelungen wäre, könnte es dieses eine Mal schiefgehen. Selbst wenn es zumeist tödlich endete, könnte es dieses eine Mal gut gehen. Vergesst die Frage. Wenn Ihr Eure Frau liebt, dann kommt Ihr jetzt mit mir da rein und steht ihr wie ein Mann bei.«

Die Angst erhob sich wie ein Wirbelsturm nicht mehr zu ordnender Gedanken. An jedem Ort der Welt wäre er lieber als an diesem.

»Hört genau zu! Wenn Ihr jetzt mit mir kommt, dann widersprecht mir nicht, kommentiert nicht, was ich mache, verhindert auch nichts. Ihr brecht nicht in Wehklagen aus noch fallt Ihr jemandem von uns in den Arm oder zur Last. Ihr seid nur für Eure Frau da, sprecht ihr Mut zu, tröstet sie, beruhigt sie. Sie wird große Schmerzen haben, sie wird Euch brauchen. Wenn Ihr denkt, Ihr habt schon Kämpfe erlebt und seid schon einmal durch die Hölle gegangen, dann sage ich Euch, das ist nichts im Vergleich zu dem, was Euch dort erwartet. Werdet Ihr das Eurer Frau zuliebe durchstehen, Loukas Notaras? Wenn nicht, dann wartet lieber hier draußen oder an jedem Ort, an dem es Euch beliebt.«

Loukas nickte. Er wollte gerade der Ärztin folgen, da stürmte Basilius, zwei Stufen auf einmal nehmend, die Treppe hinauf.

»Bete für uns, mein Freund«, rief ihm Loukas noch zu, bevor er das Schlafzimmer betrat, als ginge es zu seiner Hinrichtung.

46

Palast des Emirs, Smyrna, Anatolien

Die Stadt Smyrna lag in einem fruchtbaren Küstenstreifen, der zum Gebirge hin in leichten Wellen anstieg. Das Klima erfreute seine Bewohner durch seine Milde, und oft wehte ein leichter, erfrischender Wind vom Meere her. An diesem paradiesischen Ort soll Homer geboren worden sein. Nicht einmal in Jerusalem lebten so viele Muslime, Christen und Juden an einem Ort zusammen. Die Assyrer nannten die Stadt Tismurna, die Griechen Smyrni, die Lateiner Smyrna und die Türken Izmir, was sich aus der türkischen Verballhornung der griechischen Redewendung *is Smyrna* – nach Smyrna – herleitete. Trotz ihrer unterschiedlichen Konfessionen, von denen noch dazu jede von sich behauptete, die einzig wahre zu sein, arbeiteten die Menschen einträchtig am Gedeihen ihrer Stadt. Weder die Osmanen, die früher in der Hauptstadt des Fürstentums Aydin herrschten, noch der Emir Dschuneid, der seit einiger Zeit wieder in Smyrna regierte, waren religiöse Eiferer, sondern in der Hauptsache praktisch denkende Menschen, sodass Christen, Juden und die wenigen Muslime gut miteinander auskamen.

Nachdem er Mustafa in letzter Minute verraten hatte, glaubte Dschuneid sich mit Murad ausgesöhnt. Deshalb überraschte es ihn, als eine Streitmacht des Sultans unter Führung von Halil Pascha durch das Stadttor ritt und den Palast des Emirs umstellte. Dschuneid eilte dem Ersten Minister des Sultans entgegen, um sich vor ihm auf die grünen und blauen Fliesen zu werfen. Doch Halil interessierte das wenig. Er gab zweien seiner Soldaten ein Zeichen, die den Emir wieder auf die Füße stellten und ihn in ihre Mitte nahmen. Der Pascha wollte nicht mehr Zeit für diese Angelegenheit opfern, als unbedingt erforderlich wäre. Er empfand gegen den verschlagenen Emir geradezu einen physischen Ekel.

»Dschuneid, wir haben zu reden. Du bist des Hochverrats beschuldigt!« Der Emir erschrak. Instinktiv spürte er, dass seine Zeit abgelaufen war. In seinem langen, an Wechselfällen reichen Leben hatte er immer wieder vor dem Ende gestanden, doch war es ihm jedes Mal gelungen, den Kopf aus der Schlinge zu ziehen. Doch nun spürte er, dass er keinen Spielraum mehr besaß. Bei sehr jungen Herrschern wie Murad gab es nur zwei Möglichkeiten: Entweder ließen sie sich führen und beeinflussen, oder sie setzten rücksichtslos ihre radikalen Ziele durch, weil sie noch wenig von der Uneindeutigkeit des Lebens verstanden. Sie kannten nur schwarz oder weiß, nicht aber die vielen Facetten von Grau. Resigniert folgte Dschuneid dem Wesir in den Palast. Halil Pascha ließ sich im Regierungssaal auf Dschuneids Diwan nieder. Der Emir empfand es als Hohn des Schicksals, vor seinem Thron zu stehen und von einem Mann verurteilt zu werden, der diesen Platz dank seiner Soldaten einnehmen konnte und der eigentlich schon in der Hölle schmoren würde, wenn es damals vor Bursa mit rechten Dingen zugegangen wäre. Das Licht teilte sich in Schwärme der Helligkeit, um in den Saal durch die verschiedenen Öffnungen, die von Säulen und Steinmetzarbeiten verborgen wurden, einzudringen und sich im Raum in wilder Umarmung wieder zu vereinen. Hochzeit des Lichts nannte man diesen Ort auch. Doch für Dschuneid sollte es die Pforte zur ewigen Finsternis werden.

»Deine Zeit ist abgelaufen«, sagte Halil. »Du hast nur noch die Wahl zwischen einem leichten, sogar ehrenvollen Tod oder einer langen, schmerzvollen Zerstörung des Körpers, den wir bis auf die Grundmauern schleifen werden. Entweder wir erwürgen dich mit der Perlenschnur, wie es eigentlich den Angehörigen des Herrscherhauses vorbehalten ist, oder wir lassen dich mit Händen und Füßen auf ein Brett nageln, um dir schließlich mit Messern und Schwertern das welke Fleisch von den Knochen hacken zu lassen.«

Dschuneid lächelte schief. »So alt der Mensch wird, *effendi*, am letzten Tag stellt sich das Leben doch als zu kurz heraus. Man fühlt sich irgendwie betrogen. Ihr werdet es eines Tages erfahren, glaubt einem alten Mann. Diejenigen, die von einem Verstorbenen sagen, dass er ein schönes Alter erreicht hat, wissen nichts von dem Willen zu leben, der selbst im brüchigen Körper noch glüht. Befleckt doch Eure jugendliche Hand nicht mit dem kalten Blut eines alten Mannes, den Allah schon bald abberufen wird. Ihr bekommt alles, was Ihr wollt. Stellt mich unter Arrest. Oder erlaubt mir, mich in einen Sufikonvent zurückzuziehen. Es ist meinem Alter angemessen, mich um meine Seele und um Gott zu kümmern. Ihr seid ein strahlender Sieger! Seid barmherzig, wie es einem so großen Manne geziemt.« Einer letzten Hoffnung folgend, hatte der Emir noch einmal seine ganze Beredsamkeit in die Waagschale seines Schicksals geworfen. Halil Pascha machte den Soldaten ein Zeichen, die den Emir auf die Knie zwangen.

»Gib dir keine Mühe. So alt du geworden bist, klebt so viel Blut an deinen Händen, hängt wie ein Eisengewicht der schwarze Verrat an deiner Seele, hast du so viel Unglück über die Menschen gebracht. Sultan Murad hat beschlossen, dass der Todesengel dich vor Allah bringen wird, auf dass Gott dich richte. Die einzige Barmherzigkeit, die du von mir erwarten kannst, ist ein schneller Tod, doch zuvor will ich von dir alles wissen. Wer hat wie den falschen Mustafa unterstützt? Welchen Anteil haben die Griechen an dem Aufstand?«

Ein Mann muss wissen, wann er verloren hat und es keine Rettung mehr gibt, dann muss er die notwendigen Vorkehrungen treffen. Dschuneid gab nicht nur alle Geheimnisse preis, sein Geständnis nahm die Form einer Beichte an. Wozu sollte er jemanden verschonen? Großmütig war er sein ganzes Leben nicht gewesen, warum dann kurz vor dem Tod? Sein gutes Gedächtnis überging nicht einen Mitverschworenen, er gab sie alle preis. Zum Schluss beschrieb er den Anteil der Byzantiner, bezifferte den Lohn, der ihnen dafür versprochen worden war, dass sie Mustafa freiließen und Mustafas Feldzug bis in die verhängnisvolle Schlacht hinein mit Geld und mit Rittern unterstützten.

»Wer von den Byzantinern ist mit euch in die Schlacht geritten?«, hakte Halil nach.

»Fürst Alexios Angelos«, sagte der Emir mit einer gewissen Freude, denn er hatte den überheblichen Byzantiner nie gemocht, der geglaubt hatte, aus dem Krieg zwischen Murad und Mustafa als lachender Dritter hervorzugehen.

Der Pascha wunderte sich über das Leuchten, das aus den tief liegenden Augen des Emirs kam, als er die Taten des Fürsten penibel aufzählte, so als könnte er ihn dadurch mit ins Verderben reißen. Nachdem Dschuneid geendet hatte, blieb es still. Niemand sagte etwas. Alle schauten auf den Wesir, dessen Längsfalten auf der Stirn eine tiefe Nachdenklichkeit anzeigten. Man hätte eine Nadel zu Boden fallen hören. Keiner wagte, die unheilvolle Stille zu stören, und Halil Pascha schwieg. Schließlich konzentrierte er sich wieder auf Dschuneid, doch seine Augen wirkten müde. Wie viel Energie, wie viel Talent und wie viel Mut waren in diese unwürdige und letztendlich doch vergebliche Unternehmung geflossen, den rechtmäßigen Sultan zu stürzen! Was für eine Verschwendung an Leben! Das machte ihn traurig. Warum konnte sich ein erfahrener Mann wie Dschuneid, der am Scheitelpunkt seines Lebens stand, nicht mit dem wunderbaren Emirat von Aydin begnügen, weshalb stürzte er sich in ein nutzloses Abenteuer, das ihm an Ende nur die Seidenschnur einbrachte? Wenn er herrschen wollte, musste er die Menschen verstehen, dachte Halil. »Sage mir eins noch, Elender«, bat der Wesir mit leiser Stimme, »warum diese ganze Bosheit, der Verrat, diese Niedertracht?«

Dschuneid sprang wie von der Tarantel gestochen auf. Die Soldaten wollten ihn wieder auf die Knie zwingen, doch der Wesir hob die Hand zum Zeichen, dass man den Emir gewähren lassen sollte.

»Bosheit, Verrat, Niedertracht nennst du das? Hör zu! Ich nenne es Herrschaft. Die Zeit, in der ich geboren wurde, kennst du nur aus den Erzählungen der Dichter. Mein Vater liebte Gott mehr als meine Mutter und mich. Kaum begann ich zu laufen, da verließ er uns und schloss sich den Sufis an. Ich weiß nicht, ob er zur Suhrawardiyya oder zur Mevleviyya oder zur Baddiyya gegangen ist oder wie die verfluchten Orden alle heißen mögen. Wir jedenfalls wurden in die Sklaverei nach Baktrien in die verfluchte Stadt Balch verkauft. Die Arbeitsteilung in unserer Familie war ganz einfach: für meinen Vater der Himmel, für meine Mutter und mich die Hölle. Und jetzt verrate ich dir etwas, das ich noch nie jemandem im Leben erzählt habe, und ich tue es nur, damit du selbstgerechter Geck von deinem angemaßten Thron heruntersteigst. Denke in der Stunde deines Todes an das, was ich dir jetzt sage! In einem Alter, wo andere Schreiben und Lesen lernen, steckte mein Besitzer mich in Kleider von Tänzerinnen und ließ mich im Bauchtanz ausbilden.«

Der Wesir erbleichte, er hatte Gerüchte über das brutale Vergnügen baktrischer Stammesführer gehört, über das widerwärtige Verbrechen, das sie *baccha baazi* nennen und kleinen Jungen antun.

»Immer, wenn mein Gebieter Gäste hatte, musste ich vor den Männern tanzen. Ihre triefenden Blicke griffen schon während des Tanzes nach meinem Körper. Ich drehte mich schneller und schneller. Ihre Blicke schwitzten. Dann, in dem Moment, in dem die Musik endete, fielen sie über mich her. Verlauste Stammeshäuptlinge mit ihrem fauligen Atem. Ich hätte zerbrechen können, ich bin nicht zerbrochen. Stattdessen habe ich meinem Gebieter, als sich die Gelegenheit bot, eine spitze Tonscherbe durch das Auge ins Hirn gestoßen und bin in die Berge geflohen. Dort traf ich auf einen jungen, aber sehr talentierten Krieger, Timur ibn Taraghai Barlas, den sie später Timur Lenk nannten. Er fühlte sich zum Herrscher berufen, und ich folgte ihm durch seine Niederlagen und durch seine Siege. Als er im Jahr 1402 Smyrna eroberte, setzte er mich zur Belohnung für meine treuen Dienste als Emir ein. Kurz darauf schlugen wir Sultan Bayazid, den ihr Yildirim nennt, führten den Sultan in die Gefangenschaft, und ich war es höchstpersönlich, der seinem Sohn Mustafa den Kopf abschlug.«

»Du wusstest also, dass der echte Mustafa tot war?«

»Ja, aber ich wusste auch, dass nur einer dies wirklich genau wusste, nämlich ich. Also suchte ich einen Jüngling, der eine Ähnlichkeit mit Mustafa aufwies, und bildete ihn aus. Als die Zeit reif war, präsentierte ich den Prinzen Mustafa, der die Herrschaft, die Sultan Mehmed gestohlen hatte, zurückforderte.«

»Aber warum, du hattest doch dieses wunderschöne Emirat?«

»Nach dem Sieg über Bayazid bei Ankyra zog sich Timur überraschend nach Choresmien zurück. Dabei wollten wir doch zusammen die Welt erobern.« Plötzlich leuchteten die Augen des Alten, seine Gesichtszüge strafften sich und es hatte für einen Moment den Anschein, als würde er wieder jung werden, bevor sie jäh verloschen. »Aber mein Herr war blind geworden, nicht nur im physischen Sinn. Statt nach Westen zog er nach Osten, verschenkte er den Sieg, weil er die Chinesen, denen er Tribut zahlen musste, in die Knie zwingen wollte. In einem traurigen Provinznest auf dem Weg von Ankyra nach China wurde er besiegt. Von keinem Mann, keiner Frau, keinem Kind, vom Alkohol, der ihn mehrere Tage in seinen nassen Fängen hielt, bevor er ihm die Schlagader zudrückte.« Wie die Schwingen eines großen Reihers senkte sich die Traurigkeit auf den alten Emir. »Sollte ich warten, bis ihr mir mein Fürstentum wieder abnehmt, oder nicht lieber versuchen, Herrscher über Anatolien und Rumelien, freilich anfangs durch den falschen Mustafa hindurch, zu werden? Aber ich habe einen Fehler gemacht, nur einen einzigen, doch der war entscheidend. Ich hatte den falschen Mann ausgewählt. Dem falschen Mustafa fehlte letztlich der Adel der Person, der Mut des Herrschers. Als er gesehen hatte, dass weniger Krieger zur Schlacht erschienen waren als angekündigt, lief er einfach fort, hoffte wohl, dass er sich für den Rest seines Lebens als Bauer verstecken konnte.«

Halil Pascha fuhr mit den Fingerspitzen seiner rechten Hand in einer mähenden Bewegung an seiner Gurgel vorbei. Der Soldat, der hinter Dschuneid stand, legte von hinten die Seidenschnur um den Hals des Emirs und zog zu.

In Bursa berichtete Halil Pascha dem Sultan, wie Dschuneid gelebt hatte und wie er gestorben war.

»Ohne Frage, ein großer, aber auch ein armer Mann«, sagte

Murad. »Er hat das Leben eines Toten geführt, weil sein Herz taub war für Allah.«

Der junge Herrscher ging zur Moschee und wusch sich, um innerlich rein zu werden und seine Sünden, die darin bestanden, dass er den Tod über so viele Menschen brachte, zu bereuen, bevor er das Gotteshaus betrat.

Er richtete seinen Blick zur *quibla*. Die Gebetsnische befand sich im Süden der Moschee, denn von dort würde der Weg zur Kaaba nach Mekka führen. Wenige Gläubige hielte sich im Saal auf. Der Sultan genoss die Ruhe, die ihn umfing, er genoss es, dem Lärm der Welt entronnen zu sein.

Um sich von allen Gedanken zu befreien, sagte er mehrmals: »Gott ist größer.« Als endlich nur noch dieser Satz in seinem Kopf widerhallte, rezitierte Murad: »Preis sei dir, mein Gott, und Lob sei dir! Gebenedeit sei dein Name, und erhaben sei deine Herrlichkeit! Es gibt keinen Gott außer dir! Ich suche meine Zuflucht bei Gott vor dem gesteinigten Satan.« Nun fühlte er sich bereit. Sein Herz und sein Geist öffneten sich ganz der Eröffnungssure des Korans, *al-fatiha* genannt, die er mit Ergriffenheit sprach. Nachdem er den letzten Vokal hatte ausklingen lassen, verbeugte er sich und legte die Hände auf seine Knie, während er ausstieß: »Gott ist größer – *allahu akbar*.«

Murad spürte mit allen Fasern seines Körpers, mit jedem Nerv seines Gehirns, dass er nicht mehr allein war, sondern dass etwas ihn aufnahm. Zum Dank betete er: »Preis sei meinem Herrn, dem Großartigen.« So wie er es gelernt hatte, wiederholte er dieses Gebet dreimal. Bevor er sich wieder aufrichtete, fügte er dem Lobpreis hinzu: »Gott erhört den, der ihn lobt. Gott, unser Herr, Lob sei dir!« Der Sultan, vor dem die Menschen niederzuknien hatten, warf sich jetzt zum Zeichen der Demut vor einem weit höheren Herrn auf die Knie und legte seine Stirn bebenden Herzens auf den Boden. »Gott ist größer«, rief er aus tiefster Seele und verkündete: »Preis sei meinem Herrn, dem Höchsten! Preis sei meinem Herrn, dem Höchsten! Preis sei meinem Herrn, dem Höchsten!« Nun setzte er sich langsam auf die Fersen, und sein Blick durchdrang die

Mauern der Moschee, überwand Anatolien und Syrien, die Wüste und sah plötzlich die Kaaba vor sich. »Gott ist größer«, kam es ihm voller Ergriffenheit über die Lippen, so als sei es nicht er, sondern etwas sehr viel Größeres, das da sprach. Von dem Wunder der Vision gepackt, betete er stoßweise, während ihn das Gefühl beherrschte, von den Engeln gewiegt zu werden: »Mein Gott, vergib mir, erbarme dich meiner, leite mich recht, bewahre mich und gib mir meinen Lebensunterhalt! Mein Gott, vergib mir!«

Jetzt hatte er das Gefühl, rein zu sein und sich Gott so weit genähert zu haben, dass er seine Bitte vorbringen durfte. »Gib mir ein gerechtes Herz und einen wachen Verstand, das Richtige zu tun, deine Rechtleitung stets zu erkennen und sie immer zu befolgen. Lass mich nicht fehlgehen! Für den Herrscher sind die Verführungen groß. Schnell glaubt er, mehr als die anderen Muslime zu sein, dabei ist er doch nur derjenige, der von dir die Verantwortung für sie übertragen bekommen hat. Lass mich ein gerechter und weiser Herrscher sein, darum bitte ich dich in all meiner Gottesfurcht.«

Inbrünstig betete er im Anschluss die Sure 114 *an-nas*: »Im Namen Gottes, des Erbarmers, des Barmherzigen. Sprich: Ich nehme meine Zuflucht zum Herrn der Menschen, dem König der Menschen, dem Gott der Menschen, vor dem Bösen des Einflüsterers, des Verleumders, der einflüstert in die Herzen der Menschen – ob Dschinns oder Menschen.«

Einige Minuten verharrte Murad in einer vollkommenen Stille, er hörte und er sah nichts, und auch die Gedanken blieben stumm. Dann stand er auf, verbeugte sich, legte dabei die Hände auf die Knie und sprach: »Alle Ehrbezeugung, Anbetung und Heiligkeit stehen Gott zu. Friede sei dir, o Gesandter, Gnade Gottes und sein Segen. Friede sei auf uns allen und den aufrichtigen Gottesdienern. Ich bezeuge, es gibt keinen Gott außer Gott allein, und ich bezeuge, Muhammad ist der Diener und Gesandte Gottes.« Mit der *tashahhud* hatte der junge Herrscher sein Gebet beendet und empfand eine große Dankbarkeit für Gott. Nun zweifelte er nicht mehr daran, was zu tun war.

Im Palast angekommen, rief er Halil Pascha zu sich und befahl ihm, das Heer einzuberufen, denn die Ungläubigen sollten bekehrt und die Herrschaft der Gläubigen über die Erde ausgebreitet werden. Doch zuerst sollte endlich ein Anachronismus beseitigt werden.

»Nur Zwietracht und Gewalt ging und geht von dieser Stadt am Bosporus aus. Lass uns Konstantinopel hinwegnehmen und die Hagia Sophia zur Ehre Allahs in eine Moschee verwandeln. Sammle das Heer, mein Freund, denn es geht gegen Konstantinopel!«

47

Notaras-Palast, Konstantinopel

Loukas Notaras betrat zum ersten Mal in seinem Leben mit weichen Knien sein Schlafzimmer. In Eirenes schönem Gesicht kämpften der Schmerz und die Angst miteinander. Morpheo benutzte den kleinen Tisch, der am Fenster zwischen zwei Armstühlen stand, um bestimmte Essenzen aus seiner Kiste zu mischen. Über einen kleinen Ölofen erhob sich ein Gestell, auf dem verschiedene Skalpelle, aber auch zwei Nadeln, zwei unterschiedlich große Scheren und zwei Haken lagen. Der Anblick der Instrumente erzeugte in Loukas Übelkeit. Er musste stark bleiben und durfte sich jetzt nicht gehen lassen. Die Dienerinnen trugen einen langen, aber nicht allzu schweren Tisch herein, auf den die Gehilfinnen der Ärztin Tücher, Verbandsstoffe, Wasserschüsseln mit heißem Wasser und verschiedene Essenzen und Salben bereitstellten.

Er nahm einen Schemel und setzte sich neben seine Frau. Eine Gehilfin stellte umsichtig einen zweiten Schemel mit einer Schüssel neben den Kapitän. Im Wasser, das dem Geruch nach zu urteilen mit Lavendel, Rosmarin und Salbei versetzt worden war, schwamm ein Lappen. Loukas wrang das Tuch etwas aus, dann tupfte er liebevoll seiner Frau den Schweiß von der Stirn. Sie sah ihn dankbar an.

»Wir schaffen das«, zwang er sich möglichst sicher zu klingen. Sie ergriff seine Hand. »Wirklich?«

»Wirklich. Du musst jetzt zwar sehr tapfer sein, aber wir schaffen das. Ich bin bei dir, ich bleibe bei dir, ich habe doch geschworen, immer bei dir zu bleiben.« Indem er es sagte, erschrak er über die tiefere Wahrheit seiner Worte, denn ohne sie konnte und wollte er sich kein Leben vorstellen, mochte es auch eine Sünde bedeuten. Loukas sah sich kurz um, weil jemand ins Zimmer gekommen war. Thekla trug ein weißes Kleid und hatte die dicken Haare zu einem Zopf nach hinten gebunden. Sie wollte helfen und ihrer Schwiegertochter beistehen. Loukas nickte ihr dankbar zu. Morpheo reichte Eirene einen Krug und bat sie, den Inhalt auszutrinken. Der Arzt hatte aus Lavendel, Rosmarin, Alraunwurzeln, Mohn, einem Pulver aus in der Sonne getrockneten Mistwürmern und Raupen von Wollmilchgewächsen und Weißwein eine Mixtur hergestellt. Tapfer trank Eirene das ekelhaft schmeckende Gebräu in möglichst großen Schlucken und mit zugekniffenen Lidern. Loukas kam es so vor, als würde seine Frau noch weißer, als sie ohnehin schon war. Sie würgte, zwang sich, den Trunk bei sich zu behalten, und sank erschöpft auf das Bett zurück. Ihr Atem wurde immer gleichmäßiger. »Erzählt ihr eine Geschichte, möglichst monoton und ohne aufregende Momente«, raunte Morpheo ihm zu.

Leer fühlte sich sein Kopf an. Geschichten lebten davon, dass sie die Menschen berührten und auch aufregten, von Widersprüchen und von Kämpfen, davon, dass der Mensch überwindet oder überwunden wird. Und dann erzählte er tatsächlich von den Städten, in denen er gewesen war, von Kaffa am Schwarzen Meer, von Venedig, von Genua, von Amasia – und da fiel ihm die Geschichte ein von der Liebe der Nachtigall zur Rose, die ihm damals Murad erzählt hatte als Gleichnis der Liebe des Menschen zu Gott. Und während er sprach, schlief Eirene ein, sank sie tiefer und tiefer in den Schlaf. Dreimal prüfte die Ärztin den Puls, bevor sie entschied: »Wir fangen an!« Der Satz ging Loukas durch und durch. Fast blieb ihm vor Angst das Herz stehen, zumindest spürte er schmerzhaft jeden Schlag. Martina Laskarina gab Anweisungen, wer welche Gliedmaßen festzuhalten hatte für den Fall, dass die Betäubung nicht ausreiche. Die Ärztin nahm das Skalpell und schnitt in den Unterleib. Eirene stöhnte. Und Loukas betete. Schließlich schnellten ihre Lider hoch. Aus schmerzgeweiteten Augen starrte Eirene ihn an. Die Pupillen hatten fast die Iris verdrängt. Diesen Blick würde

Loukas sein ganzes Leben nicht mehr vergessen. Eigentlich konnte man dieses eigentümliche Starren nicht Blick nennen, es war eher angehalten oder ausgesetzt, wie das Leben für eine gewisse Zeit aussetzt. In diesem Blick war kein Schauen, dennoch wirkte er nicht tot, eher erstarrt oder wie unter Eis. Wie ein angehaltener Schrei, in der Luft stehen gebliebene Laute. Offensichtlich war es Morpheus gelungen, den Körper in eine Lähmung zu versetzen. Der Kapitän stand im Banne des Blicks seiner Frau, der nach innen ging. Allmählich begriff er, dass Eirene nicht aus ihren Augen in die Welt hinausschaute, sondern die Welt in sich hineinsog. So erging es auch Loukas. Immer tiefer verschwand er in ihr. Ihm schwindelte. Nichts würde von ihm bleiben. Würde er in aller Ewigkeit in ihr leben können?

»Komm, Loukas, komm her, schnell«, rief ihm die Ärztin zu. Dass sie ihn duzte, fiel weder ihm noch ihr auf. Der Bann war gebrochen. Loukas wandte sich um und sah ein kleines Wesen, das sich rekelte und schließlich zu schreien begann. »Ein Mädchen. Und es lebt!«, rief die Ärztin mit einer Freude, die er nie bei ihr gesehen hatte, mit dem naiven Frohsinn eines Kindes. Die Ärztin legte es auf den Tisch, band die Nabelschnur ab und schnitt sie durch. Eine der Gehilfinnen nahm ihr das Kind ab, die andere reichte der Ärztin einen Sud aus Knoblauch, Salbei, Alraun, Fenchel und ein paar anderen Kräutern, den sie zum Desinfizieren benutzte, bevor sie Eirenes Wunde nähte.

Die Gehilfin wusch das Kind vorsichtig und reichte es Loukas. Der Kapitän schaute auf seine kleine Tochter und wusste, dass er die Welt in seinen Armen hielt. Sie bewegte langsam den Kopf, als versuchte sie, sich zu orientieren. Verschreckt wirkte sie. Verunsichert, ausgesetzt in einer fremden Welt, zu hell, zu kalt, ohne die Geborgenheit, die der Bauch der Mutter neun Monate lang geboten hatte. »Jetzt bist du da, Anna!«, sagte er leise, aber bestimmt, und eine Welle des Glücks durchströmte seinen ganzen Körper. Ein Schrei brach sich aus dem geschundenen Körper Eirenes Bahn. Ein schrecklicher, aber auch befreiender Schrei. Die Wirkung der Betäubung ließ nach. Loukas zeigte seiner Frau das Kind, ihr Kind, das er auf dem Arm hielt. In ihren Augen brannte der Schmerz und regte sich das Glück. Qual und unsägliche Freude kämpften in ihren Pupillen miteinander.

»Fertig«, sagte leise die Ärztin und wusch die Naht mit dem desinfizierenden Sud, bevor sie ein Tuch mit einer Salbe um den Unterleib wickelte. Eirene wirkte sehr schwach, und Morpheo gab ihr ein Getränk aus Rotwein, Weinbrand, viel Honig, Mohn, Lavendel und Rosmarin zu trinken. Er beobachtete, wie sie die Kräfte verließen und sie in einen tiefen Schlaf fiel. Loukas schaute abwechselnd zu seiner Frau und zu seiner Tochter. Beide sahen vollkommen erschöpft aus. »Ach, ihr beiden«, fasste er sein Glück kurz und bündig zusammen. Eine Gehilfin nahm ihm das Kind ab. »Danke«, sagte er zur Ärztin.

»Noch sind wir nicht übern Berg. Wenn sich die Wunde nicht entzündet und sie gut verheilt, dann erst haben wir es geschafft.« In diesem Moment schwappte aus Eirenes Unterleib eine rotschwarze Masse, die übel roch. Als sei es das Schönste auf der Welt, lächelte Martina Laskarina. »Die Nachgeburt ist draußen. Daran kann sie sich nicht mehr vergiften.« Loukas spürte die Erleichterung der Ärztin, aber indem er sie fühlte, erkannte er die hohe Anspannung, unter der sie stand, obwohl sie sich äußerlich nichts anmerken ließ. Er bewunderte diese Frau. Und dann fragte er sich, wie verrückt die Welt eigentlich war. Da gab es Menschen, die ihre Zeit mit nichts anderem zubrachten, als andere Menschen zu töten, manche verwandten sogar noch viel Einfallsreichtum darauf, in kürzester Zeit möglichst viele ihrer Artgenossen zu ermorden, während diese kleine Frau ihre ganze Energie, ihr ganzes Leben, ihre Kunst dafür einsetzte, Leben auf die Welt zu bringen und Leben zu retten. Wie schwer ist doch der Weg des Menschen, um auf die Welt zu kommen, und wie leicht kann er erschlagen werden. Welch Irrsinn, dachte Loukas Notaras angesichts seiner Tochter. Die Priester sprachen gern vom Wunder des Lebens. Er empfand den Ausdruck immer als allzu blumig, ja sogar als kitschig. Seine kleine Tochter, die mit so viel Mühe auf die Welt geholt wurde, ließ ihn zum ersten Mal das Wort vom Wunder des Lebens verstehen, fühlen und vor allem für angemessen halten für eine geradezu sachlich-karge Beschreibung dessen, was sich eigentlich jeder Benennung entzog.

Er fühlte die Hand seiner Mutter auf der Schulter. »Kein Sohn«, meinte sie, als müsste sie sich für ihre falsche Prognose entschuldigen. Er warf noch einmal ein Blick zu seiner Tochter, an der er sich gar nicht sattsehen konnte, denn es schien ihm schier unbegreiflich, dass sie auf der Welt war. »Was spielt das für eine Rolle, Mutter? Es ist mein Kind!«

»Geht jetzt und ruht Euch aus, Eure Frau und Eure Tochter benötigen Euch«, befahl die Ärztin sanft dem Kapitän. Sie nahmen beide nicht wahr, dass die Ärztin wieder zur Höflichkeitsform zurückgekehrt war. Loukas schaute noch einmal zu seiner schlafenden Frau, deren Unruhe ihm zeigte, dass sie trotz des Schlafs die Schmerzen verspürte, und zu seiner kleinen Tochter. Mit jedem Kind, dachte er plötzlich, beginnt die Welt neu. Wer das nicht begreift, ist einfach nur ein Schuft, der nichts verstanden hat, wert, in die Wüste gejagt zu werden.

Als er aus der Tür taumelte, erhob sich Basilius, der dort in einer Ecke auf dem Boden sitzend gewartet hatte. Niemand hatte Zeit gehabt, sich um den Gelehrten zu kümmern. Ein Lächeln flitzte angesichts des treuen Freundes über seine Lippen. »Deine Gebete haben genutzt, mein treuer Freund. Es ist eine Tochter, nein, es ist Anna«, sagte er und strahlte übers ganze Gesicht. Schritte klangen die Treppen hinauf. Einem Diener folgte ein Mönch. Basilius wandte sich um und wunderte sich. »Sagtest du nicht, du wolltest in die Hagia Sophia?«

»War ich ja auch, aber jetzt muss ich Loukas Notaras sprechen. Unter vier Augen!« Loukas wandte sich an Basilius und bat ihn, für ihn die Taufe in der Sophienkirche zu organisieren. Der Gelehrte nickte und ging, nicht aber ohne noch einmal mit einem erstaunten Blick den falschen Mönch zu mustern.

Nachdem sie allein waren, übergab der Türke einen Brief: »Ilyah Pascha schickt mich. Wo darf ich auf Antwort warten?« Loukas gab dem Diener, der sich in gebührender Entfernung hielt, Anweisungen, den Türken beim Gesinde im Parterre unterzubringen. Dann las er den Brief:

»Effendi, vergesst nicht unser Gespräch, erinnert Euch an meinen Herrn. Sein Vater hatte den Thron, den sein älterer Bruder raubte, für ihn vorgesehen. Aber er verstarb leider, bevor er Vorkehrungen treffen konnte. Verhelft einer armen Waise zu ihrem Recht.

Der, der mit Euch sprach.«

Am liebsten hätte er den Brief weggeworfen. Er wollte mit der gesamten Politik nichts mehr zu tun haben. Mit den Intrigen, der Eitelkeit, der Gier. Doch er nahm sich vor, mit seinem Vater darüber zu sprechen, wenn der Alte aus der Kirche zurück sein würde, später, viel später noch, denn jetzt zählte erst einmal Anna. Er schickte einen Diener zur Hagia Sophia, um Nikephoros Notaras mitzuteilen, dass er eine Enkelin hätte.

Am Abend, nahm er sich vor, wollte er einen Brief an Eirenes Vater, an den Despoten von Thessaloniki verfassen, um ihm die freudige Botschaft mitzuteilen. Doch jetzt benötigte er etwas Ruhe. Er bemerkte, dass seine rechte Hand unwillkürlich und unmerklich zitterte.

48

Großwardein, Ungarn

Der Hund ließ das Gefühl der Einsamkeit erst gar nicht aufkommen. Înger hielt sich dicht am Pferd seines Herrn. Selbst im Gebirge bewies er eine erstaunliche Ausdauer. Zuweilen glaubte Alexios, dass er nur weiterritt, weil ihn der Kuvasz dazu antrieb. Das Heimweh schien das Tier anzutreiben. Sie nächtigten in Herbergen oder bei Bauern. Manche Unterkunft machte einen zweifelhaften Eindruck auf ihn, doch der Hund lag zu seinen Füßen, so fühlte er sich sicher. Er hatte sich die Hose und das Wams eines mittleren Adligen zugelegt. Da er allein mit dem Kuvasz ohne Eskorte unterwegs war, erregte er kein Aufsehen. Einmal begegnete er Wegelagerern, aber der Kuvasz in Verbindung mit dem Schwert in seiner Hand ließ sie von ihrem Vorhaben Abstand nehmen.

So wie sich die Landschaft öffnete, als sie aus dem Gebirge kommend die Ebene des Banats erreichten, genoss auch sein Herz die Weite des Pannonischen Beckens. Rechts und links des staubigen Weges breiteten sich Felder mit Sonnenblumen, mit Hafer, mit Mais aus. Der Frühsommer hing bereits in der Luft. Schiefe Kirchen standen inmitten von winzigen Höfen und Katen. Kleine Kinder spielten auf der Straße, die größeren halfen den Eltern beim Versorgen des Viehs und bei den Feldarbeiten. Kam er an einem Sonntag durch ein Dorf, freute ihn der Anblick der bunten Röcke der Bäuerinnen, die sie zu weißen Blusen trugen. Übernachtete er in einem Wirtshaus, gingen ihm die schwermütigen Lieder, die in der Gaststube gesungen wurden, zu Herzen. Schwer vorstellbar, dass es hier irgendwann einmal anders gewesen war, noch schwerer vorstellbar, dass es hier einmal anders kommen könnte.

In Buda erkundigte er sich nach Meister Urban, denn er wollte nicht direkt nach der Königin fragen, und hoffte, dass Barbara ihren Alchemisten in die Verbannung mitnehmen durfte. Er hatte sich nicht getäuscht und erfuhr, dass Urban die Königin nach Großwardein begleitet hatte. Nun wusste er, wo sie sich befand. Hinter Buda tauchte er in eine Waldsteppe ein, die nur von Feldern und Dörfern unterbrochen wurde. Jede winzige Viehweide und jeder noch so kleine Acker waren dem Wald durch Rodung mühselig abgerungen worden. In Szolnok, einem kleinen Handwerkerstädtchen, in dem auch die Verwaltung der Grafschaft ihren Sitz hatte, überquerte er die Theiß. Als lästig empfand er die Mücken, die in den Sümpfen ihr Paradies gefunden hatten und von dort aus gnadenlos auf Vieh und Mensch losgingen, um von ihrem Blut zu leben. Linderung und Schutz brachte ein heftiger Regen, der binnen Kurzem allerdings auch den Weg aufweichte. So lagen Vorteil und Nachteil des Wolkenbruchs dicht beieinander. Alexios beneidete Înger um sein Fell, denn seine Kleidung war gründlich durchnässt.

Nach vier Tagen strammen Rittes stand er vor dem wuchtigen Stadttor von Großwardein. Durch die Stadt floss – ihrem Namen widersprechend – träge die Schnelle Kreisch, als wolle sie die Bewohner nicht verschrecken. Die Häuser wirkten klein und geduckt und trieften von der Nässe des Dauerregens.

Sein Pferd und der Kuvasz wateten durch den Schlamm der unbefestigten Straßen. Die Einwohner halfen sich, indem sie von Stein zu Stein sprangen, die man ausgelegt hatte, damit die Bürger der Stadt auch nach einem großen Regen trockenen Fußes unterwegs sein konnten. Er hielt sein Pferd an, um sich dieses erheiternde Schauspiel anzuschauen, wie die Frauen die Röcke rafften und von Inselchen zu Inselchen sprangen, dabei noch ihre Körbe ausbalancierten, wie viel Geschicklichkeit sie aufbrachten, wenn sich zwei auf dem Buckel des Steins begegneten. Gar nicht zu reden von den Männern. Trugen sie Säbel, erwies sich die Bewaffnung für diese Art der Fortbewegung als äußerst hinderlich. Alles in allem wirkten die Bewohner wie Frösche, die von Blatt zu Blatt hüpften.

In diese etwas kuriose Idylle platzte ein großes Geschrei. Eine dicke Magd mit einer Gans unter dem Arm stritt mit einer nicht minder beleibten Bäuerin, die einen Korb mit Eiern trug, darum, wer wem den Vortritt zu lassen hatte. Alexios verstand kein Wort, schloss aber aus den Gesten, dass die Magd und die Bäuerin einander in herzlicher Abneigung verbunden waren. Das Gezeter schwoll an und die pausbäckigen Gesichter zündeten sich rot an. Schließlich hatte der Zorn auch den letzten Rest vernünftiger Zurückhaltung bei den beiden Frauen aufgebraucht, sodass sie gleichzeitig auf den leeren Stein in ihrer Mitte sprangen. Sie prallten gegeneinander, wankten und fielen bäuchlings in den Schlamm, der hoch aufspritzte. Während der Gänsemagd das Tier schnatternd davonlief und das Weiß der Federn dabei schnell die kotbraune Färbung des Straßenschmutzes annahm, war die Bäuerin auf ihren Korb gefallen und hatte mit ihrem Gewicht die meisten Eier zerdrückt. Eine große, ungeschickte, täppische Henne. In ihrer Wut warf sie mit den Eierschalen, aber auch mit den wenigen Eiern, die den Sturz heil überstanden hatten, nach der Rivalin. Die stürzte sich sogleich auf die Eierwerferin, sodass die beiden Frauen ein Knäuel bildeten, das sich im Matsch hin und her wälzte. Eine Menschentraube bildete sich, die sich köstlich amüsierte. Die Frauen zogen einander an den Haaren, suchten sich gegenseitig in die Nase zu beißen oder das Gesicht zu zerkratzen. Als sie merkten, dass keine auf diese Weise den Sieg über die andere erringen würde, ließen sie einander schließlich los und tauchten beide Hände tief in den Matsch. So viel sie von der übel riechenden Masse zu greifen bekamen, warfen sie auf die andere. Plötzlich blieb die Magd wie vom Donner gerührt stehen, da traf sie auch schon eine Ladung Schmutz mitten im Gesicht und lief an ihr herunter. Sie erschrak heftig, fluchte, dass es Alexios ganz recht war, den Wortlaut nicht zu verstehen, und patschte in höchster Eile durch den Straßenkot wie ein fetter Frosch durch den Sumpf auf der Flucht vor einem Storch, auf die Steine nicht mehr achtend. Die Bäuerin stellte sich wie eine Siegerin auf den Stein und schaute der Magd triumphierend hinterher. Allerdings wirkte die Freude auf dem schmutzverkrusteten Gesicht wie eine Karikatur. Nachdem sie ihren Sieg genossen hatte, nahm sie mit betrübter Miene ihren Korb und schüttete ihn einfach aus. Und sprang von Stein zu Stein von dannen, obwohl es dessen nicht mehr bedurfte, denn Schmutz und Nässe hatten durch die Kleidung hindurch sämtliche Körperpartien erreicht.

Von dem Erlebnis erheitert, fand Alexios einen kleinen Gasthof, der von außen den besten Eindruck auf ihn machte, zumal die Auswahl sich bescheiden ausnahm. Er lag unweit des Kastells, das sich auf der anderen Seite des Flusses über der Stadt erhob. Vor dem Fachwerkgebäude hing ein goldfarbenes Rad. Trat man durch die Tür, fiel man sofort in die Gaststube. Neben dem Tresen führte eine Treppe in den ersten Stock, in dem, wie Alexios später feststellte, fünf oder sechs Zimmer von einem dunklen, schmalen Gang abgingen. Die Besitzer, vermutete er, wohnten hinter der Küche. Es roch nach geschmortem Schweinefleisch und Zwiebeln. Das Schlagen der Tür lockte einen fülligen Mann, der Alexios an einen griechischen Bauern erinnerte, in den Schankraum. Sein Lächeln war sparsam, dafür durchdringend sein Blick. Dem Wirt gegenüber, der ihn ohnehin nicht verstand, da er weder Griechisch noch Latein sprach, gab er sich als Andreas Themokles aus Thessaloniki aus und erhielt das größte Zimmer. Er sah dem Wirt deutlich an, dass er nicht wusste, wo Thessaloniki lag, und dass es ihn auch nicht interessierte. Es war ihm schon auf seiner letzten Reise aufgefallen, dass die Menschen im Norden sich gegenüber Fremden reserviert verhielten und die teilweise lästige Neugier der Mittelmeervölker für Reisende ihnen vollkommen abging. Mithilfe der Zeichensprache bestellte Alexios Waschwasser in zwei Schüsseln auf sein Zimmer.

Eine Magd mit drollig-rundem Gesicht und wulstigem Körper brachte ihm das Gewünschte. Innig hoffte er, dass in dem Bett keine Wanzen hausten, wie eigentlich in fast allen Gasthöfen. Deshalb schlief er lieber im Freien, wenn es sich einrichten ließ. Zumindest das Stroh, das auf dem Bett lag, sah frisch aus.

Nachdem er den Hund und sich gesäubert, ein wenig Brot und

kaltes Fleisch gegessen und Wasser getrunken hatte, schrieb er einen Brief an die Zofe Clara auf Latein:

»Höre, Clara, wenn Du interessiert an dem Kuvasz bist, der einmal den Preis einer Wette darstellte, dann komm in das ›Goldene Wagenrad‹. Der Besitzer.«

Damit glaubte er, den Inhalt der Nachricht gut genug verborgen zu haben, falls seine Notiz in falsche Hände fiele, gleichzeitig aber Clara gegenüber deutlich genug geworden zu sein. Um die Rolle wickelte er ein Band, versiegelte den Brief aber nicht. Er vermied es, der Nachricht eine Neugier weckende Bedeutung zu verleihen. Anschließend suchte er den Hausdiener, drückte ihm eine Münze in die Hand und bat ihn, das Schreiben der königlichen Zofe Clara zu übergeben. Dabei zeigte er auf den Brief, wies in Richtung des Kastells, formte mit seinen Händen ein wenig zu üppig die Brüste einer Frau nach und spreizte anschließend die Hände über seinem Kopf, eine Krone verdeutlichend. Der Knecht, ein etwas geckenhaft gekleideter Mann um die dreißig, entblößte eine Zahnlücke beim Versuch, pfiffig zu grinsen. Der Fürst hoffte, dass der Diener wenigstens halb so klug war, wie er zu sein glaubte.

»*Regină?*«, riet der Diener.

Alexios nickte erleichtert, denn aus der Ähnlichkeit zum Lateinischen *regina* schloss er, dass der Knecht ihn verstanden hatte. »Richtig, Königin«, freute sich der Fürst. Dann sagte er: »Clara«. Doch der Knecht schüttelte den Kopf: »*Nu* Clara. Barbara.«

»Barbara *regina*«, versuchte es Alexios.

Der Knecht nickte zufrieden. »*Da*, Barbara *regină*.«

»Clara *puella*«, sagte Alexios versuchsweise auf Latein. Der Knecht machte ein langes Gesicht und glich dabei einem müden Pferd.

»Clara *ancilla*.« Keine Regung stellte er im Gesicht des Hausdieners fest. Alexios schüttelte den Kopf und schlug einen anderen Weg ein. »Barbara *regina*.«

»*Da*«, sagte der Diener etwas gelangweilt.

»Clara *s-e-r-v-i-r-e*«, zog er das Wort auseinander, jede Silbe betonend. Er wusste, dass *servire* auf Latein dienen, aber nicht *dient* heißt, wählte aber bewusst die infinite Form in der Hoffnung, dass im Rumänischen ein ähnliches Wort existierte.

Er konnte sehen, wie es im Kopf des Knechtes arbeitete, dann blitzte es in seinen Augen. *»Servitoare?«*

Alexios war sich nicht sicher, er machte Gesten des Dienens, er tat, als kämme er das Haar einer anderen Person, trug das Essen auf, half beim Anlegen eines Umhanges.

»*Da, servitoare* Clara«, freute sich der Diener, schließlich hatte er, wie er vermeinte, soeben seinen schnellen Kopf unter Beweis gestellt. Er nahm den Brief und zog gemächlich los.

Am Abend klopfte es an der Zimmertür des Fürsten, und ein kleines Wunder geschah. Tatsächlich trat Clara von Eger in seine Unterkunft. Es war schon eigenartig. Er hatte mit ihr geschlafen, ohne dass er sie geliebt hatte, ihre Gespräche erreichten keine Vertraulichkeit, dennoch verband sie etwas, worüber sie niemals sprechen würden. Sie kannten einander, ohne einander zu kennen, Fremde, die ihre Fremdheit verband.

»Kommt mit«, forderte sie ihn kurz und bündig auf.

Wortlos folgte er ihr mit Înger durch die Straße bis zur Stadtmauer. Clara plauderte mit einem Wachsoldaten, der die beiden anzüglich grinsend durch eine Pforte hinausließ.

»Was hast du dem erzählt?«, erkundigte sich Alexios.

»Das wollt Ihr nicht wissen«, beschied sie ihn kurz.

Die Nacht schwebte langsam wie ein dunkler Schleier auf die Landschaft herab. Sie tauchten in einen Wald ein, dessen Bäume anfangs nicht allzu dicht standen, der sich aber, je tiefer sie in den Forst kamen, in einen finsteren Hag verwandelte. Gestrüpp wucherte an Bäumen entlang zum Himmel und verband sich mit den Kronen zu einem dichten Geflecht, das selbst die Sterne und den Mond ausschloss. Der Regen der letzten Tage zog an den Blättern und suppte im schmatzenden Waldboden, der ein Paradies für Pilze darstellte. Der Wald dampfte vor Fruchtbarkeit.

Schließlich gelangten sie zu einer Lichtung. Dort stand ein Forsthaus aus massiven Stämmen. Hinter dem Fenster tänzelte warmes Kerzenlicht, geheimnisvoll und anheimelnd zugleich. Sie betraten einen kleinen Raum. Das gesamte Mobiliar bestand aus einem Tisch und sechs Stühlen. Im Winter würde der kleine Kamin für Wärme sorgen. Von dem Raum gingen drei Türen ab, zwei nach links, eine nach rechts. Clara wies mit der Hand nach rechts. Alexios öffnete die Tür, da stand sie vor ihm, ihr offenes Haar fiel in blonden Wellen auf die Schulter, dort teilte es sich und bedeckte die Brüste, die sich unter dem langen Mantel aus Damast abzeichneten, und fiel in den Nacken.

»Du wartest draussen«, sagte er zu dem Kuvasz und schloss die Tür hinter sich. In seiner Verbeugung, die trotz ihrer Formvollendung etwas lasziv wirkte, schwang Erwartung mit. Barbaras Gesicht zeigte keine Regung.

»Legt ab, Herr Ritter«, sagte sie überraschend kühl. Er legte den Mantel ab. Ihr Blick blieb weiter auf ihn gerichtet. Der Fürst sah sie fragend an. Ihre Kälte steigerte sein Verlangen. »Zeigt, was Ihr zu bieten habt«, forderte sie ihn mit einer Sachlichkeit auf, als handele es sich um das Sortiment eines Händlers auf dem Markt.

Alexios zog Wams und Leinenhemd aus. Nicht ein Blinzeln, nicht einmal die Andeutung eines Lächelns oder einer Zärtlichkeit gewährte sie ihm. Sie stand, beobachtete ihn wie ein Insekt und sagte kein Wort. Ihn überkam der Wunsch, über sie herzufallen, und er drohte übermächtig zu werden. Gleichzeitig wehrte sich sein Instinkt dagegen. Die Unbeherrschtheit, den kleinen Genuss zu wählen, wo ihm doch der ganz grosse gewährt werden sollte, hätte ihn zum verachteten Diener dieser Frau gemacht, weil er sich mit dem wenigen begnügte, wo er doch alles hätte haben können. Was macht man mit jemandem, der würdelos, aber brauchbar ist? Man benutzt ihn.

Plötzlich begriff er, dass die Art ihrer Beziehung sich in diesem Augenblick entschied, dass nicht er die Spannung auflösen durfte, sondern dass sie es tun musste. Also zog er selbstbewusst die lederne Hose herunter und stand nun nackt, wie ihn der Herrgott erschaffen hatte, wie ein gefährliches Tier vor ihr. Der Fürst fühlte sich wohl in seinem Körper, geradezu unverletzlich, denn seine Haut schützte ihn wie eine Rüstung, und seine Muskeln, seine Arme und

Beine und sein Glied übertrafen als Waffen im kommenden Gefecht Schwert und Speer.

Barbara ging um ihn herum – einmal, zweimal, dreimal. Dabei verringerte sie den Abstand zwischen ihren Körpern, bis nur noch ein Hauch zwischen ihnen Platz fand. Langsam und überraschend umschlossen ihre langen Finger sein Gemächt von unten. Aber es war so, als täte nicht sie es, sondern eine andere, so unverwandt, geradezu gelangweilt sah sie ihn weiter an.

»Wollt Ihr mir heute zu Willen sein, Herr Ritter?«, fragte sie.

Alexios schluckte und nickte. Es gelang ihm, die Zurückhaltung zu wahren.

»Und morgen?« Sie drückte zu.

Alexios schossen Tränen in die Augen. Er nickte und stellte sich im Geist Rechenaufgaben, um nicht zu explodieren.

»Und übermorgen?«

Wieder drückte sie zu, fester noch als beim ersten Mal. Er zwang sich, nicht zu husten. Einhundertvierundachtzig minus einhundertzweiunddreißig. Wie er auf die Zahlen kam, wusste er selbst nicht. Und nickte erneut.

Jetzt hielt Barbara es nicht mehr aus. Sie zog ihn zu dem großen, einfachen Bett, einem breiten, ansonsten schlichten Kasten. Wie ein Sarg, wie eine Arche. Die Königin öffnete die Bänder ihrer Toga, die an ihrem porzellanweißen Körper hinunterglitt.

49

Forsthaus bei Großwardein, Ungarn

Als er, nach der Helligkeit im Raum zu urteilen, gegen Mittag erwachte, griff er zu seiner Überraschung neben sich ins Leere. Er richtete sich auf und suchte mit seinen Augen Bett und Zimmer ab, bis ihm klar wurde, dass sie fort war. Nur ihr Geruch hing noch im Zimmer, und sein Geruch, und ein dritter, der Geruch ihrer Liebe.

Alexios sprang auf, er fühlte sich durchgeprügelt und dennoch wie neu geboren. Zuerst schlüpfte er ins Hemd, zog danach die Hose darüber und ging in den Vorraum. Dort stand ein Frühstück auf dem Tisch. Clara saß auf einem Stuhl und streichelte den Hund.

»Guten Morgen«, sagte er.

Clara nickte. »Ihre Majestät wünscht, dass Ihr aus dem Gasthof Eure Sachen holt. Sagt dort am besten, dass Ihr abreist, und kommt danach unauffällig hierher zurück.«

So viel stand fest, der Fürst sollte sich heimlich im Forsthaus einquartieren. Barbara hatte das arrangiert. Bei Einbruch der Dunkelheit würde sie sich hierherschleichen, um morgens in den Palast zurückzukehren.

»Ich soll Euch bestellen, dass Ihr der Königin etwas versprochen habt.« Alexios grinste unwillkürlich und sehr eindeutig. In der Tat hatte er etwas versprochen. Plötzlich störte ihn etwas. Mit Zeigefinger und Daumen griff er auf seine Zunge. Ein Haar. Von ihr.

Nachdem er sich gestärkt hatte, erkundete er mit dem Kuvasz zusammen die nähere Umgebung, streifte durch den Wald und gelangte schließlich an einen Weiher. Die Mittagssonne lag mit ihrem breiten Hintern auf dem Wasser. Er zog sich aus und genoss das kühle Wasser. Mit ausgreifenden Schwimmzügen durchmaß er den kleinen See.

Anschließend holte er seine Sachen, schlief eine Weile und aß dann mit der Königin zu Abend. Dann trieben sie sich in ihrer Lust bis zur totalen Erschöpfung. Diesmal brachte er sie im Morgengrauen zur Stadt zurück, dann schlief er den Schlaf der Gerechten. Clara wohnte im Forsthaus und bediente ihn. Sie sprachen nicht viel miteinander.

Der Fürst stürzte in die Liebe, nichts hielt ihn, in eine Welt ohne Grund. Ein Fleisch, das ein anderes Fleisch begehrte. Aber er war glücklich.

Zuweilen kam es vor, dass sie durch den nächtlichen Wald spazierten und Barbara von ihrer gewalttätigen Familie erzählte, dem Grafengeschlecht derer von Cilli, die an jeder Intrige in Ungarn beteiligt war. Von ihrer Tochter Elisabeth, die sie aber nicht zu sehen bekam, von dem Mann, den sie nicht liebte, diesem kalten Luxemburger, und der sie auch nicht liebte. Von ihrer Sehnsucht nach einer anderen Welt, in der alle Menschen glücklich werden würden, von den Geheimnissen des Lebens, die sie mithilfe der Alchemie zu entschlüsseln hoffte.

»Stell dir vor, was wir alles machen könnten, wenn wir den Stein der Weisen hätten! Wir würden die Krankheiten und den Tod besiegen und, weil wir Geld hätten, auch die Armut«, sagte sie, und ihre Augen strahlten. Wenn sie diesen Gedanken folgte, fielen alle Politik, aller Zynismus, die von ihr wie eine Provokation gepflegte Verruchtheit ab und sie wurde wieder zu dem jungen Mädchen, das sie einmal gewesen war, rein und heilig, bevor Sigismund sie in ihrer Hochzeitsnacht vergewaltigt hatte. Ihre Mutter hatte sie nicht in die Geheimnisse der Sexualität eingeführt, ihr Vater sie nicht gewarnt, dass Sigismund von ihr steigen würde wie von seinem Pferd – sie war nur eine Währung im Spiel der Macht gewesen. Die Ehe galt als vollzogen und mithin als rechtmäßig. Sie war stark und verletzt genug, die Menschen künftig zu benutzen.

»Würden wir dann nicht im Paradies leben?«, wandte Alexios ein.

»Ja, im Paradies auf Erden.«

»Wenn Gott das so gewollt hätte, hätte er es auch so eingerichtet.«

»Aber vielleicht konnte er es auch nicht einrichten.«

Alexios staunte. »Es widerspricht der Definition Gottes, dass er etwas nicht kann. Gott kann alles.«

»Im Umkehrschluss heißt das: Wenn niemand existiert, der alles kann, dann gibt es auch Gott nicht.«

Der Fürst erblasste. »Willst du damit sagen, dass Gott nicht existiert, dass es ihn nicht gibt?«, flüsterte er, als habe er Angst, diese Frage zu stellen, weil er zugleich die Antwort fürchtete.

»So wenig ich weiß, dass es Gott gibt, so wenig weiß ich auch, dass es ihn nicht gibt.«

»Du glaubst also nicht an Gott?«

»Das ist es ja eben! Ich kann nur glauben, dass er existiert, aber es nicht wissen. Wenn er doch aber so mächtig wäre, wie es heißt, dann könnte ich gar nicht anders, als von seiner Existenz zu wissen und eben nicht nur an sie zu glauben. Es gehört schließlich zum Wesen der Macht, dass ihre Wirklichkeit für alle sichtbar und spürbar ist, wie ein Sturm oder ein Gewitter sichtbar und spürbar ist oder eine Armee oder das Schwert des Henkers, das auf den Nacken des Verurteilten niedersaust. Es ist die Tatsache des Sterbens, die uns an Gott glauben lässt. Aber sieh doch, wie verräterisch das ist! Weil wir eines Tages in den Tod gehen werden, in den Zustand der Unwirklichkeit, erklären wir etwas Unwirkliches zur Realität in der Hoffnung, dadurch dieser Unwirklichkeit zu entgehen. Da wir zur Unwirklichkeit verdammt sind, basteln wir uns aus dieser Unwirklichkeit eine neue Wirklichkeit. Deshalb will ich den Stein der Weisen finden, der das ewige Leben bringt. An dem Tag, an dem wir ewig leben, stirbt Gott.«

Alexios schwindelte. Auch wenn er nicht besonders fromm war, so stellte die Existenz Gottes für ihn eine unwiderlegbare Tatsache dar. »Gott ist ewig, denn er ist der Grund für das Gute«, hielt er gegen.

Diese Frau erschreckte ihn, und sie redete sich langsam in Rage.

Ihre Wangen begannen zu glühen. »Was ist das für ein Gott, der den Menschen dabei zuschaut, wenn sie sich um seinetwillen in Böhmen die Köpfe einhauen? Und nur, weil sie sich nicht einigen können, ob beim Abendmahl einzig die Priester oder alle Gläubigen den Kelch reichen dürfen? Was ist das für ein Gott, der seinen Sohn ungerührt qualvoll am Kreuz sterben lässt? Wie kann er gut und barmherzig sein, was seiner Definition entspricht, wenn jeder in seinem Namen alles, sogar den größten Unfug verkünden darf? Denk doch nur einmal wachen Verstandes über den ganzen Schabernack nach. In der Kirche geht es schlimmer zu als auf dem Jahrmarkt, und der allergrößte Possenreißer steht auf der Kanzel! Die größten Ungereimtheiten werden mit ernster Miene vorgetragen: Eine Jungfrau gebiert ein Kind. Wo hat man das je erlebt? Der Geist, der das Kind zeugte, war so heilig wie du. Oder: Eins ist gleich drei. ›Gezeugt, nicht geschaffen‹ – welch Unfug. Gezeugt mit sich selbst, oder wie muss ich mir das vorstellen?«

»Gibt es eigentlich etwas, woran du glaubst?«, fragte er mit einem Schaudern in der Stimme.

»An deine Manneskraft glaube ich und daran, dass wir die Geheimnisse der Welt erkunden können und dass wir unsere Zeit nicht mit Spekulationen über Dinge vergeuden sollten, die wir ohnehin niemals beweisen können. Das Leben flieht, Alexios, und wir werden bald schon alte Leute sein, wenn wir nichts dagegen tun.«

An diesem Abend liebten sie sich ohne Pause bis zum anderen Morgen, weil sie zu vergessen suchten – er das, was sie gesagt hatte, sie die Endlichkeit des Seins. Die alles Denken auslöschende Lust sollte sie über die Grenzen dieser Welt hinaustragen. Als ob sie eine Ahnung überkam, sagte Barbara zum Abschied bei Sonnenaufgang: »Es wird nicht dauern, es kann nicht dauern! Es wäre zu schön. Wie kann Schönheit aber bleiben?«

Am Abend wartete er vergebens auf sie. Auch Clara, die er ins Kastell schickte, kehrte nicht zurück. Die Nacht verbrachte er in wachsender Unruhe. Er rang mit sich, ob er im Kastell nach dem Rechten schauen sollte, und befürchtete, dass etwas passiert sein könnte, doch zwang er sich zur Geduld. Geduld, so hatte er es ja erfahren, lautete seine Lektion. Die Stunden klebten auf der Stelle wie Fliegen auf einem Honigblatt.

Schließlich erschien die Zofe am Nachmittag, um ihm auszurichten, dass er im Forsthaus ausharren sollte. Der König sei unerwartet eingetroffen, würde aber wohl nicht lange bleiben. Eifersucht loderte in Alexios auf. Dabei war nicht der König, sondern er der Ehebrecher und Sigismund der rechtmäßige Gemahl Barbaras.

In den Tagen, in denen er auf die Königin wartete, begann er sich nach Konstantinopel zurückzusehnen, nach der Aufgabe, für die er sich bestimmt wähnte, auch wenn das die Trennung von der Geliebten bedeuten würde. In der Einsamkeit des Wartens verglich er Barbara mit der Nymphe Kirke, mit der »prächtig gelockten«, mit der »furchtbaren, sprechenden Göttin«, die ihn verzauberte, um ihn von seiner Mission abzuhalten, denn auch er »bestieg das gar schöne Lager der Kirke«. Alexios kannte nicht viele Geschichten, doch die des Odysseus war ihm geläufig. Er erinnerte sich, dass Kirke eines Tages den König von Ithaka nicht nur gehen ließ, sondern ihm auch »günstigen segelschwellenden Fahrtwind als guten Gefährten« schickte. Als Rhomäer aber fühlte er sich nicht den Griechen verwandt, sondern den Trojanern.

Die Geschichte hatte es in sich. Belagert von den Griechen fiel Troja, aber der Fürst der Trojaner, Aeneas, entkam und gründete Rom. Und gut eintausend Jahre später erbaute der Nachfahre des Aeneas, der Römer Konstantin, dort, wo einst Troja lag – so glaubte es zumindest Alexios – das Neue Rom, Konstantinopel. Was für eine mächtige Parabel! Zwischen Flucht und Rückkehr lagen tausend Jahre, und dennoch erstand Troja zu neuem Glanz für ein weiteres Jahrtausend, denn auch seit dem Tag, an dem Kaiser Konstantin Rom an den Bosporus verlegt hatte, war ein Millennium ins Land gegangen. War es da nicht an der Zeit, das Tor für eine neue Ära aufzustoßen? Alles Alte und Verbrauchte hinter sich zu lassen? Es konnte doch kein Zufall sein, dass ausgerechnet ein Angelos zum Boten der Auferstehung des Imperium Romanum bestellt wurde, ein wehrhafter Engel wie der Drachentöter. Nämlich er, Alexios Angelos, Nachfahre des Aeneas, Urahn des Kaisers Konstantin,

Abkomme Justinians, des großen Kaisers. Der Fürst glaubte zu fiebern. Er rannte zum Weiher, schwamm und tauchte, bis er blaue Lippen hatte. Erst dann kehrte er zum Forsthaus zurück. Er wunderte sich darüber, dass sich sein Geist in mythische Spekulationen verirrt hatte, schob es aber auf die Langweile, auf das unerträglich untätige Warten, zu dem er verdammt war. Und wusste doch, dass er nicht nur phantasiert hatte, denn er war sich seiner Sache sicherer als jemals zuvor.

So überraschend, wie sie ausgeblieben war, kehrte die Königin eines Abends zurück. »Gott sei Dank, der König ist wieder fort!«

»Wohin?«, fragte Alexios trocken.

»In sein geliebtes Böhmen. Ketzer massakrieren, Menschen ...« Sie hielt inne und warf ihm einen seltsamen Blick zu, bevor ein Lächeln über ihre sinnlichen Lippen flog. »Ist mein kleiner Alexios etwa eifersüchtig?« Sie kraulte seinen Kopf, wie man es mit Hunden macht. Das ärgerte ihn.

»Ich gehe nach Konstantinopel zurück«, erklärte er. Barbara zog ihre Hand weg, als habe sie sich verbrannt, und rutschte auf dem Bett zurück, um Abstand zu gewinnen. Mit dem Rücken an die Wand gelehnt und die Arme um die angezogenen Beine geschlungen, saß sie da und funkelte ihn wild an. Ihre Beine!, dachte er nur und hatte das Gefühl, in einen Sog gerissen zu werden. Sie erriet seine Gedanken, lächelte schief, dann rief sie ihm zu: »Komm, trink mich aus, mein Kleiner«, und spreizte die Beine. Und er trank aus dem Brunnen des Lebens, bis es kein Zurück mehr gab.

Zuweilen spazierten sie wie Untote durch die Nacht bis zu dem Weiher und badeten dort. Ihr Körper wirkte im Mondschein wie Silber, seiner wie Bronze. Dann sagte sie: »Wie gern würde ich mit dir in der Sonne liegen.« Er fuhr mit seiner Hand über ihre Gänsehaut. Nachts wurde es empfindlich kühl im Wald.

»Jagst du eigentlich gern, Alexios?«

Er feixte frech wie ein Filou. »Ich gehe auf alle Arten von Wild.«

»Einmal mit dir eine Treibjagd veranstalten!« Aber sie wusste, dass das nicht sein durfte, weil ihnen nur die Nacht blieb, die sie zu lieben und zu hassen begannen. Oft waren sie so erschöpft, dass Clara sie wecken musste, damit die Königin pünktlich im Schloss eintraf. Manchmal sah sie Alexios dabei nackt oder beide ineinander verschlungen. Es machte ihm nichts aus. Die Zofe war längst zur Dienerin ihrer Liebe geworden. Was sie nicht gesehen hatte, das hatte sie gehört. Es kam aber auch vor, selten zwar, dass er sie verschmitzt anlächelte wie ein Knabe, der stolz auf seinen Streich war. Als wolle er die Zofe fragen: Na, habe ich das nicht gut gemacht? Schuld und Unschuld hatten längst ihre Bedeutung verloren.

Doch der Gedanke seiner Rückkehr nach Konstantinopel, einmal gefasst, verstummte nicht mehr in ihm. Er begann, den Fürsten wie ein eiternder Pfahl im Fleische zu quälen. Obwohl er sich pflichtvergessen fühlte und mit sich haderte, gelang es ihm nicht, sich von ihr loszureißen, von Kirke, der Zauberin, wie er sie inzwischen heimlich bei sich nannte. Es musste etwas geschehen.

Und es geschah auch etwas. Aber es ging nicht von ihm aus.

Nach einer weiteren Reise tief ins Labyrinth der Liebe weckte den Fürsten und die Königin kurz vor Morgengrauen das wilde Gebell des Kuvasz und das bedrohliche Geräusch von Pferden, von Reitern, die wie eine wilde Jagd durch den Wald brachen. Eilig zogen sie sich an. Er warf ihr einen flüchtigen Blick zu. »Dein Mann?«

»Woher soll er von uns wissen?«

»Judas hat viele Kinder und Kindeskinder.«

»Komm, wir müssen weg!« Doch dazu war es bereits zu spät. Vor der Hütte hielt eine Abteilung Bewaffneter. Alexios zog sein Schwert, ein paar der nächtlichen Liebesstörer würde er mit in den Tod reißen. Inger jedoch legte sich zu seinem Erstaunen plötzlich friedfertig auf den Bauch.

»Steck dein Schwert ein, Alexios«, rief eine bekannte Stimme. Es war Johann Hunyadi. Er stieg vom Pferd, kam ihnen entgegen, verbeugte sich nicht ohne Ironie vor der Königin und wandte sich dem Hund zu. »Trefflich siehst du aus, mein Alter! Dein neuer Herr scheint gut zu dir zu sein.« Im forcierten Ton verschleierter Wehmut klang in dem Wort vom neuen Herrn der hohle Ton des Neids durch. Aber Alexios fiel das nicht auf, denn ihn beschäftigte die

Frage, woher Iancu Hunyadi von der Existenz des Forsthauses wusste. Dafür gab es nur eine Erklärung, die er sich aber zu denken verbot.

»Und auch Eure Augen leuchten wie Edelsteine, hohe Herrin.« Die Wehmut hatte endgültig in Hunyadis Worten gesiegt, in denen sie, um sich zu schützen, ins Zynische spielte.

Barbara lächelte ungut. Der Feldherr hatte es mit dem winzigen, aber in diesem Zusammenhang boshaften Wörtchen *auch* gewagt, sie mit dem Kuvasz zu vergleichen. Nur zu gern hätte sie jetzt ihre Reitgerte in der Hand gehabt. Hunyadi war nicht mehr zu bremsen und wechselte ins Ungarische. Barbara hob gebieterisch die Hand, dann wies sie ihn in der gleichen Sprache zurecht. Es entzündete sich ein kurzer, aber heftiger Wortwechsel, der damit endete, dass der Feldherr sich abermals verneigte, diesmal aber, um sich zu entschuldigen. Dann sagte er etwas auf Ungarisch, das die Königin erschreckte, ärgerte, wütend machte, weil es so unausweichlich schien und, das spürte Alexios, alles verändern würde. Mit einem unerklärlichen Eifer fuhr sie Hunyadi, aber auch Alexios an: »Ich gehöre niemandem. Keiner hat Rechte an mir, nicht einmal Sigismund!«

Der Fürst spürte die Hitze ihres Zorns, als ob er neben einem überheizten Kamin stand, der gleich zu explodieren drohte. Umso mehr wunderte es ihn, dass ihr Gesicht bleich und nicht blutrot war. Ihre Augen wurden kleiner. »Ihr müsst gehen«, sagte sie unfreundlich zu Alexios, der sich den Stimmungswechsel nicht zu erklären vermochte.

»Komm, Clara«, rief sie noch, dann befand sie sich bereits auf dem Waldweg Richtung Stadt und Kastell und wandte sich nicht einmal mehr zu ihm um, zu dem Mann, mit dem sie noch vor einer Stunde die Ewigkeit genossen hatte.

»Barbara«, rief er der Königin hilflos hinterher, aber sie nahm keine Notiz davon. Er wollte ihr folgen, weil er den Abschied spürte und fand, dass man so nicht auseinanderging, so geschäftsmäßig kühl. Johann Hunyadi hielt ihn zurück. »Ihr müsst heimkehren. Der Kaiser braucht Euch!«

»Warum? Wie kommt Ihr darauf?«

»Sultan Murad ist mit einem großen Heer aufgebrochen, um Konstantinopel zu erobern.«

Alexios spürte, wie ihm jemand sehr langsam den Boden unter den Füßen wegzog. Er blickte in die Richtung, in die die Königin gegangen war, doch hatte sie inzwischen der Wald verschlungen. Zwischen seiner Liebe und ihm stand ein türkischer Sultan. Und auch ihn traf eine große Schuld daran, dass dieses Heer nun gegen das Reich der Rhomäer marschierte, um es auszulöschen. Das Gegenteil von dem, was er geplant hatte, entwickelte sich in schnörkelloser Brutalität. Er kannte seine Pflicht.

50

Notaras-Palast, Konstantinopel

Loukas verbrachte jede Minute, die er erübrigen konnte, bei seiner Frau, die sich noch sehr schwach fühlte und auch nur sehr langsam wieder zu Kräften kam, und bei seiner Tochter, um die sich die Amme kümmerte. Auch Thekla teilte ihre Zeit zwischen ihrer Tochter und ihrer Enkelin auf. Selbst Nikephoros hielt sich verdächtig oft in der Zimmerflucht seines Sohnes auf. Wie hatte er doch seine Enkelin genannt, als er sie das erste Mal sah und auf seinen Arm nahm? Meine Kaiserin. Und dann hatte er zu Loukas' Überraschung hinzugefügt: »Eines Tages wird sie über die Welt herrschen!«

Zum ersten Mal seit jenem schrecklichen Tag, an dem er Demetrios geschlagen hatte, wich die Schuld, die sich wie ein grauer Film über die Augen des Alten gezogen hatte, und er schaute frei, klar und offen. Im Stillen dankte Loukas seiner kleinen Tochter dafür, dass sie, ohne es zu wissen, ihre Umgebung verzauberte und vermenschlichte. Ja, sein Vater hatte recht, Anna war eine Kaiserin, eine Friedenskaiserin.

Mehrmals am Tag erkundigte er sich bei der Amme, ob es seiner Tochter auch an nichts fehle und ob alles in Ordnung sei. Immer wieder betrachtete er das kleine Wunder und bekam doch nie genug von dem Anblick, von dem kleinen Gesicht mit den lustigen runden Augen, dem Näschen, den großen Ohren, dem golden Flaum auf dem Köpfchen, zart wie ein Hauch. Wie hilflos doch der Mensch zur Welt kam, angewiesen auf Fürsorge und Liebe, wie verletzlich und des Schutzes bedürftig! Loukas hatte diese Obhut erfahren, Demetrios ebenfalls, und so sollte es auch Anna ergehen.

Eines Abends bat Nikephoros seinen Sohn in sein Arbeitszimmer. Er wirkte müde und voller Sorgen, die in den Falten seines Gesichts hingen wie Motten in alter Kleidung. Er faltete die Hände, bevor er zu sprechen begann. »Meine Spitzel berichten mir, dass große Unruhe im Kaiserpalast herrscht.«

»Warum?«

»Murad zieht mit einem Heer gegen Konstantinopel.«

Loukas dachte unwillkürlich an seine Frau und an sein Kind. »Anna ist kaum geboren! Und das Erste, was sie auf der Welt hört, wird Kriegslärm sein!« Hass gegen Murad, aber auch gegen Johannes und gegen Alexios regte sich in seinem Herzen. Konnten sie die Waffen nicht ruhen lassen? Begriffen sie denn nicht, dass der Mord nur den Mord, das Töten nur das Töten nach sich zog? Was für ein kindisches, eitles, brutales und gieriges Wesen hatte Gott mit dem Menschen geschaffen? Wie konnte er nur so versagen? Miteinander vermochten sie reich zu werden und Handel zu treiben, weshalb mussten sie dann Not und Leid übereinander bringen? Hatten sie die Gaben, die sie über die Tiere erheben sollten, nur bekommen, um schlimmer als diese zu sein? Loukas rang um Fassung, denn nun kam es einzig und allein auf einen kühlen Kopf an. Er hatte Vorkehrungen zum Schutz seiner Familie zu treffen. »Ich werde unsere Flotte beladen lassen. Sie wird bereitgehalten, jederzeit auszulaufen.«

Der Alte hob die Hand. »Das sieht wie Flucht aus. Lass nur Fracht auf der Nike verstauen und halte auch nur sie auslaufbereit. Das kann unauffällig geschehen.«

»Gut«, lenkte Loukas ein, beschloss aber im Stillen, ein paar Tage später noch ein zweites Schiff vorzubereiten.

»Wir werden nicht abseitsstehen können.« Nikephoros sah seinen Sohn prüfend an. »Konstantinopel ist unsere Heimat«, fügte er mahnend hinzu. Es war ihm nicht entgangen, dass die politischen Erfahrungen, die Loukas gemacht hatte, das Engagement seines Sohnes für die Stadt in Grenzen hielten. Loukas hatte sich von allen öffentlichen Angelegenheiten zurückgezogen und kümmerte sich nur um das Geschäft. Ekel empfand er gegenüber der Politik, in der es nur darum ging, den anderen zu benutzen, um Macht zu gewinnen.

»Ich weiß, Vater.« Er war zwar bereit, für die Stadt zu kämpfen, aber die Heimat würde er notfalls aufgeben, wenn es das Wohlergehen seiner Familie erforderte. Und nicht nur dies wusste Loukas Notaras in diesem Moment, sondern auch, dass er sich nicht aus der Politik zurückziehen durfte, sondern sich einmischen musste, schon um seiner Tochter willen, die doch für den schlimmen Zustand der Welt, in die sie hineingeboren wurde, nichts konnte.

Der Diener hatte den alten hageren Mann im Namen seines Sohnes gebeten, das Kloster zu verlassen, und führte ihn auf der Straße zum Charisius-Tor. Die Sonne brannte unbarmherzig vom Himmel herab. Der Juni erreichte bereits die volle Kraft des Sommers. Der Alte in der schwarzen Mönchskutte, der einen runden dunklen Hut trug, schritt durch das Tor. Hinter ihm erhob sich die hohe Innenmauer, die von achteckigen und viereckigen Türmen unterbrochen wurde. Nachdem er gut zwanzig Schritte zurückgelegt hatte, stieg er gewandt die Steinstufen hoch zum Wehrgang der Außenmauer. Schweiß perlte auf seiner Stirn. Oben erwarteten ihn inmitten der Soldaten und Offiziere seine Frau und sein Sohn. Johannes trug den Ornat des Kaisers, Helena ein rotes Kleid, das ihre Haare wie Weißgold erscheinen ließ. In einer stummen Geste, in der sich Ratlosigkeit mit Scham verband, kniete Johannes VIII. Palaiologos, Regent von Konstantinopel und Herrscher über Byzanz, vor seinem Vater nieder. Die Demut des Sohnes erschütterte den alten Kaiser. Die Geste bedeutete: Du hattest recht, Vater. Es ist alles so eingetroffen, wie du vorausgesagt hattest, jetzt benötige ich deinen Rat.

Manuel legte im Vorbeigehen wie in einer Andeutung seine Hand auf das schwarze Haar seines Sohnes, der seinen in der Spitze zulaufenden Brokathut nach Art der Ritter in der rechten Hand hielt. Seine Haltung erinnerte an die eines Ritters vor seinem Herrn. Der alte Kaiser, der sich so sehr danach sehnte, nichts weiter als der Mönch Matthaios zu sein, trat an die Zinnen und schaute hindurch. Tief unter ihm lief ein zweiter Umgang hinter einer

Brustwehr entlang. Jenseits der zinnenbewehrten dritten Verteidigungsanlage trennte sie nur noch ein breiter Graben, der teils mit Wasser geflutet werden konnte, von den Angreifern, die der Alte mit bloßen Augen kaum zu erkennen vermochte. Er nahm nur bunte Kleckse im Weichbild der Stadt wahr, deren Anzahl ihn allerdings erschreckte. Warum unterwarf ihn Gott nur diesen Prüfungen? Ihn, dessen Herz nur noch nach Ruhe lechzte?

In einer Entfernung von ein bis zwei Meilen entstand eine Stadt aus verschiedenfarbigen Zelten, von deren Mittelstangen bunte Wimpel im Wind flatterten. Zwischen ihrem Feldlager und der Stadtmauer errichteten Türken einen mannshohen Wall aus Steinen und Erde. Janitscharen bewachten die Arbeiter beim Schanzen. Melder ritten hin und her. Vergaß man, dass sich die Truppen zum Sturm auf die Stadt rüsteten, hatte der Anblick dieser munteren Geschäftigkeit etwas durchaus Fröhliches. Und der Horizont spuckte aus seinem Riesenbauch immer neue Truppen aus. Turbane und Hosen und Tuniken in allen Farben erweckten den Eindruck, als versammele sich eine überwältigende Farbenpracht zum Sturm auf die schlichte dunkelrote Stadtmauer. Aber nicht nur Krieger gehörten zum Belagerungsheer, Manuel machte auch Bettelmönche aus, Sufis, Händler, Wahrsager und Beutejäger aller Art.

»Großer Gott, seit wann geht das schon so?«, fragte er.

Johannes hatte sich erhoben und stand links vom Kaiser, Helena rechts von ihm.

»Seit gestern. Vor drei Tagen erhielten wir die Nachricht, dass sich ein großes Heer aus Rumelien unseren Mauern näherte. Wir schickten Sphrantzes als Gesandten. Er kehrte, ohne Audienz beim Sultan oder beim Großwesir erhalten zu haben, zurück. Ein Kanzlist übergab ihm lediglich ein Schreiben des Großtürken, der uns auffordert, die Stadt zu übergeben. Kämen wir dem nach, dürften wir auf seine Gnade rechnen.«

»Und wenn nicht, wird die Stadt drei Tage lang geplündert und gebrandschatzt, wie es Belagererrecht ist«, sagte Manuel. Johannes nickte.

»Das wäre der Untergang von Konstantinopel!«, sagte Manuel.

Seine Stimme hatte schon lange nicht mehr so kräftig geklungen wie in diesem Moment. Es war jetzt nicht die Zeit, über Fehler zu philosophieren oder die Schuldfrage zu klären. Der Kaiser würde jeden Mann brauchen, da durfte niemand gedemütigt werden.

»Unsere Wehrmauer ist stark genug, unser Schwertarm auch! Wir verteidigen das Neue Rom von dieser äußeren Mauer aus. Vertrauen wir dem Bollwerk und uns selbst, Rhomäer! Werden wir zum Bollwerk, an dem die Horden der Ungläubigen zerbrechen!«, rief er laut in die Runde. Jeder Zoll ein Kaiser, dachte seine Gemahlin, die Kaiserin Helena, voller Bewunderung. In den Augen der Generäle, aber auch der Soldaten, die in der Nähe standen, flackerte Zuversicht auf. Die kaiserliche Haltung des alten Mannes, die scheinbar im Gegensatz zur Mönchskleidung stand, erhöhte die Wirkung seiner Worte. Plötzlich bekam seine Gestalt eine zeitlose Aura, verklärte er sich zum *caesar aeternus*, zum ewigen, die Zeiten überdauernden Herrscher. Trotz seines Alters gingen von ihm Tatkraft und Hoffnung aus. Von ihm, nicht von seinem Sohn.

»Was sagt Loukas Notaras? Er kennt Murad.« Johannes wich dem Blick seines Vaters aus. Zornesröte stieg in das Gesicht des alten Kaisers.

»Du hast es nicht einmal für nötig befunden, seinen Rat einzuholen? In dieser Situation können wir es uns nicht leisten, auch nur auf eines der wenigen Talente, die in unseren Mauern leben, zu verzichten.« Manuel schüttelte den Kopf, dann blickte er wieder zu den Türken. Er konnte die beschwingte Stimmung im Lager der Feinde bis zu seiner Zinne hinauf spüren. Und der Horizont spie immer noch mit Leichtigkeit Truppen aus, als wäre er es, der den Nachschub erschuf. Wieder und immer wieder. Nichts als Gewalt hat Muhammad in die Welt gebracht, dachte der Kaiser. Wie viel besser war doch Jesus Christus, der Frieden und Nächstenliebe gepredigt hatte und nicht Mord und Unterdrückung. Allerdings hielten sich diejenigen, die sich nach ihm benannten, häufig nicht daran, sondern folgten in ihrem Tun eher Muhammad als Jesus. Plötzlich glaubte er, jedem einzelnen Türken ins Antlitz schauen zu können. Er fühlte ihre Gesichter. Sie waren nicht brutal, sie waren nur rücksichtslos, wie junge Tiere, die wussten, dass ihre Zeit nun anbrach. Ihm gegenüber standen die neuen Herren der alten Welt. Und nichts würde sie aufhalten können. Ihm schauderte, dennoch würde er sich aufraffen und noch einmal der Kaiser werden, den die Stadt brauchte. Wichtiger als alles, selbst als sein Seelenheil, war es, das Reich der Rhomäer, die Stadt zu retten. Ein letztes Mal wollte er es noch versuchen. Darin bestand seine Aufgabe vor Gott. So lange schon. Er versuchte weiterzudenken, festzulegen, was jetzt zu tun war, doch es gelang ihm nicht, er kam nicht vorwärts, so als seien seine Gedanken festgefahren, im Sumpf stecken geblieben. Er strengte sich an, etwas zu sagen, aber es fielen nur dumpfe Laute aus seinem hängenden Mund. Das Letzte, was er sah, bevor er in ein Meer von Licht stürzte, waren die schreckgeweiteten Augen seiner Frau. Dann aber vernahm er die Engel, die Cherubim und die Seraphim, die hoch oben in der Kuppel der Hagia Sophia Christus sangen. »Heilig, heilig, heilig ist der Herr Zebaoth«, verkündete der Schlag ihrer sechs Flügel. Und Christus sah ihn an aus der Kuppel der Hagia Sophia und sagte: »Mein Reich ist nicht von dieser Welt.« Die Engel legten seinen erstarrten Leib auf eine Wiese, auf der eine Bank stand, auf der wiederum eine Frau saß, die Ähnlichkeit mit seiner Gemahlin hatte. Sie sprach lateinisch zu ihm: »Fahret fort, die Gerechtigkeit zu üben, und duldet keinen Zwiespalt im Herzen, damit ihr eingehen werdet zu den heiligen Engeln! Glückselig seid ihr alle, wenn ihr die kommende große Trübsal aushaltet und wenn ihr euer Leben nicht verleugnet.«

Man brachte den Kaiser in den Palast und rief die besten Ärzte, auch Martina Laskarina, denn Manuel II. Palaiologos hatte der Schlagfluss ereilt. Doch sein Herz schlug wieder, auch wenn sein Körper gelähmt war und die Lippe wie ein Lappen an der linken Seite nach unten hing. Solange dieses Herz schlug, wusste Martina Laskarina, würde Byzanz nicht untergehen. Diese Erkenntnis bürdete der zierlichen Ärztin einen übermächtigen Druck auf. Plötzlich befand auch sie sich im Krieg.

Nachdem sie den Kranken versorgt hatte und nichts mehr zu tun blieb, begab sie sich zum Palast der Notaras. Sie bat darum, die beiden Männer sprechen zu dürfen, was ihr umgehend gewährt wurde, denn sie standen so tief in der Schuld der Ärztin, dass sie ihr nichts abschlagen würden. Man führte sie in den Garten. Unter einem Palmenwedel, der Schatten spendete, standen ein paar Stühle und ein achteckiger Tisch, der mit Silberplättchen belegt war. Der Brunnen, in dessen Mitte ein dicker Fisch aus Gold unablässig Wasser aus dem weit aufgerissenen Maul spie, kühlte die Temperatur und erfrischte die Luft und dadurch die Menschen. Vater und Sohn begrüßen die Ärztin. Sie hielt sich nicht bei der Vorrede auf, sondern beschrieb den beiden Männern den Zustand des alten Kaisers.

Nikephoros machte die Nachricht traurig. Fast sein ganzes Leben hatte er mit Manuel verbracht. Gemeinsam hatten sie den Westen bereist. Auf der Suche nach Unterstützung für ihr bedrängtes christliches Reich hatte ihr Weg sie als Bittsteller sogar bis nach London geführt. Alle Könige und Fürsten priesen Manuel Palaiologos als klug und verehrungswürdig, als einen Mann von Welt, doch Hilfe versprach keiner. Freundliche Worte und ein paar persönliche Geschenke wie Almosen bildeten die ganze Ausbeute, die seine zweijährige Reise eingebracht hatte. Beide, der Kaiser und sein Dolmetscher, waren ernüchtert und schockiert von ihrer Reise zurückgekehrt. Außer großen Worten, Desinteresse und Verrat hatten sie vom Westen nichts zu erwarten.

Und nun lag der Kaiser da, gelähmt wie sein Reich. Als Angehörige des Hochadels kannte Martina Laskarina die Verhältnisse am Hof, auch wenn sie sich nicht sonderlich für die Ränke und Intrigen im Blachernenviertel interessierte.

»Bleibt nicht abseits, sondern helft, das Reich zu retten. Das wäre Manuels Wille. Jeder sieht doch, Johannes ist zu schwach und sein begabter Bruder Konstantin noch zu jung«, drang sie in die beiden Männer.

»Jeder Grieche und Rhomäer, aber auch die Lateiner in unseren Mauern werden ihren Beitrag leisten müssen. Und wir wollen es tun«, antwortete Loukas, während sein Vater in Gedanken an

Manuel, den er einen Freund genannt hätte, wäre er nicht der Kaiser gewesen, versunken war.

»Wie geht es mit ihm weiter? Wird er den Schlag überwinden?«, fragte Nikephoros leise.

Die Ärztin hob vage die Hände. »Wir können nur beten«, sagte sie. Noch in keinem Krankheitsfall hatte sie diese Wendung gebraucht, aber diesmal lagen die Dinge anders. Diesmal hatte es nicht nur den Menschen getroffen, sondern mit und durch ihn den ganzen Reichskörper.

Und eine Frau betete unausgesetzt, seitdem die Türken die Stadt belagerten. Das entsprach eigentlich nicht ihrer Art. Doch zu gewaltig war der Hass, der in Sophia von Montferrat, der vernachlässigten Gemahlin des Kaisers Johannes VIII., wütete. Konstantinopel stellte für sie nicht mehr als ein großes Gefängnis dar, in dem sie langsam bei lebendigem Leib verfaulte. Jeder, der dieses Gefängnis sprengen würde, kam ihr recht, selbst die Türken. Auch wenn sie unter den Trümmern des einstürzenden Gebäudes begraben werden würde, würde sie den Zusammenbruch bejubeln! So groß war der Hass, dass er jede menschliche Regung in ihr mit Frost überzog. Sophia hatte nicht einmal mehr Mitleid für sich selbst übrig.

51

Kaiserpalast, Konstantinopel

Am Abend empfing eine sehr beherrscht wirkende Helena Palaiologina Loukas in ihrem Handarbeitszimmer. Sie hatte nach ihm geschickt. Ein leichter Luftzug wehte den lieblichen Geruch von Lavendel und Thymian herein. Die alte Kaiserin begrüßte den Kapitän kurz, wies ihm einen Platz auf dem Stuhl ihr gegenüber zu und machte ihm Vorwürfe, dass er es nicht für nötig befunden hatte, sie von der Geburt ihrer Urenkelin zu unterrichten. Loukas verteidigte sich und erinnerte die Kaiserin daran, dass Eirene als verstoßen und nicht mehr zur kaiserlichen Familie gehörend gelte.

»Unfug!«, fuhr ihm Helena energisch ins Wort. »Sie bleibt eine Palaiologina, so wie meine Urenkelin eine Palaiologina ist. Wie heißt sie eigentlich?«

»Anna.«

»Dann werde ich ihr morgen einen Besuch abstatten.« Loukas wollte sich erheben, doch die Kaiserin machte ihm ein Zeichen, sitzen zu bleiben. »Reden wir über die Familie, wenn wir die Familie verteidigt haben.« Während der Kapitän der Kaiserin zuhörte, bewunderte er seinen Vater. Es war so gekommen, wie Nikephoros es vorausgesehen hatte. Manuel oder Helena würden ihn in die Politik und an die Seite ihres Sohnes zurückholen.

Eine Stunde später saß er bereits zwischen den Oberbefehlshabern der Truppen und der Flotte im Geheimen Rat, den Kaiser Johannes VIII. im Geheimen Besprechungssaal abhielt. Da die Flotte nicht benötigt wurde, beschloss man, die Matrosen bis auf kleine Schiffswachen als Unterstützung gegen den türkischen Ansturm auf den Zinnen einzusetzen.

Johannes warf dem Kapitän einen müden Blick zu. »Gibt es die Möglichkeit einer diplomatischen Lösung? Du kennst doch Murad.«

Loukas hatte diese Frage erwartet und sich zugleich vor ihr gefürchtet, zumindest vor ihrem zweiten Teil. Nach seiner Meinung hatte die Unterstützung, die Konstantinopel dem falschen Mustafa gewährt hatte, Murad lediglich verärgert. Die Eroberung von Gallipoli jedoch hatte die Tür für eine Verständigung krachend zugeschlagen. Politisch eine Meisterleistung!, dachte er. Er sagte es nicht, aber die Kritik stand im Raum. Die Männer starrten betreten zu Boden, und auch der Kaiser brachte alle Selbstbeherrschung auf, um nicht vor Scham den Blick zu senken, denn Gallipoli hatten sie nur wenige Monate besessen. Murad hatte sich die Stadt fast mühelos zurückgeholt. Für die kurze Zeit des Hochgefühls und des Triumphs hatten sie einen sehr hohen Preis bezahlt!

Die Anklage des Kapitäns wirkte umso stärker, als er in seiner Rede jeden Vorwurf vermied. Nun kam für ihn das Schwerste: Es existierte eine diplomatische Möglichkeit, von der jedoch nur er selbst etwas wusste. Sie in Erwägung zu ziehen bedeutete für Loukas, den Sultan, der ihm das Leben geschenkt hatte und dem er sich verpflichtet fühlte, zu hintergehen. Und damit nicht genug. Wollte er verhindern, dass ein Makel an ihm kleben blieb, musste er den Sultan sogar doppelt betrügen. Was ihn geradezu anwiderte, hatte er ins Werk zu setzen: ein doppeltes Spiel. Nicht für Helena, nicht für Manuel, nicht für Johannes noch für Konstantinopel, einzig und allein für seine Familie, für seine Tochter würde er es tun. Er bat den Kaiser um ein Gespräch unter vier Augen. Johannes schickte die Ratsmitglieder hinaus. Freundliche Blicke erntete Loukas dafür von den mächtigsten Männern des Reiches nicht, aber die Gefahr war zu groß, dass einer von ihnen ihn aus Gier oder aus Neid verriet.

»Georgios Sphrantzes bitte auch«, sagte Loukas.

Ihre Blicke kreuzten sich, kalt und hasserfüllt. Der Kaiser machte eine Handbewegung. Der Geheimsekretär verließ sein Stehpult und verfügte sich auf den Flur.

Sobald sie allein waren, berichtete der Kapitän dem Kaiser von dem Boten, den Ilyah Pascha ihm geschickt hatte und der auf Antwort wartete. Im Blick des Kaisers lag Bewunderung. »Wir haben dich unterschätzt!«, entfuhr es Johannes.

»Nur in diesem Punkt erlaubt mir, Euch zu widersprechen. Das habt Ihr nicht, denn Ihr selbst wart es, der mich damals mit der ehrenvollen Aufgabe betraut hat, Verbindung zu Murad und Mustafa, den Söhnen Mehmeds, aufzunehmen. In weiser Voraussicht habt Ihr, Erhabener Kaiser, mir, Eurem unwürdigen Diener, diese Mission übertragen.«

Loukas wusste, wie gefährlich ein Lob des Kaisers für ihn werden konnte, wenn es mit der Selbstkritik des Herrschers einherging. Deshalb warf er sich vorsorglich in den sprichwörtlichen Staub. Johannes lächelte, und Loukas spürte, dass dem Sohn Manuels das erste Mal der Gedanke kam, mit ihm zusammenarbeiten zu wollen.

»Was schlägst du also vor?«

»Lasst mich die notwendigen Schritte einleiten. Weil die Angelegenheit zu gefährlich ist, bitte ich darum, Euch unmittelbar Bericht erstatten zu dürfen. Im Interesse des Reiches sollte keine dritte Person davon erfahren.«

Der Kaiser nickte und entließ ihn.

Damit war die Mission beschlossene Sache, eine Mission, die Loukas alles andere als lieb war. Gegen Mitternacht beriet er sich mit seinem Vater. Sie mochten darüber so viel nachdenken, wie sie wollten – es gab einfach keine andere Lösung. Loukas musste sich selbst nach Bursa begeben, um mit Mustafa und Ilyah Pascha die Bedingungen auszuhandeln. Das konnte man keinem Boten überlassen. Also hieß es wieder, Abschied zu nehmen. Wie er das hasste!

Eines seiner fünf Schiffe würde ihn nach Chalkedon übersetzen. Die Stunden bis zum Morgengrauen verbrachte er bei seiner Tochter. Er sah ihr beim Schlafen zu. Als sie weinend und schreiend erwachte, weil sie etwas quälte, nahm er sie aus ihrer Wiege und legte ihren kleinen Körper an seine Brust, das Köpfchen mit der rechten Hand haltend. Er sang mit seinem Bariton Lieder von der See und von Gott und von den Taten des Odysseus, möglichst tief, möglichst brummend, denn er hatte die Erfahrung gemacht, dass der tiefe, vibrierende Ton das kleine Mädchen am schnellsten beruhigte.

So brach allmählich der Morgen an. Es war windstill. Glatt wie ein Spiegel lag das Meer da. Wie ein gewaltiger Feuerball ging die Sonne im Osten über dem Bosporus auf und färbte das Wasser in den Widerschein des Blutes.

Behutsam legte Loukas seine schlafende Tochter in die Arme der Amme. Den Duft seines Kindes wollte er nicht aus der Nase verlieren, dieses reine und süße Aroma, wie eine Frühlingswiese mit Anemonen und Melisse. Dann schlich er ans Bett seiner Frau. Sie hatte nicht tief geschlafen und schlug die Augen auf, weil sie seine Schritte vernommen hatte. Er setzte sich zu ihr aufs Bett. Sie wirkte noch immer sehr schwach, aber Martina Laskarina war zuversichtlich. Die Wunde hatte sich nicht entzündet. Der Kapitän küsste nachdenklich ihre Finger.

»Dich bedrückt doch etwas! Nur heraus damit«, ermunterte sie ihn.

Wie viel durfte er ihr zumuten?

»Sag schon, ich erfahre es ohnehin, dann möchte ich es lieber von dir hören.« Eirene hatte aufgehört zu lächeln und sah ihn fest an.

»Murad belagert die Stadt.«

»Ich weiß.«

»Woher?«, entfuhr es ihm überrascht.

Sie machte nur eine vage Handbewegung. »Die Dienstboten. Ist das so wichtig?«

»Nein, natürlich nicht. Ich muss nach Bursa reisen. Mustafa will sich mit uns verbünden.«

»Denkst du manchmal auch an uns?«

»Ich reise dorthin, weil ich an euch denke. Eudokimos hält im Hafen die ›Nike‹ seetüchtig. Sollten die Türken die Stadt stürmen, läuft die Galeere mit euch an Bord aus. Mein Vater und Eudokimos sind auf den schlimmsten Fall vorbereitet.«

Sie schüttelte den Kopf. »So meine ich es nicht. Ich zweifele nicht daran, dass du für uns Vorkehrungen triffst.« Er warf ihr einen fragenden Blick zu.

»Was ist, wenn dir etwas passiert? Was wird dann mit uns, mit unserem Leben?«

Vorsichtig, um ihr nicht wehzutun, umarmte er sie und flüsterte ihr ins Ohr: »Mir passiert nichts. Eure Liebe schützt mich, aber es ist nun einmal die beste Chance, die wir haben.«

»Wenn das die beste ist, möchte ich die anderen gar nicht erst kennen!«

»Sorge dich nicht«, rief er ihr von der Tür aus noch zu. Und hoffte inständig, dass es bei Weitem gewisser klang, als ihm zumute war. Dann war er bereits auf dem Weg zum Schiff.

52

Vor Konstantinopel

Mond und Sterne strahlten um die Wette bei dem Versuch, die Nacht taghell zu tünchen, als ob sie es geradezu darauf abgesehen hätten, die Männer zu verraten, die durch die feindlichen Linien schlichen. Deshalb trugen die Ritter dunkle Mäntel. Ihre Helme hatten sie mit Tüchern bedeckt, um das verräterische Blinken des Metalls im Mondlicht zu verhindern.

Bei allen widrigen Umständen und aller Tarnung lag ihr Schicksal letztlich in Gottes Hand, der nach seinem unbegreiflichen Ratschluss über Gelingen oder Scheitern bestimmte. Zweihundert Ritter samt Knappen und zwanzig Bogenschützen aus Ungarn, Polen, Rumänien und den deutschen Landen tasteten sich mit Johann Hunyadi und Alexios Angelos an der Spitze entlang der Küste des Goldenen Horns zum belagerten Konstantinopel. Wenn man wie diese Männer die Gefahr an Leib und Seele oft genug erlebt hatte, dann stellte sich eine Art Routine im Umgang mit dem Risiko ein, die darin bestand, nach bestem Wissen zu handeln und ansonsten seine Seele Gott zu empfehlen. Diesmal jedoch ritt die Männer die schiere Unvernunft, denn dorthin zu gehen, wo niemand sein wollte, in eine belagerte Stadt, konnte man nur tollkühn nennen. Sie mussten verrückt sein, und genau das waren sie auch – aus dem einfachen Grund, weil sie als Ritter handelten, so wie man sie kaum noch im Abendland fand.

Geld und Luxus zerfraßen mittlerweile wie der Krebs Ehre und Anstand. Ehre aber und Anstand begründeten das Rittertum, wenn sie verlacht und ignoriert wurden, verlor die Gesellschaft das, was sie trug. Viele eitle Gecken nannten sich inzwischen Ritter und blieben trotz aller Prahlerei nur reiche Schnösel.

Aber dennoch gab es sie noch, die wirklichen, die echten, die wahren Ritter, diejenigen, die für Gott, die Ehre und ihre Dame kämpften. Unter seinem Harnisch trug Alexios vor seinem Herzen ein Tuch von Barbara, das sie absichtlich im Forsthaus zurückgelassen hatte. Immer noch hing in der Seide ihr Duft nach Veilchen, Thymian und Milch. Wenn ihn die Sehnsucht überkam, und sie beherrschte jede ruhige Minute, roch er heimlich an dem Tuch, schloss die Augen und fühlte sich wieder in ihren Armen, zwischen ihren Schenkeln. Nichts erschien ihm wirklicher auf der Welt als ihr Geschmack. Die Knospen seiner Zunge würden ihn niemals vergessen. Niemals zuvor im Leben hatte er erlebt, dass jede Meile zwischen ihm und einer Frau physische Qualen schuf, als prügelten Eisenstangen seinen Körper durch. Spürte er aber seine lahmen Knochen und sein erschöpftes Fleisch im Hautsack, grinste er plötzlich so erbarmungswürdig-glücklich, weil die Empfindung den Schmerzen glich, die ihm wie ein Gruß von ihr blieben, wenn sie ihn nach durchkämpfter Liebesnacht im Morgengrauen verließ, in den Tag entschwand, der sie trennte.

Die Erkenntnis erschreckte Alexios, aber er nahm sie an, denn sie spendete Trost, wie er sein Schicksal akzeptierte, weil er inzwischen nur noch glaubte, tatsächlich zu leben, wenn er ihren Körper spürte oder auf Leben und Tod kämpfte. Daneben existierte für ihn keine Wirklichkeit mehr. Davon, dass im Altertum häufig die Göttin der Liebe auch als die Göttin des Krieges galt, wusste er nichts. Aber er stellte sich vor, dass der Krieg wie die Liebe sich als ein Kampf auf Leben und Tod gestalteten. Und er genoss diese Vision. Am Ende würde immer einer auf der Kampfbahn liegen bleiben, und er wollte dafür sorgen, dass es für lange Zeit nicht er selbst sein sollte. Solange die Kraft und das Glück dafür ausreichten, würde er das Schicksal abwenden. Bis zu dem Tag, an dem Gevatter Tod vor ihm stünde, ihm den Arm um die Schulter legen und sagen würde: »Alexios, die letzte Schlacht ist geschlagen. Die Toten rufen dich.«

In seinem Herzen dankte er Gott dafür, dass er ihm die letzten

Ritter zugeführt hatte. Er liebte diese Kämpfer, die er kaum und auf andere Art doch so gut kannte, gleich, aus welchem Landstrich sie stammten. Scheu blickte er von einem zum anderen, denn sie waren nicht die Männer, denen man straflos ins Gesicht starrte wie einer Jahrmarktsattraktion. Klare Gesichter, manchmal etwas einfältig, doch entschlossen, nicht immer die hellsten, aber stets die verlässlichsten, die letzten, die das Geschäftemachen und Schachern verachteten und mit ihrem Leben für ihren Glauben und für ihre Tugend einstanden, Dummköpfe, reine Toren in Christo, Drachenritter eben. Verlacht von den Mächtigen der Kirche und gleichzeitig von ihnen gefürchtet.

Mit dem einen oder anderen hatte sich Alexios unterwegs unterhalten. Zuweilen half Johann Hunyadi und übersetzte, weil nicht alle Ritter Latein sprachen. Aber darauf kam es nicht an.

Für den gleichaltrigen Otto von Weißenfels, der als jüngster Sohn eines thüringischen Freiherrn vom Erbe ausgeschlossen und deshalb in ein Kloster gesteckt worden war, empfand er eine tiefe Sympathie, weil er in ihm jene Unbedingtheit entdeckte, die auch ihn antrieb. Am Mönchsleben hatte der deutsche Haudegen natürlich kein Gefallen gefunden. Er war ausgebüxt, hatte sich als Knappe eines böhmischen Ritters verdingt und war schließlich von Sigismund zum Ritter geschlagen worden. Auf einem Turnier hatte er Johann Hunyadi kennengelernt, dem er von nun an folgte. Der Feldherr sorgte dafür, dass Otto von Weißenfels in den Drachenorden aufgenommen wurde.

Daran hatte er recht getan, denn der Thüringer machte durch seine Tugend dem Orden alle Ehre. Manchmal holte der kräftige Ritter, der selbst Alexios um einen Kopf überragte, abends am Lagerfeuer seine Fiedel heraus. Das Instrument nahm sich in seinen großen Händen wie ein Kinderspielzeug aus. Es kam einem Wunder gleich, dass seine mächtigen Pranken die zierlichen Saiten präzise trafen. Dazu sang er im heiseren Bariton mal lustige, mal schwermütige Lieder, deren Texte in der für griechische Ohren fast gebellten Sprache Alexios nicht verstand. Eine Weise, die Otto oft anstimmte, ließ sich der Fürst übersetzen, weil das Lied ihm gefiel.

Er lernte den Text in der fremden Sprache in der Hoffnung auswendig, eines Tages damit Barbara überraschen zu können:

»Ich freu mich noch der lieben Stund,
da sie zum Diener mich erkor,
des heiaho!
Und hoff, ihr rosenroter Mund
zieh aus den Sorgen mich empor,
dem sei also!
Herz, Geist und Sinn, die lieben sie mit Fleiße,
wie fern ich bin; juchei, die Wunderweiße!
O liebste Puppe, meiner Freuden Wipfel,
du liebst mich bis zum allerletzten Zipfel!«

All diese Ritter, die in der Runde saßen, hofften, eines Tages eine Baronie, vielleicht sogar eine Grafschaft oder zumindest genügend Ruhm zu erobern. In ihrer Vorstellung verschmolzen die Jungfrau Maria und Fortuna zu einer Göttin, für die sie eine feste Bezeichnung verwandten. Sie nannten sie schlicht ihre hohe Dame.

Etwa eine dreiviertel Meile von Konstantinopel entfernt erhob sich vor ihnen das Kloster der Heiligen Kosma und Damian düster und streng wie der Hüter der Pforte zum Allerheiligsten in der Dunkelheit. Nur die vier Bronzekuppeln, die mit dem Licht des Mondes kühl Unzucht trieben, leuchteten in die Welt. Bei diesem Anblick durchströmte Alexios auf einmal der Stolz, zu den letzten Rittern zu gehören. Vielleicht fand mit dieser kleinen Schar die Welt zu ihren Ursprüngen zurück, zu dem, was gut und richtig war. Vielleicht aber würde eine neue Zeit sie auch gnadenlos aussortieren, ganz gleich, mit ihnen untergehen oder siegen. Dieser Gedanke erfüllte Alexios. Er hatte die Frau gefunden, mit der er zwar nicht leben konnte, die ihn aber glücklich machte, und er hatte die Männer getroffen, in deren Gesellschaft er sein wollte. Das erste Mal in seinem Leben fühlte er sich nicht mehr einsam. Mochte kommen, was wollte, er hatte seinen Platz gefunden!

Ihre Pferde führten sie an der Trense, die Hufe hatten sie zuvor mit Säcken umwickelt, um keine Geräusche zu verursachen. Auf

Pfaden, die ihre Späher zuvor ausgekundschaftet hatten, näherten sie sich schweigend und beinahe lautlos wie Gespenster dem türkischen Belagerungsring. Den einen oder anderen Wachtposten hatten sie inzwischen, um den Weg freizumachen, in die Hölle geschickt. Allerdings erleichterte ihnen die Sorglosigkeit der Türken, die mit Feinden in ihrem Rücken nicht rechneten, das blutige Geschäft. Die ganze Aufmerksamkeit der Posten galt der Stadt, um Flüchtende und Spione zu fassen oder einen Ausfallversuch der Belagerten rechtzeitig zu melden. Dabei ärgerten sie sich darüber, dass ausgerechnet sie das Los getroffen hatte, Wache zu schieben, anstatt im Feldlager mitfeiern zu können. Die Fröhlichkeit, die Gesänge und die Musik, die Tänze und das Gelächter, das aus dem türkischen Biwak drang, hallte weithin über die Ebene, brandete gegen die Wehrmauern und wurde zurückgeworfen ins Lager der Osmanen. Gegen den lauten Frohsinn der Türken wirkte die alte Stadt mit ihren stummen Mauern erhaben und melancholisch zugleich.

Sultan Murad II. hatte seine Streitmacht weiter südlich konzentriert, zwischen dem Blachernae-Tor und dem Rhesios-Tor, und sich darauf beschränkt, den Küstenstreifen am Goldenen Horn durch spärlich aufgestellte Wachen und gelegentliche Patrouillen zu sichern. Sein Plan sah vor, an drei Punkten in die Stadt einzufallen. Eine Angriffsspitze sollte Blachernae nehmen und anschließend die Paläste stürmen, eine andere durch das Charisius-Tor und weiter auf der Hauptstraße bis zur Hagia Sophia vordringen und die dritte schließlich im Süden das Rhesios-Tor erobern, um über die südliche Magistrale die Hagia Sophia zu erreichen. Alle drei Heeresgruppen würden sich dann nach der Vorstellung des Sultans vor der wichtigsten Kirche von Konstantinopel vereinen. Vielleicht bestand in der Eroberung der Hagia Sophia Murads eigentliches, sein innerstes, geradezu intimes Ziel, vielleicht sah er darin, dass er diese Kirche, die aller Welt als Symbol des orthodoxen Christentums galt, seinem Gott weihte, den reinen Ausdruck der Dankbarkeit Allahs gegenüber, der ihm durch alle Fährnisse die Treue hielt.

Die Ritter hatten ihr Ziel fast erreicht, da näherte sich ihnen zwischen dem Kloster und Konstantinopel ein türkischer Reitertrupp, den die zwanzig Bogenschützen jedoch rasch niederstreckten. Einen kurzen Moment lang zerrissen das Surren der Pfeile in der Luft und das dumpfe Geräusch fallender Körper die Stille. Dieser Lärm ging allerdings im Tumult osmanischer Fröhlichkeit unter. Die Schützen erlegten zielsicher Reiter und Tier, um kein Risiko einzugehen. Die ersten Toten in der Schlacht waren Murads Männer, stellte der Fürst befriedigt fest. Mochte Gott geben, dass es so bliebe!

Der Anblick des Wehrgrabens und der dreifachen Stadtmauer beruhigte Alexios. Würdevoll wirkten sie, unüberwindlich. Sie würden, sie mussten standhalten. Rechter Hand erhob sich die Seemauer, die, vom Goldenen Horn geschützt, nur aus einem zinnenbewehrten Wall bestand. Auf dem schmalen Streifen zwischen Ufer und Mauer vor diesem Wall drängten sich ein paar Vorstädte. Wenige Schritte trennten sie noch vom Kolliomene-Tor. Fackeln wurden durch die Zinnen geworfen, um das Vorfeld zu beleuchten. Eine Sturmglocke läutete. Aus dem Wirrwarr der Rufe und des Geschreis stieß immer wieder das Wort »Alarm« hervor. Soldaten, wehrhafte Männer aus allen Schichten, darunter auch Genuesen, Venezianer und Anconitaner, die sich freiwillig zum Wachdienst gemeldet hatten, bevölkerten die Mauer. Sie hatten sie entdeckt.

Alexios musste damit rechnen, dass gleich ein Pfeilregen auf sie niederprasseln würde, deshalb brüllte er, so laut er konnte, auf Griechisch: »Fürst Alexios Angelos bittet mit zweihundert christlichen Rittern um Einlass!« Die Unruhe vergrößerte sich. Noch einmal brüllte er den Satz, so laut er konnte.

»Seid Ihr das wirklich?«, sprang eine offensichtlich überbeanspruchte, schwache Stimme in den Diskant.

»Schießt nicht, ich komme allein zum Tor!« Alexios ging langsam zur kleinen Pforte neben dem großen Portal. Er hörte das schabende Geräusch eines Eisenriegels. Balken, die schräg in den Boden gerammt gegen die Tür drückten, wurden weggeräumt. Im Rahmen erschien Georgios Sphrantzes, leicht gebückt. Der von Natur aus schlanke Mann wirkte abgemagert, die Wangen eingefallen. Offensichtlich litt er. Alexios lächelte unwillkürlich über die eingequetschte Haltung des Intellektuellen. »Da habe ich ja Glück, dass du heute die Wache hältst, sonst hätten uns womöglich noch die eigenen Leute getötet.«

»Bringt Ihr wirklich zweihundert Ritter mit, Herr? Wir können wirklich jeden Mann gebrauchen.« Alexios nickte nur.

Sphrantzes wandte sich um und rief: »Macht das Tor auf!«

Man hatte ihm einen Abschnitt auf der weniger gefährdeten Seeseite anvertraut. Auf dem schmalen Küstenstreifen hätte Murad niemals sein Heer entfalten können, das überdies die christliche Flotte im Rücken gehabt hätte. Türkische Schiffe hinderte die schwere Eisenkette, die zwischen Konstantinopel und Galata gespannt war, ins Goldene Horn einzulaufen.

Der Geheimsekretär schickte einen Boten zum Kaiser, während krachend die eisenbewehrten Holzflügel aufgezogen wurden und Hunyadi mit seinen Männern die Stadt betrat. Sofort umringten sie die Verteidiger und jubelten. Mochten es auch nur zweihundert Ritter und zwanzig Bogenschützen sein, die Belagerten zogen Zuversicht aus der Tatsache, dass sie nun nicht mehr allein standen. Einen solchen Empfang hatten die Ritter noch nicht erlebt, nie zuvor dieses Strahlen in den Augen der Menschen gesehen. Sie wurden bestaunt wie Fabelwesen.

Doch schon preschten zehn Reiter auf den kleinen Platz vor dem Tor, der von kleinen Hütten umstellt war. Sofort erkannte der Fürst die große Gestalt des Kaisers auf dem ersten Pferd, gefolgt von seiner Eskorte. Sie sprangen nahezu gleichzeitig von ihren Rössern. Alexios kniete nieder und raunte den Rittern zu: »Der Kaiser«, sodass es ihm alle gleichtaten. Aber nicht nur sie, sondern auch die Wachposten, ob Italiener oder Byzantiner, verbeugten sich vor Johannes VIII.

»Bist du also wieder zurück«, sagte der Kaiser so ratlos wie distanziert.

»Ich bringe zweihundert Ritter und zwanzig Bogenschützen unter Führung des Reichsverwesers Johann Hunyadi mit.«

»Majestät!«, sagte Hunyadi und verbeugte sich.

»Erhebt euch!«, rief der Kaiser in die Runde. Er wartete jedoch nicht ab, bis alle seiner Aufforderung nachgekommen waren, sondern sprach gleich weiter. Seine Miene wirkte zwar undurchdringlich in ihrer zur Schau getragenen Emotionslosigkeit, doch Alexios spürte, welchen Zorn der Kaiser im Herzen gegen ihn hegte.

»Melde dich beim Befehlshaber für das Landheer, der die Organisation der Verteidigung übernommen hat. Er wird dich einweisen. Über die Männer, die du mitgebracht hast, freue ich mich, nicht aber über die Lage, in die uns deine Politik manövriert hat.« *Deine Politik* hatte er dabei verächtlich ausgesprochen. Dann wandte er sich an Hunyadi. »Euer Liebden, es freut mich, Euch in Nea Roma begrüßen zu dürfen. Ich darf Euch zu einem Nachtmahl und einem Willkommenstrunk in den Palast einladen. Um Eure Männer kümmert sich der Fürst Angelos.«

Die Demütigung saß. Die unverhohlene Missachtung, mit der Johannes ihn vor allen Leuten behandelte, kränkte den Fürsten. Hunyadi schaute irritiert zu ihm. Alexios nickte dem Feldherrn mit unbewegter Miene zu, zum Zeichen, dass er getrost der Einladung Folge leisten könne.

Während Hunyadi mit dem Kaiser ritt, suchte Alexios den Oberbefehlshaber des Heeres, Demetrios Palaiologos Kantakuzenos, auf. Sie sollten erst mal in der Reserve bleiben, um schnell dort eingesetzt zu werden, wo sich ein Durchbruch des Feindes abzeichnete. Alexios beschloss, die Ritter in seinem kleinen Palast unterzubringen. Er sah in ihnen seine Gefährten, also galten sie ihm auch als seine Gäste.

Mithilfe seiner Diener wurde den Männern in den Sälen des Palastes ein Lager aus reichlich Stroh bereitet. Unterstützt von den Domestiken, halfen sich die Kämpfer gegenseitig dabei, die Harnische und Panzerhemden auszuziehen. Ihre Knappen, zu deren Aufgaben die Hilfe beim Anlegen und Ablegen der Kleidung gehörte, kümmerten sich um die Pferde.

Alexios ging von einem Ritter zum anderen. Otto von Weißenfels fragte er schließlich, ob ihm nicht die Möglichkeit, fern der Heimat in fremder Erde verscharrt zu werden, Unbehagen bereite.

Otto grinste schief. »Zum Sterben ist ein Ort so gut wie der andere, nur eben nicht zum Leben. Wenn Ihr mich gefragt hättet, ob mir der Gedanke, in der Fremde zu leben, unbehaglich wäre, hätte ich gesagt, ja, ich hasse ihn geradezu! Wisst Ihr, wie schön Thüringen ist, mit seinen tiefen Wäldern und sanften Bergen? Und Mädchen gibt es bei uns, dafür würdet Ihr einmal um die Welt reiten, um ihnen die Ehe antragen zu dürfen! Um freien zu können und eine Familie zu gründen, müsste ich schon ein Gut erkämpfen. Und bei Gott, das werde ich!«

»Ja, das wirst du!«, sagte der Fürst. Ein Staunen, mit dem sich die Männer gegenseitig ansteckten, lief durch den Raum und erreichte schließlich auch den Fürsten. Drei Frauen – eine ältere und zwei deutlich jüngere – traten herein. Es war offenkundig, dass sie von besonderen Damen Besuch erhielten. Alexios erkannte die ältere, die eine Art schwarzes Cape über ihrem dunklen Kleid trug, sofort und eilte ihr pflichtschuldig entgegen.

»Majestät!«, sagte er und verbeugte sich. »Treue Herren, kniet nieder! Die Kaiserin beehrt uns«, rief er den Rittern zu.

Ein Raunen ging durch die Reihen, doch Helena erhob abwehrend die Hände.

»Bleibt. Keine Verbeugung. Ruht euch aus, liebe Herren. Die Kaiserin ist dankbar, dass ihr zu uns geeilt seid, um uns gegen den Ansturm der Heiden zu verteidigen. Gottes Ritter und Retter der Christen, seid willkommen! Und du, mein lieber Alexios, erhebe dich. Wir haben zu reden.« Er folgte ihrer Aufforderung. In ihren Augen entdeckte er Freundlichkeit und Güte. Es tat ihm gut, so behandelt zu werden.

»Gut, dass du endlich wieder bei uns bist. Rechtzeitig in der Stunde der höchsten Gefahr. Und du kommst nicht allein. Gut gemacht. Ich habe gehört, mein Sohn hat dir einen allzu kühlen Empfang bereitet. So ist es an seiner Mutter, dich zu begrüßen, wie es deinem Rang und deinen Verdiensten gebührt.« Sie lächelte mit einer genau berechneten Wärme, die bei aller menschlichen Sympathie den Unterschied nicht aufhob, der zwischen der Kaiserin und einem Fürsten bestand, wie es nur eine lange Erfahrung so treffsicher vermochte. Ihr Verhalten milderte den demütigenden Empfang, den ihm Johannes vor seinen Leuten bereitet hatte.

»Ihr alle, gute Herren, seid Gäste der Kaiserin. Ich schicke euch Diener und Köche, außerdem einen lateinischen und einen orthodoxen Priester. Zur Entlastung eurer Knappen sollt ihr noch ein paar Pferdeknechte gestellt bekommen, die das Futter für eure Rösser herbeischaffen werden.«

Die Ritter verneigten sich zum Dank. In der Tat hatten die Knappen vollauf damit zu tun, die Pferde der Ritter und ihre eigenen zu versorgen. Der Stall des Fürsten erwies sich als zu klein für die vierhundertzwanzig Tiere, und so waren der Rasen und die Blumenrabatten zur Pferdeweide geworden.

Alexios führte die Kaiserin in sein Arbeitszimmer im ersten Stock des zweistöckigen Palastes, während ihre Zofen unten im Saal warteten und sich unsicher fühlten, umgeben von so viel geballter Männlichkeit. Aber die Ritter wussten sich angesichts des Standes der Damen zu benehmen, kein unzüchtiger Blick, keine Zote. Schließlich waren sie keine Söldner, keine Spießgesellen.

Als sich Helena und Alexios in den reich verzierten Lehnstühlen aus Ebenholz gegenübersaßen, machte die alte Kaiserin dem Fürsten Hoffnung, dass Johannes bald in sein altes Verhältnis ihm gegenüber zurückfinden würde. Wichtiger war im Augenblick, dass alle zusammenstanden, um Konstantinopel zu verteidigen. Helena sprach langsam, ruhig und mit der Gewissheit der Erfahrung. Von der Wand schaute ein sechsflügeliger Engel mit einer Lanze in der Hand. Es hieß, im Gesicht des Engels hätte der Maler Isaak Angelos, den ersten der drei Angeloi-Kaiser, porträtiert. Obwohl diese Behauptung keiner Prüfung standhielt, nahm Alexios sie gern für bare Münze. Er hatte es so einzurichten gewusst, dass die Kaiserin den Engel anschauen musste. »Mach deinen Frieden mit Loukas Notaras, er ist so tüchtig wie du. Nach dem Sieg kümmere ich mich persönlich darum, dir eine passende Frau von kaiserlichem Geblüt auszusuchen. Aus dem Verlust soll dir vielfacher Gewinn entstehen«, schloss die Kaiserin und lächelte huldvoll.

Alexios wünschte nichts weniger, als zu heiraten. Überdies empfand er zum ersten Mal in seinem Leben so etwas wie Treue zu einer Frau, zumindest kein Verlangen nach einer anderen. Dennoch gebot es ihm die Pflicht, auf die Knie zu sinken, den Rubin des goldenen Rings der Kaiserin zu küssen und sich für die unaussprechliche Gunst zu bedanken. Den Zorn darüber legte er in die Watte der Politik.

53

Auf dem Weg nach Bursa, Anatolien

Meile für Meile schoben sich unbarmherzig dichte Wälder und hohe Gebirge zwischen Loukas Notaras und seine Familie, je weiter er auf der Landstraße von Chalkedon nach Bursa vorankam. Er verfluchte jede einzelne Meile. Und natürlich sich selbst, denn er hatte sich den Auftrag aus Pflichtgefühl der Heimat gegenüber, das auch, vor allem aber aus Verantwortung für seine Familie selbst eingebrockt. Niemand außer ihm hätte diese ungeliebte Mission übernehmen können. Allmählich verstand er, um wie viel schwerer im Vergleich mit den wohlfeilen Phrasen vom Vaterland die Familie wog. Aber noch etwas anderes hatte er erfahren müssen. Diejenigen, die am lautesten vom Vaterland sprachen, folgten bei Lichte besehen nur einer Geschäftsidee. »*Dulce et decorum est pro patria mori*«, hatte Horaz auf Latein gedichtet, was in seiner Muttersprache so viel bedeutete wie: »Süß und edel ist es, für das Vaterland zu sterben.« Horaz war Römer gewesen, Rhomäer. Loukas Notaras aber war es nicht, er war Grieche. Es fiel ihm nicht ein, für das Vaterland sterben zu wollen. Und überhaupt, welche Aufgabe hatte die Heimat denn, wenn nicht für ihre Bewohner zu sorgen und sie zu schützen? Das Leben jedes Einzelnen sollte sie absichern, nicht aber fordern. Verlangte es Opfer, dann war doch irgendetwas faul mit dem Vaterland, dann tat Änderung not. Loukas schwor sich, dass er für sichere Verhältnisse kämpfen würde, sobald die Krise mit Gottes Hilfe überwunden wäre. Niemals wieder sollte die Politik verantwortungsloser Dummköpfe dazu führen, dass feindliche Truppen vor den Mauern Konstantinopels aufmarschierten, um die

Stadt zu stürmen. Gegen den Zorn, der ihm den Atem nahm und die Klarheit des Denkens trübte, rief er sich immer wieder die Bilder seiner Tochter vor Augen, und dann lächelte er, denn er ahnte, dass sie ihn auf besondere Art lieben und eines Tages wohl auch bekämpfen musste, weil sie einander so ähnlich waren. Vater und Tochter würden sich genau dort wehtun, wo sie übereinstimmten.

Nicht für den törichten Kaiser oder für die siechende Stadt schluckte er den Staub der Landstraße, sondern einzig und allein, um das Leben und die Zukunft seiner Tochter zu sichern. Und als er das begriff, verstand er auch, weshalb es besser war, keine Kinder zu haben. Kinder banden einen an die Welt, zwangen einen zu Taten, die man sonst nicht in Erwägung gezogen hätte, machten einen erpressbar und insofern auch korrupt. Durch die Kinder hatten die Mächtigen die Untertanen am Kanthaken. Aber nur aus einem Grund, weil der Mensch mit nichts stärker zu verführen war als mit der Hoffnung. Wie gefährlich war ein Mann, der keine Rücksicht auf die Familie zu nehmen brauchte? An Gefährlichkeit übertraf ihn nur derjenige, der zum Schutze seiner Familie handelte oder aus Rache, wenn er bereits alles verloren hatte.

Versunken in diese Gedanken erreichte Loukas schließlich Bursa. Er ging sofort zu Jakub Alhambra, um bei ihm Quartier zu nehmen. Den Boten schickte er zu Ilyah Pascha mit der Antwort zurück, dass er sich in der Stadt befände, um mit ihm über Geschäftliches zu reden. Mit Absicht sprach er vom Reden, nicht vom Verhandeln, und wählte die Verkleidung des Kaufmanns, auch wenn sie ihm niemand abnahm.

Auf eine Begegnung aber freute sich Loukas besonders. Nachdem sie sich begrüßt und gegenseitig ins Bild gesetzt hatten, führte Jakub ihn ins Kontor. Hinter einem von zwanzig Stehpulten verrichtete dort Demetrios, in eine weiße Tunika gehüllt, seinen Dienst. Eine Kleinigkeit verunsicherte, ja befremdete Loukas. Er brauchte eine Weile, um zu erkennen, was die Ordnung störte. Endlich nahm er das kleine Detail wahr, und es stimmte ihn traurig. Demetrios schrieb mit links.

Eigentlich hätte Loukas sich darüber freuen sollen, dass sein

Bruder einen Ausgleich gefunden hatte, doch genau das tat ihm im Herzen weh, weil es ihn an die Ursache dafür erinnerte. Im täglichen Umgang mit Nikephoros hatte er diesen »Unfall«, wie er den Ausbruch der Gewalt inzwischen nannte, vergessen, und das übliche herzliche Verhältnis hatte sich zwischen ihnen wieder eingestellt, so als ob nichts vorgefallen sei. Und nun riss die Geschicklichkeit seines Bruders, die vom Vater verursachte Behinderung auszugleichen, den Schorf von der Wunde in seiner Seele. So beschädigt das Leben auch war, es ging weiter und arrangierte sich mit den Defekten und Verletzungen. Demetrios, der gespürt zu haben schien, dass zwei Augen auf ihm ruhten, blickte kühl auf. Er erwartete nichts, wahrscheinlich nur den Boten, der auf die Ausfertigung des Schriftstückes lauerte, so wie es sich Tag für Tag wiederholte.

Sein Blick blieb in der Luft stehen. Dann erstarrten seine Gesichtszüge. Durfte er denn glauben, was er sah? Er kniff sich mit Daumen und Zeigefinger der linken Hand derb in den rechten Oberarm und schrie beherzt auf. »Aua! Grundgütiger!« Die ungestüme Freude eines kleinen Jungen enterte die ernsten Gesichtszüge des jungen Mannes. »Loukas, Loukas, bist du das? Du bist es!«, rief er und stolperte auf den Bruder zu. Dabei hätte er beinahe sein Pult umgerissen, wenn er nicht in letzter Sekunde nach links ausgewichen wäre. Die Freude des Bruders löschte die trüben Gedanken in Loukas' Kopf wie ein feuchter Schwamm die Schrift von der Tafel. Die Brüder umarmten einander, stumm, heftig und hielten sich so fest im Arm, als hinge die Welt davon ab. Die Kanzleiangestellten ließen ihre Federn sinken und beobachteten überrascht und mit großem Interesse die ungewohnte Szene, die sich vor ihren Augen abspielte.

»Ich gebe dir heute frei, Demetrios, aber du wirst die Zeit nacharbeiten müssen. Einverstanden?«, sagte Jakub streng, doch mit einem gütigen Lächeln in den Augen.

Und während Loukas auf die Einladung in den Palast des Prinzen Mustafa wartete, saß er mit Demetrios im Garten und berichtete dem Bruder von der Geburt Annas, darüber, dass er jetzt eine Nichte hätte und selbst Onkel geworden wäre. Zum Schluss sprach er von der Belagerung ihrer Heimatstadt, bevor er den Bruder bat, ihm zu erzählen, wie es ihm in der Fremde erging. Loukas genoss es, Demetrios zu lauschen, an dem ihm eine besondere Ruhe auffiel – er wirkte erwachsener, bedächtiger. Die Heiterkeit der Umgebung hatte auch sein Gemüt verzaubert. Plötzlich strahlte er über das ganze Gesicht. »Warum verlasst ihr nicht Konstantinopel und kommt hierher? Es lebt sich gut in Bursa!«, rief er, einer jähen Eingebung nachgebend. Doch dann zuckten seine Augenlider, denn ihm wurde bewusst, dass nicht nur Loukas und Eirene, Anna und Thekla in seiner Nähe leben würden, sondern auch sein Vater. Für diese Begegnung fühlte er sich noch nicht stark genug. Schließlich gab er sich einen Ruck und wiederholte seinen Vorschlag.

»Na, noch ist es nicht notwendig. Die guten alten Mauern der Stadt trotzen der Belagerung«, erwiderte Loukas. »Aber wenn es so kommen sollte, was der Himmel verhüten möge, dann nehmen wir Sack und Pack und ziehen alle in dein Zimmer ein!«

Demetrios kicherte etwas unglücklich über die ungemütliche Vorstellung.

»Und nun sprich weiter. Oder willst du deinem älteren Bruder etwas verheimlichen?«

Demetrios schüttelte den Kopf und setzte seine Erzählung fort. Sein Leben schien eine freundliche Weise angenommen zu haben, ein Gleichmaß, das auf einem inneren Frieden beruhte. Konnte das wahr sein?, fragte sich Loukas. War es Demetrios tatsächlich gelungen, seine Leidenschaft für die Malerei zu veröden, wie Ärzte eine Wunde austrockneten? Ein prüfender Blick in die klaren Augen des Jünglings bestätigte seine Vermutung, und auch die Arglosigkeit seiner Worte überzeugte ihn davon. Aus Furcht, die Narbe aufzureißen, verzichtete er darauf, nachzufragen. Man musste die Welt nicht komplizierter machen, als sie ohnehin schon war, und die Vorstellung, dass sein Bruder mit sich im Reinen war, gefiel Loukas. Es war eine sehr gute Nachricht, auch für seinen Vater. Es bestand die Hoffnung, dass sich ihr Verhältnis eines Tages richten würde.

Und während er Demetrios zuhörte, fiel ihm der seltsame Umstand auf, dass der Bruder im selben Alter war wie der Sultan

Murad II., der mit seinem Heer vor den Mauern seiner Vaterstadt stand.

Bevor Loukas zu Bett ging, besuchte ihn Jakub Alhambra im Gästezimmer. Er beschrieb ihm in allen Einzelheiten, wie Demetrios nicht verbissen – dafür besaß er ein zu freundliches Gemüt –, aber konsequent und geduldig so lange geübt hatte, bis er mit der linken Hand eine gestochen scharfe Kanzleischrift auszuführen vermochte. Das Licht in der Lampe erlosch, doch die beiden Männer hatten kein Bedürfnis, Öl nachzufüllen oder ein anderes Lämpchen zu holen. Sie genossen diese Dunkelheit, in der man vom anderen allenfalls die Umrisse wahrnahm. Befreit von den ständigen Begleitern Mimik und Gestik bekamen die Worte ein anderes Gewicht, wirkten sie nur durch Klang und Inhalt. Fast schien es, als nähmen sie in der Schwärze des Raumes Gestalt an.

»Es gibt bei uns eine Legende«, sagte Jakub, »nach der das Dasein der Menschheit auf dem Wirken von sechsunddreißig Gerechten, den ›Lamed waw‹ beruht, die alles Leid der Welt auf sich nehmen und dadurch den Erhalt der Menschheit vor Gott garantieren. Wenn einer dieser Gerechten zu Gott heimkehrt, stellt der Höchste die Uhr um fünf Minuten vor. Aber die Grausamkeit der Welt, die diese Menschen auf sich nehmen, hat dem einen oder anderen das Herz vereist, sodass Gott sie tausend Jahre und länger in seinen Fingern hält, um sie wieder aufzuwärmen. Bei manchen gelingt es allerdings nie. Demetrios ist ein besonderer Mensch. Vielleicht ist er einer dieser Gerechten. Wir müssen auf ihn aufpassen.« Der Jude lächelte, und der Kapitän konnte dieses Lächeln durch die Dunkelheit spüren. Seine Wärme leuchtete.

Am anderen Morgen wurde Loukas in den Palast gerufen. Wieder spazierten sie zu dritt – Mustafa, Ilyah Pascha und Loukas – durch den zitrusduftenden Garten. Sie kamen überein, dass Mustafa und der Pascha am nächsten Tag mit dem Kapitän aufbrechen würden, um in Konstantinopel mit dem Kaiser persönlich zu verhandeln.

»Wenn du erlaubst«, sagte Demetrios zum Abschied, »male ich für meine kleine Nichte ein Heiligenbildchen.«

»Aber die Finger deiner rechten Hand …« Loukas wunderte sich, glaubte er doch, dass Demetrios die Malerei aufgegeben hatte. Wie wollte der Bruder das anstellen?

Doch Demetrios lächelte, sicher und ohne Gram. »Was soll denn daran so schwer sein? Habe ich nicht auch gelernt, mit der linken Hand zu schreiben?«

Loukas erinnerte sich an die Begegnung seiner Frau mit Dionysios, von der sie ihm erzählt hatte. Die lakonische Bemerkung des Mönchs, die sie damals empörte, dass Gott für jeden Menschen einen eigenen Weg, auch für den Ikonenmaler, zur Entfaltung seiner Kunst vorgesehen hatte, schien ihm nun zutiefst wahr zu sein. »Du kannst alles werden, was du möchtest, auch Mönch, auch Maler«, flüsterte Loukas, als sie sich zum Abschied umarmten, wobei er das letzte Wort, ohne es zu wollen, noch leiser und sehr unsicher ausgesprochen hatte.

»Ich weiß!«, antwortete Demetrios laut mit freundlicher Sicherheit.

Der Ältere staunte über die Stärke des Jüngeren, die er unter seiner Sanftmut verbarg. Ein Lamm, das zum Löwen werden konnte.

54

Konstantinopel

Über dem Bosporus ging die Sonne auf. Noch unverbraucht und voller Erwartung, was dieser Tag den Verteidigern bringen würde, stand sie am Himmel über Konstantinopel. Bereits im Morgengrauen hatten sich die Truppen leise und stumm versammelt, während vom feindlichen Lager die näselnde Stimme des Muezzins mit dem Singsang *Allahu akbar. Ashadu an la ilaha illa ilah ...* herüberklang und ein paar frühe Vögel aufschreckte. Die Byzantiner verzichteten darauf, die Glocken zu läuten. Sollte der Muezzin sich doch in dem Glauben wiegen, dass er mit seiner Stimme die Ebene beherrschen würde und mit ihm alle Türken. Umso überraschender würde ihr Gegenschlag sein. Alles musste jedoch in größtmöglicher Stille vonstattengehen.

Nach langer und sehr widersprüchlich verlaufender Beratung hatte der Kaiser am Ende doch auf Alexios und Hunyadi gehört, die vorgeschlagen hatten, den Befreiungsschlag als Überraschungsangriff zu wagen. Hinter den geschlossenen Toren stauten sich deshalb nun auf den Straßen der Stadt die Heerscharen: Kämpfer über Kämpfer, Reiter zu Pferde oder Söldner zu Fuß, ausgerüstet mit kurzen Schwertern und langen Lanzen, mit Morgenstern und Streitaxt, Ritter, Söldner, byzantinische Adlige, die sich entweder für Rhomäer oder für Griechen hielten, Italiener, ein paar Spanier, Bürger der Stadt. Hinter den Zinnen verbargen sich die Bogen- und Armbrustschützen. Die Pferde tänzelten, die Landsknechte rissen leise Witze, drosselten die Lautstärke ihres Lachens, spuckten aus und posierten zwischen den Wehrbauern und bewaffneten

Bürgern wie große Raubtiere, ungeduldig und voller Gier, endlich ihrem Handwerk nachzugehen. Immer wieder tauchten zwischen ihnen Mönche und Priester mit Kreuzen, Ikonen und Weihrauchfässern in der Hand auf, um die Kämpfer zu segnen.

Die Berufskrieger brauchten die Prahlerei wie die Luft zum Atmen, die Ungeduld, die Erwartung, mit aller Kraft zuzuschlagen und die Feinde zu töten, die Aussicht auf Beute und für einige auch auf Ruhm, um die Angst zu verdrängen, die sie lähmen würde, die Angst vor dem Sterben. Nicht vor dem Tod, sondern vor dem Sterben fürchteten sie sich, denn über den Tod wussten sie nichts, über das Sterben hingegen alles, weil sie alle Arten, das Leben zu verlieren, bereits gesehen hatten. Keiner kannte das Schicksal, das ihn erwartete, doch eines stand für sie fest: Wer vor dem Kampf zitterte, den würde seine Furcht erschlagen. Der Tod trug die Maske der Angst. Töte die Angst, und du wirst leben, hieß es deshalb unter Rittern und Landsknechten.

Der Plan, so kühn wie heikel, sah vor, in drei Heeressäulen anzugreifen. Aus dem Charisius-Tor würden die Ritter Hunyadis, verstärkt von byzantinischen Reitern, das Zentrum des Feindes durchstoßen. Rechts und links von ihm sollten die Fußtruppen unter Führung des Kaisers und Alexios Angelos die beiden Flügel des Feindes aufrollen.

Der Plan beruhte auf dem doppelten Überraschungsmoment. Die erste Überraschung sollte es den Byzantinern ermöglichen, im Augenblick der Formierung über die feindliche Streitmacht herzufallen, in dem sie recht wehrlos war.

Eigentlich setzte man die Reiterei an den Flanken ein oder hinter den Fußtruppen. So war es Strategenbrauch. Alexios hingegen plante als zweite Überraschung, dass die schnelle Reiterei wie ein Rammbock in das Zentrum des Gegners dringen und das türkische Heer auseinandersprengen würde. Die abgedrängten Truppen konnten gar nicht anders, als den rechten und linken Flügel mit ihrer Panik anzustecken und zu verwirren. Inzwischen hätten die langsameren Fußtruppen die sich auflösenden Reihen der Türken erreicht und würden in geduldiger Handarbeit die Feinde erschlagen.

Die Strategie des Fürsten hatte schließlich einhellige Zustimmung gefunden, auch wenn er die Schwachstelle des Plans keineswegs unterschlug. Die Aufstellung der Truppen innerhalb der Stadtmauern musste geheim bleiben. Falls die Türken Wind davon bekämen und ihr Heer rechtzeitig in Stellung bringen könnten, würde die erdrückende Übermacht der Muslime den Ausgang der Schlacht entscheiden. Beide Überraschungsmomente würden, so hoffte Alexios, ihre hoffnungslose zahlenmäßige Unterlegenheit ausgleichen und ihnen wenigstens eine Chance auf den Sieg einräumen. Der Rest hing von der Kaltblütigkeit und Entschlossenheit der Kämpfer ab und von der Meisterschaft, mit der sie ihr Handwerk ausführten.

Die Sache ließ sich gut an. Alexios räusperte sich zufrieden, als die Mobilisierung der Truppen ohne lautere Geräusche vonstatten gegangen war. Nun konnte es losgehen!

Und so läuteten um sechs Uhr morgens alle Glocken der Stadt, die tiefen der Hagia Sophia und die vielen kleineren des Pantokrator-Klosters, mit denen die des Klosters von Konstantin Lips wetteiferten, nicht zu reden von der Vielstimmigkeit der Kirchen von Blachernae, von Deuteron, von Petrion, Exokionion, Triton und Psamathia, von Platea und Xerolophos im Geläut.

Einmal noch ließ der Fürst den Blick über seine Männer schweifen. »Dass es keinem von euch in den Sinn kommt, zurückzukehren, bevor er nicht zehn Türken in die Hölle geschickt hat! Und wer Christus begegnet, der soll es sich erst im Himmel bequem machen, wenn er uns alle Engel zu Hilfe gesandt hat!« Dann bekreuzigte er sich und sprach das Trishagion: »Heilig, heilig, heilig ist der Herr der Heerscharen!«

Und ein Priester, der sie segnete, murmelte noch: »Denn er lässt seine Sonne aufgehen über Böse und Gute und lässt regnen über Gerechte und Ungerechte.« Die Priester und Mönche knieten nieder und sangen einen Psalm.

Die Flügel des Charisius-Tores öffneten sich langsam und zeitgleich die des Kaligaria-Tores und des Romanus-Tores. Eine Gruppe von Mönchen hielt sich dicht bei Alexios. Sie hatten sich vorgenommen, den Kriegern mit Gebeten in die Schlacht zu folgen. Der Anführer der Mönche, ein asketischer Mann mit glühenden Augen, einer hohen, fast gemeißelten Stirn und einer großen spirituellen Ausstrahlung, berührte das Schwert des Fürsten. Alexios sah den Mann, an dessen Kutte der Kuvasz schnupperte, neugierig an.

»Dir wird eine große Aufgabe zuteil, denn nicht umsonst heißt du nach den heiligen Engeln. Denn höre, Alexios Angelos, es steht geschrieben beim Seher Johannes: ›Dann sah ich einen Engel, der in der Sonne stand. Er rief mit lauter Stimme allen Vögeln zu, die hoch am Himmel flogen: Kommt her! Versammelt euch zum großen Mahl Gottes. Fresst Fleisch von Königen, von Heerführern und von Helden, Fleisch von Pferden und ihren Reitern, Fleisch von allen, von Freien und Sklaven, von Großen und Kleinen! Dann sah ich das Tier und die Könige der Erde und ihre Heere versammelt, um mit dem Reiter und seinem Heer Krieg zu führen. Aber das Tier wurde gepackt und mit ihm der falsche Prophet; er hatte vor seinen Augen Zeichen getan und dadurch alle verführt, die das Kennzeichen des Tieres angenommen und sein Standbild angebetet hatten. Bei lebendigem Leib wurden beide in den See von brennendem Schwefel geworfen. Die Übrigen wurden getötet mit dem Schwert, das aus dem Mund des Reiters kam; und alle Vögel fraßen sich satt an ihrem Fleisch.‹«

Der Mönch ließ die Worte der Bibel einen Moment lang wirken und fuhr dann mit hoher, blecherner Stimme fort: »Auf dich wird es ankommen, Engel Alexios! Stürze den falschen Propheten Muhammad und werfe seine Anhänger in den See von brennendem Schwefel!« Er bedeutete Alexios, sich zu ihm herabzubeugen. Mit seinem Daumen zeichnete der Mönch ein Kreuz auf die Stirn des Fürsten und sagte: »Der Herr lasse sein Angesicht über dich leuchten und sei dir gnädig!«

»Amen«, antwortete der Fürst, setzte sich an die Spitze seiner Truppen und ritt durch die Tore und die Verteidigungsanlagen vor die Stadt. Diesmal würden ihn die Ereignisse nicht zum Rückzug und zur Flucht zwingen. Er konnte es kaum erwarten, endlich die Schlacht zu eröffnen.

Als er das Romanus-Tor passiert hatte und über die Ebene schaute, fühlte er einen Schmerz, als hätte ihn eine stahlharte Faust in die Magengrube getroffen, und ihm entfuhr ein saftiger Fluch. Was er sah, konnte er nur als Hohn empfinden. So grausam durfte Gott die Seinen nicht in ihren Hoffnungen enttäuschen!

Auf der gegenüberliegenden Seite entfalteten sich die Türken, ebenfalls mit der Reiterei im Zentrum. Wie tief waren die Christen denn schon gesunken, sollte ihnen denn gar nichts mehr glücken? Mindestens einer von ihnen musste den Angriffsplan gegen Geld an die Türken verraten haben, in der Hölle möge er schmoren! Der Verräter hatte sich versündigt an Gott, an den Kämpfern, an den Frauen und Kindern von Konstantinopel.

Nun hatten sie nur noch die Wahl, im Kampf von einer erdrückenden Übermacht niedergemacht zu werden oder sich schmachvoll in die Stadt zurückzuziehen. Während seine Leute Aufstellung nahmen, schaute er nach rechts, zur Reiterei. Die Streitmacht des Kaisers verdeckten Hunyadis Leute. Der Schreck saß sicher auch den beiden anderen Heerführern im Nacken. Wofür würden sie sich entscheiden? Zeit für eine Abstimmung untereinander blieb nicht. Hinter den Reihen des Feindes erkannte Alexios die Sturmgeräte, bewegliche Türme, die man an die Mauern schob, um von der obersten Plattform auf die Wehrgänge zu springen, die Rammböcke, die Steinschleudern, manche wohl auch mit Pech gefüllt, das man kurz zuvor in Brand steckte. Die Türken würden auf alle Fälle angreifen, ganz gleich, ob die Byzantiner den vergeblichen Angriff oder den schmählichen Rückzug wählten. Der Fürst zweifelte nicht daran, dass ein Rückzug die eigenen Kämpfer deprimieren, einige sogar demoralisieren und den Türken Triumphgefühle bescheren musste.

In diesem gefährlichen Augenblick des Zauderns, der über Wohl und Wehe entschied, entschloss sich Alexios, alles auf eine Karte zu setzen. Noch einmal wie in Bursa vor der Schlacht zu fliehen? Um keinen Preis! Vielleicht wollte Gott ja auch ihren Untergang, und die Gestalt im Wald war nur ein Schabernack des Teufels gewesen, um sich über ihn lustig zu machen. So wisse, sprach Alexios Angelos still zu Gott, die Verheißung der Krone im Olympos-Gebirge mag ein Klamauk gewesen sein – mein Tod wird es nicht sein.

Er sprang vom Pferd, dem er einen Klaps gab, und bückte sich zu seinem Hund hinunter. »Verkaufen wir unser Blut so teuer wie möglich, mein Freund.«

Das Tier stupste ihn mit der Nase an, und der Fürst zog ihn an den Ohren. Dann richtete sich Alexios auf und zog sein Schwert, hob es in den Himmel und rief: »Schickt den Feind in die Hölle, und das Himmelreich wird unser sein!« Und lief los. Der Kuvasz hielt sich dicht an seiner Seite, und die Männer folgten ihm. Doch würden sich auch die anderen beiden Heeresgruppen in Bewegung setzen? Wenn der Kaiser und Hunyadi sich mit ihren Kriegern in die Stadt zurückzögen, würde die gesamte türkische Streitmacht über sie herfallen und sie massakrieren. Gegen diese Übermacht hätten sie erst recht keine Chance.

Rechts von Alexios blieb es still. Nichts bewegte sich.

»Lasst uns umkehren!«, begehrte eine Stimme hinter ihm auf. »Der Fürst führt uns in den Tod!«

»Uns führt der Teufel«, rief ein anderer.

Der Zweifel, der sich in seiner Truppe ausbreitete, kroch ihm kalt den Nacken hoch. Blitzschnell wandte er sich um und hieb dem, den er für den Rufer hielt, den Kopf ab. Das Blut spritzte dem Fürsten ins Gesicht und traf auch die neben dem Soldaten marschierenden Landsknechte. Der Leib des Enthaupteten fiel in sich zusammen wie eine Gliederpuppe, der man die Fäden gekappt hat.

»Ihr könnt kämpfen oder von mir zusammengehauen werden. Vorwärts, ihr Hurensöhne! Reißen wir unser Leben dem Schicksal aus den Klauen!« Alexios wandte sich um und ging weiter.

Der Mönch, der ihn gesegnet hatte, nahm dem Toten das Schwert aus der Hand. »Gott will es!«, sagte er und folgte dem Fürsten.

»Wenn selbst die Geweihten des Herrn die Schwerter nehmen, dann können wir nicht abseitsstehen«, rief einer mit dröhnendem Bass.

»Pflugscharen zu Schwertern«, verkündete ein anderer.

»Ein Hundsfott, wer umkehrt!«, hörte der Fürst hinter sich. Die Männer folgten ihm mit einer grimmigen Entschlossenheit. Ja, jetzt hatten sie alle ihre Seele Gott empfohlen. Jetzt war es gut.

»Die Ritter!«, heulte ein Mann auf. Seine Stimme klang teils verwundert, weil er nicht mehr damit gerechnet hatte, teils erleichtert, weil es dennoch eintrat.

»Die Ritter«, jubelten die Männer.

»Teufelsbraten!«

»Gotteskrieger!« Alexios schaute nach rechts und ihm fiel ein Stein vom Herzen. Iancu, dachte er dankbar. »Iancu reitet«, sagte er zärtlich zu dem Hund, der freudig bellte, als habe er ihn verstanden.

Die Reiterei stürmte auf den Feind zu, als flögen sie wie ein Geschwader von Erzengeln mit gezückten Schwertern. Der Boden hallte wider von den schweren Hufen der gepanzerten Pferde. Nicht umsonst galt ihnen der Erzengel Georg, der Drachentöter, als Schutzpatron. Noch konnte Alexios nicht sehen, wie sich Johannes verhielt. Würde der Kaiser sich für den Rückzug entscheiden?

Die Schwerter, Harnische und Helme der Türken spiegelten das Sonnenlicht wider, aber es stach auch in ihre Augen. Der leichte Wind, der noch vor Kurzem über die Ebene hinweggestrichen war, hatte das Schlachtfeld geräumt und den Platz den Waffen überlassen, die im nächsten Moment aufeinandertreffen würden, dem Blutregen, der niedergehen würde, den Körpern, die zu Boden sinken und den Gliedmaßen, die abgehauen herabfallen würden. Selbst die Vögel hatten aufgehört zu singen.

Vor den Reihen der Feinde, ganz gleich ob Kavallerie oder Infanterie, saßen Männer in bunten Kleidern auf prachtvoll herausgeputzten Pferden, die vor ihrem Körper oder vor ihrem Mund Musikinstrumente hielten, Trompeten und Posaunen, Rohrflöten, Panflöten, Oboen, Kurzhalslauten und Spießgeigen. Auf nicht minder geschmückten Kamelen thronten Männer mit monströsen Trommeln, Pauken und Becken. Für den ohrenbetäubenden Lärm, den diese Schlaginstrumente veranstalten würden, waren Pferde zu sensibel, sodass die Türken das geduldige Kamel benutzten.

Und dann brach als Vorbote des türkischen Gegenangriffs ein

wahres Inferno aus Geräuschen über die Christen herein, Töne, die sich in einer Oktave und dicht an einen Grundton hielten, wie ein Pfeilregen, der einem brennenden Geschoss folgte. Sie kannten diesen Lärm bereits, den die Türken jede Nacht erzeugt hatten, um die Bewohner von Konstantinopel zu erschrecken, als wollten sie drohen: Wartet, bis wir erst bei euch sind. Jetzt aber ging es darum, sich in den Seelen der Byzantiner festzukrallen und sie mit Mutlosigkeit und Furcht zu infizieren. Sie bestürmte das Gefühl, dass die Hölle die Pforten geöffnet hatte und sie, die Teufel, gleich über sie herfallen würden. Einen Gegner konnte man mit dem Schwert oder dem Spieß oder dem Dolch oder den bloßen Händen angreifen. Wie erstach, erschlug oder erwürgte man Töne?

Die Hilflosigkeit machte Alexios zornig. Er fühlte sich gefangen von der Macht der Musik. Aber dann wurden die Fesseln plötzlich zerschlagen und ihn erfüllte Stolz auf seine Soldaten. Wie ein Schild aus Akkorden erhob sich, angestimmt von den Mönchen, der Gesang aus zweitausend Männerkehlen, ein altes Wallfahrtslied, das er gut kannte: »Wohlan, lobet den Herrn, alle Knechte des Herrn, die ihr steht des Nachts im Hause des Herrn! Hebet eure Hände auf im Heiligtum und lobet den Herrn! Der Herr segne dich aus Zion, der Himmel und Erde gemacht hat!«

Brav, dachte er, brav. In diesem Moment hatte er das Gefühl, dass die Erde stehen blieb, auch die Zeit, in Wirklichkeit vielleicht nur eine Sekunde, doch ihm erschien es, als sei es eine Ewigkeit. Wie in Zeitlupe nahm er wahr, dass Hunyadis Reiter auf die Kavallerie der Türken krachten. Das für ihn muntere Geräusch, wenn Eisen auf Eisen schlug, mischte sich mit den Schreien der Männer. Ein großes, freundliches Schlachtfest setzte ein. Blut floss, und Körper, aber auch einzelne Gliedmaßen plumpsten zu Boden und verursachten ein Geräusch wie dumpfe Paukenschläge. Blut gerann zu Dreck. Und in das Herz der Hoffnungen stieß eine Klinge oder schlug die Spitze eines Pfeils oder der Bolzen einer Armbrust ein.

Wozu diese Gewalt, war er einmal gefragt worden. Alexios hatte vergessen, wer die Frage gestellt hatte. »Weil Blut fließen muss wie ein großer Aderlass, damit die Menschheit nicht am Schlagfluss stirbt«, hatte er damals geantwortet. Wenn das stimmte, schlussfolgerte Alexios nun, würde das bedeuten, dass die Menschen nur überleben konnten, wenn sie immer wieder Menschen töteten – weil sie einem anderen Glauben angehörten oder weil sie sich selbst für überlegen hielten. Die Trostlosigkeit dieser Vorstellung stieß ihn ab. In diesem Moment sah Alexios, dass sich auch der Heerhaufen des Kaisers auf den Feind zu bewegte. Sie dachten das Gleiche. Diese Erkenntnis ermutigte den Fürsten.

Ein ohrenbetäubendes Surren und Brummen wie von hundert Schwärmen wilder Bienen, wenn sie mit ihren alten Königinnen auswanderten, um eine neue Heimat zu finden, legte sich auf seine Ohren. Der Himmel verdunkelte sich unter den Bolzen und Pfeilen, die durch die Zinnen der Stadtmauer über sie hinweg auf die Türken abgeschossen wurden. Sie trafen die türkische Musik ins Herz. Die Musiker sanken von ihren Pferden und Kamelen, aber auch die dahinter stehenden Krieger entgingen den Geschossen nicht.

Wie durch einen Vorhang strömten die Janitscharen nun an den Musikern vorbei. Sie rannten nicht, sie trödelten nicht, sie gingen nicht einfach, nein, fast tänzerisch, als ob sie zu einem Dorffest schritten, kamen ihm die Elitetruppen des Sultans entgegen. Alexios war beeindruckt von dem Bild, das sich ihm bot. Das musste ihnen der Neid lassen, die Janitscharen-Krieger sahen prächtig aus mit ihren weißen hohen Filzhüten, *kece* genannt, die vorn Hülsen zierten, in denen Federn staken. Die Hüte selbst wirkten wie ein Schlauch, denn oberhalb der Haube knickte der Nackenbehang ab. Über die weiten Beinkleider aus blauem Stoff fiel ein halblanges Oberkleid in blau, rot oder gelb, das sie *dolama* nannten und das sie mit einer mächtigen Schärpe umgürteten, in dem Handschar und Yatagan, Krummdolch und Krummsäbel steckten. Unter der Schärpe wurde eine Art Kettengürtel sichtbar, der den Unterleib schützen sollte.

Je näher sie kamen, umso besser konnte Alexios die zum Teil bizarren Formen ihrer riesigen Schnurrbärte unterscheiden. Weil sie als Sklaven galten, war es ihnen untersagt, Vollbärte zu tragen, und sie hatten das Verbot in eine Tugend verwandelt. Ihre Schnurrbärte waren eigenwillig gezwirbelte Haare, die dem Träger fast in die

Augen stachen oder seitwärts den Nebenmann zu berühren drohten. Manche fielen auch schlicht rechts und links neben den Mundwinkeln nach unten, ein paar sogar bis auf die Bäuche ihrer Träger.

Schnell riss Alexios seinen Schild hoch, denn nun ging auf sie der tödliche Eisenregen der Türken nieder. Gleich zwei Pfeile schlugen gegen seinen Schild. Er wandte sich nicht um, als Schreie und Flüche hinter ihm aufbrandeten. Das hätte die Männer nur verunsichert, weil es wie eine Schwäche aussehen würde. Ganz gleich, wie viele Tote und Verwundete es gegeben hatte, von jetzt an durfte es nur noch ein Vorwärts geben.

Hunyadis Männer waren mit den gegnerischen Reitern längst handgemein geworden. Nur wenige Schritte trennten sie noch von den Janitscharen. Alexios schleuderte seinen Speer in die Reihen der Feinde. Im selben Moment, in dem die Spitze in den Hals eines dicken Janitscharen drang, hob er sein Schwert und rannte los, gefolgt von seinen Männern.

Mit dieser Wucht der Byzantiner hatten die Janitscharen nicht gerechnet. Sie wankten und wichen zurück. Alexios hatte sich seinen Schild auf den Rücken gehängt und kämpfte mit dem Schwert in der rechten und dem Dolch in der linken Hand. Die beiden Heerhaufen verbissen sich ineinander. Nun kam es nur noch auf Kraft, Geschicklichkeit, schnelle Reflexe und Glück an. Außer Schwertern, Schilden, Dolchen, Morgensternen und Äxten, außer bunten Stoffen und Harnischen, Arm- und Beinschienen, Blut und klaffenden Wunden, düsterem Lächeln, furchtsamen oder weit aufgerissenen Augen sah er nichts mehr, außer Gebrüll und Geschrei, das sich zu einer einzigen höllischen Sinfonie verband und auf die Trommelfelle schlug, hörte er nichts mehr. Hatte sich die Erde aufgetan und sie verschluckt, sodass sie jetzt im Bauch der Unterwelt einander massakrierten, und war die Sonne nichts anderes als das Feuer der Hölle, unter dem sie fochten? Er wusste es nicht, es ging ihn auch nichts mehr an. Den einen hieb er in die Seite, unter dem Schwertstreich eines anderen, der ihn hätte enthaupten können, duckte er sich rasch hinweg, während der Kuvasz dem Feind die Kehle durchbiss. Dort, wo er nicht aufmerksam genug war, weil seine Konzentration einem anderen Gegner galt, war es Înger, sein Hund. Es kam auch vor, dass Alexios einem seiner Männer das Leben rettete, indem er einem Angreifer den Kopf spaltete oder ihn aufspießte, oder dass ihm selbst von einem anderen der Rücken freigehalten wurde.

Einmal stand er Schulterblatt an Schulterblatt mit einem seiner Männer und wehrte einen Janitscharenpulk ab. Als er einem blauäugigen, stämmigen Mann das Haupt vor die Füße legte, quoll unter seinem Hut blondes Haar hervor, und vom kopflosen Hals rutschte beim Sturz des Leibes eine Kette mit einem Kreuz, die blutrot flammte. Alexios steckte blitzschnell den Dolch in die Scheide, um die Kette im Fall aufzufangen. Da hieb jemand mit seiner Waffe nach seinem Arm, doch Înger sprang den Krieger an und warf ihn um. Alexios küsste die Kette und hängte sie sich um den Hals, zog den Dolch und tötete weiter, müde zwar, doch hatte er längst den Punkt überwunden, an dem er noch hätte aufhören können. Der trockene und harte Boden der Ebene war weich und schlammig vom Blut der Toten und Verletzten geworden. Er musste achtgeben, um nicht auszurutschen. Die Männer hatte längst der Gleichmut des Tötens in seine Obhut genommen. Alle Gefühle, Liebe wie Zorn, Angst wie Mut, erreichten sie nicht mehr, so sehr hielt sie das Handwerk des Mordens in seinen Abläufen.

Eine Stunde nach der anderen zerfloss im Blut. Auch wenn sie sich gut schlugen, würden sie doch keinen Durchbruch erzielen, musste Alexios feststellen, denn die Türken, die an Männern zahlenmäßig überlegen waren, warfen immer wieder frische Truppen in den Kampf. Für einen Türken, den Alexios erschlug, traten zwei neue in die Schlacht. So verkeilt, wie die Heerhaufen ineinander waren, brauchte man nicht einmal von Rückzug zu träumen. Rettung konnte allein der Einbruch der Dunkelheit bringen, wenn die Schlacht abgebrochen werden musste. Die Frage lautete nur, ob sie bis dahin durchhalten würden. Wenn nicht, war das Schicksal Konstantinopels besiegelt. Nach dem Stand der Sonne zu urteilen, war es erst Mittag. Und der Stern brannte auf die Ebene herab, als wollte er die Lebenden und die Toten braten.

55

Notaras-Palast, Konstantinopel

Eine seiner Galeeren, die sich in Chalkedon in Bereitschaft gehalten hatte, setzte Loukas Notaras, Mustafa und Ilyah Pascha nach Konstantinopel über. Unschuldig blinkte blau der Himmel über dem Bosporus, als sähe er die Schlacht, die auf der gegenüberliegenden Seite der Stadt tobte, nicht. Oder war er auch diesmal wieder teilnahmslos, wie er es immer zu sein pflegte? Was ging den Himmel schon das Schicksal der Menschen an?

Der Hafen wirkte wie ausgestorben. Bis auf die »Nike« und zwei weitere Schiffe, die den Notaras gehörten, lagen die Fahrzeuge im Hafen ohne Besatzung. Fünf Soldaten des Kaisers patrouillierten, behelligten aber die Ankommenden nicht. Die Straßen wirkten wie leer gefegt. Aus den Kirchen, an denen sie vorbeikamen, drangen die Gesänge und Gebete von Frauen, Kindern und alten Männern. Auf den Straßen der Stadt lagerte die Angst. Eine innere Unruhe ergriff Loukas, während man den beiden Türken die Verwunderung ansah. Nikephoros empfing die drei Männer mit besorgter Miene. Mit knappen Worten schilderte er ihnen, dass vor den Toren der Landmauer eine gewaltige Schlacht tobe, die über das Wohl und Wehe der Stadt entscheiden würde. Seine Spitzel hatten ihm berichtet, dass der Angriffsplan des Kaisers an die Türken verraten worden sei, sodass sie den Schlag der Byzantiner bereits erwartet hatten.

»Hoffentlich kommen wir nicht zu spät«, sagte Mustafa nervös.

»Ihr werdet mit meiner Familie rechtzeitig die Stadt verlassen, sollte Konstantinopel fallen«, versicherte Loukas dem Prinzen und seinem Wesir.

Während sich Nikephoros um die Gäste kümmerte, ihnen die Zimmer zeigte und sie zu einem kleinen Imbiss einlud, eilte Loukas zu seiner Frau und zu seinem Kind.

Eirene lag zwar noch im Bett, aber ein leichter Anflug von Röte zeigte, dass sie wieder zu Kräften kam. Neben ihr in der Wiege lag Anna und schlief, während Eirene in einem Buch las. Ihre Augen strahlten, als Loukas das Schafzimmer betrat.

»Du bist zurück«, sagte sie, als ob erst die Worte seine Heimkehr zur Realität machten.

»Mitten in der Schlacht und keine Minute zu früh.«

Sie erschrak. »Du willst doch nicht etwa …«

Doch er schüttelte so bestimmt den Kopf, dass eine große, wohltuende Ruhe sich in ihr ausbreitete. Jetzt konnte ihr nichts mehr geschehen.

»Mein Arm wird die Stadt nicht retten, aber euch schützen. Ich weiß, wo mein Platz ist, und zwar hier.«

Anna machte sich bemerkbar. Loukas nahm sie aus der Wiege und drückte sie an sich. »Ich bin zurück, meine kleine Kaiserin.« Dann wiegte er sie. »Demetrios hat uns allen Asyl in seinem Zimmer angeboten«, scherzte er.

»Wirklich? Wie geht es dem guten Jungen?«, fragte sie.

Er kam nicht dazu zu antworten, denn die Amme betrat das Zimmer und bedeutete dem Kapitän, dass es Zeit sei, Anna zu stillen. Sie nahm dem widerstrebenden Vater das Kind aus den Armen und zog sich mit dem Säugling in einen der beiden Sessel zurück, die am Fenster standen. Loukas setzte sich zu seiner Frau und bestürmte sie mit Fragen, wie es Anna in den letzten Tagen ergangen war. Er wollte alles haargenau wissen. Eirene warf ihm schließlich erschöpft vor, unersättlich in seiner Neugier zu sein, und weigerte sich standhaft, weiterzuerzählen. Nun war es an Loukas, über seine Reise und über Demetrios zu sprechen. Dass er mit der linken Hand schrieb und zu malen übte, gefiel ihr. Ja, vielleicht behielt Dionysios am Ende doch recht.

»Du solltest die Malutensilien, die der Mönch für Demetrios aufgehoben hat, abholen«, sagte sie. »Mal sehen, vielleicht richten wir für Demetrios eine kleine Werkstatt ein.«

»Ja, mal sehen«, entgegnete Loukas unbestimmt.

Dann breitete der Abend langsam sein schattiges Tuch über der Stadt aus. Und die Spitzel hatten nicht mehr über den Verlauf der Schlacht zu berichten, als dass die Heere wie wütende Bestien ineinander verbissen immer noch kämpften und dass weder die Byzantiner noch die Türken wankten.

Wie viele Männer er erschlagen hatte, wie viele vergeblich sich bemüht hatten, ihm das Lebenslicht auszublasen, wusste Alexios nicht. Er fühlte sich erschöpft und kämpfte nur noch, weil er weder aufgeben durfte noch konnte. Sein Denken hatte aufgehört, nur die reinen Instinkte bestimmten noch sein Handeln. Auch wenn sein Schwert reichlich erntete, gingen den Türken die Reserven nicht aus. Der Kuvasz mit dem ehemals weißen Fell war inzwischen vollkommen rot, und auch an den Waffen und der Kleidung des Fürsten, an seinen Händen und seinem Gesicht verkrustete Schicht um Schicht das geronnene Blut unter dem frischen. Selbst durch die Stiefel sickerte der Lebenssaft und verfärbte ihm die Füße. Der hagere Mönch, der Alexios vor dem Ritt in die Schlacht am Charisius-Tor gesegnet hatte, fuchtelte immer noch mit dem Schwert herum, und es kam einem Wunder gleich, dass er bisher noch nicht erschlagen worden war.

»Der Herr ist mit uns, mein Sohn!«, rief er Alexios zu. Plötzlich schaute er mit ungläubigem Blick nach unten, als staune er darüber, was mit ihm geschah. Aus seinem Brustkorb ragte eine Klinge, kurz nur, denn schon wurde sie wieder zurückgezogen. Der Mönch öffnete den Mund und wollte etwas sagen. Doch er brachte keinen Laut mehr hervor. Alexios schien es, als entweiche ihm ein kleines, fast durchsichtiges Vögelchen, seine Seele, die sich zum Himmel aufschwang. Dann sackte er zusammen, und vor Alexios stand ein glatzköpfiger Janitschar, der ihn angrinste, als habe er einen Witz gerissen und warte nun darauf, dass der Fürst über den Mordsspaß in schallendes Gelächter ausbrach.

»Nun denn«, sagte Alexios trocken und jagte den Glatzköpfigen mit dem Schwert in seinen Dolch.

Der Türke stürzte neben dem toten Mönch nieder. Aber schon stellte sich dem Fürsten ein neuer Gegner mit einer Streitaxt entgegen. Es hörte nicht auf, es hörte einfach nicht auf!

Der Abend brachte wenigstens erträgliche Temperaturen. Posaunen ertönten, wieder und wieder. Von türkischer Seite griffen keine neuen Truppen mehr in die Schlacht ein, und die Krieger, die noch kämpften, versuchten sich langsam von ihren Gegnern zu lösen. Manche, die eben noch die Klingen gekreuzt hatten, grüßten einander und steckten die Waffen ein.

Alexios ging von Mann zu Mann und brüllte: »Rückzug.«

Es hatte keinen Sinn, dem Gegner nachzusetzen, dachte Alexios. Sie hatten gekämpft, und das war es, was sie merkwürdigerweise verband: der Respekt, den Tod im Auge des anderen gesehen zu haben. Und noch etwas: dass sie nicht gewankt, sondern standgehalten hatten.

Bald würde es ohnehin so dunkel sein, dass man Freund und Feind nicht mehr auseinanderhalten konnte. Die Schwierigkeit, sich zu orientieren, kam hinzu. Sie hatten keinen Sieg davongetragen, doch dass sie trotz des Verrats und der zahlenmäßigen Unterlegenheit standgehalten hatten, konnte man zumindest als Erfolg verbuchen, der die Moral der Byzantiner stärkte und ihnen Mut gab.

Hunyadis Reiterei teilte sich und sicherte den Rückzug der beiden Heerhaufen. Beim Rückzug achteten sie darauf, unter denen, die auf dem Boden lagen und in denen noch Leben glomm, die eigenen Männer herauszufinden, um sie mitzunehmen. Ein betäubender Gestank von Schweiß, Blut und Exkrementen lag über dem Schlachtfeld, dem sich immer stärker der süßliche Duft der Verwesung zugesellte. Billionen, vielleicht gar Billiarden von blau schimmernden Fliegen und Mücken verdunkelten die Ebene vor den Stadtmauern. Raben und Krähen humpelten geschäftig zwischen den Kadavern umher. Sie wirkten wie alte Schreiber mit Buckel. Die ersten wilden Hunde schlichen sich vorsichtig zögernd zum Festschmaus heran. Die Nacht würde den Tieren gehören. So reichlich konnte nicht die Natur, sondern nur der Mensch für sie sorgen.

Hin und wieder entstand eine Stille zwischen dem Stöhnen und Weinen, dem Schreien und Beten, dem Flehen und Singen der Verwundeten und Sterbenden. Türkische Trupps begannen, die Kampfstätte nach eigenen Verletzten abzusuchen, wie es auch byzantinische Mönche taten, die mit Wagen aus den Stadttoren strömten. Man kam sich nicht ins Gehege, man beschimpfte einander nicht, sondern wies sich auf verletzte Gegner hin. Es war die Stunde des Kampfes nicht mehr, sondern die Zeit, die Versehrten zu bergen. Bevor das Hauen und Stechen erneut beginnen konnte, mussten am nächsten Tag erst die Toten in Massengräbern bestattet werden, um den Ausbruch einer Seuche zu verhindern. Erst jetzt spürte Alexios, wie erschöpft er war. Er konnte kaum noch einen Fuß vor den anderen setzen. Seine Arme fühlten sich an, als reichten sie bis zum Boden.

Martina Laskarina, diese großartige Frau, hatte hinter den Toren bereits Nonnen und Mönche eingeteilt, die auf Anweisung der Ärzte die Verletzten in die Hospitäler brachten. Mönche und Nonnen hatten Schlafsäle geräumt, um alle Verwundeten unterbringen zu können, denn die fünf Hospitäler der Stadt gehörten zu Klöstern. Auf den Wehrgängen wurde eine Notbewachung eingerichtet. Mit einem türkischen Angriff war nicht zu rechnen, schon gar nicht in der Nacht, allenfalls am nächsten Tag. Deshalb sollten sich die Truppen ausruhen. Sie wurden allerdings in Häusern, Palästen und Kirchen, die sich in unmittelbarer Nähe zur Stadtmauer befanden, untergebracht.

Im Geheimen Besprechungssaal kam kurz der Kriegsrat zusammen. Der Kaiser, Alexios Angelos, Johann Hunyadi, die Generäle und Admiräle sahen erschöpft und abenteuerlich aus. Sie alle hatten mutig gefochten, und man beklagte die Verluste unter Generälen, Offizieren und Mannschaften. Von den zwanzig Generälen hatten sieben auf dem Schlachtfeld den Tod gefunden, acht konnten verletzt geborgen werden. Unter den Letzteren war der Oberbefehlshaber Kantakuzenos, der mit einer Binde über dem rechten Auge, das er im Gefecht verloren hatte, verspätet zu der Runde stieß. Dass der Kaiser in der Schlacht weder verletzt noch getötet worden war, sahen alle als gutes Zeichen.

»Ihr habt tapfer gekämpft. Dass dein Plan, Alexios, nicht aufgegangen ist, ist nicht deine Schuld. Die Männer haben so tapfer gefochten! Wären wir nicht verraten worden, hätten sie unzweifelhaft den Sieg errungen. Aber heute haben wir gezeigt, dass wir siegen können!«

Wegen der Verluste teilte der Kaiser die Abschnitte auf der Mauer neu ein. Er selbst behielt sich das Kommando über den Abschnitt vor, der das Blachernenviertel schützte. Auf den weiteren Abschnitten folgten Hunyadi, dann Alexios und schließlich die anderen Generäle.

»Geht jetzt zu Bett. Ihr braucht Ruhe«, sagte der Kaiser. »Gott schütze das Reich!«

»Gott schütze den Kaiser«, entgegneten die Kommandeure.

Alexios lud Hunyadi in seinen geheimen Stadtpalast ein. Dort aßen und tranken sie, während ein Diener den Hund wusch. Danach vergnügten sie sich mit Hetären. Auch wenn sie körperlich erschöpft waren, so benötigten ihre überreizten Nerven doch eine Ablenkung, das große Vergessen für diese Nacht. Alexios hatte nicht das Gefühl, dass er Barbara betrog – er wollte nur seine Rückkehr ins Leben spüren.

Am anderen Morgen pochten zwei Offiziere am Tor des Stadtpalastes. Hunyadi und Alexios wurden unsanft aus dem Schlaf gerissen und zur Stadtmauer gerufen. Wenig später schauten sie vom Wehrgang der Außenmauer aus ungläubig auf die Ebene vor der Stadt. Sultan Murad II. hatte, noch bevor die Leichen geborgen werden konnten, seine Armee aufgestellt, um die Stadt zu stürmen.

»Teufelskerl!«, entfuhr es Alexios Angelos. Der junge Herrscher wollte die Entscheidung offensichtlich erzwingen. Die Türken näherten sich mit ihrem Belagerungsgerät. Die erste Angriffswelle bildeten irreguläre Truppen, Beutemacher, teils abenteuerlich in Panther-, Leoparden- oder Bärenfelle gehüllt. Auf sie ergoss sich der Geschossregen der Armbrüste und Bögen. Sie zogen sich schnell zurück. Nun wurden die Schilde, Rammböcke, Steinschleudern und Türme nach vorn geschoben. Mit Kanonen und riesigen Steinschleudern, die hinter der Mauer standen, eröffneten die Byzantiner den Beschuss des Belagerungsgerätes. Sechs der zehn Türme schossen sie in Brand. Von den verbliebenen Türmen zielten türkische Bogenschützen und trafen nicht wenige Verteidiger. Nachdem es den Byzantinern und den Bogenschützen Hunyadis allerdings gelungen war, auch den letzten Angriffsturm in Brand zu setzen, zogen sich am späten Nachmittag die Truppen des Sultans mit großen Verlusten zurück.

56

Notaras-Palast, Konstantinopel

Auch Loukas Notaras stürzte der Tag in den Kampf. In seinem Harnisch und unter der blauen Haube des Kapitäns harrte er auf der Wehrmauer des Blachernae-Tores aus, stieß mit anderen Byzantinern die Sturmleitern des Feindes, an denen Krieger wie Trauben an der Rebe hingen, in den Abgrund. Zwischen zwei Angriffswellen raunte er dem Kaiser verschwörerisch zu, dass Prinz Mustafa in seinem Haus weilte.

So kam es, dass Loukas, kaum von der Abwehr des Feindes zurückgekehrt, mit Besuch konfrontiert wurde. Johannes erschien in Begleitung des Fürsten Alexios Angelos. Der Fürst und der Kapitän musterten sich feindselig. Es widerstrebte Loukas, seinen Todfeind in sein Haus zu bitten. Aber er konnte natürlich den Kaiser nicht abweisen, zumal es niemals vorkam, dass der Herrscher ein Privathaus aufsuchte. Das lag eigentlich unter seiner Würde. Die Menschen hatten zum Kaiser in den Palast zu kommen, demütig und in der Hoffnung, empfangen zu werden, und nicht umgekehrt. Niemals stieg der Kaiser im Verkehr mit seinen Untertanen offiziell vom Thron herab. Aber es war schließlich Loukas Notaras gewesen, der um strengste Geheimhaltung gebeten hatte. Nach dem Verrat des Angriffsplanes traute auch Johannes seiner Umgebung nicht mehr. Sein Palast hatte Ohren. Und wer den Kaiser empfing, musste auch die Begleitung des Kaisers in sein Haus bitten. Johannes befahl Nikephoros, kein Aufsehen zu erregen.

So versammelten sich an jenem denkwürdigen Tag des Jahres 1422 Kaiser Johannes VIII., Fürst Alexios Angelos, Nikephoros und

Loukas Notaras, Prinz Mustafa Tschelebi und Ilyah Pascha in dem kleinen Saal im Palast der Notaras. Eudokimos trug anstelle der Diener einen kalten Imbiss, Tee, Wasser und Wein auf. Alexios Angelos und Loukas Notaras antworteten einander niemals direkt. Sie ignorierten einander. Die Gesprächsrunde beschloss, dass der Kaiser vor aller Welt Mustafa als den rechtmäßigen Sultan aus dem Hause Osman anerkennen und damit Murad als Usurpator bloßstellen würde. Damit er Truppen anwerben konnte, würden die Byzantiner dem Prinzen Geld zur Verfügung stellen. Außerdem würden die Despoten von Morea und Thessaloniki Mustafa unterstützen. Am nächsten Morgen sollte ein Schiff die Türken nach Griechenland bringen, wo Mustafa im Rücken Murads in Rumelien, aber auch in Anatolien für Aufruhr und Empörung sorgen würde. Da sich Murad vor allem auf die Janitscharen und die Renegaten – Christen, die zum Islam konvertiert waren und in der Verwaltung Karriere machten – stützte, hatte er viel böses Blut bei den alttürkischen Familien erzeugt. Auf die Unzufriedenen und Enttäuschten, von denen es im Reiche Murads viele gab, wollte sich Mustafa stützen.

Als sich die Männer weit nach Mitternacht verabschiedeten, ergriff den Kaiser plötzlich aus einer unerklärlichen Weichheit heraus das Verlangen, die Tochter seiner Nichte zu sehen, das jüngste Mitglied der Palaiologen.

»Hoher Herr, sie ist keine Palaiologina. So sieht es der Ehevertrag vor«, sagte Alexios kalt und hart.

»Sie ist eine Notaras«, hielt Loukas stolz dagegen, und wer wollte, konnte aus dem Widerspruch heraushören, dass dies in seinen Augen viel mehr war. Seine Tochter war eine kleine Kaiserin, was immer diese Laffen auch für Spielchen trieben, er würde dafür sorgen! Seine Stirnader schwoll an. Nikephoros verbeugte sich unter Aufbietung allen Charmes, zu dem er fähig war, vor dem etwas ratlosen Kaiser. »Herr, erlaubt einem stolzen Großvater, Euch seine Enkelin vorzustellen. Ihr andern aber bleibt hier. Sie ist noch ein sehr kleines Kind, zu klein für die Ränke der Welt.«

Johannes lächelte weniger schwermütig als sonst, fast befreit. »Ja, bleibt alle zurück, wir wollen die kleine Anna Palaiologina nicht erschrecken.« Loukas sollte nie erfahren, was in dieser halben Stunde geschah, in der er im Vestibül des Palastes in Gesellschaft von Alexios Angelos auf den Kaiser und seinen Vater wartete. Johannes hatte Nikephoros den Eid abgenommen, nicht darüber zu sprechen. Der Fürst und der Kapitän tauschten weder einen Blick noch ein Wort. Das Schweigen zwischen ihnen war kälter als Eis. Während sich Loukas auf die steinerne Bank unter der Maria-Hodegetria-Ikone niederließ, die einst Demetrios für seine Genesung gemalt hatte und die im Kerzenlicht strahlte, als habe sein jüngerer Bruder keine irdischen, sondern himmlische Farben verwandt, tigerte Alexios Angelos wie eine gefangene Raubkatze auf den erdfarbenen Fliesen auf und ab. Man spürte, dass ihm der Palast wie ein Käfig vorkam, den er so schnell wie möglich zu verlassen wünschte.

Johannes hatte seine Nichte Eirene gebeten, nur im Beisein von Nikephoros die kleine Anna betrachten zu dürfen. Der Alte nickte seiner Schwiegertochter zu, die widerstrebend ihre Einwilligung erteilte. Nur ein flackerndes Öllämpchen erhellte ein wenig die Dunkelheit im Schlafzimmer der Notaras. Die beiden Männer blieben einen Moment an der Tür stehen, bis sich ihre Augen an das Dunkel gewöhnten.

»Soll ich nach Licht schicken?«, flüsterte der alte Seeräuber dem Kaiser beflissen zu.

»Nein, nein, wir wollen das kleine Wunder nicht aufwecken!«, hauchte Johannes dem Alten zu. Dann schlich er zur Wiege. Nikephoros folgte ihm ins Zimmer und blieb einen halben Schritt hinter dem Kaiser stehen. Wie dieser hochaufgeschossene Mann fast gebückt vor der Wiege mit katzenkrummem Rücken stand, die eigene Größe verbergend, um das Kind nicht zu erschrecken, rührte Nikephoros. Johannes schaute und schaute und schaute. Nur weil sich die Träne in seinem Augenwinkel zufällig im Licht des Öllämpchens spiegelte, nahm Nikephoros sie wahr.

»Sie ist schön, eine echte Palaiologina«, flüsterte Johannes ergriffen. »Meine Mutter hat nicht übertrieben.«

»Sie ist wie alle anderen ein Kind Gottes«, wandte Nikephoros sanft ein.

»Gewiss«, antwortete der Kaiser in einer so tiefen Traurigkeit, wie sie Nikephoros nie zuvor in seinem langen Leben gehört hatte. Es war der Schmerz, der die Hoffnung nicht kannte.

»Aber weißt du, mein väterlicher Freund, wenn ich damals meine Anna nicht zur Frau, sondern zur Tochter gehabt hätte …« Johannes lachte leise und traurig auf. »Aber sie heißt ja auch Anna.« Dann wiederholte er den Namen mit aller Ehrfurcht, als ob er von der Jungfrau Maria spräche. »Darf ich sie in den Arm nehmen?«, fragte der Kaiser vorsichtig und flehend zugleich, als ob ein Sohn seinen Vater fragte.

»Nur zu, hoher Herr«, ermunterte ihn Nikephoros.

»Danke, mein Freund, danke«, murmelte der Kaiser unterwürfig, als er das Kind behutsam aus der Wiege nahm. Als er es auf seine Augenhöhe nehmen wollte, führte Nikephoros behutsam, aber belehrend zugleich die feingliedrige, fast weibliche Hand des Kaisers hinter den Kopf seiner Enkelin und flüsterte bestimmt, aber ohne Vorwurf, als habe es der Kaiser nur durch die Vielzahl seiner Geschäfte vergessen: »Das Köpfchen!«

Der Kaiser der Rhomäer, der Nachfahre der Beherrscher des Römischen Weltreichs betrachtete das Kind, das fest schlief.

»Es duftet so süß wie die andere Anna«, sagte er versonnen.

»Weil es noch nicht vom Schmutz der Welt verunreinigt ist.«

»Willst du damit sagen, dass wir stinken, weil wir die Welt in uns haben?«

»Nicht die Welt, sondern die Hölle. Aber von jedem kleinen Kind geht der Geruch des Paradieses aus.«

»Sie ist das Licht der Welt.« Tief bewegt legte der Kaiser seine Großnichte in die Wiege zurück. Johannes dankte Nikephoros und schämte sich zugleich vor ihm. Weil er zum Zeugen dieser Szene geworden war, hasste er ihn, aber weil es ohne ihn dieses Erlebnis nicht gegeben hätte, liebte er ihn auch. Er wollte an dem alten Seeräuber vorbeigehen, blieb jedoch auf seiner Höhe stehen. »Ach, mein Alter, was soll ich mit dir tun? Soll ich dir den Kopf abschlagen oder dir einen Orden verleihen?«

»Wie es Euch beliebt, Herr«, antwortete Nikephoros gelassen.

Am nächsten Morgen brachen Mustafa und der Pascha samt Eskorte auf, um Unruhe in Murads Reich zu tragen. Nach dem verlustreichen, aber gescheiterten Angriff auf die Stadtmauern begnügte sich der Sultan zunächst mit der Belagerung. Endlich konnten die Toten begraben werden. Auch die Truppen des Großtürken bedurften einer Pause, und vor allem mussten sie aufgefüllt werden.

Fünf Monate später und nach fünf so erfolglosen wie verlustreichen Versuchen, die Stadt zu stürmen, begab sich Loukas Notaras als Parlamentär ins Lager des Sultans. Eirene, Anna auf dem Arm, winkte ihm zu, als er aufbrach, nur von Eudokimos begleitet. Die kleine Anna versuchte, es ihrer Mutter nachzumachen. Das rührte Loukas.

Die Situation für Murad II. hatte sich genügend verschlechtert, analysierte Loukas, dass sich der Sultan im eigenen Interesse zumindest zu Verhandlungen bereitfinden sollte.

Der Kapitän verließ durch das Charisius-Tor die Stadt. Vor ihm ritt mit einer weißen Flagge in der Hand Eudokimos. Ein scharfer Wind blies von Nordwest und trieb Regen vor sich her. Loukas hoffte, dass es ihm gelingen würde, der Stadt und seiner Familie den Frieden zu bringen!

Am Wall der Belagerer mussten sie vom Pferd steigen. Der Kapitän verlangte auf Türkisch, den Sultan zu sprechen. Ein Bote ritt ins Lager. Nach einer guten halben Stunde kehrte er zurück. Eudokimos hatte zu warten, und Loukas Notaras wurden die Augen verbunden. Ein Türke packte ihn am Oberarm und schob ihn in die Richtung, in die er gehen sollte.

Als ihm die Binde abgenommen wurde, fand er sich in einem großen Zelt wieder. Vor ihm standen Murad und neben ihm Halil Pascha sowie einige Würdenträger, die er nicht kannte. In der Mitte des Raumes glühte Holzkohle in einer Feuerschale und heizte die mit Teppichen behangenen Zeltwände.

»Verzeih, alter Freund, dass ich dir und deiner Stadt so viel Ungemach bereiten muss. Aber was macht man mit einem solchen Verräternest?«, fragte der Sultan fast wie nebenbei, als redete man von Raupen, die einige Obstbäume befallen hatten.

»Frieden, großer Herr. Lasst uns Frieden schließen.«

»Warum sollte ich das tun?«

»Weil Ihr hier Eure Zeit verschwendet, während Euer Bruder das Reich gegen Euch aufwiegelt.«

Eine Falte durchteilte die Stirn des Sultans. Er rang um Beherrschung. »Der Kaiser hat doch Mustafa erst auf die Idee gebracht und ihn dann noch anerkannt vor aller Welt als rechtmäßigen Erben meines Vaters. Ein Grund mehr, die Stadt zu berennen!«

»Was erwartet Ihr, wenn Ihr mit Truppen vor die Tore unserer Stadt zieht? Ihr glaubt doch nicht, dass wir uns ergeben, solange wir diese Bollwerke haben und die Versorgung auf dem Seeweg gesichert ist.«

»Dreist, aber richtig, Loukas Notaras. Ich mag dich, ein anderer hätte für diese frechen Reden bereits die Bastonade verspürt. Hast du auch einen Vorschlag dabei?«

»Brecht die Belagerung ab. Natürlich noch nicht gleich, sondern nach einer angemessenen Frist, damit Ihr nicht das Gesicht verliert. Um Eure Auslagen zu ersetzen, sind wir zu einer jährlichen Tributzahlung bereit.«

»Ist das alles?« Loukas ahnte, dass sein Angebot nicht genügen würde, hatte es aber dennoch gehofft, um den Trumpf, den er in der Tasche hatte, nicht ziehen zu müssen, denn er bedeutete Verrat, Verrat von der schlimmsten Sorte! Er wusste es von Anfang an: Wenn er Murad hinters Licht führen würde – was er tat –, würde er auch Mustafa betrügen müssen, um mit Murad im Geschäft zu bleiben.

»Ihr wisst, dass Mustafa ein großes Heer sammelt. Ihr werdet die Belagerung ohnehin aufgeben müssen, um Euch gegen Euren Bruder zu wenden.«

»Ich komme zurück, wenn ich mit ihm abgerechnet habe.«

»Dann ist es Winter. Die Welt wird im nächsten Jahr anders aussehen. Euch läuft die Zeit davon. Der Bruderkrieg wird Euch Kraft kosten. Bedenkt, wir könnten mit Mustafa gemeinsame Sache machen und Euch im entscheidenden Moment in den Rücken fallen. Was ist, wenn sich die Serben, die Ungarn, die Bulgaren auf

Mustafas Seite schlagen und ihm Hilfskontingente stellen? Unserer Diplomaten würden eine wirksame Hilfestellung bei den Verhandlungen leisten. Freilich, wir könnten das alles auch unterlassen.«

Murad wirkte plötzlich traurig. Er erzählte dem Kapitän von einem Gesetz bei den Osmanen. Derjenige der Brüder, der Sultan wird, muss die anderen töten, damit es niemals zu Bruderkriegen kommen kann. So forderte es das Gesetz.

»Ich hatte kein Problem damit, den Lügner zu bekämpfen und zu töten, aber meinen eigenen Bruder umzubringen, dazu fehlte mir die Kraft. Und nun zwingt mich dieser Knabe dazu.«

»Es ist der Ehrgeizling an seiner Seite, der Euren Bruder ins Verderben treibt.«

»Und wenn schon. Jetzt ist es zu spät. Er wird sterben müssen – er oder ich!«

»Unser Angebot steht: Wir zahlen Tribut und verpflichten uns zu wahrhafter Neutralität, wenn Ihr mit Eurem Bruder kämpft.«

Die Nachricht, dass die Truppen Murads den Prinzen Mustafa und Ilyah Pascha bei Nikaia erwischt hatten, dem Pascha der Kopf abgeschlagen und der Prinz mit der Seidenschnur erwürgt worden war, erreichte Loukas Notaras während einer Sitzung des Geheimen Rates, zu dem er inzwischen gehörte. Es tat ihm leid um Mustafa, aber letztlich hatte er sich das Schicksal selbst bereitet. Da Murad das Gesetz gebrochen und ihn am Leben gelassen hatte, hätte er seine Jahre in Reichtum und Luxus zubringen und sich mit dem beschäftigen können, was ihm Spaß machte. Der musische und an den Wissenschaften interessierte Junge, der im Alter seines Bruders Demetrios gewesen war, hatte nicht für die Politik getaugt. Weshalb hatte er sich dazu nur verführen lassen? Für Konstantinopel allerdings stellte der verhängnisvolle Ehrgeiz des Prinzen ein Glück dar, sorgte er doch für Entlastung und für ein Faustpfand im Kampf gegen den Sultan. Murad hielt Wort und gab die Belagerung der Stadt auf. Um weitere Aufstände zu verhindern, widmete er sich der Festigung seiner Macht.

Kaiser Manuel II. Palaiologos kämpfte darum, wieder gehen, wieder reden, wieder laut beten zu können. Doch der Kampf, sein letzter, strengte ihn so sehr an, dass keine zwei Jahre später sein Herz einfach stehen blieb, wie ein Seil riss, nachdem man lange mit ihm Lasten gezogen hatte. Aber er starb in Ruhe, denn sein Sohn hatte die Stadt verteidigt und war nun reif für den Thron. Seinen letzten Atemzug tat er im Kloster, wo er seit Längerem als Mönch Matthaios gelebt hatte.

Nach seinem Tod zog sich auch die Kaiserin Helena in ein Kloster zurück. Sie war zwar immer bereit, ihren Sohn zu beraten, doch spürte auch sie das Alter und widmete sich dem Klostergarten und dem Gottesdienst. Sie begann, über ihr Leben nachzudenken. Mehr als ihren Mann vermisste sie ihren Vater. Das konnte sie sich lange nicht erklären, bis sie eines Tages wieder einmal die Notaras besuchte und sie eine Spur von Neid spürte, als sie ihrer Urenkelin Anna beim Spielen zusah. Eigentlich vermisste sie nicht ihren Vater, sondern die Zeit, als sie das spielende Kind ihres Vaters sein durfte, auf dessen Schultern sie häufig geritten war. Immer öfter kam es ihr so vor, als höre sie seinen durchdringenden Bass, wenn sie ihn mit heller Stimme antrieb: »Hüha! Hüha! Hüha!« Die alte Frau dachte dann, dass es nichts Schöneres auf der Welt gab, als ein kleines Mädchen zu sein, dessen Hofstaat Vater und Mutter bildeten. Wenn ihr dieser Gedanke durch den Kopf ging, zog sie unwillkürlich die rechte Schulter leicht nach oben, sodass sie etwas schief dasaß, und schaute wie ein junges Mädchen verschämt auf ihre zusammengelegten Hände, wobei sie sich ein wenig streckte. Als würde sie diese mädchenhafte Geste wieder in den Palast ihres Vaters zurückbringen.

Und Anna lernte laufen. Auch für Loukas war sie das Licht der Welt. Deshalb saß er jetzt im Geheimen Rat, weil er dieses Reich verändern wollte, für seine Familie, für Anna. Er schwor in der Hagia Sophia, dafür zu sorgen, dass der Kaiser künftig stärker auf den Geheimen Rat hören würde, der nicht mit den wohlhabendsten, sondern mit den klügsten Männern des Reiches besetzt werden musste. Nicht Adel, sondern Fähigkeit hatte über die Mitgliedschaft in dieser Versammlung zu entscheiden. Denn eines hatten ihn die Ereignisse gelehrt: Wenn man das Reich der Rhomäer nicht reformierte, würde es untergehen.

Diese Erkenntnis und eine herzliche Abneigung verbanden den Kapitän Loukas Notaras und den Fürsten Alexios Angelos, die sich im Rat gegenübersaßen und einander wie Raubkatzen belauerten.

Der Tag würde kommen, an dem man ihm die Kaiserkrone aufs Haupt setzte, davon war Alexios überzeugt. Dann würde er auch mit Loukas Notaras abrechnen. Dafür benötigte er nur Klugheit, Skrupellosigkeit und Geduld, denn schließlich war er das Licht der Welt.

TEIL II

1

Forsthaus in Großwardein, Ungarn

»Pratzen hoch!«, brüllte der vierschrötige Reisige, dass es Alexios in den Ohren widerhallte. Der nur mit einem Paar schlichter Beinlinge und einem grauen Leinenhemd bekleidete Fürst blickte auf die Eisenspitzen der Bolzen gespannter Armbrüste, die zwei Schützen ungerührt auf ihn und Clara von Eger richteten. Inger duckte sich zum Sprung.

»Still, ruhig, mein Guter! Ganz ruhig!«, rief der Fürst dem Kuvasz auf Griechisch zu. Er wollte vermeiden, dass die Eindringlinge auf den Hund schossen. Ins stille Forsthaus drängten abenteuerlich aussehende Gestalten, die eine Wolke abgestandenen Schweißes vor sich herschoben. Der Anführer genoss sichtlich die Rolle des Überlegenen. Er grinste, so breit es sein kleiner, weibischer Mund zuließ.

In den letzten zehn Jahren war Alexios Angelos mindestens zweimal im Jahr von Konstantinopel nach Großwardein geritten, um einem Monat der Liebe mit Barbara zu frönen. Er wohnte in diesen Wochen im Forsthaus, und sie kam des Nachts zu ihm. Er fühlte sich dann immer wie aus der Zeit gefallen. Niemals jedoch war er in eine ähnliche Situation wie diese geraten. Die Zeit hatte ihn wieder, durchschoss es ihn instinktiv.

»Was willst du von mir?«, fuhr Alexios den Anführer auf Ungarisch an. Er hatte die Sprache von Barbara gelernt.

»Maul halten und mitkommen!«

»Wohin?«

»Werdet schon sehn!« Alexios sah in das stumpfe Gesicht, auf die Übermacht der Meute, auf die Bolzen, die auf Clara und ihn gerichtet waren. Selbst sein Schwert befand sich außer Reichweite. Um den Kuvasz nicht zu gefährden, band er dem Hund eigenhändig die Läufe zusammen.

»Ist gut, ist ja gut, erst mal können wir nichts tun, beruhig dich«, sprach er dabei auf das treue Tier ein. Dann ließ auch er sich fesseln. Noch hoffte der Fürst, dass sich das Ganze als Rollenspiel Barbaras, wenn auch als sehr gewagtes, herausstellen würde.

»Die Buhle auch!«, befahl der Anführer.

Alexios sah den Schrecken in Claras Augen, und der wirkte doch sehr echt. Ihm wurde siedend heiß, als er erkannte, dass er sich in keinem Rollenspiel seiner wundervoll erfindungsreichen Geliebten befand, sondern in einer ausgesprochen unangenehmen Wirklichkeit.

»Lasst sie gehen!«, sprach er, keinen Widerspruch duldend.

»Die Metze kommt mit, wurde mich befohlen!«

Die Weigerung empfand der Fürst als Dreistigkeit und nahm sich vor, den Schergen die Frechheit eines Tages entgelten zu lassen. Claras Leib begann zu zittern. Wie gern hätte er sie in den Arm genommen, die treue Dienerin ihrer Liebe, und sie getröstet, aber dazu saßen die Fesseln zu straff. »Macht Euch keine Sorgen. Ihr steht unter meinem Schutz.« Sie sah ihn nur mitleidig an. Die junge Frau schien zu wissen, was nun geschehen würde. Alexios verdrängte den Eindruck und fuhr den Vierschrötigen an: »Von wem hast du deine Befehle, Kerl?«

»Werdet schon noch sehen!« Mehr bekam er aus dem Anführer nicht heraus. Als sie mit gefesselten Händen die Hütte verließen, schätzte er den Haufen vor der Tür auf dreißig Mann – recht viel Aufwand für zwei Gefangene. Man stieß sie auf einen Leiterwagen, vor den zwei Esel gespannt waren, und warf den Hund zu ihnen. Dann setzte der Zug sich in Bewegung. Es gelang Alexios nicht, ein Gespräch mit den Bewaffneten anzuknüpfen, um sie auszufragen. Sie ignorierten ihn. Unterwegs betete Clara fast unentwegt. Der Fürst erinnerte sich allmählich an den Weg, er war ihn vor vielen Jahren einmal in umgekehrter Richtung geritten. Es ging nach

Buda. Etwa zu dem gehörnten Ehemann? Die Vorstellung bereitete ihm Unbehagen.

Als die Nacht hereinbrach, erreichten sie eine kleine Stadt. Sie wurden in den örtlichen Kerker gesperrt.

»Bitte küsst mich, Herr«, bat sie ihn, nachdem die Büttel sie vor einer Weile verlassen hatten und Stille einkehrte.

»Liebst du mich denn?«, fragte er verunsichert.

»Ich weiß es nicht. Aber mein Körper verlangt nach Euch!«

»Warum?«

»Weil ich sterben muss!« Die Antwort erschütterte Alexios, und er nahm Clara in seine Arme, aber nicht wie ein Liebhaber, sondern wie ein Bruder seine Schwester, wenn er sie zu trösten wünschte. Zwei Monate in jedem Jahr lebten sie im Forsthaus miteinander. In dieser Zeit wurde sie zumindest zur akustischen Zeugin der Liebe zwischen ihrer Herrin und dem Fürsten, doch niemals kamen sie sich körperlich nahe, bis auf dieses eine Mal in den Karpaten. Er drückte ihr einen Kuss auf die Stirn. Er hatte sie nie gefragt, wie sie die Zeiten im Forsthaus empfunden hatte – und er tat es auch jetzt nicht. Alexios spürte ihre Angst.

»Hast du eigentlich jemanden geliebt?«

»Ich weiß es nicht.«

»Deine Eltern?«

»Ich habe sie kaum gekannt. Die Pest. Graf Herrmann, der selige Vater der Königin, hat mich aufgenommen und erziehen lassen. Ich verdanke ihm alles.«

Nun verstand Alexios die enge Verbundenheit, die zwischen Barbara und ihrer Zofe bestand.

»Keinen Mann?« Sie schüttelte den Kopf. Die Erkenntnis schlug bei ihm ein wie ein Blitz. Er war Claras erster Mann, er hatte ihr die Jungfernschaft genommen und es nicht einmal bemerkt.

»Lieb mich noch einmal, Alexios«, hauchte sie in sein Ohr. »Bevor alles zu Ende geht.«

»Dir wird nichts geschehen«, suchte er vergebens, sie zu beruhigen. Sie sah ihn mit großen, bittenden Augen an.

»Komm, schmieg dich an mich. Ich erzähle dir eine Geschichte.« Er scheute sich, mit ihr zu schlafen, nicht weil sie ihm nicht gefiel, sondern weil er zum ersten Mal in seinem Leben fühlte, dass es nicht rechtens wäre. Alexios spürte die Angst in dem Körper der jungen Frau, gegen die er mit der Geschichte von den Irrfahrten des Odysseus anzureden versuchte.

Am Mittag des nächsten Tages holte sie eine Gruppe von sechs Reitern ein.

»Wer bist du?«, fragte der in einem schwarzen Mantel steckende und von einer Gelehrtenkappe behütete Führer des kleinen Trupps.

»Und du?«, bellte der Vierschrötige zurück. Seine Stimme klang rau. Die schlechte Laune rührte von einem quälenden Kater her.

»Anselm von Görlitz, Hofmeister der Königin. Die hohe Frau will wissen, wer es wagt, ihre Zofe zu entführen!«

»Unser gnädiger Herr König Sigismund.«

Alexios freute sich ganz und gar nicht, dass sich seine vage Vermutung bestätigte. Diese Erklärung stellte die schlimmste aller Möglichkeiten dar.

»Du willst mit den Gefangenen nach Buda?«, hakte der Hofmeister nach.

»Was geht's dir an!«, sagte der Vierschrötige und spuckte aus.

Der Gelehrte schluckte, als hätte man ihm ins Gesicht geschlagen. Seinem angewiderten Mienenspiel konnte man ansehen, wie sehr er diesen Pöbel hasste. »Königin Barbara befiehlt dir, ihre Zofe Clara von Eger freizulassen!«

»Mein König befahl mich, Fürst Anschellohs und Clara von Eger auf Arrest zu nehmen.« Verrat, sie waren also verraten worden, schoss es Alexios durch den Kopf. Sigismund kannte offenbar die ganze Wahrheit, denn er wusste nicht nur von dem Forsthaus, sondern auch von der Rolle, die Clara spielte. Auf einmal fühlte er sich überhaupt nicht mehr so sicher, sie beschützen zu können. Aber er ließ den Zweifel nicht an sich heran.

»Aus dem Weg, oder du kommst mich mit zum König! Kannst dem Hurengespann gern Gesellschaft leisten, Magister Flohschiss!«, brüllte der Vierschrötige.

Die Drohung wirkte. Der Gelehrte wendete sein Pferd und ritt, ohne ein Wort zu sagen, gefolgt von seiner kleinen Eskorte, zurück. Alles war so schnell gegangen, dass weder Clara noch der Fürst dem Haushofmeister eine Botschaft für die Königin hatten mitgeben können. Der Vierschrötige schickte dem Hofmeister ein höhnisches Gelächter hinterher. »Dieses Männschen tut sich dicke mit seinem Lesen und Schreiben. Hilft's ihm? Nö! Dem haben wir's gezeigt, Männer.«

Alexios nahm den Vierschrötigen in den Blick, die stumpfen Augen, die Narben auf Stirn und Wange, die aufgepolsterten Gesichtslappen, die Knollennase, den weibischen Mund, kurz die Physiognomie der Gemeinheit. Das Gesicht glänzte vor Selbstzufriedenheit wie eine Speckschwarte. Dieser Mann benötigte seine kleine Macht, um sie zu missbrauchen. Davon lebte er. »Bah, Lesen und Schreiben ist gut für Pfaffen, nicht für Männer.«

»Wenn du ein richtiger Mann bist, woran ich zweifele, dann gib mir doch ein Schwert und wir machen einen kleinen Waffengang, du Großmaul!«, brüllte Alexios in die lachende Runde und strahlte dabei über das ganze Gesicht. Das Lachen erstarb. Böse, giftige Stille trat ein. Alle sahen erwartungsvoll auf den Anführer. Dessen schrundiges Gesicht lief rot an.

»Was ist nun, Prahlhans?« Alexios feixte, während die stumpfen Augen des Anführers sich zu einem Schlitz verengten, aus dem Hass schoss.

»Mein Herr hat mich verboten …«

»Dein Herr hat dich verboten? Nicht etwa dir verboten? Recht so. Recht so. Oh weh, o weh, darf sich nicht schlagen, traut sich nicht, sich zu schlagen, der große Schisser. Es stinkt … es stinkt nach Feigheit!«, ahmte Alexios den Vierschrötigen, allerdings in weinerlichem Tonfall, nach. Der Anführer riss einem Armbrustschützen die Waffe vom Rücken, spannte sie, zielte auf den Fürsten, verharrte in dieser Position – nur ein winziges Zittern verriet, dass er nicht erstarrt war – und schoss schließlich absichtlich vorbei. Dann warf er wütend die Waffe zu dem Schützen, von dem er sie hatte. »Ihr verleitet mir nicht! Ich habe 'ne eigene Klugheit. Los, weiter!«

Alexios bedauerte, dass seine kleine Provokation nicht zu einem

Duell geführt hatte. Aber einen Versuch war es immerhin gewesen.

Die nächste Nacht verbrachten sie bei einem Bauern. Clara und Alexios wurden in einen fensterlosen Schuppen gesperrt, vor dem abwechselnd jeweils zwei Reisige Wache hielten. Clara begehrte keine Zärtlichkeiten mehr von Alexios – es schien ihr jetzt sogar peinlich zu sein, jemals gefragt zu haben. Auf einmal wirkte sie seltsamerweise zuversichtlich. Oder hatte sie sich nur in ihr Schicksal gefügt? Alexios wurde nicht schlau aus dieser Frau, mit der er mehr Zeit verbracht hatte als mit jeder anderen, bis auf seine Amme vielleicht.

Er musste eingeschlafen sein, denn er vernahm unterbewusst ein Rascheln. Schnell schlug er die Augen auf und entdeckte, dass zwei Wachleute Clara aus der Hütte schleppten. Einer umklammerte sie von hinten und hielt ihr den Mund zu, während der andere an ihren Füßen zerrte. Mit einer blitzschnellen Beinschere brachte Alexios den hinteren Mann zu Fall, sprang auf und trat ihm so fest ins Gesicht, dass er das Nasenbein knirschen hörte. Sein Schrei, der sich in ein nicht mehr enden wollendes Brüllen verflüssigte, schockierte den anderen Reisigen so sehr, dass der die Füße der Zofe losließ. Clara rollte sich zur Seite und sprang auf. Der Wachmann gaffte auf seinen Kameraden, der sich am Boden wand, heulte und sich die Hände vor das Gesicht hielt. Als sei er aus einer Trance erwacht, zog er sein Schwert und grollte dumpf: »Isch schtesch düsch ab … Isch schtesch düsch ab!«

Alexios trat vorsorglich dem am Boden Liegenden in die Weichteile, sodass das Gebrüll des Wachmanns in eine neue Dimension sprang, zog das Schwert aus dessen Gürtel und sagte kalt: »Komm her, probier es! Nur zu!«

Der Scherge konnte sich nicht recht dazu durchringen, Wut und Angst hielten sich in ihm die Waage. Inzwischen traf der Vierschrötige, nur mit Hose und Hemd bekleidet, das Schwert in der Hand, vor dem Schuppen ein und mit ihm weitere Männer seiner Truppe. »Was is hier los?«, bellte er mit schwerer Zunge. Seine Augen ähnelten stumpfem Glas.

»Der hat den Ischtvan die Noise zertrampelt, der Hundsfott, der … isch schtesch dön ab …«

Der Vierschrötige rülpste. »Halts Maul!«, fuhr er seinen Mann ärgerlich an, dann wandte er sich Alexios zu. »Was tut Ihr meinen Männern, Herr Fürst?«

»Du hast den Befehl, Clara von Eger und mich nach Buda zu bringen! Du hast aber nicht Order, Clara zu vergewaltigen und mich zu töten.«

Der Anführer lachte, allerdings viel zu laut und zu demonstrativ, als dass die Heiterkeit echt wirkte. »Ich hab euch in meiner Gewalt!«

»Und du, Hundesohn, bist in der Gewalt eines Höheren!«

»Der König …«

»Ich meine Gott, du Dummkopf! Aber auch Sigismund wird nicht sanft mit dir umgehen, wenn du deinen Auftrag nicht erfüllst. Dem, wie nanntest du ihn, Magister Flohschiss hast du ja nun auf die Nase gebunden, dass Sigismund befohlen hat, uns nach Buda zu bringen. Meinst du nicht, dass es sich inzwischen herumgesprochen hat, du kleine Laus?«

»Was wollt Ihr von mich?«, fragte der Vierschrötige unsicher. Allmählich schien ihm zu dämmern, dass es ein Fehler gewesen war, dem Gelehrten diese Auskunft zu geben.

»Die Königin wird dem Befehl des Königs nicht widersprechen, aber sie wird dir nie verzeihen, wenn Clara auf dem Weg etwas zustößt! Übrigens mein Verwandter, der Kaiser der Griechen, und meine Familie, hochgeborene Fürsten, dir auch nicht, wenn mir etwas widerfährt. Verlass dich drauf, sie finden dich! Und was dann passiert, das kannst du dir in deinen schlimmsten Träumen nicht ausmalen!«

Der Vierschrötige kratzte sich erst am Kopf, dann in wachsender Ratlosigkeit am Gemächt. Schließlich rieb er sich unschlüssig die Nase. Nachdem er den Rotz hochgezogen und ausgespien hatte, schlug er dem zweiten Wachmann ins Gesicht, dass der das Schwert fallen ließ und aufschrie. Den beiden hinter ihm Stehenden befahl er, den Verletzten aus dem Schuppen zu holen.

»Legt das Schwert weg!« Ein Armbrustschütze zielte auf ihn. Alexios lachte und warf die Waffe zur Schuppentür. Ein Wink des Anführers genügte und ein anderer Reisiger holte den Stahl heraus. Dann wandte sich der Vierschrötige an seine Männer. »Wer den Gefangenen ein Haar biegt, den knüpf ich mit eigenen Händen an den nächsten Ast!«

Die Tür wurde geschlossen. Clara und den Fürsten umgab wie ein Mantel die Finsternis. Sie hörten, wie die Männer abzogen. Das Schreien des Verwundeten ließ nach.

»Gott lohn's Euch!«, sagte Clara leise.

Alexios nahm sie in den Arm und flüsterte: »Ist sicherer!«

So schliefen sie ein.

2

Residenz des ungarischen Königs, Buda

Drei Tage später erreichten sie ohne weitere Zwischenfälle die Stadt Buda. Sowohl der Vierschrötige als auch seine Männer behandelten Alexios und Clara inzwischen mit einer gewissen Scheu. Um den Burgberg wechselten sich reiche Gehöfte und armselige Hütten ab. Die Wehrmauern der riesigen Burg, die beständig erweitert wurden, umfassten inzwischen die eigentliche Stadt. Wer es sich leisten konnte, wohnte innerhalb der Burg, und wer nicht, versuchte es zumindest aus Angst vor den Türken, die ihre Renner und Brenner bis in das Weichbild von Buda ausschickten.

Man brachte sie in den spitz aufragenden Turm hinter dem Palast. Allerlei neugieriges Volk schaute dem Zug nach und schien sich zu fragen, wer der Mann und die Frau auf dem Leiterwagen wohl sein mochten. Wie gewöhnliche Verbrecher sahen sie nicht aus. Aufgrund des dunklen Teints des Fürsten vermuteten einige, dass es sich um den Teufel und seine Buhlschaft handele. Ja, sie wirkten eher wie Ketzer oder Satansdiener.

Man kerkerte sie im Keller des Turmes ein. Alexios löste die Fesseln des Hundes, den er streichelte und beruhigte. Der Tag verging mit einer Wassersuppe, die man ihnen reichte. Das Stroh auf dem Steinboden war faulig und nicht allzu reichlich. Es stank nach menschlichem Schicksal und körperlicher Not von Generationen, die sich wie eine Schicht über den schwarzen, schmierigen Stein des Gemäuers gezogen hatten.

Spätabends weckte sie der Vierschrötige, den sechs seiner Leute begleiteten. Sie nahmen Clara mit sich. Von der Gittertür aus warf sie Alexios noch einen Blick zu. Obwohl sie eine erwachsene Frau war, fiel ihm nur ein Ausdruck ein, der sich in ihm festsetzte: die große Angst eines kleinen Mädchens. Mitten ins Herz traf ihn die Anklage, die in ihrem Blick stand: sie abgewiesen zu haben. Er sprang auf, wollte sie zurückholen oder mit ihr gehen, aber da drehte sich bereits rasselnd der Schlüssel im Schloss der Kerkertür.

Wenig später vernahm der Fürst nur noch erbarmungswürdige Schreie, ihre Stimme, die ihn ihrem eigenem Schmerz wie in Blut erstickte. Das Bellen des Hundes ging in ein Jaulen über. Alexios wehrte sich gegen die Bilder, die in ihm aufstiegen, Bilder des langsamen Todes. Zugleich wunderte er sich über den Gefühlssturm, der sich in seinem Inneren erhob. Sie war doch nur eine Frau. Verlustmasse in dem großen Spiel, das man Leben nannte. Doch die Verwunderung versiegte. Zurück blieb die Scham.

Einige Zeit später holte man auch ihn. Er hatte kein Gefühl mehr dafür, ob Minuten oder Stunden vergangen waren. Alexios warf dem Hund noch einen Blick zu. »Ich komme wieder, Înger.« Der Kuvasz schlug an.

»Verdammte Töle! Macht ganz dumpf in der Rübe!«, schimpfte der Vierschrötige.

Der Fürst rammte ihm mit aller Gewalt seinen Ellbogen in die Seite, sodass dem Schergen die Luft wegblieb. »Sag das nie wieder über meinen Hund, wenn du nicht willst, dass ich dich eines Tages an deinen Gedärmen aufhänge!«

Statt ihn zu schlagen, schluckte der Anführer. Erst jetzt nahm der Fürst die Verunsicherung des Vierschrötigen wahr.

»Was habt ihr mit Clara gemacht?«, fuhr er ihn an.

»Warn nicht dabei«, murmelte der Anführer wie einer, der, wenn er auch nicht zugegen war, dennoch Bescheid wusste.

Der große Raum gegenüber der Zelle beherbergte die Folterinstrumente. In Schäften an der Wand staken brennende Fackeln. Drei Folterknechte, offensichtlich ein Meister mit seinen Gehilfen, erwarteten ihn bereits. In der Ecke lag, was von Clara übrig geblieben war, eine rote Masse, in der Stofffetzen hingen, ein geschundenes Stück Fleisch.

»Gott zum Grusse«, sagte der Schmerzensmeister geschäftsmässig, als träfe man sich auf dem Markt. »Herr, verübelt es mir nicht, aber ich habe die Aufgabe, Euch für die hochnotpeinliche Befragung …«

Weiter kam er nicht, denn die Faust des Fürsten krachte durch seine Zähne, dass sie splitterten und ein Blutschwall aus seinem Mund schoss. Mit diesem schnell erfolgten Angriff hatte keiner der Büttel und Folterknechte gerechnet, die sich nun auf Alexios stürzten. Wie ein Tier schlug er um sich. Schließlich gelang es den Schergen, ihn niederzuringen, ihm die Arme auf dem Rücken zu fesseln und ihm die Kleidung vom Leib zu reißen. Aber sie hatten alle ordentlich einstecken müssen.

Nackt, wie er war, führten sie ihn zu einem Seil, das über eine Rolle an der Decke hing. Sein Blick fiel auf die Streckbank, die noch feucht von Blut war. Der Foltermeister spülte sich den Mund aus. Hass schoss aus seinen Augen. Die Männer des Vierschrötigen, die Alexios geholt hatten, verließen den Raum. Einer der beiden Folterknechte, ein Untersetzter mit absonderlich langen Armen, schlang das Seil um die Fesselung des Fürsten. So waren sie also mit Clara umgegangen!

»Dafür werdet ihr bezahlen!«, brüllte der Fürst in viehischer Wut. Angst fühlte er nicht, nur Schuld an dem Tod dieser jungen Frau. Ihm war, als sei etwas von ihm mit ihr gestorben. Er hatte es gar nicht gemerkt, wie sie in den letzten Jahren zu einem Teil seines Lebens geworden war.

Der Schmerzensmeister näherte sich dem Fürsten mit einem spitzen Widerhaken. Seine Gesellen riefen ihm zu: »Tut das nicht, Meister. Wir würden alle dafür bezahlen müssen!« Der Mann blieb stehen und spuckte einen Zahn aus. Man sah ihm an, wie gern er den Haken benutzen würde. In seinem ledernen Gesicht spiegelten sich noch immer die Schmerzen wider, die er empfand. Das Schlagen von Türen hallte in den Keller. Der Meister nickte widerwillig und legte den Haken beiseite. Dann zog er an dem Seil, sodass Alexios auf den Zehenspitzen tänzelte.

Ein baumlanger Mann mit einem spitzen Bart und blonden Locken, die ihm bis auf die Schultern fielen, betrat mit energischem Schritt den Raum. Sofort änderte sich die Temperatur in dem Folterkeller, alle wurden eifrig, unsicher, hektisch. Es war, als ob ein Halbgott, den alle fürchteten und zugleich verehrten, sich zu ihnen begeben hatte.

Alexios vermutete, dass Sigismund vor ihm stand, der römische und ungarische König. Er spürte die kalten Spitzen des Wahnsinns, die durch den Schädelknochen in sein Hirn stießen, und nahm als Letztes die Unfähigkeit wahr, sich dagegen zu wehren. Zuweilen ähnelte sich der Ausdruck des Schmerzes und des Lachens im Gesicht eines Menschen, so wie jetzt bei ihm.

»Verzeiht, Majestät, dass ich mich gerade nicht verbeugen kann«, sagte er mit sardonischem Lächeln. Irgendwann musste es dazu kommen, irgendwann musste der Verrat den Weg zum Ohr des Königs finden. Damit hatte er immer gerechnet, aber nie darüber nachgedacht. Wie ein Beil traf ihn die Erkenntnis, dass er für Claras Tod verantwortlich war. Zum ersten Mal in seinem Leben verletzte ihn die tiefe Ungerechtigkeit der Welt.

Der König betrachtete ihn kühl und interessiert wie ein Insekt. »Ihr scheint bei bester Laune zu sein, mein Herr Dieb.«

»Ich habe mich selten so amüsiert, Herr König, und sogar auf Eure Kosten, mein spendabler Herr«, erwiderte Alexios von allen guten Geistern verlassen trotzig.

»Na, da will ich Euch doch zu Willen sein, wie Ihr es von meiner Familie gewöhnt seid. Wir sind doch alle nur zu Eurer Unterhaltung auf der Welt«, erwiderte der König düster und machte dem Folterknecht ein Zeichen. Der zog am Seil. Ein Reißen ging durch die Schultern des Fürsten, dessen Zehenspitzen kaum noch den Boden berührten.

»Ihr verwöhnt mich aber, Majestät«, presste er zwischen den Zähnen hervor. Schweiß perlte auf seiner Stirn und brannte ihm in den Augen, die dennoch wild funkelten. Er wollte leiden und Sigismund mit seinen Schmerzen demütigen.

»Ja, so kennt man mich, als großzügig. Kann ich Euch weitere Wohltaten erweisen?«, fragte der König.

»Oh ja! Ich würde gern wie die Engel ein wenig schweben. Könntet Ihr das veranlassen? Das bin ich meinem Namen schuldig«, stöhnte der Fürst.

Wieder gab der König ein Zeichen, und Feuer stach durch Alexios' Schultern und Oberarme. Er vermutete, dass sie seine Arme ausgekugelt hatten.

»Vortrefflich, Herr, vortrefflich«, hustete er, lachte er. »Ihr seid der freigiebigste Mann auf Erden. Sogar Eure Frau teilt Ihr mit mir!« Oh, wie gut es ihm gelang, den Schmerz im Gelächter zu verstecken, den Schrei im Lachen. Er mochte gar nicht mehr aufhören. Er jubelte, wie andere schrien.

Sigismunds Augen verdüsterten sich. »Wagt Ihr es etwa, mich auszulachen?«

»Aaaahhhhohohohoho ... nein, nein ... huhuhuhu ... es ist so angenehm, hohohoho, sehr zu empfehlen. Ha, ha, ha, ha ... Versucht es doch auch einmal! He ... he ... he ... he ... Fast noch schöner, als unschuldige Frauen zu Tode zu quälen.« Dann brüllte er, atmete stoßweise und zwang seinen Atemstrom unter seine Kontrolle. Sigismund griff nach einer langen Eisenzange und umschloss damit das Gemächt des Fürsten. »Es ist wohl rechtens, wenn ich Euch das Werkzeug nehme, mit dem Ihr in meinen Besitz eingebrochen seid.«

Alexios sah den unmäßigen Zorn im Blick des Königs. »Wenn Ihr einen Feind braucht, nur zu.«

»Droht Ihr mir?«

»Einen Krieger ... entehren ... der im Kampf ... gegen Türken ... von Nutzen ist ... hab mich ... an Eurem Eigentum ... vergriffen ... Ihr habt mir ... Arme ... ausgekugelt ... mich nicht ... zum Zwiekampf ... gefordert ... Geschenkt ... Den Frevel ... aber ... weder ich ... noch ... meine Familie ... vergeben ... Niemals!«, presste der Fürst stoßweise und mit großen Pausen heraus. Er spürte, wie ihm die Kraft schwand.

Schwere Schritte eilten die Steintreppe herunter. In der Folterkammer stand Johann Hunyadi in schwarzer Hose, schwarzem Pelz, schwarzer Mütze und düsterem Gesicht. Barbara hatte ihn geschickt, um sie zu retten, schoss es Alexios durch den Kopf. Gute Barbara, dachte er dankbar. Für Clara kam er zu spät. Zu spät, hallte es durch seinen Kopf.

»Tut das nicht, hoher Herr! Ich würde Euch niemals verzeihen, meinen Waffengefährten entehrt zu haben!«, sagte der Feldherr eisig. Verunsichert schaute Sigismund in Hunyadis entschlossenes Gesicht. »Nicht einmal Ihr dürft einem Drachenritter das antun! Nicht einmal Ihr, Majestät!« Ihre Blicke duellierten sich. »Ihr wisst, was Aufruhr bedeutet! Beleidigt nicht die Ritter!« Sigismund errötete wie ein Krebs in heißem Wasser. Zornig schleuderte er die Zange zu einem der Folterknechte, die ihn beabsichtigt oder zufällig an den Kopf traf und niederstreckte. Die beiden anderen wagten nicht, sich zu rühren. Sie verstanden die Wendung nicht, spürten aber, dass sie ungut war.

»Lasst ihn runter und befreit ihn von seinen Fesseln!«, befahl der König.

Alexios genoss es, wieder Boden unter den Füßen zu haben. Die Schulter schmerzte teuflisch. Auf Geheiß des Königs halfen ihm die beiden Folterknechte, die Hose anzuziehen.

»Laszlo!«, brüllte Sigismund mit seiner tiefen, weittragenden Stimme.

Kurz darauf betrat der Vierschrötige mit den sechs Leuten den Raum. Der König zeigte der Reihe nach auf den Meister und seine beiden Folterknechte, zuletzt auf den am Boden Liegenden, der an der Schläfe blutete und unsinnig herumlallte.

»Dieses Pack hat sich an der armen Clara von Eger in schändlicher Weise vergangen. Ersäuft sie! Gleich! Sofort!«

Der Meister und die Folterknechte fielen auf die Knie und flehten ihren Herrn an, ihnen das Leben zu schenken. Alexios wusste, dass sie keine Gnade finden würden, weil sie zu viel wussten. Der König beabsichtigte offenbar, sowohl die Untreue seiner Frau zu verheimlichen als auch die Geschehnisse in diesem Keller. Außerdem waren die Folterer zu unfreiwilligen Zeugen geworden, als der König vor Johann Hunyadi gekuscht hatte. Nach ihrem Tod würden nur noch er, der Feldherr und Alexios davon wissen, und alle drei hatten keinerlei Veranlassung, darüber zu sprechen. Laszlos Männer packten die Folterknechte und zogen sie erbarmungslos, so wie es ihnen befohlen wurde, mit sich hinaus in die Nacht, in der sich wohl irgendein schwarzer Weiher finden ließe. Auf die Befehlstreue des Vierschrötigen konnte sich der König verlassen, wie Alexios am eigenen Leib erfahren hatte.

Obwohl es ihm körperlich schwerfiel, sank er vor Claras Leichnam auf die Knie. Er hätte sich ohrfeigen, sich prügeln können dafür, ihrer Bitte – oh, wie viel Überwindung musste sie es gekostet haben, den Wunsch zu äußern! – nicht entsprochen zu haben. Wäre es ihm vergönnt gewesen, die Zeit ein kurzes Stück zurückzudrehen! Er, der große Fürst, der erfahrene Mann, er hatte nichts, aber auch gar nichts geahnt, und sie, die kleine Zofe, hatte alles gewusst. Das erste Mal in seinem Leben empfand Alexios Scham. Demütig küsste er die von geronnenem Blut und eingetrocknetem Schweiß verunstaltete Stirn. Als seine Lippen sie berührten, vereiste sein Herz.

Grußlos verließ der König den Folterkeller. So als wäre die Angelegenheit nun für ihn erledigt, mehr noch, als hätte sie sich niemals ereignet.

»Und was ist mit ihr?«, rief ihm Alexios nach. Statt einer Antwort hörte er, wie die Tür am Ende der Treppe zufiel.

»Wartet auf mich, ich bin gleich wieder da!«, sagte Hunyadi.

Nun waren sie allein, Clara und er. Sein Blick fiel auf die Streckbank. Daneben stand ein Wasserbottich mit einem Eimer und ein paar Schwämmen. Er ging zu Clara hinüber, schlang seine Arme um ihre Taille und schloss seine Hände hinter ihrem Rücken. Zwar vermochte er nicht, seine Arme zu beugen, doch hob er sie mit der Kraft seines Oberkörpers hoch. Ihr Gewicht verwandelte sich in seinen Muskeln und Sehnen zu flüssigem Feuer. Tränen traten aus seinen Augen, er schrie wie ein Tier, nichts Menschliches war in seiner Stimme, doch er ließ ihren Leib nicht los, auch wenn der Schmerz ihm das Bewusstsein zu rauben drohte. Mithilfe seines angewinkelten Oberschenkels hievte er ihren Körper auf die Streckbank. Er nahm den Schwamm in den Mund und begann sie zu waschen, so behutsam, als könne er ihr noch wehtun, zärtlich fast. Diesen Dienst war er ihr schuldig. Der Fürst schloss nicht die Augen vor den Wunden, die man ihr zugefügt hatte.

So fand ihn wenig später Johann Hunyadi. Ein Mann, der mit einem Schwamm im Mund eine Tote wusch und dessen hängende Arme an einen Affen erinnerten. Wie eine Marionette. Der Anblick hatte etwas grausam Komisches an sich. Als Alexios sein Werk für vollbracht hielt, sagte er: »Man soll sie herrichten! Schön wie im Leben soll sie in herrlichen Kleidern bestattet werden.«

Neben Hunyadi stand ein kräftiger Mann unbestimmbaren Alters mit einer Augenklappe und einem rostfarbenen Bart. Er trug eine weiße Schürze und hatte ein paar Tücher und einen Korb bei sich. Ein Bader oder Wundscher, dachte Alexios. Der Bader bat den Fürsten, sich auf den Boden zu legen, und bestrich seine Schultern und Oberarme mit einer übel riechenden, grünlichen Salbe. Hunyadi reichte Alexios eine Kürbisflasche, in der sich ein hochprozentiger Brand befand. Er lehnte ab, er wollte bei klarem Verstand bleiben. Der Bader drückte ihm ein Holzstück in den Mund.

»Draufbeißen, Euer Wohlgeboren!« Dann trat er mit dem linken Fuß in die Achselhöhle des Fürsten und kugelte den Arm wieder ein. Erst den rechten, anschließend den linken. Es schmerzte, doch es konnte ihm nicht weh genug tun, weil man Schmerzen nur mit Schmerzen bekämpfte. Plötzlich sehnte er sich nach Barbara, danach, in ihrem Schoß Vergessen zu finden. Und er machte sich Sorgen. Was mochte der König ihr antun, nachdem er mit ihrer Zofe und ihrem Liebhaber derartig umgesprungen war?

3

Notaras-Palast, Konstantinopel

Übermütig und unablässig kitzelte die Sonne ihr kleines, hübsches Gesicht. Als ärgerte sie eine lästig-behäbige Fliege, versuchte sie mit ihrer Hand, den vermeintlichen Störenfried zu vertreiben. Dann zog sie das Näschen kraus, nieste leicht, dass man es eigentlich kaum Niesen nennen konnte, und drehte sich wohlig im Schlaf auf die andere Seite. Sie wollte gerade in den nächsten Traum tauchen, als in ihrem Kopf die Signalglocken läuteten. Wie von der Tarantel gestochen schnellte sie hoch und riss ihre kugelrunden schwarzen Augen weit auf. Ihr wurde auf einmal ganz schwindlig. Mit beiden Händen fuhr sie in ihr dickes schwarzes Haar. Vielleicht war es ja schon so weit. Sie wird doch den entscheidenden Moment nicht verpasst haben, nur weil sie am Vorabend vor lauter Aufregung nicht einschlafen konnte, sodass es darüber sogar zu einem Streit mit der geliebten Amme gekommen war. Das Mädchen sprang aus dem Bett, würdigte ihre Puppen, die sie jeden Morgen liebevoll begrüßte, als wäre sie die Mama der großen Familie, keines Blickes und stürmte, nur mit dem weißen Nachthemd bekleidet, aus dem Zimmer. Ihre nackten Füßchen flogen über die kalten Terracottafliesen.

Es war zwar schon Ende März, aber die einsetzende Frühlingswärme belagerte einstweilen noch das alte Gemäuer, in dem sich die Winterkälte trotzig verbarrikadiert hatte. Aber das interessierte sie jetzt nicht. Niemand im Palast der Notaras verschwendete heute auch nur einen Gedanken an das Wetter, den Handel oder die Politik. Selbst in die Gesichter der Bediensteten hatte sich der Ausdruck einer scheuen Erwartung geschlichen.

Ihr kleines Herz pochte vor Aufregung, dass es ihr wehtat. Sie durchquerte das Zimmer der Schwester, die tief und fest schlief, ihren Stoffhund im Arm, den sie Dimmi nannte, nach ihrem Onkel Demetrios, der ihr den Hund aus Bursa geschickt hatte. Im Gegensatz zu ihren Puppen bekam das Schwesterchen wenigstens einen halben Blick ab. Dann stand Anna auch schon vor dem elterlichen Schlafzimmer. Sie hatte das Gefühl, dass ihr Herz im nächsten Moment in tausend Splitter zerspringen würde. Nur diese schwarze Tür mit den vielen Schnitzereien und den leuchtenden Intarsien, die Schäfer und Schäferinnen und Lämmer darstellten, trennte sie noch vor dem Einzigartigen, das sie verstummen ließ. Doch ihre Neugier überwand die Furcht. Mit der linken Faust klopfte sie tapfer an. Nachdem sie ein zweites Mal gegen das Holz geschlagen hatte, öffnete sich die Tür, und der Vater stand vor ihr.

»Anna?«, sagte Loukas so überrascht, als gäbe es nichts Unwahrscheinlicheres auf der Welt, als dass ein zehnjähriges Mädchen vor dem Schlafzimmer ihrer Eltern auftauchte. Dann nahm das spitzbübische Lächeln von seinem Gesicht Besitz, das sie so sehr liebte. Gleich darauf fing er sich, ganz Handelsherr, ganz Kapitän der kaiserlichen Marine, ganz Mitglied des Geheimen Rates des Kaisers der Rhomäer. Mit feierlichem Ernst bot er seiner Tochter die Hand an. »Komm und begrüße dein Brüderchen!«

Ein wenig enttäuscht darüber, den Augenblick der Geburt verschlafen zu haben, griff Anna beherzt die Hand ihres Vaters, schaute aber nach unten, als sie ihm folgte. Sogleich wurden ihre Sinnesorgane von der eigenartigen Atmosphäre überflutet. Für Anna stellte die Ankunft eines neuen Erdenbürgers ein Wunder dar. Obwohl ihr niemand erzählt hatte, unter wie vielen Mühen und mit wie vielen Gefahren sie selbst zur Welt gekommen war, schien sie es dennoch zu wissen.

Erst dann nahm sie den Geruch verschiedener Kräuter wie Rosmarin und Salbei, Parfüm und verbranntem Öl wahr. Mitten im Bett thronte ihre Mutter, erschöpft, aber mit dem Glanz der Zufriedenheit in den Augen. »Komm zu mir, Anna, komm und begrüße dein Brüderchen.« Anna tippelte mit äußerster Vorsicht, als könnte jede Unachtsamkeit beim Aufsetzen der Zehen zu einer Erschütterung führen, zu ihr. Das Kind, das Eirene im Arm hielt, schlief und brummelte. Es sah erschöpft aus wie alle Kinder unmittelbar nach der Geburt. Anna fragte sich, ob sie das verrunzelte kleine Wesen, das ihr Bruder war, schön finden sollte. Als er aber das Köpfchen zu ihr neigte und dabei kurz die Augen öffnete, brach der Bann.

»Wie süß!«, entfuhr es ihr in den höchsten Tönen.

»Er heißt Nikolaos, nach deinem Großonkel«, verriet ihr der Vater, als wäre es ein heiliges Geheimnis, das er nur ihr anvertraute.

»Wann ist er denn auf die Welt gekommen?«, fragte sie flüsternd.

Loukas bückte sich zu seiner Tochter, die ihm bis zur Brust reichte, und feixte, als verrate er ihr die schönste Geschichte der Welt. »Mit der aufgehenden Sonne.«

»Mit der aufgehenden Sonne«, wiederholte sie ehrfurchtsvoll. »Mit der aufgehenden Sonne ...« Annas Augen schienen sich vor Vergnügen zu kugeln. »Oh je, arme Mama, da musst du aber jetzt sehr müde sein. Waren denn Großvater und Großmutter schon da?«

Eirene nickte. »Auch die Kaiserin Helena.«

Das Mädchen staunte über die große Geschäftigkeit im Haus, von der es nichts mitbekommen hatte. »Die Kaiserin auch schon?«

Von allen Geschwistern kannte die Erstgeborene ihre Urgroßmutter am besten, denn häufig wurde sie anfangs noch in den Palast – daran besaß sie allerdings nur wenige Erinnerungen –, später dann ins Akakios-Kloster eingeladen. Dort bewohnte die alte Kaiserin, die als Nonne den Namen Hypomone angenommen hatte, was Geduld hieß, eine geräumige und sonnige Zelle. Denn diesem Leben kam man nur mit Zähigkeit und der Kunst des Ausharrens bei. Helena schien an Anna einen Narren gefressen zu haben. Sei es, dass sie die Erstgeborene war, sei es, dass sich Helena aus irgendeinem Grund einbildete, Anna schlüge ganz nach ihrer Art.

Inmitten der Aufregung entdeckte Anna ihren liebsten Spielgefährten, den Mönch Bessarion, der vor seinem Eintritt ins Kloster Basilius geheißen hatte. Sichtlich erschöpft saß er in einer Ecke des Zimmers, so als hätte er den kleinen Nikolaos persönlich zur Welt gebracht. Schweiß perlte auf der hohen Stirn. Die schwarzen Haare ließen seinen Teint noch blasser erscheinen. »Lass uns ein Ratespiel veranstalten«, schlug er vor und erhob sich. Es war wohl mehr die gute Absicht, Eirene ein wenig Ruhe zu verschaffen, als das Bedürfnis nach Beschäftigung. Loukas warf ihm einen dankbaren Blick zu.

»Ich will noch ein wenig bei Nikolaos bleiben«, quengelte das Mädchen.

»Geh schon, deine Mutter und dein Bruder brauchen jetzt ohnehin etwas Ruhe«, sagte Loukas.

»Aber vorher ziehst du dich an, junge Dame«, rief Eirene ihr noch zu.

In diesem Moment trat Annas Amme, Maria, die sich um die Kinder kümmerte, ins Zimmer. Die rundliche Frau unbestimmbaren Alters mit dem großen Gesicht, das vor innerem Frohsinn leuchtete, machte einen Knicks. Alles an ihr strahlte Weiblichkeit, Mütterlichkeit und Geborgenheit aus.

»Verzeiht«, sagte sie, »aber ich suche Anna schon überall! Wir wollen frühstücken.«

Anna zog die herrlichste Schnute der Welt, als hätte sie nie etwas anderes in ihrem Leben getan.

»Verschieben wir unser kleines Spiel«, schlug der Mönch vor.

»Iss doch einfach mit uns Kindern«, posaunte Anna, stolz auf ihren Einfall, heraus. Bessarion kratzte sich unschlüssig den wuchernden Vollbart.

»Tu den Kindern ruhig den Gefallen«, half Eirene ihrem alten Freund bei der Entscheidung.

»Aber nur, weil ihr alle es so sehr wünscht, denn eigentlich wollte ich heute fasten«, hob der Mönch die Hände und ergab sich dem Wunsch der Anwesenden. Daraufhin priesen alle das große Opfer, das Bessarion ihnen brachte, in Tönen, die in ihrer Übertreibung miteinander wetteiferten. Da war's der fromme Mönch zufrieden: Nicht er selbst, sondern Gott hatte ihn durch den Mund dieser Familie an diesem Tag von der ungeliebten Askese befreit.

Es klopfte an der Tür, eine Zofe öffnete. Ein Diener meldete,

Francesco Draperio wünsche dringend, den Herrn Kapitän zu sprechen.

»So früh?«, rief Loukas Notaras erstaunt aus, erwartete aber vom Diener keine Antwort. »Da muss es wohl sehr wichtig sein.« Der Kapitän nickte dem Domestiken zu, dann beugte er sich noch einmal über Frau und Kind, küsste beide und verließ das Schlafzimmer, gefolgt von der Amme und von Anna, die Bessarion wie eine Beute rücksichtslos mit sich zog. Allerdings verfügten sie sich in das Kinderzimmer, während Loukas kopfschüttelnd sein Arbeitszimmer aufsuchte.

Als die Tür ins Schloss fiel, atmete Eirene erleichtert auf, schaute auf den kleinen Nikolaos und sagte seufzend: »Na, mein Kleiner, endlich Ruhe! Du wirst diese schrecklich laute Familie Notaras noch früh genug kennenlernen. Die ganze Rasselbande, die vorlaute Anna, die feine Theodora, den unverwüstlichen Demetrios. Er heißt zwar nach deinem Onkel, kommt aber so gar nicht nach ihm.« Sie stöhnte resigniert, so wie es nur die Kapitulation aus Liebe vermag.

Draperio lief derweil mit katzenhafter Hinterhältigkeit in dem kleinen Arbeitszimmer aufgeregt hin und her. Als Loukas eintrat, wandte sich die lange, schmale Gestalt des Genuesen ihm sofort zu und blieb wie angewurzelt stehen. Als sei er bereit zum Sprung, dachte der Kapitän verwundert.

»Gratulation, Verehrter«, sagte Francesco Draperio kurz. Es war deutlich, dass er keine Zeit verlieren wollte. »Es tut mir leid, an einem solchen Tag zu stören … ähm, wie geht es Mutter und Kind?«

»Gut, sehr gut. Habt Dank für Euer Interesse«, antwortete Loukas amüsiert. »Aber sprecht. Es muss sehr dringend sein, wenn Ihr so früh das Haus verlasst, um zu mir zu kommen.«

»Dringend ist gar kein Ausdruck! Es brennt, Verehrtester. Gestern spätabends traf die Meldung meiner Spione ein. Eine einmalige wirtschaftliche Gelegenheit bietet sich uns!«

»Und die duldet so gar keinen Aufschub?«

Die leutseligen Gesichtszüge des Genuesen verhärteten sich.

»Nein, nicht den geringsten, wenn wir überhaupt noch eine Chance haben. Verflixt und zugenäht, wir sind sehr spät dran! Die Venezianer haben bereits ihre Hände danach ausgestreckt, auch die Florentiner, Leute aus Genua, aus Ancona, aus Pisa, selbst aus Siena und weiß der Himmel woher noch. Ein Prozent an den Geschenken, die jetzt schon die Verantwortlichen in ihrer Entscheidung beeinflussen sollen, würden einen armen Mann reich machen. Hochverehrter Loukas Notaras, dieses Geschäft könnte das Geschäft unseres Lebens werden!«

Francesco Draperio war kein Träumer, niemand, der sich von Trugbildern oder Phantasien nährte. Hinter dem Charme und der blumigen Ausdrucksweise verbarg sich ein nüchtern kalkulierender und knallhart denkender Geist. Er benutzte seine Beredsamkeit wie ein Ringer die zu weite Kleidung, um vor Freund wie Feind seine Muskeln zu verbergen.

Wenn das Geschäft, das ihm vorschwebte, ihn derart aus dem Häuschen trieb, dachte der Kapitän, dann handelte es sich tatsächlich um ein sehr großes Unternehmen, so groß, dass er es nicht allein angehen konnte. Andernfalls hätte Loukas nie etwas davon erfahren, auch wenn sie sich Geschäftsfreunde nannten und auf einigen Gebieten sogar als Partner zusammenarbeiteten. Draperio war weder ein Wohltäter noch ein großzügiger Mensch. Das Teilen galt ihm als achte Todsünde, genau genommen als die zweite, denn der Katholik hatte die *avaritia*, den Geiz und die Habgier, zur Kardinaltugend erhoben. Loukas Notaras besaß gute Gründe zu vermuten, dass Francesco Draperio nur dann an Gott glaubte, wenn Gott zu seinem Vorteil wirkte, denn der eigene Nutzen stellte die wahre Religion des Genuesen dar.

»Worum geht es?«, fragte Loukas zurückhaltend und unterdrückte seine Neugier. Zu großes Interesse erhöhte nur den Preis.

»Die Alaungruben von Phokaia!«

Das verschlug selbst dem Kapitän die Sprache. Er starrte seinen Geschäftspartner mit offenem Mund an, als wolle der ihm die Hagia Sophia verkaufen.

»Der Sultan will sie neu verpachten«, erklärte Draperio.

Alaun, das auch schwefelsaure Tonerde genannt wurde, war ein kristallisiertes Doppelsalz. Und ein wahrer Wunderstoff. Es wurde in der Medizin und als Holzschutzmittel eingesetzt. Aber das stellte nur Nebengeschäfte dar. Der eigentliche Wert dieses Wunderstoffes bestand darin, dass man in der Textilindustrie beim Beizen und Gerben nicht mehr auf Alaun verzichten konnte. Wer über Alaungruben verfügte, wurde zum umschwärmten Partner der reichen Textilkaufleute von Florenz, Flandern und Brabant. Doch nichts übertraf Alaun aus Phokaia. Derjenige, der in der kleinasiatischen Lagerstätte genügend Gruben besaß, bestimmte die Preise. Loukas ahnte, welche Aufgabe ihm der Genuese bei dieser Akquise zumaß. Doch er beschloss, Draperio weiter anzuhören. Sollte der sich erst mal erklären – der Genuese, nicht er hatte es eilig. »Wenn einer helfen kann, seid Ihr es! Ihr habt die besten Beziehungen zu Murad. Redet mit ihm, sichert uns das Geschäft.«

Der Kapitän zog die Stirn kraus. »Versteht mich nicht falsch. Unsere Geschäfte laufen gut, wir konnten in den letzten zehn Jahren unsere Stellung in der Handelswelt immer weiter ausbauen. Doch Hand aufs Herz, verehrter Francesco, ist dieses Geschäft nicht zu groß für uns? Die ersten Bankhäuser, die Badoer, die Medici, die Doria werden sich darum reißen.«

»Und sich in ihrer Konkurrenz gegenseitig auffressen! Uns haben sie nicht auf der Rechnung. Vertraut mir, Gott will es, dass wir es machen!«

»Stimmt, ich bin gerade gestern mit ihm die Kontorbücher durchgegangen.« Loukas lächelte sibyllinisch.

»Heißt es nicht, Gott ist mit den Tüchtigen? Kennt Ihr nicht das Gleichnis von den Talenten? Der Herr hat seinen Dienern Geld anvertraut. Diejenigen, die es vermehrt haben, liebt er, und die, die es nur erhalten haben, jagt er von dannen: ›Denn wer hat, dem wird gegeben, und er wird im Überfluss haben; wer aber nicht hat, dem wird auch noch weggenommen, was er nicht hat!‹« Francesco Draperio strahlte über das ganze Gesicht. »Ich bin ein Kind rechtschaffener und deshalb armer Eltern. Aber als ich dieses Gleichnis in sehr jungen Jahren in der Kirche hörte, habe ich plötzlich die Welt verstanden. Wenn wir nicht zugreifen, wird uns genommen werden. Diese Chance wird sich uns nie wieder bieten! Jetzt zu zaudern hieße, den Aufstieg zu verpassen. Wir werden arm sein wie Bettler oder reich wie Könige.«

»Reicher als Könige, hoffe ich doch«, entgegnete Loukas in Gedanken an seinen ewig klammen Kaiser. Mit einem unvergleichlich größeren Vermögen, als er es jetzt besaß, würde er auch seinen politischen Einfluss steigern können. Seine Gegner, die sich mit den Lateinern verbünden wollten, um einen Krieg mit den Türken anzuzetteln, verfügten über größere Mittel als er. Immer stärker setzte sich in Loukas die Überzeugung fest, dass man mit den Osmanen Frieden halten und kooperieren musste. So gesehen eröffnete das Geschäft zwei Vorteile: Erstens würden ganz andere Summen in seine Kassen fließen und es ihm ermöglichen, den Handel mit den Lateinern auszubauen, und zweitens würden die Bande zum Hof des Sultans stärker werden. Aussteigen konnte man immer noch. Warum nicht erst einmal prüfen, was alles möglich war?

»Wie lautet Euer Angebot?«, fragte er den Genuesen nach einer kurzen Denkpause. In Draperios Lächeln stand ein kleiner Triumph darüber, dass er Loukas nicht falsch eingeschätzt hatte. Auf seine Menschenkenntnis hielt er sich etwas zugute.

»Ihr holt den Zuschlag und bekommt eine jährliche Provision von zehn Prozent der Pachtsumme«, verkündete er.

Loukas lächelte freundlich, schwieg aber eisern. Francesco Draperio lächelte nicht minder freundlich zurück. »Na gut, es war einen Versuch wert. Ihr zahlt zehn Prozent der Pachtsumme und seid mit zwanzig Prozent am Umsatz beteiligt. Ist das ein Wort?« Draperio streckte die Hand aus und strahlte dabei, als habe er Loukas gerade aus reiner Freundschaft und vollkommen uneigennützig die Reichtümer der Welt zu Füßen gelegt und sich dabei ruiniert.

»Das Vorletzte in der Angelegenheit, verehrter Francesco. Das Letzte lautet: Ich zahle zwanzig Prozent der Pachtsumme und bin mit vierzig Prozent als stiller Teilhaber am Umsatz beteiligt. Ich fordere absolute Diskretion. Niemand muss wissen, dass ich in diesem Geschäft stecke. Das würde nur die Begehrlichkeiten des Kaisers wecken und natürlich den tödlichen Neid der Hofschranzen. Sie bekämen es mit der Angst zu tun, dass ich zu mächtig werde, und würden auf Teufel komm raus gegen mich intrigieren. Das kann ich nicht gebrauchen. Es könnte meine Geschäfte empfindlich stören. Auch für Euch wäre es letztlich nicht von Vorteil!«

»Die Angst ist nicht unbegründet. Der Neid treibt die Welt.« Francesco Draperio wiegte den Kopf. Er wusste nur zu gut, dass seine einzige Chance, an die Pacht zu kommen, über Loukas Notaras lief. Er zog deshalb die Hand nicht zurück und sagte stattdessen: »Euer Geschäftssinn steht im Bunde mit meiner Gutmütigkeit. So sei es denn!« Sie besiegelten die Abmachung mit einem Handschlag.

»Ein Junge oder ein Mädchen?«, erkundigte sich der Genuese mit entspanntem Lächeln, und Notaras beschlich in diesem Augenblick der Verdacht, am Ende doch zu wenig verlangt zu haben. Er hätte das dritte oder vierte Angebot Draperios abwarten sollen, bevor er seine Forderung darübersetzte, aber seine Gedanken befanden sich bei dem jüngsten Mitglied seiner Familie und nicht bei den Alaungruben in Phokaia.

»Ein Junge, lieber Freund. Nikolaos wird er heißen«, antwortete er mit einer großen Freude an der Welt.

4

Palast des Sultans, Edirne, Rumelien

»Großherr, wacht auf!«

»Großherr, wacht auf«, tröpfelte die säuselnde Stimme beharrlich in seinen schwarzen, traumlosen Schlaf wie Sonnenlicht in eine dunkle Kammer. Der Sultan schlug widerwillig die Augen auf und dachte nur, wenn es nicht wichtig ist, lasse ich dich köpfen, Sohn einer Hündin! Er benötigte ein paar Sekunden, um sich zurechtzufinden. Vor ihm stand der *hamdun*, der Obereunuch, dem die Aufsicht über den Harem, das Haus der Freude oblag. Im Zimmer hing Dämmer wie ein Spinnweb, das allmählich von den Spitzen des ersten Lichts zerrissen wurde. Es war noch früh, zu früh für ihn.

»Was gibt's?«

»Großherr, Euch wurde gerade ein Sohn geboren«, säuselte der Eunuch feierlich.

Wie zum Hohn erhob sich in diesem Augenblick der volle Klang der Kirchenglocken. Das Geläut stand natürlich in keinem Zusammenhang mit der Geburt, denn für die Ungläubigen brach der Sonntag Laetare an. Dennoch berührte dieser Zufall den Sultan unangenehm. Er wartete förmlich darauf, dass endlich der Muezzin seinen Gebetsruf über Edirne ausschickte. Er brauchte nicht lange zu warten, bis der heisere Singsang des Gebetsrufers an sein Ohr drang: »*Allahu akbar, Allahu akbar, Ashadu an la ilaha illa ilah, Ashadu an la ilaha illa ilah* ...«

Murad hatte befohlen, dass der Klang der Glocken anschließend vom Ruf des Muezzins überboten wurde. Er gestattete den Christen und Juden die Ausübung ihrer Religionen, doch als einzig rechtmäßiger Glaube galt der Islam, und mithin hatte dieser auch zu herrschen. Deshalb überragten die schlanken Minarette auch die Kirchtürme der Stadt.

»*Hayya 'ala s-salat, Hayya 'ala s-salat, Hayya 'ala l-falah, Hayya 'ala l-falah …*«

»Ich komme. Geh schon vor, aber gib es noch keinem bekannt«, beschied er den Eunuchen. Dessen unbewegte Miene ließ nicht erkennen, ob er sich darüber wunderte, seiner Pflicht, dem Hof die Geburt des Prinzen zu verkünden, entbunden worden zu sein. Er verneigte sich und schlich fast lautlos von dannen.

»… *as-salatu hayrun mina n-naum, as-salatu hayrun mina n-naum* …« Einen Moment lang sah der Sultan dem Eunuchen nach. Murad wusste nicht, woher der Verschnittene stammte, und es interessierte ihn auch nicht. Vielleicht von der Krim? Vielleicht von weiter her. Wer wusste das schon? Verkauften doch die Tataren in Kaffa Menschen, vor allem Kinder und Jugendliche, die sie in den weiten südrussischen Steppen gefangen hatten. Von dort aus wurden sie als lebende Ware nach Konstantinopel verschifft, weiter auf die Sklavenmärkte von Bursa und Edirne, von Venedig und von Genua hinwegtransportiert, um in ganz Europa verkauft zu werden. Eunuchen bildeten den teuersten Posten, weil zwei Drittel der Knaben die Kastration nicht überlebten. Inzwischen wurden auf den Sklavenmärkten schwarze Eunuchen aus Nubien angeboten. Sie waren billiger, weil von ihnen sogar zwei Drittel der Jungen den Eingriff überstanden. Doch Murad überließ seinem Obereunuchen die Auswahl des Nachwuchses der Eunuchengarde. Was sollte er sich da einmischen, der *hamdun* wusste nur zu gut, dass man ihn zur Verantwortung ziehen würde, wenn einer seiner Untergebenen ein Fehlverhalten an den Tag legte.

»… *Allahu akbar, Allahu akbar, La ilaha illa ilah.*«

Der Sultan erhob sich schlecht gelaunt und zog einen langen weißen Mantel über Tunika und Pluderhose. Zum Gebet würde er nicht gehen können, weil er eine Frau aufsuchen musste, die ihm unheimlich war und die ihm ein Kind geboren hatte. Er verließ das Schlafzimmer und den dösenden Palast. Die Wachen am Tor der

Glückseligkeit grüßten ehrerbietig ihren Herrn. Hatte man die Eunuchen auch ihrer Männlichkeit beraubt, so blieben sie doch dank der täglichen Waffenübungen äußerst wehrhaft.

Nein, Murad freute sich nicht über die Nachricht. Er besaß bereits zwei Söhne von seinen beiden Ehefrauen, einer serbischen und einer karamanischen Prinzessin. Nur ungern dachte er an den Abend vor neun Monaten in seinem Sommerhaus auf dem Tschökke genannten Hügel im Nordwesten seiner Residenz zurück.

In jener lauen Juninacht war der Sultan bester Stimmung gewesen. Er war stolz. Er war eitel. Er fühlte Erleichterung, ja fast so etwas wie Glück, wenn man auf dieser Welt überhaupt wahres Glück empfinden konnte. Bis auf die Eroberung von Konstantinopel glückten seine Unternehmungen. Er hatte sogar eine neue Münze schlagen lassen, was höchstens alle zehn Jahre einmal vorkam.

Den späten Nachmittag hatte er mit dem Lesen persischer Poesie zugebracht und dabei den Chisi-Wein genossen. Murad liebte es, wenn der Traubensaft ihn beruhigte und ihm zur inneren Einkehr verhalf. Als Jüngling hatte er den Wein verabscheut, doch seit er unter dem Druck des Regierens stand, half ihm der Alkohol, die Spannungen abzubauen, die Ängste zu besänftigen und seine Nerven zu beruhigen. Wie hatte doch Hafis gedichtet:

»Zwei kluge Freunde, alten Weines zwei, drei Scheffel,
Beschaulichkeit, ein Buch, ein kleines Wiesenstück:
Ich gebe solchen Platz nicht her für diese und jene Welt,
auch wenn das Volk mir nachläuft jeden Augenblick.«

Am Abend hatten ihn seine Wesire besucht. Sie saßen auf kostbaren Teppichen und lauschten einem Sänger, der Geschichten aus Firdausis »Buch der Könige« vortrug: »Die Menschen des Lichts schauderte es, hinabzusehen in die unwirtliche Tiefe. Unheilvolles fürchtete man dort, und von Geschlecht zu Geschlecht, hinweg über die Jahrtausende, wurden wunderliche Geschichten erzählt über Ahriman, den mächtigen Herrscher der Finsternis ...«

Man mochte diesen persischen Geschichten Glauben schenken

oder nicht, doch in einem verkündeten sie die lautere Wahrheit: Die Menschen befanden sich schon immer im Krieg gegeneinander und verteufelten sich gegenseitig. Während der Sultan diesem Gedanken nachhing, hatten Diener der kleinen Gesellschaft Schälchen mit gebratener Leber, Schafsfleisch mit Reis, Rosinen und reichlich Obst serviert, dazu Pide, Tee, Wasser und Wein.

Murads Stimmung war in das eigenartige Schweben zwischen Melancholie und Freude hinübergewechselt, das er nur zu gut kannte, eine fragile Balance, die ihm lieb und teuer war. Er vermutete, dass dieses Gefühl durch seine Doppeldeutigkeit eine Art Durchgang zu einer größeren Nähe zu Gott bot. So wie Gott die Sonne um Mitternacht war, empfand der Sultan in diesem Zustand Licht und Schatten nicht gleichzeitig, sondern in eins. Sosehr er auch die Gespräche mit den Gästen genoss, fühlte er das unwiderstehliche Verlangen, allein zu sein. Denn dieser Zustand war flüchtig und schillernd wie eine Seifenblase.

Nachdem die Wesire verabschiedet waren, hatte ihn der *hamdun* mit einer Überraschung erfreut: Sieben neue Sklavinnen aus seinem Harem tanzten für ihn. Der Sultan liebte den Tanz. Während seine Augen den Bewegungen der Tänzerinnen folgten, schweiften seine Gedanken ins Unendliche. Wie Fische in leuchtenden Wassern schwammen die Mädchen im Licht der Fackeln. Einer der Tänzerinnen, die alle ihm zu gefallen trachteten, gelang es zu seinem Ärger, seine Aufmerksamkeit zu erregen, denn er wollte sein Denken nicht an das binden, was er sah. Ihr langes kastanienbraunes Haar, das im Schein der Fackeln ins Rötliche spielte, fiel auf Schultern und Nacken. Wie ihre Konkurrentinnen trug sie ein blaues Kleid, das ihr von der Hüfte bis zu den Knöcheln reichte und vorn geschlitzt war, sodass der Sultan in den Genuss des Anblicks ihrer wohlgeformten Beine kam. Außer einem breiten Ring und einer Kette von Gold um den Hals trug sie nichts am Oberkörper. Nicht der Anblick ihrer vollen, straffen Brüste, die sanft im Rhythmus wogten, fesselte oder erregte ihn, wie er auch ein im Wind sich wiegendes Weizenfeld mit Freude betrachten konnte, ohne dass es ihn erregte und sein Denken und Fühlen fesselte. Das laszive Versprechen, war es, das im Blick dieser Frau lag, das ihn aus der Meditation und mit sich fortriss. Gleichzeitig warnte ihn etwas. Sie schien seine Reserve zu spüren, deshalb strich sie wie ungefähr leicht mit ihrer Zunge über ihre Lippen, lachte ihn dabei mit den Augen an, selbstbewusst, nicht hingebungsvoll, nicht unterwürfig, sondern herausfordernd, verzog aber ansonsten keine Miene. Murad hatte die Glut gespürt, zu der sie fähig war, und das zog ihn an, wie es zugleich abstieß. Nie zuvor hatte er die Gleichzeitigkeit von Zuneigung und Abneigung erlebt. Letztlich stieß es ihn in diese fatale Gefühlsunsicherheit.

»Aus der Rus, glaub ich«, raunte ihm der *hamdun* zu.

Beim Anblick des Mädchens musste der Sultan an Milch und Honig denken, aber auch an Leder. Die Musik verklang, die Tänzerinnen verbeugten sich tief vor dem Großherrn. Da geschah es, dass er sich abermals in ihrem Blick verfing, der diesmal tief von unten kam in einer seltsamen Mischung aus Versprechen und Spott, Verlangen und Belustigung. Sie bat und bettelte nicht, sie triumphierte, weil sie wusste, dass er sie rufen würde. Er rief sie.

So wie es Brauch war, lag er nackt unter seiner Decke. Nachdem sie gewaschen, enthaart, gesalbt und parfümiert worden war, betrat sie das Zimmer und ließ ihren Seidenmantel, der ihre Blöße bedeckte, fallen. Sie ging am Fußende auf die Knie, verneigte sich, küsste seine Füße, schlüpfte unter die Decke und sollte nun langsam und demütig nach oben robben, um niemals den großen Standesunterschied zwischen dem Sultan und ihr zu vergessen, den auch die Umarmungen und Küsse nicht auslöschen würden. Immer sollte sie sich vor Augen halten, dass der Großherr seiner Sklavin lediglich eine Gnade erwies. Sie jedoch fügte sich nicht als Dienerin seiner Lüste, sondern sie nahm ihn regelrecht in Besitz, um sich seiner zu bedienen. Murads Erregung stieg und er hatte das Gefühl, gleich zu explodieren, dabei spielte sie erst mit seinen Oberschenkeln. Wo sollte das noch hinführen? Er wollte dem Einhalt gebieten, fand aber nicht die Kraft dazu, zu sehr gefiel ihm das bislang unbekannte Gefühl, zu erliegen, sich gehen zu lassen. Als sie schließlich auf halber Höhe verweilte, glaubte der Sultan, dass er sich wie der Prophet auf der Himmelsreise befand, nur dass er selbst der Buraq war und die Sklavin ihn ritt wie weiland der Prophet das fabelhafte Tier.

Als sie ihn am anderen Morgen verließ, wusste er, dass sie ihn in der Nacht beherrscht hatte und dass es, sollte er sie jemals wieder zu sich bitten, um ihn geschehen sein würde. Wie Wachs in ihrer Hand würde er sein. Das durfte er nicht riskieren. Andererseits wollte, nein, konnte er sich nicht grausam ihr gegenüber benehmen. Deshalb befahl er seinem Obereunuchen, ihr ein eigenes Zimmer anzuweisen und ihre Wünsche zu erfüllen. Nur ihm durfte sie sich von Stund an nicht mehr nähern. Der Sultan fürchtete sich vor den Abgründen ihrer Seele, von denen er in der Nacht zu seiner Freude und zu seinem Schrecken eine Ahnung bekommen hatte. Und nun musste er sie doch aufsuchen.

Im Innern wirkte der Harem wie eine noble Herberge. Rechts und links führten Treppen auf die Umgänge, von denen auf vier Etagen die Zimmer und Zimmerfluchten abgingen. Murad nahm die Treppe links, folgte dem Gang in der zweiten Etage bis ganz nach hinten und öffnete die Tür. In dem mittelgroßen Raum brannten Öllichter. Rechts führte ein Gang zu den Kalt- und den Warmbädern. Eine dicke Frau verbeugte sich vor ihm.

»Hier entlang, Großherr«, sagte sie und dirigierte ihn in das dahinter liegende Schlafzimmer. Wie einen Triumph hielt ihm die Russin den kleinen Jungen, den sie gerade auf die Welt gebracht hatte, auf ausgestreckten Armen entgegen.

»Euer Sohn!« Die Tatsache, dem Sultan einen Jungen geboren zu haben, eröffnete ihr die Chance, eines Tages die Sultana zu werden. Wenn ihr Kind den Kampf um die Nachfolge gewinnen könnte, würde sie die Mutter des Sultans, die mächtigste Frau am Hof, die auch ihre Schwiegertöchter kontrollierte.

»Euer Sohn«, sagte sie noch einmal. Es klang wie eine Ohrfeige. Wie eine Rache dafür, dass er sie seit dieser Nacht mit Missachtung gestraft hatte.

Widerwillig sah der Vater das Neugeborene an. Er ist hässlich, dachte der Sultan mit unerklärlichem Hass, als er in das zerknautschte Gesicht seines Sohnes sah. Er konnte nicht, musste aber glauben, dass er diesen Gnom gezeugt hatte, dieses kleine Ungetüm mit seinen großen Ohren und seiner schmalen, spitzen Nase. Er ähnelte so gar nicht seinen älteren Brüdern, er glich ihm in nichts. Was Murad aber wirklich erzürnte, war die Tatsache, dass sie ihn mit diesem Nachkommen besiegt hatte. Nur ein einziges Mal hatten sie beieinandergelegen! Wozu war sie noch imstande? Murad fröstelte. War sie vielleicht ein weiblicher Dschinn? Er musste auf der Hut sein.

»Wie heißt du, und wer bist du?«, fragte Murad die dicke Frau barsch und dachte, dass er nicht einmal den Namen der Mutter seines Sohnes kannte.

»Ich bin die Amme, und mein Name ist Daje-Chatun, Großherr«, antwortete die Frau beflissen.

»Türkin?« Sie nickte. »Komm mit.« Ohne ein Wort mit der Mutter seines Sohnes gesprochen zu haben, stürmte der Sultan aus dem Zimmer und kehrte auch niemals hierher zurück. Auf dem Flur nahm er die Amme scharf in den Blick. »Hör gut zu, was ich dir jetzt sage. Präge es dir fest ein – und rede niemals darüber. Du wirst dich um meinen Sohn kümmern – wie eine Mutter. Er soll so wenig Zeit wie möglich mit dieser Frau verbringen, die ihn geboren hat. Sollte ich meinen Sohn sehen wollen, bringst du ihn mir. Sie nicht, sie darf dich nicht begleiten. Ich werde den Eunuchen Befehl geben, dass sie auf dich zu hören haben. Du hast zu entscheiden, nicht sie. Haben wir uns verstanden?«

Die Amme unterdrückte nur schlecht ein zufriedenes Grinsen. »Der Großherr wird mit mir zufrieden sein.«

Und so geschah es. Den Sohn nannte er Mehmed in der Hoffnung, das Kind würde durch den Namen seinem Vater, der auch Mehmed geheißen hatte, ähnlicher.

Jaroslawa hatte währenddessen ihren Sohn an ihre Brust gelegt. Niemand anders als sie selbst würde ihren Sohn stillen, mochten die Brüste der Amme auch platzen vor Milch. Dieses Kind war ihr Sohn und es war alles, was sie hatte, nachdem sie vor fünf Jahren alles verloren hatte, ein bis dahin glückliches Mädchen von vierzehn Jahren. Nur zu gut wusste sie um die Gefahr, in der ihr Sohn schwebte. Er hatte zwei ältere Brüder, und derjenige der Prinzen, der dem Vater in der Herrschaft nachfolgte, würde die anderen beiden aus Vorsicht töten lassen. So weit würde es jedoch der gute Gott nicht kommen lassen, und auch sie nicht.

5

Residenz des ungarischen Königs, Buda

Hatte Alexios den Tod wirklich hinter sich gelassen, oder trug er das Sterben nun mit sich, Claras Tod als den seinen? Auch Johann Hunyadi schwieg auf dem Weg. Ausgelassen war nur der Hund, der wild umhersprang, mit dem Schwanz wedelte und freudig bellte, weil er seinen Herrn wiederhatte. Hunyadi brachte Alexios in der Herberge unter, in der er wohnte, wenn er in Buda weilte. Sicher hätte er als Reichsverweser auch im Palast nächtigen können, doch er blieb lieber unabhängig. Um aber für seine Aufenthalte ein Haus zu erwerben, war er entschieden zu geizig. Die Herberge wirkte ungewöhnlich reinlich. Hunyadis Zimmer und das des Fürsten lagen sich gegenüber.

Der Reichsverweser hatte in einem kleineren Raum Speisen und Getränke servieren lassen.

»Nach Musik und Frauen wird Euch sicher nicht zumute sein, aber stärken müsst Ihr Euch!« Alexios dankte ihm mit einem Lächeln für die Rücksicht.

Während Hunyadi kräftig zulangte und dem Wein zusprach, begnügte sich Alexios mit Geflügelbrühe und zog sich auch bald auf sein Zimmer zurück. Eine Magd half ihm beim Ausziehen. Sein ganzer Körper schmerzte wie eine einzige Wunde, mehr aber noch seine Seele. Welche Opfer sollten ihm denn noch abverlangt werden? Trotz der Gedankenfetzen und der Gefühlsaufwallungen, die in seinem Kopf und seinem Herzen wild und wirr durcheinandergingen, fiel er vor Erschöpfung rasch in einen tiefen Schlaf.

Als er gegen Mittag erwachte, stand die Sonne hoch am Himmel. Vom Hausdiener ließ er sich zum Badehaus bringen, denn er stank erbärmlich. Nach der Reinigung fühlte er sich etwas besser. Der Bader, der Claras Leiche aufbewahrte, empfahl dem Fürsten die Franziskanerinnen für die Bestattung der Zofe. Das Kloster befand sich unweit des Badehauses, und Alexios wurde sogleich vorstellig. Mit der Äbtissin, der Tochter eines Barons aus dem Banat, vereinbarte er, dass sie all ihre Kunst zur Anwendung brächten, um die Spuren der Misshandlung, wo nicht zu überdecken, so zumindest zu mildern. Gegen eine großzügige Spende erhielt Clara ein Grab auf dem Friedhof des Klosters.

»Ist sie eine *virgo intacta*?«, fragte die Äbtissin streng.

»Ja, das ist sie!«, antwortete Alexios Angelos. Er fand in seiner Antwort keine Lüge, nur die lautere, die tiefere Wahrheit, denn das Attribut der Jungfräulichkeit hieß, unschuldig zu sein, und unschuldig war Clara gewesen.

Die übrige Zeit verbrachte er in wilden Mordphantasien gegenüber König Sigismund oder mit gewagten, aber nutzlosen Plänen, Erkundigungen über Barbara einzuziehen. Nur ein Mensch konnte ihm weiterhelfen.

Gegen Nachmittag besuchte ihn Johann Hunyadi. Der Reichsverweser strahlte ihn zufrieden an. »Na bitte, jetzt seht Ihr wieder wie ein Mensch aus!«

»Ja, ein heißes Bad weckt die Lebensgeister! Wisst Ihr, treuer Freund, wie es der Königin geht?«

»Nun, sie ist bei Hofe in Buda, kein Haar wurde ihr gekrümmt, aber sie steht wohl unter Arrest. Man bekommt sie nur bei offiziellen Audienzen zu Gesicht.«

Dass sich Sigismund mit Barbara in der Öffentlichkeit zeigte, nahm Alexios als gutes Zeichen. Ihm fiel ein Stein vom Herzen. Er verneigte sich vor Hunyadi. »Ich stehe in Eurer Schuld!«

»Vor allem in der Schuld der Königin. Sie hat mich durch einen Eilboten benachrichtigen lassen.«

»Sie hat einen Verräter in nächster Nähe!«

Hunyadi warf ihm einen amüsierten Blick zu. »Haben wir das

nicht alle? Selbst unter den Vertrauten unseres Herrn Jesus Christus fand sich ein Judas. Was ist Besonderes daran?«

»Sigismund wusste, wo er uns finden konnte. Außerdem hatte er Kenntnis davon, welche Dienste die arme Clara leistete.«

»Lasst uns für ihre Seele ein paar Messen beten«, sagte Hunyadi. Für Alexios' Geschmack ging er etwas leicht über das Schicksal der zu Tode gefolterten Frau hinweg.

»Der Verräter muss dafür bezahlen!«

»Wollt Ihr das wirklich?« Hunyadi lächelte geheimnisvoll.

»Ja, das will ich. Ich schwöre …«

»Meinetwegen, aber schwört nicht zu früh. Ihr habt morgen eine Audienz bei Sigismund als gerade eingetroffener Botschafter des Kaisers der Griechen.«

»Der Rhomäer«, verbesserte Alexios reflexhaft.

»Meinetwegen der Rhomäer.«

»Welch eine Lüge! Wie kann ich ihm nach allem, was geschehen ist, unter die Augen treten?«

»Nach allem, was geschehen ist, müsst Ihr ihm sogar wieder unter die Augen treten. Sigismund will die Affäre vertuschen. Außerdem, macht Euch doch kein Gewissen darum. Es gibt in der ganzen Geschichte kein Paar, dass sich öfter gegenseitig betrogen hat als diese beiden!«

»Ihr missversteht mich, guter Freund. Die Frage lautet: Wie kann ich ihm unter die Augen treten, wo ich ihn doch töten will!«

»In diesem Fall liegt es in der Natur der Sache, dass Ihr ihm unter die Augen treten müsst«, spottete Hunyadi und begann sein rechtes Bartende zu zwirbeln. Er wirkte gelangweilt, als ginge das Gespräch nicht über einen Anschlag auf das Leben des Königs, sondern über einige Details der Schafhaltung im Spätsommer. »Na, das könnt nur Ihr entscheiden, ob Ihr ein zwar tadelloser, aber von seinen Gefühlen getriebener Schlagetot sein wollt oder Politik betreiben möchtet. Wenn Letzteres der Fall ist, dann reißt Euch zusammen. Wünscht Ihr mit der gleichen Leidenschaft wie ich, einen Kreuzzug gegen die Türken vom Zaun zu brechen, braucht Ihr Sigismund. Schaut Euch das Abendland an: eine Bande von Fürsten, denen der eigene Gewinn und der Reichtum näher stehen als unsere Religion. Die Herren Engländer und die Herren Franken hauen sich seit fast hundert Jahren wegen Besitztümern in Aquitanien die Köpfe ein. Meint Ihr, die interessieren sich für irgendwelche Türken auf dem Balkan? Außerdem liegt eine Schwächung der Deutschen sehr wohl im Interesse der Franken. Aber auch bei uns ist die Sache unübersichtlich. So manch christlicher Fürst hält es eher mit dem Sultan als mit seinen Christenbrüdern. Es gibt nur einen, der das diplomatische Meisterstück fertigbringt, sie alle zu einen: Sigismund.«

»Es ist schön von Euch, dass Ihr loyal zu Eurem Herrn steht, aber ...«

»Ach Unfug«, fiel ihm Hunyadi, dem der Geduldsfaden zu reißen drohte, barsch ins Wort. »Das hat nichts mit Loyalität zu tun, sondern mit den Tatsachen! Haltet Ihr mich für sentimental? Es ist noch gar nicht so lange her, da hatten wir zwei Päpste in der Christenheit. Ausgerechnet der Versuch, sich auf einen zu einigen, führte dazu, dass wir plötzlich drei Heilige Väter hatten. Ein bisschen viel, oder? Aus der verruchten Zweiheit wurde die verfluchte Dreiheit. Die Kirche drohte auseinanderzubrechen, da sattelte Sigismund sein Ross und ritt durchs Reich. Nach England, nach Frankreich, nach Spanien, durchs ganze Abendland, von Osten nach Westen, von Norden nach Süden und natürlich wieder retour, bei Sonnenschein und bei Frost, bei Schnee und bei Regen, bei Hagel oder bei Staubtrockenheit reiste er, debattierte, verhandelte, finassierte, nun weiß der Teufel wie, aber er brachte das Kunststück schließlich zuwege, dass sich alle zum Konzil in Konstanz zusammengefunden und auf einen Papst geeinigt haben! Hört auf mich, Alexios, nur Sigismund kann die weltlichen Fürsten für dieses gewaltige Unternehmen zusammenführen. Und wir brauchen sie dazu! Wenn Ihr die Heiden vernichten und Euer Reich in alter Größe wieder aufrichten wollt, dann vergesst das arme, massakrierte Mädchen, vergesst Eure Bettgeschichte mit Barbara und macht Euch Sigismund zum Verbündeten. Ihr braucht ihn! Oder befriedigt Euren Wunsch nach Rache und lasst Euch von dem kleinen Kerl beherrschen, den der König

Euch ausgerissen hätte, wenn ich nicht dazwischengetreten wäre. Lasst mich nicht glauben, dass ich zu früh erschienen bin, dass ich Eure Geilheit, nicht aber Eure Klugheit gerettet habe!«

»Ihr seid ein Teufel, Hunyadi«, rief Alexios erblasst aus und verließ das Zimmer.

Blicklos lief er die Gasse entlang, die von zweistöckigen, schmalen Häusern, in denen Hofbeamte, Händler und Handwerker lebten, gesäumt wurde. Dann bog er in die nächste Straße ein, passierte schließlich das Stadttor und stieg die Böschung hinab zum Ufer der Donau. Dort ließ er sich nieder. Er hatte sich den Ort nicht ausgesucht, sondern sich einfach treiben lassen. Claras Tod und seine Misshandlung sollte er einfach hinnehmen, den Verantwortlichen nicht zur Rechenschaft ziehen, im Gegenteil, ihn auch noch hofieren! Darauf liefen Hunyadis Ratschläge hinaus. Das ging ihm wider die Natur.

Doch nicht eines von Hunyadis Argumenten ließ sich entkräften. Wollte Alexios die Türken besiegen, brauchte er in der Tat Sigismund dazu. Nichts war ihm gewisser, als dass der Weg zum Wiederaufstieg des Reiches der Rhomäer über die Unterwerfung und Vertreibung der Türken führen würde. Sie wären nicht die Ersten, die aus dem Inneren Asiens gekommen waren, das Abendland überflutet hatten und dann in ihre Steppen zurückgedrängt worden waren. Wenn er Kaiser werden wollte, der Enkel Konstantins und Justinians, dann blieb ihm nur, auf Vergeltung zu verzichten und mit Sigismund ein Bündnis zu schließen. Er mochte sich noch so sehr den Kopf darüber zerbrechen und nach Alternativen suchen, es gab keinen anderen Weg.

Alexios blickte auf und sah über den Wassern der Donau den Hermaphroditen dahinschreiten. Er streckte die Hand nach dem Fürsten aus und säuselte: »Fürchte dich nicht, denn vom ersten Tag an, an dem du dein Gesicht darauf richtetest, nachzudenken und dich vor dem Herrn, deinem Gott, zu erniedrigen, wurde deine Sache erhört, und ich bin wegen deiner Sache hergekommen.« Da erinnerte sich Alexios Angelos an die Schlacht gegen Murad und an die Worte, die er einst im Buch Daniel gelesen hatte und nun dem

Hermaphroditen zurief: »Und der Heerführer der Perser stand mir einundzwanzig Tage im Kampf gegenüber, und siehe, einer der heiligen Engel kam hinzu, um mir zu helfen, und ich ließ ihn dort bei dem Heerführer des Königs der Perser zurück.« Aber der Hermaphrodit sprach ungerührt weiter: »Ich bin gekommen, dir aufzuzeigen, was deinem Volk in den letzten Tagen entgegenkommen wird. Sei ein Mann und sei stark!«

Alexios fühlte, wie ein Bann von ihm wich.

»Erkennst du, warum ich damals zu dir gekommen bin? Und nun werde ich zurückkehren, um mit dem Heerführer des Königs der Perser einen Entscheidungskampf zu führen, und ich zog aus, und siehe, der Heerführer der Griechen zog ein.«

Alexios ging dem Hermaphroditen entgegen. Er watete in den Fluss, bis das Wasser über seinem Kopf zusammenschlug. Dann erst machte er zwei Schritte zurück und tauchte aus den Wassern des Flusses wieder auf, aus dem nassen Grab, der Unterwelt. Der Hermaphrodit hatte sich in dem Dunst aufgelöst, der in Schwaden über die Donau zog. Nur eine Taube flatterte über ihn hinweg. Schnellen Schrittes begab er sich zurück in den Gasthof. Die Menschen auf den Straßen schauten den vor Nässe triefenden Mann verwundert an. Er wirkte nicht wie ein Heiliger, nicht wie ein Verrückter, nur wie einer, der, warum auch immer, ins Wasser gefallen war. In seinem Kopf aber halten die Worte wider: »... der Heerführer der Griechen zog ein.«

Ein Entscheidungskampf würde es werden, das hatte der Engel dem Heerführer der Griechen verkündet.

6

Residenz des ungarischen Königs, Buda

Als wäre er soeben in Buda eingetroffen und nicht bereits drei Tage zuvor gefesselt auf einem Leiterwagen in die Stadt gekarrt und im Kerker gefoltert worden, betrat Fürst Alexios Angelos im Brokatwams über zweifarbigen Beinlingen und in einer schwarzen, golddurchwirkten Pluderhose als rhomäischer Gesandter den Audienzsaal des Königs. Nur die Schmerzen im Schulterbereich erinnerten ihn noch an die Folter. Der König saß auf seinem Thron. Zorn verdüsterte sein Gesicht. Die Pupillen hatten sich mitsamt der blauen Iris verengt und stemmten sich gegen das blutunterlaufene Weiß der Augen. Neben Sigismund saß eine sichtlich gelangweilte Barbara. Alexios unterdrückte den Wunsch, sie unter dem lauernden Blick des Königs anzusehen. Er fühlte sich äußerst unbehaglich. Ein paar Höflinge standen beflissen vor dem Herrscher, während ein Kardinal der römischen Kirche sichtlich um Beherrschung rang. In seinem Rücken meldete der Herold: »Herr Alexios Angelos, Gesandter des Kaisers der Griechen, soeben angekommen aus Konstantinopel.«

Sigismund nahm von Alexios zunächst keine Notiz. Ihm setzten die böhmischen Sorgen zu. »Die Hussiten jagen das Kreuzzugsheer unter Eurer Führung, Cesarini, auseinander. Ihr flieht in der Kleidung eines einfachen Soldaten vom Schlachtfeld – und macht Euch zum Gespött der Ketzer, und der Papst will nicht einen Gulden für ein neues Heer zahlen! Worauf wartet er? Dass Prokop in den Petersdom einzieht?« Die letzten Worte hatte der König gebrüllt, sodass die herabfallende Stille doppelt schwer auf allen lastete. Die

Höflinge sahen betreten auf ihre Fußspitzen, bestrebt, nicht durch eine unangemessene Mimik den Zorn des Herrschers auf sich zu ziehen. Nur Barbara erlaubte sich den Anflug eines Lächelns, als wollte sie sagen: Gut gebrüllt, Löwe!

»Ich bin nicht der erste Kämpfer, der durch eine Verkleidung dem bösen Feind entkommt, um erneut gegen ihn ins Feld ziehen zu können!«, hielt Giuliano Cesarini tapfer dagegen. Der Kardinal, ein schlanker, asketischer Mann, der Alexios allenfalls bis an die Brust reichte, befand sich im Alter des Fürsten.

»Kämpfer?« Sigismund lachte dröhnend auf. »Auch wenn Euer Vorname an Julius Cäsar erinnert, seid Ihr es dennoch nicht. Ihr seid ein Kardinal! Wollen wir uns einen kleinen Kampf gönnen, um zu zeigen, wer ein Kämpfer ist, Herr Pfaffe?«

»Der Zorn ist eine Todsünde, mein Sohn. Lasst ihn fahren dahin«, erwiderte der Kirchenfürst mit großer Ruhe. Sigismund schüttelte resigniert und etwas ratlos den Kopf. Sein Blick fiel auf den Fürsten. »Und Ihr, mein Herr aus Konstantinopel? Was wollt Ihr von mir? Geld? Ich habe keins. Beistand? Wenn mein Arm genügt? Männer? Ich habe keine. Weiber? Die könnt Ihr haben, die sind im Überfluss da! Mit und ohne etwas zwischen den Beinen!«, brüllte der König weiter.

Nur eine einzige, ganz bestimmte Frau will ich, dachte Alexios, und unwillkürlich erschien ein vorwitziges Lächeln auf seinen Lippen, das Sigismund nicht entging. Der König warf einen prüfenden Blick auf seine Gemahlin, die zog aber nur die Augenbraue hoch.

»Was also?«, steigerte er sogar noch seine Lautstärke, weil er sich von dem Griechen, von dem halben Ketzer verhöhnt fühlte. Alexios ließ sich jedoch nicht ins Bockshorn jagen. Barbara hatte ihm einmal verraten, dass der König die Wutanfälle stets kalten Blutes produzierte, wenn es ihm hilfreich erschien, Bestürzung und Schrecken zu verbreiten. Sigismund kalkulierte immer zu seinem Nutzen und agierte durchaus mit diplomatischem Geschick.

Die Niederlage des Kreuzfahrerheeres im böhmischen Taus gegen die Hussiten Prokops des Kahlen hatte den König nicht nur gedemütigt, sondern auch seine Herrschaft über Böhmen und seine Autorität im Reich infrage gestellt. Das konnte er sich nicht leisten, das forderte nur die Frechheiten seiner Konkurrenten in seiner eigenen Familie und im Reich heraus. Die Ketzer tanzten ihm auf der Nase herum, und es war kein christliches Kraut gegen sie gewachsen. Nun, sie hassten ihn dafür, dass er ihren Prediger, Jan Hus, auf den Scheiterhaufen hatte zerren und verbrennen lassen, obwohl er ihm freies Geleit zugesichert hatte. Nie würden sie Frieden mit ihm schließen, er musste sie vernichten.

Es konnte nicht schaden, beschloss Alexios, der seine Abneigung gegen den baumlangen Kerl auf dem Thron durch eiserne Selbstbeherrschung unterdrückte, den nur scheinbar erregten König noch etwas zu reizen, um ihn vielleicht aus der Reserve zu locken. Barbara hatte ihm nämlich auch erzählt, dass Sigismund ein Ziel mit besonderem Nachdruck verfolgte: Er wollte endlich Kaiser des Römischen Reiches werden.

»Der Kaiser der Rhomäer, mein Herr Johannes VIII. Palaiologos, entbietet Euch, Herr König, den allerchristlichsten Gruß.« Den Titel Kaiser hatte er besonders betont. Aus den Augenwinkeln entdeckte er, dass Barbara nur mühsam ein Lächeln unterdrückte. Sigismund lief violett an, dass man schon fürchtete, ihn treffe der Schlagfluss. »Der Kaiser der Rhomäer?«, knurrte der König, doch gelang es ihm, sich zu beherrschen. »Sagt dem Kaiser der Griechen, dass der Römische König ihn ebenfalls grüßt. Gut katholisch!«, dabei grinste er plötzlich.

Nicht übel, dachte Alexios. »Majestät, Ihr leistet Großes im Kampf gegen die böhmischen Ketzer, doch übersehet nicht die weitaus größere Gefahr, die im Süden Eures Reiches heraufzieht.«

»Meint Ihr die Türken?«

»Sehr wohl. Die muslimischen Teufel meine ich. Wenn wir nicht wollen, dass eines Tages der Antichrist über die Welt herrscht, unsere Kirchen zu Pferdeställen, unsere Kinder zu Teufelsanbetern macht, unsere Frauen in Bordelle verschleppt, die der Antichrist Harem nennt, dann ist jetzt hohe Zeit zu handeln.« Alexios sah, dass der Kardinal Cesarini sich ihm zuwandte.

»Ich weiß, sie verheeren meine Lande, sie plündern und brennen und morden. Sie sind eine Plage«, entgegnete Sigismund stöhnend.

»Herr, sie sind viel mehr, mehr als alle biblischen Plagen zusammen! Setzt Euch an die Spitze eines Kreuzfahrerheers. Und alle werden Euch folgen. Alle, die an Christus, unseren Herrn, glauben. In schimmernder Wehr werden die Verteidiger des Glaubens über die Ungläubigen herfallen, sie aus dem Abendland, aus Anatolien und schließlich aus dem Heiligen Land vertreiben.«

Sigismund lehnte sich zurück. Die Zornesfalten auf der Stirn glätteten sich. Jetzt hatte er, Alexios, wirklich die Aufmerksamkeit des Königs. Deshalb setzte er nun seine stärkste Waffe ein, den Angriff auf Sigismunds Eitelkeit. »Ihr möchtet in Rom zum Kaiser gekrönt werden? Wahrlich, kein schlechter Ort. Aber bescheidet Euch nicht! Warum denn Rom? Einem so großen Herrn wie Euch steht ein besserer Krönungsort an: die Grabeskapelle in Jerusalem.«

Sigismund lächelte feinsinnig. »Wünscht das auch der Kaiser der Rhomäer? Ihr wisst doch, wer in Jerusalem gekrönt wird, ist Kaiser der Kaiser.«

»Papst und Kaiser in einem, Schutzvogt Christi, hoher Herr!«, sagte Alexios mit einer Selbstverleugnung, die ans Übermenschliche grenzte.

Cesarini zuckte zusammen. Entweder war der Grieche dumm, oder er verhöhnte den König. »Papst und Kaiser in einem ist nur unser Herr Jesus Christus, der zu seinem Vikar den Papst bestellt hat. Und aus den Händen des Stellvertreters Christi empfängt der Kaiser als Schutzvogt der Kirche das Schwert, um das weltliche Regiment zu führen.«

»Da hört Ihr's. So schön Eure Vorstellung auch ist, die Kirche ist dagegen«, sagte der König mit undurchdringlicher Miene. Alexios kam nicht mehr dazu, sich zu fragen, ob das ironisch oder ernst gemeint war, denn schon antwortete Cesarini: »Die Kirche ist nicht gegen einen Kreuzzug!«

»Dann gebt Geld!«, forderte Sigismund, der aus irgendeinem Grund den kleinen Kardinal verachtete, vielleicht weil er im Gegensatz zu ihm von kleinem Wuchs war. Hochaufgeschossen, wie er war, verwechselte er Länge mit Größe.

»Wir werden für den Heiligen Krieg gegen die Heiden sammeln«, versprach Cesarini.

»Werdet Ihr?«, höhnte Sigismund.

»Ja. Ich werde mit Seiner Heiligkeit sprechen.«

»Und die Ketzer in Böhmen?«

»Kommen auch noch an die Reihe. Aber zuvor sagt mir, Fürst Angelos, ist die Kirche des Ostens bereit zu einer Union mit der Kirche des Westens? Denn das wäre die Bedingung dafür, dass wir Euch und natürlich auch uns die Türken vom Hals halten. Antwortet nicht vorschnell. Ihr kennt unsere Bedingungen?«

»Ich kenne sie. Kaiser Johannes VIII. ist bereit zu einem Unionskonzil. Lasst uns zu einer Einigung kommen, denn bisher ziehen die Heiden Nutzen aus unserer Zwietracht.«

»Wie stehen Eure Majestät dazu?«, fragte der Kardinal den König mit einer Strenge, als examiniere er einen lernunwilligen Schüler.

»Ich würde mich, wenn die Bedingungen stimmen, einem Kreuzzug gegen die verruchten Muhammad-Anbeter nicht entziehen.«

»Oh, sie beten Allah an, nicht Muhammad, das ist nur ihr Prophet, der lediglich Freund Gottes ist, aber keinen göttlichen Rang einnimmt«, belehrte ihn Cesarini, und Alexios freute es.

»Gelehrtenkram. Und wenn sie des Teufels Großmutter verehren oder Allahs großen Arsch, sie sind Heiden, und sie bedrohen unsere guten christlichen Reiche. Hinweg mit ihnen!«, rief Sigismund. Jubel brach plötzlich im Audienzsaal aus. Die Höflinge echoten begeistert: »Hinweg mit ihnen! Hinweg mit ihnen!« Cesarini sah sich zufrieden um.

»Was denkst du?«, wandte sich der König, ungerührt von dem kleinen Tumult, den er ausgelöst hatte, an seine Frau.

»Ich antworte mit Euren Worten, geliebter Gemahl: Hinweg mit ihnen.« Ihr Lächeln gehörte jedoch Alexios.

Wieder spürte er mit einem Verlangen, dass es ihm körperlich wehtat, wie sehr er sich nach Barbara sehnte, die allein ihm Trost und Linderung verschaffen konnte.

Zum Abschied gelang es ihm während der Verbeugung, dass sich für den Bruchteil einer Sekunde ihre Blicke umfingen.

Als der Fürst den Audienzsaal verließ, folgte ihm Giuliano Cesarini. »Auf ein Wort, Fürst Angelos.«

Alexios neigte leicht den Kopf.

»Esst mit mir zu Abend, wir haben zu reden.«

»Heute Abend?«, fragte der Fürst ein wenig verwundert über die Eile.

»Ja, ich reise morgen früh ab. Bringt den Reichsverweser mit«, erwiderte der kleine Kardinal energisch.

Am frühen Abend betraten Alexios und Johann Hunyadi das Kloster des Predigerordens, in dem der Kardinal Quartier genommen hatte. Cesarini schätzte den Luxus nicht, zumindest hatte er in einem kleinen Raum nur eine karge Tafel richten lassen mit Wasser, Wein, Brot, etwas Käse und ein paar Fleischgerichten. Ein siebenarmiger Leuchter aus Eisen stand mitten auf dem Tisch. Sie nahmen auf reichlich abgesessenen Schemeln Platz. Cesarini goss sich nur so viel Wein ein, dass gerade der Boden des Bechers bedeckt war, und füllte ihn mit Wasser auf. Ohne Umschweife kam er sofort zur Sache. »Es freut mich, dass Ihr von so großer Liebe zu unserem Glauben erfüllt seid, dass Ihr Euch bereitfindet, das Schwert gegen die Heiden zu führen.«

»Es ist mein größter Wunsch, Euer Eminenz.«

»Gelobt sei Jesus Christus, unser Herr! In diesem löblichen Vorsatz wetteifert Ihr mit dem treuen Sohn unserer Kirche, Johann Hunyadi. Nur gehört Ihr einer Minderzahl an. Es wird kein leichter Weg sein. Nur wenige Fürsten wollen für Christus in den Krieg ziehen. Für ihre eigenen Interessen können sie sich nicht genug herumschlagen, aber für die Kirche ... Ihr wisst es gut genug. Wir werden Klugheit und Zeit benötigen. Wie sagt doch unser Herr? Seid klug wie die Schlangen und arglos wie die Tauben. Trotz allem muss ich daran erinnern, dass die Grundlage die Kirchenunion ist.

Ihr müsst den Primat des Papstes anerkennen und das Filioque. Im Glaubensbekenntnis muss es heißen: vom Vater und vom Sohn.«

»All das werden wir auf einem Konzil klären, denn trotz der großen Vorbehalte haben wir es andererseits mit einem teuflischen und gefährlichen Feind zu tun. Viele übersehen das. Viele suchen ihr Heil in Verhandlungen und glauben dadurch, ihren Vorteil herauszuschlagen. Aber wenn der Antichrist siegt, dann trifft es alle, die Gerechten und die Ungerechten!«

»Man kann es nicht besser sagen«, stimmte ihm Cesarini zu.

»Aber er ist zu schlagen!«, warf Hunyadi ein.

»Es liegt bei uns, die Bedingungen dafür zu schaffen. Wir brauchen eine große Streitmacht. Die Führer haben wir, Gott sei es gedankt, schon. Lasst uns in Verbindung bleiben. Wenn es so weit ist, schicke ich einen Unterhändler nach Konstantinopel. Ich werde Euch, Herr Hunyadi, auf dem Laufenden halten, und Ihr mich bitte auch, was unseren wankelmütigen König betrifft.«

»Nehmt es zur Beruhigung mit auf den Weg, Euer Eminenz. Nicht der Patriarch von Konstantinopel, sondern der Kaiser entscheidet letztlich über die kirchlichen Angelegenheiten. Auch wenn Euch das ein Gräuel ist, stellt es in diesem Fall einen Vorteil dar. Ich werde den Kaiser beraten«, versprach Alexios Angelos.

»Bleib immer deines verpflichtenden Namens eingedenk, Engel Alexios«, sagte der kleine Kardinal, stellte sich auf die Zehenspitzen und segnete den stattlichen Fürsten.

7

Gasthaus in Edirne, Rumelien

Anfang April kam Loukas Notaras in Edirne an und mit ihm der Frühling. Einige Anläufe hatte in diesem Jahr der Lenz benötigt, um die Herrschaft des Winters zu brechen, doch dann gelang es ihm mit Macht. Die Platanen und Linden überschwemmten den Himmel mit ihrem grünen Blättermeer, und die Gerüche des sich erneuernden Lebens vagabundierten übermütig durch die Lüfte. Loukas musste nicht lange nach einer Unterkunft suchen. Francesco Draperio hatte ihm einen kleinen Gasthof empfohlen, der von einem Genuesen geführt wurde, und ihm den Weg genau beschrieben. Der Wirt, Giovanni Bonasera, zeigte sich wohl weniger neugierig als seine Kollegen und Konkurrenten, dennoch hatte Draperio Loukas geraten, sich auch bei ihm wortkarg zu geben, denn letztlich handelten sie alle mit Informationen.

Der Abschied von seinem Vater steckte ihm noch in den Knochen. Der alte Seeräuber wirkte in letzter Zeit oft abwesend. Nein, schlimmer noch, zuweilen schien es dem alten Herrn sogar Schwierigkeiten zu bereiten, seinen Sohn zu erkennen. Loukas suchte sich damit zu beruhigen, dass er sich das nur einbildete und seinen Vater bisweilen nur eine harmlose Altersschwermut überfiel. Aber selbst das war bei Lichte besehen beunruhigend genug, denn Nikephoros Notaras hatte zeit seines Lebens weder Schwermut noch Traurigkeit gekannt, zumindest hatte er sich solche Gefühle niemals anmerken lassen. Loukas musste sich eingestehen, dass sein Vater sich veränderte und allmählich zu einem anderen Menschen wurde. Aber vielleicht war der Mensch in seinem Leben niemals nur ein Mensch, sondern genaugenommen viele Menschen. Vieles unterschied ihn selbst von dem Kind, das er einmal gewesen war, weshalb sollte er da im Alter nicht auch zu einer anderen Person werden?

Den Kapitän begleiteten Eudokimos und zwei Seeleute, die schon lange in seinen Diensten standen und denen er vertraute. Kaum angekommen, schickte er Christos, einen der beiden, zu Halil Pascha mit einem Geschenk und der Bitte um eine Audienz. Dann rief er den Wirt zu sich. Der rundliche Genuese setzte sich auf einen Schemel und stützte die Hände auf die Oberschenkel.

»Was kann ich für Euch tun, Herr?«, fragte er geschäftsmäßig, kühl, ohne Neugier noch Beflissenheit.

»Mir wurde gesagt, du könntest eine Audienz bei Hof ermöglichen.«

»Wer sagt das? Antonio Cavalcanti, Guido Fieschi, Alberto Spinola, Giannettino Doria oder Francesco Draperio?«, fragte Giovanni Bonasera mit undurchdringlicher Miene.

»Nimm an, dass es alle gesagt haben. Aber ändert das etwas an deiner Fähigkeit?« Den tief hängenden Blick des Wirtes zogen plötzlich die schweren Augensäcke wie Zentnergewichte nach unten. Wie eine Robbe sah der Genuese in diesem Moment aus. »Eure Geheimnistuerei gefällt mir nicht. Ich will in nichts hineingezogen werden.«

»Ich bin nur ein Kaufmann, der mit Gewürzen handelt und der seiner Tochter versprochen hat, den Großtürken zu sehen.«

»Wie heißt denn Eure Tochter?«, fragte der Wirt lauernd.

»Anna«, antwortete Loukas mit verborgener Sehnsucht in der Stimme. Der Kapitän liebte seine Kinder abgöttisch, aber Anna besonders. Obwohl er über diese Bevorzugung tief im Herzen ein schlechtes Gewissen empfand, vermochte er es dennoch nicht zu ändern. Für seine Kinder hätte er sich foltern und totschlagen lassen, aber für Anna würde er zudem auf das Himmelreich verzichten.

»Anna, wie meine Mama, Gott hab sie selig!«, antwortete der Rundliche versonnen. »Sei's drum. Ich werde Euch nicht weiter mit Fragen malträtieren, *signore*.«

»Meldet, der Kapitän Loukas Notaras wünscht, dem Großherrn seine Aufwartung zu machen.«

Der Wirt kratzte sich am Kopf. »Aber Ihr heißt doch …«

»Im Gasthof, für die anderen, für das Gesinde, für die Gäste, ganz recht. Ich will kein Aufsehen und bitte Euch, meinen wahren Namen für Euch zu behalten.«

»Ich sagte ja schon, dass Eure Geheimniskrämerei mir nicht zusagt.« Das Misstrauen des Wirtes erhielt neue Nahrung.

»Und ich habe Euch geantwortet, dass ich meine Gründe habe, die Euch weder in Schwierigkeiten bringen werden noch etwa angehen! Schlimmstenfalls schlagen sie Euch zum Vorteil aus.«

»Also gut. Ich kümmere mich um Eure Audienz, es wird Euch hundert Golddukaten kosten. Im Voraus, mein Herr.«

Loukas klappte die Kinnlade herunter. »Wofür so viel?«

»Für Geschenke. Alle halten sie die Hand auf, vom Wesir bis zum kleinsten Torwächter. Sie alle verlangen Präsente, Präsente, Präsente.«

»Wieso die Torwache auch?«

»Nehmen wir an, Ihr werdet zur Audienz geladen. Was, wenn Euch die Torwächter, weil sie für ihre Gunst nichts erhalten haben, nicht passieren lassen, dann gelangt Ihr nicht bis zum Sultan! Und keiner würde danach krähen, weil so viele im Saal darauf warten, dass der Großherr ihnen Gehör schenkt. So viele! Glaubt mir, Herr, würde man allen, die nicht aufgrund ihrer Verdienste, sondern nur vermöge ihrer Stellung die Hand, die sie aufhalten, abhacken, liefe die Hälfte der Menschheit einhändig herum. Es heißt, der Ehrliche ist der Dumme, das mag sein, aber der Korrupte muss vielleicht eines Tages begreifen, dass ihn das Gift zersetzen wird, das er in die Welt spritzt. Warum erschlagen wir eigentlich die Heiden und nicht die Korrupten, die Höflinge, die Geldverleiher und Wucherer, Vieh auf zwei Beinen, das mehr Tote auf dem Gewissen hat als die Kriegshorde? Zahlt die hundert Golddukaten, und Ihr sollt Eure Audienz bekommen. Aber versprecht Euch nicht zu viel davon, denn Ihr werdet nur ein kurzatmiges Schwein erleben, das banale Fragen stellt, Euch aber keine Antwort auf Euer Begehr erteilt.

Die Audienz ist nur ein Zirkus, die Politik findet anderswo statt, da kann ich aber nicht helfen!«

Loukas traute seinen Ohren nicht. Viel schien sich seit den Tagen, in denen er als Gefangener im Serail gesessen hatte, verändert zu haben. Aus dem schlanken jungen Mann, den er vor zehn Jahren in Amasia kennengelernt hatte, sollte ein »kurzatmiges Schwein« geworden sein? Er schüttelte den Kopf und zählte die Geldstücke auf den Tisch.

»Lass dir nicht einfallen, mich zu betrügen!«

»Ach, Herr«, sagte der Wirt nur im Aufstehen.

Kaum hatte Bonasera das Zimmer verlassen, trat Christos ein. Er berichtete, dass er bis zum Untersekretär des Wesirs vorgedrungen sei. Dann habe er eine Weile warten müssen, bis ihm Folgendes ausgerichtet wurde: Der Wesir bedanke sich für die Geschenke, bedauere jedoch, dass er in den nächsten Tagen keine Zeit zu einem Gespräch mit seinem Freund finden würde. Er bäte aber den Kapitän abzuwarten, bis er ihn rufen lasse.

»Danke, Christos. Du kannst jetzt gehen.« Nachdenklich legte sich der Kapitän angezogen auf das Bett. Wenn ihn Halil Pascha nicht in den nächsten Tagen zu sehen wünschte, konnte das eigentlich nur eines bedeuten: Der durchtriebene Pascha ahnte, dass Loukas sich wegen der Verpachtung der Alaungruben in Edirne aufhielt. Wenn er das Geschäft für sich bereits unter Dach und Fach hatte, mussten die Bedingungen so gut sein, dass er keine Gegenangebote mehr einholte. Es galt, unverzüglich zu handeln. Mit seiner Befürchtung, sehr, vielleicht zu spät dran zu sein, hatte Draperio ins Schwarze getroffen. Der Kapitän sprang auf und stürmte ins Nebenzimmer, in dem Eudokimos und die beiden Seeleute Quartier genommen hatten. Sie würfelten gerade, als er ins Zimmer trat.

»Auf, meine Herren, es gibt etwas zu tun! Hört Euch bei den Dienern der Kaufleute aus Florenz, Ancona, Siena, Venedig und Genua um. Bekommt heraus, wer von den italienischen Herren im Hause des Wesirs verkehrt. Und du, Christos, stell dich ein bisschen betrunken und tratschsüchtig. Gib das Plappermaul. Lass bei den Dienern hier im Gasthof durchblicken, dass du bei Halil Pascha warst, der ein Freund deines Herrn ist. Dass wir nur auf seine Veranlassung hier sind und er mich morgen treffen wird. Posaune das alles nicht heraus, sondern lasse es dir eher aus der Nase ziehen. Füttere ihre Neugier. Es muss dir geradezu herausrutschen, dass es wohl um ein sehr, sehr wichtiges Geschäft geht! Verstanden?«

Die Seeleute, die in den vielen Häfen einige Weltgewandtheit erworben hatten, nickten. Sie brachen ihr Spiel ab und machten sich an die Arbeit. Er hatte die Angel ausgeworfen und war sehr gespannt, ob ein Fisch anbeißen würde. Er konnte jetzt nichts mehr tun, außer zu warten. Also kehrte er in sein Zimmer zurück und legte sich, müde, wie er war, angekleidet ins Bett und schlief sofort ein.

Als er wieder erwachte, war es stockfinster. In seinem Mund breitete sich ein bitterer Geschmack aus, und der Magen knurrte ihm vor Hunger. Er verließ das Zimmer und folgte dem Lichtschein, der aus der Gaststube eine Etage tiefer zu ihm drang. Der Lärm ausgelassener und betrunkener Menschen drang zu ihm hoch. In dem nicht allzu großen Schankraum, der zu schwitzen schien, tafelten und tranken Kaufleute aus Genua, wie er an der Kleidung der Männer erkannte. Möglich, dass sich unter ihnen auch der eine oder andere aus Ancona befand. Mit Sicherheit kein Venezianer, denn zwischen den Männern der Markusrepublik und den Genuesen herrschte Todfeindschaft.

Eine Magd räumte den großen Tisch ab, um den alle saßen, und der Wirt füllte die Weinkrüge nach. Loukas hielt Giovanni Bonasera auf, der zwei leere Krüge in der Hand hielt. »Habt Ihr noch etwas zu essen für mich?«

»Reis und Schafsfleisch, aber kalt.«

»Ja, und etwas Brot.«

Der Wirt nickte. »Wein?«

»Wasser tut es auch.«

»Na, wie Ihr meint.« Loukas suchte sich einen kleinen Tisch, der in einer Art Erker stand. Die Magd brachte ihm das Gewünschte, ohne ihn weiter zu beachten. Dann bezog sie wieder Posten beim großen Tisch.

»Meint ihr, die Frauen zu Hause sind uns treu?«

»Bei meiner Treu, ich will's glauben.«

»An Eure Treu glaubt keiner.«

»Was redet Ihr da so treulos daher? Woher soll ich wissen, was meine tut? Ich nehme, was ich kriegen kann.« Der mittelgroße Mann um die vierzig trug einen grünen Samtmantel über einer Brokattunika. Er blinzelte der Magd zu, die bereitwillig zurücklächelte.

»Recht so. Denn bilde ich mir ein, dass meine Frau sich derweil einen Zeitvertreib sucht, so tut sie's. Bilde ich es mir aber nicht ein, so tut sie's auch«, sagte ein Händler, dessen Fischmaul vor Fett glänzte. Die Kaufleute wieherten. Einer, der immer wieder den Satz nachsprach: »... so tut sie's auch«, fiel von einem Lachkrampf in den nächsten. Dann wischte er sich das Gesicht ab und rief der Magd zu: »Kennst du nicht noch ein paar Mägde?« Der dürre Kaufmann mit dem Schafsgesicht bekam ganz feuchte Augen, als er das sagte.

Die Magd grinste. »Ich kann gehen, aber das kostet.« Man sah dem Genuesen an, dass in ihm Geiz und Geilheit im Hader lagen. »Wieso kostet das, wir haben doch die Arbeit und ihr das Vergnügen?«

»Das stimmt, aber auch in der Kirche ist die Himmelfahrt nicht umsonst!«, hielt die Magd unbeeindruckt dagegen.

Da posaunte ein Dritter los: »Geh schon, Esmeralda, hol deine Freundinnen und für den da einen Priester.«

»Untersteh dich!«, schimpfte der Schafsgesichtige, über den nun alle lachten.

»Aber zuvor, du Magd meiner Lust, schaff uns Wein, wir wollen trinken wie der Sultan!« Loukas, der unbeeindruckt aß und trank, wurde hellhörig. »Trinkt denn der Sultan?«

Die Kaufleute wurden auf den Griechen aufmerksam. »Säuft wie ein Loch!«, beschied ihm der im grünen Samtmantel, der scheinbar der Wortführer der kleinen Runde war.

»Wirklich? Seid Ihr Euch sicher?«, fragte Loukas nach. Es schien sich wirklich viel verändert zu haben.

»Wenn ich es Euch doch sage. Wer seid Ihr überhaupt?«

Der Kapitän wandte sich der Gesellschaft zu. »Andreas Kritobulos, Kaufmann aus Monemvasia«, log der Kapitän.

»Was wollt Ihr hier?«

»Handelsbande knüpfen.«

Jede Antwort, die er gab, erhöhte das Misstrauen des Italieners. »Ich bin Giovanni Longo aus Genua. Und ich habe das Gefühl, dass Ihr, Andreas Kritobulos, Kaufmann aus Monemvasia, uns etwas verheimlicht.«

»Wie kommt Ihr darauf?«

»Ihr führt drei Männer mit Euch, mit denen man keine Händel anfangen möchte. Seeleute vielleicht.« Für einen normalen Kaufmann achtete Longo zu genau auf seine Umwelt. Loukas Notaras bemühte sich nicht einmal darum, verbindlich zu wirken, sondern setzte eine undurchdringliche Miene auf. »Es ist ganz einfach. Hört gut zu. Ich sag es nur einmal. Den ersten Mann stellte mir mein Vater, damit ich in der Fremde nicht mit den falschen Männern spreche, den zweiten Mann gab mir meine Mutter mit, dass niemand mich anzurühren wagt, den dritten, das ist der finsterste, schickte meine Frau mit, dass ich keine andere anfasse und die italienische Krankheit mit nach Hause bringe.« Die Kaufleute, die es verstanden, lachten, und die anderen auch, um sich nicht zu blamieren.

»Ihr macht Euch über mich lustig, Andreas Kritobulos, Kaufmann aus Monemvasia!« Die Heiterkeit war aus Longos Gesicht verschwunden.

»Wozu? Ich lache nicht gern. Aber was treibt Ihr hier, Giovanni Longo aus Genua?«

»Was schon? Die Alaungruben pachten!« Der Genuese schien sich seiner Sache sehr sicher zu sein, sonst würde er damit nicht herumprahlen, dachte Loukas. Es konnte nicht schaden, etwas Unsicherheit zu streuen. »Da sind Euch die Venezianer leider zuvorgekommen!«, sagte er mit breitem Grinsen. »Armer Tropf! Glaubt, einen Krug Gold nach Hause zu tragen, und hat nur den Krug in der Hand!« Giovanni Longo starrte den Kapitän geradezu an. Offen wie ein Buch lagen die Gedanken des Kaufmanns vor ihm. Er fragte sich, ob sein Geschäft wirklich in Gefahr war oder ob der Grieche nur bluffte.

»Die Venezianer? Ihr habt ja von nichts eine Ahnung! Wie sollten sie?«, rief Longo eine Spur zu sicher aus.

»Wollen doch mal sehn, wer hier von nichts eine Ahnung hat. Wusstet Ihr nicht, dass Badoer mit dem Großwesir im Bunde ist?«

»Ach Unfug, Halil Pascha steht auf meiner Rechnung!«

»Vielleicht steht der kluge Türke auf vieler Herren Rechnung?«

»Nennt Ihr mich einen Dummkopf?«

»Ich nenne auch die anderen nicht Dummköpfe.«

»Woher wisst Ihr überhaupt so gut Bescheid?«

»Ich weiß gar nichts. Ich kenne den Großwesir nicht, aber denkt doch einmal nach. Weshalb soll der Mann nur eine Kuh melken, wo sich viele mit vollen Eutern auf seine Weide drängen?« Es war still geworden. Longo musterte den Griechen verunsichert. Man sah ihm die Ratlosigkeit an. In die unangenehme Stille platzten sechs Frauen, die der Hausdiener geholt hatte. Die erste, eine dicke Rothaarige, glotzte verdutzt in die Runde. »Sind wir hier auf einer Beerdigung? Na, macht nichts, durch uns wird das tote Fleisch schon seine Auferstehung feiern.« Die Kaufleute wieherten in einer Mischung aus Belustigung und Vorfreude. Loukas stand auf und stieg die Treppe hoch. In seinem Nacken fühlte er den Blick von Giovanni Longo.

8

Gasthaus in Edirne, Rumelien

Mitten in der Nacht wurde Loukas unsanft geweckt. Zwei Männer, deren brutale Physiognomien das Licht der Kerze, die Giovanni Longo in der Hand hielt, nur noch widerwärtiger hervorhob, zerrten ihn aus dem Bett und zwangen ihn in die Knie. Der eine der beiden, dessen Atem faulig roch, hielt ihm mit leichtem Druck ein Messer an die Kehle, dass Loukas kaum zu atmen wagte.

»So, Andreas Kritobulos, Kaufmann aus Monemvasia, jetzt erzähl mir doch mal, wer du wirklich bist. Ich kenne die örtliche Kaufmannschaft. Ein Kritobulos ist nicht darunter.« Weil die Ursprünge seiner Familie in Monemvasia lagen, hatte Loukas aus einer Laune heraus diesen Ort gewählt. Sentimentalität tat eben selten gut, sagte er sich. Doch er musste nicht lange darüber nachdenken, was er dem Genuesen preisgeben wollte oder welche neue Lüge er ihm auftischen würde, denn der wachsame Eudokimos betrat mit den beiden Matrosen das Zimmer und hielt mit staunenswerter Schnelligkeit seinerseits dem Italiener das Messer an dessen Kehle.

»Was soll das hier werden? Ihr beiden Galgenvögel lasst jetzt sofort meinen Herrn los und begleitet meine Freunde auf den Hof, denn sie möchten doch gar zu gern ein lieblich Wörtlein mit euch kosen.« Er verstärkte den Druck der Schneide auf den Hals, dass sich zwei winzige Blutströpfchen zeigten.

»Au! Macht schon!«, zischte der Genuese in Todesangst. Schweiß tropfte in dicken Perlen von seiner Stirn. Die beiden Ganoven folgten mit unsicherem Gesichtsausdruck dem Befehl des

Italieners. Unmerklich nickten die Matrosen dem Steuermann im Vorbeigehen zu. Loukas erhob sich und trat zu dem Kaufmann. »Ich kann mich nicht erinnern, Euch eingeladen zu haben, Giovanni Longo, Kaufmann aus Genua.«

»Bitte«, deutete er mit den Augen auf das Messer an seiner Kehle.

»Für wen arbeitet Ihr?«

»Für ...«

»Keine Lüge. Andreas Kritobulos, Kaufmann aus Monemvasia, kennt die Handelshäuser von Genua.«

»Doria, für Giannettino Doria.« Der mächtige Giannettino Doria stand einem der bedeutendsten Handelshäuser der ligurischen Stadt vor und engagierte sich gleichzeitig erfolgreich im Bankgeschäft. Man sagte ihm gute Beziehungen zu den Florentinern nach, sodass ihm die Pacht der Alaungruben mehr als gelegen kommen dürfte. Auch verfügte er über die Mittel, um Halil Pascha geneigt zu stimmen.

»Was habt Ihr dem Pascha geboten?« Der Genuese schloss die Augen. Loukas Notaras gab dem Steuermann ein Zeichen. Der nahm die Klinge vom Kehlkopf. Giovanni Longo atmete erleichtert auf. Eudokimos wollte das Messer wegstecken, doch der Kapitän befahl ihm, es weiter in der Hand zu halten. Verunsicherung kehrte in das Gesicht des Genuesen zurück.

»Reden wir vernünftig, Giovanni Longo. Du weißt doch gut genug, dass ich alle Möglichkeiten besitze. Ich kann dich töten oder foltern lassen. Ich weiß, es ist nicht schön, aber manchmal hilft es. Ich kann dich aus der Stadt vertreiben. Lügen über dich am Hof des Wesirs und in Genua verbreiten lassen. Glaubst du, dass Giannettino dich dafür lieben wird, wenn du das Geschäft verdirbst, das bis jetzt so sicher war? Wähle, mein Freund. Dass ich deiner Frau mitteile, wie du in der Fremde über sie redest, wie über eine Hure nämlich, wird dann wahrscheinlich dein geringstes Problem sein.« Der italienische Kaufmann blickte zu Boden. Er hatte offensichtlich keine Idee, wie er aus dieser Situation mit heiler Haut herauskommen sollte.

»Halten wir es wie unter Ehrenmännern. Du sagst mir alles, was du weißt. Ich schließe das Geschäft ab und werde Giannettino beteiligen, sodass er nicht leer ausgeht, und du erhältst neue Aufgaben. Eine Lösung, die für alle gut ist.«

Longo musste darüber nicht lange nachdenken, dieses Angebot konnte er nicht ablehnen. Und so weihte er Loukas in die Einzelheiten des Handels ein, in die Pachtsumme und in den Anteil des Wesirs.

»Erzähl mir alles, mein Freund«, forderte Loukas sanft, wie es ein Vater mit dem Sohn machte, der einen Streich beichtete und dabei hoffte, mit der halben Wahrheit davonzukommen.

»Giannettino will die Türken im Kampf gegen die Venezianer auf dem Epiros und vor allem in Ragusa unterstützen.«

»Hilfe zur Selbsthilfe. Gut, Eudokimos wird in den nächsten Tagen dein ständiger Begleiter sein. Versuch nicht, ihn abzuschütteln. Tu am besten gar nichts, wenn du willst, dass die Geschichte für dich zum Guten ausschlägt.«

»Danke, Herr!« Der Genuese verneigte sich und verließ das Zimmer.

Am anderen Morgen stellte sich ein Bote vom Palast des Sultans ein und bat Loukas Notaras zur Audienz. Der Wirt hatte seine Aufgabe glänzend gelöst.

Vor dem Palast drängte sich eine Traube von Menschen mit und ohne Pferde. Loukas kämpfte sich zum Eingang vor und betrat einen Saal, in dem sich zwanzig Militärsklaven mit Lanzen aufhielten, um die Tür zum zweiten Saal, die weit offen stand, zu bewachen. Der Kommandeur der Garde rief ihm und den anderen Männern etwas zu, das Loukas zwar nicht verstand, aber von dem er annahm, dass es die Aufforderung beinhaltete, sich in einer Reihe anzustellen. Diejenigen, die sich zum ersten Mal um eine Audienz bemühten, erkannte man an ihrer Unsicherheit. Die Erfahrenen nahmen sich ihrer an, um schneller voranzukommen. Durch Pfiffe wurden sie weitergeleitet.

Endlich betrat er mit vielen anderen Menschen, die er an den bunten Pluderhosen oder den weißen Sackhosen, den langen Gewändern oder zweifarbigen Beinlingen unter plissierten Tuniken als Türken, Griechen, Bulgaren, Serben, Bosnier, Walachen, Venezianer, Genuesen und Leute aus Ragusa und Durazzo erkannte, den Audienzsaal. Durch die Schnitzereien vor den hohen Fenstern fiel das Licht in den hohen, rechteckigen Saal und tanzte auf den türkisfarbenen Kacheln, mit dem der Boden und die Wände verkleidet waren. An den vier Ecken hingen schwarze Schilder, von denen grüne Schriftzeichen leuchteten. In seine Nase drang ein wohltuender Geruch nach Lavendel, Minze und Orange. Es dauerte eine Weile, dann kamen aus einer kleinen Kammer einige Würdenträger, unter ihnen Halil Pascha, und nahmen dem Thron gegenüber vor einer Bank Aufstellung. Schließlich sprangen drei Knaben, gekleidet wie Narren, und zwei Zwerge aus dem Nebenraum. Nach ihnen erschien endlich der Sultan. Loukas erschrak. Der schlanke Jüngling von einst wirkte tatsächlich merklich gealtert. Der Eindruck entstand auch deshalb, weil er auf einmal dicklich wirkte. Die aufgedunsenen Wangen verkleinerten die Augen, und seinem Blick haftete etwas Fahriges, Zielloses an. Murad trug ein rotes Seidengewand, darüber so etwas wie einen grünen Mantel, der mit Streifen von Zobel verziert war. Nachdem er sich gesetzt hatte, ließen sich auch die Würdenträger nieder. Diener servierten zuerst dem Sultan, dann den Würdenträgern Essen in kleinen Schüsseln, Getränke in Pokalen. Auf einem Büfett an der rechten Seite des Saales standen für diejenigen, die zur Audienz erschienen waren, kleine Leckerbissen und etwas zum Trinken bereit. Loukas verspürte weder Hunger noch Durst. Nachdem der Sultan etwas getrunken und gegessen hatte, gab er ein Zeichen. Die Diener räumten die Schälchen und Pokale ab, während sich einer der Wesire erhob und auf die Gruppe, in der sich Loukas Notaras befand, zukam.

Der Wesir sagte etwas. Zwischen all den türkischen Worten verstand der Kapitän nur seinen Namen. Deshalb ging er auf den Wesir zu, der ihn zum Thron dirigierte. Das Geschenk, das er dem Großherrn mitgebracht hatte, übergab er einem Diener, der es ihm hinterhertrug. Flüchtig wechselte er einen Blick mit Halil Pascha, der ihm freundlich zulächelte, was aber nichts, zumindest nicht viel zu bedeuten hatte. Loukas wollte auf die Knie gehen, doch Murad stand auf und tänzelte die Treppe hinab, fasste mit seiner Hand unter Loukas' Elle und hinderte ihn so am Kniefall.

»Lieber, verdienstvoller Freund. Es freut mich, dass du mich besuchst.«

»Die Freude ist ganz auf meiner Seite, Großherr.«

»Wie kann ich dir helfen?«

»Nachdem sich der Handel so gut entwickelt hat, vor allem der mit Eisen und Waffen, wofür ich von einigen sehr mächtigen Männern in der Christenheit schräg angesehen werde …«

»Ich weiß, ich weiß. Was möchtest du?«

»Ich bin hier, weil ich gern den Handel mit Eurem Reich, Großherr, vertiefen und erweitern will.«

Murad schmunzelte. »Du weißt doch, dass mich Gott, nicht aber das Geld interessiert, dafür ist Halil zuständig.« Der Sultan winkte den Wesir heran, der umgehend herangerauscht kam.

»Großherr?«

»Triff dich doch am besten noch heute Abend mit unserem Freund und rede mit ihm über Geschäfte.«

»Ich wüsste nicht, was ich lieber täte!«

»Dann ist es ja gut. Und du, Loukas Notaras, komm doch morgen Abend mit Halil zu mir auf die Tschökke.« Mit diesen Worten kehrte Murad auf seinen Thron zurück, und Loukas war entlassen. Der Kapitän kehrte in den Gasthof zurück. Dort fand er bereits ein prächtiges Gewand vor, das der Großherr ihm als Zeichen seiner Gunst geschickt hatte.

Am Abend fand sich Loukas wie vereinbart bei Halil Pascha ein. Der Wesir empfing ihn in seinem Haus unweit des Palastes, das wie eine kleine Festung wirkte. Die unteren Fenster waren vergittert, die oberen durch hölzernes Schnitzwerk geschützt. Zwischen dem Platanenplatz und seinem Domizil lag nur der Bedesten-Basar, jener große und bedeutende Markt, ein bewegtes Meer der Händler und der Waren, mit zahlreichen Strudeln, Klippen und Sandbänken.

Das Haus des Wesirs teilte ein Hof in zwei Hälften. Der hintere Teil blieb jedem Besucher verwehrt, denn dort befand sich der Harem. Halil Pascha führte seinen Gast in ein kleines Zimmer, dessen Wände Bilder von Vögeln und Bäumen zierten. Im ganzen Haus duftete es nach Flieder und Zimt, ein Geruch, den der Wesir offenbar liebte. Sie saßen auf Diwankissen auf dem Teppich und tranken Tee. Die Schalen stellten sie auf schwarzbraunen Tischchen mit anmutigem Schnitzwerk ab, die vor ihnen standen. Die Zebrafinken in den beiden goldenen Käfigen, die auf halbhohen Säulen standen, pfiffen, stritten und tirilierten. Stille schien dem Haushalt des Wesirs fremd zu sein, so als fürchtete er sie. Loukas hatte so manchen Handel mit Halils Hilfe eingefädelt, und der Wesir hatte kräftig daran mitverdient. Nachdem sie sich über Familienangelegenheiten ausgetauscht hatten, erkundigte sich der Wesir mit warmer Stimme, womit er seinem Freund helfen könne. Du weißt es doch, du alter Fuchs, dachte Loukas bei sich, doch hielt er sich an die Form, die ihn, wenn er es ungeschickt anstellte, viel Geld kosten, aber ihm, wenn er klug vorgehen würde, auch viel Geld sparen konnte.

»Verehrter Freund«, begann Loukas, bedächtig seine Worte setzend, »die Sorge treibt mich her.«

»Die Sorge. Nun«, sagte Halil Pascha mit Vergnügen. »Und gar um mich?«

»Ja, um Euch. Kennt Ihr die Geschichte von dem Fischteichbesitzer Joam?« Der Wesir schüttelte den Kopf.

»Joam also hatte einen Teich voller großer und schöner Fische von seinem Vater geerbt. Aber aus welchen Gründen auch immer, Joam wollte den Teich nicht bewirtschaften und verkündete seine Absicht, den Teich zu verkaufen. Viele kamen, und sie überboten sich. Nur einer schlug Joam vor, den Teich zu pachten. Von jedem Fisch, den er verkaufen würde, bekäme Joam einen Anteil.«

»Und was tat Joam?«, fragt der Osmane.

»Er verkaufte an den, der ihm das meiste geboten hatte. Doch bald darauf brachen Diebe in seinem Haus ein, stahlen das Geld, und Joam ging in Armut zugrunde. Hätte er auf das Angebot des

Pächters gehört, würde er noch heute im Wohlstand leben, denn der Teich warf immer noch reichlich Fische ab.«

Der Wesir drohte dem Kapitän scherzhaft mit dem Zeigefinger. »Ihr wisst, dass wir unseren Fischteich verpachten wollen?«

»Ja, aber, was habt Ihr davon? Für Euch ist es wie verkauft. Wenn Ihr uns eine Pacht am Fischteich vermitteln könntet, würden wir Euch mit drei Prozent am Gewinn beteiligen.«

Der Wesir kratzte sich den Bart. »Mit welchem Gewinn rechnet Ihr?«

»Sechzigtausend Dukaten im Jahr.«

»Das wären achtzehnhundert Dukaten im Jahr für mich. Das ist eine Gräte und kein Fisch. Zehn Prozent!«

»Bedenkt, dass wir Anfangsinvestitionen haben und die Pacht bezahlen müssen. Fünf Prozent in den ersten drei Jahren, sechs in den beiden nächsten und dann acht Prozent. Das ist ein faires Angebot. Je niedriger die Pacht, desto höher der Gewinn.« Der Wesir hatte verstanden, dass es auch in seinem Interesse lag, die Pacht so gering wie möglich zu halten – nicht als Wesir, aber als Geschäftsmann.

»Wie gern, mein Freund, würde ich Euch helfen, aber ich kümmere mich nicht um die Verpachtung von Fischteichen. Lasst uns über Waffenlieferungen sprechen.«

Loukas nahm einen langen Schluck Tee. »Ich weiß, dass jemand Hilfe versprochen hat im Kampf gegen die Venezianer. Braucht Ihr denn Hilfe? Kanonen könnt Ihr gebrauchen, aber nicht ein paar Söldner.«

»Kanonen!«, leuchteten die Augen des Wesirs auf.

»Und einen Mann, der sie herstellen kann.«

»Da seht Ihr, wie wunderlich doch die Welt ist. Was man nicht alles für einen Fischteich bekommen kann!«

»Ich möchte gern einem edlen Mann mit dem Fischteich eine Freude machen. Offiziell bleibe ich da draußen, wohl auch Ihr. Aber wenn unser Freund Draperio den Teich pachten könnte, würden wir Euch mehr Waffen liefern und weniger in Rechnung stellen. Auch Kanonen, was wir bisher nicht getan haben. Die stille Beteiligung am Fischteich würde in den ersten sieben Jahren sieben, danach zehn Prozent betragen. Außerdem würde ich Giannettino am Geschäft beteiligen, sodass in der Familie der Genuesen kein böses Blut entsteht.«

»Warum habt Ihr nicht gleich gesagt, dass Ihr unserem verehrten Francesco Draperio eine Freude bereiten wollt? Da kann ich nicht abseitsstehen. Er soll zu diesen Konditionen den Fischteich erhalten.«

»Die Pacht?«

»Das Höchstgebot beträgt zehntausend Dukaten im Jahr.« Loukas übte sich im Stirnrunzeln. Doch der Wesir hob die Hände. »Wie könnt Ihr annehmen, dass ich Joam heiße! Draperio soll im Jahr sechstausend Dukaten entrichten. Aus Dankbarkeit soll er dem Großherrn für ein neues Janitscharenregiment die Schwerter und die Dolche schenken.« Halil Pascha rieb sich erfreut die Hände. »So werden alle glücklich!«

»Ja«, sagte Loukas, »der Handel ist doch eine feine Sache.«

Und dann tranken sie und sprachen darüber, wie gut es wäre, wenn Osmanen und Byzantiner in Frieden miteinander lebten.

»Krieg ist einfach ein schlechtes Geschäft«, seufzte Loukas.

»Vielleicht«, gab der Wesir vage zurück.

9

Residenz des ungarischen Königs, Buda

Alexios hätte die Luft auswringen können. Es regnete zwar nicht, aber er hatte das Gefühl, durch Wolken zu laufen. Über ihn stützten sich müde die Wipfel der Kastanien. Nur die Pflicht, Clara zu bestatten, und die Sehnsucht, in Barbaras Armen Trost zu finden, hielten ihn noch in Buda. Der mit kleinen Steinen bestreute Weg führte in gerader Linie zur Kapelle, deren Türflügel wie geöffnete Arme wirkten. Rechts und links reihten sich in loser Folge die Gräber aneinander. Manche hatten Grabsteine, andere nur Kreuze, die gehörig von der Witterung bearbeitet worden waren. Mit einem Blick auf die vielen freien Plätze stellte Alexios grimmig fest, dass hier noch viel gestorben werden konnte.

Als er die Kapelle betrat, bekam er weiche Knie. Vor dem Granitaltar lag Clara von Eger im offenen Sarg aufgebahrt. Die Nonnen hatten große Kunst bewiesen, denn schön wie nie lag die junge Frau in ihrem Sarg, als schliefe sie. Kein Kratzer war zu sehen, nur Frieden und Gelöstheit standen in ihrem blassen Gesicht.

Zehn, zwanzig Franziskanerinnen saßen im Chorgestühl. Der Fürst trat an den Sarg heran. Obwohl ihn niemand ansah, beschlich ihn das Gefühl, dass alle Aufmerksamkeit auf ihm ruhte. Aber das berührte ihn nicht, erreichte ihn nicht einmal, genauso wenig, als wenn sie geglotzt, gestarrt und getuschelt hätten.

Clara lag wie in einem Brautbett da, im weißen Kleid, einen Kranz von Schneeglöckchen und Krokussen im Haar, als warte sie nur darauf, dass ein Engel sie wachküssen würde. So etwas hatte Alexios noch nie gesehen. Er bekreuzigte sich – allerdings mit ausgestreckten Daumen, Zeige- und Mittelfinger, während Ring- und kleiner Finger die Handfläche berührten, von oben nach unten und von rechts nach links, so wie es bei den Byzantinern üblich war. Darauf achtete jedoch niemand. Er ertappte sich bei dem Wunsch, sich zu Clara zu legen, und fühlte im gleichen Moment, wie das Blut in seine Wangen stieg. Dann spürte er ihre Fingernägel, die sich verzweifelt und lustvoll zugleich in seinen Rücken gruben. Unbekannte Bilder stiegen vor seinem inneren Auge auf, Details, die er in jener Nacht im Jagdschloss in den Karpaten wohl unterbewusst wahrgenommen, zwar nicht registriert, aber auch nicht vergessen hatte: ihr ernstes Gesicht, die fast kindliche Konzentration, als habe man ihr genau gesagt, was sie wie und wann zu tun hätte, und sie hatte doch nichts falsch machen wollen. Hast du auch nicht, dachte Alexios Angelos, ich war es, der alles falsch gemacht hat. Plötzlich spürte er die Berührung ihrer Hand auf seiner Stirn. Eine zärtliche Geste, die aus den Tiefen seiner emotionalen Erinnerung aufstieg, als habe sie nur auf den passenden Augenblick gewartet. Nun stand ihm alles deutlich vor Augen. In jener Nacht hatte sie ihn zu seiner Kemenate geführt und ihn gebettet. Vor Erschöpfung war er sogleich eingeschlafen und davon ausgegangen, dass die Zofe sofort das Zimmer verlassen hatte. Weshalb hätte sie auch bei dem schlafenden Mann bleiben sollen? Jetzt wurde Alexios bewusst, dass ihn seine Annahme trog und sie eine ganze Weile bei ihm gesessen und seine Stirn gestreichelt hatte. Sein Geist mochte geruht haben, sein Körper jedoch nahm die Berührung wahr und speicherte die Empfindung in den Tiefen des Gehirns, bis heute zumindest. Er fragte sich und fürchtete sich zugleich vor der Antwort, warum sie das getan hatte. Hatte sie ihn etwa seit dieser Nacht geliebt – still und unauffällig zehn Jahre lang, ohne dass es ihm jemals aufgefallen war? Der Fürst brach unter der Erkenntnis seiner Schuld zusammen. Aufregung entstand unter den Nonnen. Sie riefen den Priester und die Ministranten, um dem Fürsten zu helfen, doch der erhob sich mit einem verunglückten Lächeln. »Es ist nichts, nur eine kleine Unpässlichkeit.«

Alexios nahm in der letzten Reihe Platz. Er wollte sie sehen, aber selber unbeobachtet bleiben, denn er war sich seiner ganz und gar nicht sicher. Die Nonnen stimmten den Introitus an: »*Requiem aeternam dona eis, Domine: et lux perpetua luceat eis ...*« Halblaut sprach der Fürst den Introitus auf Griechisch mit: »Herr, gib ihnen die ewige Ruhe, und das ewige Licht leuchte ihnen. Dir gebührt Lob, Herr, auf dem Zion, dir erfüllt man Gelübde in Jerusalem, erhöre mein Gebet; zu dir kommt alles Fleisch.«

»Auf Griechisch klingt es viel schöner als im Lateinischen«, hörte er neben sich eine Frauenstimme sagen, die er sehr gut kannte. Er schaute nach links und versank in Barbaras blauen Augen. Tiefe Dankbarkeit empfand er dafür, dass sie es trotz der Gefahr auf sich genommen hatte, in die Kapelle zu kommen. Nun konnte er die Trauer mit ihr teilen und bei ihr Trost finden.

»Ach, Liebster, wie sehr hast du mir gefehlt! Alles wird jetzt zwar schwieriger, aber wir schaffen das schon. Wer könnte schon unserem Erfindungsreichtum wehren«, flüsterte sie doppeldeutig mit verführerischem Augenaufschlag.

»Warum Clara?«, fragte er leise.

»Sigismund hat sie töten lassen, um mich zu bestrafen und meine Bediensteten zu warnen.«

»Jemand hat uns verraten!«

»Es gibt immer einen Verräter«, raunte sie ihm eine Spur zu leicht zu.

Seltsam, dachte er, das hatte Johann Hunyadi auch gesagt. »Aber wer könnte der Judas sein?«

»Ich weiß es nicht.«

»Versuch dich zu erinnern! Ist dir jemand gefolgt? Hat dich jemand beobachtet? Ist dir irgendetwas aufgefallen?«, forschte er mit gedämpfter Stimme. Er fand, dass er es Clara schuldig war.

Ihre Augen verschatteten sich. »Wen interessiert das noch?«

»Sie interessiert das!«, sagte er mit unterdrückter Lautstärke, um nicht zu stören, und zeigte auf Clara, während der Priester die Totenmesse las. »Und mich interessiert das«, fügte er leiser hinzu.

»Es wird die Dinge nicht ungeschehen machen.«

Der Priester sprach das Schuldgeständnis: »*Confiteor Deo omni-*

potenti, beatae Mariae semper Virgini, beato Michaeli Archangelo, beato Joanni Baptistae, sanctis Apostolis Petro et Paulo, omnibus Sanctis, et vobis, fratres, quia peccavi nimis cogitatione, verbo, opere et omissione: mea culpa, mea culpa, mea maxima culpa.«

Und Schuld empfand Alexios gegenüber dieser jungen Frau, die dort aufgebahrt lag, weit vor ihrer Zeit. Denn er hatte gesündigt im Geiste, in Worten, in Werken und in Taten. Zaghaft regte sich in ihm ein so ungeheuerlicher wie absurder Verdacht, dass er ihn kaum in Worte zu fassen vermochte und der nicht aus seinem Verstand, sondern aus seiner Intuition kam. »Eines verstehe ich nicht: Von unserem Treffen in diesem Jahr, von Ort und Zeit wussten doch nur du, ich und Clara.«

»Ja, und?«

In diesem Moment rief der Priester: »*Kyrie eleison.*«

Die Nonnen, aber auch die Königin und der Fürst antworteten: »*Kyrie eleison.*«

Alexios ließ sie nicht aus den Augen. Die Frage beunruhigte ihn, und er hoffte auf eine überzeugende Antwort: »Barbara, nur du, sie und ich! Es muss dir jemand gefolgt sein!«

Und der Priester rief: »*Christe eleison.*«

Und alle, auch Alexios und Barbara, antworteten: »*Christe eleison.*«

»Was willst du damit sagen?«, fuhr sie ihn mit mühsam gedämpfter Stimme an. Man sah ihr an, dass sie des Themas mehr als überdrüssig war.

Wieder bat der Priester: »*Kyrie eleison.*«

Und mit ihm die Christen in der Kapelle: »*Kyrie eleison.*«

»Sag du es mir!« Alexios klang, auch für sich selbst, unerwartet hart.

Barbaras Augen blitzten zornig. »Ich bin nicht unter Gefahren hergekommen, um mich von dir verhören zu lassen«, zischte sie. Doch da stimmten die Priester und die Nonnen das Libera me an, und sie sang mit ihrer gutturalen Stimme mit: »*Libera me, de morte aeterna, in die illa tremenda* … Rette mich, Herr, vor dem ewigen Tod an jenem Tage des Schreckens, wo Himmel und Erde wanken, da du kommst, die Welt durch Feuer zu richten. Zittern befällt mich und Angst, denn die Rechenschaft naht und der drohende Zorn. O jener Tag, Tag des Zorns, des Unheils, des Elends, o Tag so groß und so bitter, da du kommst, die Welt durch Feuer zu richten. Herr, gib ihnen die ewige Ruhe, und das ewige Licht leuchte ihnen.«

»... *et lux perpetua luceat eis*«, wiederholte er in Gedanken. »Sind wir schuldig geworden, Barbara? Haben wir eine große Sünde auf uns geladen?«

»Ehebruch ist Sünde und jede Art der Begattung bis auf die Kardinalsstellung ist ebenfalls Sünde. Natürlich haben wir gesündigt. Was lärmst du denn die ganze Zeit wegen dieser kleinen Zofe? Wenn mein Vater sie nicht aufgenommen hätte, würde sie heute in einem Bordell jedem zu Willen sein. Wenn sie nicht die Syphilis längst dahingerafft hätte.« Kalt und böse sah sie in diesem Moment aus.

Da wusste er es. »Du hast ...«

»Ja, ich habe meinem Mann einen Wink gegeben. Ich wusste allerdings nicht, dass er so weit gehen würde. Aber jetzt wissen wir wenigstens, was es kostet! Und es erhöht unsere Lust.«

Die Welt geriet ins Wanken. »Aber warum?«

»Weil du dich von der kleinen Zofe umgarnen ließest. In meinem Forsthaus, du Bock!«

»Aber da war nichts!«

»Lüg mich nicht an! Was weiß ich denn, was ihr den ganzen Tag miteinander getrieben habt!«

»Wie kommst du nur darauf?«

»Sie hat dich gemalt.«

»Wie, gemalt?«

»Ich habe die Porträts gefunden ... und verbrannt. Da habe ich alles gewusst, wie ihr mich betrogen, wie ihr euch über mich lustig gemacht habt.«

»Aber ...« Er fühlte sich hilflos. Jetzt erinnerte er sich daran, dass er einmal auf dem Tisch eine Kohlenzeichnung von sich gesehen hatte. Als er Clara darauf ansprach, ließ sie die Zeichnung schnell verschwinden, errötete und sagte, dass sie alle Menschen in ihrer Umgebung, die sie länger sah, zu malen versuchte. Es sei nichts weiter als eine schlechte Angewohnheit. Der Herr möge ihr verzeihen. Der Herr fand, dass es nichts zu verzeihen gab. Eine zweite Erinnerung hängte sich an die erste. Barbara gegenüber hatte er einmal über die künstlerischen Ambitionen ihrer Zofe freundlich gespottet. So brachte er selbst erst die Königin auf diese Idee. Er spürte einen bitter-erdigen Geschmack auf der Zunge, als hätte er Jauche getrunken.

Mit ihrem Getuschel drang Barbara in seine Gedanken. »Außerdem, was reden wir die ganze Zeit über die kleine Zofe? Für den König war es ein heilsamer Nasenstüber, dass einer seiner Drachenritter ihm Hörner aufsetzt. Er hatte schon ganz vergessen, dass er eine Frau hat, und nun erinnert er sich wieder! Ja, wir alle brauchen etwas Ungemach. Findest du nicht, dass auch unsere Liebe an Langeweile zu ersticken drohte? Wir führten fast schon eine Ehe. Ein- oder zweimal wärst du noch nach Großwardein gekommen, dann hätte dich der Überdruss ferngehalten. Ich musste also etwas ändern. Die Routine ist der Tod der Liebe, mein Freund. Gratuliere mir, es ist mir fabelhaft geglückt! Ist es nicht großartig, spürst du nicht das Leben, wie es in unseren Adern brennt? Von jetzt an werden wir um jedes Treffen kämpfen müssen! Jeder Kuss wird unglaubliche Klugheit erfordern und eine schauerliche Gefahr bedeuten. Auf dem Rücken des Teufels werden wir uns paaren. Unsere Schlafstatt, Ort der Lust und Richtplatz zugleich! Es wird uns beleben zu wissen, dass wir dafür geviertelt werden können. Jetzt, Geliebter, fühlst du es nicht, wird unsere Liebe eine neue Stufe erklimmen. Endlich werden wir uns im wahrsten Sinne des Wortes auf Leben und Tod lieben! Eine solche Liebe hat es noch nie geben und wird es auch nie wieder geben. Das macht uns einzig.«

Alexios schwindelte. »Ich habe eine andere Bestimmung in der Welt!«

»Komm mir jetzt nicht mit deinen langweiligen Türken!«

»Hast du nicht einmal gesagt, dass du durch die Alchemie die Welt besser machen möchtest? Mit dem Stein der Weisen würde man Gold herstellen und jede Krankheit heilen können. War es nicht so?«

Sie schwieg. Ihr Blick erlosch. Leise, behutsam, zärtlich formten sich die Worte im Choral: »*Agnus Dei, qui tollis peccata mundi, dona eis requiem* ... Lamm Gottes, du nimmst hinweg die Sünden der Welt, erbarme dich unser. Lamm Gottes, du nimmst hinweg die Sünden der Welt, erbarme dich unser. Lamm Gottes, du nimmst hinweg die Sünden der Welt, gib ihnen die ewige Ruhe.«

»*Amnòs tou Theou*«, sang Alexios auf Griechisch mit. Er spürte ihre ganze Verachtung. »Wie kannst du nur so abscheulich dumm sein? Ein guter Rammler Gottes, ein vorzüglicher Bock des Herrn, aber ansonsten ein Tor! Stell dir vor, wir haben trotz aller Mühen den Stein der Weisen nicht gefunden. Wir haben auch Gott nicht gefunden und die Knochen des Lamms bis auf die letzte Faser Fleisch abgenagt. Was hat es genutzt? Die Jugend verlässt mich, ohne dass ich etwas dagegen tun kann.« Sie lächelte mitfühlend, fast wie eine Mutter. »Ich verstehe, dass du das alles erst einmal verarbeiten musst. Du kennst dich in der Alchemie der Gefühle nicht aus. Das erhabene Werk aus Liebe, Eifersucht und Verrat, aus Blut und Samen verwirrt dich. Mein kleiner Alexios braucht Zeit. Zögere aber nicht zu lange, ich warte auf keinen Mann. Nimm über Meister Urban Kontakt mit mir auf. Riskiere nicht, dass dich mein Gift erreicht. Der schönste Verrat, der an einem begangen wird, ist der, den man selbst ins Werk setzt.« Alexios wollte sich erheben, doch da erhob sich die schöne Stimme des Priesters und erfüllte den Kirchenraum wie Kerzenlicht: »*Lux aeterna luceat eis, Domine* ... Das ewige Licht leuchte ihnen, Herr, mit deinen Heiligen in Ewigkeit, denn du bist gütig. Die ewige Ruhe gib ihnen, Herr, und das ewige Licht leuchte ihnen. Mit deinen Heiligen in Ewigkeit, denn du bist gütig.«

Die Königin kniete nieder, als würde sie durch die Musik geläutert, und betete andächtig mit dem Ausdruck vollkommener Unschuld auf ihrer Stirn, ihrer Nase, ihren sündigen Lippen.

»Fahr zur Hölle!«, raunte er ihr zu, dann stand er auf und ging zum Sarg, legte sich mit ausgestreckten Armen davor auf den Boden der Kapelle und betete für sie auf Griechisch: »Mit den Heiligen lass ruhen, Christus, die Seele deiner Dienerin, wo es nicht gibt Schmerz noch Trübsal noch Klage, doch unendliches Leben. Sie hat genug gelitten! Amen.«

Die Kälte der Fußbodensteine drang in seinen Körper und tat ihm gut.

Als er wenig später eine Handvoll Erde ins Grab der Zofe warf und noch einmal auf ihren Sarg hinabblickte, fühlte er einen kurzen Augenblick den Hermaphroditen neben sich, der ihm zuraunte: »Die Zeit des Spielens ist vorbei!«

Es regnete immer noch nicht. Alexios Angelos stand dennoch im Grau der Wolken. Oder war es nur der Nebel, der Schleier aus toten Seelen? Er fühlte sich leer. Das Leben verfloss, die Reiche, nicht aber die Ideen. Wenn die Ideen vergessen würden, dann bräche der letzte Tag der Menschheit an. Bisher hatte er Ideen mit Worten gleichgesetzt, lediglich nach ihrer Bedeutung gefragt, nicht aber nach ihrem Inhalt. Aber die Ideen, so viel begann er an Claras Grab, jäh mit der Endgültigkeit konfrontiert, zu ahnen, überragten die Worte, weil sie nicht einfach Chiffren für etwas anderes waren, nicht als Träger von Bedeutungen dienten, sondern selbst Inhalte ausdrückten, ein Wesen besaßen. Oder gar Wesen waren? Geistige Gebilde, die Physisches in Gang setzten. An der Idee würde sich das Reich aufrichten, sie würde das Schwert führen, sie allein, das spürte er. Er kannte Ideen, weil er von ihnen getrieben wurde. Liebe war eine Idee, die begrub er gerade, das Reich der Rhomäer eine andere. Aber was war eigentlich das Reich der Rhomäer? Verblasster Glanz? Vergangenheit ohne Zukunft? Ging es nur darum, als Kaiser über ein unermesslich großes Reich zu herrschen? Jahrelang stritt er für diese Idee, nun musste er erkennen, dass sie hohl war, dass ihr eine Form, aber kein Inhalt zukam. Er hatte die Idee zum Wort erniedrigt, sich am Wortgeklingel berauscht. Früher hätte er diese Einsicht als abgehoben oder als wirklichkeitsfern abgetan, aber vor diesem blutigen Menschentod, dieser gemeinen Endgültigkeit – und er wusste, worum es ging, denn er hatte Claras geschundenen Leib gewaschen – glückte keine Distanz, reichten Worte nicht aus, hatten Phrasen keinen Bestand. Vom Sterben wusste er sehr viel, das war nichts Besonderes, bisher aber nicht das Geringste vom Tod, der doch bei näherem Hinsehen ein großer Philosoph war, weil er die Fragen richtigstellte und keine Ausflüchte zuließ. Was also war das Reich der Rhomäer? Und wichtiger: Was konnte es werden? Von der Beantwortung dieser Fragen hingen seine nächsten Schritte ab. Für eine Idee wollte er nach wie vor kämpfen, auch für einen großen und tiefen Traum, nicht aber für eine Illusion, ein Gaukelbild der Eitelkeit. Aber wo sollte er ansetzen? Wie kam man einer Idee auf die Spur? Sein Verstand war nicht philosophisch geschult, methodisches Denken lag ihm fern. Alexios fühlte sich wie ein Anfänger im Schwimmen, den man ins Wasser geworfen hat. Im Grunde hatte er die Arbeit der Philosophen immer verachtet, jetzt wäre ihm ihre Hilfe herzlich willkommen gewesen. Das ungewohnte Nachdenken über ein scheinbar abstraktes Problem strengte ihn merklich an. Dann fand er den Schatten einer Spur. Vielleicht begann ja alles damit, die richtigen Fragen zu stellen! Wie die abendländischen Ritter auf Aventiure ritten, um den Heiligen Gral zu finden, so würde er sich auf die Reise begeben, um seine Antwort, seinen Gral zu finden. Und richtig, sie nahmen alle diese Gefahren auf sich, um ihrer Dame zu Diensten zu sein. Seine Dame aber lag vor ihm im Grab. Für sie wollte er nun losreiten, für Clara von Eger. Und wenn es aus dem Himmel war, sollte sie dereinst auf ihr Reich schauen, sie, seine Kaiserin. Alexios kniete nieder und schwor es als Edelmann und als Ritter des Drachenordens. Die Zeit des Spielens war vorbei, die der Wanderschaft wetterleuchtete.

Alexios war sich selbst noch ein wenig fremd, als er am nächsten Morgen mit Înger erst Richtung Osten aufbrach, um später nach Süden einzuschwenken. So als würde er ein anderer, einer, an den er sich erst gewöhnen musste.

10

Notaras-Palast, Konstantinopel

Die Heimkehr hatte sich Loukas Notaras nach seinem großartigen Verhandlungserfolg am Hofe des Sultans ganz anders vorgestellt. Im Vestibül des Palastes stieß er auf seine Mutter, die wohl das Schlagen der Tür gehört hatte und in die Vorhalle gestürmt kam. Loukas stutzte. Thekla war nicht sorgfältig frisiert wie sonst, die Haare hingen ihr wirr ins Gesicht, und neben ihren Mundwinkeln hatten sich tiefe Falten eingegraben. Ihre ganze Erscheinung verriet eine große Verunsicherung und vor allem Angst. Offenbar hatte sie gehofft, jemand, auf den sie händeringend wartete, sei endlich eingetroffen. Nach dem kurzen Moment der Enttäuschung rief sie ihrem Sohn mit einem Seufzer zu: »Gut, dass du endlich da bist.«

»Ist etwas mit Eirene? Mit Nikolaos?«, fragte Loukas betont ruhig, doch mit wachsender Unruhe, denn er hatte Frau und Kind unmittelbar nach der Geburt verlassen müssen, um nach Edirne zu eilen.

»Nein, deiner Frau und den Kindern geht es gut. Dein Vater …« Mehr brachte Thekla nicht über die Lippen.

»Was ist mit Vater?«

Sie schüttelte den Kopf.

»Was ist mit ihm?«

»Wenn ich es nur wüsste! Er ist schon mehrere Tage nicht nach Hause gekommen. Ich weiß es nicht, wo er steckt.« Loukas Notaras brachte das, was seine Mutter sagte, nicht mit der Person seines Vaters in Zusammenhang. Doch bevor er nachfragen konnte, hallte ein glockenhelles Stimmchen durch die Eingangshalle. »Papa!«, erklang es im Tone vollkommener Begeisterung. »Papa ist zurück!«, triumphierte es. Anna lief jubelnd die Treppe herunter. Das Strahlen in ihren Augen überwältigte Loukas. Kurz darauf, vom Ruf ihrer Schwester alarmiert, erschienen auch schon Theodora, die ihren Stoffhund Dimmi in den Armen hielt, und der kleine Demetrios mit einem Holzschwert in der Hand. »Papa!«

»Papa«, tönte es nun durch das ganze Haus. Schließlich folgte Eirene mit Nikolaos auf dem Arm.

Schon sprang Anna ihren Vater an und erklomm ihn so rücksichtslos, als wäre er ein Berg. Der Kapitän genoss die Begrüßung, stellte Anna aber gleich wieder auf den Boden und kniete sich hin, denn die anderen beiden Kinder verlangten auch, ihren Vater zu umarmen und zu drücken. Loukas grinste in die Runde, denn jetzt folgte das Familienritual, wie immer, wenn er längere Zeit unterwegs gewesen war. Er setzte sich Demetrios auf den Rücken, hob Theodora mit dem linken Arm hoch, Anna mit dem rechten und dachte dabei, dass ihm Anna langsam zu groß und zu schwer dafür wurde. Da er nicht den Mut fand, Anna aus dem Ritual auszuschließen, würde er wohl nicht mehr verreisen dürfen, dachte er scherzhaft. Inzwischen war auch Eirene die Treppe hinuntergekommen und trat zu ihm. An seinem jüngsten Sohn, der es sich auf dem Arm seiner Frau bequem gemacht hatte, konnte sich Loukas kaum sattsehen. An den kleinen Fingern, die sich unaufhörlich bewegten, der Stupsnase, den Lippen und den hellen Augen. Er genoss den süßen Milchgeruch seines Sohnes.

Einen kurzen Moment schweiften seine Gedanken im Angesicht der Familie zu dem Abend zurück, den er beim Sultan auf der Tschökke verbracht hatte. Murad hatte schon recht früh angefangen zu trinken. Irgendwann im Laufe des Abends hatte er wie nebenbei gesagt: »Du bist doch auch ein Vater. Wie kann es sein, dass ich den Sohn, der mir gerade geboren wurde, hasse?« Loukas verstand den Großtürken nicht. Schon wollte er ihn darauf hinweisen, dass es Gotteslästerung sei, seine Kinder nicht zu lieben. In den Augen des Kapitäns war jedes Kind ein Geschöpf und ein Geschenk des Allerhöchsten, ganz gleich, ob man ihn Gott oder Allah nannte. Doch er wollte nicht Gefahr laufen, Murad durch seine Äußerung zu verärgern, so erkundigte er sich stattdessen, wie viel Zeit der Großtürke mit seinem Sohn verbringe. Statt des Herrschers antwortete der Wesir: »Der Sultan verbringt keine Zeit mit seinen Kindern.« Murad lächelte sehr geziert. Es schien ihm inzwischen peinlich zu sein, gefragt zu haben. »Eigentlich ist es auch nicht wichtig, denn er wird nicht mein Nachfolger werden, er hat zwei klügere und in allem bessere ältere Brüder.« Dann trank er etwas und befahl den Musikern, ein Lied von Rabi'a zu singen. Loukas aber raunte er zu: »Rabi'a war eine freigelassene Sklavin. Eines Tages wunderten sich die Leute, denn sie lief durch Basra mit einer Fackel in der einen und einem Eimer Wasser in der anderen Hand. Auf die Frage der Menschentraube, die sich um sie bildete, antwortete sie: ›Ich will Feuer ans Paradies legen und Wasser in die Hölle gießen, damit diese beiden Schleier verschwinden und es deutlich wird, wer Gott aus Liebe und nicht aus Höllenfurcht oder Hoffnung aufs Paradies anbetet.‹«

Und der Sänger begann zu singen:

»Oh Geliebter der Herzen, ich habe keinen gleich dir … Das Herz kann keinen lieben als dich.«

Zum Abschied hatte Murad ihn gefragt: »Kannst du mir erklären, was das ist, eine Familie?«

Mit Worten wollte es Loukas Notaras nicht gelingen, er hätte es dem Sultan nur zeigen können: wenn man gemeinsam zu einem Baum wird. Anna legte indessen sanft ihren rechten Arm um ihren kleinen Bruder, Eirene ihren freien Arm um Theodora, die wiederum mit ihrem Arm die Schulter ihrer Mutter berührte, sodass die Familie einen Kreis bildete, den ihre Arme und Körper umschlossen und so zu einem einzigen Leib verschmolzen. Eben wie ein Baum. Sie steckten die Köpfe zusammen und schwiegen im Genuss des Einsseins, des Ineinanderfließens. Eine Trutzburg gegen den Rest der Welt, so wie sie umarmt hier standen und ihre Energien sich vereinigten. Thekla rannen die Tränen aus Rührung, aber auch aus Trauer, denn der Mann, mit dem sie ihr Leben verbracht hatte, war von einem Tag auf den anderen spurlos verschwunden.

Natürlich gehörte sie zur Familie ihres Sohnes, aber nicht so ganz, nicht im engsten Sinne, dachte sie und wollte sich schon zurückziehen, als Anna ihr zurief: »Komm zu uns, Großmutter, komm, du gehörst doch zu uns.«

»Ja, komm, Mutter«, rief Eirene, und die anderen Kinder fielen in die Bitte mit ein. Thekla stellte sich zwischen Anna und Eirene. Sie gehörte eben doch dazu, ganz und gar. Nachdem sie das Zusammensein genossen hatten, bat Loukas seine Frau, die Kinder mitzunehmen, weil er mit seiner Mutter zu reden habe. Endlich musste er sich um seinen Vater kümmern. Eirene verstand. »Kommt, ihr Lieben!«

Die Kinder protestierten, hatten sie doch ihren Vater gerade erst zurückbekommen, aber Eirene ließ keinen Widerspruch zu. Mit einem Lächeln schaute er seinem jüngsten Sohn, der auf Eirenes Arm eingeschlafen war, hinterher.

Als sie allein waren, fragte Loukas: »Was ist mit Vater?«

»Du warst kaum fort, da erzählte er von seiner Kindheit, spielte mit Demetrios, als ob er im Alter des Knaben wäre. Dann ging er fort und kehrte lange nicht wieder. Als er endlich vollkommen verschmutzt zurückkam, hatte ich das Gefühl, dass er eine ganze Zeit brauchte, ehe er mich erkannte.«

»Habt ihr Bessarion zurate gezogen?«

»Bessarion ist in Mistra bei einem Philosophen, von dem er lernen will.«

Der Kapitän schüttelte den Kopf. Er verstand das alles nicht.

»Was ist bloß mit ihm? Es ist, als ob er nicht mehr mein Mann sei. Gestern hat er mich gefragt, wo seine Mama ist. Dann hat er geschrien, dass er zu seiner Mama wolle, und ist losgerannt. Seitdem habe ich ihn nicht mehr gesehen.«

»Ich finde ihn, verlass dich drauf.« Die Nachrichten beunruhigten ihn, zumal er die Geschehnisse nicht mit dem Mann zusammenbrachte, den er zeit seines Lebens kannte und der sein Vater war. Jetzt half nur, streng rational und methodisch vorzugehen. Der Kapitän zwang sich zur Ruhe und rief Eudokimos zu sich. Er befahl ihm, dass die Mannschaft der »Nike«, die in drei Tagen auslaufen würde, alle Arbeiten am Schiff einzustellen hatte, um in der ganzen Stadt nach Nikephoros Notaras zu suchen. Aber auch Loukas hielt es nicht mehr im Palast. Er hatte eine Idee. Der Kapitän lief zur St.-Barbara-Spitze, zu dem Ort, den sein Vater über alles liebte, an dem sie so manches wichtige Gespräch geführt hatten. Umso näher er dem Kap kam, umso stärker beruhigte er sich, weil es ihm immer sicherer wurde, dass sein Vater sich nur dorthin zurückgezogen haben konnte. Er suchte den Hain ab, schaute hinter jeden Strauch und jeden Baum, rief ihn, lief selbst runter zum Meer. Die Enttäuschung, ihn nirgendwo zu finden, traf ihn wie ein Schlag in die Magengrube.

Als er in den Palast zurückgekehrt war, lagen noch keine Meldungen von Eudokimos vor. Also ließ er sein Pferd satteln und galoppierte zum Xenon des Kral, um bei Martina Laskarina Rat einzuholen. Er hatte das Gefühl, die Sache von einer anderen Seite angehen zu müssen.

Die Ärztin hörte sich alles mit verschlossener Miene an. »In den Krankheiten des Körpers kenne ich mich aus, nicht aber in denen des Kopfes. Ich sage Euch, was ich denke, aber es ist kein ärztlicher Rat, es ist nur meine Meinung.«

»Sprecht!«

»Euer Vater hat sein ganzes Leben Verantwortung getragen und hat für seine Familie gesorgt wie kein Zweiter. Er ist müde. Jetzt, wo er weiß, dass Ihr seine Nachfolge angetreten habt und er die Verantwortung abgeben durfte, sehnt er sich nach der Zeit seiner Kindheit zurück, in die Geborgenheit des Kindes. Euer Vater will endlich nach Hause zu seinem Vater.« Nachdenklich fügte sie hinzu: »Zu seinem himmlischen Vater. Die Zeit des Abschiednehmens bricht an.«

»Er war doch ...«

»Immer der Starke? Ja, aber nun seid Ihr der Starke. Verzeiht, aber ich habe weit weniger die Bibel gelesen, als ich es hätte tun sollen. Irgendwo aber findet sich dort der bemerkenswerte Satz: ›Er muss zunehmen und ich muss abnehmen.‹ Ihr nehmt seine Stelle ein, die er freigibt.«

Loukas erinnerte sich, dass, seitdem er die Geschäfte übernommen hatte, sein Vater ihn zwar beriet, häufiger aber in den letzten Jahren Momente eintraten, in denen er plötzlich traurig, verhalten oder sogar desorientiert wirkte. Stets hatte er diese Seltsamkeiten im Verhalten des alten Seeräubers verdrängt oder sie auf das Schuldgefühl gegenüber Demetrios zurückgeführt, denn diese kurzen Aussetzer waren nicht lange nach dem Gewaltausbruch gegen den jüngeren Sohn aufgetreten. Abschiednehmen – wie sollte das gehen? Ihm graute davor, vor allem weil er sich hilflos fühlte. »Was soll ich jetzt bloß tun?«, entfuhr es ihm.

»Euer Vater wird in seine eigene Welt verschwinden. Es wird Euch wehtun, aber hindert ihn nicht daran. Lasst ihn, es ist gut für ihn, doch passt auf ihn auf!«

»Habt Ihr eine Idee, wo ich ihn suchen soll?«

»Dort, wo er als Kind gern war.«

»Mein Vater hat wenig von seiner Kindheit erzählt. Eigentlich …« Wenn er ganz ehrlich war, wusste Loukas Notaras nicht einmal, dass sein Vater eine Kindheit gehabt hatte. Doch diesen Satz behielt er für sich. Sein Vater war immer sein Vater, abwegig für ihn die Vorstellung, dass der imposante Mann einmal Kind gewesen sein könnte.

»Sucht in Euren Erinnerungen, und Ihr werdet Euren Vater finden!«

Loukas Notaras dankte der Ärztin und brach auf. Ihm schwindelte der Kopf. Ungern nur glaubte er ihr, doch sein Instinkt gab der Ärztin recht. Er zerbrach sich den Kopf darüber, was sein Vater über seine Kindheit erzählt hatte, während er die Häfen abritt. Zumindest faszinierten Loukas als Kind die Häfen, die Schiffe, das Meer. Warum also sollte es bei seinem Vater anders gewesen sein? Er begann im Norden, beim kleinen Kynegion-Hafen, in dem er einst im Sturm die italienische Braut des Kaisers abgesetzt hatte, mit der Suche. Längst lebte sie nicht mehr in Konstantinopel. Ihre Gebete waren schließlich doch in Erfüllung gegangen, die Ehe wurde geschieden und sie kehrte nach Montferrat zurück. Und der Kaiser? Ihm lachte, was keiner für möglich hielt, das Glück. Er hatte eine wunderschöne Frau gefunden, die er auch von Herzen liebte, Maria, die Tochter des Großkomnenen, des Herrschers von Trapezunt. Sphrantzes hatte die Verbindung vermittelt und stand seitdem in höchster Gunst des Kaisers.

Anschließend suchte Loukas im Phanarion-Hafen, im Neorion-Hafen und im Prosphorion-Hafen nach dem Vater. Nachdem er vergeblich die Häfen im Norden überprüft hatte, begab er sich in den Süden zum Bukoleon-Hafen, zum Sophia-Hafen, zum Kontoskalion-Hafen. Im Eleutherios-Hafen stieß er auf Eudokimos.

»Es ist, als ob wir eine Stecknadel im Heuhaufen suchen«, fluchte der Steuermann.

»Was hast du da gesagt?«, fuhr ihn der Kapitän an. Der Glatzköpfige schrak zusammen und wiederholte mechanisch: »Es ist, als ob wir eine Stecknadel im Heuhaufen suchen.«

»Nenn mir ein paar Kinderspiele, Eudokimos!«

Der Steuermann verstand seinen Herrn beim besten Willen nicht. »Herr ...«

»Mach schon!«

»Kriegen, Jagen, Ritter und Drachen, Christ und Muslim, Suchen, Pirat ...«

»Suchen!« Die Augen des Kapitäns leuchteten. Einmal hatte ihm sein Vater erzählt, wie gern er mit einer Straßenbande herumgezogen war, freilich nur, bis sein Vater ihm draufkam und ihm den Umgang verbot. »Ein herrlicher Sommer der Freiheit, der schönste vielleicht«, hatte Nikephoros seine Erzählung beendet.

»Und dann, und dann, Vater?«, hatte damals der kleine Loukas gequengelt. »Gar nichts weiter. Mein guter Vater schaffte mich auf ein Schiff, und ich lernte erst das Handwerk der Seefahrt und dann des Handels. Er meinte wohl, wer durch die Straßen von Konstantinopel vagabundieren könne, der sei alt genug, um als Schiffsjunge anzuheuern. Dem Sommer der Freiheit folgte also etwas viel Besseres.«

Nicht ein Wort darüber hinaus bekam Loukas über die Kindheit seines Vaters heraus. Das aber war es, ja, das musste es sein! Mit dem harten Leben eines Schiffsjungen auf dem Handelsschiff endete für seinen Vater die Kindheit. Loukas befahl Eudokimos, mitzukommen, schwang sich auf das Pferd und jagte zum Palast. Dort fragte er seine Mutter aus, ob Nikephoros ihr etwas aus seiner Kindheit erzählt hatte. Angestrengt wendete sie Erinnerung für Erinnerung um. »Dein Vater sprach nur von den fernen Ländern, die er gesehen hatte, um das junge Mädchen, das ich einmal war, zu beeindrucken.«

So kam er nicht weiter. Die Kindheit seines Vaters schien ein verschlossener Garten zu sein, zu dem Nikephoros Notaras niemandem Zutritt gewährt hatte. Vor dem Palast wartete noch immer Eudokimos, die Zügel beider Pferde in der Hand haltend. Ratlosigkeit stand im Gesicht des Kapitäns, als er den Palast verließ. Wie zum Hohn setzte Nieselregen ein und verwischte die Konturen der Stadt.

»Wo hast du als Kind gespielt, Eudokimos?«

»Kindheit?«

»Mit wie viel Jahren wurdest du Schiffsjunge?«

»Mit neun.«

»Und davor?«

»Half ich meinem Vater.«

»Jeden Tag ausschließlich?« Eudokimos dachte eine Weile angestrengt nach. »Es gab ein paar Nachbarsjungen …«

»Wo? Wo habt ihr gespielt?« Über das Gesicht des Steuermanns schlich ein breites Grinsen. »Am liebsten in den Ruinen des alten Kaiserpalastes.«

»Dort, wo sich allerlei lichtscheues Gesindel herumtreibt?«

»Ja, deshalb durften wir dort nicht spielen, aber das Abenteuer war einfach zu verlockend. Ich meine, wir waren doch Jungs.«

»Genau, ihr wart Jungs! Übergib die Pferde dem Knecht und warte!« Das Gesicht des Kapitäns strahlte, als er in den Palast stürmte und kurz drauf mit zwei Säbeln zurückkehrte.

»Da!« Er warf eine der beiden Waffen Eudokimos zu, dann stürmte er los, dass der Steuermann Mühe hatte, hinterherzukommen. Links von ihnen trotzte die Hagia Sophia umgerührt dem Regen, während rechts von ihnen das einstmals prächtige Hippodrom langsam zerfiel, gelegentlich von jungen Adligen zu Turnieren genutzt. Sie passierten den Goldenen Meilenstein, eine Ruine, deren vier Pfeiler noch in den Himmel ragten, zum Teil durch Arkaden verbunden, aber ohne die schützende Kuppel, die irgendwann einmal eingestürzt war, und schauten gleich darauf in den Innenhof des Augusteions. Unter den Kolonnaden wimmelte er von zerlumpten Gestalten. Manche hatten sich sogar Zimmer aus altem Holz und Vorhängen in den Umgang gebaut.

»Schau dort nach«, rief er Eudokimos zu. Dann rannte er weiter, passierte das große Eingangstor zum alten Königspalast, Chalke genannt, dessen Torflügel irgendwann einmal verschwunden, verheizt oder verbaut worden waren oder einfach verfaulten. Auf dem Tor thronte eine Rotunde mit langen Fensterlöchern. Alles, was der Mensch errichtete, nahm sich die Natur, sobald es nicht mehr gepflegt und erhalten wurde, zurück. Wie auch wir, dachte Loukas, wohl wieder zu dem werden, was wir einmal waren. Vom Tor aus betrat er das erste der untereinander verbundenen Gebäude, einen alten Schulsaal. Was er hier entdeckte, schnitt in sein Herz. Zerlumpte Gestalten saßen im Kreis und ließen ein kleines Fass kreisen, während sein Vater nur mit einem Lendenschurz bekleidet ungeschickt tanzte. »Wenn ich getanzt habe, bringt ihr mich doch zu meinem Vater zurück? Bitte, bitte, bitte!«

»Tanz weiter, dann werden wir sehen!« Das Gesindel lachte, betrunken, verlaust, verlumpt, stinkend, mit fauligen Zahnstumpen, schwarz wie die Nacht, es gackerte und wieherte. »Hoch die Beine, hoch die Beine!« »Sonst musst du hier bleiben.« »Da wird sich aber deine Mutter die Augen ausweinen!«, verhöhnte einer erbarmungslos den alten Mann.

»Ja, ja, ich tanz ja schon, aber bringt mich auch wirklich zurück.« Der Bass des alten Seeräubers stand im erschütternden Widerspruch zur kindlichen Betonung der Bitte. Grau und schmutzig schwappte der alte Bauch über der Hose. Getrockneter Dreck klebte am Oberkörper. Nikephoros Notaras sprang und hüpfte, wie er es wohl zuletzt als Knabe getan hatte. Und mit dem gleichen unsicheren Ausdruck in seinem alt-jungen Gesicht.

»Schluss!«, brüllte Loukas weiß vor Zorn im Gesicht. Ein baumlanger Kerl mit riesigem Adamsapfel erhob sich drohend. »Wer will uns den Spaß verderben? Hau ab, du feiner Pinkel, bevor ich dir die Fresse poliere!«

Loukas zog blank. »Spaß? Ich möchte auch etwas Spaß haben.« Der alte Mann hatte aufgehört zu tanzen und schaute verwundert zum Ausgang. Etwas regte sich in seinem Gehirn. Erkannte er seinen Sohn? Loukas zweifelte daran, deshalb rief er: »Komm, Nikephoros, komm zu mir!«

Ein zweiter, bulliger Typ mit einem Stiernacken und glasigen Augen erhob sich. »Er ist noch nicht fertig mit Tanzen!« Ein dritter, ein vierter, ein fünfter, ein sechster taten es ihm gleich. Schließlich standen alle, die noch stehen konnten. Einer von denen ging ein paar Schritte weiter und erleichterte sich an einer Säule, bevor er mit einem Messer in der Hand zurückkam. Plötzlich spürte Loukas einen Mann in seinem Rücken. Und hörte das eiserne Rascheln, wenn ein Säbel oder ein Schwert aus der Scheide gezogen wurde. Loukas machte einen Schritt nach vorn, um Bewegungsfreiheit zu erhalten, damit er sich rasch umdrehen konnte, um den Feind in seinem Rücken zu erledigen. Die Stadtstreicher und Galgenvögel vor ihm machten einen Schritt auf ihn zu. Da vernahm er in seinem Rücken eine wohl vertraute Stimme.

»Keine Sorge, Herr, ich bin bei Euch!« Eudokimos! Loukas dankte seinem Schöpfer.

»Lasst den alten Mann gehen. Er hat es nicht verdient.«

»Und wir? Haben wir dieses Leben verdient? Niemand bekommt, was er verdient, jeder muss nehmen, was man ihm hinwirft!«, schimpfte ein kleiner Eingetrockneter. Es war der, der sein Wasser an der Säule abgeschlagen hatte.

»Leonidas?«

»Ja, die Hure von Mutter gab mir diesen Namen.« Eudokimos steckte seinen Säbel in die Scheide, ging zu dem Eingetrockneten und verpasste ihm eine Ohrfeige, dass dem das Messer aus der Hand fiel, er Blut spuckte und einen Zahn hinterher.

»Wage es nie wieder, die Schwester meines Vaters so zu nennen!«

Die Männer, die auf Eudokimos losgehen wollten, hielten inne. Der Eingetrocknete kniff die Augen zusammen und sah den Steuermann kritisch an. »Eudokimos? Ja, du bist es! Leute, lasst ihn zufrieden, der feine Pinkel ist mein Vetter.«

Loukas nutzte die Verwunderung, die sich ausbreitete, zog seinen Mantel aus, legte ihn seinem Vater über die Schultern und führte ihn mit sich. »Komm, es geht nach Hause, mein Junge.«

Da lachte der Alte spitzbübisch: »Du weißt aber schon, Loukas, dass ich dein Vater bin?«

»Ja, Vater, komm.«

Nikephoros Notaras sah sich zuerst erstaunt um, dann ungläubig an sich herab. »Wie komme ich hierher? Wie sehe ich überhaupt aus?«

»Erst mal raus, den Rest bereden wir nachher.«

11

Notaras-Palast, Konstantinopel

»Obwohl ich früher nie getrunken habe, schmeckt mir der Wein in letzter Zeit gut«, sagte Nikephoros resigniert.

»Genieße ihn, Vater.«

»Wie? Ja, ja natürlich.«

»Was ist los mit dir?«

Der alte Mann hob die Hände, ließ sie vor seinem Gesicht kurz wie Vögel flattern, dann legte er sie in seinen Schoß und bedeckte mit den Fingern der linken Hand die Finger der rechten, während der rechte Daumen in die Handhöhle der rechten verschwand. Kein anderer Ort als das Arbeitszimmer des Alten, der für die tiefe Verbundenheit zwischen Vater und Sohn stand, eignete sich für ein so heikles Gespräch besser. Die Augen des alten Mannes drückten Traurigkeit aus. Er schüttelte leicht den Kopf, als könne er das, was er erzählte, selbst nicht recht glauben. »Weißt du, ich denke oft an meine Kindheit. Oder nein, warte, das stimmt nicht ganz. Ich …« Er hob, als wolle er um Verzeihung bitten, für einen Augenblick die Hände, bevor er sie wieder in den Schoß zurücklegte. »Ich kann mich nicht daran erinnern, aber manchmal kommt die Vergangenheit so stark über mich, dass ich glaube, in der Kindheit zu sein, verstehst du, wieder Kind zu sein … Es ist keine Erinnerung, was da über mich kommt, eher eine Vision oder präziser eine Verwandlung.« Er kratzte sich die Schläfe. Seine großen Augen füllte das Unglück aus. »Eine Verwandlung, ja! Ich werde verrückt. Ihr müsst mich töten, ertränken, es ist so …« Er suchte nach dem passenden Wort.

Loukas ließ ihm Zeit, dem großen alten Mann, der seine letzte Reise im Leben angetreten hatte.

»Weißt du, was das Schlimmste ist?« Nikephoros sah sich um, wie um sich zu vergewissern, dass sie wirklich allein waren, und senkte die Stimme, sodass Loukas ihn kaum verstand: »Ich sehe meine alten Freunde aus Kindertagen wieder, Nikolaos, Andreas, Christos, Johannes, ja und auch Markos. Sie stehen dann so wirklich vor mir wie du. Dann wollen sie mit mir spielen, und ich mache mit, bin stolz darauf, dass sie mich, den Zugezogenen, mit einbeziehen. Nichts Schöneres fällt mir dann ein, ich meine, ich kann nicht widerstehen. Verstehst du? Dabei sind sie schon längst tot. Alle!« Das letzte Wort schrie er entsetzt heraus. »Manchmal aber kommen sie auch im Traum zu mir, und dann rufen sie mir lachend zu: Komm, Niko, es wird Zeit, bummele nicht schon wieder.« Tränen stiegen dem alten Mann in die Augen.

Loukas berührte die Hände seines Vaters. »Hab keine Angst, Vater, wir passen auf dich auf.« Woher Loukas die Kraft nahm, wusste er selbst nicht, aber er lächelte. »Wenn du in deinem weiten Geist mit deinen Freunden zusammen sein willst, dann tu es. Doch bleib im Haus und im Innenhof. Im alten Kaiserpalast ist es gefährlich. Dort treibt sich allerlei Gesindel herum.«

Plötzlich saß dem Alten ein kindlicher Schrecken in den Augen: »Ich weiß, Papa, dass es dort gefährlich ist. Und ich geh gewiss auch nicht wieder dorthin! Versprochen!« Dann griente der alte Mann wie ein Kind, das sich eigentlich schämte, es aber verstecken wollte, und sang: »Versprochen ist versprochen und wird auch nicht gebrochen.«

»Gut, jetzt warte hier, ich komme gleich wieder.«

»Darf ich was rechnen?« Loukas legte ihm ein Blatt Papier, eine Gänsefeder hin und schob das Tintenfass zu ihm. Sofort griff der Alte nach der Feder, hielt sie allerdings noch recht ungeschickt, tauchte sie in die Tinte, schrieb eifrig Zahlenkolonnen auf das Papier und kleckste dabei: »Vier und vier sind acht. Fünf und neun und sechs sind zwanzig. Vierzehn weniger zwei sind zwölf. Fünfzehn weniger neun sind acht.« »Das ist falsch«, hörte Loukas sich sagen. Nikephoros errötete. »Oh ja, entschuldige.« Strich die Acht durch und schrieb eine Sechs hin.

Der Kapitän eilte durch die Flure und über die Treppen des Palastes, besprach sich zuerst mit Thekla und Eirene und versuchte, seine Mutter zu trösten. Dann rief er die Dienerschaft zusammen und erklärte ihnen die Situation: Der alte Patron lebe in zwei Welten, in der heutigen und in der Welt seiner Kindheit. Der Kapitän drohte, dass sich keiner dazu hinreißen lassen solle, sich weder in Gedanken noch in Worten und erst recht nicht in Taten ungebührlich seinem Vater gegenüber zu betragen. Sie alle hätten ihn freundlich und achtungsvoll zu behandeln, aber auch auf ihn Obacht zu geben. Keinesfalls dürfe er den Palast verlassen. Danach rief er Christos, den Matrosen, zu sich in den Garten.

»Was ich dir zu sagen habe, fällt mir schwer. Du arbeitest nun schon so lange bei uns, kennst meinen Vater gut und hast uns gegenüber immer Treue gezeigt. Jetzt bitte ich dich um den größten Dienst. Manchmal ist er mein Vater, der, den wir kennen, und lebt im Hier und Heute, manchmal aber kehrt er im Geist in seine Kindheit zurück, dann ist er wie ein Kind. Die Wechsel geschehen übergangslos. Leiste meinem Vater Gesellschaft, kümmere dich um ihn, achte auf ihn! Willst du das tun, Christos?«

»Ja, Herr«, sagte der Matrose. »Verlasst Euch auf mich!«

Anschließend rief er die Kinder zusammen. Er erzählte ihnen von seiner Kindheit, wie sich sein Vater, ihr Großvater, stets um ihn gekümmert habe, aber auch davon, was er alles für die Familie und für das Reich getan hatte. Alles, was er über die lange Reise des alten Seeräubers mit dem Kaiser Manuel nach Italien, Deutschland, Frankreich und England, bei der sie im Westen nach Hilfe suchten für das Reich der Rhomäer, wusste, berichtete er seinen Kindern. Er wollte, dass sie wussten, wer ihr Großvater war. »Nun ist euer Großvater so alt, dass die Erinnerungen für ihn wichtiger werden als die Gegenwart. Ihr werdet das noch nicht verstehen, weil ihr nur die Gegenwart kennt und noch keine Vergangenheit habt ...«

»Doch, habe ich«, behauptete Anna trotzig, sprang auf und

stemmte die Arme in die Hüften. »Gestern habe ich mir Honig aus der Küche stibitzt, und da habe ich eins von der Köchin bekommen. Und das war gestern, nicht heute! Habe ich nun eine Vergangenheit oder nicht?« Ihre Augen funkelten gefährlich. Loukas musste lachen. »Oh ja, Anna, du hast eine Vergangenheit, wenn auch nur als Honigdiebin. Was ich aber meine, ist, Großvater denkt manchmal so sehr an seine Kindheit, dass er dann auch glaubt, sich wieder in seiner Kindheit zu befinden. Das darf euch weder erschrecken noch dürft ihr euch über ihn lustig machen! Habt ihr mich verstanden? Was auch immer geschieht, wie auch immer er sich verhält, habt euren Großvater lieb, er hat es verdient.«

»Immer wenn Großpapa in seiner Kindheit ist, kann er doch zu uns spielen kommen! Schau mal, Papa, Großvater langweilt sich dann nicht und wir haben einen neuen Spielkameraden gewonnen. Das wird fein!«, rief Demetrios aus. Loukas fuhr seinem ältesten Sohn dankbar über den Kopf. »Das ist eine schöne Idee, Mitri!«

Am Abend führte Loukas Notaras ein langes Gespräch mit Eudokimos. Er stellte ihm die Situation dar und zog den Schluss aus allem, dass sein Platz fortan nur noch in Konstantinopel sein würde. »Mit den Reisen ist es vorbei, die Geschäfte, die an Umfang und Vielzahl zugenommen haben, und die Familie erlauben eine lange Abwesenheit nicht mehr. Deshalb möchte ich, dass du von nun an mein Lieblingsschiff, die ›Nike‹, führst. Übermorgen lauft ihr aus nach Kaffa, deine erste Kapitänsfahrt, Kapitän Eudokimos.« Der alte Seemann wusste vor Überraschung und Rührung nicht, wo er hinschauen sollte.

»Ihr werdet es nicht bereuen!«

»Davon bin ich überzeugt. Du warst bis jetzt meine rechte Hand, jetzt bist du der Erste unter meinen Kapitänen. Nun lass mich allein.«

Eudokimos erhob sich und ging zur Tür.

»Wer war eigentlich dieser Mann im alten Kaiserpalast?«, rief Loukas ihm nach.

»Mein Vetter Leonidas. Ich hatte ihn aus den Augen verloren.

Eigentlich ein guter Kerl, ein bisschen weich. Vielleicht hat er deshalb zu trinken angefangen. Wo es geendet hat, habt Ihr ja gesehen!«

»Und nun?«

»Verpass ich ihm eine Entziehung und mach dann wieder einen brauchbaren Menschen aus ihm.«

»Viel Glück!«

»Glück braucht man dafür nicht, nur Konsequenz und Härte!« Und Loukas sah es dem alten Seemann an, dass er beides aufzubringen wusste.

Dann beschloss er, endlich zu seiner Frau ins Bett zu gehen. Er fühlte sich müde, aber auch traurig. Es war ein langer Tag, eine Ankunft, die er sich eigentlich anders vorgestellt hatte, wo ihm doch das größte Geschäft seines Lebens geglückt war. Stimmt, das musste er noch Francesco Draperio mitteilen, dass sie Erfolg hatten, aber dafür war am nächsten Tag immer noch Zeit.

Erstmal sehnte er sich nach seiner Frau, nach Trost, Zärtlichkeit und Ruhe.

12

Auf dem Weg nach Konstantinopel

Wie ein Stein am Grund des Sees lag das Herz in seiner Brust. Er fühlte keine Liebe mehr. Die eine, die er zu lieben meinte, hatte ihn, und die andere, die ihn gewiss liebte, hatte er verraten. Geblieben war nur der Kampf mit dem körperlichen Verlangen, der sexuellen Gier, die ihn immer beherrscht hatte, aber auf einmal langweilte ihn der Akt selbst, nein, er stieß ihn sogar ab. Es lief doch jedes Mal auf das Gleiche hinaus. Soviel man mittendrin auch variieren mochte, blieb es letztlich ein physiologischer Reiz, den der Mensch mit einer Ästhetik oder einem Mythos zu bemänteln versuchte, dass er nicht so nackt in seiner tierischen Gestalt dastand.

Über das vermeintlich Höhere konnte er angesichts der Körpersäfte nur lachen. Oft genug hatte er die Vorstellung verspottet, dass Eros und Sexus zusammengehörten und dass man die Frau, mit der man sich vergnügte, lieben musste. Nichts änderte sich durch Liebe an der Physis des anderen, hatte er dann stets anzüglich grinsend verkündet. Das hohe Gefühl der Liebe machte keine Brust größer und keinen Po straffer. Doch die Erinnerung an Clara stellte auf einmal die Richtigkeit dieser Vorstellung radikal infrage. Und sie war derart zwingend, dass er sich ihr nicht zu entziehen vermochte. Er erwog, einen Asketen aufzusuchen, um bei ihm zu lernen, die sexuellen Triebe zu unterdrücken, dann jedoch lachte er über diese Vorstellung. Und über die Situation, in der er steckte. Ihm blieb nur die Wahl zwischen der Klause eines Eremiten und dem Separee in einem Bordell. Vielleicht sollte er es zur Abwechselung einmal mit Ioanna versuchen, der unbedarften Prinzessin, die er auf den

Wunsch der Kaiserin Helena einst geheiratet hatte. Diese Vorstellung kam ihm absolut unmoralisch vor.

Schlagartig wurde ihm bewusst, dass er die dreißig weit überschritten hatte und sich der vierzig mit großen Schritten näherte. Das Vorrecht der Jugend konnte er nicht mehr für sich in Anspruch nehmen und aus diesen Gründen auch nicht auf Nachsicht hoffen. Hatte er die letzten zehn Jahre vertan? Diese Frage bohrte sich auf den einsamen Wegen, die er zurücklegte, immer tiefer in sein Gehirn. Den Staub der Straße fraß er wie die Ungewissheit. Ohne Înger hätte er sich vielleicht einsam gefühlt. Er mied jeden Reisenden, der sich als Gefährte aufzudrängen suchte, denn den Weg zur Selbsterkenntnis legte man nicht in Gesellschaft zurück.

Als er nach einem derben Nachtlager in einer Scheune den Holzeimer mit kaltem Wasser, das er aus einem tiefen Brunnen geschöpft hatte, über sich ausgoss, begriff er, dass jedwede Erkenntnis mit Selbsterkenntnis begann. Wie konnte man Fremdes verstehen, wenn man sich selbst nicht kannte?

Auf den Straßen nach Süden lag der Staub auf der Wahrheit wie die Trockenheit auf der Landschaft. Schritt für Schritt, Meile für Meile wirbelte er ihn auf und begann dabei schonungslos bei sich. Es ging nicht anders, denn er war alles, was er hatte. Alles wehrte sich in ihm dagegen, denn am überzeugendsten belog sich nun mal der Mensch selbst, dennoch begann er, sein Leben vor den unerbittlichen Richter zu zerren, der er selbst war. Es stimmte, Stück für Stück hatte er seine politische Position gefestigt, gehörte dem Geheimen Rat an und wurde zum Armeekommandeur der kaiserlichen Truppen im Feld ernannt. Eigentlich ein Grund zum Jubeln. In seinem Palast in Blachernae lebte eine Prinzessin der Palaiologen, Ioanna mit Namen, mit der er verheiratet war, während er in seinem Stadtpalast wohnte, wenn er in Konstantinopel weilte und nicht im Forsthaus von Großwardein die Gegenwelt genoss. Langsam verstand er, dass die Zeit in Großwardein für ihn immer auch eine Flucht vor dem zermürbenden Kleinkrieg am Hof des Kaisers bedeutete. Man stritt, intrigierte und finassierte und blieb doch auf der Stelle, am Ende schon zufrieden damit, nicht verloren zu haben.

Wollte er die Armee stärken, forderte Loukas Notaras den Bau neuer Schiffe, arbeitete er an der Festigung der Beziehung zu den Lateinern, mühte sich sein Widersacher, die Bande zu den Türken zu festigen. Er besaß keinen Beweis dafür, nur die untrügliche Ahnung, dass der Kaufmann und Marineoffizier nicht davor zurückschreckte, politische Unterstützung notfalls auch zu erkaufen. Die alten Geschlechter besaßen große Namen und wenig Geld. Für einen wie Loukas Notaras, einen Emporkömmling, dem naturgemäß jedes Gefühl für Anstand und Größe abgehen musste, die ideale Ausgangsposition.

Die kleinen Fluchten nach Großwardein hatte er angesichts einer deprimierenden Realität auch bitter nötig. Anstatt dass sie das Reich der Rhomäer wieder aufrichteten, zerfiel es immer mehr, so wie Konstantinopel bei Lichte besehen eine sterbende Stadt war. Die Armen fraßen sich gegenseitig auf, die Höflinge und Würdenträger verbarrikadierten sich in Blachernae und die reichen Handelsherren in ihren Palästen. Und die Mittelschicht, die Handwerker und Händler, kämpften sich mühsam durch und am Ende verelendeten sie doch. Aus ihnen, die nicht viel, aber immerhin doch etwas besaßen, presste ein seelenloser und nur sich selbst verpflichteter Staat die letzten Mittel ab. Er glaubte fest daran, dass das Volk mit harter Hand geführt werden musste, geführt, aber nicht ausgeplündert für den morbiden Luxus einer sterbenden Klasse von willig-eitlen Handlangern, die im Gegenzug ein wenig Macht und ein abgesichertes Leben erhielten, opferten sie sich doch auf im Dienst für den Staat und gegen das Volk. Er wusste nicht wie, er wusste nur, dass es radikal anders kommen musste, wenn überhaupt noch etwas zu retten war. Wenn die Christenheit sich nicht änderte, würde sie der Islam versklaven.

Alexios Angelos hatte nicht nur mit König Sigismund, nicht nur mit dem Fürsten der Moldau und der Walachei gesprochen, sondern auch mit all den Herren, die Länder beherrschten, die einst zum Imperium Romanum gehörten, mit dem Despoten von Serbien, dem neuen Ban von Bosnien, dem Zar der Bulgaren und mit den albanischen Stammesfürsten, die inzwischen alle Vasallen des

Sultans waren wie auch der Kaiser. Selbst der Kaiser in Konstantinopel zahlte dem Großtürken Tribut. So hatte es Loukas Notaras ausgehandelt, und alle waren ihm dankbar dafür – alle, außer Fürst Alexios Angelos. Und das aus gutem Grund: Hatten sie etwa damals nicht auf dem Schlachtfeld vor der Stadt standgehalten und sich anschließend bravourös während der kräftezehrenden Belagerung auf den Wehrmauern gegen eine türkische Übermacht bewährt? Wozu dann verhandeln? Warum den sicheren Sieg wegen einer Nervenschwäche in eine halbe Niederlage verwandeln? Wohin auch immer Alexios sah, entdeckte er überall die gleiche Feigheit, die heillose Flucht vor der Verantwortung.

Das Ergebnis seiner Reise fiel ernüchternd aus. Begeisterung für einen Kreuzzug gegen die Osmanen kam selten auf, zumeist schlug ihm Zurückhaltung, wenn nicht gar Ablehnung entgegen. Die meisten Fürsten hatten sich mit dem Sultan arrangiert und scheuten ein Abenteuer, das sie um Besitz, Macht und das Leben bringen konnte. Weil sie nur im Heute lebten, darauf konzentriert, alles zu tun, um zu überleben und weder einen Verlust an Macht noch an Reichtum zu erleiden, verschlossen sie die Augen davor, dass der Türke ihnen letztlich doch eines Tages alles nehmen würde. Eher verrieten sie die ihnen von Gott anvertrauten Menschen, als dass sie nur auf einen Dukaten verzichten wollten. Es war nur eine Frage der Zeit, und die lief gegen die Christen in Byzanz und auf dem Balkan. Um das zu sehen, brauchte man kein Prophet zu sein, dachte Alexios. Einige byzantinische Gelehrte schrieben darüber, aber die wenigen, die lesen konnten, schlugen die Warnungen in den Wind. Die Wahrheit war nicht populär.

Ihm blutete das Herz, als er durch Thessaloniki, durch die zweitgrößte Stadt Griechenlands lief, die Andronikos Palaiologos, der monströse Schwächling, an die Venezianer verkauft hatte, die sie gegen den Ansturm von Murads Heerscharen nicht zu halten verstanden. Wenn eines für die Türken zutraf, dann dies, dass sie volkreich waren und alles überrannten, was sich ihnen in den Weg stellte. In den Straßen und Gassen des einst stolzen Thessaloniki dachte er zum ersten Mal, dass Südosteuropa als überreife Frucht dem Großtürken eines Tages von selbst in den Schoß fallen würde. Alle, die sehen konnten und auch wollten, musste der tiefe Fall der Stadt alarmieren. Niemand befreite sich aus der Illusion, sich mit dem Großtürken für immer arrangieren zu können. Im Gegenteil, um ihre Schmach zu verstecken, priesen sie seine Freundlichkeit, seine Kultur, seine Bildung. Ließe sich diese Entwicklung überhaupt noch aufhalten? Wenn er sogar die Bereitschaft des Volkes sah, sich mit dem muslimischen Joch abzufinden, dann zweifelte er daran. Sie wussten, dass sie Schlechtes aufgaben, wussten sie auch, dass sie Schlechteres bekommen würden? Würden sie denn Schlechteres bekommen?

Müde, einer Sentimentalität nachgebend, lenkte er seine Schritte zum Stammsitz seiner Familie auf dem Epirus, da er sich nun einmal in der Nähe befand. Nach über einem Jahrzehnt der Abwesenheit brachte es Alexios Angelos über sich, seine Familie zu besuchen. Der Entschluss kam ihm wie ein kleines Wunder vor. Den Rittersaal der alten Burg der Angeloi auf dem Epirus beleuchtete das Licht der Kerzen und Olivenöllampen. Als Mitglied des Geheimen Rates und wichtiger Mann in Konstantinopel wurde er mit großem Pomp empfangen. Seine Brüder und Schwestern, die Schwäger und Schwägerinnen und ihre Kinder drängten sich um ihren berühmten Verwandten. Der Fürst ließ das alles mit Gleichmut und Geduld über sich ergehen, das echte und das geheuchelte Interesse, die Bewunderung, die ihm unangenehm war, und die versteckten Versuche, ihn für die eigenen Geschäfte zu instrumentalisieren, ohne dass er es merken sollte, was ihm noch unangenehmer aufstieß, denn ihre allzu durchsichtigen Bemühungen beleidigten seine Intelligenz. Doch nicht nur ihn hofierte man, sondern auch seinen Hund. Der Kuvasz nahm das indes ungerührt zur Kenntnis.

Lange hielt er es jedoch nicht bei seiner Familie aus und reiste nach Mistra weiter, um sich von dem größten griechischen Philosophen, von Georgios Plethon in der rechten Art zu leben und in der rechten Art zur regieren unterrichten zu lassen.

13

Kontoskalion-Hafen, Konstantinopel

Möwen eroberten den Himmel. Die einsetzende warme Luft machte sie übermütig. Ihre Schreie klangen wie die Rufe der Händler auf dem Basar, dachte Loukas Notaras, ein in allen Tonlagen geführter Wettstreit, in dem jeder über seine Rivalen zu triumphieren trachtete. Er ahnte, was die Vögel zu dieser fast rauschhaften Ausgelassenheit trieb, denn auch er meinte, den Fischreichtum des Meeres riechen zu können. Von Eirene und Loukas eingerahmt standen die Kinder auf der Mole des Kontoskalion-Hafens und winkten wie ihre Eltern den auslaufenden Schiffen nach. Leicht böiger Wind blies ihnen ins Gesicht. Wie jedes Jahr verabschiedete die Familie die kleine Flotte der Notaras, die zu ihrer Handelsfahrt auslief. Auf dem Glück dieser Flotte beruhte ihr Reichtum. Das wussten nicht nur Loukas und Eirene, sondern auch die Kinder, natürlich Anna, auch Theodora schon und selbst der kleine Demetrios, liebevoll Mitri genannt, die um die Wette winkten. Nur der jüngste, Nikolaos, war in der Obhut der Amme im Palast zurückgeblieben.

Etwas abseits von ihnen stand eine in Schwarz gehüllte Frau, deren Haltung Stolz und deren bedächtiges Winken Sorge verriet. Es war die Witwe des Kanzlisten, die im Palast der Notaras die Küche leitete und deren ältester Sohn als Schiffsjunge auf seine erste große Fahrt ging. Loukas lächelte einmal zu ihr hinüber, und sie erwiderte dankbar das Lächeln mit Tränen des Glücks und des Schmerzes in den Augen. Vielleicht würde ihr Sohn eines Tages einmal Kapitän sein. Wenn er sich geschickt anstellte, hatte Loukas ihr versprochen, würde er ihn fördern.

Lange schauten sie, bis die Schiffe nur noch Nussschalen auf dem großen Wasser waren.

»Möge Gott sie schützen«, sagte Loukas.

»Möge Gott sie schützen«, wiederholte die Familie.

»Amen.«

Nach Erreichen des Schwarzen Meeres würde sich die Flotte teilen. Neun Schiffe führen dann nach Norden, nach Kaffa, angeführt von der »Nike«, von Eudokimos, dem Steuermann, der zum Kapitän aufgestiegen war und sogar die Kaffa-Flottille befehligte. Die übrigen acht Schiffe gingen dann auf östlichen Kurs, nach Trapezunt.

Wie in jedem Jahr besuchte, nachdem sie die Schiffe verabschiedet hatte, die Familie die Hagia Sophia, um für das Heil der Flotte zu beten. So war es Brauch, so hatte es der Kapitän eingeführt. Der Handelsherr Loukas Notaras und seine Frau Eirene schlossen in ihre Gebete jedoch weit mehr Schiffe ein als diese siebzehn Galeeren. Davon wussten die Kinder nichts. Später, wenn sie groß genug für die Geheimnisse der Firma waren, würden sie es erfahren. Im Neorion-Hafen im Norden und im Hafen vom gegenüberliegenden Galata lagen noch weitere Galeeren und andere Schiffe, die offiziell Francesco Draperio gehörten, die sie aber in Compagnie mit Loukas als stillem Teilhaber bewirtschafteten. Dadurch verschleierte er seinen wahren Reichtum und hatte teil an den Privilegien, die vor allem venezianische und genuesische Händler im Gegensatz zu den hart besteuerten byzantinischen Kaufleuten genossen. Diese unter genuesischer Flagge fahrenden Gefährte belieferten einerseits die Türken mit Waffen und liefen deshalb Gallipoli an oder fuhren andererseits mit Sklaven, Getreide, Fellen, Pelzen, gefärbtem Tuch und bald schon mit Alaun nach Genua und Pisa. Letztere allerdings warteten wegen der Piratengefahr auf die genuesische Kriegsmarine, die ihnen und anderen Schiffen Geleitschutz gab. Gefahren wurde nur im Konvoi. Türkische, katalanische, griechische und auch italienische Seeräuber verunsicherten die Ägäis, die mit ihren vielen kleinen Inseln und der zerklüfteten Küste den Piraten ideale Verstecke bot.

Loukas hatte also sehr viel mehr, als seine Mitbürger und die Kinder wussten, in seine Fürbitte einzuschließen, denn er handelte mit allem, dass es eine Lust war, mit Alaun, Tüchern, Olivenöl, Getreide, Käse, Fellen, Pelzen, Wein, Waffen, Eisen, nur mit Sklaven, mit Menschen handelte er nicht, weil er das als Sünde empfand.

Auf der Mole zu stehen und Beobachter zu sein, wie seine Schiffe ausliefen, versetzte ihm doch einen leichten Stich, kam ihm bei näherem Zusehen seltsam unwirklich vor, entgegen seiner Routine. Denn zum ersten Mal seit seinem siebzehnten Lebensjahr ging er nicht mit auf Fahrt. Aber die leichte Irritation löste sich auf wie Staub im Wind, wenn er daran dachte, um wie viel schwerer ihm der Abschied mit jedem neuen Familienmitglied in den letzten Jahren geworden war. Er hasste die Trennungen weit mehr, als er das Abenteuer der Seefahrt liebte, weil er glücklich war mit seiner Frau, seinen Kindern und seinen Eltern. Und doch wusste er nur zu gut, dass jedes Glück nur ein Glück auf Zeit darstellte. Er hatte so wenig Zeit zu verschenken, wie er Glück wegzugeben hatte.

Am frühen Nachmittag traf Francesco Draperio ein. Der Kapitän empfing den Geschäftsfreund und Partner im kleinen Esszimmer im Beisein seiner Frau. Loukas hatte eine zwar kleine, aber sehr gediegene Tafel anrichten lassen, mit Wein und Spezereien. Sie besaßen ja auch allen Grund zum Feiern.

Nachdem Loukas mit seinem Bericht geendet und Draperio parallel beim Zuhören die Konditionen durchgerechnet hatte, erschien, völlig untypisch für den Genuesen, statt einer Klage, dass alles viel zu teuer wäre, ein Lächeln auf seinen Lippen. Vor Freude klatschte er in die Hände und schnalzte mit der Zunge. Dieser Gefühlsausbruch war für seine Verhältnisse, als hätte er einen Tanz aufgeführt. Francesco lässt sich gehen, stellte Loukas belustigt für sich fest.

»Das habt Ihr ausgezeichnet gemacht, Verehrtester, *eccellente! Molto buono!* Bedingungen, wie ich sie mir niemals hätte träumen lassen. *Perfetto! Ottimo!* Ihr seid ein Gott, ein wahrer *mercurio!* Ein Denkmal müsste man Euch errichten!«

Loukas hob abwehrend die Hände. »Ein Denkmal, na, na, zu viel der Ehre!« Ein Blick auf Eirene dämpfte seine Laune. Er sah es ihrem feinen Lächeln an, das ein wenig verloren wirkte angesichts ihres konzentrierten, leicht nach innen gerichteten Blicks.

»Ich möchte, dass die Hälfte meines Anteils in Genua in der Bank von Giannettino Doria deponiert wird, die andere Hälfte bei Euch in Galata. Was ich brauche, rufe ich mit Wechsel oder direkten Finanzierungsordres ab.«

»Wie Ihr wünscht.«

»Was die Finanzierungsordres betrifft, nehmt Sie bitte selbst vor. Übergebt es keinem Angestellten. Wir werden unsere Geschäfte auf unkonventionell-traditionelle Arten absichern müssen!«

Draperio lächelte etwas schmierig. »Die Türken nennen das, glaub ich, *bakschisch*.«

»Mein Türkisch reicht nicht aus, um zu beurteilen, ob das der richtige Ausdruck ist. Ich nenne es einfach Freundschaft.«

»Sicher, Freunden muss man helfen. Nennen wir diese Ordres nicht Freundschaft, sondern praktizierte Nächstenliebe.«

»Lasst bitte Gott aus dem Spiel«, mahnte Eirene etwas unwillig.

»Ihr habt recht, *madonna*«, lenkte Draperio ein.

Loukas legte liebevoll seine Hand auf den Handrücken seiner Frau. »Im Grunde hat Francesco recht, meine Liebe. Es wird wirtschaftlich einfacher abzurechnen und vor allem von unseren übrigen Geschäften abzutrennen sein. Aber auch du hast recht, Eirene. Wir richten in der Tat einen Fonds für fromme Stiftungen ein, ausgezeichnete Idee, also beispielsweise für Kirchenbauten, zur Unterstützung von Waisen und Witwen.« Er dachte dabei an die Frau des an seiner Stelle hingerichteten Kanzlisten und daran, wie schnell anständige Menschen in arge Not geraten konnten. Die großen Herren in ihrer Verschwendung interessierte das notleidende Volk nicht. Soziales Engagement stellte immer ein gutes Schmiermittel für die Geschäfte dar, besonders im Umgang mit der mächtigen Kirche und den im Reich tonangebenden Heerscharen von Mönchen. Einige Geschäfte ließen sich ohne demonstrative Nächstenliebe gar nicht machen, denn wer wollte dem Wohltäter schon etwas abschlagen. »Mit dem anderen Teil des Fonds helfen wir unseren Freunden und solchen, die es wohl werden müssen. Diesen Fonds nennen wir Misericordia.«

»Barmherzigkeit«, strahlte der Genuese. »Ihr seid ein Genie, Loukas Notaras. Gott, ein Mann mit Euren Gaben würde in Genua Doge werden!« Die Alarmglocken des Kapitäns schrillten, wenn Francesco Draperio so lobte, wollte er noch etwas. Da hieß es, auf der Hut zu sein. »Ein Genie und ein Heiliger.«

Um die Eloge abzukürzen, fragte Loukas, denn er empfand inzwischen Zeit als kostbarstes Gut: »Wie kann ich Euch helfen?«

»Vielleicht wollen wir das etwas später …«

»Ob meine Frau es jetzt von Euch hört oder später von mir, macht keinen Unterschied. Außer, dass Ihr Euch ihre Gunst verscherzt.«

»*Oh orribile! Terribile! Impensabile*«, stöhnte der Genuese. Dann flitzten seine Äuglein von Eirene, von der er eher ein erzwungenes Lächeln erhaschte, zu Loukas, dessen Gesicht keine Regung verriet.

»Ihr habt doch nun mal diese guten Beziehungen zur Hohen Pforte.« Der Hausherr machte eine vage Handbewegung, die den Genuesen aufforderte, fortzufahren. »Ich beliefere den Hof von Konstantinopel und einige reiche Familien mit Verschnittenen. Ihr wisst, dass viele reiche Familien und der Adel die Loyalität der Eunuchen schätzen. Sie haben keine Familien, für die sie sorgen müssen, und keine Kinder, denen sie etwas vererben möchten.«

»Vor allem wissen wir, dass Ihr diesem unerfreulichen Geschäft mit Menschen, die man versklavt und verstümmelt hat, nachgeht!«, missbilligte Eirene, deren Gesicht etwas Spitzes bekam.

»Der eigentliche Markt dafür aber sind die Türken mit ihren Harems, der Sultan, die Wesire, die Paschas und Begs.«

»Ausgeschlossen. Ich kann Euch nicht hindern, dieses Geschäft zu tätigen, aber ich will und werde damit nichts zu tun haben.«

»Spuckt nicht auf den Handel, Loukas Notaras! Es gibt keinen guten und keinen schlechten Handel, es gibt nur den Warenumschlag. Und was eine Ware ist, darüber haben wir nicht zu entscheiden. Das regelt allein die Nachfrage. Wir beschäftigen keine Eunuchen, und wir kastrieren niemanden. Die einen verlangen nach dieser Ware, die anderen stellen sie her. Dafür sind wir nicht verantwortlich, aber unser Geschäft ist es zu handeln, den Menschen zu bringen, was sie wünschen.«

»Ihr seid ein scheußlicher Mensch«, ließ sich Eirene hinreißen.

Francesco Draperio, dem der Ärger darüber, dass er auf ein einträgliches Geschäft verzichten musste, weil der Grieche moralische Bedenken hatte, die Freundlichkeit aus dem Gesicht gerissen hatte, zwang sich zu einem süßlichen Lächeln. »*Madonna*, ich weiß, dass es scheußlich ist. Doch wenn ich es nicht tue, tut es ein anderer. Vielleicht ein Barbar, der die Menschen wie Vieh behandelt. Solange die Sklaven bei mir sind, werden sie anständig gehalten. Ich bin schließlich ein Christ.«

Loukas wollte die Diskussion, die einen so unerfreulichen Verlauf genommen hatte, so schnell wie möglich beenden. »Meine Liebe, wir haben nicht das Recht, darüber zu urteilen, womit ein Mann sein Geld verdient, aber ich werde das Geschäft weder machen noch unterstützen, weil ich es für eine Sünde halte. Und ich will Euch sagen, warum ich es für eine Sünde halte. Weil jeder Mensch eine Seele hat, und die ist von Gott. Und weil die Bibel uns sagt, dass wir alle von Adam und Eva abstammen, mithin alle Menschen gleich sind, haben wir nicht das Recht, unsere Geschwister zu versklaven.« Draperio zuckte mit den Achseln.

»Ihr wisst, mein Freund, dass ich mit dieser Auffassung nicht ganz allein stehe. Einer unserer Handelspartner, die Republik Ragusa, hat die Sklaverei und den Handel mit Sklaven vor fast zwanzig Jahren verboten.«

Draperio schnitt ein Gesicht, als wolle er sagen, ja leider. Dann kam ihm noch eine Idee, eine letzte, vielleicht ließ sich das Geschäft ja doch noch retten. Seine Augen nahmen den Kapitän listig in den Blick. »Vielleicht gibt es einen Weg, den wir zu dritt gehen können. Ich unterlasse künftig den Handel mit weißen Sklaven aus Südrussland, obwohl mich das ein Vermögen kosten wird, und knüpfe Beziehungen zu den schwarzen Sklavenhändlern in Nubien. Wir handeln ausschließlich mit Wilden aus dem Inneren Afrikas. Es sind keine Christen. Tiere, ohne Glauben und ohne Seele, außerdem erstaunlich zäh. Die stammen sicher nicht von Adam und Eva ab, denn es steht nichts in der Bibel davon, dass Adam oder Eva schwarz wie die Nacht waren.« Und an Eirene gewandt, die ihn skeptisch ansah, fügte er hinzu: »Oder würdet Ihr Eure Tochter mit einem Schwarzen verheiraten?«

»Beachtenswerter Versuch, lieber Freund, aber es bleibt dabei. Diese Art von Handel werde ich weder treiben noch unterstützen. Ich bin kein Gelehrter, aber ich kann mich nicht erinnern, dass irgendwo in der Bibel steht, alle Menschen mit Ausnahme der Schwarzen stammen von Adam und Eva ab. Nirgendwo finde ich diese Einschränkung, so will auch ich sie nicht treffen.«

»Ihr solltet wirklich öfter in der Bibel lesen«, spottete Eirene. »Im Hohelied Salomos sagt Sulamith über sich: *Schwarz* bin ich. Wollt Ihr also Sulamith versklaven? Salomos Braut verkaufen? Das wäre nicht weise.«

Draperio lächelte abermals süß-säuerlich. »Stimmt, *madonna*, ich sollte wirklich öfter in die Bibel schauen.«

Loukas erhob sein Glas. »Genug davon! Lasst uns in aller Bescheidenheit das feiern, was wir erreicht haben, und darauf anstoßen.«

»Auf das, was wir erreicht haben!«, prostete der Genuese Eirene und Loukas mit einer Herzlichkeit und Freude zu, als hätte das ganze Gespräch nicht stattgefunden.

Nachdem sie Francesco Draperio vor dem Palast verabschiedet und ihm hinterhergeschaut hatten, bis ihn das Viertel der Genuesen verschluckte, sagte Eirene zu ihrem Mann: »Ich vergesse es immer wieder, was für ein unerfreulicher Mensch er doch ist.«

»Ich weiß, aber der beste Geschäftspartner, den man finden kann.«

»Dein Wort in Gottes Ohr«, erwiderte Eirene nur halb überzeugt beim Betreten des Vestibüls. Auf ihrem Gesicht lag ein unglücklicher Hauch.

Loukas nahm sie in die Arme und küsste sie. »So schlimm?«

»Das ist es nicht.«

»Was ist es dann?«

»Dass du dich nicht an dem verfluchten Sklavenhandel beteiligst, das weiß ich. Aber laden wir nicht auch eine große Sünde auf unser Haupt, wenn wir Waffen und Eisen an unsere Feinde verkaufen?«

»Die Türken sind nicht unsere Feinde. Bis jetzt sind sie sehr verlässliche Partner. Anders als die Lateiner stehen sie zu ihrem Wort. Sie könnten unsere Freunde werden.«

»Hör auf zu träumen, Loukas. Die Rhomäer haben keine Freunde, weder im Osten noch im Westen. Eines Tages werden die Osmanen über uns herfallen.«

»Ich kenne Murad, ich kenne seinen Großwesir Halil Pascha. Sie beherrschen ein großes Reich. Sie brauchen das kleine Konstantinopel nicht. Wir sind keine Großmacht mehr. Wer träumt, Eirene, du oder ich? Wir haben nur die Chance, sie uns zu Freunden zu machen. Unverzichtbar müssen wir für sie werden, und das werden wir, wenn Konstantinopel die erste Handelsmacht der Welt wird. Das braucht Draperio nicht zu wissen. Aber wenn wir es geschickt anstellen, dann werden wir Genua und Venedig den Rang ablaufen. Die Lateiner werden reich durch den Handel, den sie mit unserer Stadt als Drehscheibe und den weitreichenden Privilegien, die unsere Kaiser ihnen ausgestellt hat, treiben. Und alles nur, weil wir keine mächtigen einheimischen Kaufleute für diesen Handel haben. Und warum haben wir keine eigenen mächtigen Kaufleute? Weil die Genuesen und Venezianer unsere Notlage ausgenutzt und sich eine Maximalsteuer von zwei bis vier Prozent festschreiben ließen und die Pisaner, Anconitaner und Ragusaner acht Prozent zahlen. Nur die griechischen Kaufleute müssen dreißig bis fünfzig Prozent an den Kaiser abführen, zum Dank dafür, dass wir seine Untertanen sein dürfen. Wir müssen die Steuer kippen, selbst Handel, viel mehr Handel treiben, und vor allem selbst von unserer Lage profitieren. Das Reich der Rhomäer auf dem Meer errichten. Wir können es, und ich mache den Anfang damit. Der Tribut, den wir dem Sultan jährlich entrichten, beträgt doch nur einen Bruchteil dessen, was wir alljährlich verlieren, weil wir den Handel den Venezianern und Genuesen überlassen.«

»So war es schon immer. Willst du alles ändern?«

»Zunächst werde ich unser Handelshaus noch einflussreicher machen, mit Geld die Banken und Handelshäuser der Italiener einkaufen, und damit meine ich nicht nur die Genuesen, sondern auch die Venezianer, damit wir aus der Abhängigkeit von Genua herauskommen.«

»Was sagt Draperio dazu, dass du mit den Venezianern Geschäftsverbindungen aufnimmst?«

»Weil er damit Geld verdienen kann, ist er dabei. Vergiss nicht, wir haben einen großen Vorteil, das Wohlwollen der Türken. Und das haben wir durch den Waffenhandel.«

Eirene machte sich los und trat einen Schritt zurück. »Ich hoffe, du täuschst dich nicht, Loukas Notaras«, sagte sie nachdenklich und strich sich eine Haarsträhne aus dem Gesicht.

Lärm drang von der Treppe. Anna lief die Stufen herunter und baute sich vor ihren Eltern auf. »Ich habe mit euch zu reden«, verkündete sie mit ernstem Gesichtsausdruck.

Sie gingen in das Arbeitszimmer des Kapitäns. Die Eltern setzten sich in die beiden geschnitzten Lehnstühle, Anna auf den Schemel.

»Na, dann mal los, Anna«, sagte Eirene.

»Ich habe sehr gut darüber nachgedacht, und mein Entschluss steht fest!« Ihre runden Augen blickten ernst und feierlich. Eirene stöhnte unhörbar, während Loukas ihr aufmunternd ins Gesicht schaute.

»Ich werde mich auch nicht davon abbringen lassen.«

»Bitte, Anna, komm zur Sache«, bat ihr Vater.

»Ich möchte lesen, schreiben und rechnen lernen.«

»Warum willst du das?«, fragte der Kapitän neugierig.

»Na, Eudokimos, deine rechte Hand, ist doch nicht mehr da. Und du brauchst jemanden, dem du vertrauen kannst und der dir hilft.« Eirene und Loukas sahen sich erstaunt an. »Und Großvater kann dir auch nicht mehr beistehen, wo er doch ... wo er ...« Ihre Stirn legte sich vor Anstrengung in Falten, und der Mund war verkniffen. »... wo er doch jetzt ein glücklicher Mensch ist!«

Ein glücklicher Mensch, wiederholte Eirene im Geist. Stolz über die Formulierung, die Anna für diesen schwierigen Zustand gefunden hatte, durchflutete sie.

»Aber Anna, du bist ein Mädchen, du solltest andere Dinge lernen. Tanzen und wie man einen Haushalt führt«, wandte Loukas ein wenig hilflos ein. Natürlich war Anna ein Mädchen, aber sie war auch seine Tochter.

»Was ist? Mama kann doch auch lesen und schreiben und rechnen.«

»Das stimmt allerdings«, gab Eirene zu.

»Und Martina Laskarina ist eine Frau und trotzdem Ärztin!« Über diesen Satz musste Eirene schmunzeln, so hatte auch sie einst argumentiert. Immer hatte das Beispiel der Ärztin dafür herzuhalten, wenn ein Mädchen die vorgezeichneten Bahnen zu verlassen wünschte, doch davon, schätzte Eirene, dürfte es nicht allzu viele geben. Zu den wenigen gehörte allerdings ihre Tochter.

»Mit diesen Fähigkeiten wirst du die Männer, die dich heiraten könnten, verschrecken. Die meisten Männer verabscheuen gebildete Frauen«, wandte Annas Mutter ein.

»Was interessieren mich Männer!«, warf sie mit so großer Geste und dem ganzen Weltwissen einer Zehnjährigen hin, dass Loukas nur mit dem Kopf wackeln konnte und vorsichtig einwandte: »Das sagst du jetzt!«

»Du hast doch auch Mama geheiratet!«

»Ja, ich, aber ...«

»Meinst du, ich will einen Mann, der dümmer ist als du? Willst du das etwa?«

»Nein, das nicht ...«

»Na also. Kann ich jetzt lesen, schreiben und rechnen lernen?«

Etwas ratlos schauten sich die Eltern des ziemlich überzeugend wirkenden Mädchens an. Zwar konnte Eirene Loukas nicht auf die Seereisen begleiten, wie sie einst als junges Mädchen gehofft hatte;

schließlich verbot es sich, die Kinder ein dreiviertel Jahr lang allein zu lassen und sich selbst großer Lebensgefahr, die eine Schiffsreise nun einmal mit sich brachte, auszusetzen. Dennoch bestimmte sie nicht nur über den Haushalt, sondern sprach auch in geschäftlichen Dingen mit. Sie stammte schließlich von Kaisern ab. Und Loukas liebte sein ältestes Kind so sehr, dass er ihr kaum etwas abzuschlagen vermochte. Und dann waren da noch der Stolz und eine etwas verquere Vorstellung. Er glaubte nämlich, dass Anna nach ihm käme. Wäre sie ein Junge gewesen, hätte er gar nicht darüber nachzudenken brauchen, denn dann erhielte sie längst Unterricht.

»Ich will, ich will, ich will!«, sagte Anna mit Nachdruck. Der Kapitän zuckte mit den Achseln, dann nickte er, und seine Frau erwiderte das Nicken.

»Also gut. Ich bestelle einen Hauslehrer. Du sollst lernen, lesen und schreiben und rechnen. Aber wenn wir es machen, dann machen wir es richtig. Schließlich bist du meine Tochter. Du bekommst Unterricht in den klassischen Sprachen des Griechischen, in Latein und Italienisch, in der Logik, der Dialektik, in der Musik, in der Philosophie und Ökonomie.«

Eirenes Augen lachten vor Glück. Sie hatte den richtigen Mann geheiratet.

»Wann darf ich ins Kontor?«, fragte da Anna.

»Wenn du lesen und schreiben und vor allem rechnen gelernt hast!«, lachte Loukas.

Nach der Unterredung mit seiner Tochter ging Loukas in den Garten. Sein Vater saß versonnen auf der Schaukel, während seine Mutter es sich in einem Korbsessel bequem gemacht hatte und stickte. Ein seltsames, aber friedliches Bild, dachte er. Er ging zu dem alten Seeräuber, der sein Kommen nicht bemerkt hatte und aufschrak. »Ach, du bist es, Loukas.«

»Ja, ich, Vater.«

»Ich habe ein bisschen geweint, weißt du. Ich habe Sehnsucht nach Demetrios, nach deinem Bruder, meine ich.«

»Ich weiß.« Loukas fuhr seinem Vater zärtlich mit der Hand über das vollkommen ergraute Haar.

»Ich hab ihm das angetan, weil ich immer so gern wollte, dass er wie du wird. Verstehst du das?«

»Quäl dich nicht, es liegt lange zurück.«

»Ich bin doch auch wie du geworden, obwohl ich wie Demetrios war.«

»Das verstehe ich nicht.« Loukas horchte verblüfft auf.

»Ich habe dir doch erzählt, dass ich auf der Straße herumgelungert bin. Ich habe auch gemalt, naja, mehr gezeichnet. Nicht so schöne Sachen, so heilige wie Demetrios, sondern mehr so freche, die Eigenheiten der Leute übertrieben, was sehr lustig aussah. Auch habe ich kleine Verse gemacht. Doch eines Tages geschah das Schreckliche. Wir hatten wieder im alten Kaiserpalast Suchen gespielt. Ich hatte dort ein tolles Versteck gefunden. An der Seite des Steinpodestes, auf dem einmal der Thron gestanden haben musste, war eine kleine Öffnung. Ich zwängte mich hinein. Es stank und war auch etwas unangenehm. Millionen von Spinnen dürften da drinnen gehaust haben, und die Hälfte von ihnen zertrat und zerdrückte ich sicher, als ich nach vorn krabbelte, denn in einer der Stufen war ein kleines Loch, von dem aus man den ganzen Saal im Blick hatte. Mein Freund Markos kam in den Saal und schaute sich um, doch ihm folgten Menschen in Lumpen. Sie sahen so in Wirklichkeit aus wie die Menschen auf meinen Zeichnungen. Du weißt doch, die, bei denen ich Gebrechen des Körpers und Hässlichkeiten im Gesicht übertrieben habe. Sie schleppten Holz herbei, das sie anzündeten, in Fässern Fusel, den sie tranken, und raubten Markos die Kleider. Er sollte für sie tanzen. Wenn er sich brav anstellen würde, dann würden sie ihn zu seiner Mutter zurückbringen. Und Markos tanzte bis zur Erschöpfung und darüber hinaus. Immer wieder trieben sie ihn mit Drohungen und Versprechungen an – und ich blieb in meinem Versteck. Die Nacht brach herein. So, sagte einer der Männer, jetzt bringen wir dich nach Hause. Lange blieb ich in meinem Versteck, aus Angst. Dann wurde mir klar, dass ich fliehen musste, bevor sie zurückkommen würden. Es war nicht leicht, meine Glieder waren ganz steif, und alles schmerzte, aber mich trieb die Angst. Am ausgehenden Feuer lagen immer noch die Kleider meines Freundes. Die Nacht war kalt und finster. Hinter den Wolken hatten sich Mond und Sterne versteckt. Zu Hause angekommen, schwieg ich, log ich, weil ich mich schämte, schließlich prügelte mein Vater die ganze Wahrheit aus mir heraus. Ach, hätte ich doch nur gleich geredet! Mein Vater nahm seinen Säbel, rief all seine Leute herbei und trommelte Kapitäne, Matrosen und Händler zusammen. Mich nahm er mit. Wir kamen zu spät. Die Männer vom Alten Palast hatten Markos benutzt, um ins Haus einzudringen. Sie haben alle getötet, auch meinen Freund Markos, dann nahmen sie alles mit, was sie tragen konnten, Wertgegenstände, Kleidung und Nahrung. Das Gesicht meines Vaters vereiste.

›Kommt‹, sagte er dumpf. Mehr nicht. Aber alle, auch ich, sogar ich, wussten, was das ›Kommt‹ bedeutete. Nie in meinem Leben werde ich den Ausdruck in seinem Gesicht vergessen. Sie eilten zum Alten Palast. Keiner sprach ein Wort, sie trieb der Zorn. Als wir in dem Saal standen, dem ich erst vor Kurzem entronnen war, fragte mich mein Vater, ob das die Männer wären, die Markos hatten tanzen lassen. Ich blickte auf die Gestalten, die, in ihrem Gelage unterbrochen, verwundert oder ängstlich zu uns schauten. Einer versuchte, mir ein Zeichen zu geben, ich solle schweigen. Ich schwieg nicht. Ich sah meinen Freund, dem sie die Kehle durchgeschnitten hatten und der mich aus toten Puppenaugen anstarrte, und sagte laut und vernehmlich wie ein Richter, der einen Schuldspruch fällt: Ja, das sind sie. Es dauerte nicht lange, dann waren sie tot, ausnahmslos, auch die Frauen unter ihnen. Wäre ich eher losgerannt aus meinem Versteck und hätte meinen Vater nicht erst angelogen, sondern gleich die Wahrheit gesagt, hätte die Nacht weniger Tote gesehen.

Ich fiel in eine große Traurigkeit. Mein Vater entschied, dass mir die Flausen ausgetrieben gehörten. Er gab mich auf eins seiner Schiffe als Schiffsjunge in die Obhut eines harten, aber gerechten Mannes. Er hat mir die Flausen ausgetrieben, ich habe viel von ihm gelernt. Auch dass das Malen Gift für die Tatkraft eines Mannes ist, doch in dieser Welt müssen Männer tatkräftig sein. Sie müssen es für ihre Frauen und ihre Kinder, denn es ist eine schlimme Welt. Ich war wie Demetrios, und Demetrios sollte so werden wie du. Als ich Angst hatte, dich zu verlieren, stürzte ich in die Erkenntnis, dass er nie so werden wird wie du, nicht einmal so, wie ich geworden bin. Heute weiß ich, warum. Weil er stärker ist in seiner Eigenart, als ich es jemals war. Ich habe Sehnsucht nach ihm, Loukas. Hol ihn zurück.«

»Du hast recht, Vater. Es ist Zeit, dass er nach Hause kommt!«

14

Palast des Sultans, Edirne, Rumelien

Eines hatte Jaroslawa erreicht: Sie selbst, und nicht die Amme Daje-Chatun, ernährte mit der Milch ihrer Brüste ihren Sohn. Kaum hatte damals der Sultan mit der Amme den Raum verlassen, um ihr seine Anweisungen zu erteilen, legte die Russin das Neugeborene an ihre Brust. Als die Amme zurückkehrte und das Kind an der Mutterbrust entdeckte, schrie sie in ihrem Zorn den Eunuchen an, er solle der Mutter den Sohn von der Brust reißen. Hasan, ein noch sehr junger Eunuch mit ungewöhnlich weißen Haaren, trat sehr dicht hinter die Amme. »Hör gut zu. Du tust, was dir Jaroslawa befiehlt. Halte dich dran, wenn dir dein Leben lieb ist. Wenn mir etwas zustößt, weil du mit dem Großherrn geredet hast, erledigt dich ein anderer. Sei klug Amme, sei klug.« Erschrocken wandte sie sich um und schaute in zwei Augen, die nun nicht nur blau, sondern auch unergründlich wie die Wolga waren, an deren Ufer er geboren wurde. Hasan bluffte nicht. Mit Zorn und Bitterkeit im Herzen fügte sich die Amme, die nun die überflüssige Milch abpumpen musste, dem Befehl des Eunuchen.

Fortan kümmerten sich beide Frauen um den kleinen Mehmed, einander hassend, das Kind aber liebend, denn auch Daje-Chatun wuchs der jüngste Sohn des Sultans ans Herz. Falls der Großherr seinen Sohn einmal zu sehen wünschte, würde Jaroslawa nicht zugegen sein. Allein, dazu kam es nicht, weil Murad kein Bedürfnis verspürte, seinen dritten Sohn zu besuchen. Nicht nur die Eunuchen, auch die anderen Konkubinen Murads standen auf Jaroslawas Seite. Ihr Verhalten der Russin gegenüber wandelte sich von Rivalität in Mitleid, weil es noch nie vorgekommen war, dass eine Konkubine, die dem Sultan einen Sohn geboren hatte, so schlecht behandelt wurde.

Für Jaroslawa war ihr Sohn ein Wunder, denn allein seine Existenz vertrieb die Erinnerungen, die sie peinigten. Seitdem Mehmed auf der Welt war, quälten sie sie nur noch selten.

Es waren furchtbare Erinnerungen. Sie sah sich als Mädchen von dreizehn Jahren, Tochter eines Herrn über mehrere Dörfer südlich von Nowgorod am Mittellauf der Wolga. Schreckensbilder quälten ihre Seele – eine Staubwolke, die von den Rössern der Tataren aufgewirbelt wurde, Männer mit wettergebräunten Gesichtern und schmalen Augen, das Funkeln des Stahls ihrer Säbel in der Sonne, Feuersbrünste, die von Haus zu Haus übergriffen, schreiende Menschen, wimmernde Frauen. Jaroslawa hatte in den Brombeersträuchern gesessen, als die Tartaren der Goldenen Horde über ihr Dorf herfielen. Sie hatte gesehen, wie der Säbel eines Mannes mit schwarzem Schnauzer ihrem Vater den Kopf spaltete und wie ihre Mutter vergewaltigt wurde, bevor man sie abschlachtete. Jede Einzelheit hatte sie wahrgenommen, weil sie nicht wegzuschauen vermochte, als hielte ein böser Geist ihren Kopf wie in einem Schraubstock fest, nachdem er die Lider festgeklebt hatte, damit sie sie nicht schließen konnte. Diese Bilder hatten die Gefühle des lautlos schreienden Mädchens erstickt.

Schließlich fand sie ein Tatar, der sich in dem Brombeerbusch erleichtern wollte. Er verschaffte sich auch Erleichterung, nur auf andere Art, aber das ging sie schon nichts mehr an. Sie wusste jetzt, wie der Teufel aussah, von dem der Pope in der Kirche immer gesprochen hatte. Er nahm sie mit ins Lager und stieß sie zu den jüngeren Frauen und Männern, die auf dem Sklavenmarkt in Kaffa verhökert werden sollten. Die Älteren und Gebrechlichen hatten die Tartaren niedergemacht. Über den Dörfern am Mittellauf der Wolga hingen schwarze Rauchwolken und schillernde Schwärme von Fliegen.

Die Tartaren gaben den Gefangenen Wasser und Brot, doch Jaroslawa hatte weder Durst noch Hunger. Sie wollte leicht werden, ganz leicht wie eine Feder, um in den Himmel aufzusteigen, dorthin, wo ihre Eltern wohl schon weilten.

Einmal spürte sie, dass sie zwei Augen ansahen. Ein etwa zehnjähriger Knabe mit wolgablauen Augen und weizenblonden Haaren starrte sie an. Als er merkte, dass das traurige Mädchen zurückschaute, fing er an, Grimassen zu schneiden. Dann ahmte er die Tartaren nach, wie sie vom Pferd sprangen, o-beinig umherhumpelten und schielten, und dabei machte er ihre Sprache nach. Immer wilder wurden seine Späße, bis es ihm durch harte Arbeit gelungen war, ihr die Andeutung eines Lächelns zu entringen. Er brachte sie schließlich auch dazu, etwas zu essen und zu trinken. Von diesem Tag an blieben sie zusammen, den ganzen Weg durch die südrussische Steppe nach Kaffa. Es gelang ihr, den stumpfen Tartaren dazu zu bewegen, dass er Anatolij, den Sohn des Dorfschmieds, an denselben Sklavenhändler, einen einäugigen Griechen, verkaufte. Sie wusste ja inzwischen, was dem Tataren gefiel. Diesmal ging es ihr sogar gut dabei, weil sie durch die Anwendung gewisser Künste lernte, Macht auszuüben, und sogar ihr Ziel erreicht hatte.

Der Palast des Griechen erhob sich ein Stockwerk über die anderen Häuser der Gasse, als wolle er mit seinem Reichtum und seiner Bedeutung prahlen. Den Eingang rahmten zwei dorische Säulen. Sie kamen in ein Vestibül, wurden aber gleich weitergetrieben durch einen Skulpturengarten und passierten ein Tor. In dem zweiten von hohen Mauern umgebenen Hof kamen sofort knurrend drei Bluthunde auf sie zu.

Der Grieche brüllte den Hunden in seiner Sprache etwas zu, das wohl so etwas wie Sitz, Aus oder Platz bedeutete. Die Bluthunde legten sich auf den Bauch, bereit, jederzeit wieder aufzuspringen und jedem an die Kehle zu gehen, wenn ihr Herr es ihnen befahl.

»Wenn ihr nicht etwas teures Hundefutter werden wollt, schlagt euch jeden Gedanken an Flucht lieber gleich aus dem Kopf«, sagte der Grieche auf Russisch.

An der Rückseite des Hofes lag ein Gebäude, das in drei Zellen unterteilt war. Anatolij kam zu den Männern und Knaben in eine Zelle, Jaroslawa zu den Frauen und Mädchen in eine andere. Sie empfand die Trennung wie einen präzis ausgeführten Schlag in die Eingeweide. Wozu die dritte Zelle dienen sollte, blieb ihr vorerst noch ein Rätsel. Und noch heute wünschte sie, dass sie es niemals hätte erfahren müssen.

Eines Abends holten die Diener des Griechen drei Knaben, darunter Anatolij, aus der Zelle der Männer und brachten sie in den besonderen Raum. Einen ganzen Tag lang bekamen sie weder Nahrung noch Getränke. In Jaroslawa wuchs eine furchtbare Unruhe, denn sie spürte, dass etwas Schreckliches geschehen würde.

Am nächsten Morgen erschien der Grieche in Begleitung von fünf Männern. Einer von ihnen trug zwei scharfe Messer bei sich, andere weiße Leinentücher und merkwürdig kleine Röhrchen. Wenig später hörte Jaroslawa Schreie, die sie nicht zu unterscheiden vermochte, denn sie verbanden sich zu einem einzigen Ton des Schmerzes, eines Schmerzes, der nicht endete, sondern sich steigerte. Ein Mann kam mit einer Holzschüssel, die voller Blut und Fleisch war. Er stellte sie ab, und sofort balgten sich die Hunde um das blutige Mal. Jaroslawa hielt sich die Ohren zu, und Wasser rann ihr aus den Augen, zum ersten Mal seit Wochen, so lange, bis sie keine Flüssigkeit mehr hatte, da weinte sie trockene Tränen. Am späten Nachmittag, die Schreie waren in ein Wimmern übergegangen, trugen sie den toten Körper des einen der Jungen aus der Zelle. Da stand Jaroslawas Entschluss fest.

»Grieche, Grieche«, rief sie.

Erst wollte er keine Notiz von ihr nehmen, tat es dann aber doch. »Was willst du?«

»Lass mich die Jungen pflegen!«

»Und du meinst, dass du das kannst? Dass du genug darüber weißt, was Jungen und Mädchen unterscheidet?«

Da bekam sie einen kalten Blick, dass es selbst den Griechen fröstelte. »Glaub mir, ich weiß genug darüber. Mehr als genug.«

»Gut, dann versuch es. Manchmal übersteht es keiner, manchmal einer, das ist normal. Gehört zum Geschäft.«

Sie hatte geglaubt, dass sie nichts mehr erschüttern konnte. Sie hatte sich getäuscht. Die Knaben lagen bandagiert. Aus dem Verband um den Unterkörper ragte eine kleine Röhre, aus der sie Harn lassen konnten. Anatolijs Haar hatte jegliche Farbe verloren und war weiß. An dem unguten Glanz ihrer Augen erkannte sie, dass die beiden Knaben fieberten.

»Ich brauche kaltes Wasser und Leinen.«

»Das ist hier kein Gasthof«, brummte der Grieche.

»Willst du, dass sie überleben?« Widerwillig gab er dem Mann, der bei den Knaben saß, Anweisung, sooft es das Mädchen verlangte, Wasser aus dem Brunnen zu schöpfen, denn das war kühl.

Von dieser Stunde an pflegte Jaroslawa Anatolij und den anderen Jungen, machte ihnen Wadenwickel, um das Fieber zu senken, tupfte ihre Stirn, erzählte ihnen Geschichten und sang ihnen die traurigen, aber tröstlichen Lieder ihrer Heimat vor. Sie musste sich überwinden, um den grausigen Anblick zu ertragen, wusch ihre Wunden und klemmte den Knaben ein Holz zwischen die Zähne, wenn sie Wasser lassen mussten, weil der Urin wie Eisenschmelze brannte. Das Wasser für die Waschungen ließ sie vorher abkochen und gab heilkräftige Kräuter hinein. Sie ließ sich Zwiebelsaft geben und Borretsch, Kapern und Majoran. Der Grieche schimpfte zwar wegen der Kosten und drohte ihr, sie in ein Hafenbordell zu geben, um die Kosten wieder einzutreiben. Doch er sah auch, dass sich der Zustand der Jungen verbesserte. Vor allem aber sprach sie den beiden Knaben Mut zu, die, ihrer Männlichkeit beraubt, sich schämten und meinten, auch um ihre Zukunft gebracht zu sein, so weder Frau noch Mann seiend, nur ein Gespött für die anderen. Jaroslawa fragte sie, ob sie wirklich glaubten, dass dieser kleine Muskel sie zum Mann machte. Dann spottete sie über den Tartaren, dessen Gemächt ihn zum Sklaven erniedrigte. Instinktiv verstand sie, dass die Wunden des Körpers verheilen und vernarben würden, nicht aber die der Seele. Die Schmerzen blieben, man konnte sie nur lindern und lernen, mit ihnen zu leben. Ging es ihr denn anders?

Nachdem Anatolij und der andere Junge genesen waren, hatte der Grieche Jaroslawa eigentlich behalten wollen, damit sie auch die nächsten Knaben, die er verstümmeln ließe, pflegen würde.

»Und wenn du mich deinen Kötern zum Fraß vorwirfst, ich tue es nicht!«, hatte sie ihm sehr überzeugend angekündigt. »Ich habe viel für dich getan, jetzt tu etwas für mich. Verkauf mich mit Anatolij an den gleichen Käufer.«

»Warum sollte ich das tun?«

»Weil ich dir geholfen habe.«

»Ja, und?«, lachte der Grieche.

»Weil es gut für dich ist, jetzt auch gut zu mir zu sein.« Der Grieche schüttelte den Kopf, doch verkaufte er beide tatsächlich an denselben Händler, weil er fürchtete, andernfalls das Schicksal irgendwie herauszufordern.

So hatten sie es zuwege gebracht, dass sie zusammenbleiben konnten, bis in den Harem des Sultans hinein. Aus Anatolij war Hasan geworden, der sich mit seinem freundlichen Wesen und seinen Späßen, mit seinen schauspielerischen und musikalischen Fähigkeiten rasch die Sympathie der anderen Eunuchen erobert hatte, besonders die des *hamdun* gewann.

Eines Tages befahl der Sultan, dass der zweijährige Mehmed mit Amme und Mutter nach Amasia zu bringen sei, dort, wo er selbst zur Welt gekommen und in seiner Jugend einmal Landpfleger gewesen war. Inzwischen herrschte hier Ahmed Tschelebi, Murads älterer Sohn.

Am Abend vor der Abreise wünschte Daje-Chatun, Jaroslawa unter vier Augen zu sprechen. Die Russin wusste, wie viel Überwindung dieser Schritt die Amme kostete. »Ich bin beunruhigt«, begann Daje-Chatun, die nach dem Tod ihres Sohnes im Kindbett Mehmed noch lieber gewonnen hatte, ja, immer mehr als eigenen Sohn betrachtete.

»Ich auch, aber nicht nur wegen der gefährlichen Reise, für die seine Gesundheit noch nicht robust genug ist«, antwortete die Russin. »Nur ein Prinz kann Sultan werden, die anderen beiden werden sterben. Jetzt wird der Kleine zu seinem Halbbruder geschickt, Murads Lieblingssohn, der gleichzeitig Mehmeds Rivale und Todfeind ist. Ahmed Tschelebi hat kein Interesse, Mehmed am Leben zu lassen, den er ohnehin eines Tages töten lassen würde, wenn er Sultan ist. Vergiss nicht, Murad liebt Mehmed nicht.«

»Ich weiß«, erwiderte die Amme betrübt. »Für die Gesundheit des Kleinen können wir Vorkehrungen treffen.«

»Für sein Leben auch.« Mehr musste Jaroslawa nicht sagen. Der Gedanke, der im Raum stand, war einfach ungeheuerlich, zugleich aber auch die einzige Chance für ihren Sohn.

»Ich hasse dich, Russin«, sagte Daje-Chatun.

»Aber du liebst Mehmed, genauso wie ich.«

Die Amme nickte. »Was können wir tun?«

»Bitte darum, dass mein Eunuch uns begleitet. Sage, du würdest dich dann sicherer fühlen.« Die Amme runzelte die Stirn. Ausgerechnet den Mann, der sie bedrohte, sollte sie als Begleitung erbitten?

»Er wird alles tun, um Mehmed zu schützen, alles!« Es verblüffte Jaroslawa, dass die Amme begann, wie ein kleines Mädchen an ihren Nägeln zu kauen. »Im Grunde kommen wir doch miteinander aus. Dem Kleinen droht Gefahr, er braucht zwei Mütter, die ihn beschützen. Schließen wir uns zusammen. Für ihn! Bitte! Ist er nicht auch für dich das Licht der Welt?«, beschwor sie Daje-Chatun mit großen Augen und der sanftesten Stimme, die ihr möglich war, wobei ihr Türkisch die dunkle Melodik des Russischen annahm.

»Ja, das ist er wirklich, das Licht der Welt.« Die Amme willigte ein, und Jaroslawa küsste ihr zum Dank die Hände.

So machte sich im Sommer 1434 eine Kutsche mit dem Prinzen, seiner Mutter, seiner Amme, dem Eunuchen Hasan und einer kleinen Eskorte auf den Weg nach Amasia.

15

Notaras-Palast, Konstantinopel

Er sah gut aus. Nichts erinnerte mehr an den linkischen Siebzehnjährigen, der einst, nachdem ihn der Vater im Jähzorn beinahe totgeschlagen hatte, nach Bursa gegangen war, um bei dem Juden Jakub Alhambra das Kaufmannshandwerk zu erlernen. Im ersten Moment hatte Eirene den schlaksigen jungen Mann, der über das ganze Gesicht grinste, gar nicht erkannt.

»Habe ich mich so verändert?«, fragte Demetrios.

»Nein, ja, ach, du bist es ja! Es ist einfach schön, dass du endlich wieder da bist!« Sanft schlug sich Eirene die Handflächen vor das Gesicht. Dann umarmte sie ihn so ungestüm, dass er ein wenig zurückzuckte.

»Mutter, Vater! Demetrios ist zurückgekehrt«, rief sie in wilder, kleinmädchenhafter Begeisterung, sodass sie auf einmal jünger als ihr Schwager wirkte. Während Anna wie ein Sausewind zur Treppe stürmte, dann aber, im Bewusstsein, in die Öffentlichkeit zu treten, ganz junge Dame, die sie mit ihren zwölf Jahren ja nun auch war, gesittet, zugleich aber auch etwas mondän und besonders, vor allem anderen ganz Prinzessin, die Treppe hinunterschritt, kamen vom Hinterausgang der kleine Demetrios und Theodora mit ihrem Stoffhund Dimmi in der Hand aus dem Garten gerannt, sich einen kleinen Wettkampf liefernd. Die drei Geschwister bauten sich quirlig vor dem fremden Onkel auf, von dem sie so viel gehört hatten. Oh ja, geheimnisvoll war er für sie, aber nicht fremd, dazu erzählten ihre Eltern zu oft von ihm. Demetrios gab den Kindern sehr ernsthaft nacheinander die Hand. »Du, junge Dame, musst Anna sein.«

»Ich muss nicht nur, ich will auch Anna sein«, parierte sie hoheitsvoll, wie man es in dieser Überzeugung nur in diesem Alter kann. Theodora hingegen schleuderte ohne Vorwarnung ihrem Onkel, der sich zu ihr beugte, mit ausgestrecktem Arm ihren Hund entgegen, sodass beider Nasen fast aufeinandertrafen. Demetrios stutzte kurz, weil er das Kuscheltier so dicht vor Augen hatte, dass es ihm kaum gelang, daran vorbeizuschauen.

»Schön, dich wiederzusehen, Dimmi«, sagte er. Einer der Briefe seines Bruders hatte ihn darüber informiert, dass seine Nichte das Kuscheltier nach dem Schenker, also nach ihm benannte. Dann befühlte er den Bauch des Stoffhundes. »Prall gefüllt. Ich merke, dass dich Theodora gut hält.«

»Hast du mir eigentlich was mitgebracht?«, platzte der kleine Demetrios dazwischen.

Eirene schüttelte peinlich berührt den Kopf und ließ ein rügendes »Demetrios!« vernehmen. Das nahm der ältere Demetrios zum Anlass, um sich gespielt verunsichert umzusehen. »Hab ich irgendetwas angestellt? Ich bin mir keiner Schuld bewusst.« Er hob abwehrend die Arme und zwinkerte seinem Neffen verschwörerisch zu.

»Nicht du! Der junge Mann weiß schon, wen ich meine«, sagte Eirene und drohte mit ihrem Zeigefinger in Richtung Mitri.

»Sicher habe ich dir etwas mitgebracht, Mitri, genauso wie deinen Schwestern.«

Demetrios schaute auf und entdeckte in dem Flur, der zum Garten führte, seine Mutter und seinen Vater, die sich bei den Händen hielten und ihn musterten. Es erschütterte ihn, wie sehr sie in den letzten zehn Jahren gealtert waren.

Thekla ließ die Hand ihres Mannes los und ging schnellen Schrittes auf ihren Sohn zu. »Lass dich anschauen! Du bist ... du bist ...«

»Na, keinesfalls abgemagert, gute Mutter, bei der guten Küche im Hause Jakubs.« Thekla liefen Tränen der Freude über die Wangen. Endlich erhielt sie ihren zweiten Sohn zurück. Sie fuhr ihm zärtlich, als konnte sie ihr Glück kaum fassen, immer wieder durchs Haar und umarmte ihn. »Ach, du! Gut siehst du aus!« Dann ließ sie ihn los, weil sie wusste, dass es nun Zeit für Vater und Sohn war. Wie sehr hoffte sie, dass es gut gehen möge!

Der alte Seeräuber verharrte immer noch unsicher im Gang. Die Jahre beugten ihn. Auch hatte er abgenommen, sodass sein Gesicht fast ein wenig eingefallen wirkte. Da stand also der Mann, vor dem er so lange Angst gehabt hatte, bis in den Schlaf, bis in die Träume hinein, und den er nie aufgehört hatte zu lieben. Eine seltsame Spannung lag in der Luft, nicht unangenehm, aber unentschieden. Demetrios straffte sich. Nicht sein Vater, spürte er instinktiv, nur er konnte die Kraft aufbringen, die Mauer, die zwischen ihnen die Vergangenheit aufgerichtet hatte, zu durchbrechen. Mit einem sanften Lächeln ging er auf seinen Vater zu und wirkte auf einmal größer als er. Nikephoros wippte unsicher von einem Fuß auf den anderen. Mit einer Souveränität, die allein aus Liebe kam, umarmte der Sohn plötzlich den Vater und spürte dabei wehmütig, wie zerbrechlich der alte Mann geworden war. »Ich will dir verzeihen, wenn auch du mir verzeihen kannst«, flüsterte er.

»Wieso dir? Ich habe dir nichts zu verzeihen«, antwortete der Alte verunsichert.

»Doch, Vater! Ich habe dich hintergangen und dich belogen.« Und dann sagte Demetrios etwas, das dem alten Seeräuber zu Herzen ging, als Freude und als Schmerz zugleich: »Ich habe dich vermisst, Vater. All die Jahre. Wenn du mich aufnimmst, will ich nicht mehr fortgehen.«

»Ich habe dich auch vermisst, Sohn!«, gestand der Alte leise ein und wischte sich verstohlen das Wasser aus den Augen.

»Was treibt ihr eigentlich dahinten?«, rief ihnen Eirene zu.

»Wir fragen uns, welches Begrüßungsessen du für meinen heimgekehrten Sohn auftischen wirst. Und wage es ja nicht zu geizen!«, rief vergnügt der Alte. Altersbrüchig ist seine einst kräftige Stimme geworden, dachte Demetrios. Vom oberen Treppenpodest aus fühlte er sich beobachtet, deshalb warf er einen Blick dorthin und entdeckte einen Mann, wohl in seinem Alter, dessen Schlankheit im Gegensatz zu seiner Schlaksigkeit herb wirkte. Der Blick seiner stechenden Augen grenzte an Körperverletzung.

»Wer ist das?«, fragte er in die Runde und wies mit dem Kopf nach oben.

Eirene folgte seinem Blick und erklärte: »Gennadios Scholarios, Annas Hauslehrer.«

»Was lernst du denn bei dem?«

»Lesen und schreiben und rechnen, aber auch wie es mit Gott ist.«

»Und wie ist es mit Gott?«, fragte er seine Nichte.

»Das ist es ja eben! Ich glaube fast, er weiß es selbst nicht. Aber verrat mich bitte nicht«, raunte sie ihm zu.

»Nein, aber Geheimnis gegen Geheimnis, Nichte.« Und schon flüsterte er ihr ins Ohr: »Ich habe in Bursa drei Götter kennengelernt.«

Anna riss die Augen auf. »Drei?«

»Ja, drei, den Gott der Juden, den Gott der Türken und den Gott der Christen, also unseren.«

»Und wie sind sie?« Anna bekam vor Aufregung Flecken im Gesicht. Drei Götter, nicht auszudenken!

»Wenn ich es dir sage, darfst du es keinem verraten. Versprochen?«

»Versprochen. Versprochen ist versprochen und wird auch nicht gebrochen!«

»Gut, ich glaube, die drei Götter sind ein und derselbe Gott, nur verschieden gekleidet. Verstehst du? Gott liebt es, sich zu verkleiden.« Vor Schreck hielt sich Anna den Mund zu.

»Wer flüstert, der lügt«, rief Theodora, die sich ausgeschlossen fühlte, in patzigem Ton.

»Ja wirklich, was habt ihr die ganze Zeit da zu tuscheln?«, unterstützte Eirene den Protest ihrer jüngeren Tochter.

»Nichts, nichts«, sagte Anna mit unschuldigem Augenaufschlag.

»Gar nichts«, bestätigte Demetrios. Sowohl Eirene als auch die eifersüchtige Theodora schauten Onkel wie Nichte skeptisch an.

»Wir haben nur über Gott gesprochen«, log Anna mit der Wahrheit und platzte fast vor Vergnügen. Der Schalk ihn ihren Augen warf Junge wie ein Kaninchen.

»Über Gott?« Eirene schüttelte den Kopf.

»Wer's glaubt, wird selig«, spottete Theodora.

Das alles schmälerte mitnichten das Vergnügen, das Demetrios empfand. Doch einen Menschen vermisste er schmerzlich. »Wo ist Loukas? Auf hoher See?«

»Nein, Loukas fährt nicht mehr zur See. Er ist bei der Sitzung im Geheimen Rat. Aber das ist nicht weniger gefährlich, als auf dem Meer herumzuschippern, nur viel ärgerlicher!«, sagte Eirene.

16

Kaiserpalast, Konstantinopel

Die Sitzung des Geheimen Rates schleppte sich träge dahin. Man hätte gut und gerne dem Tod einer Fliege an der Wand zuschauen können und das im Vergleich zu der Besprechung noch als aufregend empfunden. Die dicken Mauern trotzten zum Glück der Sonne und bewahrten ein erträgliches Klima. Die Geheimen Räte waren innerlich bereits im Aufbruch, als Johannes VIII. noch einmal um Aufmerksamkeit für Fürst Alexios Angelos bat, der Kaiser und Rat einen Vorschlag unterbreiten wolle.

Loukas reagierte alarmiert auf die Ankündigung, wie immer, wenn sein Erzfeind eine Initiative startete. Der Hass, den die beiden Männer füreinander empfanden, hatte sich in all den Jahren nicht abgekühlt. Schon stand der Fürst auf und blickte selbstbewusst jeden der Männer in der Runde an, zuerst den Kaiser, dann den Großadmiral, den Flottenadmiral und Joseph II., den Patriarchen von Konstantinopel, dessen weißer Vollbart ihm beeindruckend bis über die Brust wallte. Weiter schweifte der Blick des Fürsten zu Georgios Sphrantzes, der dank der Stiftung der glücklichen Ehe zwischen Johannes und Maria von Trapezunt zum Großkanzler aufgestiegen war, schließlich zum Oberbefehlshaber Kantakuzenos und von ihm zum Ersten Minister Metochites. Am Ende streifte sein grimmiger Blick Loukas Notaras. »Ehrenwerte Mitglieder des Rates, der Feind steht vor den Toren der Stadt und des Reiches. Und nicht nur dort!«

»Steht er das nicht immer in Eurer Vorstellung, Fürst? In Euren, wie soll ich es nennen, Albträumen?«, fiel ihm der Kapitän ins Wort.

»Denn für einige Griechen, wir mögen es kaum glauben, ist unser Todfeind auch ein Handelspartner, mit dem sie Geschäfte auf Kosten unserer Sicherheit machen!«, fuhr Alexios ungerührt fort. Loukas zuckte. Wusste der Fürst etwas von den Waffenlieferungen?

Der Kapitän erhob sich in dem Bewusstsein, dass Angriff die beste Verteidigung ist. »Wenn der Fürst Mitglieder des Geheimen Rates des Verrats beschuldigt, dann soll er Namen nennen und Beweise vorlegen.« Er setzte sich wieder.

Alexios Angelos ließ sich jedoch nicht beirren. Er kannte inzwischen die Taktik seines Widersachers, Verwirrung zu stiften, indem er vom Thema ablenkte, Nebensächlichkeiten oder nicht zur Sache Gehörendes in den Vordergrund schob, um so die Diskussion zu verhindern.

»Liebe! Wahrheitsstreben! Gerechtigkeit! Zucht und Maß! Das alles ist aus der Mode. Konstantinopel versinkt in Habsucht! In Herrschsucht! Und in sexuellen Ausschweifungen …«

»Für diese Predigt seid Ihr genau der Richtige, Fürst Angelos«, höhnte Loukas und schlug genüsslich ein Bein über das andere.

»Die Wahrheit fragt nicht nach dem, der sie ausspricht, sie will nur ausgesprochen sein. Ich mag kein Gerechter sein, Loukas Notaras, aber ich bin zumindest nicht selbstgerecht, nur ein armer Sünder, der sich redlich müht.«

»Ein armer Sünder! Nicht so bescheiden …«

»Meine Herren! Ich darf doch sehr bitten«, rief der Kaiser ärgerlich dazwischen. »Und du, Alexios, komm zur Sache!« Unmut verschattete das kaiserliche Gesicht. Auf diese Auseinandersetzungen konnte er inzwischen warten. Er hasste diese Hahnenkämpfe, sie langweilten ihn entsetzlich. Eigentlich hätte er einen von beiden aus der Runde entfernen müssen, weil ihr ständiger Streit inzwischen die Arbeit im Geheimen Rat lähmte. Er wusste nur nicht, welchen.

»Wenn wir dem Feind widerstehen wollen, müssen wir unseren Staat reformieren, ihn auf ein neues Gesetz stellen«, fuhr Alexios fort. »Die Monarchie ist die beste Regierungsform, vorausgesetzt, der Herrscher steht unter einem eisernen Gesetz und wird von einer größeren Gruppe der weisesten Männer des Landes beraten.«

Loukas zog die Augenbrauen hoch. Auch er wünschte ja, dass der Rat durch kluge Leute erweitert wurde.

»An wen denkt Ihr da?«, fragte der alte Metochites lauernd. Den Vorschlag musste der Erste Minister als Angriff auf seine Macht empfinden, denn umso größer der Rat, umso geringer das Gewicht der einzelnen Stimme.

»An Georgios Plethon …«, und jetzt sah er mit leichtem Spott um die Mundwinkel Loukas Notaras an, »… an Euren Freund Bessarion, an Argyroupoulos. Meine Liste wäre lang und ich bitte Euch, ehrenwerte Herren, alle selbst eine Liste aufzustellen, über die wir dann beraten können. Aus dem Geheimen Rat sollte besser ein Staatsrat werden. Sodann sollten wir die Byzantiner in drei Klassen einteilen, in die Handarbeiter, also Bauern und Handwerker, in die Dienenden, also die Kaufleute, und in die Regierenden …«

»Das ist unerhört, Ihr wollt den Kaufmannsstand, der zum wirtschaftlichen Aufstieg unseres Gemeinwesens wie kein zweiter beiträgt, erniedrigen und entmündigen …«, rief Loukas erzürnt, denn er versuchte auf leisen Sohlen, die griechischen Händler und Bankiers zu den eigentlichen Herren des Landes zu machen. Unruhe entstand. Doch Alexios redete unbeirrt weiter. »Soldaten und Steuerzahler sollten strikt getrennt werden. Wenn der Staat die Soldaten bezahlt und nur Griechen ins Heer aufnimmt, dann sollten diejenigen unserer Mitbürger, die ihr Leben gefährden für unser Gemeinwesen, nicht noch Steuern bezahlen müssen! Außerdem ist es absurd, Männern Geld zu geben, das wir zu einem bestimmten Prozentsatz wieder von ihnen zurückverlangen.«

»Wir sind mit den Söldnern bisher gut gefahren«, hielt Loukas gegen.

»Nein, sind wir nicht! Söldner kämpfen nur für Geld, nicht für ihre Familien, nicht für ihr Land, sie sind höchst unzuverlässig. Heldentaten sind von ihnen nicht zu erwarten, und unterlegene Kräfte haben nur eine Chance auf den Sieg, wenn in ihren Reihen Helden kämpfen. Denkt an Sparta, denkt an die Thermopylen!«

»Wir sind in Konstantinopel, nicht in Sparta. Als wir vor zehn

Jahren gegen die Türken vor den Mauern der Stadt kämpften, haben die Söldner uns gute Dienste geleistet«, wandte Loukas ein.

»Da Ihr bei der Schlacht nicht gesehen wurdet und Eure Kenntnisse aus dritter Hand schöpft, darf ich Euch ein wenig Nachhilfe erteilen. Die Söldner machten damals nur einen geringen Teil unserer Streitmacht aus. Es waren vor allem die Einwohner von Konstantinopel – Griechen, Venezianer, Genuesen, Anconitaner, Katalanen – und Drachenritter, die den Türken tapfer standhielten!«

»Wollt Ihr etwa ein stehendes Heer aus Griechen bilden? Das sind doch Hirngespinste. Die Staatskasse ist leer. Wir können nicht einmal unsere Kaiserkrone, die Manuel in Venedig versetzen musste, um seine Heimfahrt zu finanzieren, wieder auslösen. Und da wollt Ihr ein stehendes Heer schaffen? Von welchem Geld denn, Herr Fürst?«

»Erstens sind die ausländischen Söldner auch nicht billig. Zweitens durch Steuern, die wir mit harter Hand durchsetzen.«

»Da ist leicht fordern, wenn man selbst nicht zahlen muss! Die ganze Steuerlast bleibt bei uns, den Kaufleuten und den Bauern. Außerdem werden wir durch Aufrüstung die Türken gegen uns aufbringen, mit denen wir bisher im Frieden leben. Ihr habt bei Eurer Aufzählung der Tugenden, die abhandengekommen sind, eine vergessen, Fürst: die Friedensliebe.«

»Wenn die Regierenden maßvoll leben, das Geld ihrer Untertanen nicht verprassen ...«

»Ja, wenn«, rief Loukas dazwischen. »Wenn ... Ihr wirkt auf mich nicht wie ein Kostverächter, Fürst.«

»... und wir eine maßvolle Besteuerung durchsetzen, dann wird es gelingen.«

»Als Kaufmann würde ich Euch keine drei Tage geben, dann wäret Ihr bankrott.«

»Und ich Euch als Erstem Minister keine drei Monate, dann wäre nämlich Konstantinopel bankrott und unter türkischer Herrschaft.«

»Was versteht Ihr unter maßvoller Besteuerung?«, legte sich der Kaiser ins Mittel.

»Nehmen wir die Bauern. Ein Drittel liefern sie an die Allgemeinheit, zwei Drittel behalten sie.«

»Sie haben oft kleine Flächen, da ist ein Drittel schon sehr viel«, warf der Erste Minister ein.

»Richtig. Aber wenn sie größere Flächen hätten, würden sie mehr produzieren. Dann würde es für sie und für die Allgemeinheit reichen. Auf der anderen Seite liegen viele Flächen brach.«

»Weil die Bauern nicht die große Pacht bezahlen können, die von den Landbesitzern erhoben wird«, schuf Sphrantzes eine Vorlage für den Fürsten. Der nahm sie dankbar an: »Genau deshalb schlage ich ein Gesetz vor, das den Bauern erlaubt, alle brachliegenden Flächen zu bewirtschaften.«

»Wollt Ihr etwa den Adel, die Grundherren enteignen?«, fragte Johannes, dessen dunkles Gesicht erblasste, während Loukas die Ohren spitzte. Der Vorschlag seines Feindes gefiel ihm. Erstens, weil er sachlich richtig war, zweitens, weil man ihn niemals durchsetzen konnte, und drittens, weil er den Fürsten in Konflikt mit seinen eigenen Standesgenossen bringen und ihm dadurch schaden würde. Loukas Notaras stellte für sich erfreut fest, dass sich das Problem Alexios Angelos gerade selbst erledigte, denn der Mann isolierte sich mit einem bewundernswerten Starrsinn. Der Fürst war eben ein Schlagetot und kein Politiker, dachte er.

»Nein, sie behalten ihr Land ja, sie haben nur kein Recht, es brachliegen zu lassen. Wir erleben doch gerade, dass die Grundherren bewusst Flächen nicht verpachten, um einen Engpass an Land zu schaffen, der die Pacht in die Höhe treibt. Es ist absurd, umso mehr sie veröden lassen, umso höher die Pacht. Außerdem sind sie ja bereits entschädigt, denn sie bezahlen, wie Notaras richtig bemerkte, ja keine Steuern.«

»Es ist dennoch eine Art Enteignung. Wie könnt Ihr nur auf eine solche Idee kommen!«, entrüstete sich der Oberbefehlshaber Kantakuzenos.

»Was ist denn eigentlich mit dem Besitz der Kirche und der Klöster?«, fragte der Patriarch spitz.

»Wenn Männer ihre Zeit damit zubringen wollen, zu beten und

sich Gott zu nähern, dann sollen sie es tun, nur ist es dann nicht Aufgabe des Staates, sie zu ernähren. Für die Klöster gilt das, was für den Adel gilt, wenn sie Land besitzen, dann verpachten sie es, oder, wenn es brachliegen bleibt, haben Bauern das Recht, es unentgeltlich zu bewirtschaften. Die staatliche Unterstützung fällt weg, und die Klöster werden besteuert wie die Bauern und Kaufleute.«

»Versündige dich nicht, mein Sohn!«, polterte Joseph II. los.

»Also, ich für meinen Teil gebe gern der Kirche.« Mit diesem kleinen Satz stieß Loukas Notaras den Dolch in den Rücken des Reformprogramms. Im Grunde störten ihn am Programm des Fürsten nur die Aufstellung eines stehenden Heeres und die Steuerlast für die Kaufleute. Aber da die Initiative von seinem Feind ausging, musste Loukas sie unter allen Umständen stoppen. Es ging nicht um das Gute und Wahre, auch nicht um das Wünschenswerte, das für alle nutzbringend wäre, sondern kalt und brutal um Macht.

»Ihr alle tragt Verantwortung für das Reich der Rhomäer. Die Geschichte wird danach fragen, ob ihr das Reich zerstört und die Menschen unglücklich gemacht habt aus purem Eigennutz, aus Eitelkeit, aus Machtgier und Gewinnstreben«, hielt Alexios den Räten entgegen. Allmählich dämmerte dem Fürsten beim Anblick des Patriarchen, weshalb der Philosoph Georgios Plethon, bei dem er ein halbes Jahr zugebracht und mit dem er das Reformprogramm entwickelt hatte, die faulen und intrigenreichen Mönche hasste. »Ich versündige mich nicht, Vater, tut Ihr es auch nicht!«, warnte er Joseph II., der seine Augen aufriss und wie auf Bestellung ein »Unerhört!« ertönen ließ.

Der Kaiser erhob sich. »Die Vorschläge, die Fürst Angelos unterbreitet hat, sind es wert, diskutiert zu werden. Wir setzen das Gespräch darüber beim nächsten Rat fort.« Mit diesen Worten verließ Johannes VIII. den Saal.

Auch Alexios ging hinaus, gefolgt von Sphrantzes.

»Ich weiß wirklich nicht, warum der Kaiser an diesem Wirrkopf Alexios Angelos festhält«, ließ sich der Oberbefehlshaber vernehmen.

»Was dem Fürsten bloß so alles einfällt«, sagte der Erste Minister kopfschüttelnd. »Ihr habt übrigens gut gesprochen, Notaras.« Loukas nahm das Lob mit unbewegter Miene entgegen und dachte stillvergnügt, dass Geschenke die Freundschaft erhielten. Was das betraf, hatte er viel von den Türken gelernt.

Im Vestibül des Palastes holte Georgios Sphrantzes den Fürsten ein, was schwierig genug war, weil den die Wut trieb, und bot ihm Hilfe an. »Wir müssen Unterstützung organisieren. Darum kümmere ich mich«, sagte er. »Ein Teil des Rates wird von Notaras, nun, nennen wir es beschenkt, andere, wie der Oberbefehlshaber, empfinden schlicht Neid. Es wird nicht leicht, aber der Kaiser neigt Euch zu. Emotional sowieso.«

»Ich werde Plethon bitten, seinerseits den Reformplan dem Kaiser als Vorschlag zu unterbreiten.«

Über das strenge Gesicht des Großkanzlers huschte ein Lächeln. »Ausgezeichnete Idee! Der Kaiser schätzt Plethon als Philosophen. Unsere Sache ist nicht verloren.«

»Sie wird nicht verloren sein, solange ich lebe«, sagte der Fürst.

Als Loukas Notaras vergnügt darüber, wie sein Feind gerade politischen Selbstmord beging, seinen Palast betrat, führte ihn ein Diener gleich ins große Speisezimmer der Familie. Er staunte, als er vor einer üppigen Tafel stand.

»Hab ich einen Geburtstag vergessen?«, fragte er überfordert, »Oder hält Verschwendung …« Mitten im Satz hielt er inne und strahlte jungenhaft über das ganze Gesicht, weil er seinen Bruder entdeckte. »Sieh da, Demetrios ist zurückgekehrt. Du hast dir ordentlich Zeit gelassen, Bruder!«

»Jakub Alhambra hat mich so gut behandelt, da konnte ich doch nicht alles stehen und liegen lassen, als mich deine Nachricht erreichte. Mein Nachfolger musste eingearbeitet werden.« Damit endete auch schon die Aufmerksamkeit, die Loukas genießen durfte, denn schon wurde Demetrios wieder von allen Seiten bestürmt zu erzählen, wie es ihm ergangen war. Vor allem die Kinder wollten wissen, was Juden wären und wie es sei, mit ihnen und unter Türken zu leben. Nach manchem Detail, das ihnen fremd vorkam oder ihnen außerordentlich gut gefiel, fragten sie wieder und immer wieder. Demetrios brachte eine ferne, geheimnisvolle Welt mit, die sich in ihrer Phantasie als ein einziges großes Märchen entfaltete.

Während die Amme die Kinder nach dem ausgiebigen Essen zu Bett brachte, zogen sich die Erwachsenen in den kleinen Saal zurück. Es wurden Tee, Wein, Wasser und Granatapfelsaft gereicht. Ein paar Öllampen wurden angezündet, obwohl das noch gar nicht nötig war. Demetrios hielt sich an den Tee, während Loukas und Nikephoros einen leichten Roten bevorzugten. Die Frauen genossen den Granatapfelsaft, der mit einem Spritzer Zitrone und mit Minze versetzt war.

»Komm erst mal an und ruhe dich aus, Demetrios. Dann unterhalten wir uns, wie es für dich weitergeht«, sagte Loukas freundlich.

»Wir können jetzt schon darüber sprechen. Mein Vorschlag lautet, dass ich von morgens bis mittags im Kontor arbeite.«

»Als mein Bruder musst du wirklich nicht im Kontor schuften«, wehrte der Kapitän ab. »Die Geschäfte laufen gut.«

»Ich kann ja das Kontor leiten. Das habe ich zum Schluss bei Jakub zu seiner größten Zufriedenheit auch gemacht. Es kann sicher nicht schaden, wenn ein Mitglied der Familie die Kontrolle über die Bücher hat.«

Die Freude über diesen Vorschlag war Loukas anzusehen, aber auch dem alten Nikephoros, denn so hatte er es sich immer gewünscht, dass seine Söhne einträchtig in der Firma zusammenarbeiteten.

»Und den Rest des Tages will ich malen.«

»Wie?«, platzte Eirene verwundert heraus.

»Mit links. Ich habe tagtäglich geübt. So wie ich mit links schreibe, male ich auch mit links.« Da rutschte der Alte vom Stuhl und kniete nieder und pries Gott für den Segen. Eine Last war ihm von der Seele genommen.

»Wir richten dir im Palast ein Atelier ein«, schlug Loukas vor. Demetrios erhob sich und half seinem Vater auf.

»Fein, dann kann ich ja bei dir in die Lehre gehen«, jubelte der Alte. Verunsichert wechselten die anderen Blicke, denn niemand wusste, ob der Vater oder das Kind Nikephoros gesprochen hatte, in welcher Welt der alte Seeräuber sich gerade aufhielt.

»Kannst du denn deine Pinsel selbst herstellen?«, fragte Demetrios.

»Nö!«, sagte der Alte mit großen, frechen Kinderaugen.

»Dann fangen wir damit an.«

Und so geschah es auch. Nachdem das Atelier in der Zimmerflucht eingerichtet worden war, in der Demetrios eigentlich mit Frau und Kindern hätte wohnen sollten, besuchte der Alte seinen Sohn täglich für eine gute Stunde und nahm bei ihm Unterricht im Malen. Manchmal saß Demetrios der Vater gegenüber, manchmal aber auch der Junge, der sein Vater einst gewesen war. Anfangs verunsicherten ihn diese Wechsel, doch mit der Zeit gewöhnte er sich daran, weil er merkte, dass Nikephoros trotz, oder vielleicht sogar wegen der Verwirrung ein glücklicher Mensch war. Ihm widerfuhr als Gnade, was den meisten Menschen versagt blieb: dass sie im Alter wieder Anschluss an ihre Kindheit fanden, und zwar an die glücklichen Momente. Am deutlichsten erkannte er, dass sein Vater wieder in die Welt seiner Knabenjahre tauchte, wenn er sich wie in ein Labyrinth in das Zeichnen von Karikaturen verlor. Anfangs wollte ihm Demetrios das austreiben, denn er hatte bei Dionysios gelernt, dass Malen Gottesdienst und eine heilige Angelegenheit war. Dicknasige Mitmenschen als knollennasige Ungeheuer darzustellen zeugte von wenig Respekt für Gottes Schöpfung. Die Malerei hatte den Heiligen im Menschen zu finden, nicht den Hanswurst oder das Tier. Je länger er aber seinen Kindvater bei den Kritzeleien beobachtete, desto bewusster wurde ihm, dass mit kindlicher Sicherheit der Alte nicht das Gespött im Menschen, sondern das Geschöpf mit all seinen Mängeln fand, geworfen in die Mittelmäßigkeit an Körperbau und Geisteskraft, mit der es zurechtkommen musste.

Wirklich zum Malen kam er erst am Abend, denn nicht nur sein Vater besuchte ihn im Atelier. Auch Mitri erschien fast an jedem

Tag, weil er das »mit Farbe klecksen« liebte, und selbst Theodora schaute regelmäßig herein, da sie so gerne als Prinzessin porträtiert zu werden wünschte.

Anna hingegen verirrte sich nicht ein einziges Mal zu ihm ins Atelier, denn sie vermochte beim besten Willen keinerlei Interesse an der Malerei aufzubringen. Da kam sie ganz nach ihrem Vater. Dafür suchte sie Demetrios jeden Tag pünktlich um acht Uhr morgens im Kontor auf. Sie hatte es durchgesetzt, dass ihr Onkel sie in die Urgründe des Handels einführen würde.

17

Notaras-Palast, Konstantinopel

Nach den vielen Aufregungen in der Familie Notaras kam Loukas nun endlich dazu, die Taufe und Myronsalbung seines jüngsten Sohnes Nikolaos vornehmen zu lassen. Mit allem Pomp fand dieses Ereignis in der Hagia Sophia statt. Der Patriarch Joseph II. spendete die Sakramente persönlich, und der Kaiser und die Kaiserin nahmen sogar an der Taufe und der Eucharistie teil. Zur Feier am Nachmittag im Palast der Notaras erschien das Herrscherpaar nicht, weil es gegen die Etikette verstoßen hätte. Dafür waren – mit Ausnahme von Alexios natürlich – alle Mitglieder des Geheimen Rates anwesend, dazu Gelehrte, Priester, Kaufleute und Adelige. Bei schönstem Wetter saß jeder, der in Konstantinopel Rang und Namen hatte, sogar die alte Kaiserin Helena, an der Tafel, die Loukas im Garten hatte aufstellen lassen. Im Vestibül spielten Musiker, und wer wollte, konnte tanzen. Anna, Theodora und andere Mädchen in ihrem Alter nutzten die Möglichkeit weidlich.

Nach dem Essen hatte sich Helena unter einer kleinen Zypresse auf einer Bank niedergelassen, um sich etwas auszuruhen. Das graue Nonnenkleid verlieh der immer noch schlanken alten Frau mit den lockigen Haaren in reinem Silber eine Zeitlosigkeit. Bis zu ihrem Tod würde sie sich nicht mehr verändern. Große Gesellschaften strengten inzwischen die alte Dame an, denn sie hatte sich nicht nur an die Stille des Klosterlebens gewöhnt, sondern genoss es auch, sich mit Gott und ihrem kleinen Garten zu beschäftigen. In ihrem langen Leben hatte sie mehr als genug Schlimmes gesehen und erlebt. Sie wollte nichts mehr hören, so wenig wie möglich mit dem Schlachthaus, das man Welt nannte, zu tun haben. Wie trösteten sie da ihre täglichen Mühen mit der Pflege der Pflanzen! Einige benötigten viel Wasser, andere wenig, manche liebten den Schatten, manche die Sonne. Zuweilen haderte sie mit Gott, dass er in den blühenden Garten den Menschen gesetzt hatte, der sich wie ein böses Kind benahm und erst zufrieden war, wenn der letzte Halm geknickt, die letzte Pflanze ausgerissen und das letzte Buschwindröschen zertreten war. Es kam ihr widersinnig vor, dass Gott, der einen Garten erschaffen hatte, keinen Gärtner, sondern ein wildes Tier hervorgebracht hatte. Irgendetwas stimmte nicht an der Schöpfung. Sie wollte nicht darüber nachdenken. Wozu sich die wenigen Jahre vergällen, die ihr noch blieben, indem sie über Dinge nachdachte, die sie ohnehin nicht ändern konnte? Es war schon schlimm genug, dass sie noch immer ein Auge auf die Politik haben musste, weil Johannes leider weder ein Manuel war noch ein Mann wie ihr Sohn Konstantin. Loukas setzte sich zu ihr.

»Deine Familie wächst«, sagte sie, ohne aufzusehen.

»So habe ich mir das immer gewünscht.«

»Nicht nur die Familie«, fügte sie kalt hinzu und schaute ihn prüfend an.

»Auch die Geschäfte gehen ordentlich.«

»Ordentlich? Mach dich nicht lustig über mich. Die Spatzen pfeifen es von den Dächern, dass du mit den Genuesen glänzende Geschäfte machst!«

»Es sind gute Geschäfte. Ich kann nicht klagen.«

»Mit den Venezianern doch auch?«

»Das hörst du selbst im Kloster?«

Helena neigte sich zu dem Mann ihrer Enkelin hinüber. »Man kann es überall hören. Glaube nicht, dass alle, die dir freundlich begegnen, dir auch wohlgesonnen sind. Der Neid ist eine furchtbare Macht. Im Verein mit seiner Schwester, der Gier, kann er zum Mörder werden. Sei auf der Hut, Loukas!«

»Das bin ich, schon wegen der Kinder. Ein Familienvater kann es sich nicht leisten, in dieser Wolfswelt unvorsichtig zu sein.«

»Na, offensichtlich doch, wenn so viel sogar bis zu mir ins Kloster dringt.«

»Welchen Rat gebt Ihr mir?«

»Lass deine Wohltätigkeit nicht zu groß werden, denn an ihrer Größe errechnen spitzfindige Leute deinen Reichtum. Schaff dir Verbündete in meiner Familie, denn Johannes ist ein guter, aber nicht sehr beständiger Junge. Er wird im Herzen immer den Fürsten Angelos vorziehen. Komm, ich will dich mit jemandem bekannt machen.« Wie ein junges Mädchen erhob sich die alte Kaiserin und steuerte auf einen kleinen Kreis von Leuten zu, die an einem Brunnen standen, dessen Fontäne aus dem Maul eines Delfins sprudelte.

Zwischen dem Oberbefehlshaber und dem Ersten Minister sah Loukas einen hochgewachsenen Mann von Anfang dreißig mit ausgeprägten, aber regelmäßigen Gesichtszügen und dunklem Teint. Seine schwarzen Haare fielen in Wellen hinter seine Ohren und schienen sich mit dem Vollbart zu vereinen.

»Meine Herren«, sagte die Kaiserin, »Ihr gestattet, dass ich meinen Sohn entführe.«

»Aber natürlich«, versicherten die beiden Hofleute.

Helena erkundigte sich bei Loukas, ob es nicht einen ruhigeren Ort gäbe, so führte er die beiden Palaiologen in sein Arbeitszimmer.

»Ich wollte dich gern mit meinem Sohn Konstantin bekannt machen«, sagte die alte Kaiserin.

»Ich habe schon viel von Euch gehört, Hoheit.«

»Und ich von Euch«, bestätigte Konstantin, der eine angenehme Stimme besaß. »Ich verstehe etwas vom Krieg und von der Verwaltung, Ihr, Loukas, seid ein Kaufmann. Erzählt mir, wie man die wirtschaftliche Lage des Reiches verbessern kann.«

In der Form eher zurückhaltend, im Inhalt klar und deutlich entwarf Loukas einen Plan, wie man schrittweise die byzantinischen Kaufleute stärkte und die Italiener schwächte. »Zuerst müssen wir die Steuer für unsere Kaufleute drastisch senken. Wenn der Adel in den Handel mit einsteigen würde, ergäbe das eine neue Erwerbsquelle für die hohen Herren. Wenn wir durch Steuersenkungen und versteckte Hilfen für unseren Handel stark geworden sind, dann würde ich Stück für Stück die Vergünstigungen für ausländische Händler zurücknehmen. So werden wir aus unserer einzigartigen geographischen Lage selbst den Profit im Handel ziehen. Das Ziel muss lauten: Wer bei uns günstig Handel treiben will, muss in eine byzantinische Firma investieren, mit uns zusammenarbeiten.«

»Das geht?«, fragte Konstantin skeptisch.

»Denkt an Eure Besitztümer auf der Peloponnes. Ihr produziert dort Wein, Getreide und Olivenöl. Beziehen wir Eure Produkte in den Fernhandel ein, nicht, indem ich Euch die Produkte abkaufe, sondern indem Ihr oder einer Eurer Bevollmächtigten mit mir eine gemeinsame Firma gründet. So verdient Ihr direkt am Handel mit«, sagte Loukas.

Konstantin strich sich nachdenklich über den Bart.

»Jetzt aber zurück zum Fest! Was ist das für eine Art, während der Taufe deines Sohnes über Geschäfte zu reden«, schimpfte die Kaiserin zufrieden.

»Mit Verlaub, hohe Dame, wir haben nicht über Geschäfte gesprochen, sondern über die Zukunft, auch meines Sohnes.«

»Du bleibst ein Kaufmann, Loukas Notaras, und was die Sache noch schlimmer macht, du bist dazu noch ein Höfling durch und durch«, schimpfte die Kaiserin. »Ein Mann der kommenden Zeit – deshalb habe ich euch beide zusammengebracht. Die Zukunft liegt in deiner Hand, Konstantin, und nicht in der deines Bruders.« Bei diesen Worten fehlte jegliches Lächeln in den Augen der Alten und jedes ironische Timbre in der Stimme. In Konstantins Wangen stieg trotz seines dunklen Teints wahrnehmbares Rot. Loukas versiegelte die Freude in seinem Herzen und befleißigte sich eines harmlosen Gesichtsausdrucks.

»Schaut Euch doch den Reichtum von Loukas Notaras und von den Gudelen und anderen unserer Kaufleute an. Sie werden uns, den Adel, verdrängen und, wenn es lukrativ ist, das Reich an die Türken verhökern«, schloss Alexios Angelos seinen kleinen Vortrag vor Johannes VIII. und Georgios Sphrantzes, mit denen er an diesem Nachmittag im Geheimen Besprechungssaal zusammensaß.

Sphrantzes hatte das Treffen arrangiert. Es fiel auch nicht auf, denn ganz Konstantinopel befand sich auf der Feier im Hause Notaras. So wirkte Blachernae etwas verwaist. Johannes genoss die Ruhe, das Fehlen des surrenden und wispernden Haufens von Höflingen, des Geruchs der Intrige, des Gegockels der Wichtigtuerei.

»Ich habe inzwischen auch den Reformplan von Plethon gelesen. Er ähnelt dem Deinen sehr«, sagte der Kaiser. Johannes wirkte unentschlossen, und der Fürst spürte, dass es unklug war, jetzt auf ihn einzureden. »Vieles will bedacht sein«, stöhnte der Herrscher.

»Vor allem müssen wir Verbündete finden«, warf Sphrantzes ein. »Um die Grundherren nicht vor den Kopf zu stoßen, denn wir werden ihre Unterstützung brauchen, sollte der Staat ihnen eine Entschädigung zahlen für den brachliegenden Grund, der aufgrund des Gesetzes von Bauern beackert wird.« Alexios gefiel der Vorschlag des Großkanzlers überhaupt nicht, doch verstand er sehr wohl, dass nur über diesen Kompromiss eine Verwirklichung des Planes zumindest in denkbare Nähe rückte. Er fluchte innerlich.

»Woher sollen wir das Geld nehmen?«, fragte trübsinnig der Kaiser. Die ständigen Sorgen um Geld raubten ihm die Lebenslust, denn bei Lichte besehen durfte er sich zwar Kaiser nennen, war aber nur der Verwalter eines geschrumpften und zudem bankrotten Staates. Johannes unterließ es tunlichst, sich eine Karte seines Reiches aus dem fünften oder neunten oder elften Jahrhundert anzusehen, um nicht vollends in der Schwermut zu versinken.

»Von den Kaufleuten«, antwortete Sphrantzes mit einer gewissen kalten Freude.

»Aber die zahlen doch schon dreißig bis sechzig Prozent der Steuern«, hielt der Kaiser lustlos gegen.

»Das zahlen sie von ihrem Handel. Nicht aber von dem, was sie als stille Teilhaber der Venezianer und Genuesen verdienen.«

»Wir können die Italiener nicht stärker besteuern, dann machen wir sie uns zu Feinden und verlieren ihre Unterstützung im Kampf gegen die Türken. Und das ausgerechnet jetzt, wo der Kreuzzug in greifbare Nähe rückt! Sigismund ist inzwischen Feuer und Flamme dafür, ebenso der mächtige Herzog von Burgund.«

»Wir müssen eben einen Weg finden, wie wir die wahren Einkünfte von Leuten wie Loukas Notaras herausfinden. Dann könnten wir sie zu einer Zwangsabgabe zwingen«, sagte Sphrantzes ebenso düster wie entschlossen.

»Dann finde diese Möglichkeit, aber finde sie geräuscharm. Ich möchte nicht als Letzter von deiner Idee erfahren, in Form einer Beschwerde von Notaras bei mir. Oder über eine Intervention meiner Mutter, mit der er gern gemeinsame Sache macht. Ich weiß nichts von dem, was ihr beide treibt. Solange nicht alles gründlich durchdacht ist, ruht die Reform.« Mit diesen Worten erhob sich der Kaiser, nickte den beiden Männern zu und verließ den Raum.

»Ich finde eine Möglichkeit, dem Kaufmannsklüngel um Notaras das Geld abzugraben, mit dem er halb Konstantinopel besticht, bei allem, was mir heilig ist«, schwor Sphrantzes.

18

Werkstatt des Dionysios, Konstantinopel

Voller Vorfreude klopfte Demetrios Notaras an die Tür des Mönches Dionysios, eine Ikone der Gottesmutter unter dem Arm, auf die er sehr stolz war. Dann betrat er die Malerwerkstatt und genoss den Geruch vom verbrannten Holz für die Kohlestifte, von Borsten für die Pinsel, den feucht-modrigen von Kalk für die Grundierung der Tafeln, den übersüßlichen Duft der Farben. Der alte Mönch, der dabei war, einer Schnecke Speichel abzupressen, blickte blinzelnd auf.

»Ihr wünscht?«, fragte er abweisend.

»Erkennt Ihr mich gar nicht mehr, Meister?« Demetrios trat schmunzelnd näher wie ein Mann, der seine Kindheit besuchte, so viel Nachsicht strahlte er aus. Der Mönch musterte seinen Besucher zwinkernd und bemühte sich, den jungen Mann in seinem Gedächtnis zu finden.

»Wirklich nicht, Meister? Muss ich erst mit Euch beten?« Da hellten sich die ledernen Gesichtszüge des Alten auf. »Demetrios? Bist du es wirklich?«

»Ja, Meister, ich bin es.« Dionysios erhob sich und ging auf seinen Besucher zu. Mit den Augen zeichnete er die Gesichtszüge des jungen Mannes nach. »Ja, du bist es. Ich habe deine Malutensilien aufbewahrt. Und sie nicht verbraucht, die Pinsel, die du hergestellt hast. Willst du sie zurück?«

Demetrios verstand die Frage, die dahinterstand. Statt einer Antwort legte er dem Malermönch die Ikone der Gottesmutter vor, Maria mit dem Jesuskind auf dem Arm, umgeben von Johannes dem Täufer und dem Apostel Petrus.

»Ich habe gehört, dass du nicht mehr malen kannst, weil drei Finger der rechten Hand gelähmt sind.«

»Das sind sie, aber ich habe so lange geübt und mich geschunden, bis ich mit der linken Hand malen konnte.«

»Wie lange hat das gedauert, bis du beim Malen nicht mehr an deine Hand gedacht hast?«

»Sechs oder sieben Jahre, vielleicht auch acht. Es gab eine Zeit des Übergangs, da habe ich nicht mehr an meine Hand gedacht, und dennoch war ich nicht gelöst, oder soll ich sagen, gelassen, weil mich immer noch die bange Frage peinigte, ob es gelingen würde. Was ich sagen will, ist, weit über den Tag hinaus, an dem man es handwerklich kann, über die Technik verfügt, bleibt der Zweifel, ob man es wirklich beherrscht. Der Körper kann es eher, als der Verstand es wahrhaben will. Gott ist schneller.«

»Gott ist schneller«, wiederholte der Mönch, als er sich die Ikone ansah. Es war wie der rasche Wechsel von Sonnenschein und Finsternis in seinem Gesicht, ein erbarmungsloser Kampf der Extreme ohne Mitte. Der knabenhafte Körper des Mönches zitterte. Vor dem Ansturm der Ergriffenheit floh die Farbe aus seinem Gesicht. »Es ist schön, verführerisch schön, und doch ist es Sünde«, brachte er schließlich stammelnd hervor. Liebevoll und mit größter Sorge sah er Demetrios an, wie ein Vater, der seinen Sohn davor warnt, sich in Todesgefahr zu begeben. »Seit Jahrhunderten mühen wir uns darum, das Fleischliche zu reinigen, das Göttliche im Menschlichen erstrahlen zu lassen, wie es im Johannes-Prolog heißt: Das Wort ist Fleisch geworden. Das Wort als Fleisch zu malen, darin sehen wir unsere Aufgabe. Das ist unsere Eucharistie. Aber du, du hast den Menschen zu Gott gemacht, Demetrios! Du hast versucht, das Fleisch als Wort zu malen.« Dionysios wirkte erschüttert. »Deine Menschen sind schöner als Gott, nicht, weil sie in sich das Göttliche tragen, sondern weil sie Menschen sind. Du hast den Leib über die Seele gestellt.«

»Ich habe doch nur gemalt, was ich gesehen habe.«

»Das ist es ja, was mich erschüttert! Auf deiner Ikone sehe ich eine Frau, die Mutter ist und ihr Kind liebt, und das Kind strahlt nicht die Sicherheit des fleischgewordenen Wort Gottes aus, sondern die wundervolle Sicherheit eines Kindes, das sich der Liebe seiner Eltern gewiss sein darf. Und diese Sicherheit ist mehr wert als alle göttlichen Garantien. Du hast die Liebe des Menschen über die Liebe Gottes gestellt. Weißt du, was das heißt, Demetrios?«

»Doch nur, dass ich versuche, den Menschen in der Schöpfung zu sehen.«

Dionysios schüttelte den Kopf. »Nein, du hast Gott abgeschafft. Bete, Demetrios, bete um dein Seelenheil, mein Sohn, denn du hast Gott in deiner Ikone getötet.«

»Aber ...«

»Du hast Gott mit links gemalt, und die linke Hand kommt vom Teufel!«

Instinktiv trat Demetrios einen Schritt zurück und nahm seine Ikone. »Glaubt Ihr das wirklich, Meister?«

»Ich meine, dass du in dich gehen solltest. Lass dich nicht von deinem Talent, von deinen exzellenten Fertigkeiten verführen, denn das ist eitel. Stärke deine Bindung zu Gott. Schau nicht mit den Augen, sondern mit dem Glauben.«

Der Mönch stand auf und kramte aus der linken hinteren Ecke der Werkstatt eine Kiste hervor, die er auf den Tisch stellte. Demetrios erkannte die Kiste auf Anhieb, in ihr befanden sich seine Malutensilien, Messer, Pinsel, Tücher, Farben.

»Ihr habt gewusst, dass ich sie abholen werde.«

»Nein, das habe ich nicht. Aber ich habe genauso wenig gewusst, dass du es nicht abholen wirst. So ist es auch mit dem Glauben. Man muss sich – auch gegen alle Wahrscheinlichkeit – bereithalten.«

Damit verabschiedete der Mönch Demetrios. Er könne jederzeit zu ihm kommen, wenn er Rat und Beistand benötige. Technisch jedoch, das zeige seine Ikone, könne er nichts mehr von ihm lernen. Nicht mehr um handwerkliches Vermögen ginge es bei ihm, sondern einzig und allein um seine Einstellung, darum, ob er die nötige Demut, die Kraft zur Selbstbegrenzung aufbringen würde.

»Dein Können verführt dich. Zügele es, mein Sohn!«, gab ihm der Mönch mit auf den Weg.

Der alte Seeräuber dachte lange über den Bericht seines Sohnes nach. Er wirkte ein wenig hilflos. »Du hast eine Frau gemalt und ein Kind, das geliebt wird. Liegt darin nicht der Grund der Welt? Ich bin nur ein Kaufmann, ich verstehe von diesen komplizierten Dingen nichts. Rede mit Bessarion darüber. Mir aber gefällt, was du malst.« Dann nahm sein Vater ein Blatt und einen Kohlestift und begann einen spindeldürren Mönch zu zeichnen, dessen enorme Nase ihn nach unten zog und den Oberkörper beugte. Mit seinen kurzen Armen versuchte er, sich an seine eigene Nase zu fassen, was ihm jedoch misslang. Beim Skizzieren ruhte auf dem Gesicht des alten Mannes das verschmitzte Lächeln eines Knaben. Obwohl im selben Alter wie der Mönch, wirkte Nikephoros Notaras jünger.

Bessarion, den Demetrios tags darauf um Rat ersuchte, kaufte ihm die Ikone ab, weil sie das Schönste war, was er je gesehen hatte. »Werden die Menschen nicht durch Jesus erhoben? Hat Gott für die Menschwerdung seines Sohnes sich nicht bewusst eine sterbliche Frau ausgesucht? Ich glaube, unser guter Dionysios ist da etwas streng. Mach weiter, Demetrios, du bist auf der Suche, aber beschränke dich nicht auf Ikonen. Gott hat dir das Talent gegeben, nicht, damit du es begrenzt, sondern damit du es zu seinem Lob nutzt. Du lobst die Schöpfung in deinen Bildern.«

»Dürfen wir denn alles, was wir können?«

»Alles, was gut ist. Und du bildest Gottes gute Welt gut ab.«

Natürlich, das war es. Demetrios jubelte innerlich vor Glück. Warum malte er nicht die Menschen, so wie er sie im Alltag sah, als Menschen? Vielleicht lag der Fehler ja in dem Versuch, die strenge Form der Ikone weiten zu wollen, vielleicht sollte er im Weltlichen den Menschen entdecken und darstellen?

Er malte keine Ikonen mehr, sondern fiel in einen Rausch des Skizzierens. Ganze Nachmittage verbrachten sein Vater und er auf den Straßen, Plätzen, Foren und in den Häfen der Stadt und zeichneten um die Wette, Menschen und immer wieder Menschen.

*

Sultan Murad II. hatte als persönlichen Bevollmächtigten einen seiner Sklaven, den er freigelassen hatte und der nun den Namen Chidr Pascha trug, nach Amasia geschickt, um dort die Aufsicht über seine Söhne, den älteren Ahmed, der als Landpfleger der Stadt und der Provinz tätig war, und den jüngeren Mehmed zu führen.

In Absprache mit Daje-Chatun und Hasan begann Jaroslawa, Chidr Pascha schöne Augen zu machen. Sie ging dabei sehr vorsichtig zu Werke, denn wenn Chidr dem Sultan ihre Annäherungsversuche meldete, würde sie mit auf den Rücken gebundenen Händen in einen Sack mit einer Katze gesteckt werden und entweder, wenn der Großherr gnädig war, ersäuft. Oder, wenn er seinem Zorn nachgab, würde man so lange auf den Sack einschlagen, bis die Katze wild genug geworden war, um die Frau zu töten. Es gelang Jaroslawa, ohne dass es jemand merkte, das Feuer in dem Pascha zu entzünden, sodass er fortan nur noch darauf sann, wie er sein Verlangen stillen konnte. Als Chidr Pascha versuchte, sich der Dienste Hasans zu versichern, wusste Jaroslawa, dass sie gewonnen hatte.

Ein halbes Jahr später dünkte sich der Pascha im siebenten Himmel, dabei war er doch nur im Bett der Russin. Kein weiteres Jahr verging, da starb unerwartet Murads ältester Sohn Ahmed Tschelebi in Amasia. Dem Vater in Edirne brach der Tod seines Lieblingssohnes fast das Herz. Der sechsjährige Mehmed wurde unter der Aufsicht von Chidr Pascha zum Landpfleger von Amasia bestellt. Nun hatte Jaroslawas Sohn nur noch einen Rivalen in der Anwartschaft auf die Herrschaft des Osmanenreiches: Murads zweiten Sohn Alâeddin Ali.

19

Basiliuskloster, Konstantinopel

An dem Tag, an dem Loukas Notaras endlich zum Admiral ernannt wurde – nachdem er sich beharrlich darum bemüht hatte, den Großadmiral aus privaten Schulden zu befreien, dem Oberbefehlshaber ein Landgut für seinen ältesten Sohn geschenkt und dem Ersten Minister in aufsehenerregendem Maße die Bibliothek vergrößert hatte – und der Kaiser sich bei dem Andrang hochrangiger Fürsprecher nicht länger der Ernennung entziehen konnte, ging die fünfzehnjährige Anna Notaras in Begleitung von vier bewaffneten Dienern in das Basiliuskloster, um bei Bessarion, der nach seiner Rückkehr zum Abt des Konvents ernannt worden war, ihren Unterricht in Philosophie zu nehmen. Anfangs hatte sie sich darüber gewundert, dass statt zwei nun vier Wächter an ihrer Seite sein sollten, aber angesichts der steigenden Kriminalität in der Stadt hatte ihr Vater darauf bestanden. Die Kaiserin dürfte wohl kaum besser beschützt werden, dachte Anna spöttisch. Auf ihrem Weg begegnete sie häufiger Soldaten des Kaisers, die in den Straßen der Stadt patrouillierten. Wie immer freute sie sich auf den Unterricht, denn zum Rechnen gehörte das Denken. Es beruhigte sie, denn so kam Ordnung in die heillos verworrene Welt.

Der Bruder Pförtner kannte sie schon, und während die Diener an dem rot und sandfarben gestreiften Ziegeltor warteten, schritt sie weiter den Gang entlang, der rechts von einer hohen Mauer mit einer rundbogigen Fensterfront direkt unter dem Tonnengewölbe und links von Arkaden begrenzt wurde. Wie unzählige Pollen wehte das Licht herein und schwebte im Gang. Jenseits der Arkaden begann der eigentliche Kirchenraum. Gleich hinter den Arkaden und dem Kirchensaal lag die kleine Wohnung des Abts. Obwohl herzhaftes Männerlachen ihr offenbarte, dass er nicht allein war, klopfte sie an die Eichenholztür.

»Herein, herein«, hörte sie die sich mühsam durch das eigene Lachen kämpfende Stimme ihres Lehrers. Die Wohnung bestand aus zwei Räumen; im ersten stand vorn ein kleiner Tisch mit vier Schemeln, rechts an der Wand ein Pult, daneben Regale, an der gegenüberliegenden Seite ebenfalls Regale, im kleinen Schlafgemach, in dem ein einfaches schmales Bett bescheiden Platz fand, wucherten Holzgestelle voller Kodizes. Genaugenommen bestand die ganze Wohnung aus Handschriften. Bessarion saß ein unbekannter Mann ungefähr im Alter ihres Vaters gegenüber. Obwohl dessen Gesicht sich etwas einfältig in die Länge zog, wirkte es nicht asketisch, sondern mit seinen vollen, aber nicht wulstigen Lippen und den wohlgeformten Wangen den Genüssen der Welt durchaus aufgeschlossen. Der Besucher trug ein langes weißes Gewand, darüber einen schwarzen Mantel, einer Toga nachempfunden. Die aschblonden Haare bildeten zu den dunklen, eher kleinen Augen einen Kontrast. Sie wurde nicht schlau aus der Physiognomie des Fremden, machte sie doch einen etwas verschlagenen, gleichzeitig aber auch einen freundlichen Eindruck. Ihrem Lehrer jedenfalls standen Tränen des Vergnügens in den Augen. Er schlug sich mit den Händen auf die Knie und mühte sich redlich, wieder ernst zu werden, was ihm aber nur schwer gelang. Immer wieder unterbrachen Heiterkeitsausbrüche seine Erklärung. »Stell dir vor, Anna, was mir Nikolaus gerade erzählt, es ist unglaublich, eine Posse, ein Schwank, die ganze Konstantinische Schenkung eine einzige Fälschung, von Pfaffen fabriziert. Heiliger Hieronymus, was für eine Geschichte, was für ein herrlicher Skandal!« Anna hingegen fühlte sich völlig überfordert, sie wusste weder, was es mit dieser Schenkung auf sich hatte, noch, wer dieser Nikolaus war, der ein Gesicht schnitt, als hätte er den besten Witz der ganzen Christenheit erzählt.

»Also, angeblich hatte Kaiser Konstantin der Große dem Papst Sylvester die geistliche Herrschaft über das Römische Reich eingeräumt. Dass der Papst der Oberherr der ganzen Kirche ist, angeblich verbrieft vom Imperator, der auch unsere schöne Stadt gegründet hat, stellt sich nun als Fälschung von ein paar eifrigen Mönchen heraus.« Bessarion schüttelte den Kopf. »Der Anspruch des Papstes, das Oberhaupt der Christen zu sein, stützt sich auf eine Fälschung, auf eine Chimäre.« Er konnte es immer noch nicht recht glauben, doch Nikolaus von Kues machte Beweise geltend.

»Wenn du Besuch hast, Bessarion, gehe ich«, schlug Anna vor, enttäuscht, dass der Unterricht ausfallen würde – und das nur wegen dieses Fremden. Die selbstgefällige Art, wie er über seinen eigenen Witz lachte, missfiel ihr. Kurz und gut, sie hielt ihn für einen Wichtigtuer. Man musste auf Bessarion aufpassen, denn wie sagte ihr Vater immer: Bessarion versteht alles von Büchern, aber nichts von Menschen.

Langsam beruhigte sich der Mönch. »Entschuldige, Anna«, sagte er auf Lateinisch. »Darf ich vorstellen, Nikolaus von Kues. Und das, mein lieber Nikolaus, ist Anna Notaras, die Tochter eines der bedeutendsten Kaufleute von Konstantinopel.«

»Dann wirst du, liebe Anna, fleißig beten müssen, damit dein Vater in den Himmel kommt«, sagte Nikolaus von Kues lachend.

In Anna revoltierte alles. Was bildete sich dieser eitle und behäbige Lateiner eigentlich ein? Wie konnte er es wagen, so über ihren Vater zu sprechen?

»Mein Vater ist ein frommer Mann!«, rief sie auf Griechisch.

»Das wirst du wohl noch einmal auf Latein wiederholen müssen, unser Gast versteht kein Griechisch. Und nun setz dich, Anna.« Widerstrebend ließ sie sich auf einem freien Schemel nieder und wiederholte den Satz mit der gleichen Leidenschaft auf Lateinisch.

»Nun, das mag sein, dass er gut betet, aber die Art, wie die Kaufleute Geschäfte aushandeln, stimmt wenig mit den Tugenden eines Christen überein«, sagte Nikolaus von Kues. »Ihr Geschäft ist bei Lichte besehen Sünde. Sie feilschen, sie hauen übers Ohr, sie lügen den Menschen die Geldstücke aus dem Beutel, und einige von ihnen betreiben Wucher, verleihen Geld und nehmen Zinsen wie die ruchlosen Juden.«

»Was wisst Ihr schon vom Beruf des Kaufmanns!«, gab Anna schnippisch zurück.

Doch der Lateiner lächelte, und wie sich das Mädchen eingestehen musste, durchaus gewinnend. »Mein Vater war auch Kaufmann, er besaß sogar ein paar Schiffe.«

»Na, da habt ihr ja etwas gemeinsam!«, legte sich Bessarion ins Mittel, allerdings nicht ohne sanfte Ironie.

Ich mit dem, nie im Leben, dachte Anna, so wütend, dass ihr das Blut ins Gesicht schoss.

»Ich habe nicht gesagt, dass ihr deswegen gleich heiraten müsst!«, scherzte Bessarion. Die Mimik des Fremden zog sich zusammen, als hätte er in eine Zitrone gebissen, und in das Rot von Annas Antlitz stürmten weiße Punkte.

»Was die Ehe betrifft, halte ich es eher mit dem Apostel Paulus«, beschied der Lateiner seinen Gastgeber kühl.

Ein kurzer Kampf fand in Anna statt. Sollte sie den hochmütigen Gecken fragen, was der Apostel gesagt hatte, oder nicht? Am Ende siegte die Neugier. »Was hat denn der Apostel nun übers Heiraten gesagt?« Herr Neunmalklug, führte Anna die Frage im Gedanken weiter, ärgerlich darüber, ihr Unwissen in diesem Punkte zu verraten.

»Nun, der Apostel sagt: ›Den Unverheirateten und den Witwen sage ich: Es ist gut, wenn sie so bleiben wie ich‹, nämlich unverheiratet.«

»Sollen denn nur Bastarde zur Welt kommen? Sieht so die Moral der Lateiner aus?«, fragte das Mädchen spitz. Der Fremde rutschte etwas unsicher auf seinem Schemel hin und her. Anna spürte, dass sie ihn aus seiner Sicherheit gestoßen hatte, und freute sich diebisch über ihren kleinen Erfolg. Auf diesem Gebiet, von dem sie allerdings auch nicht allzu viel wusste, schien er höchst unsicher zu sein. Wer hätte das gedacht?

Nikolaus von Kues räusperte sich. »Das ist kein Thema, über das man mit einer jungen Dame spricht.«

Bessarion runzelte die Stirn und nickte.

Doch Annas Angriffslust war geweckt. »Über das eine sicher nicht, über das andere schon.«

»Was ist jetzt das eine und was das andere?«, fragte der Fremde.

»Halt, halt, halt, das wollen wir jetzt gar nicht wissen.« Bessarion lag daran, die Diskussion zu beenden.

Doch inzwischen hatte Anna zu viel Spaß an der kleinen Rangelei, als dass sie einfach aufgeben wollte, zumal sie auf der Siegerstraße war. »Wenn die Schafe und die Rinder enthaltsam leben, haben wir bald nichts mehr zu essen. Das ist das andere.«

»Der Mensch ist kein Tier. Er ist, wie Anaxagoras bemerkte, das Maß aller Dinge«, stellte Nikolaus von Kues gewichtig fest.

»Aber Gott ist unser Vater, und wir sind seine Kinder. Wollen wir ihn seiner Kinder berauben? Bedenkt, wenn der Mensch das Maß aller Dinge ist, würden wir den Dingen ihr Maß nehmen, wenn die Menschen keine Familie mehr gründen und aussterben.« Annas Augen blitzten triumphierend. Sie war stolz auf ihr Argument und erwartete, dass der Fremde das Gespräch nun beenden oder versuchen würde, sie abzukanzeln – schließlich war sie ja nur ein Mädchen.

Nikolaus von Kues stand auf, verneigte sich knapp vor ihr und sagte: »Du hast mich gelehrt, dass man auch einem jungen Mädchen gegenüber nicht leichtfertig ein halb durchdachtes Argument verwenden darf.«

Wieder stieg das Blut in Annas Wangen, doch diesmal nicht tiefrot und aus Zorn, sondern blassrot und aus Verlegenheit.

»Nun, sie ist ja auch meine Schülerin«, verkündete Bessarion, der es offensichtlich für an der Zeit hielt, sich wieder in das Gespräch einzumischen.

»Ich will euren Unterricht nicht weiter aufhalten, denn es ist nichts wichtiger, als belehrt zu werden«, sagte Nikolaus von Kues und wollte sich verabschieden.

»Wartet! Da Ihr in der Tat meinen Unterricht gestört habt und in der Tat von weit herkommt, sagt mir, wonach jagt Ihr?«, hörte sich Anna etwas gestelzt fragen, weil ihre Eitelkeit sie dazu getrieben hatte, sich möglichst gewählt auszudrücken. Zugleich wunderte sie sich über ihr Interesse.

Die Mundwinkel des Fremden zuckten. In seine Augen schlich

sich eine jungenhafte Freude, die den warmen braunen Ton seiner Iris sichtbar werden ließ. »Jagen, was für ein schönes Wort! Jagen, so hätte ich es nie genannt, eher suchen, aber jagen trifft es viel besser. Wohlan, ich will es dir verraten, Anna, weil du mir gerade einen Ausdruck geschenkt hast. Ja, ich jage nach Weisheit, das ist meine größte Leidenschaft. Ich bin Philosoph.« Sie spürte seinen wohlwollenden Blick. Offensichtlich freute er sich wirklich über diesen Begriff. »Die Philosophen sind ja nichts anderes als Jäger nach Weisheit, nach der jeder im Lichte der ihm angeborenen Logik in seiner Weise forscht«, setzte er hinzu.

»Jeder nach seiner Weise, sagt Ihr, dann hat jeder seine eigene Weisheit, seine eigene Wahrheit? Ich habe bei Bessarion gelernt, dass es nur eine Weisheit gibt, weil es nur eine Wahrheit gibt. Was stimmt denn nun?«, fragte Anna.

»Bei Anna muss man vorsichtig sein, sie ist eine kleine Sophistin. Brechen wir unseren kleinen Disput ab«, schlug der Mönch vor.

»Wie Ihr wünscht, aber ich möchte gern noch ihre Frage beantworten«, sagte Nikolaus von Kues.

»Nur, wenn Anna verspricht, keine Gegenfrage mehr zu stellen. Versprichst du das, Anna?«

Anna nickte notgedrungen.

»Bessarion hat recht, es gibt nur eine Weisheit und auch nur eine Wahrheit, sozusagen eine Ur-Weisheit. Aber wir nähern uns auf verschiedenen Wegen, durch unterschiedliche Vorstellungen der Ur-Weisheit. Nimm einen Amethyst und halte ihn in die Sonne, und er wird seine Farbe verlieren. Lege ihn ins Dunkle, und er wird sie wiederbekommen. Und doch ist er derselbe Stein! Adam und Eva waren die ersten Weisen, die ersten Philosophen, die ersten Schriftsteller – nenne es, wie du willst. Sie haben ihre Sünde bereut, und Gott hat ihnen verziehen. Danach hat er ihnen diese Ur-Weisheit offenbart, und sie haben diese an ihre Kinder und diese wiederum an ihre Kinder weitergegeben. Vieles ist verloren gegangen, einiges wurde wiederentdeckt durch Hermes Trismegistos, der sein Wissen Platon übergab. Ich jage wirklich nach Weisheit, denn ich suche nach den Büchern, in denen Platon seine geheime Lehre niedergelegt hat, und hoffe auf die Unterstützung des verehrten Bessarion bei dieser Jagd, bei der es auch um Schriften geht.«

»Habt Ihr deshalb ...«

»Denk an dein Versprechen, Anna!«, schalt sie Bessarion bei aller Zuneigung streng.

Das Mädchen blickte zu Boden. Jetzt, wo es interessant wird, bricht Bessarion einfach ab, dachte sie verärgert. »Aber jetzt sind wir doch mitten im Unterricht!«, wandte sie ein. »Wir reden doch über Philosophie!« Annas Blick war von einer Treuherzigkeit, die wohl auch Steine erweicht hätte.

»Unser Gast ist ein viel beschäftigter Mann und hat wahrlich mehr zu tun, als mit einem kleinen, wenn auch sehr scharfsinnigen Mädchen Philosophie zu treiben!«, erklärte Bessarion bestimmt.

Aber darum ging es ihr ja gerade: herauszufinden, was den Fremden nach Konstantinopel getrieben hatte. Sollte dieser Mann die weite Reise auf sich genommen haben, nur um Bücher zu suchen, oder verbarg sich dahinter noch etwas anderes?

Nikolaus von Kues verabschiedete sich formvollendet, entschuldigte sich fast ein wenig galant bei Anna, dass er ihren Unterricht gestört hatte, und verließ die Wohnung des Abtes.

Anna kostete es große Mühe, vor Bessarion zu verbergen, dass sie in der Unterweisung nicht völlig bei der Sache war. Diesen Fremden umwehte ein Geheimnis, das sie nur zu gern gelüftet hätte!

20

Palast des Alexios Angelos, Konstantinopel

Über den neuen Titel konnte sich Fürst Alexios Angelos so gar nicht freuen. Unter anderen Umständen hätte er die Ernennung zum Befehlshaber, zu einem Befehlshaber der Truppen, gefeiert, denn in der militärischen Hierarchie stand jetzt, vom Kaiser abgesehen, nur noch der Oberbefehlshaber über ihm. Und beide Ränge strebte er an, zumindest den letzten, den des Kaisers. Denn die Unentschlossenheit des Herrschers lag wie Mehltau auf dem Reich.

Dass seinem Erzfeind die gleiche Beförderung zuteilwurde, nur eben nicht im Heer, sondern in der Marine als Admiral, vergällte Alexios die Freude. Es war, als hätte man ihm einen Teller mit der herrlichsten Speise gereicht, nur dass am Rand ein Klecks Exkrement lag, der das ganze Essen verdarb.

Würde er diesen Emporkömmling denn nie hinter sich lassen? Dass er im Unterschied zu Loukas Notaras keine Dukaten für die Beförderung hatte aufwenden müssen, machte das Ganze auch nicht besser. Sein Feind verstand es, die notwendigen Reformen erfolgreich zu blockieren. Nicht einmal mit der Vergrößerung des Geheimen Rates kam er voran, ganz zu schweigen von dem Versuch, die adligen Grundherren für seine Ideen zu gewinnen!

Sphrantzes vermutete, dass Loukas geschickt die tonangebenden Männer unter ihnen entweder bestach oder in seine Handelsfirmen einbezog, was nur eine andere Form der Korruption darstellte. Zumindest war es dem Großkanzler aufgefallen, dass der älteste Sohn des Oberbefehlshabers mit den Produkten seiner Landwirtschaft am Handelsunternehmen der Familie Notaras teilnahm.

Auf dem Weg von Blachernae zu seinem Geheimen Stadtpalast in Vlanga beobachtete er den täglichen Verfall der einst blühenden Hauptstadt, dem Mittelpunkt der Welt, wie er früher dachte. Aus dem Mittelpunkt der Welt wurde der Müllhaufen der Welt. Zwischen den einzelnen Stadtteilen, die sich in selbstständige Dörfer verwandelten, erstreckten sich Felder, auf denen Gemüse angebaut wurde. Parks, in denen einst die römische Oberschicht flanierte, wurden zu Ackerflächen. Obdachlose besiedelten die zahlreicher werdenden Ruinen und Müllhalden, manche von ihnen auch Misthaufen, die im Herbst und Winter etwas Wärme boten. Fälle von Kannibalismus traten auf, und der Stadtpräfekt hatte längst den Kampf gegen die Kriminalität aufgegeben, auch wenn er Soldaten patrouillieren ließ. Die Reichen beschäftigten Privatarmeen zu ihrem Schutz, der Mittelstand und die kleinen Handwerker schlossen sich zu Bürgerwehren zusammen.

In der grimmigen Hoffnung, auf dem Weg von Raubmördern angegriffen zu werden und diesem Gesindel bei der Gelegenheit den Garaus zu machen, verzichtete er auf eine Eskorte. Aber mochte es an seiner Größe, seinem entschlossenen Gesichtsausdruck, seinen Waffen, dem Kuvasz, der neben dem Pferd herlief, oder an seiner ganzen kriegerischen Person liegen, bisher hatte es niemand gewagt, ihm vor den Säbel zu springen.

Die Notwendigkeit, den Staat zu reformieren, ließ sich mit Händen greifen, und wenige widersprachen im Befund. Doch wenn es darum ging, konkrete Schritte zu planen, prasselten die Einwände wie die Pfeile feindlicher Bogenschützen zu Beginn einer Schlacht auf ihn nieder. Wut und Verzweiflung hielten sich die Waage. In Turnieren und Gelagen versuchte er, seine heiß laufenden Gedanken zu kühlen. Er trank mehr als früher.

Missmutig betrat er den Stadtpalast, da kam ihm Emilija entgegen, seine Geliebte, eine in den Künsten der Liebe erfahrene Serbin. Er hatte sie bei einer der Feiern kennengelernt, die neben den Turnieren zu den Vergnügungen einer Gruppe junger Adliger gehörten. Diese Gelage veranstalteten die Herren, so sie verheiratet waren, ohne ihre Ehefrauen, denn sie pflegten sich dabei sowohl an

Ochsenfleisch und altem Rotwein als auch an jungen Frauen, die sie nach altgriechischer Sitte Hetären nannten, nach Kräften zu vergnügen.

Emilija fiel ihm sofort auf. Sie war eigensinnig, hatte Feuer und wollte nur ihn, obwohl sie es geschickt verstand, durch das Spiel mit den anderen Männern seine Lust zu entfachen und seine Eifersucht. Seit zwei Jahren lebte sie bei ihm und stand praktisch seinem geheimen Stadtpalast vor. Obwohl ganz Konstantinopel von dem Palast Kenntnis besaß, galt er deshalb als geheim, weil er offiziell nicht existierte. Nur so konnte Alexios, ein mit einer Prinzessin der Palaiologen verheirateter Mann, dieses Doppelleben führen. Wahrscheinlich wegen dieser Lebensführung, mutmaßte er, mochte ihn die alte Kaiserin, die als Gnadenbeweis die Prinzessin für ihn ausgesucht hatte, nicht mehr, sie fühlte sich beleidigt. Wohl aus verletzter Eitelkeit hielt die Alte, die ihm einmal gewogen gewesen war, nun zu seinem Erzfeind Loukas Notaras. Aber das brauchte ihn jetzt nicht zu bekümmern, empfing ihn doch seine glutäugige serbische Geliebte mit einem lasziven Lächeln. Ihre langen, jedoch kräftigen Finger fuhren wie zufällig über sein Gemächt.

»Ich habe für dich gekocht, denn ich will dich kräftig.«

Alexios dachte kurz nach, eigentlich stand ihm nicht der Sinn danach, aber die Vorstellung, den geraubten Triumph der Beförderung zwischen ihren Schenkeln zu vergessen, lockte ihn schließlich doch. »Ich bin auch kräftig, ohne zu essen!« Er schlang seine Arme um ihren Leib und packte mit den Händen ihr Gesäß.

Das beeindruckte sie indes wenig. »Aber nicht kräftig genug für das, was ich mit dir vorhabe. Ein Spiel, das du noch nicht kennst. Heute, mein Geliebter, zur Feier des Tages, will ich dir mein Geheimnis enthüllen, das allerletzte, das tiefste Geheimnis, heute sollst du die Himmelsreise auf Serbisch erleben.« Sie lächelte dazu in einer Weise, die durch ihren leichten Silberblick eine Verruchtheit andeutete, die seine Phantasie aufrichtete, und nicht nur die. Sind wir Männer nichts weiter als große dumme Tiere?, dachte er, als er wahrnahm, wie wohlig sich das Blut in seinem Penis wie das Heer zu einer Schlacht versammelte. Doch er warf die Grübeleien beiseite wie den Säbel, den er abgeschnallt hatte. Sie zog ihn die Treppe hinauf ins Schlafzimmer. Dort hatte sie vor dem Bett eine kleine Tafel angerichtet mit Wein und Wasser. Für den Hund lag auf einem Blechteller am Boden ein großer Knochen, an dem noch viel Fleisch hing, und ein gefüllter Napf stand daneben. Ĭnger, vom Ausflug durstig, machte sich sofort über das Wasser im Napf her, den er gierig austrank. »Warte«, hauchte sie noch. Dann war sie verschwunden. Alexios knüpfte das Wams auf, zog es aus, warf es rechts neben sich und ließ sich in den Lehnstuhl fallen. Er nahm einen großen Schluck Wein.

»Du solltest doch warten«, schalt Emilija ihn bei ihrer Rückkehr. Mit Blick auf den Kuvasz, der behaglich den Knochen abnagte, fügte sie tadelnd hinzu: »Männer sind wie Hunde, sie müssen alles sofort haben.« Sie trug nur noch einen langen Mantel aus durchsichtiger Seide, der mehr enthüllte, als er verhüllte. Er liebte ihre großen serbischen Brüste. »Ein so kleines Land und so große Brüste«, sagte er.

»Komm, trink, Geliebter.« Sie füllte Wein nach und nahm ihren Kelch, den sie vorher schon gefüllt hatte. Er wunderte sich kurz darüber, doch schon stießen sie an. Fort waren der Ärger und die Sorgen, fort die Wut auf Notaras und das Leiden an dem Niedergang des Reiches. Jetzt zählten nur noch ihre Lippen. »Wer zuerst seinen Krug geleert hat, darf sich vom anderen etwas wünschen«, rief sie ihm zu. Und Alexios trank, denn er wollte gewinnen. Er konnte ohnehin verlangen, was er wollte, doch so war es spielerischer und damit lustvoller. Er schleuderte seinen Kelch fort zum Zeichen, dass er gesiegt hatte. Emilija machte große Augen. »Ich habe noch nie einen Mann so schnell trinken sehen. Ich hole jetzt den Braten, und du denkst darüber nach, was ich tun soll. Überlege gut, denn du kannst alles haben, was du willst, alles! Als Vorspiel zur serbischen Himmelsreise.« Sagte es und eilte aus dem Schlafzimmer, und er sah ihrem wippenden Hintern nach, der, obwohl sie sich entfernte, immer größer wurde. Die Welt begann sich um ihn zu drehen. Wie ein Strudel, der ihn in sich hineinzog. Eine Weile begleitete ihn noch das Jaulen des Hundes, das verklang. Und dann hörte er nur noch ein Geräusch, ein fortwährendes Hämmern. Er brauchte eine

Weile, bis ihm bewusst wurde, dass jemand mit dem gusseisernen Schlegel unausgesetzt an die Palasttür schlug. Wieso machte keiner auf, fragte er sich. Wo sind die Diener? Er wollte nach ihnen rufen, doch die Zunge gehorchte ihm nicht, ein Stück wucherndes Fleisches in seinem Mund. Wo ist Emilija? Er erhob ich schwankend, dann taumelte er aus dem Zimmer, ging zur Treppe, musste aber den Abstand falsch eingeschätzt haben, jedenfalls stürzte er die Stufen hinunter und wunderte sich darüber, dass er so betrunken war, mehr aber noch über die Tatsache, dass der Sturz ihm keine Schmerzen verursachte. Mühsam stand er auf und schwankte zum Portal. Der Riegel war nicht vorgelegt. Er riss die Tür auf und sah vor sich einen Rücken, einen schwarzen Mantel. Der Besucher schien gerade wieder gehen zu wollen, da offensichtlich niemand öffnete. Er schlug mit seiner Hand den Fremden gegen die Schulter. Der wandte sich um, riss die kleinen Augen auf und rief auf Lateinisch: »Fürst Alexios Angelos? Was ist mit Euch? Wo sind Eure Diener?« Dann griff der Fremde dem Fürsten, dem die Knie weich wurden, unter die Arme und zog ihn ins Haus.

»Diener! Heh! Diener!«, brüllte der Fremde so laut, dass es sogar durch die Watte drang, die Alexios in den Gehörgängen zu haben meinte. Niemand im Haus rührte sich. Alexios spürte, wie die Sinne ihn verließen. Vergiftet, dachte er. Die Schlange, fluchte er in Gedanken. Es blieb unklar, ob der Fluch Barbara oder Emilija galt. Aber die Serbin hatte nicht zu viel versprochen, stellte er bitter fest, ich erlebe wirklich etwas, das vollkommen neu für mich ist. Der Fremde drückte ihm den Unterkiefer herunter und stieß ihm seinen Finger in den Mund, so tief es ging. Der Fürst erbrach sich.

»Wo ist die Küche?«, drang es aus weiter Ferne zu ihm. Alexios ließ seinen Kopf nach links fallen, weil seine Arme ihm den Dienst verweigerten. Der Fremde zog ihn in die angedeutete Richtung. In der Küche nahm er einen Pokal, schüttete Salz hinein und goss Wasser aus dem Fass dazu, dann rührte er, bis sich das Salz einigermaßen aufgelöst hatte.

»Trinken!« Befehlen und Alexios den salzigen Trank einhelfen, waren eins. Der Fürst spuckte. »Trinken!«, brüllte der Fremde. Alexios gehorchte. Kaum hatte er den widerlich schmeckenden Pokal geleert, musste er sich erneut übergeben, wieder und immer wieder. Der Würgereiz kam in rasch aufeinanderfolgenden Wellen. Nachdem er sich beruhigt hatte, gab der Fremde ihm erneut Salzwasser zu trinken. Jetzt spie er die reine Galle aus. Aus den Augenwinkeln erkannte der Fürst, dass einer seiner Diener, Andreas, erschien. Der Domestik wollte gerade auf den Fremden losgehen, weil er bei dem Anblick, den beide boten, wohl nichts anderes denken konnte, als dass der Fremde seinen Herrn töten wollte. Alexios versuchte durch Zeichen seinem Diener verständlich zu machen, dass der Fremde ihm half. Durch das wirre Gestikulieren des Fürsten wurde der Fremde auf den Diener, der auf ihn losging, aufmerksam. Andreas zog ein Messer. Alexios schüttelte den Kopf, doch das interessierte den Diener nicht. Wahrscheinlich, dämmerte es dem Fürsten, steckte der Domestik mit der Giftmörderin unter einer Decke und sollte nur nachsehen, ob der Fürst tot war und wenn nicht, etwas nachhelfen. Andreas gehörte zu den beiden neuen Dienern, die auf Emilijas Wunsch in den Palast gekommen waren.

Soll es das jetzt gewesen sein?, dachte Alexios. Der Fremde wirkte wie ein Gelehrter, nicht wie ein Kämpfer, nicht einmal wie ein Raufbold.

»Heilige Muttergottes«, entfuhr es dem in einer Sprache, die ihn an Otto von Weißenburg erinnerte. Wo der jetzt wohl stecken mochte?, fragte er sich zärtlich und vollkommen unpassend angesichts der Situation, in der er steckte. Er musste sich zwingen, gegen den Druck und die Lähmung anzukämpfen, sich und dem Fremden zu helfen. Seine Instinkte trieben ihn, sich nicht gehen zu lassen. Das Erbrechen hatte ihm etwas Erleichterung verschafft. Geschickt wich der Fremde den Messerattacken des Dieners aus, griff nach dem großen Schaumlöffel und stieß ihn mit aller Gewalt in dessen Mund, dass die vordere Zahnreihe splitterte, der Domestik vor Schmerz aufschrie und Blut spuckte. Das versetzte ihn allerdings in Wut. Mit wilden Angriffen versuchte er, den Fremden zu treffen. Der ging rückwärts, bis er an einen Tisch stieß, der an einer Wand stand. Jetzt kam er nicht mehr weg. An der Freude in den Augen seines Widersachers erkannte er das Aussichtslose seiner Lage. »Jetzt geht es dir an den Kragen, erst dir, dann dem Fürsten.« Alexios erkannte am leeren Blick des Mannes, der ihm ungewollt zu Hilfe gekommen war, dass er Griechisch nicht verstand. Verdammt, durchfuhr es Alexios, er ist ein Bote Giuliano Cesarinis. Mit aller Kraft erhob sich der Fürst, der Diener drehte sich kurz nach ihm um, doch Alexios musste sich am Tisch festhalten, um nicht zu stürzen. Alles drehte sich um ihn. Er vermisste plötzlich seinen Hund. Wo war Înger, sein Schutzengel auf vier Pfoten? Der Kuvasz ließ ihn sonst nie allein, schon gar nicht in gefährlichen Situationen. Auf dem stoppeligen Gesicht des Dieners rekelte sich ein verworfenes Lächeln, schmutzig, voller Befriedigung. »Gib's auf, Fürst. Es ist zu Ende. Ich soll Euch von der Königin grüßen.« Da begriff Alexios Angelos, dass Andreas der Drahtzieher war, nicht Emilija, die hatte er nur zu diesem Zweck angeheuert, und er spürte, dass ihm die Kraft fehlte, den Mann aufzuhalten. Als der stoppelige Kerl sich wieder dem Fremden zuwandte, um ihn zu töten, warf der ihm das Salz, das er geistesgegenwärtig aus dem in seiner Nähe stehenden Fass gegriffen hatte, in die Augen. Andreas schrie auf, ließ das Messer fallen und schöpfte mit beiden Händen Wasser aus dem Bottich, das er sich in die Augen warf, um das Salz herauszuspülen. Alexios griff nach einem Küchenmesser, das in seiner Reichweite lag, und stieß es mit aller Kraft, die er aufbringen konnte, dem falschen Diener von hinten in die Seite. Der zog scharf die Luft ein und brach zusammen. Alexios hatte zielsicher die Leber getroffen. Nun wurde ihm schwarz vor Augen.

21

Notaras-Palast, Konstantinopel

Die Mitglieder der Familie Notaras hatten sich im Speisezimmer um den großen Tisch versammelt und aßen gemeinsam zu Abend. Es gab erst eine Hühnerbrühe, dann gebratenes Huhn und dazu Reis.

»Jetzt bist du sogar Admiral, aber auf eine Seereise hast du mich nie mitgenommen, obwohl du mir das vor der Heirat versprochen hast«, beschwerte sich Eirene halb im Scherz, halb im Ernst.

»Nur, weil du damit beschäftigt warst, all die bezaubernden Notaras auf die Welt zu bringen«, verteidigte sich Loukas.

»Jetzt sind wir Kinder also schuld daran, dass du deine Versprechen nicht einhältst«, empörte sich Anna.

»Hättest du mich auch geheiratet, wenn ich dir das nicht versprochen hätte?«, ging Loukas aufs Ganze. Doch auf die Antwort musste er verzichten, denn in dem Moment meldete der Diener einen seiner Spitzel.

»Entschuldigt, ich bin gleich wieder da«, sagte er in die Runde, stand auf und verließ den Saal. Alle schauten ihm neugierig nach.

»Hättest du?«, fragte die unerbittliche Anna ihre Mutter.

»Das geht dich, junge Dame, nichts an«, beschied Eirene ihre Tochter freundlich.

»Gewiss doch, aus viererlei Gründen, einer so gewichtig wie der andere. Denn sonst wären meine Geschwister und ich nicht auf der Welt. Die Beantwortung der Frage setzt uns, deine Kinder, in Kenntnis darüber, ob Liebe oder Genusssucht der Grund deiner Heirat und unserer Existenz ist«, dozierte sie mit ernstem Gesichtsausdruck, jeder Zoll eine kleine Gelehrte.

Eirene musste schmunzeln. »Ich fürchte, wir müssen die Philosophiestunden bei Bessarion einschränken. Das Denken führt dich auf Abwege.« Eirene griff nach dem Weinglas, um zu trinken.

»Die Antwort …« Weiter kam Anna jedoch nicht, denn ihr Vater kehrte in den Saal zurück, und alle Augen hefteten sich auf ihn.

»Viel Merkwürdiges geschieht in unserer Stadt. Denkt Euch, man hat versucht, den Fürsten Alexios Angelos zu vergiften.«

Eirene fiel das teure venezianische Glas aus der Hand, das mit hellem Klang in tausend Splitter zersprang. Die Abneigung gegen den Fürsten gehörte nun schon so viele Jahre zu ihrem Leben, dass sie die nicht mehr missen wollte.

»Das scheint dir ja sehr nahezugehen«, wunderte sich Loukas.

»Mir geht nahe, dass unsere Stadt immer unsicherer wird«, erwiderte Eirene kühl.

»Angelos wäre längst in der Hölle, wenn nicht in letzter Minute ein Lateiner mit Namen Nikolaus von Kues, der ihn besuchen wollte, aufgetaucht wäre und ihm das Leben gerettet hätte. Man stelle sich einmal vor, der Mann hat buchstäblich sein Leben riskiert, denn der Mörder kam zurück, um sein Werk zu vollenden, stieß auf den Lateiner und wollte den auch töten.«

»Und?«, fragte Anna, die von ihrem Stuhl aufgesprungen war.

»Der Diener ist tot«, sagte Loukas mit einem Anflug von Bedauern in der Stimme.

»Gott sei es gedankt!«, entfuhr es Mutter und Tochter gleichzeitig.

»An Mitleid besteht bei euch kein Mangel«, stellte der Admiral mit leichter Missbilligung fest.

»Wobei dir ein wenig mehr christliche Nächstenliebe nicht schaden könnte«, tadelte Eirene ihren Mann.

»Das hätte ich ihm nun wirklich nicht zugetraut«, meinte Anna mit einem kleinen Leuchten in den Augen.

»Wem?«, fragte ihr Vater verständnislos.

»Nikolaus von Kues.«

»Woher kennst du ihn denn?«, erkundigte sich Eirene leicht irritiert über den Umgang ihrer Tochter, von dem sie offensichtlich zu wenig wusste. Da erzählte Anna von der Begegnung am Nachmittag.

»Ich fürchte, wir müssen die Philosophiestunden bei Bessarion einschränken«, befand nun Loukas. Und Eirene schaute ihren Mann mit einem Blick an, der sagen sollte, das habe ich ihr auch schon gesagt.

»Ich werde dich morgen zur nächsten Philosophiestunde begleiten«, beschloss der Admiral. Bessarion sollte ihn darüber aufklären, wer dieser Nikolaus von Kues war und was er in Konstantinopel wollte, denn die Tatsache, dass der Lateiner bei Bessarion und bei Alexios Angelos verkehrte, beunruhigte ihn.

22

Kaiserpalast, Konstantinopel

Ihm war schlecht. Alexios fühlte sich schlapp und hundeelend, und er fragte sich, ob es unter diesen misslichen Umständen nicht besser sei, die Augen geschlossen zu halten, um nichts von der Welt zu sehen. Aber es gehörte sich für einen Angelos nicht zu kneifen, also öffnete er die Lider, schnell und energisch. Brennend wie Ameisensäure ergoss sich das Licht auf seine Netzhaut, dennoch kämpfte er darum, die Lider offenzuhalten. Der Fürst konnte an einer Hand abzählen, wie oft er sein Ehebett, das sich in seinem Palast in Blachernae befand und in dem er jetzt lag, in dem letzten Jahrzehnt aufgesucht hatte. Er drehte langsam den Kopf nach links zum Fenster und entdeckte eine stille, blasse Frau mit langen, aschblonden Haaren. Teint wie Haarfarbe waren ungewöhnlich für eine Palaiologina. Übernächtigt lächelte sie ihn an. An seinem Krankenlager saß seine rechtmäßige Ehefrau, Ioanna. Obwohl er sie all die Jahre nicht beachtet hatte, kümmerte sie sich um ihn. Das rührte ihn.

»Ioanna, es …«, begann er.

»Ist gut. Du lebst, und das ist wichtig«, sagte sie sanft.

»Ich habe dich betrogen.« Er wunderte sich über die Worte, die über seine Lippen kamen.

»Du hättest mich betrogen, wenn diese Frauen etwas taugen würden«, sagte sie freundlich, aber bestimmt. Da begriff er, dass der Adel ihrer Seele sie vor der Gemeinheit der Welt, vor seiner Gemeinheit schützte. »Ich weiß nicht, ob ich dich eines Tages lieben werde, aber ich habe dich gern und ich will mit dir leben.«

»Ruh dich erst mal aus.« Das klang gut in seinen Ohren, aber dann setzte ihm die Erinnerung an Clara von Eger zu und dass er schon einmal leichtfertig Zeit verspielt hatte. »Mein Entschluss steht fest. Ich gebe den Stadtpalast auf und ziehe hier ein, wenn du mich aufnimmst.«

»Es ist dein Palast.«

»Nimmst du mich auf?«

»Du bist mein Gemahl und der Herr.«

»Nimmst du mich auf, Ioanna?«

»Ich kenne dich kaum.«

»Nimmst du mich auf, Ioanna?«

»Ich weiß es noch nicht. Wenn du es wirklich ernst meinst, werden wir sehen.«

»Was kann ich tun?«

»Gib uns, nein, schenke uns Zeit.«

Der Fürst wollte, erschöpft von der Anstrengung, wieder die Augen schließen, um sich auszuruhen, aber eine Frage schrillte überdeutlich in seinem Hirn. »Wo ist Înger?«

»Ihm widerfuhr leider, was sie dir zugedacht hatten«, antwortete sie betroffen, nicht weil sie den Hund besonders gemocht hatte, sondern weil sie wusste, wie viel der Kuvasz Alexios bedeutete. Von Seelenqualen getrieben richtete sich der Fürst auf. »Sie haben ihn vergiftet?« Ioanna nickte. »Er ist tot?« Alexios konnte es nicht fassen, wie konnte denn Înger tot sein. Er sprang aus dem Bett, entschlossen, seinen Hund zu rächen, wollte zu seinem Säbel gehen, doch brach er zusammen.

»Ruhe dich aus, du bist noch zu schwach«, sagt sie. Dann half sie ihm dabei, wieder ins Bett zu kommen. Zum ersten Mal kam er mit dem Körper seiner Frau in Berührung. Er fühlte sich knochig an. Sie wollte sich wieder hinsetzen, da griff er nach ihrer Hand. Ihr Mann hatte Tränen in den Augen, das erschütterte sie. Der Fürst schluckte, als müsse er die Worte herauswürgen. »Er ist ein Opfer meiner Geilheit! Wie Clara ein Opfer meiner Geilheit ist. Wie du in deiner Einsamkeit ein Opfer meiner Geilheit bist. Hätte Hunyadi den König doch damals nicht daran gehindert, mir das Teil herauszureißen.« Ioanna erblasste und begann zu zittern. Alexios begriff, dass er seine Frau, die fern von der Welt in diesem Palast lebte, überforderte. Mit dem Handrücken wischte er sich die Tränen aus den Augen.

»Rufe bitte den Schreiber, und komme mit ihm zurück, du sollst hören, was ich diktiere, du sollst an meinem Leben Anteil haben.« Ioanna stand auf und kehrte nach wenigen Minuten zurück. Der Schreiber, ein Eunuch unbestimmbaren Alters, schließlich wollte er seine Frau in seinen langen Abwesenheiten nicht in Versuchung führen, trug ein Brett wie einen Bauchladen vor der Brust, auf dem sich Papier, ein Tintenfass und ein Gänsekiel befanden.

»Schreib: Meinen Gruß und meine Ehrerbietung entrichte ich meinem Bruder Iancu Hunyadi. Ich habe dir eine traurige Mitteilung zu machen. Auf mich wurde ein Giftanschlag verübt, dabei hat man unseren treuen Înger getötet. Es ist meine Schuld. Ich kann es auch vor dir nicht rechtfertigen. Wer hinter dem Anschlag steht, kannst du dir denken. Das gekrönte Hurenstück hat einen serbischen Meuchelmörder namens Andreas und seine Metze Emilija beauftragt. Andreas ist tot. Gott hat es gefallen, dass ich ihm den Stahl in die Leber rammte. Die Metze hingegen ist auf der Flucht. Wenn du über sie oder über Mittelsmänner etwas in Erfahrung bringen kannst, teile es mir mit. Ich will sie zur Rechenschaft ziehen. Ihr Tod löscht nicht meine Schuld, aber ich will ihr Herz auf dem Grab meines treuen Hundes verbrennen, damit das meinige Ruhe findet.

So sei Gott befohlen,

Alexios Angelos.« Der Fürst befahl dem Schreiber, einen vertrauenswürdigen Kurier auszuwählen, der Hunyadi die Nachricht überbringen sollte.

»Gott will, dass wir uns in Vergebung üben«, mahnte Ioanna.

»Vergib mir, dass ich nicht vergeben kann«, antwortete Alexios leise.

*

Aus Ahnungen, die sie nicht zu deuten vermochte, gefiel es Anna überhaupt nicht, dass ihr Vater sie zu Bessarion begleitete. Sie hatte vor ihrem Vater keine Geheimnisse, und sie liebte ihn von ganzem

Herzen, sogar etwas mehr als ihre Mutter, was sie für eine Sünde hielt, gegen die sie jedoch nichts tun konnte, dennoch warnte sie etwas in ihrem Herzen.

Bessarion staunte, diesmal Vater und Tochter zu begrüßen. »Willst du auch in Philosophie unterrichtet werden?«, fragte er scherzend.

»Wenn es meine Zeit erlaubte, nur zu gern«, erwiderte der Admiral etwas wehmütig. Loukas Notaras erfreute sich an dem Erfolg seiner Unternehmungen und an seiner stetig wachsenden Familie, zuweilen aber in stillen Momenten empfand er eine gewisse Trauer über das begrenzte Maß seiner Bildung. In diesen melancholischen Augenblicken suchte er sich mit dem Argument, dass man nicht alles haben konnte, zu trösten.

»Anna erzählte mir, dass du Besuch von einem Lateiner namens Nikolaus von Kues hattest.«

Bessarions Gesicht erhellte ein breites Lächeln. »Da du sicher gehört hast, dass er den Fürsten Angelos gerettet hat, fragst du dich, was den wackeren Mann, der bei mir und beim Fürsten verkehrt, nach Konstantinopel treibt?«

»In der Tat!«

Bessarion bot beiden Platz an, stöhnte und ließ sich auf einen Schemel nieder. »Ihr solltet endlich eure Feindschaft begraben. Sie ist nicht gut für die Stadt und für euch auch nicht.«

»Du hast leicht reden, dich wollte er nicht töten lassen. Hätte ja auch beinah geklappt.« Anna spitzte die Ohren, dass Alexios Angelos ihrem Vater einst nach dem Leben trachtete, wusste sie bisher noch nicht. Ihr ach so vertrauter Vater schien ein Mann mit Vergangenheit zu sein. Die Zeit vor ihrer Geburt kannte sie natürlich nur aus den Erzählungen ihrer Eltern, doch nie wäre es ihr in den Sinn gekommen, dass Vater wie Mutter wichtige Episoden aussparten.

»Das ist lange her, Loukas«, versuchte der Abt dem Freund ins Gewissen zu reden, doch der machte ein Gesicht, das Bessarion verriet, dass der Admiral darüber nicht weiter reden wollte. Mit ihm nicht und auch nicht mit Anna, deren Neugier er damit weckte.

»Gut, zurück zu Nikolaus von Kues. Er ist ein hervorragender Philosoph und sucht nach Weisheit wie nach Büchern, gerade was unsere Philosophie betrifft, Schriften von Platon, Plotin, Proklos, Jamblichos, na von Leuten, die du leider nicht kennst.«

Die unbeabsichtigte Anspielung auf die mangelhafte Bildung des Admirals saß. Loukas Notaras ließ sich zwar nichts anmerken, aber Anna spürte, wie das Gesicht ihres Vaters undurchdringlich wurde.

»In seiner Suche nach Weisheit ist er bei Angelos ja an der richtigen Adresse«, spottete Loukas und verkniff sich eine Bemerkung, wo die ganze Weisheit des Fürsten zu finden wäre, da seine Tochter bei ihnen saß.

»Außerdem ist er der Legat des Papstes. Es geht um ein Unionskonzil.«

»Sind denn nicht schon Abgesandte der Ketzer in unseren Mauern, die den Kaiser zur Kirchenunion überreden wollen?«

Bessarion hob den Zeigefinger. »Abgesandte des Konzils von Basel, nicht aber Legaten des Papstes!«

»Wo ist da der Unterschied?«, fragte Loukas rhetorisch. Mit provozierender Nachsicht erklärte Bessarion dem Admiral, dass in Basel ein Konzil tagte, das den Papst abzusetzen gedachte, weil er nicht bereit war, sich dem Konzil unterzuordnen. Papst Eugen IV. bestand im Gegenteil darauf, dass sich das Konzil ihm beugte. Es ging um Prinzipielles, herrschten die Päpste über die Konzilien oder die Konzilien über die Päpste? Papst oder Konzil? Wem kam in der Kirche der Vorrang zu?

Loukas brach in schallendes Gelächter aus, sodass ihm Tränen in die Augen traten. »Sie wollen sich mit uns vereinigen und streiten sich untereinander wie die Kesselflicker? Sollen sie erst mal Einigkeit in ihrer Kirche herstellen, dann können wir darüber nachdenken, ob wir überhaupt mit den lateinischen Ketzern zusammengehen.«

»Sie sind keine Ketzer, sondern Christen wie wir.«

Loukas machte eine wegwerfende Handbewegung. Seit seiner Rückkehr aus Mistra vertrat sein Freund Bessarion seltsame Ansichten, die beim Thema der Reform des Reiches sich den Vorstellungen seines Erzfeindes gefährlich näherten. Anna beobachtete, dass sich der Körper ihres Vaters straffte, was nur bedeuten konnte, dass er begann, seinem Freund Bessarion das Vertrauen zu entziehen. Sie kannte die Ausdrucksweise ihres Vaters, was seinen Körper, aber auch seine Sätze betraf, und wusste, wann er befremdet reagierte und vorsichtig wurde. Nun erwärmte sich der Abt zu allem Überfluss auch noch für eine Kirchenunion mit den Lateinern, die Loukas Notaras aus zwei Gründen ablehnte.

Anna staunte über das, was sie zu hören bekam, denn vor allem verstand sie, dass dieser Gelehrte ein gefährlicher Mann war, anders als ihr gutmütiger Bessarion.

Loukas wünschte seiner Tochter viel Spaß beim Unterricht, verabschiedete sich und begab sich sogleich zum Patriarchen.

Anna indessen sann darüber nach, wie sie den Lateiner wiedersehen konnte, so intensiv, dass diesmal sogar Bessarion ihre Unaufmerksamkeit feststellte, der doch von Menschen nichts verstand, und sie dafür gutmütig rüffelte.

An der Pforte kam ihr eine Idee, und sie erkundigte sich beim Pförtner, wo Nikolaus von Kues im Kloster wohnte. Der Mönch musterte das Mädchen, doch Anna setzte ein so naives Gesicht auf, dass er ihr die Lage der Klause, nämlich zwei Zellen hinter der Wohnung des Abtes, verriet. Das Mädchen machte beherzt kehrt und ging den Weg zurück, sandte ein Stoßgebet zum Himmel, als sie Bessarions Tür passierte, dass der Abt nicht ausgerechnet in diesem Moment heraustrat und sie mit seiner Frage in Verlegenheit brächte.

Dann stand sie vor der Tür des Lateiners. Schon hob sie die Hand, um anzuklopfen, ließ sie aber wieder sinken, haderte mit sich, ob es nicht doch besser wäre, wieder zu gehen, wandte sich schon nach rechts, schalt sich aber als feige und fühlte sich von Neugier und Scheu hin und her gerissen.

Loukas Notaras verließ den Patriarchen Joseph II. tief verärgert, denn im Gespräch ließ das Oberhaupt der byzantinischen Kirche nicht nur Sympathien für ein Konzil und eine Union erkennen, sondern lehnte auch jede Mithilfe ab, einen Empfang des päpstlichen Legaten beim Kaiser zu verhindern. Wofür spendete man der Kirche so viel Geld, fragte er sich verärgert und erwog kurz die Möglichkeit, aus pädagogischen Gründen die Spenden für eine gewisse Zeit spürbar zu reduzieren, verzichtete dann aber doch darauf, weil er den Patriarchen nicht verärgern wollte. Wer Geld nahm, wollte nicht ständig daran erinnert werden, dass er sich bestechen ließ.

Der päpstliche Legat Nikolaus von Kues indes saß am Krankenbett des Fürsten Alexios Angelos. Er grüßte den Befehlshaber von Seiner Eminenz Giuliano Cesarini. Der kleine Kardinal hatte nicht nur den Papst überzeugt, einen Kreuzzug gegen die ungläubigen Türken und zur Befreiung der unter muslimischem Joch lebenden Christen auszurufen, sondern auch Sigismund bewegt, die Herren Europas für den Heiligen Krieg zu gewinnen. Einen euphorischen Mitstreiter hatte er schon gewonnen, den mächtigen Herzog von Burgund, Philipp den Guten.

»Jetzt müsst Ihr Euren Teil beitragen. Das Unionskonzil muss stattfinden.«

»Kommt zu uns!«, schlug der Fürst vor.

»Das geht nicht«, erwiderte Nikolaus von Kues. »Um endgültig das Konzil von Basel zu besiegen, benötigt der Heilige Vater ein erfolgreiches Unionskonzil auf italienischem Boden. Der Kaiser als Oberhaupt der orthodoxen Kirche, der Patriarch von Konstantinopel und andere große Kirchenfürsten und tonangebende Theologen müssen daran teilnehmen, sodass wir am Ende die Vereinigung der Kirche beschließen können.«

Alexios dachte nach. Er ahnte, dass es nicht leicht werden würde, das durchzusetzen. »Ihr seht keine andere Möglichkeit?«

»Bedaure, nein. Außerdem müssen wir auf der Hut sein, denn wie ich erfahre, hat auch das Konzil Gesandte geschickt, um den Kaiser nach Basel zu locken. Fürst, die Griechen sind das Zünglein an der Waage! Sowohl der Papst auf der einen Seite als auch das Konzil auf der anderen Seite brauchen den Erfolg.«

»Ich kümmere mich darum, dass Euch eine Audienz gewährt wird. Seid dann überzeugend. Redet mit dem Patriarchen. Sphrantzes wird für Euch ein Treffen mit der Kaiserin Maria arrangieren. Sie hat großen Einfluss auf ihren Mann.«

Um wie viel einfacher wäre das alles, dachte er, wenn er anstelle des unsicheren Johannes Kaiser wäre.

*

Schließlich hatte sie ihre Unsicherheit überwunden und angeklopft. Zu ihrer Enttäuschung blieb das erhoffte »Herein« aber aus. Der Legat schien sich nicht in seiner Unterkunft zu befinden. Sie wollte gerade unverrichteter Dinge aufbrechen, als ihr Nikolaus von Kues auf dem Gang entgegenkam, den Kopf gebeugt, tief in Gedanken versunken.

Plötzlich bereute Anna ihren Entschluss. Noch hatte er sie nicht bemerkt, noch konnte sie in die Tiefen des Klosters verschwinden, um ihm auszuweichen. Innerlich schalt sie ihren Übermut. Der Legat war nicht nur ein fremder Mann, sondern auch ein Ketzer, wenn ihr Vater recht hatte. Auf alle Fälle war er jemand, der gegen die politischen Vorstellungen ihres Vaters arbeitete. Ihren Vater liebte sie, während sie der Fremde hingegen abstieß, wenngleich sie an ihm auch liebenswürdige und vor allem interessante Seiten entdeckt hatte. Also, wie nun? Bleiben oder gehen? Die Zeit zur Entscheidung verrann. Sie wandte sich in die entgegengesetzte Richtung, stürmte los, da hörte sie in ihrem Rücken fragend: »Anna?« Schon wollte sie schneller laufen, drehte sich aber doch zu ihm. Und wäre am liebsten im Erdboden versunken.

»Anna«, strahlte jetzt der Gelehrte. »Welch schöner Zufall!« Er war klug genug, nicht zu fragen, ob sie zu ihm wollte. Damit hätte er sie nur noch mehr in Verlegenheit gebracht. Vielleicht kam es ihm auch nicht einmal in den Sinn, dass er der Grund wäre, weshalb sie hier stand.

»Wie war die Lehrstunde?«

»Lehrreich.«

»Ah ja. Lehrreich. Ich hoffe doch sehr lehrreich.«

»Ja, aber ja. Außerordentlich lehrreich.« Sie trat von einem Bein aufs andere und versuchte dabei noch, gelassen zu wirken.

»Und Spaß? Hat es auch Spaß gemacht?«

»Oh ja, sehr doch.«

»So, so. Gut, gut, ich meine sehr gut. Bei dem Lehrer!«

»Bei dem Lehrer sicherlich. Nun ja, mh, ich geh dann mal jetzt.«

»Mhmh. Natürlich.« Anna setzte sich in Bewegung und befand sich jetzt auf seiner Höhe.

»Habt Ihr etwas dagegen, dass ich Euch ein Stück begleite?«, preschte er hervor und schien selbst überrascht von seinem Angebot zu sein. Seine Unsicherheit verunsicherte sie vollends. »Nein! Ich meine, ja. Auf alle Fälle nur ein Stück, nicht mehr, schwört«, stotterte sie und hoffte, dass er den Eid ablegte, es wäre mehr als nur ein Schwur gewesen.

»Sicher, nur ein Stück, ich schwöre, natürlich schwöre ich bei allem, was mir heilig ist, bei der Jungfrau Maria, bei unserem Herrn Jesus, bei der Weisheit, ja bei der Weisheit schwöre ich. Ich meine, ich kann Euch ja auch nur ein Stück weit begleiten, sonst würde ich mich auf dem Rückweg hoffnungslos verlaufen.«

Das amüsierte Anna. »Ein so weltläufiger Mann wie Ihr?«

»Vielleicht liegt darin ja der Grund für meine Weltläufigkeit, in der Unfähigkeit, mich zu orientieren. Jedenfalls lerne ich so ungewollt immer neue Orte kennen.«

»Niemand verläuft sich nach Konstantinopel. Jedenfalls nicht aus Versehen.« Schweigend verließen sie das Kloster und gaben einen seltsamen Anblick ab. Ein Mann und ein Mädchen, das seine Tochter sein konnte, gingen stumm in einer merkwürdigen Spannung nebeneinanderher, gefolgt von vier bewaffneten Männern, die entweder auf beide oder auf das Mädchen oder auf den Mann achtgaben. Für einen außenstehenden Beobachter wäre das zumindest nicht leicht zu beurteilen gewesen. Das Mädchen konnte sich nicht daran erinnern, jemals so lange und erst recht nicht beim Gehen auf ihre Fußspitzen gestarrt zu haben, als würde aus ihrem großen Zeh die Erleuchtung hervortreten.

»Ihr könnt sehr gut Latein«, sagte er, um überhaupt etwas zu sagen.

»Oh, danke.«

»Es ist eine Schande.«

»Wie, dass ich so gut Latein kann?«, fragte sie erschrocken.

»Nein, nein, das ist wundervoll. Es ist eine Schande, dass ich des Griechischen nicht mächtig bin«, beeilte er sich zu versichern. »Wie kann man für gelehrt und für gebildet gelten, wenn man die Sprache Platons und Plotins nicht beherrscht. In welcher gelehrten Unwissenheit trotten wir wie die Schafe auf den fetten Weiden der Wissenschaft und sind obendrein noch stolz auf das Latein, indem wir blöken?«

»Ihr könntet Griechisch lernen.«

»Das will ich versuchen, wenn mir die Zeit dafür bleibt. Aber gerade jetzt, wo ich es dringend benötige, steht es mir nicht zur Verfügung.«

»Alle, mit denen Ihr sprechen wollt, verstehen Latein.«

»Aber die Bücher nicht. Ich stehe in wahren Schatzhäusern und kann die Juwelen nicht erkennen. Wenn man die Sprache, in der die Bücher verfasst wurden, nicht beherrscht, bleibt man blind in einer Welt aus Licht.«

»Blind in einer Welt aus Licht, taub für die Worte der Offenbarung«, sagte sie mehr für sich. Sie verstand seinen Schmerz, dass er Bücher in der Hand hielt und nicht herausfinden konnte, ob sie das Werk eines allseits gepriesenen Scharlatans oder eines wahren Philosophen waren. »Stimmt, Ihr seid in einem hohen Maß hilfsbedürftig. Ihr wisst, was wichtig ist, könnt es aber nicht erkennen. Ich kann es erkennen, weiß aber nicht, ob es wichtig ist. Vielleicht kann ich Euch ein bisschen helfen. Ich übersetze Euch, worum es in den Schriften geht, und von Euch erfahre ich, was in den Schriften steht. Wir haben beide eine Form von Blindheit, Ihr in der Sprache, ich im Inhalt. Nutzen wir das Geschenk, dass wir einander unsere Blindheit ausgleichen können. Ich helfe Euch, und Ihr belehrt mich dafür!«

»Das würdet Ihr tun, mir wirklich helfen?«

»Wenn Ihr im Gegenzug alle meine Fragen beantwortet.«

»Ob ich das kann? Ich werde es jedenfalls versuchen, versprochen.«

»Wir müssten natürlich zuerst mit Bessarion reden«, wandte sie ein, um die Form zu wahren.

»Ja, das müssen ...«

Dem Lateiner blieb plötzlich das Wort im Halse stecken, und sein Gesicht verdüsterte sich. Vor ihm stand eine Gruppe von fünf Dominikanern, ganz vorn ein knochiger Mann, der ausgemergelt wirkte und dessen Augen fiebrig glänzten. Hass entdeckte Anna in ihnen.

»Der Verräter! Der Judas! Gehen wir schnell weiter, meine Freunde, es stinkt nach Hölle«, sagte der Mönch mit knarrender Stimme.

»Zorn ist eine Todsünde, Innocentius«, antwortet Nikolaus von Kues gelassen.

»Heiliger Zorn nicht, aber die Wollust ist es, die Gier nach Mädchenfleisch. Es stinkt nach Sünde! Sünde, meine Brüder in Christo, Sünde, uh, wie das stinkt!« Bei diesen Worten durchbohrte sie der Blick des Dominikaners. Ihr wurde eiskalt. Gleichzeitig empörte sie die Art und Weise, wie der Ausgemergelte über Nikolaus und über sie sprach. Nichts Weiches war an ihm, kein Gramm Fett. Nicht einmal an seinen Ohrläppchen, weil er keine besaß. Es hieß, Teufel besäßen an einem der beiden Füße, der andere war ja laut verlässlicher Berichte ein Pferdefuß, sechs Zehen und an den Ohren keine Läppchen. Sie ahnte, dass der Mönche in Phantasien schwelgte, die jenseits ihrer Vorstellungskraft lagen und in die sie nie zu gelangen wünschte. Sie zweifelte daran, dass die Welt, in die der Dominikaner vorgedrungen war, Gottes Welt war.

»Pfui, wie unanständig Ihr doch seid, wie geistlos, wie ohne Kultur!«

»Metze!«, schimpfte der Mönch in seinem Jähzorn, von ihrer Erwiderung angestachelt, und spie ihr auf die Füße. Den Auswurf hatte er von tief unten und aus dem letzten Winkel der Nase geholt. Die grüngelbe Masse breitete sich auf dem Leder ihrer Schuhe aus.

Einer ihrer Diener packte den dürren Hals des Dominikaners, zwang ihn auf den Boden und brüllte auf Griechisch: »Mach das wieder sauber, du Schwein!«

Während seine Ordensbrüder tapfer Petrus am Tage von Jerusalem nacheiferten, nur dass kein Hahn krähte, und sich beeilten, fortzukommen, sagte Anna auf Latein: »Mein Diener ersucht Euch, die Schweinerei, die Ihr angerichtet habt, zu beseitigen. Und für das grobe Schimpfwort entschuldigt Ihr Euch, denn Ihr habt meine Ehre beleidigt, und darauf steht bei uns der Pranger. Es ist kein Vergnügen, am Pranger zu stehen, aber für einen häretischen Mönch geradezu lebensgefährlich!«, sagte Anna kalt. Im Blick des Legaten lag Bewunderung über die Souveränität des jungen Mädchens, wie sie eigentlich nur von einem gestandenen Mann zu erwarten war. Mit den weiten Ärmeln seiner Kutte polierte der Dominikaner Annas Schuhe. Nachdem er das Leder auf Hochglanz gebracht hatte, forderte ihn Anna auf, sich endlich zu entschuldigen.

Vom Diener wieder auf die Beine gestellt, keifte der Mönch sie an: »Lieber brenne ich!«

Anna setzte ein gelangweiltes Gesicht auf. »Wenn das Euer Wunsch ist, dann soll er erfüllt werden. Wünscht Ihr nasses oder trockenes Holz? Buche oder Fichte oder Weide? Grüne Routen glimmen schön, heißt es«, sagte sie geschäftig und rief dem Diener auf Griechisch zu: »Lass uns dem Kuttenträger noch etwas Angst einjagen. Strafe muss sein!« Der Diener verstand, grinste und zog den widerstrebenden Mönch mit sich. Dieser wehrte sich mit Händen und Füßen, doch vergeblich. Anna machte Anstalten, den Weg fortzusetzen, und Nikolaus wurde angst und bange. »Ihr könnt doch nicht …«

»Man sagt, dass Feuer reinigt. Und der Mann stinkt so, als habe der Teufel seinen ganzen Unrat über ihn entleert und von seiner faulen Speise tafeln lassen, da kann eine Reinigung innen wie außen nicht schaden«, antwortete sie laut genug, dass der Mönch sie noch hören konnte.

»Nein, halt, ich will mich doch entschuldigen«, schrie der Dominikaner bebend vor Angst.

Anna winkte Diener und Mönch zu sich. Sie wusste, dass ihr Gesicht jetzt so undurchdringlich war wie das ihres Vaters, wenn er Gedanken und Gefühle verbergen wollte. Der Mönch schaute gehetzt von Anna zu Nikolaus. »Ihr seht Euch das auch noch an, anstatt mir zu helfen«, warf er dem Legaten vor.

»In meiner Heimat in Kues wird Gotteslästerern die Zunge abgeschnitten. Und Ihr habt mit Euren unreinen Phantasien Gottes Geschöpfe gelästert«, stieg der Legat, der Annas Spiel durchschaute, ein. Anna schnitt eine bedauernde Miene und wollte sich schon umdrehen, um ihren Weg fortzusetzen, als der Mönch auf die Knie sank und um Entschuldigung bat. Das Mädchen machte dem Diener ein Zeichen, der den Dominikaner losließ, und ging weiter. In ihrem Nacken spürte sie einen hasserfüllten Blick.

»Was war das nur für ein unangenehmer Mensch?«, fragte sie den Legaten. Nikolaus von Kues erzählte ihr vom Konflikt zwischen Papst und Konzil, von dem sie in Andeutungen schon etwas aus dem Gespräch zwischen Bessarion und ihrem Vater erfahren hatte. Fra Innocentius gehörte zur Gesandtschaft des Johannes von Ragusa, die vom Baseler Konzil geschickt worden war, um den Kaiser und die Würdenträger der orthodoxen Kirche nach Basel einzuladen.

»Eure Konkurrenz?«, fragte Anna spitz.

»So würde ich es nicht nennen, denn der Papst als Stellvertreter Christi ist einzig und hat keine Konkurrenz.«

»Aber wie können Christen nur so erbittert aufeinander losgehen, wo es doch an Feinden nicht mangelt?« Anna verstand den Hass nicht, den Männer aufeinander entwickelten, die alle Christus folgten, der Religion der Liebe.

»Müsste Liebe Euch nicht versöhnen?«

»Sehr liebevoll gingt Ihr auch nicht mit dem Mönch um.«

»Das war unter Euren Möglichkeiten, Ihr weicht aus.« Ihr Vater schien recht zu behalten, dass man sich von einem untereinander so zerstrittenen Volk wie den Lateinern besser fernhielt und sich von ihnen nicht in ihre Händel ziehen lassen sollte. Erschrocken bemerkte sie, dass sie fast zu Hause war.

»Wir müssen uns verabschieden, schnell«, sagte sie.

»Wann sehe ich Euch wieder?«

»Ihr wisst, wann ich Unterricht im Kloster habe.« Mit diesen Worten ließ sie den Gelehrten stehen und eilte in Richtung des Palastes. Dabei wunderte sie sich, wie schnell sie sich mit dem Lateiner verabredet hatte. Sorgen darüber, dass die Diener etwas ihren Eltern berichten könnten, musste sie sich zum Glück nicht machen, denn von denen verstand keiner Latein. Und dass es auf den Straßen der Stadt zu unliebsamen Begegnungen kam, stellte nichts Neues dar, dafür hatte sie ja den Begleitschutz.

Nach dem Abendessen, das die Familie bei dem schönen Wetter im Garten eingenommen hatte, fragte sie ihren Vater, warum er sich so ablehnend gegen das Unionskonzil verhielt.

»Weil es Sünde ist, denn die Lateiner verbreiten häretische Vorstellungen und nehmen zur Eucharistie ungesäuertes Brot. Außerdem würden die Türken die Union zurecht als gegen sich gerichtet empfinden. Ein unnötiger Konflikt mit ihnen wäre die Folge.«

»Aber Bessarion ist dafür«, warf Eirene ein.

Loukas schüttelte den Kopf. »Bessarion ist ein Träumer, ein Philosoph. Er muss aufpassen, dass er eines Tages nicht einmal in ein Loch fällt, weil seine Augen immer am Himmel kleben.«

»Vor allem ist er unser Freund!«, sagte Eirene. Ihr gefiel es nicht, wie ihr Mann über ihren langjährigen Gefährten sprach.

»Das wird er auch bleiben, meine Liebe. Aber du könntest zur Abwechslung dem Kind einmal erklären, was die Lateiner in den fünfzig Jahren, in denen sie in Konstantinopel herrschten, alles zerstört und gestohlen haben!«, entgegnete Loukas schroff.

Eirene wurde blass. »Wie sprichst du eigentlich mit mir?«

Loukas entschuldigte sich.

Eirene verschränkte die Arme. »Du bist sehr angespannt, Loukas. Merkst du das eigentlich noch?«

»Du hast recht.« Loukas atmete tief ein und wieder aus. »Aber ich habe Angst vor einem Unglück, um nicht zu sagen vor einer Tragödie. 1422 konnten wir die Katastrophe, die von den Abenteuern einiger adliger Herren und auch des Kaisers ausgegangen war, im letzten Moment noch abwenden. Die Türken sind seitdem nicht schwächer geworden.«

»Müssten wir nicht gerade aus dem Grund Verbündete suchen und die Türken schlagen, bevor sie uns über den Kopf wachsen?«, fragte Eirene.

In Loukas' Lächeln lag ein Hauch von Resignation. »Sie sind uns längst über den Kopf gewachsen.«

23

Kaiserpalast, Konstantinopel

In dem kleinen Saal im Erdgeschoss des Palastes, den die Fürstin dafür benutzte, die Dienstboten einzuteilen und mit dem Koch die Speisefolge für den kommenden Tag zu besprechen, saß Alexios in einem bequemen Lehnstuhl, den er sich extra aus seinem Gesellschaftssaal im ersten Stock hierher tragen ließ. Gestützt auf seinen Sekretär, einem Neffen von Georgios Sphrantzes, hatte er das Bett verlassen und sich, noch ein wenig wacklig auf den Beinen, nach unten begeben. Eile tat not. Wollte er mit seinen Ermittlungen überhaupt noch einen Erfolg erzielen, durfte er keine Minute ungenutzt verstreichen lassen. Er wähnte die Übeltäter ohnehin schon fern der Stadt. Îngers Anblick, der im Vestibül aufgebahrt lag, ging ihm nicht aus dem Kopf. Traurig wünschte er sich, noch einmal das Bellen des Hundes zu hören, noch einmal mit ihm herumzutollen. Zorn über die Vergiftung des treuen Tieres drückte die Trauer in den Hintergrund. Unter dem Kommando eines Griechen aus Mistra namens Photios führten zehn Bewaffnete die fünf Diener des Stadtpalastes herein. Zur grimmigen Freude des Fürsten befand sich Eugenios, der zweite Diener, den Emilija angeschleppt hatte, unter ihnen. Nicht im Palast, sondern im Hafen, wo er eine Heuer suchte, um die Stadt zu verlassen, hatte Photios ihn aufgegriffen.

»Warum war von euch keiner im Palast?«, fragte der Fürst kehlig.

Der Koch, ein runder Kerl mit lustigen Augen, trat einen Schritt vor und verbeugte sich. »Herr, Emilija hatte uns allen freigegeben, weil sie mit Euch allein sein wollte.«

»Ist keinem von euch etwas aufgefallen?«, herrschte er die Männer an, deren Angst er riechen konnte. Sie schüttelten den Kopf. »Hat jemand eine Idee, wo sich diese Frau aufhält?« Keiner der Diener rührte sich. »Wer mir etwas sagen kann, darf in meinen Diensten bleiben, die anderen sind entlassen.« Die Domestiken schwiegen betroffen. Damit hatten sie offenbar gerechnet und konnten glücklich sein, dass ihnen nicht Schlimmeres widerfuhr, dennoch verloren sie ohne eigenes Verschulden eine lukrative Stellung.

»Wenn mir zu Ohren kommt, dass einer von euch Geschichten über den Stadtpalast herumposaunt, dann lasse ich dem die Zunge abschneiden. Haben wir uns verstanden?«

»Ja, Herr!«, bekam er beinah chorisch zur Antwort.

»So, und jetzt wartet im Vestibül. Ihr könnt für meinen Kuvasz beten! Alle raus bis auf Eugenios.« Der genannte Diener wurde aschfahl. Das schlechte Gewissen, dachte der Fürst. »Willst du mir freiwillig alles sagen, was du weißt, dann lasse ich dich am Leben, oder soll ich dich hochnotpeinlich befragen lassen? Dann bleibt nichts von dir übrig!«

Eugenios fiel auf die Knie. Er wimmerte. »Es tut mir leid, Herr, ich bin, ich weiß nicht …«

»Vergeude nicht meine kostbare Zeit! Hör auf zu stammeln und rede!«

»Eigentlich bin ich Seemann. Ich habe Andreas und Emilija in einer Hafenkneipe kennengelernt. Diese Frau hat mich in Raserei versetzt, Ihr wisst ja, Herr, wie gut sie das kann.« Eugenios grinste schief.

Den Fürsten widerte die Vorstellung, mit dieser Kreatur die Frau geteilt zu haben, an. Dessen Hände berührten das gleiche Stück Haut wie seine, dessen Lippen küssten zuvor, was auch seine Lippen berührten, dessen … Alexios spürte Übelkeit in sich aufsteigen. Wie tief war er bloß gesunken? Von einer gewöhnlichen Hafennutte hatte er sich im wahrsten Sinne des Wortes aufs Kreuz legen lassen. Mehr als nur seine Eitelkeit war verletzt. Er konnte froh sein, wenn er sich keine Krankheit eingefangen hatte.

»Wo ist sie jetzt?«, fragte er dumpf.

»Im Bordell ›Zum alten Bock‹ unterhalb des zweiten Hügels hat sie sich versteckt«, antwortete Andreas auf den Boden starrend.

»Nimm dir zwei Leute, Photios, und schaff mir die Hure herbei!«, befahl Alexios. Dann wandte er sich wieder an Eugenios, wobei ihm ein böses Lächeln über die Lippen schlich. »Ich habe versprochen, dir das Leben zu schenken. Das tue ich, ich werde meine Hände nicht mit deinem Blut beflecken.«

Eugenios atmete auf. »Danke, Herr, danke, Ihr, ich ...«

»Schweig!«

»Ja, Herr, ich schweige schon!«

»Bringt ihn zum Stadtpräfekten. Soll der Richter über ihn urteilen. Sagt dem Büttel, er habe versucht, den Fürsten Angelos mit Gift zu ermorden«, befahl er den Wachen.

Eugenios erbleichte und warf sich auf den Boden. Tränen traten ihm aus den Augen. »Herr, bitte, bitte nicht! Nehmt mich in Eure Dienste. Alles, alles werde ich tun, was Ihr wollt. Ich werde Euch der treueste Diener sein, nur lasst mich am Leben, ich flehe Euch an!«

Alexios hatte genug Zeit mit dem Mann verbracht. Ein Verräter blieb ein Verräter. Er gab seinen Leuten ein Zeichen. Zwei seiner Männer wollten den Diener hinauszerren. Eugenios, der wusste, was auf Giftmord stand, hielt sich an allem fest, was sich ihm bot, und klammerte sich schließlich an den Türrahmen. Die Bewaffneten machten nicht viel Federlesens, sondern traten einmal kräftig gegen die Hände, dass es knackte und Eugenios vor Schmerz aufheulte. Das war der letzte Laut, den Alexios von dem Seemann hörte.

Die anderen Diener des Stadtpalastes, die in der Vorhalle warteten, ließ er wegschicken. Er hätte auch keinen von ihnen weiterbeschäftigen können, denn er wollte an diese Zeit nicht mehr erinnert werden. Mithilfe seines Kammerdieners suchte Alexios sein Bad auf, ein mit türkisfarbenen Mosaiksteinen verziertes Oval, das von einem Wasserbecken in der Mitte, in das aus einem steinernen Rohr von beträchtlichem Durchmesser erwärmtes Wasser strömte, beherrscht wurde. Der Diener half ihm beim Entkleiden und stieg mit ihm ins Wasser. Die Wärme, die ihn umgab, tat Alexios gut.

Nachdem er massiert worden war, etwas Hühnerbrühe getrunken, die er Gott sei Dank nicht wieder ausspie, und ein wenig geschlafen hatte, wurde ihm am späten Nachmittag Emilija in dem kleinen Saal vorgeführt. Er schickte alle anderen hinaus. Sie trug ein schlichtes blaues Kleid, wahrscheinlich, um nicht aufzufallen. Ihr Gesicht verriet keine Regung. »Ich wollte dir das Herz rausschneiden und auf Îngers Grab verbrennen, aber ich zweifele, dass ich in deinem Busen fündig werde. Warum der Hund, Emilija?«

»Das Risiko war zu groß. Er hätte alles versucht, um dich zu retten.«

»Ja, das hätte er«, sagte Alexios für sich. Plötzlich ertrug er den Anblick dieser Frau nicht mehr, ihre allzu üppigen Brüste, den verschlagenen Blick, den er einmal für verführerisch gehalten hatte. Eine Hexe, dachte er, sie hatte ihn verhext, wie hätte er sonst in die Fänge dieses plumpen Weibes geraten können?

»Photios!«, schrie er. Der Kommandeur seiner Eskorte stand im nächsten Moment im Saal.

»Bring sie zum Stadtpräfekten, bestell ihm, dass sie eine Hexe und eine Giftmörderin ist. Er soll sich vor ihr in Acht nehmen und kurzen Prozess machen, zu seiner und unser aller Sicherheit.«

Emilija machte einen Schritt auf ihn zu und lächelte ihn an. »Die serbische Himmelfahrt habe ich dir versprochen. Willst du sie nicht kennenlernen, bevor du mich dem Henker übergibst? Einmal noch.« Alexios spürte, dass sich tief in seinem Innern etwas regte, ein unverständliches Verlangen erwachte.

»Ich bin doch sowieso hinüber. Willst du nicht auch noch die Lüste genießen, die ich dir bisher vorenthalten habe? Im Vergleich dazu ist das, was du bisher erlebt hast, nichts.«

»Aber warum hast du mir etwas vorenthalten?«

»Oh, wie naiv du bist, mein kleiner Alexios! Die dummen Huren geben alles, die klugen eine Ahnung von dem, was noch kommen könnte. Einen Freier darf man nicht befriedigen, sondern man muss ihn bei der Stange halten. Du hast nicht mehr gewollt, obwohl du alles hättest haben können. Es lag einfach außerhalb deiner Vorstellungskraft.«

Das traf ihn, denn er hatte immer geglaubt, dass er nichts ausgelassen hatte. Nun verwandelten ihn ihre Worte in einen naiven Schulbuben mit ein paar ungezogenen Phantasien. Sie nahm seine unmerkliche Betroffenheit instinktiv wahr und folgte weiter ihrer Taktik der Verlockung. »Du besitzt eine viel zu geringe Vorstellung von dem, was ein Fleisch mit dem anderen machen kann. Noch weißt du es nicht, glaub mir, Liebster, aber du bist neugierig, du willst es wissen, und du bist eitel, das heißt, du musst es wissen. Schick den Kerl raus, und ich zeige dir, wovon du bis jetzt noch nicht einmal zu träumen in der Lage bist. Schick ihn raus, Alexios!« Ihre Augen schienen verhüllt. Ekel erfasste ihn bei ihrem Anblick, dieses verschlagene, triefende Wesen, dieser Schmutz, dieser schiere Körper, den er sehen, hören, greifen, riechen und schmecken konnte, den er hasste, die Wollust des Ekels, die ihm unter die Haut ging. Gleich hier hätte er sich mit ihrem Leib paaren wollen, wie die Hunde, ihr zeigen, dass all ihre Künste vor seiner Männlichkeit versagen würden und von ihrem selbstgewissen Wesen nur ein Winseln übrig blieb.

»Hast du Angst, Angst vor einer gefangenen Frau? Angst vor dir selbst, Angst, dich zu blamieren? Alexios?«

Herausfordernd lachten ihre Augen ihn an. Er fühlte sich nackt vor ihr mit seiner entblößten Seele. Mit der rechten Hand packte er die Frau am Hals, schob sie gegen die Wand und drückte zu. In ihrem Gesicht standen Triumph und Selbstgewissheit, und beides reizte seinen Zorn und seine Lust. Doch der Widerwille siegte.

Die Berührung ihrer abgegriffenen Haut war ihm auf einmal so unangenehm, dass er nur noch seine Hände waschen wollte und sie losließ. Emilija rang nach Atem und hustete. Obwohl sie seine Schwäche bestens ausnutzte, konnte sie jedoch mit einem nicht rechnen, mit seinem Stolz, mit seiner Abscheu, damit, dass er, wenn er sie sah, er auch den Seemann, Eugenios, vor sich hatte, mit dem er sich gemeinmachen würde. Natürlich blieb es seiner Vorstellungskraft nicht verschlossen, dass ihr Körper durch die Hände vieler Männer gegangen war. Das machte ihm nichts aus. Ihm ging es nur um den einen, um jene armselige Gestalt, die er dem Henker überantwortet hatte. Es war der Mann, den er erkannte, der eine Mann zu viel. Sie hatte für ihn jeglichen Wert verloren.

»Bringe sie zum Stadtpräfekten!« Emilija wollte noch etwas sagen, doch Photios hatte sie bereits am Oberarm gepackt und zog sie unbeeindruckt mit sich hinaus.

Zwei Tage später benachrichtigte der Stadtpräfekt den ehrenwerten und hochverehrten Fürsten, dass man Eugenios, dem Giftmischer, Gülle eingeflößt hatte, bis er dran erstickte, während man Emilija, nachdem sie mit feurigen Zangen gezwickt worden war, als Hexe verbrannt hatte. Er hoffe, so der Stadtpräfekt, dass der gnädige Herr Fürst erkennen möge, dass er zum Wohle der Stadt streng nach dem Gesetz vorgegangen sei. Die Unterwürfigkeit des Beamten beschäftigte Alexios nicht weiter, für ihn zählte nur, dass geschehen war, was zu geschehen hatte.

Nun endlich konnte er im Garten seines Palastes den Kuvasz begraben. Lange saß er auf einer kleinen Bank, die er eigens hatte aufstellen lassen, und dachte an die vielen Abenteuer, die sie gemeinsam bestanden hatten. Wie einen Mantel aus Samt zog sein Herz die Wehmut an. Neben ihm hatte sich Ioanna schweigend niedergelassen. Ihr ganzes Wesen bestand aus Stille. Auf eigene Weise war sie hier und auch wieder nicht. Er schenkte ihr zwar keine Aufmerksamkeit, dennoch genoss er ihre Anwesenheit.

Ein paar Tage später fühlte sich der Fürst wieder kräftig genug, um in die Politik einzugreifen. Diesmal hatte er sich mit Sphrantzes zusammen vorbereitet und eine Rede erarbeitet, in der er Sigismund pries, der als Kreuzfahrer und Kaiser des Westens dem Kaiser des Ostens zu Hilfe käme, und beide, Sigismund und Johannes VIII., würden die Türken vertreiben, die Seldschuken schlagen, Jerusalem zurückerobern und in Anatolien und Persien, in Palästina und Ägypten das ewige Reich der Rhomäer wieder aufrichten. Die historische Stunde war da, Gott schritt an ihrer Seite. Der Papst hatte zum Kreuzzug aufgerufen, und der Kaiser sammelte die christlichen Fürsten. Jetzt musste nur noch der Kaiser, der Erste aller Rhomäer, das Schwert ergreifen. Doch zuvor müsste die Kirche geeint werden. Dazu bedürfe es nicht viel: Der Gesandte des Papstes befände sich ja in der Stadt. Mit der Bitte um eine Audienz für Nikolaus von Kues wollte Alexios Angelos seine große Rede beenden. Beschwingt ging er zum Kaiserpalast hinüber und eilte die Treppen zum Besprechungssaal des Geheimen Rates hinauf. Alles in ihm war Tatkraft und Durchsetzungswillen. Nichts, auch kein Loukas Notaras konnte ihn jetzt noch aufhalten. Der Kaiser würde das Gesicht verlieren, wenn er sich dem entzöge, was Alexios forderte. Außerdem hatte Johannes über Sphrantzes den Fürsten wissen lassen, dass er eine solche Rede von ihm erwartete, auf die er dann eingehen könne. Der Kreuzzug war zum Greifen nahe! Endlich würde eine geeinte Christenheit den Antichristen schlagen.

Der Saal füllte sich, die Räte nahmen Platz und warteten auf den Kaiser. Alexios spürte das erste Mal die Aufregung in seinen Adern. Von seiner Rede würde die Zukunft der Christen abhängen. Er hatte sie auswendig gelernt, wieder und wieder memoriert. Der Kaiser erteilte ihm das Wort, und Alexios spürte, wie er mit jedem Wort sicherer wurde und die Herzen der Zuhörer gewann, bis auf eines. Es kam selten vor, doch dieses Mal applaudierten die Anwesenden bis auf einen.

Johannes dankte dem Redner. »Wenn Sigismund das Kreuz nimmt, dann werden wir nicht verzagt am Rande stehen, sondern mit unserem Bruder für die Ehre der Christenheit kämpfen!«

Alexios strahlte, er war am Ziel seiner Wünsche. Aber so hatte es Gott gewollt, indem er den Lateiner Nikolaus von Kues schickte, um das Leben des rhomäischen Fürsten zu retten. Gab es denn ein besseres Symbol dafür, dachte der Fürst, wie überlebenswichtig es ist, dass Ost und West zusammenstehen, die geeinte Christenheit gegen die Heiden?

Er vergaß dabei nur, dass nicht die Türken, sondern Sigismunds Gemahlin, eine Christin, ihm nach dem Leben trachtete. Aber was sollte er sich in der Stunde des Triumphes mit solchen Kleinigkeiten abgeben.

24

Basiliuskloster, Konstantinopel

Anna stand kaum in Bessarions Wohnung, um mit dem Abt Philosophie zu treiben, als sich wie auf Bestellung Nikolaus von Kues einstellte. Nur wegen ihr. Das freute und verunsicherte sie, denn dass es nicht das Gleiche war, als wenn sie Bessarion traf, merkte sie schon. Es fühlte sich anders an, fremd, rau wie Sackleinen und dann wieder fein wie Seide, und ebendieses andere, Unbekannte beunruhigte sie. Plötzlich wünschte sie sich, möglichst weit weg zu sein, dann wieder fürchtete sie, dass der Wunsch in Erfüllung ginge. Zum ersten Mal in ihrem Leben peinigten sie gegensätzliche Empfindungen: Sie wollte fortgehen und dennoch bleiben, fliehen, aber den Ort nicht verlassen.

»Verzeiht, wenn ich schon wieder den Unterricht störe, liebe Anna, lieber Freund. Ich verspreche, dass ich es nicht zur Gewohnheit werden lassen will. Aber Eure Schülerin hatte mir versprochen, mir bei der Jagd nach Handschriften in der Bibliothek behilflich zu sein. Ihr wisst, ich spreche kein Griechisch, sie hingegen ausgezeichnet Latein. Und Eure Zeit, verehrter Hegumenos, ist begrenzt.« Bessarion wirkte überrumpelt. Unschlüssig blickte er von ihm zu ihr und wieder zurück. Dann hellte sich seine Miene auf. »Kommt doch in einer Stunde in die Klosterbibliothek. Ich führe Anna ein, und dann könnt ihr beide auf Bücherjagd gehen.« Sich bedankend zog sich Nikolaus von Kues zurück.

Anna Notaras betrat zum ersten Mal in ihrem Leben eine Bibliothek, einen Ort, an dem Frauen selten, Mädchen hingegen niemals geduldet wurden. Sie verdankte ihr Glück den Umständen, dass der Abt ihr Lehrer und der bedeutendste Förderer der Bibliothek ihr Vater war. Schon einer dieser Gründe hätte ausgereicht, um ihr die Tore der Büchersammlungen zu öffnen, beiden jedoch konnte sich nicht einmal der größte Frauenhasser unter den Mönchen widersetzen. Auf dem Weg zur Bibliothek malte ihre Phantasie nach dem Rhythmus ihres klopfenden Herzens ein wahres Wunderbild von dem, was sie dort erwartete: die Empfangshalle des Paradieses, Gottes Thronpalast, die Grotte des Grals. Und dann trat sie endlich durch die schlichte Tür und war enttäuscht. Der heilige Ort des Wissens glich in seiner Nüchternheit dem Kontor ihres Vaters, nur dass die Angestellten dort keine Mönchskutten trugen wie die Kopisten der Klosterbibliothek, die an zwölf Tischreihen saßen. Obwohl die Decke tief über den emsig Schreibenden hing, drang durch die Fensterfront genügend Licht, das sich über den Raum verteilte. An der Stirnseite hockte unter einem riesigen Kreuz ein kleinwüchsiger Mann. Sein Kopf wirkte dreieckig, die Nase dürr und lang, die Haut wie aus Pergament. Wenn sein Körper nur halb so schnell war wie seine tief liegenden Augen, dachte Anna, hätte man den Zwerg flink nennen müssen. Sie folgte Bessarion, der auf den Aufseher der Bibliothek zuging. Als dieser den Abt entdeckte, sprang er freudig auf und eilte ihm entgegen. Seine Beine konnten es an Schnelligkeit mit seinen Blicken aufnehmen. Nichts Unterwürfiges machte Anna in dem Verhalten des Bibliothekars aus, nur Hochachtung. Bibliophile unter sich, Erotomanen des Lesens.

»Verehrtester, wie schön, dich zu sehen!«, krächzte die Stimme des Mönches unangenehm, aber aufrichtig.

»Ganz meinerseits! Ganz meinerseits!«, erwiderte Bessarion herzlich.

»Äh, äh, ich habe da eine kleine Privatbibliothek ausfindig gemacht, die wir ankaufen könnten. Verarmter Adel, ehemals mächtig und sehr gebildet, nun nur noch mittelmäßig und mittellos. *Tempi passati.*«

»Bedeutende Stücke darunter?«, schlug Bessarions Neugier zu, der Annas Anwesenheit gerade vergaß. Belustigt stellte sie fest, dass beim Thema Bücher selbst der gelassene Bessarion in Eile geriet und aus seinen hektischen Worten Gier hervorblinkte.

»Soweit ich sehen konnte etwas arabische Medizin, ein bisschen arabische Arithmetik, na ja, und zwei Schriften von Platon und zwei von Proklos, die ich noch nicht kenne.«

Bessarion machte ein Gesicht, als hätte er tagelang gehungert und plötzlich sei ihm Bratengeruch in die Nase gestiegen. »Platon, sagst du? Proklos, sagst du?«

»Ja, und das ›Hikmat al-ishraq‹.«

Bessarion traten die Augen aus den Höhlen, und Anna fürchtete schon, dass sie herausfielen. »Die Philosophie der Erleuchtung des al-Suhrawardi! In diesem Buch soll der Muslim über Aristoteles hinausgehen und Platon verstehen. Oh, das würde mich interessieren. Kauf, kauf! Das Geld dafür werden wir schon irgendwie auftreiben. Ich beschwöre dich, verschenke diese Gelegenheit nicht.«

»Nein, es wird alles zu deiner vollsten Zufriedenheit geschehen, ehrwürdiger Abt. Gott zum Gruß, junge Dame.«

Bessarion lief rot an. Er hatte Anna tatsächlich vergessen. Beflissen, um seine Unaufmerksamkeit wiedergutzumachen, stellte er die Tochter des Admirals dem Bibliothekar vor, mit der Bitte, sie in die Bibliothek einzuführen, weil sie Herrn Nikolaus helfen würde.

»Wie könnte ich der Tochter des Mannes, der unsere bescheidene Bibliothek so sehr fördert, etwas verweigern«, säuselte der Zwerg, aber Annas feines Gehör erkannte das überzuckerte Befremden über ihre Anwesenheit in der Stimme des Kleinwüchsigen. Wahrscheinlich gehörte er zu den Mönchen, die Besuche von Frauen und Mädchen im Männerkloster für gefährlich und in der Bibliothek schlicht für nutzlos hielten, weil nach ihrer Ansicht Gott den Frauen keinen Verstand gegeben hatte. Bessarion bekam davon nichts mit, weil er in der Wonne des Ankaufs schwelgte. Er verabschiedete sich, nicht ohne Anna daran zu erinnern, dass sie am nächsten Tag wieder dem normalen Gang der Studien folgen würden.

»Ihr könnt Latein sprechen und lesen?«, erkundigte sich der Zwerg höflich, nachdem der Abt der Bibliothek geradezu entflattert war.

»Ja, außerdem noch Italienisch und die fünf Arten des Griechischen.« Ein skeptischer Seitenblick des Bibliothekars verriet ihr, dass der Mönch ihre Äußerung für pure Angeberei hielt.

»Welches Buch darf ich denn bringen?«, fragte er honigsüß.

Schuft, dachte Anna, er versuchte sie mit Almosen abzuspeisen. »Bessarion hat mir versprochen, lieber Vater, dass Ihr mir die Bestände zeigt.«

»Die Bestände ... so, so«, sagte der etwas fassungslos. »Natürlich, die Bestände. Dann folgt mir!« Sein Kopf schien noch etwas kantiger, seine Nase noch spitzer geworden zu sein. Äußerst ungern führte er sie ins Allerheiligste, in das nicht einmal die Mönche Zutritt besaßen.

Sie schritten durch die kleine, spitzbogige Tür aus Platanenholz unter dem Andreaskreuz hindurch. Im Vorbeigehen fiel ihr eine Ikone auf, die Christi Geburt darstellte. Vor ihr erstreckte sich ein großer Saal, den Regale wie Waben durchzogen. Und überall lagen Kodizes und auch Rollen. Wie ein Bienen- oder Ameisenbau. Wo mochte sich die Königin befinden?, fragte sie sich. Es musste sie geben, und sie wollte sie entdecken. »Wie ist die Ordnung?«

»Nun, in der linken Hälfte befinden sich die Schriften in der Reihenfolge ihrer Entstehung. Die ganze rechte Abteilung beherbergt Kodizes, die wir entweder noch nicht einordnen konnten oder können. Entschuldigt die Unordnung, aber mein Vorgänger ...« Auch wenn der Zwerg ein Frauenfeind war, so rührte Anna doch, wie sehr der Mann unter der Vernachlässigung der Bibliothek litt. »... *Na* ... *de mortuis nihil nisi bene* ...« Aus den Augenwinkeln warf er ihr einen prüfenden Blick zu.

»Über die Toten soll man nur auf gute, also auf wohlwollende Weise reden. Aber eigentlich ist die Formulierung eine falsch übersetzte Empfehlung des weisen Gesetzgebers Solon, der riet, nichts Schlechtes über den Verstorbenen zu reden. Allerdings zitiert Diogenes Laertius Chilon von Sparta mit der Äußerung: über einen Toten nicht schlecht zu reden. Beachtlich ist, dass die Lateiner das griechische *nicht schlecht* mit dem Lateinischen *bene*, also gut, übersetzen.«

»Was wisst Ihr über Chilon?«, rutschte der Bibliothekar aus Neugier ins Examinieren.

»Er wurde auch Cheilon von Lakedemonien genannt und war einer der sieben Weltweisen.«

»Und die anderen?«

»Thales von Milet, Pittakos von Mytilene, Bias von Priene, Solon von Athen ...«

»Gut, gut, das reicht. Welches ist der bemerkenswerteste Ausspruch des Chilon?«

»Erkenne dich selbst. Manche Schriftsteller geben als Verfasser auch Thales, Bias oder Solon an ...«

»Gut, gut, gehen wir auf ein anderes Gebiet. Für welchen Kirchenvater wurde dieser Satz sehr wichtig?«

»Für den heiligen Augustinus.« Und sie fügte mit freundlicher Ironie hinzu: »Guter Vater.«

»Warum?«, fragte der unbeeindruckt weiter.

»Weil der heilige Augustinus meinte, dass Weisheit nur in der Weltverlorenheit zu finden ist. So schrieb er: *Noli foras ire, in te ipsum redi, in interiore homine habitat veritas.*«

»Was heißt das?«

»Geh nicht nach draußen, geh in dich zurück, im inneren Menschen wohnt die Wahrheit.«

Der kleine Mann wurde ungeduldig. Er begann mit den Augen zu zwinkern. »Was das in unserer Sprache heißt, weiß ich ...«

»Ihr wollt also nicht wissen, was es heißt, sondern was es bedeutet?«, fragte Anna, sich zu einer ernsten Miene zwingend, doch ihre lachenden Augen verrieten sie. Der Mönch drohte ihr scherzhaft mit dem Finger.

»Dass in der Vernunft der Menschen ein Wahrheitsgrund außerhalb der Bibel besteht.«

»Ein Wahrheitsgrund außerhalb der Bibel? Ist das nicht Häresie?«

»Aber nein, guter Vater! Oder vielmehr, es wäre häretisch, wenn ich behauptet hätte, dass in der Vernunft der Menschen kein Wahrheitsgrund bestünde. Denn die Vernunft bekam der Mensch von

Gott. Wäre also in der Vernunft keine Wahrheit, dann wäre auch in Gott keine Wahrheit, denn wie könnte das, was von ihm kommt, ihm widersprechen? Aristoteles hatte in der Metaphysik den Widerspruch im Reden über Gleiches ausgeschlossen.«

Der Mönch hob kapitulierend die Arme. »Ich sehe, Bessarion hat dich gut präpariert. Du wirst also Herrn Nikolaus helfen bei der Büchersuche. Aber versprich mir, wenn du etwas entdeckst, das du nicht verstehst, das dir anstößig vorkommt, ja auch nur den geringsten Zweifel in dir weckt, frage den Abt oder frage mich. Suche Belehrung und womöglich Beistand bei uns, denn was du vorhast, ist nicht ungefährlich! Auch wenn es auf den ersten Blick nicht so aussieht, aber in diesem Raum sind Himmel und Hölle, nein, nicht vereint, auch nicht vermischt, sondern umeinandergewunden wie zwei Schlangen.« Und dann sagte der Mönch einen Satz, den Anna lange nicht verstehen sollte: »Hüte dich, denn für dich geht größere Gefahr vom Himmel aus als von der Hölle.«

»Ihr meint, auch der Himmel ist gefährlich?«, fragte sie mit weit aufgerissenen Augen.

»Ich habe nichts gesagt«, schloss der Zwerg die Betrachtung, die er um keinen Preis der Welt fortgesetzt hätte. Ihre Neugier, die Bibliothek zu entdecken, wuchs. Wenn der Bibliothekar in Rätseln sprach, konnte das nur bedeuten, dass dieser Raum ein Geheimnis barg. Sie versuchte sich die Worte des Mönchs wörtlich einzuprägen, denn es schien ihr, dass in ihnen ein Schlüssel steckte. Da sie die Tür nicht kannte und auch nicht das Schloss, besaß sie selbstverständlich keine Vorstellung vom Schlüssel.

Nikolaus von Kues erwartete sie bereits im Lesesaal. Er hatte sich die Zeit damit vertrieben, die Kopisten bei ihrer Arbeit zu stören, weil er nur zu gern zu erfahren wünschte, welches Buch sie gerade abschrieben. Die beiden Männer begrüßten sich freundlich. Dann ließ der Bibliothekar Anna und den Legaten in den Aufbewahrungssaal der Bücherschätze eintauchen. Nikolaus erzählte, dass er schon öfter, zumeist mit Bessarion, manchmal auch mit dem Bibliothekar in den Regalen gestöbert hatte, aber immer noch nicht so richtig die Ordnung verstanden hatte.

»Es ist ganz einfach«, plauderte Anna los, froh, ihm in diesem Punkt überlegen zu sein.

»Nichts ist einfach. In der Philosophie wie im Leben gibt es einen Grundsatz: Nimm keine Erklärung hin, die man dir anbietet. Welches Interesse sollte der Bibliothekar daran haben, dass wir seine Schätze entdecken?« Anna errötete. Doch Nikolaus lächelte knabenhaft. »Wo beginnen wir?«

»Dort«, sagte Anna und zeigte nach rechts.

25

Notaras-Palast, Konstantinopel

Die vielen Bücher, die sie sich angeschaut hatten, schwirrten in ihrem Kopf herum. In der Suche waren sie nur langsam vorangekommen, weil Nikolaus darauf bestanden hatte, jedes Buch durchzublättern. Der Lateiner, der sich als ein erfahrener Bücherjäger erwies, hatte ihr vorausgesagt, dass in so manchem Folianten, Quart- oder Oktavband ein zweites oder gar ein drittes Manuskript mit eingebunden war. Zwischendurch hatte er sie gebeten, ihm ein paar Stellen zu übersetzen, oder er erzählte ihr etwas über das Buch. Sie lernte, und wie sie lernte. Ihr Geist vermochte die Bibliothek nicht zu verlassen, sodass sie gar nicht wahrnahm, wie sie nach Hause gekommen war. Die Amme, Nikolaos auf dem Arm, schickte sie gleich ins Esszimmer der Familie. Dort richteten sich sieben Augenpaare teils überrascht, teils nachsichtig, teils freundlich, teils hämisch, teils erzürnt auf sie.

»Wo kommst du jetzt erst her?«, fragte ihr Vater mit unterdrücktem Zorn. So gut kannte sie ihn, dass sie ihm die Sorgen, die er sich gemacht hatte, ansah. Sie wusste ja, wie sehr er sie liebte, sie erkannte es daran, dass sie sich mehr erlauben durfte als ihre Geschwister.

»Aus dem Kloster. Wir haben uns die Bibliothek angeschaut und beim Stöbern die Zeit vergessen. Es tut mir leid.« Stille. Obwohl das Gesicht ihres Vaters keine Regung verriet, wusste sie, dass die Gefühle und Gedanken hinter seiner Stirn Purzelbäume schlugen. Loukas Notaras hatte klare Urteile und feste Ansichten über die Welt, nur bei seiner ältesten Tochter versagten sie regelmäßig.

»Vielleicht sind Bibliotheken und Bücher nicht der richtige Umgang für eine junge Dame«, sagte er etwas ratlos.

»Es wird nicht wieder vorkommen, ich verspreche es. Wirklich, Papa! Aber wir sitzen auf einem Reichtum, den wir bergen müssen, anstatt ihn verrotten zu lassen oder, schlimmer noch, den Lateinern zu überlassen. Verstehst du, alles das, was uns ausmacht!«

»Brotlose Künste«, warf Thekla ein, die überhaupt nicht verstand, weshalb ihre älteste Enkelin wie ein Junge aufwuchs, wo ihr Sohn doch Söhne hatte. Sie vermisste die mädchengerechte Erziehung ihrer Enkelin, konnte aber niemanden in der Familie davon überzeugen, nicht einmal die alte Kaiserin Helena.

»Dort, wo Weisheit brotlos ist, wird es auch bald kein Brot mehr geben«, erwiderte Anna kalt.

»Entschuldige dich bei deiner Großmutter, aber sofort!«, rüffelte Eirene ihre Tochter. Sie ärgerte sich über Annas Widerspruchsgeist, weil es ihr Erbteil war. Sie fürchtete, dass Anna ihre Unabhängigkeit geerbt hatte. Am Ende könnte ihre Tochter konsequenter sein, als sie selbst es je gewesen war, weil sie zudem die Unbedingtheit ihres Vaters in sich trug.

»Das muss sie nicht. Sie hat Mama nicht beleidigt, sondern einen Satz formuliert, den man beweisen oder widerlegen kann, aber das hat nichts mit Gefühlen zu tun«, warf Loukas ein, der fand, dass seine Frau überzogen reagierte, zumal er das Argument seiner Mutter als wertlos erachtete.

»Wie stellst du dir eigentlich Annas Zukunft vor?«, fragte Eirene mit einem ärgerlichen Unterton in der Stimme.

»Ach, Kinder, die Zukunft ist doch längst Vergangenheit!«, gab der alte Seeräuber grinsend zum Besten, bevor er kurz und trocken aufstieß.

»Großvater!«, rief Theodora empört und errötete heftig.

»Opa hat gerülpst, Opa hat gerülpst«, freute sich Mitri.

»Still, Demetrios! Still!«, rief Eirene.

»Aber wenn es doch stimmt«, begehrte der kleine Junge auf, der nicht verstand, weshalb er nicht die Wahrheit sagen durfte.

»Weil man so etwas nicht sagt«, wies ihn seine Mutter zurecht.

Zum ersten Mal betraten sie schweigend ihr Schlafzimmer. Eirene war verärgert darüber, dass Loukas ihr in der Erziehung ihrer ältesten Tochter in den Rücken gefallen war. Loukas wiederum verstand nicht, weshalb sie so gereizt reagiert hatte.

»Was ist mit dir, Eirene?«, fragte er, während er sich seiner Hose entledigte.

»Was soll schon sein!«

»Du bist so gereizt. Fühlst du dich nicht wohl?«

»Ich bin nicht gereizt. Aber du versinkst völlig in den Geschäften und in der verfluchten Politik! Und du sprichst nicht mehr mit mir darüber, was dich bewegt, was du tust oder unterlässt. Ich weiß nicht mehr, was stattfindet. Wir haben so wenig Teil an deinem Leben.«

»Das stimmt nicht. Und Anna arbeitet täglich bis Mittag im Kontor.«

»Ja, Anna. Und deine anderen Kinder? Wann hast du denn das letzte Mal Zeit für Mitri gehabt? Dein ältester Sohn braucht dich!«

»Aber er ist doch ständig mit Vater oder mit Demetrios zusammen.«

»Aber du bist sein Vater, Loukas, vor allem braucht er dich. Meinst du etwa, dass es Theodora nicht verletzt, dass sich alles, wenn du überhaupt Zeit hast, immer nur um Anna dreht?« Nackt stand Loukas da. Er wollte gerade das Nachthemd überstreifen, verharrte aber nachdenklich, denn er wusste, dass seine Frau recht hatte, und wollte es doch nicht eingestehen, nicht einmal vor sich. Aber es war auch alles sehr viel. Geschäftlich ging es schon voran, in der Politik jedoch nicht. Im Gegenteil, nach der pathetischen Rede des Fürsten Angelos im Geheimen Rat und der kindischen Begeisterung des Kaisers für die großen Worte drohte Konstantinopel der Untergang. Entweder würden die Byzantiner im Falle eines Sieges über die Türken anschließend von den Lateinern unterworfen, oder Murad würde im Falle eine Niederlage die eidbrüchige Stadt erobern. Konstantinopel konnte nur verlieren. Aber Loukas konnte den Bettel nicht einfach hinwerfen, denn nur er wusste, was zu tun war und wie es weiterging. Sie verstanden allesamt nichts von

Staatsgeschäften, diese naiven Träumer. »Was soll ich denn tun, Eirene? Ich kann schon um unserer Kinder willen nicht den Staat diesem minderbemittelten Kaiser, den Flachköpfen, den Korrupten, den Gaunern, Ehrgeizlingen ohne Verantwortung und Abenteurern überlassen!« Traurig stand er da, als er das müde sagte, verletzt und schön zugleich, dass sie ihn nur in den Arm nehmen konnte. In dieser Nacht liebten sie sich seit langer Zeit wieder einmal. Und spürten, wie sehr sie einander brauchten.

»Sprich über alles mit mir«, bat sie ihn. »Sonst nehme ich an deinem Leben nicht teil, und wenn ich das nicht tue, dann haben wir kein gemeinsames Leben.«

»Ich will es, aber manchmal bin ich einfach zu erschöpft. In einem glaube mir, ich vertraue Anna, sie findet ihren Weg. Sie ist eben eine Art Martina Laskarina.«

»Weißt du, Loukas, ich bin mir ganz und gar nicht so sicher, ob Martina Laskarina glücklich ist. Ich liebe Anna nicht weniger als du. Erinnere dich, ich wollte unbedingt, dass sie lebt, auch wenn es mein Leben gekostet hätte.«

Da nahm er seine Frau noch einmal in den Arm, überlegte aber schon, wie er es verhindern konnte, dass Nikolaus von Kues eine Audienz beim Kaiser bekam, oder sollte er besser dafür sorgen, dass die Konzilsabgesandten und der päpstliche Legat eine gemeinsame Audienz erhielten? Sollten sie sich doch vor den Augen und Ohren des Kaisers streiten. Johannes entschied sich nicht gern. Vielleicht ließe sich das Unionskonzil auf diese Weise verhindern. Denn eines stand fest, ohne Kirchenunion würde es keinen Kreuzzug geben. Mochten sich die Narren an der Kreuzzugsidee berauschen, umso besser! Er würde versuchen, die Kircheneinigung zu verhindern.

26

Basiliuskloster, Konstantinopel

Vergeblich wartete Anna am nächsten Tag in der Bibliothek auf Nikolaus. Wo blieb denn nur der Gefährte ihrer Bücherjagd? Was trödelte, was säumte er, was vergeudete er ihre wertvolle Zeit? Schließlich eilte sie zu seiner Zelle. Vielleicht hatte er ja nur, unverständlich genug, die Stunde vergessen. Ihrem Klopfen antwortete ein klägliches »Herein«. Verwundert trat sie ein. Das Bild, das sich ihr bot, war niederschmetternd.

Nikolaus kauerte wie ein geprügelter Hund auf dem Bett und bedeckte mit dem rechten Unterarm sein Gesicht. Er hob ihn leicht an und blinzelte unter der Elle hindurch zur Tür, um herauszufinden, wer ihn besuchte. Als er Anna erkannte, sprang er stöhnend auf und errötete. Es war ihm peinlich, dem Mädchen in diesem jämmerlichen Zustand entgegenzutreten. Rechtes Auge, Wangen und Mundwinkel schimmerten in allen Farben wie ein Apfel mit Druckstellen.

»Wer hat dir das angetan?«, fragte sie erschrocken und merkte dabei nicht, dass sie ihn duzte.

»Ich wurde überfallen und zusammengeschlagen«, antwortete er schwankend zwischen Schmerz und Scham.

»Wer …?« Mitten in der Frage fiel ihr jedoch die Antwort ein. »Innocentius?«

Nikolaus nickte. »Er hat zwei Schläger bezahlt, die mich vor seinen Augen verprügelten. Danach empfahl er mir dringend, abzureisen und nicht mehr die Kreise der Abgesandten des Konzils zu stören. Andernfalls …« Er brauchte nicht weiterzusprechen, er wollte auch nicht weitersprechen. Zu sehr schämte er sich für den Dominikaner. »Es ist so würdelos. Ich fühle mich so beschmutzt, weil jemand es gewagt hat, mich anzufassen, mich zu schlagen. Nicht einmal mein Vater hat das getan. Er hat Gewalt verachtet.«

»Der Kaufmann«, sagte Anna mit leiser Ironie.

»Ja, der Kaufmann. Für ihn war alles Verhandlungssache.« Nicht die körperlichen Schmerzen, sondern die Dreistigkeit des Übergriffs setzten dem selbstbewussten Mann zu. Anna nahm kurz entschlossen das Messer, das auf dem Tisch lag, schnitt ein Stück Stoff von ihrem weiten Ärmel ab, tauchte ihn in die Holzschüssel und kühlte sein Auge, seine Stirn. Kühlen war allerdings zu viel gesagt, dazu stand das Wasser schon zu lange im Zuber in seiner Zelle, doch darauf kam es nicht an, sondern auf die Geste, den Trost, der sich damit verband. Sie berührten sich zum ersten Mal, aber das fiel weder ihm noch ihr auf. Nikolaus atmete tief ein. Sie roch nach Lavendel und Minze, süß, rein und frisch. In irgendeinem Traktat hatte er einmal gelesen, dass Jungfrauen so dufteten. Er schloss die Augen, weil er die tupfenden Berührungen ihrer Hand genoss und Scheu empfand, ihr dieses Wohlgefühl zu offenbaren. Anna dachte hingegen an gar nichts, sondern konzentrierte sich darauf, ihm Linderung zu schaffen. Er kam ihr plötzlich so vertraut vor wie ihr Bruder, vertrauter noch als ihr Onkel Demetrios. Weglose Traurigkeit überfiel sie. »Woher kommt nur der ganze Hass unter uns Christen?«

»Von der Streberei, sich vor aller Welt als Gottes Musterschüler zu erweisen. Davon, dem Evangelisten Johannes den Rang abzulaufen, denn von ihm heißt es, er sei der Jünger, den Jesus lieb hatte. Von der dummen Rechthaberei. Jeder glaubt, dass nur seine Sicht der Dinge stimmt, und der Rest ist bestenfalls schlicht falsch, schlimmstenfalls häretisch. Aber warum soll Gott nicht in vielen Sprachen reden, und weshalb führen aus diesem Grund nicht viele Wege zu ihm? Entscheidend ist doch, dass man bei ihm ankommt. Ich halte das Konzil ja für richtig, es darf nur nicht über dem Papst stehen. Selten stimmt das Entweder-oder, denn die Gegensätze haben keinen Bestand, sie brechen auf und vergehen wieder.« Ihre großen, weit offenen Augen, mit denen sie ihn neugierig anschaute, verunsicherten ihn. Sacht, aber bestimmt nahm er ihre Hand von seiner Stirn, weil er das Gefühl, das ihre Berührung auslöste, für unziemlich hielt. »Danke. Es geht jetzt.« Das Mädchen ließ die Hand sinken. Nun, wo er die Augen ganz öffnete, wagte sie es auf einmal nicht, ihn anzuschauen, als hätten sie etwas Verbotenes getan, das sie nun sorgsam verschweigen mussten, ein Geheimnis, das sie nicht teilten, sondern voreinander bewahrten. Im Nachhinein machte sie die kurze Intimität verlegen, deshalb irrten ihre Blicke im Zimmer herum. Sie spürte, dass ihre Wangen zu glühen begannen. Das Mädchen suchte nach einem unverfänglichen Thema, das aber zugleich seiner würdig sein sollte, kein Geschwätz. Schwätzen konnte man mit den Dienstboten, mit Menschen aus dem Volk, nicht aber mit ihm. Ihre Aufmerksamkeit zog ein seltsamer Stein, der mitten auf dem Tisch lag, wie ein Magnet an. Er glänzte und schien durchsichtig zu sein. Sie nahm ihn in die Hand, als hielte sie etwas Zerbrechliches, zerbrechlich wie ihre Sicherheit ihm gegenüber.

»Das habe ich heute Morgen bei einem Händler auf dem Markt beim Theodosius-Forum erworben«, erklärte er mit einem Anklang von Stolz in der Stimme.

Die eine Seite hatte man konvex, die andere konkav geschliffen. Sie hielt ihn vor die Augen und wandte sich zu Nikolaus. So heftig erschrak sie, dass sie beinah den Stein fallen lassen hätte, denn das durch die Schläge arg in Mitleidenschaft gezogene Gesicht des Lateiners war plötzlich riesig und ganz dicht vor ihr. Es wölbte sich, als hätte jemand die Gesichtshaut aufgeblasen.

»Und jetzt dreh den Beryll«, rief er ihr mit einem unvorsichtigen Schmunzeln zu, denn jede Miene, die er machte, bereitete Schmerzen.

Sie folgte seiner Aufforderung und musste lachen. »Jetzt bist du geradezu winzig wie eine Maus und ganz weit weg.«

»Ja, es ist ein Beryll, wenn du da hindurchschaust, siehst du Unsichtbares. Für unseren Verstand benötigten wir auch so einen Beryll.«

»Aber wir haben ihn doch.« Gespannt schaut er sie an, als könnte ihm ausgerechnet dieses Mädchen die Welt erklären.

»Sind nicht die Augen der Vernunft ein geistiger Beryll? Ich sage nicht des Verstandes, sondern der Vernunft.« Um das Gesagte zu bekräftigen, hob sie ihren langen Zeigefinger, als wollte sie ein riesiges Achtungszeichen in die Luft setzen. Wieder vergaß er, dass sie ein Mädchen war. »Wie man durch den Beryll das Größte und das Kleinste sieht, sollte man auch die Augen der Vernunft auf das Größte und auf das Kleinste richten. Mit ihr wollen wir die Einheit sehen, den Ursprung des Größten und des Kleinsten. Denn die Vernunft hat Gefallen daran, das Licht der Erkenntnis auf alles zu richten.« Anna machte sich einen Spaß daraus, mit dem Beryll vor Augen nach links und nach rechts zu schauen und ihn immer wieder umzudrehen, sodass er abwechselnd vergrößerte und verkleinerte. Sie lachte, sie kicherte nicht, sondern fand Vergnügen am Wechsel der Welten. »Die Vernunft, nicht der Verstand, ist der Wahrheitsgrund in uns, mit dem wir alles erkennen können. Der Verstand ist ein hausbackener Geselle, der Speichellecker, derjenige, der der öffentlichen Meinung und der Masse hinterherläuft. Keiner, auf den man bauen kann, wetterwendisch, der sich sicher gebende und damit falscheste Berater des Menschen. So lehrte es mich Bessarion. Wenn wir aber durch die Vernunft *alles* schauen können, erhebt sich die Frage, was ist das *Alles*?«, sagte das Mädchen plötzlich ernst.

»Das *Alles* ist das *Eine*, aus dem eben alles hervorgeht. Der Ursprung. Wollen wir das *Alles* erkennen, müssen wir zuerst das *Eine* verstehen, dasjenige, von dem das *Alles* herrührt. Denn *Alles* kommt vom *Einen* und geht zum *Einen* zurück!«

»Dieses *Eine* ist doch dann Gott?«

»Nenne es so.«

»Von Bessarion habe ich gelernt, dass wir Gott nicht erkennen können, weil er über alle Erkenntnis ist. Mit unseren Begriffen machen wir ihn klein, weil wir ihn dadurch begrenzen. Wenn er der Gute ist, würden wir ihn einsperren in unsere armselige Vorstellung vom Guten.«

»Richtig! Deshalb können wir eher sagen, was er nicht ist. Er ist eben nicht der Gute, sondern derjenige, der alle unsere Vorstellungen vom Guten übersteigt, der Über-Gute.«

»Aber dann können wir das Eine nicht erkennen, weil wir Gott nicht erkennen können.«

»Das ist das Problem, für das ich keine Lösung habe«, sagte Nikolaus betrübt.

»Aber wenn du sie hättest, dann würde sich die Forderung Mose erfüllen: Seid wie Gott, denn wenn wir ihn erkennen …«

»… machen wir uns die Erde untertan. Das ist die Weisheit, nach der ich suche, der Schlüssel, um alles zu erkennen. Wir sind Opfer unserer eigenen geistigen Missgeburten, wir haben Verstandesgestelle zwischen uns und der Wirklichkeit errichtet. Die Weisheit, die Gott Adam und Eva gegeben hat, die sie an Hermes Trismegistos weitergereicht haben, der wieder Pythagoras belehrte und von dem sie Platon erhielt, ist der Schlüssel zum Lauf der Welt und zum Glück der Menschen, und sie ist verborgen.«

»Aber Platons Schriften besitzen wir doch!«, begehrte sie auf. Sollten denn gar keine Gewissheiten mehr gelten? Nikolaus von Kues wirkte gelassen und zufrieden, was sich in seinem verletzten Antlitz etwas komisch ausnahm. Das Veilchen in seinem Gesicht stand im buntesten Widerspruch zu seinem Pathos. Ein wenig selbstgefällig verschränkte er die Hände vor der Brust und wippte mit den Zehen. »Nun weißt du, welches Buch ich suche. Das Buch, in dem Platon die Geheime Lehre niedergelegt hat.«

»Warum aber ist sie geheim? Es müsste doch gut für uns alle sein, sie zu kennen, wenn sie der Quell des Glücks für alle Menschen ist.«

»Sowohl Platon in seinen Briefen als auch Dionysios Areopagita, der Schüler des Apostels Paulus, untersagten, die Geheimnisse denen zu verraten, die nicht über die Gabe der Vernunft verfügen. Viele besitzen Verstand, wenige aber Vernunft. Mit dem Verstand versteht und regelt man die sinnlichen, die anfassbaren, die Alltagsdinge, mit der Vernunft schaut man die Wahrheit. Der vernunftlose, den Sinnen verhaftete Mensch vermag die Wahrheit nicht zu schauen. Er sieht die Gegenstände, nicht aber die Ideen. Er hat Ansichten, aber kein Wissen, Meinungen, aber keine Kenntnisse. Er kann messen, aber er weiß nicht, was das Maß ist. Und weil er das nicht weiß, wird er mit der Weisheit maßlos umgehen und alles zerstören wie einer, der gehört hat, wie man ein Feuer entzündet, und es im Stroh in der Scheune entfacht, sodass ihm Stroh und Scheune verbrennen und vielleicht er mittendrin auch. So sah das auch Paulus. Er sagte: ›Und ich, liebe Brüder, konnte nicht zu euch reden wie zu geistlichen Menschen, sondern wie zu fleischlichen, wie zu unmündigen Kindern in Christus. Milch habe ich euch zu trinken gegeben und nicht feste Speise; denn ihr konntet sie noch nicht vertragen. Auch jetzt könnt ihr's noch nicht, weil ihr noch fleischlich seid.‹«

»Was du suchst, ist der Schlüssel des Universums.«

»Nenne es so. Aber wir benötigen diese Weisheit, damit Christen nicht mehr Christen verfolgen, damit Juden, Muslime und Christen endlich begreifen, dass sie demselben Gott dienen, dass sie alle seine Kinder sind und sich wie Brüder und Schwestern nicht an die Kehle gehen dürfen!«

»Dann wäre der Heilige Krieg, wie übrigens jeder Krieg, Gotteslästerung?«

»Ja, aber solange wir die Weisheit nicht gefunden haben, den Religionsfrieden nicht verwirklicht haben, müssen wir unseren Glauben wie unsere Existenz, was dasselbe ist, verteidigen, so lange werden wir wohl oder übel Kreuzzüge führen müssen.«

»Wenn wir im Frieden und im Glück leben wollen, müssen wir also diese Weisheit finden?«

»Ja.« Als er dieses einfache, jedoch entschlossene Ja sagte, war er schöner als je zuvor. Ein sanftes Licht erhellte von innen heraus seine Gesichtszüge, sodass sie eine gewisse Durchlässigkeit bekamen. Anna glaubte sogar, dass sie sein Antlitz noch im Dunkeln sehen würde, so sehr leuchtete es aus seinem Herzen, seinem Geist. Dieses Leuchten kam nicht von Gott, auch nicht vom Teufel, es verdankte seine Existenz keiner Technik und auch keiner Absicht, dazu erstrahlte es zu hell und zu sanft und zu echt. Weder zeigte sich in ihm zugleich, wie es zumeist geschieht, das verborgene Schillern der Eitelkeit noch das Schimmern der Berechnung, auch nicht das Flittern der List noch die Kunst der Verstellung. Ein Hintergedanke hätte ein Teil des Leuchtens verstellt und somit für einen vielleicht kaum feststellbaren Schatten gesorgt. Dieses Leuchten bestand einfach nur aus Denken, aus dem Denken eines Menschen, das so selten und so kostbar geworden war in dieser Welt aus Geschwätz.

Jetzt, wo sie gedanklich eine kleine Verfolgungsjagd durch die Welt begonnen hatten, hielt es die beiden nicht mehr in der Zelle, die ihnen zu eng wurde. Für die Bibliothek war es nicht nur zu spät, es fehlte ihnen auch die Konzentration für das andere, wo sie jetzt doch ganz bei sich waren. Nicht ihre Körper – das lag außerhalb ihrer Vorstellung –, ihre Seelen hatten sich vereint, es waren die Liebkosungen des Geistes, die man Gedanken nannte, die sie austauschten. Also spazierten sie auf Annas Vorschlag, die vier bewaffneten Diener in angemessenem Abstand hinter ihnen, zur St.-Barbara-Spitze, denn nur die Weite des Meeres konnte dem abenteuerlichen Denken einigermaßen Raum bieten, das Lager ihres Begehrens sein. Auf dem Weg durchquerten sie die engen Gassen des riesigen Ameisenbaus, der Konstantinopel auch war, und die Ruinen imperialer Größe. In dieser Stadt hauste die Gegenwart zur Untermiete bei der Vergangenheit. Zweistöckige Häuser reihten sich aneinander, bis sie einem ovalen Forum Platz machten. Kolonnadengänge umringten das Forum, das sie durch ein hohes Tor betraten. In der Mitte stand auf einer hohen Säule eine Figur mit Speer. Ins Gespräch vertieft, nahmen sie weder den Platz noch die Säule wahr, weder das freie Feld, das sie überquerten, noch die engen, muffigen Gassen, die sie durchschritten, auch nicht den alten Palast, den sie rechts liegen ließen. Nicht einmal die aufdringlichen Schreie der Möwen drangen in ihr Bewusstsein, so sehr waren sie in die Worte des anderen vertieft. Die Landspitze empfing sie mit einer frischen Brise, der es nicht völlig gelang, den Duft des wilden Wacholders, den sie auftrieb, zu zerstreuen.

Deshalb, und weil sie wirklich von Seeräubern abstammten, liebten die Notaras diesen freien Ort, an dem die Meeresluft gegen den Gestank der Stadt anrannte, immer wieder von Neuem. Von hier aus konnte man in das Goldene Horn schauen, hinüber zur der

Genuesenstadt Galata oder geradeaus in den Bosporus, der irgendwann ins Schwarze Meer mündete. Wenn es eine Definition für Freiheit gab, dann lautete sie, an diesem Ort zu stehen. Im Osten allerdings drohte bereits die anatolische Landmasse, die Heerscharen osmanischer Krieger gebar. Sie sogen die frische Luft ein, als würde jeder Atemzug ihr Leben um zehn Jahre verlängern. Stumm hatten sie diesen Anblick genossen, bevor sie sich umwandten und schweigend in die Stadt blickten. Linkerhand ragten die Überreste des alten Kaiserpalastes in den Himmel und lag der Leib des Hippodroms vertäut wie ein trunkenes Schiff im Landmeer. Aus alldem und über dem allen erhob sich die Kuppel der Hagia Sophia, die im Abendlicht wie Gold leuchtete, dem eine Spur Blut beigemischt war.

»Ist das die Ewigkeit?«, fragte er.

»Das Gold ist die Ewigkeit, das Blut die Vergänglichkeit. Aber daraus besteht die Weisheit, aus sich immer wieder erneuernder Vergänglichkeit bis in alle Ewigkeit, so wie das Gold vom Schein des Blutes umgeben ist.«

Nikolaus sah sie mit einem langen Blick an. Das Mädchen hatte etwas gesagt, von dem sie zuvor nichts wusste und das sie auch jetzt noch nicht ganz verstand, verführt vom Sehen. Auch der Mann verstand noch nicht vollkommen den Sinn ihrer Worte, spürte jedoch mit jeder Faser seines Geistes, dass in diesem Satz die Lösung seiner Frage lag, wie das Unendliche zu denken sei. Anna errötete, weil sie fürchtete, ihn mit Worten zu betrügen, die sie selbst nicht verstand, aus Eitelkeit klüger zu tun, als sie tatsächlich war. Wer war sie denn? Doch nur ein sechzehnjähriges Mädchen. Verlegen lächelnd wies sie mit ihrem rechten Zeigefinger auf die Kuppel der Hagia Eirene.

»Das ist die jüngere Schwester der Heiligen Weisheit, die Hagia Eirene, was auf Lateinisch die Heilige Wahrheit bedeutet.«

»Die Wahrheit als jüngere Schwester der Weisheit. Die Wahrheit kam nach der Weisheit, und sie hatten denselben Vater. Ja, so ist es recht«, stimmte er ihr feierlich zu.

»Und dort, schau!« Nicht allzu weit entfernt von der Hagia Sophia, südwestlich von ihr, saß Kaiser Justinian auf seinem Schlachtross, durch eine Säule auf annähernd gleiche Höhe mit der Kuppel der Sophienkirche gehoben. In der linken Hand hielt er die Welt als Erdkugel, die rechte erhob er, ganz Weltenherrscher, nach Osten.

Die Augen des Legaten leuchteten beim Anblick dieser Figur. »Den Osten wird er unterwerfen«, sagte er mit Gewissheit.

»Für mich sieht es eher so aus, als versuche er noch zu bannen, was da vom Osten auf uns zukommt. Am Ende werden uns wohl nur noch die Bildnisse verteidigen.« Ein bitteres Lachen entrang sich ihrer Kehle. »Und nicht nur vom Osten, die Türken stehen auch schon im Westen. Konstantinopel ist die letzte christliche Insel im Meer der Heiden.« Der Körper des Mädchens bebte. Es war ihr nie so bewusst geworden wie eben jetzt, in welcher Gefahr sie schwebten. »Werden wir diese Insel verteidigen können, Nikolaus, wird sie den Ansturm der Muslime überleben?«

»Ich werde alles dafür tun. Solange ich lebe, werde ich meine ganz Kraft dafür einsetzen, Konstantinopel zu verteidigen.« Mitleid lag in ihrem Blick, als sie mit ihren Augen über die Wunden in seinem Gesicht fuhr. Verwundet, gerupft, mit einem Gesicht, das in Blau und Grün und Gelb leuchtete, wirkte er wahrlich nicht wie der strahlende Held und Beschützer der Stadt. Nicht wie die muskulöse Figur Justinians, der hoch oben über der Stadt zu Pferde saß. Aber würde er von seiner Säule herabsteigen, wenn der lange Tag der letzten Schlacht käme? Wohl kaum. Und Nikolaus? Würde er nach seiner Rückkehr noch an Konstantinopel denken? Würde er noch an sie denken, wenn er weit weg im Lateinerland unterwegs war?

»Schau dir den Weltenkaiser Justinian an in seiner Pracht, in seiner Herrlichkeit, wie er im Bunde mit der Kirche, auf Augenhöhe mit der Heiligen Weisheit, über die Menschen herrscht. Wie vom unendlichen König des Universums die Harmonie über die Hierarchie, die Stufen der Welt hinabfließt und sich über alle Wesen ergießt, so soll auch die Regierung des Weltenkaisers Recht, Gerechtigkeit und Glauben für alle Menschen durchsetzen. Mehr bedarf es nicht.«

»Was aber ist Harmonie?«

»Der schöne Zusammenklang der einzelnen Leben, der Einklang aller, die Seinsweise eines glücklichen Daseins. Alle Menschen besitzen von Natur aus das Recht, ihr Leben zu erhalten und zu schützen, sie haben das Recht, sich zu ernähren, zu kleiden, zu bilden, Familien zu gründen, für ihre Nachkommen zu sorgen und ihr Eigentum zu schützen und, wenn es nicht auf Kosten Dritter geht, zu mehren. Das heißt Harmonie! So muss das ewige Reich beschaffen sein. Alles geht aus dem Einen hervor und kehrt in das Eine zurück. Wir alle sind voneinander abhängig, die Lateiner von den Byzantinern und umgekehrt. Nicht dem Papst kommt die Oberherrschaft zu, sondern Gott. Er ist das Eine. Ich habe die Archive durchwühlt. Weißt du, was ich gefunden habe?« Er hatte die Frage mit einer so großen Heftigkeit gestellt, dass Anna zurückschreckte. Sie fühlte seine Erregung. »Kennst du die größte Angst, die in der alten Kirche geherrscht hat?«

»Die vor der Verfolgung der Christen?« Er schüttelte den Kopf mit einem spitzbübischen Lachen. Anna fasste sich an die Stirn, als wolle sie sich für ihre Unbedachtsamkeit entschuldigen. Auf diese Frage konnte es nur eine Antwort geben. »Die vor dem Teufel?« Natürlich vor dem Teufel.

»Nein und nein und nein!«

»Nicht einmal vor dem Teufel. Was ist schlimmer als der Alte Feind?«

»Die Vermischung ist's, die Vermischung von Weltlichem und Geistlichem. Weil die Kirche Weltliches und Geistliches vermengt, weltliche Macht ausübt, wo sie sich doch um das Seelenheil zu kümmern hat, blutet die Kirche moralisch und finanziell aus, obliegt nicht mehr ihren Aufgaben und befindet sich in Niedergang und Verfall. Deshalb haben sich Papst und Geistlichkeit um das Geistliche zu kümmern, während die weltliche Macht als Stellvertreter Gottes auf Erden der Kaiser auszuüben hat. Doch der Kaiser muss gewählt werden. Nur durch die Zustimmung und die freie Wahl der Bürger erhält der Kaiser die Legitimation zum Herrschen. Denn in der Wahl ist der Heilige Geist anwesend, oder besser, die Wahl muss so gestaltet sein, dass der Heilige Geist anwesend sein kann. Weil wir an die Trinität glauben, ist die Harmonie der Herrschaft möglich. Der Mensch kann den Kaiser wählen, weil Gott in Jesus Mensch geworden ist, weil der Mensch im Menschensohn erhöht wurde, weil Gott ihn zu sich gezogen hat. Aus dem Grund wird Gottes Wille als Heiliger Geist in der Wahl des Kaisers durch die Menschen anwesend sein. Im Islam gibt es keinen Gottessohn, folglich auch keine Erhöhung des Menschen zu Gott. Allah will Knechte, die gehorsam sind, also werden auch seine Sultane Tyrannen sein. Aber Gott verabscheut Knechte, er ist wie ein liebender Vater, der kluge und selbstständige Kinder haben will, die ihn in ihrer Klugheit und in ihrer Selbstständigkeit preisen, die ihm durch ihre Klugheit und durch ihre Selbstständigkeit dienen, denn nur so sind sie frei, und nur wenn sie frei sind, können sie sein Abbild sein. Gott ist frei, und wenn der Mensch nach seinem Bild geschaffen wurde, dann ist auch der Mensch frei, der zum Schutz seiner Freiheit den Kaiser wählt. Ich habe es mit eigenen Augen gelesen. Papst Anastasius nannte in einem Brief wörtlich den Kaiser *vicarius Christi*, Stellvertreter Christi. Höre wohl, der Papst den Kaiser und nicht umgekehrt.«

»Wenn wir überleben wollen, müssen wir uns am Haupt und an den Gliedern reformieren. Aber welcher Kaiser soll es sein? Der römische oder der byzantinische?«

»Keiner von beiden, sondern der Weltkaiser. Aber dafür benötigen wir zunächst eine geeinte Kirche! Deshalb ist das Unionskonzil so wichtig, deshalb bin ich hier, um dafür zu werben und Johannes zu bewegen, mich nach Ferrara zu begleiten.«

Ein kühler Wind kam auf. Die Sonne im Westen, der Mond im Osten standen sich gegenüber und zwischen ihnen Anna und Nikolaus und natürlich Justinian, der Weltenkaiser auf seinem Pferd.

Ihr wurde kühl. »Es ist spät. Ich muss nach Hause.«

»Morgen?«

»Morgen«, und es klang wie ein Schwur aus ihrem Munde, ein Schwur und eine kleine Verschwörung. Sie wollte ihm einen Kuss geben, brachte aber schließlich nicht den Mut dafür auf, so berührte sie mit ihrem rechten Zeigefinger kurz seine Wange, einen Flügelschlag lang. Nicht mehr.

27

Notaras-Palast, Konstantinopel

Auch Loukas Notaras kam erst spät nach Hause. Sie hatten lange im Geheimen Rat gestritten. Schließlich setzte sich der Admiral gegen Alexios Angelos durch, sodass der Kaiser nicht nur den Legaten des Papstes, sondern auch den Gesandten des Konzils in einer gemeinsamen Audienz empfing. Von seiner Frau erfuhr er, dass Anna erst kurz vor ihm zurückgekehrt war. Das stimmte ihn misstrauisch. Deshalb befragte er die Wächter seiner Tochter.

Währenddessen saß Anna im Atelier ihres Onkels und schaute ihm zu, wie er eine Tafel grundierte, die er zum Malen verwenden wollte. Es fiel ihr auf, wie viel Geduld, wie viel Liebe und wie viel Sorgfalt er aufbrachte. Sie fand den Geruch des Ateliers bemerkenswert, aber den von Büchern liebte sie.

»Du hast schon lange keine Ikone mehr gemalt.«

»Das fällt sogar dir auf. Wie kann ich das Göttliche malen, wenn ich das Menschliche nicht kenne? Nicht Gott suche ich, sondern den Menschen.«

»Wie willst du den Menschen finden?«

»Ich hoffe, wenn ich viele Menschen in ihrem Alltag male, irgendwann einmal den Menschen zu finden.«

Anna lächelte maliziös. »Ein bisschen gotteslästerlich ist das schon, oder? Die heilige Technik für profanes Menschenwerk zu nutzen.«

»Unsere kleine Sophistin«, lächelte der Maler. »Das sind alles Theorien. Dionysios macht sich zum Medium Gottes beim Malen, allerdings haben die Regeln, an die er sich hält, Menschen erstellt.«

»Ein Widerspruch!«

»Mag sein. Ich habe diese hochfliegenden Vorstellungen nicht.«

»Nein?« Annas Gesicht nahm den vollkommenen Ausdruck der Ironie an.

»Ich habe so viel verschiedenes Leben gesehen. Schau mal.« Demetrios unterbrach seine Arbeit, erhob sich mit einem Gesichtsausdruck, der besagte, dass Anna vorher ja doch keine Ruhe geben würde, und nahm vom Fußboden ein Tafelbild, das an die Wand gelehnt stand. Auf dem Bild sah sie eine Türkin, die einem etwa zweijährigen Kind, das gestürzt war, aufhalf. Dabei hatte sich ihr Schleier gelöst und gab das Gesicht frei, in dem Sorge und Liebe zu ihrem Kind sich mit der Verwunderung über den fehlenden Schleier mischten.

»Ich hätte natürlich auch eine Hodegetria malen können, eine Jungfrau Maria mit ihrem Sohn.« Anna beeindruckte das Bild, denn sie sah der Frau an, dass sie ihr Kind verteidigen würde. Es sind Menschen, dachte sie erschüttert, Menschen wie wir. Natürlich wusste sie, dass die Heiden keine Tiere oder Ungeheuer waren, dazu hatte ihr Vater genug von den Türken erzählt, von Murad und Halil Pascha. Das waren Herrscher, Politiker, Geschäftsleute, aber keine Menschen des Alltags, auf die es doch ankam. Demetrios beobachtete die Gesichtszüge seiner Nichte. »Es ist spät. Du musst ins Bett, Anna. Morgen ist auch noch ein Tag.«

»Eine Frage noch!«, bat sie.

»Eine!«, erwiderte Demetrios streng.

»Wie würdest du eine Klosterbibliothek ordnen, wenn du Bücher verbergen willst?« Die Suche nach Büchern im Kloster, die sie mit Nikolaus betrieb, weckte den Verdacht in ihr, dass die Bibliothek nicht, wie der Bibliothekar behauptete, vollkommen unordentlich war, sondern dass die äußere Unordnung die innere Ordnung verbarg.

Demetrios kratzte sich den kleinen Spitzbart, den er sich hatte wachsen lassen. »Es gibt viele Möglichkeiten. Hat dein Bibliothekar nicht früher Ikonen gemalt?«

»Deshalb frage ich dich!«

»Dann schlage ich ein Bilderrätsel vor. Denk dir den Raum als Ikone, also die drei Dimensionen von Höhe, Breite und Tiefe auf die zwei Dimensionen von Höhe und Breite reduziert. Die Ikone gehorcht nicht den Gesetzen der Zentralperspektive, weil sie die Welt nicht so genau wie möglich abbilden will, sondern weil sie ein Symbol der Welt darstellt. Bisweilen arbeiten Ikonen mit einer umgekehrten Perspektive. Normalerweise laufen die Linien im Unendlichen zusammen, das bedeutet, dass alles, was im Vordergrund ist, größer ist als das, was im Hintergrund ist. Sollte also die Bibliothek wie eine Ikone geordnet sein, dann finde die Ikone. Entweder hat sie der Bibliothekar in seiner Jugend gemalt, oder sie ist von zentraler Bedeutung für das Kloster. Vorausgesetzt natürlich …«

Es klopfte an der Tür. Ein Diener bat Anna, sogleich ihren Vater in seinem Arbeitszimmer aufzusuchen. Sie wunderte sich, dass er sie so spät noch zu sprechen wünschte. Dann konnte es nur etwas Wichtiges sein. Ihr schwante nichts Gutes. Mit ihrer Ahnung sollte sie recht behalten. Beim Betreten des Arbeitszimmers fiel ihr sofort die eisige Atmosphäre auf, der kalte Blick des Vaters und die verkniffenen Lippen der Mutter.

»Setz dich«, befahl Loukas knapp. Sie hatte sofort das Gefühl eines Tribunals. Vater und Mutter saßen ihr gegenüber.

»Was treibst du eigentlich im Kloster? Und ich will keine Lügen hören!«, begann er mit Grollen in der Stimme.

»Du weißt, dass ich nicht lüge.« Weder Loukas noch Eirene reagierten, sondern sie warteten. »Ich werde in Philosophie unterrichtet.«

»Von wem?«

»Das wisst ihr doch.«

»Wissen wir das wirklich?«, hakte Eirene nach.

»Von Bessarion.«

Die Schläfen des Admirals spannten sich an. »Ist das alles? Mehr nicht?«

»Es gehört zum Unterricht, in den Beständen der Bibliothek zu suchen.«

»Mit wem suchst du denn?«

»Mit dem Herrn Nikolaus«, versuchte sie so normal wie möglich zu klingen. Es gelang ihr nur schlecht, wie sie selbst fand. Es kostete ihre ganze Selbstbeherrschung, nicht zu erröten.

»Hatten wir dir das erlaubt?«

»Nein, aber ...« Sie biss sich auf die Zunge, denn sie wollte Bessarion nicht mit hineinziehen. »Ich dachte mir nichts dabei. Herr Nikolaus ist ein Kenner der Philosophie und ein versierter Bücherjäger. Er sagt Dinge, die dir gefallen würden, so zum Beispiel, dass dem Papst nicht der Primat zukommt, dass der Kaiser der Stellvertreter Christi auf Erden ist und nicht der Papst, dass die Konstantinische Schenkung eine Fälschung ...«

»So, sagt er das alles?«, fuhr Loukas sie an. »Mich interessiert aber mehr, was er tut. Ein Mann meines Alters ist mit meiner Tochter allein«, brüllte er los.

»Loukas!«, ermahnte Eirene ihn.

»Wir waren nicht allein, Papa!«, hielt das Mädchen tapfer dagegen, die der Ausbruch ihres geliebten Vaters einschüchterte.

»Stimmt, umarmt habt ihr euch in aller Öffentlichkeit auf der St.-Barbara-Spitze!« der Admiral kochte vor Wut. Anna sank der Mut. Er wusste alles. Sie hätte vorsichtiger sein müssen, aber dann hätte sie doch vorher wissen müssen, was geschieht, dann hätte sie doch ihren Vater betrügen und Nikolaus verführen wollen wie eine Frau den Mann! Aber das war es ja nicht, was zwischen ihr und Nikolaus bestand. Wie sollte sie denn etwas verbergen, wovon sie nicht einmal ahnte, dass es geschehen würde! Dabei verstand sie nicht einmal selbst, was geschehen war. Aus dem Munde ihres Vaters klang es so gewöhnlich, wie ein Verbrechen. Sie hätten sich umarmt, sich hinter seinem Rücken getroffen, sie, das junge Mädchen, und ein Mann seines Alters. Aber so war es nicht, so war es ganz und gar nicht! Aber wie war es dann? Sie hatten über Philosophie gesprochen, über das Kaisertum, über die Reform als einzigen Weg, Konstantinopel vor den Türken zu retten, sie hatte ihm Büchertitel und Passagen aus dem Griechischen ins Lateinische übersetzt. So war es, mehr aber nicht. Nicht mehr? Doch, bei alldem hatte ihr Herz höher geschlagen, fühlte sie sich sicher und wohl in seiner Gegenwart. Aber das hatte doch nichts zu bedeuten, nichts Schlechtes jedenfalls.

»Du hast uns hintergangen, unser Vertrauen missbraucht«, sagte ihre Mutter kühl.

»Aber Mama, glaubst du das wirklich?«

»Keine Komödie, Anna, bitte. Mach es nicht noch schlimmer.« Aus der Stimme ihres Vaters klang tiefe Enttäuschung. Und das traf sie stärker, als wenn er gebrüllt hätte. Sie fühlte sich hilflos vor dem Bild, das sich ihre Eltern machten, denn sie hatte das Gefühl, sie nicht mehr zu erreichen. Sie konnte sagen, was sie wollte, ihre Eltern hatten sich ihre Meinung gebildet. Mit nichts hätte Anna sie umstimmen können. Die Sehnsucht, wieder Kind zu sein, überkam sie. Da war alles so einfach und so überschaubar. Ihr Vater liebte sie und sie ihn, kein Geheimnis bestand zwischen ihnen, aber geteilt hatten sie jede Menge Heimlichkeiten. Und nun erreichte sie ihren Vater nicht mehr. Er warf ihr den schlimmsten Verrat vor. Das Traurigste daran war jedoch, dass sie nicht wusste, was er ihr eigentlich zum Vorwurf machte. Nichts war geschehen, außer dass sie mit Nikolaus von Kues über Philosophie gesprochen hatte, mit dem Verstand und mit dem Herzen. Vielleicht half es ihr, das, was die Wachmänner berichtet hatten, von außen zu sehen, kühl, um den Eindruck zu verstehen, den diese Schilderungen auf ihre Eltern machten. Wie schmutzig das Reine aussehen konnte. Davor schreckte sie zurück, denn sie argwöhnte, dass ihre Philosophiestunden und ihre Bücherjagden Außenstehenden lediglich als Tarnung erschienen. Und so wollte sie das, was Nikolaus und sie erlebt hatten, nicht erniedrigt sehen. Wenn ihre Eltern, vor allem ihr Vater, so darauf reagierten, dann konnte es nur Gift sein, und sie wollte sich das Schöne in ihrem Leben nicht vergiften lassen.

»Dein Vater und ich haben beschlossen, dass wir deine Erziehung verändern. Du bist aufgewachsen wie ein Junge. Das war wohl falsch. Singen und Tanzen statt Philosophie, Haushaltskunde statt Kaufmannslehre werden künftig deine Beschäftigungen sein. Schließlich wirst du eines Tages nicht die Firma deines Vaters führen, sondern wirst als Herrin des Hauses einem großen Haushalt vorstehen!«

Dicke Tränen kullerten aus Annas Augen. Hilflos schaute sie zu ihrem Vater hinüber. »Da brauchst du gar nicht zu deinem Vater zu gucken. Geh jetzt ins Bett und bitte Gott um Vergebung für deine Sünden«, sagte Eirene ruhig und frostig. Bevor Anna noch einen Ton außer Wimmern herausbekam, sagte ihr Vater leise: »Geh schon!«

Wie sie in ihr Zimmer gekommen war, hätte sie nicht sagen können. Ihre Welt war zusammengebrochen. Und sie wusste immer noch nicht, warum.

Auch Loukas fand nur schwer in den Schlaf. Er wälzte sich von einer Seite auf die andere. Plötzlich spürte er, dass Eirene seine Hand in die ihre nahm, sie zu ihrem Mund führte und küsste. Das tat ihm gut, sehr gut sogar.

»Es war kein Fehler, ihr das zu nehmen, was wir ihr hätten niemals geben dürfen. All das, womit sie sich beschäftigt hatte, sind keine Gegenstände für Mädchen.« Er nickte, was sie in der Dunkelheit eher ahnte als sah. »Wer weiß, wo das noch hingeführt hätte. Ich liebe unsere Tochter nicht weniger als du, deshalb sage ich: lieber ein Ende mit Schrecken als ein Schrecken ohne Ende.«

»Du hast sicher recht, ich stelle morgen trotzdem Bessarion und diesen Lateiner zur Rede.«

»Versprich mir, dass du nett zu Bessarion bist, er ist unser Freund und außerdem ein großes Kind.«

Das große Kind saß im Speisesaal des Klosters unter einer Kuppel, die das mystische Mahl darstellte, und kaute an einer überhaupt nicht mystischen Wildschweinkeule. Die heiligen Patriarchen schauten auf Bessarion herab, besonders Basilius der Große mit grauer Mähne, langem Bart, aus gewölbten Augen, so als missbillige er den Genuss seines Abtes. Auf einem Spruchband verkündete er: »Keiner von denen ist würdig, die gebunden sind mit fleischlichen Banden.« Bessarion saß inmitten der Mönche und neben ihm sein Gast, Nikolaus von Kues.

Loukas Notaras strebte zum Tisch das Abtes an der Stirnseite. Schön, dass ich euch beide antreffe, dachte er grimmig. Als Bessarion den Freund entdeckte, strahlte er übers ganze Gesicht.

»Entschuldigt, wenn ich beim Essen störe, aber ich muss dringend mit dir und dem Herrn Nikolaus von Kues sprechen. Die Sache duldet keinen Aufschub!« Bessarion schaute überrascht und legte die Keule auf den Zinnteller. Dann lotste er die beiden Männer in ein kleines Nebengelass. Loukas' Geduld reichte noch genauso lange, wie Bessarion benötigte, um die Holztür zu schließen. »Ich habe dir meine Tochter anvertraut, damit du sie in Philosophie unterweist, nicht er! Ich habe ihr weder erlaubt, mit ihm in der Bibliothek zu stöbern, Gespräche zu führen noch am Meer im Mondschein herumzuspazieren.« Nikolaus holte tief Luft, während das Lächeln im Gesicht des Abtes erstarb.

»Es war nicht rechtens, dich nicht um Erlaubnis zu bitten, Loukas«, räumte Bessarion zerknirscht ein. »Andererseits hege ich die tiefsten väterlichen Gefühle für Anna. Das weißt du. Ich war sogar bei ihrer Geburt dabei. Aber außer, dass ich nicht mit dir darüber gesprochen habe, ist nichts Unrechtes geschehen, mein Wort.«

»Gebt Ihr auch Euer Wort darauf, mein Herr?«, fragte Loukas Nikolaus von Kues.

»Mein Wort darauf!«

»Das kam mir doch etwas schnell. Man fragt sich, was das Wort eines Lateiners wert ist, da doch Zeugen aussagen, dass Ihr meine Tochter sogar in den Armen gehalten habt.«

»Hast du?«, fragte Bessarion erschüttert.

»Formaliter ja, causaliter und finaliter nein.«

»Kommt mir jetzt nicht mit Eurem Philosophengewäsch. Ich habe eine einfache Frage gestellt, die man mit Ja oder mit Nein beantworten kann!«, ließ sich der Admiral nicht beirren, zumal er gar nicht wusste, was der Lateiner mit dieser Unterscheidung meinte.

»Es war weder beabsichtigt noch gewollt, aber für einen kurzen Moment ist es geschehen, wie man jemanden auffängt, wenn er stolpert.«

»Ihr habt Keuschheit geschworen, da fängt man niemanden auf, schon gar kein Mädchen von sechzehn Jahren.«

»Ich habe keine Weihen empfangen. Ich bin kein Priester.«

»Umso schlimmer! Wusstest du das, Bessarion?« Der Abt schaute sehr unglücklich drein.

»Aber deswegen habe ich noch lange nichts getan, was Ihr mir verübeln dürftet und was ich mir vorwerfen müsste. Eines aber sage ich Euch. Ihr könnt stolz darauf sein, eine Tochter wie die Eure zu haben. Besäßen doch viel mehr Söhne das Format Eurer Tochter, dann stünde es um die Welt besser«, erklärte Nikolaus, als stünde er auf der Kanzel. Aber Loukas schüttelte den Kopf in einer Art, als hielte er sich die Ohren zu. »Es klingt gut, aber glauben, glauben kann ich Euch nichts. Ihr versteht nur allzu gut das Geschäft der Worte und seid in einer Situation, in der Ihr versucht seid, alles zu sagen, um an Euer Ziel zu kommen.« Nikolaus von Kues lachte laut auf, dann nahm er den Admiral scharf in den Blick. »Ja, Ihr habt recht, ich liebe Eure Tochter. Ich liebe aufrichtigen Herzens, was sie denkt und wie sie denkt, und wenn ich sie umarmen möchte, dann ist es mein Geist, der ihren Geist umfangen will. Nicht aber mein Körper! Glaubt es oder glaubt es nicht! Weit konsequenter noch und weit eifersüchtiger als Ihr würde ich ihre Jungfräulichkeit verteidigen, denn sie schützt wie eine undurchdringliche Dornenhecke ihren Geist. Sie kann viel erreichen, und sie wird auf viel verzichten müssen. Aber Eure Tochter, Loukas Notaras, ist ein Gottesgeschenk! Sie ist etwas Außergewöhnliches. Vertraut ihr – Gott wird sie schützen. Und wenn Ihr Eurer Tochter nicht vertrauen wollt, dann vertraut auf Gott, denn er hat es so eingerichtet, weil er es so will. Gott, Loukas Notaras, hat Euch diese Tochter geschenkt.«

Dort, wo er Sicherheit am dringendsten benötigte, spürte er nichts anderes als Unsicherheit. Alles, was der Lateiner sagte, ging ihm zu Herzen, doch zu sehr, zu genau. Der Fremde war ein erfahrener Redner, dessen Geschäft darin bestand, ihn zu überzeugen, indem er sagte, was er zu hören wünschte. Gebot denn nicht die Klugheit, dort misstrauisch zu sein, wo der Instinkt durch eine geschickte Argumentation eingeschläfert werden sollte? Wenn der Verstand auf der einen Seite und das Bauchgefühl auf der anderen Seite stand – wem von beiden sekundierte dann die Wahrheit?

»Nein, Herr Lateiner, Ihr sprecht von der Umarmung des Geistes. Das klingt gut, nur weiß ich nicht, wo Euer Geist sitzt. Bei manchen im Kopf, bei anderen auf der Zunge, wieder andere tragen ihn im Bauch und die Verrufensten in ihren Genitalien. Versteht mich nicht falsch, ich will einem Mann nicht seine Lebensweise vorwerfen, das liegt mir wahrlich fern, aber ich bin auch ein Vater, und es ist meine Aufgabe, mein Kind zu schützen. Ich wünsche Euch Gottes Segen, aber lieber bin ich stets zu vorsichtig als einmal zu nachlässig. Wie gesagt, ich bin ein Vater, ich kann es mir nicht leisten, unvorsichtig zu sein.« Mit einem knappen Kopfnicken, das sowohl Abschied als auch Warnung als auch Kampfansage bedeutete, verließ der Admiral den Raum. Bessarion, dem das alles zutiefst peinlich war und der augenscheinlich die ganze Geschichte immer noch nicht begriffen hatte, atmete hörbar aus. »Er wird drüber nachdenken«, sagte Bessarion sicher, und es klang so, als hätte er gesagt, der Heißsporn werde schon Vernunft annehmen.

Nikolaus von Kues jedoch versank in Schweigen. Und kratzte aufgeregt seine Nase, bevor er den Zeigefinger auf den Abt richtete. »Das wird er nicht tun. Denn er ist eitel. Er steht nicht im Konflikt zwischen Wahrheit und Lüge, sondern zwischen seinem Urteil und seinem Vorurteil, und in dieser Auseinandersetzung gewinnt zumeist das Vorurteil. Und wisst Ihr, warum das so ist? Weil das Vorurteil weder unseren Verstand anstrengt noch uns infrage stellt. Es fordert nichts von uns, sondern alles von den anderen. Die Menschen müssen sich von den Vorurteilen befreien, wenn sie wirklich urteilen wollen. Erst dann sind sie wirklich in der Lage, zu wählen und Entscheidungen zu treffen. Dort, wo die Menschen am inbrünstigsten ihre Meinung herausposaunen, plappern sie eigentlich nur nach. Nein, dieser Mann denkt nicht nach. Er hat längst seine Entscheidung getroffen, und zwar gegen sich«, sagte Nikolaus leise, mit einer kaum verhohlenen Verzweiflung.

28

Notaras-Palast, Konstantinopel

Anna hatte geweint, sie hatte getobt, sie hatte geflucht, sie hatte sich ihrer Verzweiflung ergeben. Ihre Mutter verstand sie nicht, ihr Vater auch nicht. Sollte sie denn ein ereignisloses Leben in den überschaubaren Zirkeln des Palastes zubringen? Wäre es nicht besser, mit Nikolaus zu fliehen und die Welt kennenzulernen? Würde sich ihr diese Chance jemals wieder bieten? Würde sie jemals wieder einen Mann wie ihn treffen? Sie musste ihn noch einmal sehen, wenigstens die Jagd nach Büchern abschließen. Schließlich schwebte ihr eine Idee davon vor, wie der kleinwüchsige Mönch die Bibliothek geordnet hatte. Außerdem rebellierte ihr ganzer Widerspruchsgeist gegen diese Behandlung, denn sie war sich keiner Schuld bewusst. Dass ihr ein Fehler unterlaufen war, würde sie sich noch eingestehen, aber Schuld, nein, Schuld hatte sie nicht auf sich geladen. Vorsichtig öffnete sie die leicht knarrende Tür, schlich durch das Zimmer von Theodora, das völlig von ihren Puppen beherrscht wurde. Zum Glück spielte ihre kleine Schwester im Garten. Bevor sie auf den Gang trat, lugte sie vorsichtig um die Ecke, fand den Flur menschenleer, eilte zur Treppe, lief leichtfüßig die Stufen hinab, schon war sie am Portal. Dem Pförtner befahl sie, die Palasttür zu öffnen, und schon umgab sie die Herbstsonne mit ihren noch wärmenden Strahlen. Nur jetzt nicht trödeln, ermahnte sie sich. In ihrem Damastkleid war sie zu gut gekleidet, um allein unterwegs zu sein. Sie rannte über den Platz, tauchte in die Gasse und scherte sich nicht um die Leute, die ihr neugierig oder verwundert nachsahen.

Kurz vor dem Basiliuskloster entdeckte sie ihren Vater. Geistesgegenwärtig lief sie in die Gasse, die nach links abbog und die wohl in Richtung Hafen führte. Sie wollte warten, bis er vorübergegangen war, und dann ihren Weg fortsetzen. Anna ging hinter einem Mauervorsprung in Deckung und beobachtete die Straße. Aus den Augenwinkeln registrierte sie, dass auch sie beobachtet wurde. Ein Mann, dessen Grinsen nichts Gutes verriet, kam auf sie zu. Sie ging rasch weiter, doch er folgte ihr. Schließlich stand sie vor einer Mauer. Das Mädchen befand sich in einer Sackgasse. Während Anna sich umdrehte, suchte sie jemanden, der ihr helfen konnte. Aber die Straße war fast menschenleer; nur eine alte Frau schaute sie träge an.

»Suchst du die Nutten? Die schlafen noch. Vertreiben wir uns ein bisschen die Zeit«, sagte der muskulöse Mann mit der dreckigen Stimme.

»Aus dem Weg«, fauchte Anna ihn an. Inzwischen stand der Muskulöse mit seinen Wollhosen und dem Hemd aus grauem Leinen vor ihr. Der Gestank seines Atems nach Vergorenem und Angefaultem nahm ihr die Luft. Er entblößte eine Zahnlücke mitten im Mund. »Hab dich nicht so. Wenn du gut bist oder anstellig, darfst du sogar für mich arbeiten.« Viel wusste Anna nicht von der Welt, aber immerhin, dass diese Kreatur sie aus Angst wahrscheinlich töten würde, wenn sie ihren Namen verriet, weil er zu Recht die Rache ihres Vaters befürchtete. In seinem Gürtel entdeckte sie ein Messer. Jetzt half nur noch Klugheit. Sie ging rückwärts und tat, als ob sie sich ängstigte.

»Ruhig, ganz ruhig. Stephanos wird dich schon gut zureiten. Stephanos hat Erfahrung. Hast Glück, dass du an mich gerätst, Kleine.« Anna tat, als hörte sie ihm widerstrebend, aber immer zutraulicher zu, und blieb schließlich stehen. Er grinste, wie er meinte verführerisch, im unbegrenzten Vertrauen auf seine Unwiderstehlichkeit. Der Zuhälter streckte die Hand nach ihr aus, berührte ihren Hals. Sie ließ es geschehen und verzog keine Miene.

»Na siehst du, ist doch gar nicht so schlimm, brav, Mädchen, brav.« Sie ging auf ihn zu und schmiegte sich an, dabei erinnerte sie sich daran, was ihr Vater ihr einmal beigebracht hatte. Mit ganzer Kraft stieß sie mit dem Knie, das sie anwinkelte, gegen den Unterleib des Mannes, der aufschrie. Fast gleichzeitig griff sie nach dem Messer und stach es ihm in den gekrümmten Rücken. Vor Schmerz heulte der Mann und richtete sich auf. Anna trat, das Messer in der Linken, zurück und schlug blitzschnell einen Bogen um ihn. Dann rannte sie los, so schnell ihre Beine sie trugen. Sie spürte, dass er ihr zu folgen versuchte. »Ich krieg dich, ich krieg ich«, brüllte er, aber die Stimme des Zuhälters wurde immer leiser. Sie ließ das Messer fallen. Als sie wieder auf die Straße bog, streifte sie seine letzten Laute ab wie einen unguten Tagtraum. Obwohl sie sich sicher fühlte, Stephanos los zu sein, stürmte sie dennoch durch die Straße und kam schließlich außer Atem im Kloster an. Der Pförtner wunderte sich darüber, dass sie ohne Begleitung kam. Wahrscheinlich ärgerte er sich darüber, auf den Plausch mit den Wächtern des Mädchens verzichten zu müssen. Als sie die Zelle des Lateiners betrat, machte der vor Staunen große Augen.

»Dein Vater war hier, es ist vielleicht ...«

»Ich weiß, dass er da war. Wir haben nicht viel Zeit. Komm, ich habe eine Idee.« Sie schnappte seine Hand und zog ihn einfach mit sich. Vor der Tür zum Lesesaal ließ sie ihn los. Bevor sie eintraten, atmeten beide tief durch, um zur Ruhe zu kommen. Während Nikolaus mit dem Bibliothekar ein paar Floskeln austauschte, prägte sich Anna die Ikone ein. Dann standen sie wieder in dem Saal mit den Schriften.

»Stell dir den Grundriss des Raums aufgerichtet vor, als ob er vor uns stünde. An was erinnert er dich dann?« Nikolaus brauchte einige Zeit, denn ihre Aufgabe verlangte Phantasie und Abstraktionsvermögen.

»Hatten wir nicht das Gefühl eines Ameisenbaus?«

»Ja, horizontal gesehen schon, aber von oben geschaut eher eine Grotte.« Wie die Augen eines Lehrers, der sich über die richtige Antwort seines Schülers freute, leuchteten ihre Augen. »Gut, sehr gut. Was ist das Wichtigste an der Geburt Christi?«

»Christus. Dort, wo Christus ist, wären die wichtigsten Bücher.«

»Zu leicht. Du suchst doch Bücher von Platon.«

»Platon, Proklos, Plotin, ja.«

»Platon, Proklos, Plotin, hast du gesagt?« Nikolaus nickte. Fältchen zeigten sich auf ihrer Stirn, ihr Gesicht strahlte Konzentration aus. »Die Ikone zeigt eine Grotte. In ihr kniet die Muttergottes, die Christus, wie ein Kind gewickelt, in die Wiege legt. Links kreuzt Joseph die Hände vor seiner Brust. Hier finden wir wahrscheinlich die Bücher der Kirchenväter. Vor der Krippe stehen Ochs und Pferd, da werden wir die Naturphilosophie entdecken. Dann kommen die heiligen Hirten, also die christlichen Philosophen, und jetzt kommt es. Ahnst du es?« Nikolaus wusste beim besten Willen nicht, worauf sie hinauswollte, konnte es allerdings auch nicht, weil er die Ikone, die vor dem Eingang hing, nicht im Kopf hatte.

»Auf der anderen Seite befinden sich die Magier, die im goldenen Gewand auf Pferden sitzen.«

Der Lateiner pfiff durch die Zähne. Was das Mädchen sagte, klang einleuchtend. »Die Magier symbolisieren die alte Weisheit und die alten Philosophen.« Sie gingen zu der Stelle im Raum, an der, wäre der Grundriss des Raumes die Ikone, die Magier stehen mussten. Was sie fanden, erfreute sie anfangs, Cicero und Vergil, Aristoteles und Avicenna, aber weder Platon noch Plotin noch Proklos, sodass sich ihre Freude allmählich eintrübte.

»Es war eine schöne Idee, Anna«, sagte Nikolaus. Sie wollten schon zum Ausgang gehen, da blieb sie stehen. »Die umgekehrte Perspektive«, sagte sie schließlich. »Wir haben zu weit hinten gesucht. Komm!« Sie riss ihn mit sich fort. »Die Figuren, die hinten sind, können größer sein, weil bei der umgekehrten Perspektive die Linien im Unendlichen nicht zusammenlaufen, sondern auseinanderstreben. Also müssen wir weiter vorn suchen.« Vor ihnen stand ein großes Regal, in dem viele Bände lagen, manche auch übereinander. Es erweckte den Eindruck, als habe man hier weniger wichtige Bücher achtlos abgelegt oder aufeinandergestapelt. Zielsicher griff Anna unter einen im mittleren Regalboden liegenden Haufen, zog vorsichtig einen Kodex heraus und las den Titel vor: »Platon: Politeia. ›Vom Staat‹, oder besser ›Vom Gemeinwesen‹, oder noch besser übersetzt: ›Von der Gemeinschaft der Bürger.‹« Nikolaus ließ ein heftiges Hosianna erklingen, das Anna für sich in ein Heureka übersetzte. Dann hüpfte der Gelehrte auf einem Bein herum und schlug mit den Armen wie ein Reiher, der zum Flug abheben wollte. »Wir haben es gefunden, wir haben es gefunden!« Nikolaus wischte sich mit den Ärmeln seines Mantels die Freudentränen aus den Augen. Eine Weile ergötzte sich Anna an der Freude des Lateiners, dann griff sie wieder in den Bücherhaufen und fischte vorsichtig, denn sie musste achtgeben, dass der Stapel nicht einstürzte, einen weiteren Band heraus. Sie übersetzte: »Platons Theologie.« Wie vom Donner gerührt hielt er mitten im Tanzen inne, erblasste und näherte sich dem Mädchen, das den Kodex in der Hand hielt, wie einem Wundergebilde, bei dem bereits ein Wimpernschlag genügte, um es in Staub aufzulösen. »In diesem Buch«, flüsterte er vor Ergriffenheit, »steht die Weisheit, die Gott Adam und Eva offenbart und die diese weiter an Hermes Trismegistos und der sie an Pythagoras ...«

»... und Pythagoras an Platon weitergegeben hat. Ich weiß, ich weiß.« Sie hatte kaum ausgesprochen, als der Bibliothekar den Raum betrat. Sein Gesicht wirkte ernster als sonst. »Kommt, kommt.« Nikolaus und Anna folgten verwundert dem Zwerg. Im Lesesaal erwartete sie ein kaiserlicher Gardist.

»Nikolaus von Kues?«, fragte der streng. Der Lateiner nickte. Daraufhin übermittelte der Gardist dem Gelehrten auf Griechisch eine Botschaft.

»Ihr sollt Euch zur Audienz beim Kaiser einfinden«, übersetzte Anna ins Lateinische.

»Endlich!«, strahlte er. Heute also würde sich der Zweck seiner Reise erfüllen, sowohl was die Audienz als auch was die Bücher betraf. Pures Glück rann durch seine Adern. Nikolaus vergaß, dass sie sich in der Öffentlichkeit befanden, küsste Anna ungestüm die Hände und verabschiedete sich. Missbilligend schauten die Kopisten zu dem in ihren Augen unzüchtigen Geschehen. »Ich muss, liebes Mädchen, bis später, ich muss.« Und entschwand auch schon aus dem Lesesaal, die beiden Bücher fest unter den Arm geklemmt.

Anna sah ihm nach, und es war ihr, als ob ihr das Herz aus dem Leibe gerissen wurde, denn sie wusste, dass es kein später geben würde. Sie fühlte den bösen Blick des Bibliothekars auf sich ruhen. Er hatte die Bücher in der Hand des Lateiners erkannt.

»Ich wusste doch, dass man Frauen nicht in die Bibliothek lassen darf. Allein hätte er die Werke niemals gefunden.«

»Was ist Schlechtes daran?«

»Sie wären besser da geblieben, wo sie waren, jetzt werden sie viel Unheil stiften, vielleicht sogar den Glauben zerstören mit ihren wunderlichen Vorstellungen.«

Der Weg nach Hause war der Weg des Abschieds, des Abschieds von Nikolaus, von den Gesprächen, von der Bibliothek und der Philosophie. Sie nahm ihn kaum wahr. Anna hatte alles gewagt, um ihn noch einmal zu sehen. Doch die Bücher unterm Arm, die Audienz vor Augen, existierte sie auf einmal nicht mehr für ihn, war nur noch irgendein liebes Mädchen. Das erbitterte sie. Hatte sie in ihrem Zimmer mit dem Gedanken gespielt, von zu Hause auszureißen, ihren Vater, ihre Mutter zu verlassen, um mit ihm durch die große Welt zu reisen, hatte er diese Illusion mit einem einzigen Wort, mit einem einzigen »du liebes Mädchen« zerstört. Es war ihm nicht in den Sinn gekommen, sie zu der Audienz mitzunehmen. Er hätte sie wenigstens darum bitten können. Und sie? Sie hätte versucht, es ihm auszureden. Und wenn er dann auf ihrer Begleitung bestanden hätte, wäre sich Anna sicher gewesen, dass Nikolaus von Kues sie liebte. Auch gut, dachte Anna bitter. Er hatte sie ausgenutzt, und nun, da er alles hatte, die Audienz und die Bücher, interessierte sie ihn nicht mehr. Das Mädchen sehnte sich nur nach einem: sich in die hinterste Ecke seines Zimmer zurückzuziehen, in der Ecke mit angezogenen Beinen zu sitzen und wie ein Schlosshund zu heulen. Das große Elend wollte heraus.

Ihr Verschwinden war im Palast nicht unbemerkt geblieben. Männer wurden bereits ausgeschickt, sie zu suchen. Die beiden, auf die sie unterwegs stieß, brachten sie sicher nach Hause. Ihr Vater befand sich noch beim Kaiser. Er sollte bei der Audienz zugegen sein. So empfing sie ihre Mutter. Mit einer boshaften Befriedigung stellte Anna fest, dass sich Eirene Sorgen um sie gemacht hatte. Sollte sie. Irgendwie trugen ihre Eltern eine Mitschuld an ihrem Elend. Als Eirene jedoch, die schon mit einem Heer von Vorwürfen über ihre Tochter herfallen wollte, den traurigen Blick Annas sah, legte sie stattdessen den Arm um ihre Schulter und sagte wie eine Freundin: »Erzähl, erzählen hilft.« Und zog sich mit Anna in das Zimmer ihrer Tochter zurück. Kaum hatte Eirene die Tür geschlossen, sprudelten Tränen und Worte im Wettstreit aus ihr heraus. Die ganze Geschichte, so wie Anna sie erlebt hatte. So wie sie das Geschehene sah und nicht die anderen meinten, wie es sei.

»Ach, Tochter«, seufzte Eirene, nachdem sie alles angehört hatte. Dieses ganze schreiende Herzeleid. Sie nahm Anna in den Arm und streichelte sie tröstend. »Meine Große«, sagte sie zärtlich.

29

Notaras-Palast, Konstantinopel

»Die Würfel sind leider gefallen«, sagte Loukas beim Abendessen. Er trank von seinem Rotwein, aß etwas lustlos Reis mit Schaffleisch, bevor er der Familie von der außergewöhnlichen Audienz der Lateiner beim Kaiser und der Beratung im Geheimen Rat berichtete, die sich daran angeschlossen hatte. Obwohl er weder für die Person noch für die Mission des Nikolaus von Kues Sympathie aufbrachte, wollte er den Eindruck nicht leugnen, den der Lateiner auf ihn gemacht hatte. Der Mann war wortgewaltig und überzeugend. Im Disput hatte er die Abgesandten des Konzils von Basel schlau in Widersprüche verwickelt und ihnen anschließend rhetorisch den Todesstoß versetzt. Der Bericht ihres Vaters löste bei Anna ein Chaos der Gefühle aus. Einerseits erfüllte sie der grimmige Respekt, den ihr Vater dem politischen Gegner zollte, mit Freude und mit Stolz, andererseits fühlte sie sich vom Erfolg des Mannes, der sie verraten hatte, verhöhnt. Sie wünschte ihm Sieg und Niederlage in einem. Anna badete in diesen pathetischen Gefühlen, um nicht den Gedanken an sich heranzulassen, dass er ein gestandener Mann war und sie noch ein sehr junges Mädchen. Schließlich gestand sie sich ein, dass es ihm wohl lediglich gefallen hatte, gelegentlich mit ihr zu reden. Was hätte er auch mehr in ihr sehen können als einen netten Zeitvertreib? Und sie hatte sich schon eingebildet, ihm ein gleichwertiger intellektueller Partner zu sein.

»Entweder hat Anna Schnupfen oder Liebeskummer. Jedenfalls schnieft sie die ganze Zeit«, bemerkte Theodora boshaft mit der ganzen Spitzfindigkeit einer Zwölfjährigen. Anna warf die Gabel in den Reis und schluchzte auf. »Ich weiß nicht, warum ich mir ständig diese Gemeinheiten gefallen lassen muss!«

»Iss weiter, Anna, und du, Theodora, lässt deine Schwester zufrieden.«

»Wieso, ich hab doch gar nichts gemacht?«, fragte Theodora in schönster Unschuld. Eirene drohte ihr mit dem Finger. »Du weißt schon, was du gemacht hast.«

»Wenn euer Vater erzählt, habt ihr Kinder den Mund zu halten«, schimpfte Thekla.

»Wir Kinder halten ja den Mund, es sind immer nur die Mädchen, die ständig reden und zanken müssen!«, empörte sich das Gerechtigkeitsgefühl in Mitri.

»So sind nun mal die Frauen«, sprang Nikephoros seinem Enkel bei. »So, und jetzt erzähle weiter!«, sagte er zu Loukas.

»Ich habe vor der Kirchenunion gewarnt, aber die Herren wissen ja alles besser!« Der Ärger des Admirals, dass sich diesmal Alexios Angelos, der den Patriarchen auf seiner Seite wusste, durchgesetzt hatte, war Loukas anzusehen.

»Die Würfel sind leider gefallen«, sagte Loukas Notaras noch einmal. Kaiser Johannes VIII. Palaiologos würde mit Joseph II., dem Patriarchen von Konstantinopel, mit seinem Bruder Thomas, mit Bessarion, den man zum Patriarchen von Nikaia erheben würde, dem Patriarchen Isidor von Kiew, Markos Eugenios, dem Patriarchen von Ephesos, Gennadius Scholarios und dem Philosophen Georgios Plethon nach Ferrara zum Konzil mit der Römischen Kirche aufbrechen. Seine Miene war düster, als er bei Tisch die katastrophalen Folgen einer Union grob umriss. »Und noch in Konzilslaune wollen die Herren dann ein bisschen Kreuzzug veranstalten. Zur Feier der Union ein bisschen Türkenblut vergießen und ein bisschen Christenblut opfern.« Er winkte ab und atmete tief aus. Als wollte er sagen: Es lohnt sich nicht, darüber nachzudenken. Alsdann legte er eine kleine, höchst effektvolle Pause ein. Wider Erwarten hellten sich seine Gesichtszüge plötzlich auf; nicht dass sie Freude ausstrahlten, aber das Finstere löste eine Art feierlicher

Ernst ab. Sein Körper straffte sich, und obwohl er saß, hatte man das Gefühl, dass er stand, kerzengerade, gebieterisch, sodass sich Eirene bei dem Gedanken ertappte: fast ein Kaiser.

»Auch auf mich kommt durch die Abwesenheit des Kaisers mehr Arbeit zu. Johannes hat verkündet, dass sein Bruder Konstantin und ich für die Dauer seiner Abwesenheit das Reich regieren sollen.« Nun ja, das Reich bestand eigentlich mehr oder weniger aus der Stadt, dennoch lag in seinen Händen die Verantwortung. Eirene machte große Augen, und auch die Kinder staunten.

»Sohn, Sohn«, freute sich der Alte wie ein Kind, und seine Frau fügte versonnen hinzu: »Wer hätte das gedacht?« Loukas hingegen befand sich in einer seltsamen Gefühlslage. Einerseits schmeichelte es ihm, dass der Kaiser ihm die Verantwortung übertrug, andererseits glaubte er, dass auch niemand anderer in der Lage dazu war, die Staatsgeschäfte zu führen. Lange genug hatte er den Dilettantismus der Würdenträger des Reiches ertragen müssen, und zwar von denen, die er bezahlte, und auch von denen, die er nicht bezahlte. Es konnte ja nichts schaden, wenn im Reich das eine oder andere einmal richtig gemacht würde.

»Sei vorsichtig, mein Sohn. Auch ich stand dem seligen Kaiser Manuel einmal sehr nahe, aber so eng man auch zusammenarbeitet, was immer man auch gemeinsam erlebt, der Kaiser bleibt der Kaiser und der Regent Konstantin der Regent. Wahre innerlich immer Abstand, das Blatt kann sich sehr schnell wenden. Kaiser haben keine Freunde, sie haben nur Untertanen.«

*

An einem Nebeltag im November stach die kleine Flotte mit dem Kaiser an Bord in See. Alexios Angelos gehörte zum Gefolge, und auch Nikolaus von Kues reiste mit.

Eirene trug wieder ein rundes Bäuchlein, das jedem verkündete, dass die Familie in absehbarer Zeit um ein neues Mitglied bereichert werden würde.

Für Anna hingegen vergingen die Tage mit Unterricht im Singen und Tanzen, was ihr keine Freude bereitete. Sie wirkte verschlossen und traurig. Der Glanz war aus ihren Augen gewichen, und einen Scherz oder eine Neckerei hatte lange keiner mehr von ihr gehört noch eine philosophische Belehrung hinnehmen müssen. Oft saß sie im Garten und träumte. Den besorgten Fragen ihrer Mutter begegnete sie freundlich, aber nichtssagend. Loukas nahm sich zwar immer wieder vor, mit seiner ältesten Tochter zu reden, doch sogen ihn die Staatsgeschäfte förmlich auf. Seitdem sich über Jakub Alhambras Vermittlung die Badoer an ihn gewandt hatten, weil sich die venezianische Kolonie in Konstantinopel einen eigenen befestigten Hafen wünschte, wurde er für seine Familie fast zu einem Fremden. Er schlief wenig und arbeitete fast ununterbrochen. Denn er wollte sich seine Hilfe ordentlich vergüten lassen, durch Geld, das bei der Badoer-Bank in Venedig deponiert wurde, und durch Beteiligungen an dieser und an anderen Bank- und Handelshäusern. Wenn die Zeiten unüberschaubar wurden, half es nur, sein Vermögen breit zu streuen, sagte sich Loukas. Außerdem arbeitete er mit ein paar anderen griechischen Familien daran, eine Baufirma zu gründen, die den Bau des Hafens übernehmen sollte. Geld gab es genügend, es mussten nur die richtigen Kanäle geschaffen werden, dass es auch in die richtigen Häfen floss.

Diese vielen Aktivitäten hinderten ihn daran, Zeit für Anna zu finden. Sie aß kaum noch etwas, sie lachte nicht, beteiligte sich nicht an Unterhaltungen und wirkte oft abwesend, denn sie wusste nicht, wozu sie auf der Welt war. Um einmal einen Haushalt zu führen? Wie langweilig. Um zu heiraten? Männer interessierten sie nicht, und über Kinder wusste sie genug, wenn sie ihre Geschwister sah. Eirene versuchte immer wieder, mit ihrer Tochter zu reden, aber sie drang nicht zu ihr durch. Eine Wehrmauer aus Höflichkeit und Floskeln hatte das Mädchen um sich gezogen.

Eines Abends kam ihr Vater zu ihr ins Zimmer. Er setzte sich auf den Fußboden, neben ihr Bett.

»Ich hatte einmal ein glückliches und freches Mädchen. Ich finde es nicht mehr. Kannst du mir sagen, wo es ist?«, fragte er.

Anna setzte sich auf. »Ich weiß es nicht, Papa.«
»Willst du deine Studien in Philosophie fortsetzen?«
»Wozu? Dazu fehlt mir die Begabung.«
Loukas machte große Augen: »Dir die Begabung?«
»Ich weiß ja, dass du mich liebst. Aber ihr habt recht. Philosophie ist nichts für ein Mädchen. Papa, warum konnte ich kein Junge werden?« Dabei sah sie ihn so traurig an, dass ihm keine Antwort einfiel, weil es mit einer Floskel nicht getan gewesen wäre.

»Ich wollte noch etwas anderes von dir. Ich brauche deine Hilfe«, setzte Loukas völlig neu und sehr ernst an.

»Du, meine Hilfe?«

»Ich habe so viel zu tun, dass ich Demetrios nicht im Kontor unterstützen kann. Könntest du das für mich, für uns tun?«

»Ich darf, ich meine, ich soll wieder ins Kontor gehen?« Für einen winzigen Augenblick entdeckte er einen Funken in ihren Augen, eine Erinnerung an die frühere Anna.

»Ja, darum möchte ich dich bitten.«

»Gut«, sagte sie mit unbewegtem Gesicht. Loukas erhob sich. Er küsste sie auf die Stirn. »Gute Nacht, Tochter. Und danke!«

»Gute Nacht, Papa.«

»Du weißt, dass du mit mir über alles reden kannst?«, fragte er, als er in der Tür stand. Der Anblick seiner unglücklichen Tochter zerriss ihm fast das Herz.

»Ich weiß, aber es gibt nichts zu reden.« Es war ein gewöhnlicher, nicht aufsehenerregender Satz, und dennoch traf er ihn wie ein Schlag in die Magengrube.

Beim Auskleiden fragte er sich, ob er seine Tochter verloren hatte. Er entschuldigte sich bei seiner Frau, weil er noch einmal kurz bei Demetrios vorbeischauen müsse. Er nahm den Teller mit der Kerze unter der gläsernen Haube und ging den dunklen Gang entlang, nahm eine Treppe und klopfte an die Tür seines Bruders. Schwarz wie die Dunkelheit lagerte die Ruhe im Palast. Demetrios lugte durch den Spalt. »Ach, Loukas! Komm rein.« Er öffnete die Tür ganz und ließ seinen Bruder hinein. Mehrere Öllichter tauchten das Zimmer in einen warmen gelben Schein. Der Geruch von verbranntem Olivenöl kitzelte die Nasenschleimhäute des Admirals. Das Jünglingsbett, das Demetrios noch immer benutzte, stand in der Ecke hinten links. Beinkleider und Tunika, die er getragen hatte, lagen achtlos auf dem Boden. Er setzte sich in einen samtroten Lehnstuhl und bot Loukas in dem blauen Gegenstück einen Platz an. Auf einem kleinen, achteckigen Mahagonitisch, dessen Bögen geschnitzt waren, fanden sich ein Stift und Skizzenblätter.

»Anna kommt morgen wieder zu dir ins Kontor.«

»Ausgezeichnet, ihre Hilfe kann ich wirklich gut gebrauchen«, rieb sich Demetrios die Hände.

Die Reaktion seines Bruders freute Loukas. »Ich hoffe, dass sie dir eine Hilfe ist. Sie ist momentan nicht ganz einfach.« Demetrios winkte ab, so als sähe er darin keine Schwierigkeit.

»Wie war das, als du mit unserem Vater nicht mehr sprechen konntest, als du den Kontakt zu ihm verloren hattest?«

Nachdenklich musterte der Maler seinen älteren Bruder. »Spricht Anna nicht mehr mit dir?«

»Natürlich spricht sie noch mit mir, aber sie sagt mir nichts mehr.«

»Solange sie mit dir spricht, sagt sie dir noch etwas, nur anders. Höre ihr genauer zu. Vater und ich hatten damals kein Gespräch, nicht mal mehr einen Wortwechsel miteinander. Das kann man nicht vergleichen.«

Enttäuscht erhob sich Loukas. Auch sein Bruder konnte ihm nicht helfen. In den ganz wichtigen Dingen steht man immer allein da, dachte er. »Danke für das Gespräch, ich …« Der Admiral hatte die Tür fast erreicht und griff schon nach dem Hartholzriegel, als er die Stimme seines Bruders vernahm. »Du hast sie nicht verloren, Loukas. Gib ihr Zeit. Quäle dich nicht, es hat vielleicht nur sehr wenig mit dir zu tun. Schön, dass sie wieder ins Kontor kommt, das ist ein Anfang.«

Im Bett informierte Loukas auch Eirene, dass er Anna wieder ins Kontor schickte.

»Hoffentlich bringt sie das auf andere Gedanken«, meinte Eirene skeptisch.

»Du meinst, sie hat Liebeskummer?«

»Etwas Ähnliches, etwas anderes, aber genau das.« Sie lächelte etwas unglücklich. »Verstehst du, was ich meine?«

*

Der Sommer 1438 kam und mit ihm ein Brief von Nikolaus von Kues für Anna. Nikolaus hatte das Schreiben in Venedig dem Kapitän eines Schiffes mitgegeben, das nach Konstantinopel fuhr. Der Brief an Anna befand sich in einem größeren, der an Loukas Notaras gerichtet war.

Anna aß zwar inzwischen wieder normal, auch lächelte sie hin und wieder, aber der Ernst als Grundton ihres Wesens blieb. Ihre Leichtigkeit, die wunderbar filigrane Frechheit des Scherzes schien wie ein Kelch aus Bleikristall in tausend Splitter zerbrochen zu sein.

Als der Umschlag von Nikolaus von Kues eingetroffen war, las Loukas Eirene den an ihn gerichteten Brief am Abend vor:

»Hochwohlgeborener Herr Admiral Loukas Notaras,

ich habe Eurer Tochter einen Brief über ein philosophisches Problem geschrieben, das ich dank ihrer lösen konnte. Ich bitte Euch, ihr den Brief zu geben. Sie hat eine große Begabung fürs Denken. Es würde mich sehr freuen, wenn Ihr diese Begabung unterstützen und fördern könntet. Diese außergewöhnliche Fähigkeit ist eine Gnadengabe Gottes. Ich versichere Euch der Ehrenhaftigkeit meiner Motive.

Mit Gottes Segen
Nikolaus von Kues.«

Als Loukas geendet hatte, schwiegen beide eine Weile. Sie fragten sich, ob der Brief Anna helfen oder bereits vernarbte Wunden wieder aufreißen würde. War es ratsam, ihr den Brief auszuhändigen? Als er mit dem Brief in der Hand in das Zimmer seiner ältesten Tochter trat, fühlte er sich unsicher und unbehaglich. Eirene hatte ihrem Mann zwar nicht widersprochen, aber ihm auch nicht zugestimmt. Seine Skepsis, ob er das Richtige tat, war nicht geringer als die ihre, und seine Intuition hatte nur knapp über seine Zweifel gesiegt.

»Ich habe einen Brief für dich von Nikolaus von Kues.«

Annas Gesicht verzog sich, als habe er sie an etwas Unangenehmes erinnert. Sie zögerte, den Brief anzunehmen.

»Was schreibt er denn?«

»Das weiß ich nicht. Ich habe den Brief nicht gelesen. Das musst du selbst herausfinden.«

Sie erstarrte. »Du hast den Brief nicht gelesen? Und Mama auch nicht?« Loukas schüttelte den Kopf. Vorsichtig griff Anna nach dem Umschlag und hielt ihn unschlüssig in der Hand.

»Wenn du uns brauchst, wir sind im kleinen Saal«, sagte er und verließ das Zimmer voller Zweifel.

Im Saal saßen sie sich wie auf glühenden Holzkohlen in Korbsesseln gegenüber und sprachen kein Wort. Wozu auch – alles war gesagt, jeder war allein mit seinen Hoffnungen. Eine frühe Fliege brummte durch den Raum. Ihr unablässiges Surren erboste Loukas, denn es klang nach Krankheit und Verfall. Er zog seinen Lederpantoffel aus und erschlug die Fliege.

»Gott sei Dank«, stöhnte Eirene erleichtert.

»Sie werden uns überleben.«

»Wie?«, fragte sie.

»Die Fliegen werden uns überleben. Sie sind die Engel des Teufels.«

»Engel des Teufels? Großer Gott! Du klingst ja schon wie deine Mutter.«

»Hab keine Angst«, bat er.

»Doch«, sagte sie kalt.

Durch die azurblaue Tür trat Anna in den Saal. An ihrem Gesicht ließ sich nichts ablesen. Sie wirkte sehr gefasst.

»Darf ich mich zu euch setzen?«, fragte sie.

»Bitte«, antwortete Loukas. Das Mädchen schob einen Korbsessel heran und ließ sich kerzengerade nieder. »Ich will euch den Brief vorlesen«, sagte sie und faltete das Papier auseinander.

»Liebe Anna,

Monate und Meilen liegen zwischen uns. Wir hatten nicht einmal die Möglichkeit, uns voneinander zu verabschieden. Wisse, dass mir das leidtut, ja, dass es mich schmerzt.

Aber so viel musste plötzlich so schnell gehen. Wir fahren, wir segeln und rudern im wahrsten Sinne der Vereinigung der Kirche entgegen. Aus dieser Einheit allein erwächst Rettung für Konstantinopel und ein neues christliches Zeitalter. Und die Union kann gelingen, trotz, nein auch wegen der Gegensätze, die in Christus zusammenfallen. Denn die Frage, wie wir die Gegensätze lösen und Gott denken können, habe ich dank Deiner Hilfe zu beantworten vermocht.

Auf der langen Fahrt durch die stürmische Wintersee, durch das geschlossene Meer kamen mir immer wieder Deine Worte in den Sinn. Du sagtest damals, dass die Weisheit aus sich immer wieder erneuernder Vergänglichkeit bis in alle Ewigkeit besteht. Erst habe ich den Satz nicht verstanden, zumindest nicht das Zweite, das er enthielt. Wisse denn, Anna, unsere ganze Philosophie ist von falschen Prämissen ausgegangen, weil wir den Satz des Aristoteles, dass man von zwei gleichen Dingen nichts Gegensätzliches aussagen kann, zum Dogma erhoben haben. Das Größte kann nicht gleichzeitig das Kleinste sein. Aber dieser Satz gilt nur eingeschränkt. Natürlich kann das Kleinste das Größte sein, denn es ist ja dann das größte Kleinste. Halte das nicht für Wortspielerei. Es gibt das Erste, das Eine, das, von dem alles ist, und in ihm fallen alle Gegensätze zusammen. Je einfacher aber das Sein ist, desto stärker und mächtiger ist es. Deshalb ist die uneingeschränkte Einfachheit oder Wahrheit allmächtig. Ich nenne das *coincidentia oppositorum*, den Zusammenfall der Gegensätze. In sich immer wieder erneuernder Vergänglichkeit fallen die Gegensätze von Ewigkeit und Endlichkeit zusammen, nämlich in der Weisheit. Und das geschieht, weil in dem Einen wie in einem Samen alles, was werden kann, eingefaltet ist und zur Entfaltung kommt. Und so können wir die Welt erkennen, wenn wir die Gegensätze als wirklich betrachten und wir gleichwohl wissen, dass sie in einer höheren Einheit zusammenfallen.

Das gesamte Leben besteht aus diesem Prozess der Einfaltung und Entfaltung. So wie letztlich in Gott alles eingefaltet ist. Das Erste ist das Maß von allem, es ist nämlich in eingefalteter Weise alles, was sein kann. So ist es auch im Staat. Jeder Staat ist auf den König hin geordnet. Im König verkörpert sich der Staat, so, wie der König im Staat anwesend ist. Sieh, wie das auf totem Pergament geschriebene Gesetz im Herrscher ist, so ist im Ersten alles Leben, Zeit ist im Ersten Ewigkeit, Geschöpf ist in ihm Schöpfer. In ihm fallen alle Widersprüche zusammen, wenn der König im Staat ist. Wenn Staat und König zerfallen sind, werden sie vergehen, weil sie dann keine Wirklichkeit mehr besitzen. Wirklichkeit ist aber der Zusammenfall der Gegensätze, denn nur das Eine ist wirklich, weil es ewig und unvergänglich ist. Aus dem Einen entfalten sich die Gegensätze, die wieder zum Einen streben, vor ihm zusammenfallen wollen.

Das alles werde ich in einer Schrift ausführen, Dir aber als einer Verständigen mögen diese kurzen Worte genügen. Aber indem wir die Kraft der Gegensätze, die Bewegung der Dinge verstehen, kommen wir zu einer vollkommen neuen Sicht der Welt und können uns auch mittels der Vernunft zur Schau Gottes erheben.

Eines will ich noch kurz schildern, bevor ich einen Kapitän suche, der nach Konstantinopel fährt und den Brief mitnimmt. Am 8. Februar 1438 erreichten wir Venedig und gingen am Lido in der Nähe der Kirche des heiligen Nikolaus vor Anker. Wie sehr mich die Übereinstimmung des Namens gefreut hat, kannst Du Dir sicher denken. Ich nehme es für ein gutes Omen.

Ein gutes Omen können wir auch gebrauchen, denn in Venedig erwartete uns auch eine traurige Nachricht. Kaiser Sigismund starb vor zwei Monaten auf der Rückreise von Böhmen nach Ungarn. Auch wenn er fast siebzig Jahre alt war, kommt der Tod des großen Mannes zu früh. Am stärksten traf die Nachricht den Fürsten Angelos, der in heftiges Wehklagen ausbrach. Warum, fragte er mich, kreuzt Gott alle unsere guten Vorhaben zu seinem Ruhme? Doch es gelang mir, ihn mit dem Hinweis zu trösten, dass der Papst den Kreuzzug beschlossen hat und sich die christlichen Fürsten dem

Ruf nicht verweigern würden. So wollen wir den guten Kaiser Sigismund in unsere Gebete einschließen, den Gott zur Unzeit, wie uns scheint, abberufen hat. Doch der Prunk des Empfanges erfüllte uns sogleich mit großer Zuversicht, dass das Konzil Erfolg haben wird. Schiffe und Boote kamen uns von allen Seiten in so großer Zahl entgegen, dass wir das Meerwasser nicht mehr sehen konnten. Der Senat von Venedig schickte uns die Botschaft, dass der Kaiser die Galeere erst am folgenden Tag verlassen möge, weil der Doge einen großen Empfang ausrichten wolle. Der Bitte wurde entsprochen.

Am 9. Februar, gegen elf Uhr, näherte sich das venezianische Staatsschiff, der Bucentoro, unserer Galeere. Es war mit bunten Wimpeln geschmückt und mit roten Decken behängt. Vorn prangten goldene Löwen und golddurchwirkte Gewebe, und das Fahrzeug war ringsum mit allerlei bunten und schönen bildlichen Darstellungen bemalt. Umgeben von den Großen der Stadt in Festgewändern betrat der Doge die kaiserliche Galeere und warf sich vor dem Kaiser nieder, dann setzte er sich zu Füßen des Kaisers. Posaunen erschallten. Unwillkürlich kam mir der 23. Psalm in den Sinn: ›Auf den Gewässern hat Gott ihre Grundfesten gelegt.‹ Um zwölf Uhr fuhren wir dann in die Stadt ein und begaben uns zum Haus des Markgrafen von Ferrara.

Jetzt muss ich den Brief beenden, damit er zu Dir gelangen kann. Jetzt ist es Zeit, Abschied zu nehmen. Ich danke Dir, kluges Mädchen. Werden wir uns jemals wiedersehen? Ich glaube kaum. Aber Du wirst in meinem Herzen leben, solange jedenfalls dieses Herz schlägt.

So sei denn Gott befohlen,

Nikolaus von Kues, Venedig, den 9. Februar im Jahre des Herrn 1438.«

Nachdenklich und nachsinnend schwiegen sie, ein jeder in seinen Gedanken versunken. Loukas war beeindruckt, Eirene nicht minder.

»Ich möchte ins Kontor gehen und auch mein Studium der

Philosophie fortsetzen und weiter Sprachen treiben. Mein Italienisch könnte besser werden. Und keine Zeit mehr mit Singen und Tanzen vergeuden, bitte, lieber Vater, liebe Mutter. Nur dies!«, bat Anna.

»Ja, natürlich«, versicherte Loukas seiner Tochter.

»Ist es nun gut?«, fragte Eirene.

»Ja, Mutter, jetzt ist es gut«, antwortete sie mit dem angestrengten Lächeln einer Genesenden.

30

Auf dem Meer Propontis vor Konstantinopel

Alexios Angelos stand auf dem schwankenden Schiff neben dem Kaiser. Schwarze Wolken verhüllten den Himmel wie ein Vorhang aus Mönchskutten. Der Wind peitschte die Wellen auf. Hin und wieder klatschten ein paar Regentropfen vom Himmel.

»Eine Ankunft im Sturm«, scherzte Johannes gallig. Der Fürst unterdrückte die Regung, ihn in den Arm zu nehmen, um ihm Mut zuzusprechen, denn das wäre ihm als Angriff auf den Kaiser und somit auf das Reich ausgelegt worden.

»Meine Mutter hat mich vor der Kirchenunion gewarnt. Nun kehren wir mit ihr zurück. Was werden sie sagen? Werden sie es verstehen? Über ihren Schatten springen?«

»Es wird Widerstand geben, den müssen wir durchstehen. Aber bedenkt, wie sehr der Papst für den Kreuzzug kämpft. Murad hat halb Serbien erobert und belagert nun Belgrad, um in Ungarn einzufallen. Die Türken müssen geschlagen werden, und zwar jetzt!« Alexios hatte ruhig und ohne Pathos gesprochen, nicht aufgeregt, aber auch nicht müde, so wie jemand, der wusste, dass es ein zäher Kleinkrieg würde, der aus Scharmützeln bestand, die tagtäglich auszufechten waren. Johannes tippte mit der Hand an den Oberarm des Fürsten und nickte verhalten. Dann sah er mit bangem Blick zur Stadt.

So lief die Flotte des Kaisers in Kontoskalion ein. Der Hafen glich einem Armeisenhaufen. Alexios entdeckte auf den Molen und Hafenmauern Menschen, die sich drängten. Auffallend viele Mönche unter ihnen. Ihre schwarzen Kutten dominierten das Bild der

Menge. Dass sie auf den Patriarchen Joseph II. von Konstantinopel verzichten mussten, weil der während des Konzils verstorben war, gefiel dem Fürsten angesichts des Mönchsaufgebots im Hafen überhaupt nicht. Knirschend legte das Schiff des Kaisers an der Kaimauer an. Die Garde bahnte einen Korridor vom Eingang des Hafens zur Galeere des Kaisers. Krachend knallte das Fallreep auf die Bordwand. Als Johannes das Fallreep bestieg, trat Stille ein.

Ein Mönch rief: »Habt Ihr die Union mit den Ketzern vollzogen?«

»Wir haben die Union mit unseren lateinischen Brüdern vollzogen«, antwortete der Kaiser laut und kräftig. Ein Raunen ging durch die Menge. Das Fallreep des gegenüberliegenden Schiffes betrat der Metropolit Markos von Ephesos. Ein anderer Mönch entdeckte ihn und fragte: »Ehrwürdiger Vater, habt Ihr den Primat des Papstes akzeptiert?«

»Ich nicht, aber die anderen«, rief der Metropolit mit zornglühenden Augen.

»Habt Ihr auch das Filioque übernommen?«

»Ich nicht, aber die anderen«, antwortete Markos von Ephesos. Und erneut brandete ein Raunen durch die Menge, das eher dem Grollen einer Bestie glich. Alexios spürte die Gefahr, dass die Vernunft des Einzelnen sich in der Dumpfheit der Masse auflösen könnte.

»Ihr müsst etwas sagen«, drängte er den Kaiser. »Ihr seid der Kaiser, nicht dieser Priester dort.« Doch Johannes schaute ihn nur mit großen Augen an, in denen die Frage stand: Was soll ich denn sagen? Rasch schritt er durch den Korridor, den seine Gardisten wie einen Wall gegen das bedrohlich wogende Menschenmeer hielten. Wer wusste, wie lange die Wälle der schwarzen Flut standhalten würden? Verärgert über die missglückte Ankunft folgte Alexios seinem Kaiser, Bessarion hielt kopfschüttelnd Anschluss.

»Müssen wir jetzt auch ungesäuertes Brot in der Eucharistie zu uns nehmen?«, rief jemand.

»Ja, nach deren Willen müsst ihr das«, verkündete Markos.

Es klang gewichtig, es klang peinigend, wie ein strenger Richterspruch. Es klang, als hätten sie Pest und Cholera an Bord gehabt. Keiner der Ankömmlinge wusste, dass nicht die Cholera, aber eine Pestepidemie in Konstantinopel gehaust und schaurig Festmahl gehalten hatte. Der Schwarze Tod hatte also schon in der Stadt gehaust, und die Mönche hatten verkündet, dies sei die Strafe Gottes für die Kirchenunion.

»Warum habt ihr unsere Seligkeit verraten?«, schrie ein Mönch hysterisch. Andere fielen auf die Knie und beteten, erschüttert über diese große Sünde, die Kaiser und Patriarchen über die Stadt gebracht hatten.

»Ich weiß nicht, warum wir das getan haben. Betet für uns, so wie wir von nun an für unser Seelenheil beten müssen, denn wir haben gesündigt«, rief Gennadios Scholarios zerknirscht.

Inzwischen hatten der Kaiser, Alexios Angelos und Bessarion den Ausgang des Hafens erreicht. Hinter ihnen hatte sich ein apokalyptisches Getöse erhoben. Stimmen, die alles Menschliche abgestreift hatten, drangen an ihre Ohren wie die Vorboten der Vernichtung. Sie vernahmen Weinen und Schreie, Gebete und Bittgesänge, die Laute von Menschen, die glaubten, ihre Stadt und ihr Seelenheil wären dem Teufel preisgegeben worden. Als der Kaiser und der Fürst ihre Pferde bestiegen, hörten sie die dröhnende Stimme eines Mannes. »Gottes Strafe wird furchtbar sein!« Da gaben sie ihren Rössern die Sporen, und Bessarion rannte in sein Kloster, so schnell ihn seine Beine trugen.

Johannes trieb nur noch das Verlangen, in den Armen seiner geliebten Frau Ruhe zu finden vor der Bestie, die am Hafen gerade ihre Kette sprengte, während Alexios vor Zorn bebte. Im Vestibül des Kaiserpalastes erwarteten sie Konstantin, der Regent, und Loukas Notaras. Ihre Gesichter wirkten bedrückt.

»Konntet ihr mir diesen Empfang nicht ersparen?«, fuhr der Kaiser sie an.

»Nein, Bruder. Seit die Nachricht sich in der Stadt verbreitet hat, dass ihr die Unionsakte unterschrieben habt, schüren die Mönche Unruhe. Wir können nicht gegen die Kirche kämpfen«, antwortete Konstantin ruhig.

»Parasiten, Kostgänger, schwarzes Pack!«, fluchte Alexios.

»Das schwarze Pack gehört zu Byzanz wie der Kaiser und die Hagia Sophia«, beschied ihn Loukas Notaras streng.

Johannes verdrehte die Augen. »Euer Streit, werte Herren, hat mir die ganze Zeit gefehlt! Halte keine Vorträge, Admiral, sondern rate deinem Kaiser, was jetzt zu tun ist!«

»Am besten nichts. In der Hagia Sophia wird, wie mit dem Papst vereinbart, der lateinische Ritus gefeiert. Den anderen Kirchen stellen wir es frei. Wenn wir keinen Zwang anwenden, wird sich die Aufregung in kurzer Zeit legen«, entgegnete Loukas.

Er wusste, dass sein Kind, das bald zur Welt kommen sollte, nicht in der Hagia Sophia getauft werden würde, so wie ihm auch bewusst war, dass von diesem Tag an die Hagia Sophia veröden würde. Der Kaiser, ein paar Höflinge, ein paar Geistliche würden in der Hauptkirche der Stadt den Gottesdienst nach lateinischem Ritus feiern, während die Masse der Gläubigen in die anderen Kirchen strömen würde, die noch den griechischen Ritus mit gesäuertem Brot und ohne Filioque im Glaubensbekenntnis hielten. Bitter dachte er, dass er sich mit diesem Vorschlag zum Totengräber der schönen alten Kirche gemacht hatte. Aber es half ja nichts! Und eigentlich traf ihn auch keine Schuld, denn nicht er war die Kirchenunion mit den Häretikern eingegangen.

»Wie immer klug, Loukas. So soll es sein! Dann bekommt jeder, was er will«, sagte der Kaiser zufrieden. Er wollte endlich zu seiner Frau, doch seine Stellvertreter standen so, als ob das noch nicht alles war. Johannes schaute sie fragend an. Konstantin legte ihm die Hand auf die Schulter. »Die Kaiserin Maria ist vor ein paar Wochen an der Pest gestorben.« Johannes hörte die Worte, doch er verstand sie nicht. Ein Fremder sprach zu ihm über Fremdes. »Es tut mir leid, Bruder«, sagte Konstantin. »Martina Laskarina hat sich bis zuletzt rührend um sie gekümmert. Bei dem Versuch, das Leben Marias zu retten, hat die tapfere Ärztin ihr eigenes Leben verloren. Sie konnte gegen den Schwarzen Tod nichts ausrichten …«

»Eine Pestepidemie?«, fragte der Fürst stirnrunzelnd, als sei das so unwahrscheinlich wie Regen in der Wüste.

»Ja, Alexios«, sagte Konstantin.

Wenn die Seuche in der Stadt gehaust und sogar die Kaiserin dahingerafft hatte, dann musste das Volk in großer Angst leben. Dann hatten die Mönche mit ihrem Gerede von Sünden und Höllenstrafen leichtes Spiel, dachte Alexios. Dann hatte Notaras durchaus recht, nicht noch Öl ins Feuer zu gießen.

»Ich will sie sehen«, sagte Johannes schwach.

»Wir mussten sie bereits beisetzen.«

Der Kaiser nickte nur. »Ja, natürlich, wegen der Ansteckung ...« Dann verwüstete eine furchtbare Angst sein Gesicht. »Ihr habt sie doch nicht etwa verbrannt?«

»Nein.« Konstantin, der seinen Bruder noch etwas überragte, legte ihm den Arm um die Schulter und führte ihn zu seinen Gemächern. Er wusste nicht, ob Johannes die Beherrschung verlieren würde, und wenn, dann sollte es zumindest nicht in der Öffentlichkeit geschehen. Alexios Angelos schaute dem traurigen Kaiser nach. Etwas in Johannes schien zerbrochen zu sein. Dann nickte er dem Admiral kurz zu und begab sich eilig zu seinem Palast. Was mochte ihn erwarten? Wenn der Schwarze Tod nicht einmal vor dem Blachernenviertel haltgemacht hatte, dann hatte es jeden treffen können. Niemals hätte Alexios sich das vorstellen können, weder bei ihrer Hochzeit noch in den Jahren danach, aber er sorgte sich um Ioanna.

Die Mönche im Basiliuskloster bereiteten Bessarion einen bösen Empfang. Mit Schlägen und Tritten jagten sie ihn aus dem Kloster. Sie wollten es nicht dulden, dass der Abtrünnige weiter ihr geistlicher Vater war und das Kloster leitete. Sie johlten, schimpften, sie keiften. Das Kloster, in dem er eine der schönsten Bibliotheken Konstantinopels zusammengetragen hatte, war auf einmal ein Ort ohne Vernunft, im Gegenteil, ein Abgrund des Irrsinns.

»Halt den Mund, Bessarion, wer glaubt, braucht keine Argumente«, fuhr ihn sein Stellvertreter an.

»Dein teuflischer Geist ist ohne Demut!«, brüllte ein schielender Mönch, dessen Namen er nicht behalten hatte.

»Ohne Glauben«, sekundierte der eigentlich gutmütige Pförtner. Was hatte die guten Leute nur so aufgebracht?, fragte er sich erschrocken.

»Flieh!«, raunte ihm der Bibliothekar zu. Und Bessarion spürte, dass der Zorn wuchs und dass er zur Zielscheibe wurde für die Unbill, die ein jeder im Leben erfahren hatte, für die Angst der Männer, für die Lust, einmal so richtig über die Stränge schlagen zu dürfen und dafür nicht verantwortlich zu sein. Hier halfen Worte nicht mehr und auch keine Argumente. Er floh in den Palast der Notaras.

Unter Tränen schilderte der herzensgute Mann, was ihm von seinen Brüdern angetan worden war. Am meisten verletzte ihn aber der Hass, dieser tiefe unchristliche Hass. Er mochte weder etwas essen noch trinken. Ihn peinigten die Bilder von glühenden Augen und verzerrten Gesichtern, die er nicht abzuschütteln vermochte. Immer wieder murmelte er vor sich hin: »Sie haben mich geschlagen!« Er fand kein Verständnis für dieses Verhalten. Gegen einen auch sehr kontroversen, einen sehr scharfen Disput, in dem die Argumente gewogen wurden, hätte er nichts einzuwenden gehabt. Aber die Mönche hatten nicht mit ihm diskutieren wollen, eigentlich wünschten sie sich, ihn brennen zu sehen. Das erste Mal in seinem Leben dachte Bessarion, dass diese Stadt dem Untergang geweiht war, weil ihre Bewohner nichts mehr zu wissen wünschten, taub für jedes Argument, fanatisch in ihren Vorurteilen, selbstgerecht in der Durchsetzung ihres Aberglaubens. Mit der Vernunft würden sie auch ihre Existenz verlieren. Der Gedanke erschreckte ihn. Er fragte sich, ob seine Meinung der persönlichen Verletzung geschuldet war oder ob er mit seiner pessimistischen Sicht recht hatte. Das Nachdenken über diese Frage holte ihn aus der Depression und der Fassungslosigkeit. Er suchte sich einen stillen Platz im hinteren Teil des Gartens unter einem Lebensbaum, um das Vorgefallene zu analysieren. Dort fand ihn auch Loukas Notaras, als er zurückkehrte und ihn Eirene kopfschüttelnd in Kenntnis setzte.

»Es tut mir leid, mein Freund«, sagte Loukas mit aufrichtigem Mitleid. Aber Bessarion hatte sich gefangen und wirkte gefestigt. Er erkundigte sich nach den anderen Mitgliedern der Delegation.

»Gennadios und Markos haben sich an die Spitze der Gegner der Kirchenunion gestellt. Isidor ist unter Schlägen in den Kaiserpalast geflohen, andere mussten auch Beschimpfungen, Bespuckungen, Tritte und Schläge ertragen. Das Volk ist aufgewühlt und lässt seine Wut an jedem Unionsfreund aus. Nur Georgios Plethon mit seinem klassisch geschnittenen Gesicht und dem silberweißen Haar, der wie die personifizierte Weisheit wirkte, rührten sie nicht an. Vielleicht auch wegen seines hohen Alters. Die Einheit mit den Lateinern hat unsere Kirche entzweit. Was ihr in Italien beschlossen habt, führt hier, wenn wir nicht aufpassen, zum Bürgerkrieg.«

»Das stimmt und auch wieder nicht. Wir können nur in der Union mit dem Westen den Ansturm des Ostens überleben.«

»So gesehen ja, aber andere Christen leben auch gut unter den Osmanen. Wenn Konstantinopel nicht mehr lebensfähig ist, wäre es da nicht besser, dass wir Griechen, als christliches Volk vereint, unter den Muslimen leben? Wir entrichten unsere Steuer, müssen aber bei unseren Geschäften und unserem Glauben keine Abstriche machen wie jetzt. Lebt es sich für uns dann nicht unter dem Turban besser als unter der Mitra?«

Bessarion erhob sich und ging auf und ab.

»Denk dir, unter den Türken sind alle Christen und Juden gleich. Die Griechen wären endlich den Venezianern und Genuesen im Handel gleichgestellt, wir hätten hier die gleichen Rechte wie sie und könnten uns besser entwickeln«, fuhr der Admiral fort.

Hatte Bessarion richtig gehört, dass Loukas ein Leben unter den muslimischen Türken der Gemeinschaft mit dem christlichen Westen vorzog? Er hätte widersprechen können, argumentieren, aber er sah auf einmal deutlich, dass der Admiral mit dieser Meinung nicht allein stand. Die Mönche, die ihn geschlagen hatten, dachten ähnlich. Lieber wollten sie von den Türken geduldet, als vom Papst beherrscht werden. Seine Brüder! In diesem Moment begriff Bessarion, dass diese Männer nicht mehr seine Brüder waren. Pflichtgemäß hatte er bei der Abfahrt von Venedig Heimweh verspürt, aber in Wirklichkeit Wehmut, weggehen zu müssen, empfunden, denn er hatte sich im Westen wohlgefühlt.

»Ich kehre nach Italien zurück«, sagte der Patriarch.

»Der Kaiser wird dir das Patriarchat von Konstantinopel anbieten«, testete Loukas den Entschluss des Freundes. Doch der lächelte nur, dieses halb verwunderte, halb wissende Lächeln, das Loukas so sehr an ihm mochte.

»Auch dann nicht. Ich dringe hier nicht mehr durch. Was auf der schiefen Ebene steht, rutscht. Ich könnte nicht unter dem Turban des Sultans leben!«

Johannes saß in seinem Lehnstuhl und blickte auf Konstantinopel. Wenn er von hier zur Stadt sah, fühlte er sich als der einsamste Mensch der Welt. Immer hatte er Kaiser werden wollen, nun war er es, und eigentlich schon viel zu lange. Was galt es schon, Kaiser einer heruntergekommenen Stadt zu sein? Das erstarrte Hofzeremoniell stellte nur noch den Abglanz eines einst großen Reiches dar. All die tönenden Titel! Das einzige Glück, das sich in all den Jahren bei ihm eingestellt hatte, war die Ehe mit Maria gewesen, mit dieser wunderschönen Prinzessin aus Trapezunt. Von Anfang an hatten sie sich gemocht, gespürt, dass sie zu Gefährten ausersehen waren. Und nun gab es sie nicht mehr. Seine Gefährtin war nicht mehr bei ihm und hatte einen einsamen Mann in einem einsamen Reich zurückgelassen. Johannes kniete nieder und betete, dass ihn Gott von seinem Leben erlösen möge.

Ioanna deckte gerade persönlich den Tisch, als Alexios den Palast betrat. Der Diener wollte ihn begrüßen, doch Alexios fragte ihn stürmisch: »Wo ist meine Frau?«

»Im Speisezimmer.« Gott sei Dank, sie lebt, dachte er. Mit diesem Gedanken rannte der Fürst die Treppen hinauf. Ioanna, die seine Schritte erkannte, stürzte aus der Tür. Von jäher Freude wie vom Blitz getroffen, verharrten beide – sie auf der Türschwelle, er auf der obersten Treppenstufe.

»Du bist zu früh! Ich wollte dir so gern einen kleinen Empfang bereiten«, scherzte sie nach einer kleinen Weile, nachdem sie die Worte wiedergefunden hatte.

»Soll ich noch einmal gehen?«

»Untersteh dich!«, sagte sie mit einem ungewohnten Nachdruck in der Stimme, über den sie selbst erschrak. Er machte ein paar Schritte auf sie zu, dann nahm er sie vorsichtig in die Arme, als wäre sie zerbrechlich wie dünnes chinesisches Porzellan.

»Du stinkst«, sagte sie.

»Soll ich ...«

»Nein«, mehr vermochte sie nicht zu sagen, doch er verstand sie auch so. So nah waren sie einander noch nie gekommen.

Bessarion ging einige Wochen mit sich zurate. Die Bitte des Kaisers, das Patriarchat von Konstantinopel zu übernehmen, lehnte er ab. Mit diesen Leuten, die es für Glauben und für Gottesdienst hielten, wenn sie sich nur möglichst kulturlos verhielten, mit dieser Einfalt wollte er nichts mehr zu tun haben. Ihr Anblick ekelte ihn an, ihre Worte stießen ihn ab. Er wollte nur noch fort, zurück nach Italien.

Loukas hatte den Freund zurückhalten wollen, doch Eirene überzeugte ihn schließlich davon, dass es das Beste für Bessarion sein würde. So besorgte er ihm eine Passage auf einem venezianischen Schiff.

Vor seiner Abreise blieb für Bessarion nur noch ein Problem, das ihm Alexios zu lösen half. Persönlich begleitete ihn der Fürst mit einigen Bewaffneten zum Kloster, damit er ungehindert seine Kleidung, seine Bücher und Manuskripte holen und in der Bibliothek ein paar Kisten mit Büchern packen konnte. Zuvor hatte Anna ihn in die Ordnung der Bibliothek eingeweiht. Wütend stand der Bibliothekar daneben, doch konnte er gegen die Leute des Fürsten nichts unternehmen.

Ein Vierteljahr später landete Bessarion wieder in Venedig. Im Gepäck hatte er eine kostbare kleine Bibliothek, auf die italienische Gelehrte bereits begierig warteten. Nie wieder sollte er nach Konstantinopel zurückkehren.

31

Residenz des Sultans, Amasia

Lange hatte sich Jaroslawa dagegen gewehrt, sich einzugestehen, dass ihre Lebenskräfte sie verließen. Als sie schließlich anfing, Blut zu spucken, blieb ihr nichts mehr, als der Wahrheit ins Auge zu blicken. Sich selbst durfte sie belügen, nicht aber ihren Sohn. So ist das mit dem Menschen, dachte sie traurig. Ein halbes Leben lang denkt man, dass unendlich viel Zeit vor einem liegt, und dann kommt man plötzlich ohne Vorwarnung zu der Erkenntnis, dass der größte Teil des Lebens bereits verbraucht ist. Mit dieser Einsicht konnte man sich durchaus für eine geraume Zeit in sanfter Melancholie einrichten, wenn die Frist zum Ende hin einer vagen, verlängerbaren Vermutung glich, aber der Blick auf ihren blutigen Auswurf belehrte sie, dass der Tod bereits anklopfte. Dabei hatte sie ihrem zwölfjährigen Sohn noch so viel beizubringen! Natürlich konnte sie den Himmel oder Gott dafür anklagen – Gerechtigkeit kannte keiner von beiden –, aber all das würde zu nichts anderem führen, als dass sie Zeit verschwendete, ihre Zeit, vor allem aber die Zeit ihres Sohnes. Ihr ganzer Plan zielte darauf ab, dass sie eines Tages die mächtige Mutter eines Sultans sein würde und ihren Sohn beraten konnte. Diese Karte hatte ihr das Schicksal durch die Schwindsucht unbarmherzig aus der Hand geschlagen.

Sie sah aus dem Fenster und beobachtete Mehmed, der unter der Aufsicht der Amme im Garten spielte. Er saß auf einem Steckenpferd und vertrieb mit erhobenem Schwert die Ungläubigen aus dem Garten. Seine ganze Gestalt strahlte knabenhaften Eifer aus.

Jaroslawa musste lächeln und griff unwillkürlich an die Stelle über ihrer Brust, wo unter dem Chiffon das Silberkreuz hing, das ihr der Vater einst umgehängt hatte. Dabei hatte er gelächelt und gesagt: »*Jaroslawa, maja ljubimaja*« – meine Liebe. Nie in ihrem Leben würde sie den dunklen, warmen Klang seiner Stimme vergessen. Ihn hatte Gott nicht geschützt, ihre Mutter auch nicht, und sie? Gott war für sie ein Verräter, und sein Name lautete nicht Jahwe, sondern Judas. Nicht mehr lange würde sie ihren Sohn vor der Wolfswelt behüten können. Wer würde dann für ihn da sein? Niemand, *nikto, nischewo* – keiner, was soll's. Es trieb ihr Tränen in die Augen, mit welchem kindlichen Eifer er mit dem Holzschwert gegen die Christen zu Felde zog. Sie schaute wieder in den Spiegel und sah eine immer noch schöne Frau, die ihren fünfunddreißigsten Geburtstag nicht mehr erleben würde. Noch immer anziehend, weniger fleischlich vielleicht, dafür grazilier. Die kindlichen Rundungen waren verschwunden. Ihr Gesicht wirkte nun strenger, aber auch ätherischer durch die großen, mit einem Sphärenglanz überzogenen Augen über den hohen slawischen Jochbeinen, die ihrer Miene eine erregende Melancholie verliehen.

Eines wurde ihr in diesem Augenblick bewusst: Die Wochen und vielleicht Monate, die ihr noch verblieben, musste sie nutzen, um ihrem Sohn den Weg zu ebnen. Das hieß, den anderen Sohn des Sultans aus dem Weg zu räumen und Mehmed zur Herrschaft zu befähigen. Die Erkenntnis schnitt ihr wie ein Schustermesser ins Herz, dass der Preis dafür, dem Sohn das Leben zu retten, im Verlust seiner Kindheit bestand. Nie wieder würde er so unschuldig töten wie in diesem Spiel. Schweren Herzens, aber kalten Verstandes schmiedete Jaroslawa einen Plan.

Eines Abends lud sie Daje-Chatun in ihr Zimmer. Sie hatte Tee, ein wenig Obst und etwas Gebäck servieren lassen. Nachdem sie ihren gesundheitlichen Zustand geschildert hatte, bat sie die Amme, ihr keine Steine in den Weg zu legen, wenn sie die wenige Zeit, die ihr blieb, mit ihrem Sohn verbringen wollte, nicht allein aus Eigennutz, sondern auch aus Notwendigkeit.

»Du bist jetzt schon mehr mit ihm zusammen als ich. Mehmed

wird älter und wird sich bald schon nach der Gesellschaft von Männern sehnen«, wandte die Amme ein.

»Willst du, dass Mehmed Sultan wird?«

»Das weißt du doch!«, entgegnete sie vorwurfsvoll. Ihr rundes Mohnkuchengesicht wirkte tief beleidigt.

»Dann tu, was ich dir sage!« Jaroslawa verlor die Geduld, weil sie die Schwäche spürte, die sie von innen heraus zu lähmen begann. Dennoch rang sie sich ein Lächeln ab. »Ich habe wirklich keine Zeit, und er muss Dinge lernen, von denen du nichts weißt.« Obwohl die Amme die Russin immer noch hasste, vielleicht sogar mehr als früher, sagte ihr die Intuition, dass Jaroslawa die Wahrheit sagte. Also unterdrückte sie ihren Ärger und stimmte widerwillig zu, mit dem kleinen Triumph, dass sie diese verhasste Person überleben und bald schon die Mutter für den Knaben sein würde. In dem Schmerz der Amme, dem Weibsstück gehorchen zu müssen, steckte der Trost, dass die Rivalin um die Gunst des Kindes bald schon, wie sie sehen konnte, zur Hölle fahren würde. Mochte die Russin im Moment die Stärkere sein, entschied am Ende die einfache biologische Frage, wer länger lebte. Bei diesem Gedanken wurde das Mohnkuchengesicht der Amme noch etwas runder.

Von diesem Tag an war Jaroslawa nur noch mit ihrem Sohn zusammen.

»Schwöre, Mehmed, dass du mit niemandem und niemals in deinem Leben darüber sprechen wirst, was ich dir jetzt erzähle. Es wäre dein Tod. Verschließ es fest in deinem Herzen und schrei es nicht einmal in einem Albtraum heraus. Zu keinem ein Wort, mag er oder sie dir noch so vertraut dünken, nicht einmal zu Daje-Chatun«, sagte sie eines Morgens zu ihm. Der Junge sah sie erstaunt an. »Schwöre!«

»Ich schwöre«, sagte Mehmed mit piepsiger, dennoch ernster Stimme und glänzenden Augen.

Von da an erzählte sie dem Jungen ihre Geschichte und die ihrer Vorfahren in allen Einzelheiten, obwohl er sich noch nicht in dem Alter befand, in dem man dieserart Geschichten erzählt bekommen durfte. Und sie wusste, was sie ihrem Sohn antat, dass sie sein Empfinden zu früh dem Gift der Welt aussetzte. Es brach ihr fast das Herz, ihm von dem Überfall, von dem Tod der Eltern, ihrer Vergewaltigung und Anatolijs Kastration zu erzählen. Jedes Detail, das sie beschrieb, peinigte sie, weil sie sah, wie sehr sie damit die Kinderseele in ihrer tiefsten Unschuld traf. Bald schon schrie Mehmed im Schlaf, und er nässte auch wieder das Bett. Aber sie verfügte nicht über den Luxus, abwarten zu können, bis er alt genug wäre, um alles über seine Herkunft zu erfahren und darüber, wie die Welt funktionierte. Sie wusste, dass sie seine Seele verletzte, sie vergewaltigte. Immer wenn sie aufhören oder sensibler vorgehen wollte, sah sie auf das Blut in ihrem Taschentuch. Auch sie hatte sich einst als eine Prinzessin gefühlt, wie er jetzt ein Prinz war. Was sie lernen musste, war, dass das noch gar nichts besagte.

»Damit dir all das erspart bleibt, musst du Sultan werden, ein großer und mächtiger Herrscher. Der mächtigste Herrscher auf der Welt. Weißt du denn, wie der mächtigste Herr ist?«, fragte sie Mehmed eines Morgens.

»Wie mein Vater, wie Murad.«

Jaroslawa lachte böse auf. »Dein Vater? Nein. Ein tüchtiger Herrscher ist er vielleicht, mit Sicherheit ein mittelmäßiger Mensch, aber kein Herr der Herren, kein Weltenherrscher.«

»Und wie ist ein Weltenherrscher?«, fragte der Junge mit großen Augen. Jaroslawa stand auf und holte aus einer mit Edelsteinen besetzten Truhe ein Buch. Sie gab es ihm. Er schlug es auf und las ehrfürchtig: »Nisami: ›Alexander der Große‹.«

»Alexander der Große kam aus einem kleinen griechischen Stamm und hat die Welt erobert, bis nach Indien. Lerne von ihm. Du kannst so werden wie er, du hast das Talent dazu. Tu es für deine Großeltern, die man hingeschlachtet hat, tu es für mich, tu es für dich. Und sei grausam! Es ist nicht schön, aber die Welt ist so, mein kleiner Sultan. Wer Milde zeigt, gilt als schwach, wer als schwach gilt, wird getötet. Mitleid existiert nicht auf der Welt und auch keine Gerechtigkeit, erst recht keine Menschlichkeit. Die Mörder umgeben sich mit dem Anschein der Menschlichkeit, sie tun es für sich. Die Räuber möchten gern als barmherzig gelten. Sie plündern die Menschen erbarmungslos aus und schenken ein paar Bedürftigen ein Almosen, nichts im Vergleich zu dem, was sie zuvor ihnen geraubt haben. Mein Sohn, glaube niemandem, das Grundgesetz der Welt ist die Lüge. Warte hier und lies.« Damit ließ sie ihren Sohn allein, kam aber schon bald zurück. »Geh doch mal bitte und sage der Amme, sie soll zu uns kommen.« Mehmed sprang auf und lief auf den Gang. Als er um die Ecke bog, blieb ihm vor Schreck fast das Herz stehen. An der Wand zeichnete sich der Schatten eines großen Tieres ab, das ihm auflauerte. Als das Tier sich erhob, sein schreckliches Maul öffnete und bis an die Decke reichte, lief der Knabe, der bis dahin tapfer ausgehalten hatte, schreiend in das Zimmer seiner Mutter zurück.

»Mama, Mama, da ist ein Ungeheuer«, stotterte er schwitzend, die Augen starr vor Panik. Jaroslawa packte ihn bei der Hand und schleifte ihn mit sich auf den Gang. Der Knabe wehrte sich mit Händen und Füßen. »Nein, nein, nein«, schrie er, und seine Stimme verriet Todesangst. Er drückte fest die Lider zu. Plötzlich blieb die Mutter stehen. »Öffne die Augen, komm, mach schon«, befahl sie ihm. Vor ihm lag ein kleiner Hund. Mehmed staunte und verstand nichts, bis Jaroslawa ihm erklärte, dass sie den Leuchter so gestellt hatte, dass der Schatten, den er warf, das kleine Tier um ein Vielfaches übertraf. Der Junge staunte und versuchte seine Angst, den Leuchter, den großen Schatten und den kleinen Hund zu verstehen. Sie ließ ihm etwas Zeit, dann erklärte sie kalt: »So ist es mit dem Schrecken, mein Sohn, der Schecken, den du verbreitest, muss viel größer sein als du, nur dann schützt er dich. Habe keine Angst und verbreite Schrecken! Der Schrecken wird dich schützen!«

Bei der Ausbildung ihres Sohnes ging Jaroslawa selbst durch die Hölle. Sie fühlte sich oft als die schlimmste aller Mütter, weil sie ihr Kind misshandelte. Aber sie wollte, dass Mehmed im Herzen ein Herrscher war, wenn sie starb, dass er nicht zum Opfer wurde wie ihr Vater und ihre Mutter, und das gelang nur, wenn er sich zum Herrn der Herren aufschwang. Dieses Wissen und die dafür notwendige Gewissenlosigkeit wollte sie ihm hinterlassen.

32

Kaiserpalast, Konstantinopel

Manchmal, wenn Alexios mit Ioanna spazieren ging oder wenn sie im Innenhof des Palastes Ball spielten, fiel ihm auf, dass sie viel jünger war als er, mindestens zehn Jahre. Zehn ganze Jahre. Es lag aber nicht nur am Alter, sondern auch an dem, was sie erlebt hatten. Ihre Naivität wirkte auf ihn reinigend, als ob ihr Lächeln allen Verrat, den er begangen, und alles Blut, das er vergossen hatte, abwusch.

Als sie eines Sonntags nach dem Gottesdienst in der Marienkirche im Blachernenviertel zu ihrem Palast zurückgingen, schmiegte sich Ioanna an ihn und forderte ihn auf, die Ehe endlich zu vollziehen. Alexios stutzte.

»Ich denke, wir kennen uns jetzt lange genug«, fügte sie entschlossen hinzu. Seltsam aufgeregt betraten sie den Palast. Jede Treppenstufe erhöhte nur das Knistern zwischen ihnen, das seinem Höhepunkt zustrebte, als sie das Schlafzimmer betraten. Alexios fühlte sich verantwortlich, zum ersten Mal, da er die Erfahrung besaß. Also schenkte er ihr und sich Zeit, schwelgte in einfachen Zärtlichkeiten. Darüber ging der Mittag dahin. Ihr Liebesspiel blieb einfach, ohne Raffinesse, und wider Erwarten beglückte es ihn. Nicht Wut noch Macht noch Kampf noch Stolz spielten eine Rolle, nur der Wunsch, sich zu haben, einander zu fühlen.

Am späten Nachmittag bestellte Alexios ein paar Musiker in den Palast, die beim Abendessen aufspielten. Ioanna und er feierten ihre wahre Hochzeit, denn nun hatten sie die Ehe auch vollzogen.

Fünf Meilen entfernt von dem Ehepaar, das sich in ein Liebespaar verwandelt hatte, saßen Loukas und Eirene mit ihrer Tochter Anna zusammen, um ein höchst wichtiges Thema zu besprechen. Es half nichts, aber Anna kam in ein Alter, in dem es an der Zeit war, ihr einen Mann zu suchen. Ihre kleine Schwester Theodora war bereits mit einem Sohn des Oberbefehlshabers Kantakuzenos verlobt.

»Leiste ich keine gute Arbeit im Kontor?«

»Doch, du bist mit deinen zwanzig Jahren der beste Kontorist, den wir haben.«

»Na, siehst du«, triumphierte die junge Frau.

»Aber du bist eine Frau! Deine Bestimmung ist es nicht, Kaufmann zu werden, deine Bestimmung ist es, zu heiraten und Kinder zu bekommen«, sagte Eirene mit sanfter Verzweiflung.

Und Loukas dachte, welch ein Jammer. Sie besaß eine starke Begabung für das Geschäft.

»Du hast Geschäftsverbindungen zu den Italienern, nach Genua, nach Venedig?«, fragte ihn Anna überraschend.

»Ja, das weißt du doch.«

»Dann nenne mir jemand aus der Familie, der Latein und Italienisch so beherrscht wie ich!« Der Admiral senkte den Blick. Sowohl Mitri als auch Nikolaos lernten die Sprachen nur widerwillig. Die Jungen liebten die Bewegung, sie balgten gerne und erwärmten sich fürs Reiten, fürs Fechten und erzählten sich Rittergeschichten. Welch ein Jammer!, dachte er wieder.

»Gebt euch keine Mühe, ich werde nicht heiraten, um einen Mann zu bedienen!«

»Ich habe doch auch geheiratet«, gab Eirene empört von sich.

»Ja, aber so ein Mann wie Papa findet sich nicht noch einmal auf der Welt.« Dann feixte sie, voller Vorfreude auf ihre kleine Boshaftigkeit. »Den einzigen Mann, den ich genommen hätte, hast du mir ja nun weggeschnappt.«

»Woher willst du denn wissen, dass es keinen Mann für dich gibt?« Eirene gab nicht auf.

Anna faltete verzweifelt die Hände und bewegte sie genervt auf und ab. »Mama, ich weiss es«, stiess sie gedehnt hervor, so als hätte sie das schon tausendmal gesagt.

»Willst du als alte Jungfer sterben?«, rief Loukas hilflos aus.

»Als alte Handelsherrin. Du weisst es, Papa, dass ich die Einzige bin, die eines Tages in der Lage sein wird, die Firma so erfolgreich zu führen wie du. Warum zögerst du noch, mich weiter auszubilden? Lass mich nicht nur im Kontor, nimm mich mit zu den Verhandlungen, lehre mich das Handwerk, lehre mich die Kunst!«

Nachdenklich sah der Admiral zu seiner Frau, dann stand er auf und ging zum Fenster. Mit den Fingern trommelte er auf das Fensterbrett, dass es fast wie Regen klang. Ein leichter Nieselregen. Schon als er seine Tochter als Neugeborenes im Arm gehalten hatte, war ihm bewusst geworden, dass sie ihm ähnelte und dass daraus ihre Konflikte entstehen würden. Und nun fragte er sich plötzlich, sollte er sie unglücklich machen, wo ihr Glück dem Handelshaus, der Familie zu grossem Vorteil gereichen konnte? Als Kaufmann gab er mehr auf eine Kalkulation als auf die Konvention. Wenn er sie zu Besprechungen und vielleicht auch auf Geschäftsreisen mitnehmen würde, hätte er tatkräftige Unterstützung, wäre mit seiner Tochter zusammen, und vielleicht, ausgeschlossen war es nicht, lernte sie dabei auch einen Mann kennen, den sie aus freien Stücken heiraten wollte. Hinzu kam, dass seine geschäftlichen Aktivitäten eine Dimension erreicht hatten, wo er dringend Unterstützung benötigte. Er brauchte jemanden an seiner Seite, mit dem er sich beraten konnte und dem er vertrauen können musste wie sich selbst. Abgesehen von dem geschäftlichen Vorteil dämmerte Loukas, dass, wenn überhaupt, nur dieser Weg dazu führen würde, Anna zu verheiraten. Die Kosten-Nutzen-Rechnung fiel also eindeutig aus.

Er nickte ihr zu. »Wie du es willst, Anna, so soll es geschehen. Du bist ab jetzt mein Sozius. Ich nehme dich überallhin mit, du wirst alle Bereiche des Familiengeschäfts kennenlernen. Beklage dich aber später nicht darüber! Vergiss nie, dass du es so gewählt hast, nicht wir!« Während Anna jubelnd aufsprang, hielt sich Eirene die Hände vors Gesicht. »In dir stecken die Fehler deiner Urgrossmutter, der Kaiserin Helena, leider auch meine Fehler und die Tugenden deines Vaters, was konnte da schon anderes herauskommen?«, seufzte sie mit einem Lächeln, in dem sich Resignation und Stolz mischten. Ihre Tochter würde das erreichen, was sie sich als junges Mädchen erträumt hatte!

Es war spät geworden, sie hatten gerade die Musiker verabschiedet und standen im Begriff, sich wieder ins Schlafzimmer zurückzuziehen, als der Diener einen Besucher meldete, dessen ungewöhnlicher Name ihm so gar nicht im Gedächtnis haften bleiben wollte. »Ein Herr wie Ihr, der unsere Sprache nicht spricht, ich glaube ein Oitou.« Oitou? Was für ein Oitou, dachte Alexios und zog unwillig die Augenbrauen hoch. Dann schlug er sich mit der flachen Hand gegen die Stirn. »Otto vielleicht? Otto von Weißenburg?« Der Diener schnitt ein unglückliches Gesicht.

»Führe ihn ins Speisezimmer.« In ihm kämpfte die Hoffnung, dass ihn wirklich sein Waffenbruder besuchte, mit der Furcht, dass er es tat, denn wenn er es wäre, käme er zur Unzeit. Auf dem Weg zum Speisezimmer klärte der Fürst seine Frau darüber auf, wer dieser Otto von Weißenburg war.

Sie standen vor der langen Tafel und schauten zur Tür. Ein Hüne in schwarzem Mantel, Kürass und Kettenhemd betrat klappernd den Raum.

»Otto!«, strahlte der Fürst und umarmte den Gast. Der bückte sich leicht, um die Umarmung zu erwidern. Alexios besaß eine große und stattliche Figur, doch gegen diesen Deutschen wirkte er zart und zerbrechlich. Ioanna empfand Furcht vor dem Hünen.

»Ioanna, das ist mein Waffengefährte Otto von Weißenburg, Drachenritter wie ich. Und das, Otto, ist meine Frau Ioanna.« Galant und mit einer Leichtigkeit, wie man es diesem großen Mann nicht zugetraut hätte, küsste er ihre Hand. Alexios rief derweil nach dem Diener und befahl ihm, Essen und Wein aufzutragen. »Du wirst hungrig sein, komm, setze dich und erzähle.«

Sie nahmen an der Spitze der Tafel über Eck Platz. Während der Diener Brot, kalten Braten, kaltes Geflügel und Obst herbeischaffte, dazu noch einen Krug Wein auf den Tisch stellte, berichtete Otto, dass König Wladislaw von Ungarn das Kreuz genommen habe. Kardinal Cesarini befände sich als päpstlicher Legat bei den Truppen, und Johann Hunyadi befehlige unter dem König die Streitmacht. Venedig, der Papst, Genua und die Burgunder steuerten eine Flotte bei, die im Schwarzen Meer und im Bosporus kreuzen würde, um die Türken daran zu hindern, die anatolische und die rumelische Streitmacht zu vereinen. Außerdem würde sich zur Stunde der Intimfeind des Sultans, der Großkaraman, in Anatolien gegen den Großtürken erheben, um Murad nach Anatolien zu locken. Danach würde die vereinigte Flotte den Übergang über die Meerenge schließen und Murad käme nicht wieder zurück.

»Großartig«, jubelte Alexios. Nun endlich war es so weit, nun würden sie die Türken schlagen. So lange hatte er für diesen Tag gearbeitet und auch gekämpft.

»Ihr müsst gleich zum Kaiser«, schlug Ioanna vor. Liebevoll fuhr er über ihre Hand, die sich kühl anfühlte. Er drückte zärtlich zu. »Du musst deine Pflicht erfüllen«, raunte sie ihm zu. In diesem Moment verliebte er sich in die Frau, die er so lange vernachlässigt hatte. Alexios, der nur eine Tunika trug, begab sich in das Ankleidezimmer. Er zog sich die Beinlinge über und warf über Tunika und Beinlinge ein Gewand aus Brokat, das ihm bis zu den Knöcheln reichte.

»Stattlich!«, lobte Ioanna, die hinter ihm stand.

»Ioanna, du …« Seine Stirn legte sich in tiefe Falten. Sie hielt ihm kurz den Mund zu, dann strich sie zärtlich über seine Stirn, um mit ihrer Handfläche die Falten zu glätten. »Ich weiß, dass ich die Frau eines Fürsten und eines Ritters bin.« Dankbar küsste er sie auf den Mund. Sie machte sich frei.

Der Kaiser empfing Alexios Angelos und Otto von Weißenburg in seiner Bibliothek. Er hatte noch nicht geschlafen, auch wenn er in Nachthemd und Nachtmantel war. Seit Marias Tod litt er unter Schlaflosigkeit. Während des Berichts des Deutschen hellten sich seine Gesichtszüge auf. War es möglich, sollte das Reich der Rhomäer sich doch noch einmal erheben? Mit ihm als Kaiser?

»Wir werden uns am Kreuzzug beteiligen und mit unserer Flotte auch an der Seeblockade«, versprach Johannes. Sein gebeugter Körper straffte sich und erinnerte Alexios an den Johannes, den er in der Schlacht gegen die türkischen Belagerer vor zwanzig Jahren kennengelernt hatte.

»Herr, darf ich Wladislaw die Botschaft bringen, dass sich die Rhomäer den Lateinern anschließen?«

»Ja, tu das. Auch wir nehmen das Kreuz.«

»Dann reite ich mit meiner Gefolgschaft voraus.«

»Unser Aufgebot wird dir in wenigen Monaten folgen.«

Am anderen Morgen brachen Alexios und Otto von Weißenburg auf, gefolgt von sechzig Reitern, der Gefolgschaft des Befehlshabers. Alexios hatte wenig geschlafen, am Morgen nur zwei, drei Stunden gedämmert, weil er Ioanna noch viel zu viel zu sagen gehabt hatte, und nicht nur mit Worten.

33

Kaiserpalast, Konstantinopel

Außer bei Loukas Notaras stellte sich bei den Mitgliedern des Geheimen Rates Begeisterung ein, als sie dem Bericht des Kaisers lauschten. Aber der Admiral hielt es für klüger, der allgemeinen Euphorie nicht zu widersprechen. Wenn er sich jetzt isolierte, den Spielverderber gab, würde es ihm später umso schwerer fallen, Einfluss zu nehmen. Er beschloss, die großen Jungs spielen zu lassen. Es kam nur darauf an, ihnen rechtzeitig das Spielzeug aus der Hand zu nehmen, damit sie am Ende nicht Konstantinopel verloren. Loukas nahm sich vor, sich mit der alten Kaiserin zu beraten.

»Ach, Loukas«, sprach ihn der Kaiser an. Der Admiral hoffte, nicht zu einer Stellungnahme aufgefordert zu werden. Vielleicht hätte er doch etwas mehr Freude heucheln sollen. »Ich habe beschlossen, dich zum Großadmiral zu erheben. Die Flotte muss in diesen Zeiten einem erfahrenen Seemann unterstehen.« Alle wussten, dass der Flottenchef im Sterben lag und man das Amt nur aus Rücksichtnahme bisher nicht neu besetzt hatte.

»Ich danke Euch, Herr, und schwöre, das Amt nach bestem Wissen und Gewissen zum Wohle des Reiches und in Treue zum Kaiser auszuüben, so wahr mir Gott helfe!«

»Apropos Gott, Loukas. Es geht natürlich nicht an, dass der Großadmiral nicht an der Seite des Kaisers den Gottesdienst in der Hagia Sophia feiert«, sagte Johannes fast beiläufig.

»Jawohl, Herr«, quittierte Loukas mit Widerwillen im Herzen den Befehl.

Aus dem dunklen, kühlen Palast trat er in die Wärme des Frühsommers. Ihn fröstelte. Er schickte einen Boten, dass Anna sich sofort bei ihrer Urgroßmutter einzufinden hatte. Vor der halbrunden Klosterpforte trafen Vater und Tochter aufeinander. Das helle Rot des Gemäuers leuchtete in der Sonne wie Rosenblüten. Eine Nonne führte sie zu der kleinen Wohnung der greisen Kaiserin.

»Hypomone, es ist Besuch für dich da«, rief die rundliche Frau, nachdem sie geklopft hatte, durch die Tür. Helena, die den Klosternamen Hypomone angenommen hatte, öffnete die Tür. Das Gesicht der alten Frau wirkte mit seinen tausend kleinen Fältchen wie ein freundliches Gewässer, das sanft ein Lufthauch streifte. Ihre Augen, die von Jahr zu Jahr heller wurden, hatten einen Azurton erreicht, über dem wie Wolken die weißen Haare standen.

»Die Geschäftsmänner der Familie Notaras«, begrüßte die Greisin die beiden nicht ohne Spott.

Nachdem sie sich auf Schemeln niedergelassen hatten, berichtete Loukas, ohne eine Regung erkennen zu lassen, von den Ereignissen und von der Haltung des Kaisers. Helena hörte sich alles in größter Ruhe an.

»Wie hätte Manuel sich verhalten?«, fragte sie, erwartete aber keine Antwort. »Als junger Kaiser hätte er gekämpft, als erfahrener Kaiser hätte er wohl abgewartet.«

»Johannes ist aber kein junger Kaiser mehr«, warf Anna ein. Helena schaute missbilligend zu ihrer Enkelin.

»Du bist nicht hier, um zu reden, sondern um zuzuhören«, sagte Loukas streng. Blut schoss ihr ins Gesicht, das ganz heiß wurde.

»Auch nicht, um uns zu zeigen, dass du dich jetzt schämst«, schalt die Greisin ihre Urenkelin hart. Anna schluckte.

»Sei nicht zu streng mit dir, Anna. Bring Geduld auf und lerne!«, fügte Helena hinzu. »Lerne zwischen den Worten zu lesen. Dein Vater, du und ich, wir wissen alle, dass Johannes nicht mehr jung ist und seit zwanzig Jahren mehr schlecht als recht regiert. Aber ich werde mich nicht öffentlich gegen meinen Sohn stellen. Schließlich ist er der Kaiser. Und dein Vater ist in diesem Moment nicht der Mann meiner Enkelin, sondern der Admiral. Damit besitzt das Gespräch einen öffentlichen Charakter, denn es geht hier um nichts Privates.«

»Großadmiral«, verbesserte Loukas.

»Wie?« Die Alte hielt sich die Hand ans Ohr.

»Der Kaiser hat mich heute zum Großadmiral ernannt.«

»Mit Speck fängt man Mäuse, denkt mein Sohn wohl. Nur ist Loukas Notaras keine Maus, sondern ein gerissener Fuchs. Was hast du vor?« Und dann traute Anna ihren Ohren nicht, denn ihr Vater schlug nichts Geringeres vor, als die Vorbereitungen zum Kreuzzug zu hintertreiben und zu sabotieren.

»Wenn wir uns auf dieses Abenteuer einlassen, wird das unser Ende sein. Entweder siegt Murad, dann wird er Konstantinopel erobern. Oder, was ich nicht glaube, der junge König von Ungarn gewinnt, und dann werden die Lateiner, wenn sie schon mal in Edirne sind, in unsere Stadt einmarschieren. Wir wurden schon einmal siebzig Jahre lang von Franken beherrscht. Ihnen ist nicht zu trauen.«

Helena nickte und versprach, ihrem Sohn ins Gewissen zu reden und sich nach und nach mit den Mitgliedern des Geheimen Rates einzeln zu unterhalten. Anna begriff, in Geschäften und in der Politik kam es nicht darauf an, zu hören, was der andere sagte, sondern was er meinte.

Aus nächster Nähe erlebte das Mädchen den Erfolg ihres Vaters, denn in Sachen Kreuzzug kam in Konstantinopel nichts in Gang. Die Begeisterung im Geheimen Rat bröckelte, Johannes selbst war zwischen Anfällen von Tatkraft und Rückfällen in tiefste Depression hin und her gerissen. Was er heute sagte, widerrief er morgen. Loukas genoss die enge Zusammenarbeit mit seiner Tochter. Ihn beeindruckte, wie schnell sie lernte und welche Sicherheit im Urteil sie an den Tag legte. Widerspruch erwuchs ihm allerdings dort, wo er ihn nicht erwartet hatte. Eirene begann, an der Richtigkeit seiner Politik zu zweifeln. Ihr Verstand akzeptierte die Argumentation ihres Mannes, aber ihr Herz hörte auf eine andere Vernunft.

»Wie immer wir es auch nennen, Loukas, ist es nicht Verrat?«, fragte sie ihren Mann eines Morgens noch im Bett nach mehreren schlaflos zugebrachten Nächten, in denen sich ihre Gedanken gejagt hatten.

»Es ist kein Verrat, es ist das Gegenteil davon!«, versicherte er ihr und beschloss gleichzeitig, ihr weniger zu erzählen.

*

So verging der Sommer im gespannten Nichtstun. Ungläubig reagierte man auf die guten Nachrichten, denn das Kreuzzugsheer kämpfte sich siegend durch Serbien. Der Bruder des Kaisers, Konstantin, der inzwischen in Mistra regierte, besiegte die Türken und die letzten Franken auf der Peloponnes. Doch in Konstantinopel herrschte leere Geschäftigkeit.

Der Winter kam früh in diesem Jahr. Die Familie Notaras saß vergnügt um den runden Tisch im Speisezimmer des Palastes. Loukas blickte in die Runde, und ihm wurde warm ums Herz. Was er sich damals im Hause Jakub Alhambras vorgenommen hatte, war ihm gelungen: Er hatte eine ebenso große wie wunderbare Familie. Der Blick des stolzen Vaters wanderte von dem kleinen Jakub in der Wiege zu Anna, zu Theodora, die zu einer wahren Schönheit erblüht war, zu Mitri, einem pubertierenden Jungen mit ein paar Sommersprossen zu viel, und schließlich zu dem zehnjährigen Nikolaos, der die Familie durch seine Streiche in Atem hielt, aber auch sein Bruder Demetrios gehörte ja zu seiner Familie und die Eltern Nikephoros und Thekla. Eirene wirkte wie häufig in letzter Zeit nachdenklich. Er wusste nur zu gut, welche Zweifel hinter ihrer hohen Stirn arbeiteten, und es verdross ihn. Schließlich trug er eine schwere Last, und ausgerechnet jetzt half ihm seine Frau nicht, sondern verdoppelte das Gewicht durch ihre Skepsis, ihre Fragen, die halbausgesprochenen Vorwürfe.

»Sollte Eirene noch einmal schwanger werden, dann brauchen wir einen neuen Tisch«, scherzte der alte Seeräuber.

»Nikephoros!«, wies ihn Thekla zurecht, die sich in letzter Zeit einen gouvernantenhaften Ton ihrem Mann gegenüber angewöhnt hatte.

»Stimmt doch«, beharrte der beleidigt. Um gleich darauf schelmisch zu fragen: »Wollt ihr? Einen neuen Tisch kaufen, meine ich?« Er kniff das linke Auge zu, um seinen Sohn mit dem rechten umso genauer beobachten zu können, und schlug mit der Hand leicht auf den Tisch.

»So wie es Gott will«, antwortete Loukas ausweichend.

»Schieb nicht wieder Gott vor, Loukas Notaras«, fuhr Eirene ihn unerwartet heftig an.

»Mama!«, empörte sich Anna.

»Dein Vater spielt Gott, dann soll er auch seine Verantwortung übernehmen.«

»Was denkst du eigentlich, was ich tue? Ich arbeite von früh bis spät für die Familie«, entgegnete Loukas gereizt.

»Nicht bei Tisch«, flehte Thekla und schaute dabei mit großen bettelnden Kinderaugen von ihrem Sohn zu ihrer Schwiegertochter und wieder zurück.

»Ist das auch wirklich gut für die Familie und für die Stadt?« Eirene ließ nicht locker.

»Mama hat recht, nicht bei Tisch«, sagte Loukas hart, um das Gespräch zu beenden. Die wenige Zeit in der Familie wollte er Ruhe haben und sich nicht noch dafür rechtfertigen müssen, was er tat.

Eirene stand auf. »Wann denn dann? Du weichst mir doch aus! Wann, Loukas?« Ihr gestraffter Körper, ihr unnahbarer Gesichtsausdruck drückten nur eine einzige Forderung aus. Aber er konnte keine Verunsicherung gebrauchen, er wusste ja selbst, an welchem Abgrund er balancierte. Die Kinder hatten aufgehört zu essen und schauten erschrocken zu ihrer Mutter. Selbst dem ewig Streiche aushecken Nikolaos fiel kein Spaß ein. In seiner Wiege begann das jüngste Kind der Familie zu weinen.

»Jakub weint«, sagte Loukas vorwurfsvoll, als sei das Eirenes Schuld.

»Er hört auch wieder auf! Wann, Loukas, wann redest du mit mir?« Der alte Hausdiener betrat den Raum, ging auf Loukas zu und flüsterte ihm etwas ins Ohr. Der Großadmiral erhob sich und folgte seinem Domestiken. Eirene schüttelte den Kopf. »Da seht ihr's! Er lässt mich einfach stehen, als wäre ich ein Bittsteller.« Sie zog die Augenbrauen hoch, ging zur Wiege und nahm Jakub heraus, den sie auf ihrem Arm wiegte und ein Lied vorsummte, um ihn zu beruhigen. So verließ sie das Speisezimmer.

»Mama!«, rief ihr Theodora nach.

»Sie könnte Papa wirklich mehr vertrauen«, sagte Anna. Die Missbilligung in ihrer Stimme war nicht zu überhören.

»Darüber steht dir kein Urteil zu«, wies Thekla ihre Enkelin zurecht, bevor sie stöhnte und ein sehr geziertes »Unerquicklich das Ganze« vernehmen ließ. Triumphierend kehrte Loukas zurück. »Murad hat in Anatolien den Großkaraman besiegt! Und Wladislaw zieht sich mit seinem Heer nach Buda zurück. Sie haben zwar gesiegt, können sich aber in Serbien nicht halten. Kälte und Hunger setzen dem armseligen Heer zu. Nächstes Jahr werden sie einen Friedensvertrag aushandeln. Wie gut, dass wir uns nicht eingemischt haben. Wie gut! Wo ist eigentlich Eirene?«

»Den Kleinen beruhigen«, antwortete Thekla diplomatisch. Ein dumpfer Knall erschreckte alle im Raum. Das weiße Haupt des alten Seeräubers lag auf dem Tisch, mitten auf dem Teller, von dem Olivenöl auf den Tisch gespritzt war. »Vater!«, rief Loukas.

»Still, Kinder«, fuhr Demetrios seine Nichten und Neffen an, bevor sie noch einen Laut von sich geben konnten. Schnell waren Loukas und Demetrios bei dem alten Mann und hoben seinen Oberkörper und seinen Kopf hoch. In der Stirn steckte ein Glassplitter von dem Weinglas, das unter der Wucht seines Kopfes zerbrochen war. Demetrios nahm ein Tuch, tauchte es in den Wasserkrug und säuberte das Gesicht.

»Er atmet«, rief Loukas erleichtert in die Runde. »Vater, komm zu dir«, sprach er unablässig auf den alten Mann ein, der langsam das linke Auge öffnete. Aber er konnte nichts sagen, bestenfalls lallen. Die beiden Söhne trugen ihn ins Bett und schickten nach dem Arzt.

»Der Schlagfluss«, diagnostizierte der Mönch, der bei Martina Laskarina gelernt hatte.

Thekla ging kopfschüttelnd auf und ab. »Wie kann er nur so was tun?«, fragte sie vorwurfsvoll, als ob der alte Seeräuber sich diesmal einen besonders schlimmen Streich geleistet hätte.

34

Palast des Sultans, Edirne, Rumelien

»Er soll warten!«, brüllte Murad den Wesir an. »Warten! Verstehst du? Mehmed soll warten, bis er schwarz wird!«

Der Sultan hatte getrunken. Ihn widerten die Geschäfte dieser Welt an, denn sie bestanden allein aus Falschheit und Verrat. Sein Schwager, der Großkaraman, zog gegen ihn zu Felde, um ihn aus Anatolien zu vertreiben, und arbeitete dabei mit den Ungläubigen zusammen, die ein Heer gegen seine balkanischen Besitztümer schickten. Und damit der Falschheit nicht genug, der Dritte im Bunde der Verschwörer war sein eigener Sohn Ali! Er wollte es nicht wahrhaben, aber die Beweise, die ihm sein Vertrauter Chidr Pascha vorlegte, erdrückten jeden Zweifel. Im Schlachtgetümmel wollte er seinen eigenen Vater erschlagen, um sich seines Thrones zu bemächtigen. »Warum nur? Der Narr! Der dumme Narr!«, schrie Murad vor Schmerz auf. Ein, zwei Jahre hätte Ali noch warten müssen, dann hätte sich Murad mit Vergnügen von den Regierungsgeschäften zurückgezogen, denn er sehnte sich danach, sich nur mit Gott und mit der Dichtung zu beschäftigen. Weshalb hatte der Tor denn nicht warten können? Murad quälte die Frage, doch er fand keine Antwort darauf. Nachdem die Beweise vorlagen, drangen seine Wesire auf ihn ein und forderten, dass im Interesse der Sicherheit des Staates der Verräter hingerichtet werden müsse, auf die türkische Art, im Bett erdrosselt. Einen Tag, einen zweiten und einen halben dritten wehrte er sich dagegen, den Befehl zu geben. Schließlich, nachdem er in den Rausch geflüchtet war, sollte er, so sagten die Wesire, die Weisung erteilt haben, Ali zu erdrosseln.

»Warum die kleinen Prinzen?«, hatte er Chidr Pascha angebrüllt, als der den Vollzug meldete. »Weil Ihr es so befohlen habt«, antwortete der ungerührt. Murad geriet ins Drehen, als ob das Schicksal mit ihm Kreisel spielte, ein trunkener Himmelskörper, ein tanzender Derwisch, den es aus der Bahn trug. Ist es schon widernatürlich, dass ein Vater seinen Sohn töten lässt, so ist es ein Frevel, wenn auf seinen Wunsch hin auch die unschuldigen Enkel sterben müssen. Hatte Allah Mord nicht als Verbrechen verboten? Murad hielt sich für den sündigsten Menschen auf Erden. Trost konnte es nicht mehr geben. Stattdessen stand dieser Sohn, den er nie haben wollte, vor der Tür, dem nun, nachdem seine besseren Brüder von Allah abberufen worden waren, der Weg zum Thron offenstand. Er hatte Mehmed nach der Geburt nur noch einmal kurz beim Beschneidungsfest gesehen. Doch jetzt zwang ihn die Nachfolge, dass er sich mit ihm beschäftigte.

»Lass den kleinen Teufel rein«, sagte Murad resigniert und setzte sich auf seinen Thron. Halil Pascha zog einen Jungen mit recht hellen, gekräuselten Haaren und dunklen Augen hinter sich her. Murad meinte, einen leichten Silberblick auszumachen. Mehmeds gebogene, krumme Nase war lang, aber rasiermesserschmal.

»Verneig dich vor dem Großherrn«, flüsterte ihm der Pascha zu. Das Kind tat es, wie ihm schien, widerwillig.

»Nenne mir die Pflichten eines Muslims.« Der Junge schwieg. »Mach schon!«, fuhr ihn der Sultan an.

»Weiß ich nicht«, antwortete der Junge emotionslos.

»Weißt du, wer die Leute der Veranda sind?«

»Ve, Ran und Da vielleicht?« Murad musterte den Knaben. Machte er sich über ihn lustig, oder war er wirklich so einfältig?

»Die vier recht geleiteten Kalifen, aber schnell!« Er verlor die Geduld, sich weiter mit dem Gimpel abzugeben. Von dem Kind kam keine Antwort. Außer sich vor Zorn befahl er Halil Pascha, Mehmed zu entfernen und die Amme herbeizuschaffen. Kaum stand Daje-Chatun im Raum, da prasselten schon die Worte Murads auf sie nieder. »Ich habe dir meinen Sohn in Obhut gegeben, dir, einer guten muslimischen Frau! Der Junge ist verwildert. Er weiß nichts über unseren Glauben. Kann er überhaupt lesen und schreiben?« Die Amme, die merkte, dass sie sich in höchster Gefahr befand, witterte die Chance, sich gleichzeitig an Jaroslawa und an dem Eunuchen zu rächen. Sie brach in Tränen aus und bat den Großherrn um Verzeihung. Dann erzählte sie, wie der Eunuch Hasan ihr Leben bedroht und Jaroslawa dadurch das Kind in ihre Gewalt bekommen hatte. Sie berichtete von heidnischen Bräuchen und von Intrigen. Konnte es sein, dass die Russin im Bunde mit einigen Eunuchen die Beweise gefälscht hatte? Und sein guter Sohn unschuldig starb? Der Sultan stürmte aus dem Raum. Zog sich in den Harem zurück und verbrachte dort fünf Tage im Dunst der Wasserpfeife, trank Wein, ließ sich von seinen Konkubinen verzaubern. Dann schlief er zwei Tage und ging danach in den Hamam. Am Abend rief er Chidr Pascha und Halil Pascha zu sich. Halil befahl er, einen strengen Lehrer für seinen Sohn zu suchen. Die Wahl der Mittel stelle er dem Lehrer anheim, Hauptsache, er würde den verwilderten Jungen kultivieren. Chidr Pascha aber sollte die Russin und den Eunuchen verhören, um ihre Verbrechen aufzudecken. Vor allem wünschte Murad zu erfahren, ob sie ein Komplott gegen seinen Sohn geschmiedet hatten.

Chidr Pascha erfuhr natürlich nichts, er kannte ja die Wahrheit. Jaroslawa traf er nach einem Blutsturz tot an, und Hasan hatte Gift getrunken. So berichtete er zumindest.

Für Mehmed aber fand man einen Erzieher, den Kurden Professor Ahmed Kurani. Er stellte sich dem Jungen, der gerade vom Tod seiner Mutter erfahren hatte, mit den Worten vor: »Dein Vater hat mich zu dir zum Unterricht, aber auch zur Züchtigung gesandt, falls du mir nicht gehorchen solltest.« Darauf lachte der Junge laut und höhnisch auf. Voller Wut darüber, nun für immer von seiner Mutter getrennt zu sein, voller Trauer über ihr Schicksal. Doch Kurani nahm seinen Stock und verprügelte Mehmed, dass er mehrere Tage das Bett hüten musste. Dann begann er mit dem Koranunterricht. Nur ein weltliches Buch ließ er gelten, Nisamis »Alexanderroman«, denn auch Mollah Kurani wollte, dass Mehmed ein großer Herrscher würde.

35

Konstantinopel

Das ganze Frühjahr 1444 ging über Friedensverhandlungen hin. Jeder sprach über Unterhändler, oftmals auch die gleichen, mit jedem. Der Sultan verhandelte mit dem ungarischen König und den serbischen Despoten, Johannes VIII. mit dem ungarischen König und dem Sultan.

Loukas Notaras war tief in alle Verhandlungen verstrickt, denn ihm lag sehr am Frieden. Schließlich konnte er dem Kaiser und seinen Kollegen im Geheimen Rat Anfang August berichten, dass nach dem Sultan nun auch der ungarische König Wladislaw einen zehnjährigen Frieden beschworen hatte. Der Großadmiral musste seine ganze Selbstdisziplin aufbringen, um nicht zu jubeln und zu tanzen. Er hatte sein Ziel erreicht! Politisch stand nun zumindest für die nächsten zehn Jahre der Status quo fest. Diese Zeit wollte er nutzen, um Konstantinopel als Handelsmacht und die Bande unter den Regierenden zu stärken. »Ich bitte, nicht mit diesem Satz zitiert zu werden. Aber wir richten das Reich der Rhomäer nicht durch Landgewinne wieder auf, sondern indem wir eine Handelsmacht werden, so etwas wie Venedig, nur größer und stärker. Das Reich der Rhomäer wird auf dem Meer erstehen.« Er hatte kaum geendet, da brandete Beifall auf. Vor ein paar Jahren hätten die adligen Herren im Rat über seine Worte noch die feinen Nasen gerümpft, stellte er zufrieden für sich fest. Nun aber, wo sie alle in irgendeiner Weise mit den Handelsfirmen verbunden waren und inzwischen mehr Profit aus dem Handel als aus dem Ackerbau und der Viehzucht zogen, stimmten sie ihm zu.

Als er später bei Tisch über seinen Erfolg berichtete, freute sich die ganze Familie, nur Eirene hielt sich zurück. Sie äusserte zwar keine Skepsis, legte aber auch keine Begeisterung an den Tag.

Nach dem Essen besuchte Loukas seinen Vater, der in seinem Bett lag. Die rechte Seite des alten Seeräubers war gelähmt, und die Zunge entzog sich seiner Beherrschung. Loukas nahm die Hand seines Vaters und erzählte ihm, was er erreicht hatte. Eine kleine Träne, eine Freudenträne rann dem Alten aus dem linken Auge. So schmerzlich es für ihn war, seinen Vater in dieser Verfassung zu sehen, so sehr freute es ihn, dass Nikephoros Notaras diese Entwicklung noch erleben durfte.

Dann bat Loukas Eirene zu sich ins Arbeitszimmer.

»Die letzte Zeit war für uns alle sehr anstrengend«, begann er.

»Du hast mich aus allem ausgeschlossen«, sagte sie ohne Vorwurf, beiläufig, wie eine Feststellung.

»Dafür will ich mich entschuldigen.«

»Meinst du das ernst, oder ist es nur Diplomatie? Entschuldige, dass ich frage, aber ich bin ja mit einem Staatsmann verheiratet.« Sie sah ihm an, dass er sich beherrschte, und hoffte, dass er einmal die Fassung verlor und sie endlich einmal wieder seine Gefühle zu sehen bekam, anstatt mit kalkulierten Sätzen abgefertigt zu werden.

»Eigentlich wollte ich mit dir über etwas anderes sprechen.« In seinem Gesicht zeigte sich keine Regung, nur seine Augen blickten müde.

»Dann haben wir ja den ersten Punkt schon abgehakt, obwohl ich nicht weiss, ob du dich entschuldigen wolltest oder es schon getan hast und du keine Kenntnis darüber besitzt, ob ich im letzteren Fall die Entschuldigung annehme.«

»Nimmst du die Entschuldigung an?«

»Nein.«

»Gut, dann können wir fortfahren, vorausgesetzt, du bist bereit, mit mir über Anna zu reden.« Eirene nickte und lehnte sich zurück.

»Jemand muss nach Genua und Venedig reisen, unsere Depots bei den Banken prüfen, vor Ort Verhandlungen mit den wichtigen Leuten führen, damit wir nicht mehr auf die genuesische und venezianische Kolonie in Konstantinopel angewiesen sind. Wir müssen eine Dependance in Venedig und Genua errichten und mit den Florentinern ins Gespräch kommen. Ich kann nicht weg, nicht für ein paar Jahre. Demetrios ist ein hervorragender Kontorist, aber kein Handelsherr, kein Unternehmer, kein Politiker.«

Eirene ahnte, was er vorhatte. Ihr stockte das Herz. »Du willst doch nicht etwa Anna ...«, brach es entsetzt aus ihr heraus.

Er nickte. »Doch. Sie ist jetzt schon so gut wie ich. Sie wird mich eines nicht allzu fernen Tages übertreffen, denn sie hat dazu noch deine Intuition geerbt.« Das Kompliment, das er ernst gemeint hatte, verfing nicht bei ihr. Sie wurde blass, sprang auf und rang nach Atem. »Wie egoistisch und rücksichtslos bist du eigentlich, Loukas Notaras? Sie ist ein Mädchen, und du willst sie in diese unübersichtliche Welt hinausschicken?«

»Natürlich geht sie nicht allein. Eudokimos und ein paar kräftige, treue und gewitzte Männer werden sie begleiten. Außerdem ist Bessarion in Italien. Er ist sogar Kardinal ihrer Kirche.«

»Da bin ich aber beruhigt«, verdrehte sie die Augen. Der Gedanke, sich von ihrer Tochter trennen zu müssen, sie vielleicht niemals wiederzusehen, schnürte ihr das Herz ab. Auch Loukas erhob sich und ging zu ihr. Er streckte die Hand nach ihr aus, ließ sie dann aber wieder sinken. »Ich erinnere mich an ein Mädchen aus dem Kaiserhaus, das einen jungen Kapitän überreden wollte, sie mit auf seine Reisen zu nehmen. Eirene, was du wolltest, geht für Anna in Erfüllung. Sie wird Venedig und Genua sehen. Es ist ihr Leben. Meinst du, ich trenne mich gern von meiner geliebten Tochter?«

»Ach«, stöhnte sie.

»Denken wir nicht nur an uns, sondern auch an sie. Ich weiß, es ist ungewöhnlich, aber auch sie ist ungewöhnlich. Sie ist deine und meine Tochter. Ich schwöre dir, sie kann alles, was sie braucht.«

»Hatte Martina Laskarina ein schönes Leben?«, fragte Eirene und schaute dabei durch Loukas hindurch.

Er zuckte mit den Achseln. »Sie hatte das Leben, das sie gewollt hatte.«

Nachdenklich musterte sie ihren Mann. Er bekam bereits die

ersten grauen Haare, aber er war noch so schlank wie früher. Sein Gesicht war markanter geworden, und seine Augen lachten viel zu selten mit, wenn er lächelte. Er war nicht mehr der junge Kapitän, in den sie sich einst verliebt hatte. Dieser mit allen Wassern gewaschene Handelsherr und Politiker, der vor ihr stand, liebte sie ihn eigentlich noch? Oder war es nur die Gewohnheit oder die Illusion, dass noch etwas von diesem jungen Kapitän in ihm war? »Manchmal denke ich, wir sind alle nur Figuren in deinem großen Spiel, das mir ob seiner Größe Angst einjagt«, sagte sie leise. Loukas erschrak. Er biss sich auf die Lippen. »Ihr seid keine Figuren für mich, ihr seid der Grund, warum ich lebe und arbeite!«, antwortete er erschüttert.

»Ich weiß es nicht, Loukas«, sagte Eirene kühl und verließ den Raum.

In ihm stieg Wut auf sich, auf sie, auf diese ganze Welt hoch. Er betrog sie nicht, er hatte das Familienunternehmen zum Erfolg geführt, er trank nicht, er ließ sich nicht gehen und mied das Glücksspiel. Was zum Teufel warf sie ihm eigentlich vor? Warum brachte sie nicht ein einziges Lob über die Lippen? Hatte er sie etwa zu wenig an seinem Traum teilnehmen lassen? War es das? Heftig schüttelte er den Kopf. Eirene wusste mehr über seine Geschäfte als andere Ehefrauen über die Geschäfte ihrer Männer. Eigentlich war es doch ein schöner Tag für ihn gewesen, und nun dies. Womit hatte er das verdient? Er musste sich eingestehen, dass er Eirene nicht mehr verstand.

36

Residenz des ungarischen Königs, Buda

Alexios kannte den Saal in der Burg von Buda. Hier war er das erste Mal Barbara begegnet. Wie er gehört hatte, lebte sie zurückgezogen im tschechischen Melnik, beschäftigte sich wieder mit Alchemie und versuchte durch Intrigen Einfluss auf die Politik in Ungarn und auf dem Balkan zu nehmen. Die Hobbys einer ehemals verführerischen Frau, dachte Alexios nicht ohne Bosheit.

In einem Lehnstuhl saß der junge König Wladislaw. Mit seinen wallenden Locken und dem verwegenen Vollbart erinnerte er in seiner Erscheinung an die Ritter der Tafelrunde, zumindest, wie man sie sich vorstellte. Was allerdings gar nicht zu seinem heldenhaften Aussehen passte, war sein verdrossener Blick. Wie ein aufgeregtes Männchen sprang der kleine Kardinal Cesarini vor ihm auf und ab und las ihm gehörig die Leviten, während Johann Hunyadi stumm mit grimmigem Blick auf einem Schemel hockte.

»Wie konntet Ihr nur nach einem so erfolgreichen Kreuzzug ein Friedensabkommen mit diesem Heiden beschwören, ja, sogar beeiden? Die Venezianer, die Genuesen, auch die Burgunder kreuzen vor Konstantinopel, damit der Sultan mit seinen Truppen nicht übersetzen kann, und Ihr blast hier den ganzen Kreuzzug ab! Ja, seid Ihr noch bei Sinnen?«

»Wir haben doch unsere Ziele erreicht«, warf der vor allem schöne König ein.

»Wenn es Euer Ziel war, in der Hölle zu schmoren, dann habt Ihr Euer Ziel wahrlich erreicht!«, fuhr ihn der Kardinal an. Der König zog unwillkürlich die Schultern hoch und hielt abwehrend die Handflächen nach vorn.

»Soviel ich weiß, stehen noch viele Türken zwischen hier und Konstantinopel«, bemerkte Hunyadi trocken. Wladislaw schaute von einem zum anderen wie ein großer Junge, der wusste, dass er eine Dummheit begangen hat. »Was soll ich denn jetzt tun?«

»Den Kreuzzug fortsetzen«, beschied Hunyadi seinen König knapp.

»Aber mein Eid!« Wladislaw stand auf und hob theatralisch die Hände. »Meine Herren, das ... geht ... nicht, dass ... ich als ... eid ... brüchig ... in die Geschichte ... eingehe!«

Cesarini zog die tiefschwarzen Augenbrauen hoch, winkte ab und sagte wie nebenbei: »Der Papst hat Euch längst vom Eid entbunden.«

»Wie das?« Dem König blieb der Mund offen stehen. Er setzte sich wieder.

»Heiden gegenüber gelten keine Eide christlicher Könige. Ihr könnt dem Sultan schwören, was Ihr lustig seid – es hat kirchenrechtlich keinen Bestand. Der Dispens dürfte in den nächsten Tagen hier eintreffen.«

»Ja, meine Herren, was sitzt Ihr da noch herum, trommelt das Heer zusammen! Wir wollen unseren Kreuzzug fortsetzen«, warf sich Wladislaw in Pose, als läge es nur an den anderen, dass sich das Heer noch nicht in Bewegung gesetzt hätte.

»Gut gemacht, Kardinal«, rief Alexios beim Hinausgehen Cesarini zu.

»Ich hoffe, dass die Streitmacht des Kaisers bald von Konstantinopel aufbricht«, sagte er trocken.

»Das wird sie, mein Wort darauf!«

*

Tagelang hatte der alte Seeräuber, dem es von Tag zu Tag besser gelang, die schwere Zunge zu bewegen, wirr geredet, wollte ständig mit seinen Freunden spielen, versuchte sogar einmal, das Bett zu verlassen, stürzte aber nur und trug eine Schramme, die von der Schläfe abseits über die Wange lief, davon. Seitdem teilten sich Thekla, Demetrios, Eirene und Theodora mit der Zofe die Zeit am Bett des alten Mannes. Eine Erkältung, die der September mitbrachte, schwächte ihn. Eines Morgens, als Eirene Thekla ablösen wollte, hielt sie der Anblick der beiden alten Leute an der Tür fest. Es rührte sie, wie die beiden, die ein ganzes Leben miteinander verbracht hatten und zwischen denen wohl kein Satz ungesagt und keine Geschichte unerzählt geblieben war, sich in einem munteren Gespräch verloren hatten, als lernten sie sich gerade kennen und sprachen zum ersten Mal miteinander. Nikephoros lag fast sitzend, weil man ihm die Kissen im Rücken aufgestellt hatte, und hielt Thekla, die es sich auf der Bettkante bequem machte und ihm in die Augen schaute, an den Händen.

Wehmütig dachte Eirene daran, wie schnell doch das Leben verging und ob man angesichts der kurzen Frist auf Erden die Zeit nicht mit zu vielen Nebensächlichkeiten vergeudete. Dadurch blieb zu vieles Wichtige auf der Strecke. Und sie fragte sich, ob sie zu oft mit Loukas stritt. Warum verleideten sie einander die wenigen Stunden, die ihnen in der Woche blieben? Selbst wenn sie an dem Kurs, den er einschlug, mit ganzem Verstand zweifelte, blieb er doch von ganzem Herzen ihr Mann. Er sorgte für die Firma, die gedieh, für die Familie, für sie. In einem hatte er gewiss recht, dass kein anderer Mann so viel über seine Unternehmungen mit seiner Frau redete wie er. Sprach es nicht auch für ihn, dass er Anna nicht in eine Existenz zwang, die sie unglücklich machen würde, nur weil sie eine Frau war? Eirene zweifelte nicht daran, dass er sie mit auf seine Handelsreisen genommen hätte, wenn nicht so schnell die Kinder gekommen wären. Was warf sie ihm eigentlich vor? Während ihr diese Gedanken durch den Kopf gingen, spürte sie jemanden in ihrem Nacken. Sie wandte sich um, da stand er, Loukas, und beobachtete in einer Mischung aus Rührung und Sorge seine Eltern. Sie konnte die Frage, die ihn bewegte, von seinen Augen lesen. Wie würde seine Mutter mit dem Tod seines Vaters zurechtkommen?

»Du musst mehr Zeit für ihn aufbringen, Loukas«, sagte Eirene und ärgerte sich, dass ihr wohlmeinender Rat in seinen Ohren wie ein Vorwurf klingen musste.

»Ich weiß. Heute noch der Geheime Rat, dann versuche ich ein paar Tage nur für ihn da zu sein.« Er wollte ihr einen Kuss geben, konnte sich aber nicht dazu durchringen und ging. Wir sind in einem Zustand ständigen Missverstehens angekommen, stellte Eirene fest. Sie atmete tief durch, rang sich zu einem Lächeln durch und betrat das Zimmer.

»Ablösung. Ich glaube, Thekla braucht jetzt etwas Ruhe.«

»Davon habe ich als junger Mann immer geträumt, von den Händen der einen Frau in die Hände der anderen übergeben zu werden«, scherzte der Alte.

»Vor oder nach unserer Bekanntschaft?«, fragte Thekla streng, aber ihre müden Augen lachten.

»Vorher«, versicherte er.

»Du bist ein Lügner, Nikephoros!«

»Wieso?« Ehrlich erstaunt riss er die Augen auf.

»Weil dein Traum in Erfüllung gegangen ist. Von den Händen deiner Mutter bist du direkt in meine gekommen«, erklärte Thekla unumwunden. Dann wollte sie sich erheben, aber es fiel ihr schwer, nachdem sie so lange in dieser Haltung gesessen hatte. Eirene half ihr.

»Ein Mann von Welt wäre aufgesprungen und hätte mir geholfen!«, rüffelte sie ihren Mann, als sie wieder fest auf ihren kleinen in Samtpantoffeln steckenden Füßen stand.

»Aber ich kann doch nicht aufstehen«, breitete Nikephoros hilflos die Arme aus.

»Was macht das schon, dann wäre es stärker gewesen«, sagte sie leichthin, bevor sie das Zimmer verließ.

»Sie ist und bleibt kompliziert«, schloss der alte Seeräuber voller Bewunderung. Eirene setzte sich auf den Schemel neben dem Bett. Sie wollte ihn danach fragen, wie sie einander kennengelernt hatten, als Nikephoros sie bettelnd anblickte: »Wann darf ich denn endlich wieder aufstehen, Mama?«

»Noch nicht, aber bald, mein Sohn«, antwortete Eirene, die sich inzwischen an die schnellen Rollenwechsel und an die Rolle gewöhnt hatte.

Loukas traf kurz vor dem Kaiser als Letzter der Räte im Besprechungssaal ein. Johannes wirkte zerstreut, als er zu seinem Thron schritt und sich darauf niederließ. Er hielt ein Pergament hoch.

»Lies das vor, Großadmiral!«, befahl er.

Loukas spürte eine gewisse Feindseligkeit in der Aufforderung. Er nahm das Blatt, stellte sich links neben den Kaiser und begann, den Brief von Alexios Angelos vorzulesen. Darin informierte der Fürst Johannes VIII. darüber, dass Papst Eugen IV. den ungarischen König vom Eid, mit dem er das Friedensabkommen mit dem Sultan bekräftigt hatte, befreit und dass Wladislaw den Kreuzzug wieder aufgenommen hatte. Jetzt würden sie auf die byzantinischen Kontingente warten, die der Kaiser versprochen hatte. Schon beim Lesen überlegte sich Loukas, wie er darauf reagieren sollte. Er hatte kaum geendet, als ihn Johannes schon fragte, wozu er rate. Der Großadmiral spürte, dass der Kaiser sich in einem Stimmungstief befand und diese Frage am liebsten vermieden hätte, weil ihm alles über den Kopf wuchs. Der Herrscher schleppte sich nur noch zu den Amtsgeschäften. Er war müde, so entsetzlich müde. So langsam verstand er seinen Vater, wenn der auch zwanzig Jahre älter gewesen war, als ihn diese Stimmungen heimzusuchen begannen. Wahrscheinlich hatte er die Nacht damit zugebracht, an seine verstorbene Frau zu denken, vermutete Loukas.

»Die Dinge sehen schwieriger aus, als sie sind.« Der Großadmiral hatte nur eine Chance, nämlich überlegen aufzutreten, wie jemand, der alles im Voraus kommen sah und demzufolge auch alles auf ruhige Art und Weise zu lösen verstand. »Wir hatten einen guten Frieden mit den Türken. Wladislaw hat ihn ohne Grund gebrochen und uns alle in eine schwierige Lage gebracht. Auch hat er uns nicht gefragt, sondern ohne unsere Meinung einzuholen entschieden. Dennoch müssen wir ihm helfen. Allein, wir können es nicht.

Oberbefehlshaber, gibt es einen Mann, den Ihr entbehren könnt, wenn diese Stadt angegriffen wird?«

»Nein, wir müssten sogar Söldner anwerben«, antwortete Kantakuzenos.

»Wir haben nicht einen Dukaten in der Staatskasse übrig, um Söldner anzuwerben. Der Herr Papst hat dem ungarischen König Geld gegeben, damit der ein Heer aufstellen kann – uns hat er keines gegeben.« Er blickte in die Runde und erntete zustimmendes Nicken. Glücklich darüber, dass Fürst Angelos nicht in der Runde saß, der jetzt die Frage aufgeworfen hätte, weshalb nicht reiche Griechen, wie Loukas Notaras, dem Staat Mittel für den Kauf von Söldnern vorstrecken würden, ging der Großadmiral dazu über, den Anwesenden für die Entscheidung ein gutes Gewissen zu verschaffen. »Von der Peloponnes kann kein einziger Mann König Wladislaws Heer verstärken, weil Euer Bruder Konstantin von Mistra aus begonnen hat, Griechenland zurückzuerobern, mit großem Erfolg übrigens. Also leisten wir schon unseren Beitrag.« Loukas hielt kurz inne.

»Nur weiter«, forderte ihn der Kaiser auf, der aufmerksamer geworden war.

»Murad ist mit seinem Hauptheer in Anatolien und kann mit seinen Truppen wegen der Blockade nicht nach Rumelien übersetzen. Da dürfte es für Wladislaw ein Leichtes sein, die rumelischen Truppen der Türken zu schlagen.«

»Recht so«, pflichtete ihm der Oberbefehlshaber bei.

Johannes erhob sich. Er ging zum Fenster und blickte auf die Kuppeln der alten Stadt, die schon so manchen Sturm überstanden hatte. Nach einer Weile wandte er sich um.

»So soll es sein«, verkündete er. »Wladislaw wird die Türken schlagen. Wir helfen, indem wir mit der venezianischen, der burgundischen, genuesischen und päpstlichen Flotte die Überfahrt blockieren. Außerdem befindet sich der Fürst Alexios Angelos mit seinen Leuten beim Kreuzfahrerheer. Damit haben wir das Beste beigesteuert, was wir zu bieten haben.« Johannes nickte den Anwesenden zu, dann verließ er den Raum. Er sehnte sich danach, sich in seine Erinnerungen zurückzuziehen. Selbst Loukas Notaras empfand den Hinweis auf Alexios Angelos als zynisch, war sich aber nicht ganz sicher, ob der Kaiser es wirklich zynisch gemeint oder nur einfach gedankenlos dahingeworfen hatte.

Wie so häufig hatte Nikephoros eine Weile mit Eirene gesprochen, als sei er das Kind und sie seine Mutter. Dann wurde er müde und schlief ein. Als er die Augen wieder aufschlug, überraschte er sie mit einem klaren Satz. »Es geht zu Ende, Schwiegertochter.« Eirene wollte noch etwas einwenden, doch er wehrte mit einer Geste ab. »Raub nicht meine Zeit und hör mir gut zu, aber zuvor nimm meine Hand – auch wenn ich weiß, dass unser Herrgott bereits auf mich wartet, habe ich doch etwas Angst.« Sie erfüllte seinen Wunsch. Er schaute sie aus seinen runden Augen an, die so sehr den Augen ihres Mannes glichen. »Kümmert euch um Thekla, auch wenn sie manchmal schwierig ist. Sie ist besser als ich, und ich hatte das große Glück in meinem Leben, in ihrem Schatten Platz nehmen zu dürfen. Du musst zu deinem Mann halten, Eirene. Ihr seid füreinander geschaffen. Das wusste ich schon, als du in meinen Palast gestürmt kamst und unbedingt meinen schwer verwundeten Sohn zu sehen wünschtest. Auch wenn man sich noch so sehr übereinander ärgert, wenn es auch noch so schwierig wird, wenn fast jedes Gespräch in einem Streit endet, den niemand gewollt hat, und man meint, dass man an einem Punkt ist, wo man sich nur noch missverstehen kann …«

»Woher weißt du?«, fragte Eirene erstaunt, doch er hob erneut die Hand, die Bitte im Blick, ihn nicht zu unterbrechen.

»… das alles gehört zur Welt, die nichts taugt. Das andere aber ist eure Liebe, die ein Gottesgeschenk ist. Lasst euch nicht vom Wesentlichen abbringen! Lasst eure Liebe nicht von der Welt vergiften! Die Welt will es nur zu gern, weil sie nicht von der Liebe überwunden werden …« Seine Augen blieben stehen und auch sein Atem. Jetzt wo das Licht aus ihnen wich, wirkten sie traurig, als denke ihr Besitzer noch einmal über sein Leben nach, über all das, was er falsch gemacht oder worin er gesündigt hatte und was er nicht mehr ändern konnte.

»Ich werde mich mit Loukas vertragen. Ich verspreche es dir. Die Welt wird nicht unsere Liebe überwinden. Das lasse ich nicht zu!«, sagte sie mit fester Stimme. Dann legte sie seine Hände übereinander und begann für ihn zu beten. Demetrios betrat das Schlafzimmer, um seine Schwägerin abzulösen. Das Bild, das sich ihm bot, verriet ihm, dass sein Vater gerade gestorben war. Wie an einem Band aufgefädelt und zügig weitergezogen, gingen ihm die Bilder ihrer Gemeinsamkeit durch den Kopf, besonders die vielen Stunden des Malens und Skizzierens. Er trat ans Bett und drückte seinem Vater mit seinem rechten Daumen und dem kleinen Finger, da die drei mittleren gelähmt waren, sanft die Augen zu.

»Wir müssen die anderen informieren«, sagte Eirene und nahm Demetrios in den Arm. Sie fühlte sich so allein, und ihr Schwager, dem es ebenso erging, nahm den Halt gern an, den sie sich gegenseitig zu geben vermochten.

»Ich bin so froh, dass Vater und ich noch so viel Zeit miteinander haben durften. Vieles hätte einfacher sein können«, brach es aus ihm heraus.

»Ja, aber es ist nie einfach. Was ist das, ein glückliches Leben?« Demetrios antwortete nicht. Stattdessen schlug er vor, dass er mit seiner Mutter und Eirene mit den Kindern reden sollte. Sie nahm es dankbar an. Mit Thekla zu sprechen hätte sie überfordert.

Als sie gerade in die Zimmerflucht ihrer Familie biegen wollte, kam ihr Loukas von der Treppe her entgegen. Er war in Gedanken versunken und merkte erst, dass etwas geschehen sein musste, als Eirenes Blick länger auf ihm ruhte als üblich.

»Ist etwas passiert?«, fragte er, als er neben ihr stand.

»Loukas, dein Vater ist gerade verstorben.« In einer plötzlichen Gefühlsaufwallung, die man bei ihm lange nicht mehr beobachtet hatte, biss er sich in die Faust und zog die Nase hoch, um den Ansturm der Tränen zu bremsen.

»Weiß es Demetrios schon? Wie nahm er es auf? Die beiden standen sich näher …« Eirene nickte stumm, dann gab sie ihm den Kuss, den ihr Loukas aus einer kurzen Gemütsbewegung heraus am Morgen hatte geben wollen. »Geh jetzt zu deiner Mutter. Ich sage den Kindern, dass ihr Großvater sie von nun an vom Himmel aus beschützen wird.«

Loukas betrat gerade in dem Moment den Saal seiner Mutter, als Demetrios ihr die traurige Nachricht überbracht hatte. Die alte Frau in dem plötzlich viel zu großen Korbsessel starrte vor sich hin und fragte fassungslos: »Wie kann er denn nur so etwas machen?« Demetrios wandte sich seinem Bruder zu. Loukas war mit vier Schritten bei ihm und legte ihm tröstend die Hand auf die Schulter. »Er hatte ein gutes Leben«, sagte er mit fester Stimme.

»Dieser Schuft, dieser verdammte Schuft!«, rief Thekla plötzlich.

Die beiden Söhne schauten verwundert in das zornige Antlitz ihrer Mutter. »Er hat mich nicht mitgenommen, er hat mich hier einfach zurückgelassen!«, schimpfte sie, verzweifelt wie jemand, der auf einer einsamen Insel vergessen worden war.

»Weil er wusste, dass wir dich noch brauchen, Mutter! Schau dir doch den Kleinen an!«, sagte Loukas und wies auf Demetrios. »Meinst du, er kommt ohne dich aus, und die Enkelkinder, und Eirene? Und ich, Mutter, ich auch nicht!«

»Ich will zu ihm!« Sie wollte für keinen anderen mehr da sein.

37

Notaras-Palast, Konstantinopel

Solange er seine Mutter und Demetrios trösten konnte, schützte ihn das Gefühl, dass nicht ihn, sondern nur die anderen dieser Schlag getroffen hatte und es seine Pflicht war, ihnen den Abschied so einfach wie möglich zu gestalten. Aber als Eirene ihn bei der Hand nahm und ihn fragte, ob er sich nicht von seinem Vater verabschieden wolle, hielt er sich mehr an ihr fest, als dass er sie umarmte, und sagte: »Mein Vater ist tot.« Auch wenn er es als Sünde empfand, konnte sich Loukas nicht dazu durchringen, an das Bett des Toten zu treten. Er fürchtete sich vor dem Abschied. Eirene entdeckte Anna, die gerade vom Hafen zurückkehrte, wo sie mit Eudokimos Schiffsladungen kontrolliert hatte. Sie winkte ihrer Tochter zu.

»Du weißt es schon?«

»Ja, von den Dienern.« In ihrer Hilflosigkeit umarmten nun die drei einander, und Eirene dachte daran, was sie dem alten Seeräuber versprochen hatte.

Die Trauer brachte die Familie einander näher, besonders Eirene und Loukas. Aber auch Anna kümmerte sich mehr um ihre jüngeren Geschwister, als ob sie zusammenrücken müssten, um eine Lücke zu füllen. Loukas versuchte, so viel Zeit wie möglich zu Hause zu verbringen. Hierbei half ihm Anna, die ihn inzwischen in fast allen geschäftlichen Besprechungen vertreten konnte.

Nachdem sie eines Morgens die wichtigsten Aufgaben besprochen hatten, bat Loukas seine Tochter, noch etwas zu bleiben. Auf und ab gehend und unsicher formulierend berichtete er ihr von seiner Idee, sie nach Italien zu schicken, um die Depots in Genua und in Venedig zu überprüfen und dort Filialen der Notaras-Familie zu eröffnen. Annas Augen leuchteten. »Das traust du mir zu, Vater?«

»Ja, das traue ich dir zu«, sagte er und legte dabei tief einatmend seine Hand auf ihre Schulter. »Wir werden lange getrennt sein, drei, vier oder fünf Jahre. Lass uns in Ruhe darüber nachdenken. Es will wohl erwogen sein.« Anna erhob sich und umarmte ihren Vater. Sie flüsterte ihm ins Ohr: »Dass du mir das zutraust!«

»Zutrauen, ja, aber entschieden wird erst nach der Beerdigung des alten Seeräubers.«

Mehrmals am Tag zog sich Loukas, manchmal nur für wenige Minuten, in das Arbeitszimmer seines Vaters zurück. Staub lag auf den Möbeln, auf den Papieren. Nikephoros hatte diesen Ort jahrelang nicht mehr aufgesucht. Stattdessen hatte er viel Zeit im Atelier seines Sohnes Demetrios verbracht und dort mit einer wahren Besessenheit gezeichnet, Menschen über Menschen, die ihm als Mann oder als Kind begegnet waren, je nachdem, in welcher Welt er sich gerade befand. Loukas nahm sich vor, die Zeichnungen seines Vaters einmal durchzusehen. Er hatte es immer vermieden und konnte sich auch jetzt noch nicht dazu durchringen. Es kam ihm vor, als zerfiele sein Vater in zwei Personen: Auf der einen Seite war er der alte Seeräuber, der selbstbewusste Dolmetscher des Kaisers Manuel II. und mächtige Handelsherr und auf der anderen Seite der alte und der junge Nikephoros. Vor dem anderen Vater fürchtete sich Loukas. Lieber stöberte er in den alten Aufzeichnungen, kleinen Tagebuchnotizen aus der Zeit der Reise mit dem Kaiser in den Westen. Wie viele Mühen hatten sie damals auf sich genommen, wie viel Klugheit und Überzeugungskraft hatten sie aufgebracht, wie viel Freundlichkeit und Charme, um am Ende mit Almosen abgespeist zu werden! Wie entwürdigend war diese Reise verlaufen, wie schrecklich scheiterte sie an der Selbstbezogenheit der Lateiner.

In den Oktobertagen, kurz nach Nikephoros' Beisetzung und der Totenmesse in der Hagia Eirene, wurde Loukas eines Nachmittags gemeldet, dass ihn ein Kaufmann aus Amasia zu sprechen wünsche.

Loukas empfing den Mann, der einen weißen Turban und einen weiten grünen Mantel über blauen Pluderhosen trug, in seinem Arbeitszimmer und erkannte überrascht in dem Kaufmann Halil Pascha, den Wesir des Sultans.

»Es muss niemand wissen, dass ich hier bin.«

»Niemand wird es erfahren«, sagte Loukas, der sich überfordert fühlte, denn seine Gedanken weilten bei seinem Vater.

»Ich weiß, ich komme in ein Trauerhaus. Entschuldigt. Ihr habt mein Mitempfinden. Er muss ein großer Mann gewesen sein, dieser Nikephoros Notaras, wenn er einen solchen Sohn hat.«

»Danke. Es scheint sehr wichtig zu sein, wenn Ihr die gefahrvolle Reise unternehmt und keinen Boten schickt«, antwortete Loukas schmallippig.

»Das, was wir zu besprechen haben, ist kein Geschäft für einen Boten.« Loukas kam ein Verdacht, doch er hoffte, dass Halil Pascha darum nicht bitten würde. »Ihr wisst, dass Ihr einmal enthauptet werden solltet. Wäre das geschehen, dann gäbe es Eure ganze wundervolle Familie nicht. Ihr wisst genauso gut, dass der Sultan Euch damals das Leben geschenkt hat. Erinnert Ihr Euch, was Ihr damals versprochen habt?«

»Dass ich den Wunsch, den der Sultan äußert, erfüllen werde – einmal nur, wie er mir einmal das Leben geschenkt hat.«

Halil nickte. »Der Sultan sagte damals, dass es vielleicht niemals dazu kommen würde, nun kommt es dazu und der Sultan bittet Euch, Euer Versprechen einzulösen.« Loukas wurde übel, denn genau das, was er befürchtet hatte, trat ein. Mit einer Geste forderte er den Türken zum Weitersprechen auf.

»Wladislaw marschiert auf Varna und von dort auf Edirne. Der Großteil unseres Heeres sitzt in Anatolien fest. Wir brauchen Schiffe und vor allem erstklassige Seeleute, mit denen wir die Blockade durchbrechen können.«

»Das wäre Verrat«, warf Loukas kühl ein.

»Nicht an Konstantinopel«, entgegnete der Türke nicht minder kühl. »Wenn die Kreuzfahrer Rumelien erobert haben, werden sie nach Anatolien übersetzen und den Sultan angreifen. Wir haben zwar den Herrscher von Karaman geschlagen, aber diese Gelegenheit, uns in den Rücken zu fallen, wird er sich nicht entgehen lassen. Wenn die Lateiner auf dem Balkan, in Rumelien und in Anatolien gesiegt haben, meint Ihr nicht, sie werden wie 1204 Konstantinopel erobern? Der Papst ist nicht Euer Freund, denn Ihr verwirklicht nicht die Kirchenunion.« Der Großadmiral dachte nach. Es stimmte. Wer sollte die Lateiner nach ihrem glorreichen Sieg aufhalten? Wer hinderte sie dann, wieder und diesmal endgültig die Stadt zu erobern?

»Loukas, das Gleichgewicht zwischen den Lateinern und uns garantiert die Existenz dieser Stadt, nichts anderes.«

»Ich weiß, aber wer garantiert mir, dass Ihr kein falsches Spiel treibt?« Halil Pascha legte auf diese Frage hin den Kopf schief und schaute den Großadmiral belustigt an. »Mehmed I. hat sein Wort gehalten, wie es auch Murad tut. Den Kronprinzen, der einmal als Mehmed II. dem großen Murad folgen wird, habe ich unter meine Fittiche genommen. Von dem Gimpel droht keine Gefahr«, antwortete der Türke mit herablassendem Unterton. Nicht das Geringste war je vorgefallen, das es rechtfertigte, an den Worten des Wesirs zu zweifeln. Seit nunmehr zwanzig Jahren trieben sie Geschäfte miteinander. Der Wesir, der mit den Jahren das Aussehen eines fetten Katers angenommen hatte, schnurrte behaglich. »Bedenkt, wenn die Lateiner wieder im Besitz von Konstantinopel sind, werden hier nur noch die genuesischen und venezianischen Kaufleute das Sagen haben, und die Griechen gehen leer aus. Das wäre Euer Ende, Loukas Notaras.« Der Großadmiral stimmte dem Türken innerlich zu. Ohne die Türken würden die Lateiner die Griechen verschlingen. Loukas wurde aschfahl und sah Halils weit aufgerissene Augen. »Ist Euch nicht gut?«, fragte der Wesir.

»Nein, nein, es wird gleich wieder. Es ist nur, es ist und bleibt Verrat. Entschuldigt mich einen Moment. Ich lasse Euch etwas zu essen und zu trinken bringen.« Loukas stand auf und wankte zur Tür. Er drehte sich noch einmal um und hob hilflos die Hände. »Man verliert nicht an einem Tag seinen Vater und verrät im gleichen Augenblick seine Heimat.«

Er musste unbedingt mit jemandem darüber sprechen, sich beraten. Niemand jedoch konnte ihm die Entscheidung abnehmen. Schlimmer noch, er würde einen Menschen, den er liebte, seine Frau oder Anna, mit in den Abgrund des Verrats ziehen. Nein, seine Antwort durfte nur der Türke hören, und er würde allein die Folgen tragen. Wäre es nicht ungeheuerlicher, die Ungeheuerlichkeit nicht zu begehen? Bedeutete es nicht Verrat, nicht zu verraten? Was eigentlich verraten? Die Interessen Konstantinopels? Wohl kaum. Die Interessen der Lateiner? Sicherlich, doch diese richteten sich auch gegen seine Heimatstadt. Er blieb nur im Geschäft, wenn Konstantinopel die Unabhängigkeit bewahrte, und das erreichte die kraftlose Stadt lediglich, wenn die Balance zwischen den Türken und den Lateinern standhielt. Ganz gleich, wie es kommen würde, duldete Annas Reise nach Italien keinen Aufschub. In Genua und Venedig mussten Filialen der Notaras-Familie entstehen. Er würde ihr seine besten Leute mitgeben, und sie hätte in Italien in dem Kardinal Bessarion einen mächtigen Fürsprecher und einen guten Freund. Loukas kehrte ruhig in das Zimmer zurück. Halil trank einen Roten und aß ein Täubchen. Sein Entschluss stand fest. »Eure Truppen werden übergesetzt. Dafür halbiert Ihr die Pacht für die Alaungruben von Phokaia und zahlt mir sechzigtausend Dukaten. Das Geld sollte in den nächsten Tagen bei mir eintreffen. Außerdem stellt Ihr mir einen Verbindungsmann, nach Möglichkeit einen Venezianer, keinen Griechen, keinen Genuesen.« Halil lächelte sein Katerlächeln. »Es ist immer wieder schön, mit Euch Geschäfte zu machen, Loukas Notaras.«

An diesem Abend suchte Loukas die Nähe seiner Frau. Eirene führte sein Verlangen nach Zärtlichkeit auf die Wunde zurück, die der Tod des Vaters ihm geschlagen hatte. Auch sprach er mit ihr ausführlich über Annas Zukunft. Auf ihre Frage, wer der türkische Kaufmann denn gewesen sei, antwortete Loukas der Wahrheit entsprechend, ein Geschäftsfreund von Jakub Alhambra.

»Und was wollte er?«

»Waffen und Eisen«, log er und fügte wieder wahrheitsgemäß hinzu: »Aber diesmal gibt es weder Eisen noch Waffen.« Diesmal, dachte er bitter bei sich, gibt es Schiffe für ihre Truppen, viele Schiffe, die trotz Blockade die türkische Armee über den Bosporus übersetzen würden. Sie kannten sich in diesen Gewässern besser aus als die Päpstlichen und als die Burgunder. Die Hilfe der Genuesen würde er über Francesco Draperio erlangen, und die Venezianer waren ihm etwas schuldig, denn dank ihm bekamen sie ihren eigenen, geschützten Hafen im Goldenen Horn. Der Gewinn konnte sich sehen lassen, und genau betrachtet lag es im Interesse Konstantinopels. Letzteres würde aber kaum jemand verstehen, wie er zu Recht vermutete.

38

Heerlager bei Varna, Bulgarien

Hinter ihnen lag Varna. Das Kreuzfahrerheer hatte sein Lager im hügeligen Gelände aufgeschlagen. Vor dem Zelt des Königs inmitten der Zeltstadt saßen um das Lagerfeuer König Wladislaw, der Legat Cesarini, Johann Hunyadi, Alexios Angelos und zwei polnische Ritter aus dem Gefolge des Königs. Von fern blinkten die Sterne in der kalten Novembernacht auf die Männer, die sich in ihre Pelze hüllten, herab. Es gibt nichts Einsameres als ein Lagerfeuer, dessen Knacken in trüber Stimmung verklingt, dachte Alexios. Er schämte sich dafür, dass immer noch keine Unterstützung aus Konstantinopel eingetroffen war und der Kaiser Wortbruch beging. Auch Cesarini hoffte auf das Eintreffen der päpstlichen Flotte mit vielen Kriegern. Er ahnte nicht, dass der Papst keinen Mann mehr rekrutieren konnte, da der englische und der französische König sich auffällig zurückhielten, und sich deshalb darauf beschränkte, mit seiner Flotte in der Propontis und im Bosporus zu kreuzen, um dem Sultan den Übergang nach Rumelien zu verlegen. Hunyadi fluchte auf den verräterischen Despoten Georg Brankovic, der mit dem Sultan einen Separatfrieden geschlossen hatte und nicht nur davon absah, Truppen zu stellen, sondern noch dazu den Albaner Skanderbeg daran hinderte, zu Hunyadis Truppen zu stoßen, indem er mit seiner Streitmacht den Weg nach Varna blockierte.

In ihr Schweigen trat Otto von Weißenburg. »Meine Herren, kommt mit, das müsst ihr gesehen haben!« Sie erhoben sich und folgten dem Deutschen. Alexios hoffte, dass sie durch Löwenmut dennoch mit ihrer kleinen Streitmacht von ungefähr zwanzigtausend Mann gegen die Türken siegen konnten, wenn nur der Sultan mit seinen anatolischen Truppen jenseits des Bosporus gebunden blieb. Sie gingen eine ganze Weile, ehe sie auf eine Anhöhe traten. Bei dem Anblick, der sich ihm bot, glaubte er, dass ihn der Schlag treffen würde. Vor ihm lag die Ebene, die zu den Bergen anstieg. Auf den Hügelkuppen breitete sich ein riesiges türkisches Lager aus.

»Hier soll uns also unser Schicksal ereilen!«, stellte Hunyadi fest.

»Wir können hier nicht kämpfen. Wir stehen unten im Tal, und sie stürmen vom Berg aus auf uns ein«, gab Otto zu bedenken.

»Ja, Bruder, nicht nur die Türken, auch das Gelände ist unser Feind. Hinter uns ist das Meer. Wir kommen hier nicht weg. Uns bleibt nur, die Schlacht anzunehmen. Was soll's? Jeder Ort ist gut zum Sterben«, sagte Hunyadi fast zärtlich.

»Wo kommen die bloß alle her?«, entfuhr es dem König. Cesarini sprach aus, was Alexios nur zu denken wagte. »Dem Antichrist ist es gelungen, mit seinen anatolischen Truppen überzusetzen.«

»Ihr kennt den Bosporus! Warum ist die Blockade nicht gelungen?«, fuhr der König Alexios an.

»Ich weiß es nicht«, gab der Fürst kleinlaut wie ein Schüler von sich.

An einem aber zweifelte er nicht im Geringsten, dass dabei wieder einmal Verrat im Spiel gewesen war. Das Grundübel der Christen. Hunyadi hielt sich indes nicht mit einer nutzlosen Diskussion auf, sondern zählte ungerührt die Feuerstellen, um in etwa die Mannschaftsstärke des osmanischen Heeres zu ermitteln.

»Wenigstens achtzigtausend Streiter, wenn nicht hunderttausend.« Wladislaw schien in sich zusammenzufallen.

»Ein hartes Stück Arbeit«, sagte Otto von Weißenburg. Leicht werden wir nicht sterben, dachte Alexios. Er fürchtete sich nicht vor dem Tod, sondern davor, nicht mehr für sein Kind da sein zu können. Ioanna hatte ihm geschrieben, dass sie schwanger war. Jetzt, wo Gott ihn vor eine so große Aufgabe stellte, wollte er ihn gleichzeitig vernichten. War das die Strafe für seine Sünden? Für sein verfehltes Leben? Das Wesen, das ihm damals die Macht verheißen hatte, hielt er inzwischen für einen Abgesandten des Teufels. Wie bitter war es, im Angesicht des Todes auf ein verfehltes Leben zurückblicken zu müssen!

»Was sollen wir bloß tun?«, fragte der König mutlos.

»Was schon? Kämpfen! Wenn jeder von uns fünf von denen da den Garaus macht, haben wir gewonnen«, verkündete Hunyadi, als sei dies nur eine Frage der Arithmetik.

»Morgen, wenn wir zur Schlacht antreten, entscheidet sich das Schicksal der Christen auf dem Balkan. Mit Gottes Hilfe werden wir siegen, oder Er wird den Türken zum Würgeengel machen, zum Vollstrecker seiner Strafe. Die Orthodoxen, die Byzantiner und die Serben haben uns verraten. Das sagt alles über den Zustand ihrer Kirche! Wird Gott sich ihrer erbarmen? Hier stehen treue Söhne der römischen Kirche, die für ihre orthodoxen Brüder kämpfen wollen, von denen sich keiner sehen lässt! Aber wie dem auch sei, wir streiten morgen für die Ehre Christi«, predigte Cesarini mit einer festen und vollen Stimme, die man dem kleinen Mann nicht zugetraut hätte.

Alexios, der sich bis jetzt aus Scham abseits gehalten hatte, trat zu seinen Gefährten.

»Es steht mir nicht zu, dem Herrn Kardinal zu widersprechen. Er hat in allem recht, und der Verrat meiner Brüder ist ein Feuer in meinem Herzen. Aber eines soll nicht vergessen werden, dass sechzig Männer aus Konstantinopel für die Ehre der Rhomäer streiten. Wir werden nicht wanken!« Cesarini ging auf Alexios zu und legte ihm die Hand auf den Kopf, wozu er sich allerdings auf die Zehenspitzen stellen musste. »Du sollst gesegnet sein!«

»Meine Herren, die Nacht wird kurz. Um vier Uhr wird der Kardinal einen Feldgottesdienst feiern, danach nimmt das Heer Aufstellung«, befahl der König.

In der Nacht machte Alexios kein Auge zu, denn er dachte an seine Frau. Hatte er sein Leben vergeudet? Er bat Gott um Verzeihung und um eine zweite Chance, um seines Kindes willen.

Um sechs Uhr morgens standen sich die beiden Heere gegenüber. Die Türken nahmen Aufstellung in Form eines Halbmondes. Im Zentrum stand die Elitetruppe der Janitscharen, schwerbewaffnete Fußsoldaten in ihren langen Dolamas in Blau, Rot oder Gelb. An der rechten und linken Spitze die Sipahi in ihren roten Mänteln, zu Pferde und mit Lanzen bewaffnet. Ihre Aufgabe bestand darin, die Flügel des Feindes in Auflösung zu bringen, damit die Janitscharen dann ein vollkommen verwirrtes Heer massakrieren konnten. Vor ihnen hatten die Hilfstruppen Aufstellung genommen, Freiwillige, die für Beute kämpften.

Für Hunyadi indes stellte diese Aufstellung keine Überraschung dar. Er kannte die Taktik des Feindes hinlänglich. In der Mitte des christlichen Heeres stand hinter den Fußtruppen der König mit seinen Rittern und Alexios Angelos. Hunyadi mit seinen Drachenrittern, seinen böhmischen und deutschen Kriegern, behielt es sich vor, als Reserve dort einzugreifen, wo das Heer wankte oder in Unordnung geriet. Sie hatten nicht genügend Männer, um überall gleich stark zu sein, also mussten sie rechtzeitig an gefährdeten Abschnitten für Verstärkung sorgen.

Der Himmel klarte langsam zu einer freundlichen Bläue auf. Die Sterne verabschiedeten sich nach und nach, fast ein wenig widerwillig, als würde man sich nicht wiedersehen. Die Heere standen sich stumm gegenüber. Eine Stunde lang geschah nichts.

»Sie trauen sich nicht anzugreifen«, sagte Alexios zum König.

»Sie denken, wir sind mehr«, antwortete Wladislaw, dem man die Anspannung anmerkte.

»So wollen wir kämpfen, als seien wir mehr!«, entgegnete Alexios ruhig. Er hatte kaum geendet, da wurde es still. Kein Luftzug regte sich. Ihn beschlich ein unheimliches Gefühl. Nach einiger Zeit blies ihm Wind ins Gesicht, der an Stärke zunahm, bis er plötzlich pfiff und heulte und sich allmählich zu einem gewaltigen Sturm auswuchs. Die Türken, die im Schatten des Gebirges standen, verschonte er, während er über die Christen im Tal hinweggaloppierte, sie stieß und schlug und trat.

Alexios hatte das Gefühl, dass der Wind sein Pferd in die Knie zu zwingen drohte. Er duckte sich unter den Böen und hielt seinen Kopf an den Hals des Tieres. Wie eine erste Angriffswelle, dachte er. Hatte sich selbst die Natur gegen sie erhoben? Wollte Gott sie vernichten? Als der Sturm sich legte, schaute der Fürst um sich. Das Heer war in Unordnung geraten. Bis auf die Standarte des heiligen Georg hatte der Sturm alle Feldzeichen des christlichen Heeres zerstört. Das erschwerte dem unverwüstlichen Hunyadi, die Truppen zu ordnen, da sich jeder Kämpfer an seinem Feldzeichen orientierte.

Wladislaw ritt vor das Heer und hielt eine kleine Rede, um die Männer aufzurichten, was ihm nicht besonders gut gelang. Alexios beobachtete Hunyadi beim Zuhören. Sein Gesicht blieb unbewegt, seine Augen tot. Und nicht nur seine. Als der König geendet hatte, kam Feuer in das schlanke Gesicht Hunyadis. Er zog sein Schwert. Die Reiter taten es ihm gleich, die Fußsoldaten neigten ihre Lanzen nach vorn. Auf seinem Pferd trabte er die gesamte Heereslinie ab und berührte jedes Schwert und jede Lanze, die sich ihm entgegenstreckte. Dabei rief er: »Männer, hinter uns ist das Meer, vor uns stehen die Gottlosen. Ihr habt nur die Wahl zu ersaufen, euch vom Feind erschlagen zu lassen oder zu siegen. Ich für meinen Teil wähle den Sieg. Noch heute werden wir sie in die Hölle schicken. Ihr aber werdet leben, entweder auf Erden oder bei Gott im Paradies. Was wollt ihr also, ihr habt nur die Wahl zwischen dem Guten und dem Besseren. Nie standen die Aussichten besser als heute! Kämpft, kämpft, kämpft und schickt sie in die Hölle zurück.« Das Heer jubelte.

Eine Stunde später, gegen neun Uhr, rückten endlich die Hilfstruppen zu Fuß und zu Pferde vor. Auf Hunyadis Kommando schwirrte ein Pfeilregen über sie hinweg und prasselte auf die Türken. Obwohl viele Pfeile trafen, verringerten die Geschosse die Menge der Angreifer kaum. Schon trafen die Gegner aufeinander. Die Reihen der Fußsoldaten vor ihnen hielten stand. Da stieß Hunyadi den Fürsten an. Alexios reihte sich hinter der Linie in die Schar der Drachenritter. Sie galoppierten nach rechts, weil es den Lanzenreitern Qaradscha Begs gelang, den rechten Flügel der Christen in

Unordnung zu bringen. Hunyadi ritt um die Kämpfenden herum und fiel den Sipahi des Sultans in den Rücken.

Alexios wusste nicht, in wie viele rote Mäntel er sein Schwert getrieben, wie viele Helme er zerteilt hatte, als er keinen Gegner mehr fand und Qaradscha Beg fliehen sah. Um ihn herum lagen Leichen, deren Blut in das Rot ihres Mantels sickerte und von dort in den Boden, wo es Lachen bildete.

Hunyadi rief alle zusammen. Ein Meldereiter, ein langer Kerl mit einem schmalen Gesicht, teilte ihnen mit, dass der linke Flügel wankte. Hunyadi zwirbelte seinen Schnurrbart.

»Komm«, rief er Alexios zu.

Sie ritten zur Mitte zurück. Das Herz des Fürsten frohlockte, sein Gesicht strahlte, sie konnten es schaffen, mit Hunyadi, der ein erfahrener Heerführer war, hatten sie eine Chance! Die Türken mochten fünf Mal so viele Männer haben, sie hatten dafür Iancu Hunyadi. Beim König hielten sie an.

»Herr König, ich muss jetzt zum linken Flügel. Was auch immer geschieht, Ihr haltet die Mitte. Bleibt hier! Kein Angriff, kein Zurückweichen, diese Stellung muss gehalten werden! Lasst Euch zu nichts hinreißen, bleibt unter allen Umständen hier. Davon hängt unser Sieg ab!«, sprach Hunyadi auf den König ein wie auf ein krankes Fohlen.

Wladislaw ließ die Ermahnungen des Feldherrn nur mit äußerster Selbstbeherrschung über sich ergehen, schließlich war er der Oberbefehlshaber. Dann wandte sich Hunyadi an Alexios und Otto: »Ihr bleibt beim König!« Sagte es und stürmte mit seinen Reitern zum linken Flügel. Vor ihnen hielten die Fußsoldaten die Linie. Neben dem König saß in weißer Toga mit rotem Mantel, über den ein Kürass mit einem großen Kreuz gelegt wurde, Kardinal Cesarini. In der Seitentasche hing ein großes Schwert. Wladislaw umgaben polnische Ritter, junge Herren, die es kaum erwarten konnten, in die Schlacht zu preschen. Selbst ihre Pferde tänzelten vor Ungeduld und bliesen weißen Dampf aus ihren Nüstern. Alexios kannte die Ungeduld, die in den Augen der Ritter loderte, nur zu gut.

»Schaut, schaut«, rief der Kardinal.

Zur gleichen Zeit jubelte das Heer. Nur zwei türkischen Reitern gelang die Flucht. Dem gefährlichen Angriff der Sipahi hatten sie standgehalten und diese Truppe des Feindes aufgerieben. Sie konnten die Aufregung im türkischen Lager sehen. Als der König die beginnende Unordnung im feindlichen Heer wahrnahm, zog er sein Schwert. »Denkt an Hunyadis Worte!«, rief ihm Alexios zu. Der König lachte ihn wild an. »Wer ist hier der Oberbefehlshaber? Kommt, meine Freunde, und der Ruhm wird unser sein!« Verwegen sah er aus, der junge König, mit seiner kräftigen Statur, den braunen Locken, die ungebändigt unter dem silbernen Helm, den eine Goldkrone umgab, hervorquollen, dem wilden Bart, den strahlend blauen Augen. »Heute hauen wir mit unserem Schwert unser Monument in die Geschichte! Macht Platz da vorn!« Das Fußvolk stob auseinander, und Wladislaw galoppierte mit gezücktem Schwert und seinen fünfhundert polnischen Reitern auf die Mitte des feindlichen Heeres zu, dorthin, wo die Janitscharen standen. Alexios musste ihm wohl oder übel folgen. Verdammter Narr, dachte er und fühlte sich Hunyadi gegenüber schuldig, weil er den König nicht hatte aufhalten können. Alexios staunte. Das Wagestück schien zu gelingen. Sie sprengten die erste Reihe der Janitscharen. Alexios, der mit seinem Schwert rechts und links auf die türkischen Elitesoldaten einhieb, nahm wahr, dass der Feind in Panik geriet, und dankte Gott. Er war fast auf der Höhe des Königs, als dieser vom Pferd stürzte, sich rappelte, das Knie aufstellte, sich gerade erheben wollte, als ein vierschrötiger Janitschar mit einem gewaltigen Schwertstreich ihm den Kopf abhieb. Der Schreck fuhr dem Fürsten in die Glieder. Er wollte sich zu dem Türken durchkämpfen, um ihm den Kopf wieder abzujagen, doch sah er sich von so vielen Feinden umgeben, dass er nicht durchkam.

»Zurück!«, brüllte ihm Otto von Weißenburg zu. Von den Türken verfolgt, wendeten sie die Pferde. Vor ihnen schloss sich der Ring.

»Jetzt werden sie uns alle abschlachten«, rief Alexios dem Deutschen zu.

»Kann sein, aber das werden sie sich bitter verdienen müssen. Los, runter vom Pferd, wir kämpfen Rücken an Rücken.« Alexios glitt von seinem Ross und zerteilte im gleichen Moment einem Feind, der ihn gerade aufspießen wollte, den Schädel. Und während er Rücken an Rücken mit Otto von Weißenburg tapfer austeilte und sie versuchten, den türkischen Ring zu sprengen, dachte er an seine Frau und an das Kind, das vaterlos zur Welt kommen sollte. Alles in ihm bäumte sich gegen diese Vorstellung auf. Umso erbarmungsloser schlug er zu. Unweit von ihm wurden dem kleinen Kardinal Giuliano Cesarini jeweils ein Schwert von hinten und eins von vorn durch die Brust getrieben. Er sah die brechenden Augen des Mannes. Ein großer Kämpfer war er wohl nicht gewesen, aber tapfer. Während Otto rückwärtsgehend nachdrängende Feinde erschlug, mähte Alexios mit dem Schwert eine Schneise zurück zum Tal.

Als der Mann fiel, aus dessen Auge der Fürst sein Schwert zog, hatten sie die Linie durchbrochen. Plötzlich brandete im türkischen Heer Jubel auf. Otto und Alexios, die zwischen den Linien standen, schauten den Berg hinauf, da entdeckten sie den Kopf des Königs auf der Spitze einer Lanze. Du dummer, eitler Mann, dachte Alexios. Doch die Kühnheit des Königs milderte sein Urteil. Er missgönnte den Türken diesen geschenkten Triumph. Trauer ergoss sich in sein Herz. Nur etwas Glück bei ihrer Tüchtigkeit würde genügen. Es blieb den tapferen Männern versagt. Der Anblick des gepfählten Kopfes des Königs wirkte auf die Christen katastrophal. Sie gerieten in Unordnung. Als Johann Hunyadi, der gerade seine Reiter gruppiert hatte, um dem König zu Hilfe zu eilen, sah, dass sein Heer in Panik auseinanderbrach und niemand es mehr zu ordnen vermochte, wandte er sich fluchend zur Flucht. Seine deutschen und böhmischen Reiter folgten ihm. Nun stürmten die Türken los. Kämpfen konnte man es nicht mehr nennen. Ihre geordneten Abteilungen erschlugen die Christen, die sich in heilloser Auflösung befanden. Alexios sah Otto an und deutete mit dem Kopf nach rechts, zu einer kleinen Hügelgrube. Wenn es ihnen gelingen würde, dem Schlachtkessel dorthin zu entweichen, dann wären sie mit etwas Glück gerettet. Doch Glück hatten die Christen den ganzen Tag lang nicht gesehen. Alles stellte sich gegen sie. Kämpfend arbeiteten sie sich den Hügel hinauf. Dort stand ein Pferd neben der

Leiche eines Sipahi, die am Boden lag. Gleichzeitig drangen von drei Seiten zehn Janitscharen auf sie ein.

»Du nimmst jetzt das Pferd und fliehst. Ich halte die Teufel auf«, befahl der Deutsche.

»Ich lasse dich nicht im Stich!«, sagte Alexios.

»Lass dein Kind nicht im Stich! Was liegt an einem alten Schlagetot, wie ich einer bin? Sterbe ich nicht heute hier, dann morgen woanders.«

»Denkst du, ich habe so wenig Ehre im Leib?«

Die Türken kamen näher, vorsichtig, denn obwohl sie in der Überzahl waren, jagten ihnen die beiden Ritter Respekt ein. Seltsam genug, begann zu dieser vollkommen falschen Zeit eine Nachtigall zu singen.

»Das ist die Stimme deines ungeborenen Kindes, Alexios. Es ruft dich! Nun mach, auf mich wartet keiner«, rief Otto. Dann hob er das Schwert und begann mit grimmiger Freude zu singen, während er auf die Türken einhieb: »Ich freu mich noch der lieben Stund, da sie zum Diener mich erkor, des heiaho!«

Der wilde, brüllende Mann mit dem Schwert in den Händen und den blutunterlaufenen Augen erschreckte die Feinde. Die Nachtigall indes ließ sich nicht beeindrucken, sondern rief weiter. Sich die Lippen blutig beißend, stieg Alexios auf das Pferd und ritt los. Er trieb das Tier ordentlich an und hörte noch:

»Und hoff, ihr rosenroter Mund zieh aus den Sorgen mich empor, dem sei also!«

Dann verstummte Ottos Gesang, und auch die Nachtigall rief nicht mehr. Nur das Geschrei der Verwundeten und der Sterbenden hallte ihm noch eine Weile nach. Später erfuhr Alexios, dass nur wenige, unter ihnen Johann Hunyadi, dem Gemetzel entkommen konnten. Was er nicht erfuhr, war, dass Otto von Weißenburg eine ganze Stunde auf seinem Hügel ausgehalten hatte und die Türken Verstärkung herbeirufen mussten, ehe es ihnen endlich gelang, den Hünen niederzustrecken.

*

Wie er nach Hause gekommen war, wusste er nicht. Nur von seinen Instinkten geleitet, passierte er das Gebirge und durchritt Thrazien, bis er schließlich zwei Wochen später vor dem Charisius-Tor stand. Kurz hielt er inne, dann lenkte er das Pferd nach Blachernae. Es war ein grauer Tag, und Schneeregen fiel. Durch den Matsch trabte er zu seinem Palast, übergab einem Diener, der mit dem freudigen Ruf herauskam: »Der Herr! Der Herr ist zurück!«, die Zügel, überwand mit zwei Schritten die vier Stufen der Außentreppe, benötigte vier weitere Schritte für das Podest, dann stand er im Vestibül. In einem langen weißen Kleid kam Ioanna die Freitreppe im Inneren herab. Und als ob das nicht schon der schönste Anblick gewesen wäre, dessen er im Leben teilhaftig wurde, trug sie zudem ein Kind auf ihren Armen. Vor Glück ging der Fürst auf die Knie. Zwei Diener sprangen ihm bei und halfen ihm wieder auf die Beine. Er sah in ein kleines Gesicht und in lachende Augen. Die Fingerchen bewegten sich wie Schmetterlingsflügel. »Deine Tochter, Alexios.« Der Fürst schluckte. Er war sich vollkommen sicher gewesen, dass er einen Sohn bekommen würde, doch fühlte er keine Enttäuschung, nur Glück. »Wie heißt sie?«, fragte er mit rauer Kehle.

»Zoë«, antwortete Ioanna.

»Das Leben.«

»Ja, weil sie unser Leben ist, deines und meines.«

Der Fürst brauchte einige Wochen, ehe er zur Ruhe kam und sich zurechtfand mit seinen Gefühlen, die Ereignisse von Varna, den Tod von Otto und seine Flucht verarbeiten konnte, gleichzeitig aber das Glück zu ertragen vermochte, mit seiner Frau und seinem Kind zu leben.

Schließlich fühlte er sich stark genug, zum Geheimen Rat zu gehen. Nachdem er mit größter Freundlichkeit, die er unnahbar und mit düsterer Miene über sich ergehen ließ, empfangen wurde, berichtete er dem Kaiser und den Ratsmitgliedern mit knappen und galligen Worten von der Katastrophe von Varna.

»Wo, Johannes, blieben die versprochenen Truppen? Wir hätten siegen können!«

Unmut zeichnete sich auf der Stirn des Kaisers ab, aber auch Furcht in seinen Augen. Er geriet ins Stottern. »Fürst, ich halte Euch Eure Erregung zugute. Im Übrigen, so wie das Abenteuer ausgegangen ist, war es zum Wohle unseres Reiches, dass wir neutral geblieben sind.«

»Neutral?«, spürte Alexios beim Fragen heißen Zorn in sich aufsteigen. »Nennt Ihr das neutral, wenn plötzlich der Sultan aus Anatolien auf dem Schlachtfeld in Bulgarien auftaucht? Wie sind trotz Blockade seine Truppen über den Bosporus gelangt?« Johannes zuckte die Achseln. Der Fürst blickte in die Runde. »Ihr steckt alle unter einer Decke, oder? Ich sage es euch noch einmal: Wir hätten siegen können, aber wir sind verraten worden! Ihr habt unsere Tradition, unser Reich und das Christentum verkauft. Es wird schlimm ausgehen. Die Hölle wird sich auftun und uns verschlingen. Die Zeit, die noch verbleibt, will ich nicht vergeuden, sondern mit meiner Familie verbringen. Ich frage auch nicht nach den Verrätern. Die Rache ist mein, spricht Gott, der Herr. Ich trete von allen Ämtern zurück. Betrachtet mich als Privatmann.«

Alexios verneigte sich vor dem Kaiser. Dann verließ er den Saal und ließ einen Traum zurück, den er zeitlebens geträumt und der sich als Schimäre erwiesen hatte. Ihm war, als sei eine Last von seinen Schultern genommen. Er kehrte der Macht den Rücken und wandte sich dem Leben, Zoë zu.

39

Notaras-Palast, Konstantinopel

Mit dem Frühling hielt die große Veränderung Einzug in Annas Leben. Den ganzen Winter hatte sie auf die ersten warmen Strahlen gewartet und vor allem darauf, dass der Schiffsverkehr wiederaufgenommen wurde. Nun war es endlich so weit! Ihr Herz schlug vor Aufregung, dass es zu zerspringen drohte. Einmal noch ging sie durch den Palast, in dem sie ihr Leben zugebracht hatte. Ihr Zimmer, das Zimmer ihrer Schwester, das ihrer Brüder, das Atelier ihres Onkels, das Arbeitszimmer ihres Großvaters, in das ihr Vater gezogen war, sein Arbeitszimmer, in dem sie gearbeitet hatte, der Innenhof. Trotz aller Freude wurde ihr auch weh ums Herz. Wann würde sie das alles wiedersehen? Ihr Vater legte ihr seinen Arm um die Schulter. »Komm Anna, es wird Zeit.«

»Ich weiß.«

»Beschwer dich nicht, du hast es so gewollt.«

Sie umarmte ihn. »Ich beschwere mich auch nicht. Warum kann man nicht alles haben, euch und die weite Welt und unsere alte Stadt?«

»Ja, wenn das ginge«, lachte ihr Vater, aber sie spürte auch seinen Schmerz, den er hinter der aufgesetzten Fröhlichkeit zu verstecken suchte.

Sie nahm sich die Zeit, noch einmal in die Hagia Eirene zu gehen, um die Grabstellen ihrer Großeltern aufzusuchen, denn Thekla überlebte ihren Mann nur um einen Monat. Die alte Frau sagte noch: »Jetzt habe ich wirklich keine Geduld mehr«, dann blieb ihr Herz einfach stehen, weil es ohne das seine nicht schlagen konnte.

Anna streichelte die Sarkophage. »Da es die Ewigkeit gibt, gibt es keinen Abschied für immer«, sagte sie wehmütig.

»Ich bestehe darauf, dass wir uns noch in diesem Leben wiedersehen, Tochter.«

»Ich auch, Vater.«

»Denk daran, du kannst alles, was du brauchst …«

»… Eudokimos und Bessarion werden mir immer zur Seite stehen. Ich weiß, Papa«, setzte sie amüsiert seinen Satz fort.

»Ach, sagte ich das schon einmal?«, fragte er ironisch.

»Einmal?«, verdrehte sie die Augen.

Nach vielen Umarmungen, Küssen und Tränen stand sie schließlich auf der Brücke der »Nike« und winkte ihrer Familie zu, die sich auf der Hafenmauer versammelt hatte. Selbst die uralte Kaiserin Helena hatte sich zum Abschied eingefunden. Der Wind nahm zu. Ihre Lieben aber wurden immer kleiner, wie auch Konstantinopel schrumpfte. Selbst die riesige Hagia Sophia, die immer noch über der Stadt thronte, maß einige Zeit später nur noch Daumengröße. Wann werde ich euch wohl wiedersehen?, dachte Anna beklommen. Werde ich euch je wiedersehen?

40

Kaiserpalast, Konstantinopel

Alexios genoss das Familienleben. Es bereitete ihm ein großes Vergnügen, seine Tochter heranwachsen zu sehen, dabei zu sein, als sie zu krabbeln, zu laufen und zu sprechen anfing. Er hatte ein Stück Land kultiviert, auf dem er Gemüse anbaute. Oft dachte er daran, die Stadt zu verlassen und auf die Peloponnes überzusiedeln, zum Stammsitz seiner Familie, konnte sich aber nicht dazu durchringen.

Inzwischen war Johannes vor Gram mit achtundvierzig Jahren verstorben. Alexios war weder zu der Totenmesse gegangen noch hatte er an dem Empfang teilgenommen, den Konstantinopel dem in Mistra gekrönten Kaiser Konstantin IX. bereitet hatte. Auch die Bitte des neuen Kaisers hatte er ausgeschlagen, in den Staatsdienst zurückzukehren.

Gott hatte ihm das Leben geschenkt, er wollte es nicht für die Eitelkeit und die scheinbar großen Dinge aufs Spiel setzen. Die Jahre, die er einer Schimäre hinterhergejagt war, bereute er bitter.

Murad starb, und alle Christen freuten sich, weil sie wähnten, mit dem einfältigen und unerfahrenen Mehmed II., der aller Welt seinen Friedenswillen bekundet hatte, leichtes Spiel zu haben. Doch davon bekam Alexios wenig mit. Was gingen ihn die Ränke der Welt an?

So brach das Jahr 1453 an. Der Winter brachte keinen Schnee, dafür aber heftige Stürme. Doch pünktlich zu Ostern kehrten die Störche zurück. Die Obstbäume standen in Blüte, und in den Wipfeln wetteiferten die Nachtigallen mit ihrem Gesang. Es versprach ein gutes Jahr zu werden. Ostersonntag feierte Alexios mit Frau und

Tochter in der Hagia Sophia nach lateinischem Ritus, denn er konnte der byzantinischen Kirche nicht den Verrat von Varna verzeihen, bei dem sie ihre Hände im Spiel hatte. Nach der Messe unterhielt sich der Kaiser kurz mit ihm. Sie tauschten belanglose Freundlichkeiten aus – Konstantin hatte es längst aufgegeben, mit Alexios über Politik zu reden.

Drei Tage später, am Donnerstag, den 5. April, saßen Alexios und Ioanna im Hof und lauschten ihrer Tochter, die ihrer Mutter ein Geburtstagslied vorsang. Wenn sie auch nicht jeden Ton traf und das eine oder andere Wort in erstaunlichem Erfindungsreichtum selbst hinzudichtete, so entzückte es die Eltern trotzdem.

Da trat Photios an Alexios heran, beugte sich zu ihm und flüsterte ihm ins Ohr, dass ein Bote des Kaisers ihn zu sprechen wünschte. Alexios machte eine abwehrende Handbewegung, so wie man eine lästige Fliege verscheucht. Photios ließ nicht locker. Der Fürst flüsterte seiner Frau eine Entschuldigung ins Ohr, lächelte Zoë an, erhob sich und ging mit leichtem Zorn ins Vestibül. Dort erwartete ihn ein Mann im blauen Mantel der kaiserlichen Garde.

»Euer Gnaden, der Kaiser erwartet Euch! Das ist ein Befehl!« Der Fürst bat um etwas Geduld. Ioanna und Zoë schauten ihn fragend an, als er in den Hof zurückkehrte.

»Der Kaiser will mich sehen. Ich komme so schnell wie möglich zurück!«, versprach er und küsste Ioanna auf den Mund, Zoë auf die Stirn.

In seinem Inneren breitete sich Unruhe aus, denn Konstantin neigte nicht zu Gefühlsschwankungen wie Johannes, sondern war im Grunde ein nüchterner Mensch und ein guter Soldat. Diesem Kaiser hätte er gern gedient, aber es war zu spät. Johannes hatte seine Zeit und seinen Willen verbraucht. Unterwegs wunderte sich Alexios, dass der Bote ihn nicht in den kaiserlichen Palast führte, sondern auf die innere Befestigungsmauer in der Nähe des Kaligaria-Tores. Auf dem Wehrgang erwarteten ihn Kaiser Konstantin IX., der Oberbefehlshaber Kantakuzenos und der Großadmiral Loukas Notaras.

»Sieh dir das an«, sagte der Kaiser und wies mit dem rechten Arm über die Mauer hinaus.

Alexios blickte in die Richtung und zuckte zusammen. Das gleiche Bild hatte sich ihm dreißig Jahre zuvor schon einmal geboten: Eine Explosion der Buntheit unter dem azurblauen Himmel. Ein Bild, das der Phantasie eines verrückten Malers entsprungen zu sein schien, der auf keine Farbe verzichten wollte. Türkische Truppen, wohin er auch schaute. Janitscharen mit ihren weißen hohen Filzhüten, in denen bunte Federn staken. Über die weiten Beinkleider aus blauem Stoff fielen die langen Dolamas in Blau, Rot oder Gelb. Sipahi in leuchtend roten Mänteln und schließlich die Hilfstruppen, die keine Farbe scheuten und zuweilen, um besonders furchterregend auszusehen, Leopardenfelle trugen. Nur diesmal, verriet ihm sein geübter Blick, hatte der Sultan weit mehr Truppen versammelt als dessen Vater damals.

Auch Alexios hatte in seiner Abgeschiedenheit davon gehört, dass Mehmed mit einem Heer gegen Konstantinopel zog, es jedoch verdrängt. Jetzt aber, wo er das gewaltige Heer sah, wusste er, dass sich sein Schicksal vollenden würde. »Ist das der Sultan, über den alle gelacht haben?«, fragte Alexios bitter.

»Anscheinend muss jeder neue Türkenherrscher Konstantinopel einmal belagert haben«, ging Loukas Notaras gegen die bedrückte Stimmung an.

»Das ist das Ergebnis von Varna«, entgegnete der Fürst, der nicht nur spürte, dass der Zorn in ihm hochstieg, sondern der die Instinkte des Kriegers erwachen fühlte. Im Grunde wusste er seit Varna, dass es eines Tages so kommen würde, aber er hatte natürlich gehofft, den Sturm nicht mehr erleben zu müssen.

»Gibt es eine diplomatische Lösung, Großadmiral? Ihr habt doch so gute Kontakte.« Die Spitze, dass Loukas Notaras Konstantinopel damals angeblich durch Verhandlung gerettet habe, unterdrückte er. Angesichts einer so großen Übermacht verbot sich jede Rechthaberei.

»Nein«, antwortete sein alter Rivale so entschieden, dass es Alexios verwunderte.

»Was macht Euch so sicher?«

»Sie haben auf der anderen Seite des Goldenen Horns vor einem

Jahr eine Festung gebaut. Jemand, der einen solchen Heerbann aufstellt, der will nicht verhandeln.«

»Jetzt müsst Ihr in meine Dienste treten«, sagte der Kaiser.

»Ja, jetzt muss ich.« Sie vereinbarten, sich am frühen Nachmittag im Palast zu treffen, erst in kleiner Runde im Besprechungssaal des Geheimen Rates, später dann mit den Führern der Italiener im Audienzsaal.

»Es tut mir leid, dass ich dir den Geburtstag verderben muss«, sagte Alexios, als er in den Palast zurückkehrte. In knappen Worten schilderte er Ioanna ohne Beschönigung die Lage. »Es wäre besser, ich bringe euch in Sicherheit«, schloss er den Bericht. Ioanna straffte sich, jeder Zoll eine Palaiologina. Ihre Augen blickten klar und schön, während ihre Lippen, die er so sehr liebte, lächelten. »Überleg selbst, Alexios. Wie soll das aussehen, wenn der Feldherr vor der entscheidenden Schlacht seine Familie fortschafft?« Auch wenn es stimmte, was sie sagte, gefiel es ihm überhaupt nicht, die einzigen Menschen, die er auf der Welt liebte, in den Mauern der Stadt zu wissen. Natürlich konnte man die Türken besiegen. Bisher hatten sie nur durch Quantität siegen können, nicht durch Qualität. In Varna war trotz zahlenmäßiger Unterlegenheit der Sieg zum Greifen nahe gewesen, und Skanderbeg spielte erfolgreich in Albanien mit den Osmanen Katz und Maus, dabei gebot er nur über wenige Krieger. Aber ob ihnen das Kunststück gelingen würde, blieb doch mehr als zweifelhaft. »Du wirst wohl oder übel siegen müssen, wenn du uns liebst«, schloss Ioanna energisch die Diskussion.

Alexios zog die blauen Beinlinge an, darüber eine Ledertunika, über die er einen Brustpanzer band, und setzte seinen alten Kriegshelm auf. Ich werde wohl oder übel siegen müssen, dachte er, als er seine Tochter zum Abschied umarmte. Er presste ihren kleinen Oberkörper so fest an seine Brust, dass sie protestierte: »Papa, du tust mir weh«, wobei er erneut dachte, wohl oder übel siegen zu müssen. Er lockerte seinen Griff und entschuldigte sich bei ihr. Es ist leicht, in die Schlacht zu ziehen, wenn man nichts zu verlieren hat.

Noch immer hoffte Loukas Notaras auf die Rückkehr wenigstens eines der fünf Boten, die er an Halil Pascha geschickt hatte. Doch keiner kam zurück. Er mochte nicht glauben, dass sein alter Geschäftspartner ihn betrogen hatte.

Der Großadmiral suchte vor der Sitzung noch einmal seinen Palast auf. Der Dienstbote sagte ihm, dass Eirene mit den Kindern in die Hagia Sophia gegangen sei, um für das Seelenheil der Stadt zu beten. Als er wieder aus dem Palast trat, stieß er vor dem Eingang mit dem Boten zusammen, den er zu Jakub Alhambra geschickt hatte. Die Kleidung des Mannes stand vor Staub, vor Müdigkeit vermochte er kaum die Augen offen zu halten.

»Hast du eine Botschaft für mich?«, fragte Loukas gespannt.

»Ja, Herr, aber der Jude wollte nichts aufschreiben. Ich sollte im Kopf bewahren, was er Euch mitzuteilen hat.«

»Dann sprich in Gottes Namen!«

»Wie Ihr befehlt, Herr. Der Jude sagte, dass er Euch grüßen lasse.«

»Schön, und weiter?«

»Er versichert Euch seiner Freundschaft.«

»Komm zum Wesentlichen!«

»Der Wesir hat sich mit aller Autorität gegen die Belagerung von Konstantinopel gestemmt, allein, er hat keinen Einfluss mehr. Er kann nichts mehr für Euch tun, wenn er denn überhaupt noch etwas für sich tun kann. Er bittet Euch um Verzeihung. Mehmed ist entschlossen, die Stadt zu erobern, um eine Prophezeiung des Propheten zu erfüllen. Jakub Alhambra lässt Euch ausrichten, dass er Eure Familie aufnehmen kann, aber nicht Euch. Er grüßt Euch von Herzen.« Als Loukas Notaras das hörte, zerbrach etwas in ihm. Sein ganzes Leben lang hatte er darauf vertraut, dass die Türken Wort hielten, und war nie in diesem Glauben enttäuscht worden. Im Gegensatz zu den Päpsten, Königen und Dogen hatten sich die Sultane immer als verlässlich erwiesen. Diese Herren, und es waren wirkliche Herren, standen zu ihrem Wort. Das schien sich mit Mehmed geändert zu haben. Seine ganze Politik, alles, woran er geglaubt hatte, wurde ihm fragwürdig. Der Großadmiral stolperte mehr, als dass er zur Hagia Sophia ging. Nachdem er den Vorhof mit seinen Zypressen und Zitronenbäumen durchquert hatte, stieg er die flachen Stufen hoch, als ob er einen Berg erklomm. Durch die geöffnete mittlere Tür trat er in den Narthex. Auch die schweren Eisentüren mit den großen Kreuzen, die aus dem metallenen Leib der Tür wie Delphine aus dem Meer auftauchten, standen offen.

Loukas trat in den Hauptraum, der mit betenden Menschen und mit Licht gefüllt war. Licht, das vom Himmel kam und über die Fenster des Kuppeltambours in den Raum drang. Man hatte das Gefühl, dass dieses Licht die Kuppel und die Bögen trug und dass man, solange es da wäre, ruhig die Pfeiler entfernen konnte. Haupt- und Nebenkuppel, ja selbst die Bögen würden trotzdem halten, weil ihr Gewicht nicht auf der Vierung, sondern auf den Armen des Lichtes ruhte.

Selbst wenn sie alle vergingen, die Hagia Sophia würde bleiben. Auch wenn man sie zu einer Moschee erniedrigen würde, dachte Loukas, würde sie dennoch als die Kirche der Trinität weiterbestehen, denn sie war der Heiligen Weisheit gewidmet, die in Christus lebte. Loukas liebte diese Kirche mit ihrer gewaltigen Ikonostase, den Bildern, die den Malern vom Heiligen Geist eingegeben worden waren und die deshalb zwischen den Menschen und der Ewigkeit standen. Er benötigte Zeit, ehe er zwischen den vielen Frauen, Kindern und alten Männern seine Familie entdeckte. Da kniete und betete sein wahrer Reichtum. Hatte er das zuweilen in der Hast der Politik und dem schnellen Lauf der Geschäfte vergessen? Eirene kniete inmitten der Kinder. Neben ihr die dreißigjährige Theodora, die mit Demetrios Kantakuzenos verheiratet war, auf der anderen Seite der siebenundzwanzigjährige Mitri, neben ihm der einundzwanzigjährige Nikolaos, der so alt war wie der verfluchte Mehmed. Wo aber war Jakub, das Nesthäkchen, der Nachzügler mit seinen dreizehn Jahren? Er kniete vor seiner Mutter. Nur Anna lebte in Venedig und erfüllte ihre Aufgaben prächtig. Sie fehlte ihm, doch er war froh, dass sie in Sicherheit war. Wenigstens sie, dachte Loukas, und dieser Gedanke tröstete ihn. Er kniete sich zu Eirene und küsste ihre Stirn. Sie lächelte still.

»Verzeih mir, verzeih mir von ganzem Herzen«, flüsterte er in ihr Ohr.

»Wofür?«, flüsterte sie zurück.

»Weil ich uns in diese Lage gebracht habe. Vielleicht hatte dieser Alexios Angelos recht, dass man die Türken bekämpfen muss und nicht ihnen vertrauen durfte. Mit Sicherheit waren deine Zweifel berechtigt. Ich hätte öfter mit dir reden sollen.« Für die Fähigkeit, sein Denken infrage zu stellen, hatte sie ihn geliebt. Er hatte sie verloren und das hatte sie bedrückt, doch nun gewann er sie offensichtlich zurück.

»Die Vergangenheit kann man nicht ändern. Außerdem hattest du dreißig Jahre lang recht. Denk nur über das nach, was jetzt zu tun ist. Du hast mir einmal versprochen, dass dein Arm immer stark genug sein wird, uns zu verteidigen.«

»Und bei Gott, das ist er.« Eirene stand auf, Loukas tat es ihr gleich. Leicht legte sie ihre Lippen auf seine, um die Wärme seines Blutes zu spüren. Er küsste sie lang und innig. »Ist es zu spät für noch ein Kind?«, fragte er sie zwischen zwei Küssen.

»Vertreibe erst die Türken, dann will ich darüber nachdenken«, erwiderte sie, als sie wieder zu Atem gekommen war. Er wollte sie noch einmal küssen, doch sie legte ihm die Hand auf die Lippen. »Erfüll erst deine Pflicht, dann erhältst du deinen Lohn, du Räuber.«

Er nickte. »Mitri und Nikolaos, kommt!« Die beiden jungen Männer sprangen auf und folgten ihrem Vater. In seinem Rücken fühlte er den liebevollen Blick seiner Frau. Er wandte sich noch einmal zu ihr um. Diesen Blick wollte er mitnehmen.

In der Malerklause des verstorbenen Malermönches Dionysios im Nebengebäude der Kirche verrichtete Demetrios zur gleichen Zeit das Herzensgebet. Mit seinen gelähmten Fingern konnte er ohnehin nicht kämpfen, deshalb hatte er beschlossen, nach Jahren der Abstinenz wieder eine Ikone zu malen für den Sieg der Griechen gegen ihre Bedränger.

Loukas hatte Rüstung und Schwert angelegt, desgleichen seine Söhne. Sie begaben sich zum kaiserlichen Palast. Im Vestibül bat er

Mitri und Nikolaos, auf ihn zu warten, und stieg die Treppe hinauf zum Geheimen Besprechungssaal. Vor dem Eingang traf er auf Alexios Angelos. Die beiden Männer schauten einander an, doch keiner hatte dem anderen etwas zu sagen.

Konstantin stand vor dem kleinen Thron. Der Ernst verschönerte sein hageres Gesicht mit den ebenmäßigen Zügen und dem dunklen Teint. Seine große Erscheinung verstärkte den majestätischen Eindruck, den er in dem recht niedrigen Saal hervorrief.

»Meine Herren, zuerst eine traurige Nachricht. Vor ein paar Wochen ist in Mistra der Philosoph Georgios Plethon fast hundertjährig verstorben.« Die Männer erhoben sich und gedachten in Stille des Philosophen, auch die, die ihn für einen gefährlichen Mann hielten, weil er das Heidentum wieder einzuführen gedachte. Nur Alexios pries in seinem Herzen die Gnade Gottes, dass er dem Meister ersparte, zu sehen, was nun folgen würde. Ach, warum waren sie damals nicht stark genug gewesen, die Reform umzusetzen! Mit einem Handzeichen gebot der Kaiser den Räten, sich wieder zu setzen. »Sultan Mehmed II. fordert uns auf, ihm die Stadt zu übergeben, dann würden ihre Bürger und ihre Besitztümer verschont bleiben. Andernfalls hätten wir keine Gnade zu erwarten, und er würde die Stadt drei Tage lang von seinen Truppen plündern lassen. Wie lautet Eure Antwort?«

Die Ratsmitglieder schweigen. Alexios, dessen Meinung feststand, schließlich hatte er nie den Türken vertraut, wartete ab. Da erhob sich Loukas Notaras. Aller Augen richteten sich auf ihn. »Ihr wisst, dass ich immer dem Frieden das Wort geredet habe. Zeit meines Lebens habe ich mit den Türken Geschäfte gemacht, und ich kenne sie. Deshalb rate ich, sich nicht zu ergeben. Mehmed kann man nicht trauen. Ein Wort gilt ihm nichts. Nichts von dem, was er verspricht, wird er halten. Wahrheit ist für ihn nur ein anderer Ausdruck für List. Und List ist ihm alles.«

Staunen breitete sich auf den Gesichtern der Geheimen Räte aus; am meisten überrascht war Alexios Angelos, den es nun nicht mehr auf seinem Platz hielt. »Das erste Mal stimme ich Euch zu!«

»Eher siegen die Türken, als dass Alexios Angelos und Loukas

Notaras einer Meinung sind. Wenn sie es aber heute sind, dann haben die Heiden vor unseren Mauern keine Chance«, scherzte der Kaiser. Die Räte lachten. Georgios Sphrantzes trat mit ernstem Gesicht ein. Konstantin bat die Räte, schon in den Audienzsaal vorzugehen. Nur Loukas Notaras, den Oberbefehlshaber Kantakuzenos und Alexios Angelos forderte er zum Bleiben auf.

»Hast du die Zahl?«

»Ja, Herr«, antwortete der Großkanzler. »Wir können viertausendneunhundertdreiundsiebzig Männer zur Verteidigung der Stadt einsetzen. Hinzu kommen noch knapp zweitausend Ausländer – Venezianer, Genuesen, Anconitaner und Katalanen.«

Konstantin sah aus, als habe ihn der Donner gerührt. »Mehr nicht?«, entfuhr es seinen blassen Lippen.

»Nein, Herr!«

»Wie viele hat der Großtürke? Sechzigtausend oder achtzigtausend Mann?«

»So in der Art, Herr.«

»Dann sterben wir«, sagte Konstantin.

»Vorher aber kämpfen wir. Wir haben gute Wehrmauern«, warf Alexios ein.

»Und die Flotte«, ergänzte der Großadmiral.

Konstantin nickte nachdenklich, dann raffte er sich auf: »Wir wollen die anderen nicht warten lassen.«

Der Audienzsaal barst fast vor Menschen. Der Kaiser setzte sich auf seinen Thron, Alexios, Loukas, Sphrantzes und Kantakuzenos stellten sich auf die Stufen. Vom Eingang des Palastes drängte eine Unruhe herein. Ein Gardist trat zum Kaiser und flüsterte ihm etwas ins Ohr.

»Lasst den trefflichen Mann herein«, befahl Konstantin.

Die Männer traten zur Seite und bildeten ein Spalier. »Drei Schiffe aus Genua mit Kriegern sind eingetroffen«, verkündete der Kaiser. Jubel brach aus. Wenn es auch nicht viele Kämpfer waren, so zeigte es den Eingeschlossenen, dass sie weder von der Welt getrennt noch allein waren. Ein stattlicher, wettergebräunter Mann in schwarzer Rüstung schritt durch das Spalier und verbeugte sich vor dem Kaiser. Der Kaiser gebot ihm, sich zu erheben. »Wie heißt Ihr?«

»Giovanni Giustiniani Longo aus Genua mit zweihundert Kämpfern zur Unterstützung zur Stelle«, sagte der Mann auf Latein mit stark italienischem Akzent.

»Ihr seid willkommen, Giustiniani, aufs Höchste willkommen. Zur Aufstellung: Ich werde mit meiner Garde und anderen Verbänden den Abschnitt verteidigen, bei dem wir den Hauptangriff erwarten, dort wo der Fluss Lykos in unsere Stadt fließt, beim Romanus-Heerestor. Zu meiner Rechten wird Giovanni Giustiniani Longo Stellung beziehen, dann folgen zum Schutz des Blachernenviertels die Genuesen unter dem Kommando der Herren Bocchiardi und die Venezianer unter Minotto. Ich weiß, dass die Venezianer und die Genuesen sich hassen, dass ihr mancherlei Händel auszutragen habt. Begrabt wenigstens für die Dauer unseres Kampfes euren Streit. Vor unseren Mauern steht der Feind. Schließt in Christo Frieden. Zu meiner Linken wird Theophilos Palaiologos kämpfen, es schließen sich die Venezianer unter Contarini an, das Pege-Tor verteidigt der Genuese Manuel. Die Verteidigung der Seemauern vom Blachernenviertel bis zur St.-Barbara-Spitze wird Loukas Notaras übertragen. Die beiden Kapitäne der venezianischen Handelsschiffe, die beschlossen haben zu bleiben, werden wie folgt eingesetzt: Der ehrenwerte Gabriele Trevisano schließt sich mit seinem Kommando Loukas Notaras an, während Alviso Diedo den Schutz der Kette übernimmt, mit der wir die Einfahrt ins Goldene Horn sperren. Kardinal Isidor, Ihr kümmert Euch um den Schutz der östlichen Seemauern, während die Katalanen unter Péré Julia vom Bukoleon-Palast bis zum Kontoskalion-Hafen Posten beziehen. Dort schließen sich die braven Türken unter Orhan an. Was an Seemauern bis zur südlichen Landspitze übrig bleibt, lege ich in die Verantwortung unserer tapferen Mönche. Oberbefehlshaber!«

»Ja, Herr!«

»Ihr bleibt bei mir. Euer Sohn Demetrios wird die südliche Landmauer schützen. Wohlan, meine Herren, bringen wir die Truppen in Stellung.«

41

Auf der Landmauer, Konstantinopel

Alexios verließ seinen Abschnitt der Wehrmauern nicht mehr. Zweimal am Tage kamen die Frauen und Kinder, fromme Lieder singend, zu den Stellungen und versorgten die Kämpfer – ihre Väter, Brüder und Söhne – mit Speis und Trank. Der Fürst freute sich auf diesen Moment des Friedens, wenn er Ioanna und Zoë sah. Stets suchte er seine Frau davon zu überzeugen, die Stadt zu verlassen, doch Ioanna bestand darauf, bei ihrem Mann zu bleiben.

Mit Kanonen und Wurfgeschossen feuerten die Belagerer auf die Stadt. Doch die Verteidiger nutzten die Nacht, um die Mauern wieder auszubessern und die Gräben, die von den Türken zugeschüttet wurden, erneut auszuheben. So kamen sie nicht zur Ruhe. Doch in Alexios regte sich Hoffnung, als er sah, wie geschickt Giustiniani, auf dessen Abschnitt der Hauptangriff der Türken prallte, die Verteidigung organisierte. Die Türken gruben Tunnel, Giustiniani ließ Gegentunnel ausheben, um die Türken mit Feuer zu erwarten.

Loukas Notaras verteidigte mit Diedo die Einfahrtssperre in das Goldene Horn gegen die gesamte türkische Flotte. Es gelang sogar einem großen kaiserlichen Versorgungsschiff, das ein gewisser Flatanella führte, im Zusammenwirken mit drei genuesischen Trieren im Kampf gegen sechzig türkische Kriegsschiffe das Goldene Horn zu erreichen. Loukas ließ die Kette einholen, schickte seine Schiffe als Empfangsschutz entgegen und holte die vier Schiffe sicher ins Goldene Horn, bevor er die Kette wieder schließen ließ und seine Schiffe hinter der Kette erneut in Stellung brachte.

In diesen Tagen erreichte ihn ein Bote von Halil Pascha, der ihm ausrichten ließ, dass der Sultan der Verzweiflung nahe sei, weil es ihm nicht gelang, den Widerstand der Verteidiger zu brechen. Jeden Tag wurde die Stadt beschossen, jeden Tag griffen die Landtruppen an, doch außer großen Verlusten erreichten sie nichts. Die Stimmung im Heer des Sultans kippte. Wenn sie noch wenige Tage durchhalten würden, dann gingen sie als Sieger aus dem Kampf hervor.

Loukas informierte den Kaiser, der diese Botschaft auf den Mauern und in den Kirchen verlesen ließ. Als der Großadmiral zu seinen Stellungen zurückkehrte, verschlug es ihm die Sprache. Mehmed hatte eine Art Seilbahn gebaut, mit der er seine Schiffe, die im Bosporus lagen, über den gegenüberliegenden Hügel, nordwestlich im Bereich der süßen Quellen, transportieren ließ. Und um die Griechen zu narren, erlaubte er sich den Scherz, dass die Schiffe mit gesetzten Segeln über die Bergkuppe transportiert wurden, so als führen sie im Wasser.

Loukas rief Trevisano und seine Kapitäne zusammen, um zu beraten, was zu tun sei. Giacomo Coco, ein Kapitän, den Loukas gut kannte, schlug vor, dass zwei große Lastschiffe vorausfahren sollten, die mit Baumwollballen gegen den Beschuss gesichert wären. Zwei große Galeeren mussten diesen Schiffen Begleitschutz bieten, gefolgt von zwei kleineren Ruderbooten, die sich im Schutz der großen Schiffe den türkischen Schiffen zu nähern hatten, um diese in Brand zu stecken. Trevisano hieß den Plan gut, bat aber um ein paar Tage, um die Schiffe entsprechend vorzubereiten.

»Wir dürfen keine Zeit verlieren«, hielt Coco dagegen.

»Wir brauchen die Zeit«, blieb Trevisano hart, und Loukas gab ihm recht.

Zwei Tage später machten Francesco Draperio und zwei weitere Genuesen, die Loukas nicht kannte, ihm Vorhaltungen, dass die Venezianer diesen Anschlag allein durchführen und den ganzen Ruhm ernten würden.

»Wir verlangen, beteiligt zu werden!«, forderte Draperio unmissverständlich, und Loukas gab nach, denn er wollte den ohnehin brüchigen Frieden zwischen den Genuesen und Venezianern nicht gefährden.

So gingen noch einmal zwei Tage ins Land, bis die Genuesen ihr großes Handelsschiff vorbereitet hatten, denn nun sollten ein venezianisches und ein genuesisches Schiff voranfahren.

An einem Sonnabend, kurz vor Morgengrauen, stand Loukas auf der Seemauer und beobachtete die Ausfahrt der Schiffe. Sie hatten das Goldene Horn fast durchquert und die türkischen Schiffe erreicht, als er das kurze Aufblinken eines Lichtes von einem Turm von Galata aus entdeckte. Wenig später geriet die kleine Flotte unter heftigen Beschuss. Loukas stockte der Atem. Sie waren verraten worden! Ihm dämmerte, dass kein anderer dahinterstecken konnte als Francesco Draperio, mit dem er so lange zusammengearbeitet und dem er doch niemals vertraut hatte. Warum diesmal? Er hätte wissen müssen, dass Draperio nur seinem Gewinn verpflichtet war. Und diesen hoffte er nun bei Mehmed zu finden.

Der Kaiser in voller Rüstung, über die er den Purpurmantel trug, mit einem Helm, an den eine Krone geschmiedet war, stand neben Loukas Notaras und beobachtete die Hinrichtung der gefangenen Matrosen. Er wandte sich zu einem seiner Gardisten. »Lass als Antwort zweihundert von ihren Gefangenen vor ihren Augen hinrichten.« Dann trat er auf Loukas zu. »Wir haben das Goldene Horn verloren.« Und es klang, als ob der Krieg verloren war. Tatsächlich nahmen die Kämpfe und die Heftigkeit der Angriffe in den nächsten Tagen zu.

Dann blieb es einige Tage überraschend ruhig, doch Alexios wusste nur zu gut, was das zu bedeuten hatte. Am Vormittag des 28. Mai 1453 verließ er die Mauern, um Frau und Kind zu besuchen. Sie saßen zusammen, um Erinnerungen auszutauschen. Ihm schien, dass sie kaum angefangen hatten zu erzählen, da läuteten alle Glocken Konstantinopels Sturm. Er blickte in gleißenden Sonnenschein, der die Verteidiger blendete. So viel erkannte er schon, dass im türkischen Lager eine große Unruhe entstanden war. Die Kanone des Sultans wurde abgefeuert und riss ein Loch in die Mauer. Alexios befahl, es so schnell als möglich zu schließen. Giustiniani tauchte neben ihm auf. »Es geht los, Herr Fürst. Wenn wir diesen Angriff überstehen, haben wir es geschafft«, sagte der Genuese.

»Mit Gottes Hilfe schaffen wir es«, antwortete der Fürst und schlug Giustiniani freundschaftlich vor den Brustpanzer. Schatten kam von den heranfliegenden Geschossen. Die Türken schossen mit allem, was sie hatten. Ihre Musiker stimmten einen heillosen Lärm an, und die Truppen gingen mit Strickleitern, fahrbaren Belagerungstürmen und Sturmleitern zum Angriff über.

Immer wieder duckte sich Alexios vor den Geschossen, dann streckte er sich wieder und schlug mit dem Schwert auf Hände und Köpfe von Türken, die versuchten, die Mauer zu überwinden. In seiner unmittelbaren Nähe überwanden sie die Verteidiger. Alexios griff sofort drei Türken an, die versuchten, den kleinen Brückenkopf für nachstürmende Soldaten zu halten. Er erstach den Ersten, zertrümmerte dem Zweiten das Brustbein und enthauptete den Dritten. Er wollte die Janitscharentechnik nur einmal ausprobieren. Die Türken zogen sich schließlich zurück. »Wir haben's überstanden«, murmelte ein gutmütig aussehender Mann neben ihm, dem der Brustharnisch nur schlecht stand und der in seiner Pausbäckigkeit eher an einen Bäcker erinnerte, und atmete erleichtert aus. Mit einer Mischung aus Rührung und Stolz auf diesen einfachen Mann, der das Kriegshandwerk nie erlernt hatte und dennoch seine Stadt verteidigte, sagte er: »Das waren erst die Hilfstruppen, es ist noch nicht vorbei!« Der Fürst hatte kaum ausgesprochen, als der Beschuss erneut begann. Ein gewaltiger Knall zerriss die Nacht. Kurz darauf bebte die Erde, und Holz flog ihnen um die Ohren. Mehmeds große Kanone hatte ein breites Loch in die Palisadenwand gerissen, durch die Türken strömten. Schon erhob sich ihr Ruf. »Die Stadt ist unser!«

Alexios rannte die Treppe der Wehrmauer hinunter. Unten traf er auf den Kaiser und seine Garde, die sich sofort auf die hereinflutenden Türken stürzten. Es gelang ihnen schließlich, die Feinde zurückzudrängen. Konstantin und Alexios nickten einander zu. Dann lief der Fürst die Treppe wieder hinauf, während er den Kaiser noch befehlen hörte, dass die Halbwüchsigen und die Alten das Loch wieder schließen sollten. Wäre Alexios nicht so oft die Treppe hinauf und hinab gerannt, wäre er in der Dunkelheit sicher gestürzt, doch inzwischen kannte er den Weg im Schlaf.

Sie hatten den zweiten Angriff überstanden. Nun hatte Mehmed nur noch seine Janitscharen, die er noch nicht in den Kampf geschickt hatte. Eine Angriffswelle mussten sie noch überstehen, nur noch ein einzige. Es grenzte fast an ein Wunder. Hatte Gott ein Einsehen mit ihnen?

Das zarte Morgenrot, das die Stadt vom Hinterland her wie ein Heiligenschein umgab, versprach schönes Wetter. Das war jedoch das einzig Gute, was man über den anbrechenden Tag, den 29. Mai 1453, sagen konnte.

42

Auf der Landmauer, Konstantinopel

Sie brauchten nicht lange zu warten. Wieder ging über sie ein Geschosshagel hernieder. Alexios sah es seinen Männern an, dass sie erschöpft waren. Natürlich versuchte Mehmed, die Verteidiger der Stadt zu ermüden, bevor er seine besten Truppen schickte. So ging er von Mann zu Mann und sprach ihnen Mut zu. Dem einen sagte er, dass er für seine Familie kämpfe, dem Nächsten versicherte er, dass nur noch ein einziger Angriff abzuwehren wäre. Er sprach mit jedem, so wie er es brauchte.

Nach den Geschützen setzte die Musik der Türken mit nie gehörter Lautstärke ein, und die Kirchenglocken der Stadt hielten tapfer dagegen. Die Janitscharen marschierten stoisch in Reih und Glied. Ihre Harnische blinkten im Sonnenlicht und blendeten die Verteidiger. Präzise stellten die Elitetruppen ihre Sturmleitern an und rissen mit großen Haken die Palisaden ein.

Wieder eilte Alexios die Treppen hinunter. Wieder kämpfte er an der Palisade. Der Kaiser stieß zu ihm. Ihre Bemühungen schienen belohnt zu werden. Die Janitscharen erlahmten.

Da kam Giovanni Giustiniani Longo, gestützt von zweien seiner Leute, die Treppe heruntergeschwankt. Aus seinem Brustharnisch ragte ein Bolzen, um den herum Blut heraussickerte.

»Wo wollt Ihr hin?«, fuhr ihn der Kaiser an. Alexios erschreckte der triefende Blick des Genuesen, der zu kämpfen verstand wie kein Zweiter. Jegliche Kühnheit war aus ihm gewichen.

»Ich bin verwundet. Es ist aus. Lasst mich gehen!«, brachte er müde hervor.

»So schlimm ist die Verwundung nicht. Auf Euren Posten, Giustiniani!«, herrschte ihn der Kaiser an.

»Ich habe Euch geholfen, so gut ich konnte. So entlasst mich jetzt aus Euren Diensten. Es ist vorbei!« Er machte seinen beiden Helfern ein Zeichen und ging auf sie gestützt Richtung Hafen, um sich nach Galata übersetzen zu lassen. Als die Genuesen merkten, dass ihr Anführer sie verließ, machte sich unter ihnen Verunsicherung breit. Einige hatten ihre Posten schon verlassen. Bevor der Kaiser eingreifen konnte, meldete ihm ein Bote, dass der Feind durch die Kerkoporta eingebrochen sei. Dies war eine kleine Ausfallpforte, die sich an der Ecke der Mauer von Blachernae befand, kurz bevor diese an die Landmauer stieß. »Kommt, Alexios!«, rief Konstantin und stieg auf sein Pferd, während der Fürst sich auf das Ross des Boten schwang. So schnell es ging, ritten die beiden Männer an der Mauer entlang zu der Pforte. Immer mehr Janitscharen drangen durch die Kerkoporta. Sie kamen zu spät. Jemand musste den Türken die Pforte geöffnet haben. »Wenn wir zugrunde gehen, dann durch Verrat!«, rief Alexios dem Kaiser zu.

Konstantin wendete sein Pferd, um zum Lykos-Tal zurückzureiten. Doch dort brach vor seinen Augen die Verteidigung zusammen. Flüchtende Genuesen retteten sich durch ein Tor in der Innenmauer, aber auch in Panik geratene Griechen folgten ihnen. Sie drängten und stießen andere zurück, um sich retten zu können, während die Türken über die Mauer setzten. Schließlich gelang es einem Hünen von Türken, die Palisadenwand einzureißen, und nun strömten die Janitscharen in großer Zahl herein.

Während die Soldaten durch die Pforte flohen, verteidigte der Kaiser gemeinsam mit seinem Schwager Theophilos, mit Alexios Angelos und dem Katalanen Don Francisco de Toledo die Pforte eine Stunde lang gegen die anströmenden Türken. Dann rief Konstantin seinen Gefährten zu: »Es ist vorbei!«, und ging dem Feind entgegen, Theophilos folgte ihm mit dem Ruf: »So will ich nicht länger leben!« »Nun ja«, sagte der Katalane, spuckte aus und schritt hinter den beiden her. Alexios blieb einen Moment stehen, als er sah, wie zehn Türken sich auf Konstantin warfen und es einem von ihnen gelang, den Kaiser zu enthaupten. Er wusste nicht, wen er getötet hatte, denn er warf den Kopf achtlos weg und kämpfte weiter. Noch gab es Konstantinopel, aber es hatte keinen Kaiser mehr, fuhr es Alexios durch den Kopf. Er drängte sich durch die Pforte, sprang auf das Pferd und ritt in Richtung der Paläste. Unterwegs fiel ihm eine alte Prophezeiung ein. Wenn die Not am größten sei und die Feinde die Stadt stürmen würden, dann gelänge es ihnen, bis zur Säule des Kaisers Justinian, die unweit der Hagia Sophia im Augusteion stand, vorzudringen. Dort käme aber ein Engel mit glühendem Schwert vom Himmel und würde Tod über den Feind bringen und die Stadt befreien, so hieß es. Engel ... Angelos? Lautete nicht so sein Name? War ihm nicht prophezeit, die Kaiserkrone zu tragen? Alexios stürmte in den kaiserlichen Palast, den er verlassen vorfand, ohne Diener und Besucher. Schnellen Schrittes durcheilte er den Audienzsaal, warf einen flüchtigen Blick auf das Bild, das die Schlacht von Berat darstellte, in der Kaiser Michael VIII. gesiegt hatte, und erreichte so die Garderobe des Kaisers. Dort nahm er einen Purpurmantel und eine Krone; in der Waffenkammer des Kaisers suchte er sich einen Brustharnisch, Arm- und Beinschienen, die mit dem Doppeladler verziert waren, und ein Schwert. Noch kam nicht alle Rettung zu spät! Er, Kaiser Alexios aus dem Geschlecht der Engel, würde die Stadt retten! Also hatte der Hermaphrodit damals nicht gelogen. Nun war er der Kaiser der Rhomäer.

In diesem Bewusstsein verließ er die Residenz und ritt zu seinem Palast. Frau und Tochter setzte er vor sich auf das Pferd, dann trieb er das Tier zu höchster Eile an. An der Seemauer entlang ritten sie zum Neorion-Hafen. Die ersten türkischen Seeleute landeten bereits jenseits der Mauer, denn auch hier war in der allgemeinen Panik die Verteidigung zusammengebrochen. Im Hafen traf er auf den venezianischen Kapitän Alviso Diedo, der gerade ablegte. »Wo wollt Ihr hin?«, fragte Alexios ihn ruhig.

»Es ist vorbei. Wir laufen aus. Nach Hause. Nach Venedig, verzeiht, Herr«, sagte der Kapitän bekümmert.

»Bringt meine Frau und meine Tochter nach Epiros zu Thomas Palaiologos«, bat er ihn.

»Dann steigt ein!«, sagte Diedo.

»Kann ich mich auf Euch verlassen?«

»Ja, bei meiner Ehre.«

»Ich danke Euch, trefflicher Diedo.«

Zoë umklammerte ihren Vater. »Komm mit, komm mit, sonst fahre ich auch nicht!«, rief sie. Sanft, aber bestimmt machte er sich von ihr los. »Versprich mir, meine Prinzessin, dass du mir alle Ehre machen wirst, versprich es mir.«

»Wir müssen, Herr«, drängte Diedo.

»Ich will dich nicht verlieren, ich brauche dich doch, Papa!« Das Mädchen schaute zu seiner Mutter, obwohl es kaum noch etwas sah, weil die Welt in Tränen verschwamm. »Warum sagst du denn nichts?«

»Weil dein Vater es so beschlossen hat. Und weil ein Angelos die Stadt nicht verlässt, nicht im Guten, nicht im Schlechten.« Ioanna sah auf seine Kleidung und ging auf die Knie: »Kaiser Alexios!«

Er bat sie aufzustehen und umarmte sie zum Abschied. Erst hob er Zoë, dann Ioanna an Bord. Während die Matrosen das Schiff vom Ufer abstießen, schwang sich Alexios in den Sattel und zog das Schwert heraus. Noch einmal winkte er Frau und Tochter, dann trieb er sein Pferd an.

Wenige Minuten später erreichte er die Säule des Justinian. Auf dem Platz standen Menschen, zum Teil bewaffnet, aber mit erloschenen Augen und gesenkten Häuptern. Einer entdeckte ihn und rief voller Begeisterung: »Der Kaiser!« Ein Raunen ging durch die Menge.

»Was macht ihr hier, und warum seid ihr bewaffnet?«

»Wir wollen nicht in die Sklaverei verkauft werden! Wenn es noch Rettung gibt, dann hier, wie es in der Legende heißt.«

»Dann kämpft mit mir, siegt mit mir, sterbt mit mir!« Ein Alter sah zu ihm auf. Seine Gesichtszüge gerieten in Verzückung. »Der Engel des Herrn.«

Eine Janitscharenabteilung, die es sich zum Ziel gesetzt hatte, die Hagia Sophia zu entweihen und zu plündern, drängte auf den Platz.

»Nun gilt es!«, rief Alexios und sprang vom Pferd. Bewaffnet oder nicht, sie folgten ihm alle. Schon erschlug er den ersten, dann den zweiten, schließlich den dritten Türken, wobei die Überraschung ihm half. Ein griechischer Junge, ein Greis und ein Mädchen nahmen sich die Säbel der Toten. Nur aus den Augenwinkeln nahm Alexios wahr, wie ein Grieche nach dem anderen fiel. Die meisten von ihnen besaßen keine Ausbildung. So hatten die Elitesoldaten des Sultans leichtes Spiel. Nur mit ihm nicht, mit Alexios Angelos. Mit der Präzision eines Gebetes tötete er einen Feind nach dem anderen. Die bedrängten Türken riefen nach Verstärkung. Schließlich legten zehn Bogenschützen auf den Fürsten an. Aber ihre Pfeile prallten am Panzer ab. Sie holten Armbrustschützen, christliche Mietsoldaten. Der erste Bolzen durchstieß den Harnisch im Rücken, der zweite in Brusthöhe. Alexios spürte den dumpfen Schlag und den Druck, wie damals beim Turnier gegen Hunyadi. Er stolperte. Ein Janitschar mit dem Gesicht eines griechischen Bauern glaubte, dass Alexios Angelos das letzte Leben verröchele, und wollte ihn enthaupten. Das wurde ihm zum Verhängnis. Denn der Fürst richtete sich auf, schleuderte ihm den Säbel aus der Hand und rammte ihm das Schwert in die Kehle, dass ihm die Augen aus den Höhlen traten. Dann erschlug er den Mann, der danebenstand. Wieder traf ein Bolzen, diesmal ins rechte Bein. Alexios stürzte zu Boden. Die Angreifer wagten nicht, sich ihm zu nähern. Der nächste Bolzen traf ihn in den Hals und schleuderte ihn nach hinten. Mühsam kam er röchelnd und nach Luft japsend wieder auf die Knie. Da sah er ihn. Auf einem Strahl reinen Lichts kam der Erzengel Georg herab. Er reichte ihm die Hand, und die Bolzen flogen aus seinem Körper und die Wunden schlossen sich. Gemeinsam verjagten sie die Türken aus Konstantinopel, aus Rumelien und aus Anatolien. Die Herrscher der Erde erkannten seine Oberherrschaft an. Alexios aber regierte mit Weisheit, sodass ein jeder Mensch geachtet wurde und niemand Hunger und Not leiden musste im Reich der Rhomäer. Er verfügte, dass die Bankiers und Wechsler neue Berufe lernen mussten, und er kontrollierte die Händler. Zur Rechten beriet ihn Georgios Plethon, zur Linken ein Mann, der sich Platon nannte. Otto von Weißenburg, den er dringend verheiraten musste, sang schöner denn je. So erstand in der Stunde seiner größten Erniedrigung das Reich der Rhomäer neu und wurde groß und mächtig, nicht durch Krieg, nicht durch Betrug, nicht durch Verrat, sondern durch Gerechtigkeit.

In ihrer Wut zerhackten die Janitscharen den Leichnam des Fürsten, der so viele der Ihren getötet hatte und den sie nur durch Armbrustbolzen zu Fall hatten bringen können.

Der Weg zur Hagia Sophia stand offen. Als sie den mit Menschen gefüllten Kirchenraum betraten, entdeckten sie einen Mann in der Kutte eines Mönches, der eine Ikone – den fehlenden Stellen in der Ikonostase nach zu urteilen nicht die erste – abnahm und mit ihr verschwand. In der Wand, einfach so. Es kam ihnen wie Spuk vor, deshalb verfolgten sie ihn nicht. Demetrios, der mit der Rettungsikone nicht fertig geworden war, hatte beschlossen, die Ikonen der Bilderwand zu verstecken, um sie vor Plünderung, Entweihung und Zerstörung zu bewahren. Er kannte die geheimen Ausgänge der Kirche, deshalb glaubten die Türken, dass er in der Wand verschwunden sei. Zu seinem Leidwesen konnte er keine weitere Ikone mehr retten, denn jetzt hausten die Sieger in der Hagia Sophia.

43

Notaras-Palast, Konstantinopel

Nachdem er gesehen hatte, dass die Türken die Stadt von der Landseite her stürmten, gab Loukas die Verteidigung der Seemauer auf und flüchtete in seinen Palast. Er ließ die Türen und Fenster verbarrikadieren.

Eirene kam ihm mit angststarren Augen entgegen. »Weißt du, was mit Nikolaos und Mitri ist?«

»Das Letzte, was ich gehört habe, ist, dass sie einen Turm in der Nähe des Romanus-Tores verteidigen.« Sie verging vor Angst um ihre Kinder, um die, die kämpften, und um die, die sie bei sich im Hause hatte.

»Verzeih mir, Eirene, dass ich nicht Wort gehalten habe und mein Arm doch nicht stark genug gewesen ist.« Dann fing der Großadmiral an, hemmungslos zu weinen. Der Anblick ihres Mannes, der zum ersten Mal in seinem Leben nicht mehr weiterwusste, erschütterte sie. Dann aber zwang sie sich, Haltung zu bewahren, schließlich war sie eine Palaiologina. Tröstend streichelte sie seinen Kopf. »Wir hatten ein gutes Leben. Aber um die Kinder ist mir bang.« Es klopfte an der Pforte. Die Diener ließen Demetrios Kantakuzenos herein, der mit Theodora verheiratet war. Er starrte vor Schmutz und Blut. Tränen standen auch ihm in den Augen. »Heldenhaft haben Mitri und Nikolaos ihren Turm verteidigt. Die Übermacht war einfach zu groß.«

»Du musst dich waschen«, sagte Eirene nur. Sie musste sich darauf konzentrieren, Theodora und Jakub zu schützen. »Haben wir noch ein Schiff?«, fragte sie ihren Mann.

»Ich weiß es nicht.«

»Dann finde es heraus. Wir müssen weg. Jetzt müssen wir weg.« Sie hatte kaum ausgesprochen, da hämmerte es laut an der Tür. Loukas wischte sich die Tränen ab und zog seinen Säbel. Mit gezogener Waffe stand der Großadmiral im Vestibül, entschlossen, sein Haus und seine Familie zu verteidigen. Der Diener öffnete die Tür. Davor stand ein Trupp Janitscharen, aus deren Mitte Halil Pascha trat. »Ich kann nicht bleiben. Die Soldaten werden Euer Haus vor Plünderung schützen, denn es ist offiziell mein Haus. Unsere Welt liegt in Trümmern, Loukas.« Der Wesir nickte ihm zu und ritt fort.

»Wieso seine Welt? Er hat doch gesiegt?«, fragte Eirene verwundert.

»Mehmed hat gesiegt, nicht er.«

Drei Tage lang wurde die Stadt geplündert, Menschen wurden getötet, vergewaltigt, in die Sklaverei verkauft, Familien auseinandergerissen, bevor Mehmed dem Treiben Einhalt gebot. Die Zerstörung der Hagia Sophia hatte er unterbunden, weil er sie in eine Moschee umzuwandeln trachtete. Drei Tage lang versuchte Loukas vergeblich, eine Mannschaft zusammenzustellen, um mit einem Schiff aus der Stadt zu fliehen. Am vierten Tag befahl der Sultan den Großadmiral zu sich. Er sprach von seinem Plan, Konstantinopel zur Hauptstadt seines Reiches zu machen, und deutete an, dass er Loukas Notaras zum Verwalter der Stadt zu machen gedächte. Dann entließ er ihn huldvoll. Halil Pascha, der bei der Audienz zugegen war, verhielt sich auffallend zurückhaltend.

Loukas hatte seiner Frau kaum von dem Gespräch mit dem Sultan berichtet, als dieser einen Reitertrupp schickte, der Loukas, Jakub und Demetrios in den Palast bringen sollte.

Mehmed saß inmitten seiner Würdenträger auf teuren Teppichen, die sie im Audienzsaal ausgelegt hatten. Vor ihm standen Schälchen mit verschiedenen Speisen und Karaffen mit Wein. »Man hat mir gesagt, du hast einen hübschen Sohn, Loukas Notaras. Ich will ihn sehen.« Der Großadmiral erschrak. Mehmed erhob sich, kam auf die drei zu und fasste Jakub unters Kinn, wie man das mit jungen Mädchen macht.

»Wirklich hübsch. Ich will ihn für meinen Harem.« Loukas' Augen funkelten vor Zorn. »Niemals, du Schwein!«, brüllte er den Sultan an. Die Vorstellung, dass Mehmed seinen Sohn missbrauchen würde, kappte alle Taue der Selbstbeherrschung. Mehmed wich einen Schritt zurück und rang um Fassung. »So, du willst also nicht. Du spuckst in meine geöffneten Hände, du weist hochmütig meine Gaben zurück. Ich will dich zum Verwalter der Stadt machen, und deinem Sohn soll die Ehre zuteilwerden, in meinem Harem zu leben. Und du willst das alles nicht? Dann nimm, was dir zusteht. Enthauptet sie!« Die Wachen des Sultans fesselten Loukas, seinem Sohn Jakub und seinem Schwiegersohn die Hände auf den Rücken.

»Ich konnte dich nicht besser schützen«, sagte Loukas.

»Es ist nicht so schlimm, Papa. Im Himmel, da sehen wir uns gleich wieder, bei Nikolaos und Mitri, und Großvater und Großmutter bereiten sicher schon einen kleinen Empfang für uns vor«, sagte Jakub mit fester Stimme. Ein halb nackter Kerl mit schwarzen Pluderhosen und einer großen Schärpe zwang Demetrios in die Knie und schlug ihm mit dem Säbel den Kopf ab. Es hörte sich an, wie wenn ein Kürbis fällt.

»Herr im Himmel ...«, begann Loukas leise zu beten. Als Nächsten zwang der Halbnackte Jakub, den vierzehnjährigen Jungen mit dem dichten schwarzen Wuschelhaar und den dunklen Mandelaugen, die er von seiner Mutter hatte, in die Knie.

»Steh mir bei in der Stunde meiner höchsten Not«, betete Loukas.

Dann sauste der scharfe Stahl auf den Hals des Jünglings. Als der Kopf fiel und zur Seite rollte, applaudierte der Sultan. Loukas war aschfahl geworden. Er ging in die Knie, senkte den Kopf und spürte noch den leichten Luftzug und die Kühle des Stahls.

Eirene und Theodora wollte man nach Edirne bringen, um sie dort in die Sklaverei zu verkaufen. Auf halbem Weg, bei einer Rast in einem kleinen türkischen Dorf, blieb Eirenes Herz stehen. So starb Eirene Palaiologina entfernt von ihrem Mann. Im Leben waren sie vereint, nicht aber im Tod. So weit reichte Gottes Gnade nicht.

Alviso Diedo brachte Ioanna und Zoë zu dem Despoten von Epiros, Thomas Palaiologos. Nachdem Ioanna einer Grippe zum Opfer gefallen war, nahm er Zoé an Kindes statt an. Keine sechs Jahre später mussten auch sie vor den Türken nach Italien fliehen. Zoé heiratete 1472 den Großfürsten von Moskau, Iwan III. Als Ehemann einer Palaiologina betrachtete er sich als Erbe des Kaisers der Rhomäer, nannte sich fortan Zar und wählte als Wappen den byzantinischen Doppeladler. Seit dieser Hochzeit galt Moskau als Drittes Rom, nach der Tiberstadt und nach Konstantinopel. So erfüllte sich die Prophezeiung, dass Alexios Angelos Kaiser werden und sein Kind das Kaisertum der Rhomäer retten, erhalten und übertragen würde.

EPILOG

Mehmed II. ließ Halil Pascha wenige Tage nach der Enthauptung von Loukas Notaras hinrichten.

Nikolaus von Kues hielt Wort und bemühte sich bis zu seinem Tod im Jahre 1464, einen Kreuzzug für die Befreiung von Konstantinopel ins Leben zu rufen. Fünftausend Ritter hatte er versammelt, doch bevor sie in See stechen konnten, verstarb er vollkommen entkräftet und enttäuscht über die Habgier und den Egoismus der Kurialen und der Fürsten in Todi.

Kardinal Bessarion war in einem Konklave bereits zum Papst gewählt worden, aber aus Misstrauen den Griechen gegenüber wurde die Wahl in letzter Minute rückgängig gemacht. Er förderte die Vermittlung griechischer Philosophie im Westen und schenkte seine Bücher der Stadt Venedig, damit sie zum Grundstock einer öffentlichen Bibliothek würden. Zeitlebens blieb er Anna Palaiologina Notaras ein treuer Freund und Berater.

Anna Palaiologina Notaras aber wurde zum Haupt und zum Mittelpunkt der griechischen Exilgemeinde. Sie verhandelte mit der Stadt Siena über die Ansiedlung einer griechischen Kolonie. In Venedig gründete sie ein griechisches Gemeindehaus und setzte nach zähem Kampf durch, dass die Griechen ihre Gottesdienste im orthodoxen Ritus feiern durften. Es gelang ihr, ihre Schwester Theodora aus der Sklaverei zu befreien und nach Italien zu holen. Fast hundertjährig starb sie im Jahre 1507 in Venedig als Jungfrau. Geheiratet hat sie nie.

DIE WICHTIGSTEN PERSONEN DES ROMANS

Das Kaiserhaus in Konstantinopel – die Palaiologen

Manuel II. Palaiologos, Kaiser
Helena Palaiologina, seine Gemahlin
Johannes VIII. Palaiologos, ältester Sohn und Nachfolger Manuels II.
Konstantin XI. Palaiologos, Sohn Manuels II. und Nachfolger Johannes' VIII.

Alexios Angelos, Berater von Johannes VIII.
Ioanna Palaiologina Angelos, seine Gemahlin
Georgios Sphrantzes
Martina Laskarina, Ärztin

Die Familie Notaras

Nikephoros Notaras, Kaufherr
Thekla Notaras, seine Gemahlin
Demetrios Notaras, ihr jüngerer Sohn
Loukas Notaras, ihr älterer Sohn
Eirene Palaiologina Notaras, seine Gemahlin
Anna Palaiologina Notaras, ihre älteste Tochter

Eudokimos, Seemann in Diensten der Notaras
Bessarion, früher: Basilius, Abt des Basiliusklosters

Francesco Draperio, Kaufmann aus Galata
Jakub Alhambra, jüdischer Kaufmann in Bursa
Nikolaus von Kues, Universalgelehrter

Die Osmanen

Mehmed I., Sultan
Murad II., Sohn und Nachfolger Mehmeds I.
Mehmed II., Sultan, Sohn und Nachfolger Murads II.
Jaroslawa, Mutter Mehmeds II.
Halil Pascha, Wesir
Dschuneid, Emir von Smyrna

Weitere Personen

Sigismund von Luxemburg, König von Ungarn
Barbara, seine Gemahlin
Clara von Eger, ihre Zofe
Wladislaw III., König von Polen und Ungarn

Der Petersdom – an diesem Bau wird die Einheit der Kirche zerbrechen. Der Roman einer Epoche

Sebastian Fleming
DIE KUPPEL
DES HIMMELS
Historischer Roman
672 Seiten
ISBN 978-3-404-16490-5

Rom gleicht einem Hexenkessel. Kriegerische und luxusversessene Päpste beherrschen die heilige Stadt. Es ist die Zeit der Renaissance. Geld spielt keine Rolle. Als der alte Petersdom zur Ruine wird, sieht Papst Julius II. seine Chance gekommen. Er beauftragt Donato Bramante, eine neue Basilika zu bauen. Gewaltiger als irgendeine je zuvor: das größte Gebäude des Abendlandes. Ein Symbol für die Allmacht der Kirche. Doch es gibt erbitterte Gegner, die den Bau verhindern wollen. Sie gehen über Leichen. Ohne seine kluge Geliebte, die Kurtisane Imperia, wäre Bramante verloren. Aber sie fordert von ihm ein großes Opfer. Und dann ist da noch der große Rivale: der geniale Michelangelo …

Bastei Lübbe Taschenbuch

Ein unmöglicher Plan
Eine ungehörige Vereinbarung
Eine gefährliche Liebe

Charlotte Thomas
DAS MÄDCHEN
AUS MANTUA
Historischer Roman
560 Seiten
mit zahlreichen
Abbildungen
ISBN 978-3-431-03833-0

Padua, 1601. Celestina wird der Schicklichkeit halber von ihrer Mutter zu Verwandten nach Padua gesandt. Die eigensinnige junge Witwe, die ihr selbstständiges Leben in Mantua nur ungern aufgibt, macht aus der Not eine Tugend, denn sie hat sich Unmögliches in den Kopf gesetzt: Celestina will an der berühmten Universität von Padua Medizin studieren! Ein ebenso waghalsiges wie aussichtsloses Unterfangen, denn Frauen haben in den Hörsälen nichts verloren. Das Streben nach akademischen Würden ist allein den Herren der Schöpfung vorbehalten. Doch Celestina hat nicht nur stapelweise Anatomiebücher ihres verstorbenen Gatten im Gepäck, sondern auch eine Auswahl an passender Männerkleidung…

Lübbe Ehrenwirth